COLLECTION FOLIO

Jorge Semprun

# La deuxième mort de Ramón Mercader

Gallimard

Jorge Semprun est né en 1923, à Madrid. Ecrivain et scénariste, il a reçu le prix Formentor pour *Le grand voyage,* en 1963, et le prix Femina, en 1969, pour *La deuxième mort de Ramón Mercader.*

*à Colette,*
*pour les soleils partagés*

*Les événements dont il est question dans ce récit sont tout à fait imaginaires. Bien plus : toute coïncidence avec la réalité serait non seulement fortuite, mais proprement scandaleuse.*

# I

Il se trouverait de ce côté-ci de l'étendue d'eau grise, où quelque éclaircie du ciel posait des reflets moirés, mais qui ne semblait pourtant pas, curieusement, réfléchir la lumière voilée d'un soleil qu'on pourrait supposer suspendu quelque part, au-dessus du paysage, mais bien la faire jaillir, cette lumière irisée, la faire sourdre plutôt de sa profondeur même, comme si sous la surface plate, apparemment dormante, de l'eau, une force obscurément lumineuse eût rongé subrepticement la grisaille du canal, et celle aussi des pierres disjointes, moussues, des quais, des façades aveugles, comme une falaise abrupte, ocre et bleutée, sur les eaux mortes — tout au moins au premier regard — trouée simplement par l'ouverture béante, dévorée de clarté, d'une arcade de pont sur un canal latéral, et par celles, également béantes, mais d'une opacité perceptible, de quelques portails massifs, profonds, sur les débarcadères, par lesquels, peut-être, parfois, un autre jour peuplé de mouvements, des marchandises avaient été transportées des lourdes barges jusqu'aux salles sombres et voûtées des halles commerciales, flanquées de tours ; mais aujourd'hui, les barges semblaient abandonnées, inutilement amarrées là, pourrait-on croire, fondues en quelque sorte dans la ligne brisée du paysage urbain, comme si leur charpente travaillée par le sel, la vase, les algues, les fientes, n'était plus qu'une matière intermédiaire entre l'eau croupie et la pierre patinée, bois mort peut-être au fil d'une eau morte, excroissances pourrissantes de la pierre elle-même, soulignant certainement, par leur périssable et passagère présence, la dure éternité de cette ville dressée de l'autre côté de l'eau.

Ainsi, il se tiendrait immobile, contemplant ce profil urbain selon une perspective légèrement oblique, comme s'il se tenait debout sur le sable jaune et roux de cette rive-ci, ayant marché longtemps sur un terrain plat, sous la couleur changeante du ciel nuageux, avec, tantôt à gauche, à droite tantôt, ou même droit devant lui, la vision incongrue, en tout cas inhabituelle, d'une péniche flottant sur le paysage, entre les deux mamelons herbus qui auraient enserré l'eau claire, ou parfois roussâtre du limon charrié, d'un canal inscrivant dans la platitude infinie du pays la boursouflure d'une cicatrice ; contemplant ce profil urbain, net, qui projetait sur l'eau du grand canal l'ombre violacée de ses façades, ses tours et ses clochers, dans un silence que ne pourraient briser, ni même rendre incertain, parce que trop lointaines, les voix possibles des personnes se trouvant sur cette même rive, vers sa gauche : d'abord, deux femmes, toutes droites, engoncées peut-être dans des vêtements roides, empesés, qui les feraient se cambrer en corsetant leurs hanches, leurs bustes, dans les couches superposées d'un linge crissant, amidonné, rêche peut-être même, deux femmes l'une en face de l'autre, parallèlement à la ligne clairement tranchée du rivage ; plus loin, encore deux femmes, dont l'une un peu à l'écart, et deux hommes, dont l'un — aperçu de trois quarts dos, vêtu d'un manteau noir, ayant sur la tête un chapeau à larges bords, noir également et rond — pourrait bien, d'après son attitude, et malgré ce silence que rien ne briserait, ni la rumeur de l'eau, ni le cri des oiseaux de passage, ni surtout le carillon des clochers, pourtant visibles, pourrait bien être en train de parler aux autres, homme et femmes, au sujet sans doute du chargement de la barge amarrée là, à quelques pas de distance, sur cette même rive (ou alors, il s'agirait d'un bac qui permettrait de franchir cette étendue d'eau lumineusement grise pour accoster en face, sur le quai momentanément désert, devant cette porte ouverte dans les murs de la ville, au centre d'un bâtiment sévère surmonté d'un clocheton qui corrigeait, dans une certaine mesure, par sa légèreté dentelée, l'aspect fruste, noble toutefois, de la façade en question, et dans ce cas, toutes ces personnes — même les deux femmes isolées au premier plan — attendraient l'heure de la traversée, rentrant en ville après une matinée de travail aux champs, ou y allant, si c'étaient des fermiers des hameaux avoisinants, pour y faire des achats, visiter des parents, ou assister à quelque cérémonie religieuse ou civique, cette dernière éventualité étant rendue probable par l'habillement même de ces hommes et de ces femmes, où nul laisser-aller, nul débraillé, explicable à l'occasion des travaux et des jours, n'était perceptible).

Toutefois, dans le silence, il contemplerait cette ville, familière, de tout temps connue, pourtant imprévisible, surprenante, et il s'interrogerait peut-être, dans la quiétude arrondie de sa contemplation, béate, sur le sens de cette surprise, de ce battement du cœur qui l'aurait sur place immobilisé — une locution toute faite exprimant bien ce qu'il avait ressenti, avec tout juste cette pointe d'emphase qui souvent caractérise les locutions toutes faites, *son sang n'ayant fait qu'un tour*, en effet, à la vue de ce paysage familier, mais bouleversant — le clouant sur le sable de cette rive-ci, à la droite et légèrement en retrait des personnages visibles, comme s'il avait été, lui-même, le dernier personnage, invisible, de ce tableau, comme si le peintre — trois siècles auparavant —, ironique, avait prévu son arrivée, la place où il se tiendrait, et l'angle de sa vision, et même ce battement du cœur, prémonitoire, pour aussitôt les nier, en se refusant à peindre ce personnage qu'il aurait pu devenir, en le rendant invisible, ou bien en le faisant se dissoudre, par une ultime série de touches précises et légères du pinceau, dans le sable roussi, dans l'eau moirée, dans l'ombre plus dense des tours sur le canal repu de lumière. Comme si cette inquiétude — son sang n'ayant fait qu'un tour —, ces bouffées viscérales, au moment où il s'était approché de cette toile, avec la fatuité benoîte du connaisseur, pour y retrouver le sentiment familier d'un plaisir presque abstrait ; comme si cette angoisse même qui avait presque aussitôt rongé la certitude béate de son regard, provenait de la décision de ce peintre, vieille de trois siècles, mais ayant traversé l'épaisseur cotonneuse des temps comme une lame irrémédiable, de lui refuser la place qui semblait lui être due, celle du septième personnage qui aurait dû s'y trouver, lui-même, sur cette rive-ci, en face de la ville de Delft, à l'orée du tableau, où le sable du rivage, l'eau dormeuse, se seraient confondus, au premier plan de son regard, tourné ensuite, obliquement, et dans un mouvement parcimonieux, pour saisir dans leur ensemble les quais, les maisons, les halles, les toits rouges et gris, les clochers sombres et dorés, de la ville de Delft, lorsqu'il serait arrivé ici, après une longue marche sur la plaine aux couleurs de faïence. Mais peut-être était-ce son regard même que le peintre avait récusé, trois cents ans auparavant, comme s'il avait décidé de l'aveugler, de rendre inutile la présence attentive, émue, de sa vision, pour que l'apparition de cette *Vue de Delft* prenne, au contraire, toute l'épaisseur d'une objective nécessité ?

Alors, il fait deux pas, latéralement, vers les fenêtres d'où provient, sur sa droite, la lumière, et il pose les doigts de ses deux mains sur ses paupières — qu'il ferme comme on ferme les yeux de ceux qui viennent de mourir — sur l'ossature de son visage, ses yeux restant fermés après que ses doigts eurent cessé de les recouvrir, et ses deux mains se rejoignent, peut-être implorantes, sous son menton. Alors, il rouvre les yeux, il évite sournoisement de regarder le tableau, il contourne le canapé qui se trouve placé là, en face de la *Vue de Delft,* il quitte la salle, il revient dans celle, plus grande, à laquelle on accède directement du palier du premier étage, et dont les croisées — ainsi l'a-t-il remarqué tout à l'heure — donnent sur une pièce d'eau, et il s'immobilise devant *Le Chardonneret* de Carel Fabritius.

Rien d'autre, ne rien regarder d'autre.

La petite toile est devant lui, enchaînée dans sa vision minutieuse, dévorante, comme l'oiseau lui-même est enchaîné — délicatement, à vrai dire — à un anneau qui pourrait glisser sur le support métallique où ses pattes sont posées (oiseau immobile, connaissant les limites de sa feinte liberté, ayant déjà, souvent, battu de ses ailes l'espace aérien qui lui sert de cage, résigné, peut-être, maintenant, mais attentif, toutefois, aux aguets même, la tête dressée se détachant sur le pan rugueux d'un mur jaunissant, au bas duquel, légèrement vers la droite du bord inférieur du tableau, s'inscrit la signature du peintre, en lettres capitales, et la date : 1654). Il pense, alors, vaguement, que l'année auparavant, si ses souvenirs sont exacts, Louis XIV vient de soumettre la Fronde, et Cromwell est devenu Lord-protecteur, et Innocent X a condamné solennellement le jansénisme. Des choses se passaient dans le monde, des alliances se faisaient et se défaisaient, des places fortes changeaient de mains, et lentement, à travers l'Europe, sans que toutefois les conséquences de ce déferlement ne fussent encore, pour personne, prévisibles, la bourgeoisie prenait possession des ressorts matériels d'un univers en expansion — nébuleuse d'États, d'empires, de religions, de classes — où la présence bourgeoise inscrivait tenacement les figures rationnelles, encore invisibles, et pour elle-même parfois, de son hégémonie. Et Pascal, l'année suivante, cette année même de 1654 où Carel Fabritius peignait l'oiseau immobile, mais frémissant — les plumes de son cou gonflées par l'impatience d'un vol rendu impossible par la fine chaînette scellée à sa patte, frêle passereau doué du don du chant —, Pascal inventait le calcul des probabilités, et la reine Christine abdiquait ses pouvoirs, temps incertains. Deux ans plus tard, l'année où Vélasquez terminera *Les Ménines* — l'image, dans sa mémoire, en est parfaitement précise, lumineuse, car il a passé une matinée au Prado, pour des raisons qui n'ont avec la peinture rien à faire, la veille précisément de son voyage en Hollande — cette année-là, à Amsterdam, cet éternel suspect, Spinoza, et d'autant plus suspect que sa philosophie réduisait en miettes, avec l'absurde et presque monstrueuse lucidité systématique de la raison conceptuelle, l'un après l'autre, tous les refuges idéologiques de cette nouvelle force sociale s'avançant sur l'Europe, mais qui refusait encore sa propre nouveauté, son essence historique même, sa force, sa nécessaire brutalité, refusait le miroir de sa propre clarté, incapable encore de faire siennes les raisons théoriques de son élan envahissant, Spinoza donc, cette année-là, en 1656, deux ans après que la petite toile de Fabritius eut été peinte dans l'atelier de Delft, aura été mis au ban de la communauté juive d'Amsterdam. Mais peut-être est-ce le trouble de ces temps, leur déroulement partiellement illisible, la menace latente, ou réalisée, des foudres spirituelles, des destructions matérielles, qui poussaient des hommes comme Fabritius à peindre — pour l'emprisonner, pour en faire la figure allégorique, justifiante, des lourdes richesses amassées dans les halles des marchands — la fugitive beauté banale de cet oiseau (un oiseau, chardonneret, chant fragile, duvet du monde asservi, tendre envers d'une monnaie frappée de sang lointain), comme si Carel Fabritius avait su, au moment d'inscrire sa signature, claire et lisible comme le nom apposé au bas d'une traite commerciale, que cette toile allait être l'une des rares à échapper au feu, à l'explosion, cette même année 1654, d'une poudrière de Delft, qui devait ensevelir la maison du peintre, et le peintre, ses œuvres, sa famille, explosion providentielle qu'Egbert Van der Poel a reproduite plusieurs fois (l'un de ces tableaux se trouvant à Amsterdam et portant, précisément, un titre parfaitement descriptif : *Dégâts causés par l'explosion d'une poudrière à Delft en 1654*). Comme si cette explosion n'était survenue, cette année même, l'année, pourrait-on dire, du chardonneret, selon l'habitude de certains peuples qui qualifient à l'aide d'un nom de fleuve, de céréale, de fleur, ou de vertu abstraite, chaque année qui passe, que pour souligner devant cet horizon de mort l'éternelle transparence, si aisément accessible, de cette brûlante, dérisoire, duveteuse beauté de l'oiseau prisonnier dans le rectangle minime de cette toile, devant laquelle, tout à la hâte de contempler les chefs-d'œuvre des salles voisines, on aurait pu facilement passer, dans un déplacement rapide et circulaire, en ignorant l'appel, le sens, l'intensité discrète et contenue, de tant de quotidienne beauté.

Ensuite, faisant quelques pas en arrière, il se dégage du petit groupe de visiteurs que son immobilité passionnée, fascinante peut-être, a attirés devant le chardonneret de Fabritius — il avait même perçu, un instant auparavant, le regard d'une femme, alternativement posé sur l'oiseau figé, frémissant dans la cage rectangulaire de la toile, et sur son visage à lui, et peut-être une expression d'étonnement, vaguement chaleureux, aurait-elle été lisible dans le regard de cette femme, s'il s'était donné la peine d'y lire quoi que ce fût, ce dont il s'était bien gardé — se détournant maintenant, d'un mouvement brusque, comme s'il avait voulu s'arracher aux dangers pétrifiants d'une trop longue méditation obnubilée, vers une grande toile bien éclairée, remplie presque entièrement par la figure massive d'un bovidé, qui permettrait une rupture nette, ironique, avec les émotions précédentes, celle de la vue de Delft, celle de l'oiseau de Fabritius, car cette toile-ci, certes appréciable par sa facture, par une composition à la fois vigoureuse et savante, ne retenait du réel que sa mince pellicule épidermique, sa croûte la plus superficielle, obstruant, par cette fidélité même aux apparences les plus évidentes, toute issue vers la transparence épaisse, la rutilance opaque des objets naturels et humains, tels qu'en eux-mêmes leur propre lumière les transfigure, leur ombre la plus intime, inépuisable, ne pouvant jamais être saisie totalement dans un regard, même attentif, ou connaisseur, comme c'était bien le cas pour ce chardonneret, cette vue de Delft, alors que le jeune taureau étalait dans un seul clin d'œil, et pour toujours, d'une façon presque obscène, la perfection totalement plate de son indiscutable réalité mensongère. Ainsi, s'étant écarté, et n'ayant plus rien à voir, puisque tout nouveau regard sur ce bovidé dont il a été question n'aurait été que la répétition mécanique, et pointilleuse jusqu'à l'écœurement, d'un seul premier regard ayant, d'emblée, tout dévoilé, il a le temps, le loisir intime, de penser que le Vieux serait bien inspiré de lui établir dans l'avenir des rendez-vous à Londres, ville qu'il ne connaît pas encore et dans laquelle on trouve, parmi les rares toiles de Carel Fabritius échappées à la destruction, une *Vue de Delft,* précisément, qu'il aimerait comparer avec celle vers laquelle, d'un mouvement fébrile, joyeusement impatient, maintenant il revient.

Mais le Vieux, pour des raisons qu'il ignore, et dont il n'est même pas question de se poser la question, n'a prévu la possibilité d'établir des contacts directs — une ou deux fois par an, jamais davantage — qu'à Amsterdam et à Zurich, et il n'y a eu, au cours des dix années passées à travailler pour le Vieux, que deux exceptions : une fois, à Munich, à l'aéroport même, dans la salle des transits, car il s'agissait simplement de régler un problème technique des transmissions, et il se souvient de l'agent de liaison que le Vieux lui avait envoyé, à cette occasion, car sa nervosité l'avait frappé — et il s'était décidé à la signaler, dans un rapport postérieur — ce type tremblant comme une feuille, ses yeux ne regardant jamais en face, soi-même sûrement non plus, dans un miroir ; nervosité peut-être craintive, ou peut-être seulement due à l'usure nerveuse des longues années de métier, ou alors, tout au contraire, à la nouveauté d'une tâche qu'il accomplirait pour la première fois. Il n'en avait jamais eu l'explication, nulle réponse au post-scriptum qu'il avait ajouté à son rapport suivant, d'un ton presque négligent, car, s'il lui fallait signaler le fait, il ne voulait pas porter préjudice à cet homme de Munich, dont la nervosité avait pourtant été évidente, sous des dehors à la fois cassants et feutrés, semblables à ceux des jeunes attachés de direction des grosses firmes commerciales, et malgré l'aisance qu'auraient dû lui procurer ses vêtements, dont il avait apprécié silencieusement la coupe, souple et précise, évidemment britannique. La deuxième exception s'était produite, deux ans auparavant, à Venise, ce dont il saurait toujours gré à son chef, malgré qu'il était convaincu que ce n'était pas pour enrichir sa vision du monde que le Vieux l'avait envoyé, cette fois-là, dans cette ville, mais simplement parce que les circonstances matérielles avaient conseillé d'utiliser pour ce contact un agent de la zone Sud.

Cependant, il serait revenu devant ce paysage urbain, cette vue de Delft, selon cette même perspective oblique, comme s'il avait, une nouvelle fois, abouti là, après une longue marche dans la plaine, à ce point précis où la rive et l'eau calme disparaissent dans l'en-deçà du tableau, incapable pourtant, encore, de refaire le chemin aride vers l'éclatante évidence de ce paysage, distrait certainement de sa contemplation par le souvenir du Vieux, derrière son bureau, le visage à moitié caché par les festons soyeux d'un abat-jour d'un vert passé, lui demandant brusquement : Vous connaissez Vermeer ?

Et lui, surpris, machinalement : Par les livres seulement, bien sûr.

Il lui avait semblé percevoir un sourire fugace, à peine un mouvement des lèvres, des yeux plissés — de l'œil gauche, tout au moins, le seul visible. Alors, le Vieux, d'une voix brève · A Amsterdam, au

Rijksmuseum, *La Ruelle.* Là, onze heures du matin, quarante-huit heures après votre message.

Lui, hochait la tête.

Alors, le Vieux : Les jours de fermeture imprévue du musée ne comptant pas, bien entendu.

Lui, hochant la tête : Bien entendu.

Il y avait eu un instant de silence. Il avait fait le geste de prendre une cigarette, l'avait interrompu, se rappelant que le Vieux ne supportait absolument pas l'odeur du tabac (même s'il avait feint l'indifférence, lors de leurs premières rencontres, lorsqu'il avait fumé, comme d'habitude, beaucoup, au nez du Vieux) et il s'était demandé, au cours de ce silence, pourquoi le Vieux avait tenu à vérifier avec lui, personnellement, tous ces infimes détails techniques que n'importe lequel des fonctionnaires subalternes du service aurait tout aussi bien réglés, et à l'intérieur de cette question qu'il s'était posée — alors que, par suite d'un déplacement de son corps dans le fauteuil, il ne voyait plus du visage de son chef que la masse des cheveux blancs, rejetés en arrière dans un mouvement souple — le soupçon lui était venu, peut-être irrespectueux, que le Vieux avait tenu à lui exposer lui-même tous ces détails pour pouvoir, comme il le faisait à présent, après ce bref silence, lui parler longuement de ce tableau de Vermeer, d'une voix soudain voilée, trébuchante, à la recherche des mots que sa pensée semblait devancer sans cesse, ce qui donnait, lorsqu'il revenait en arrière pour préciser une idée, une démarche zigzagante à son discours, une allure de spirale revenant toujours au même point, mais à un niveau de profondeur différent. Hier, dix ans après cette entrevue, alors qu'il venait de débarquer à Schiphol et qu'il signait, au comptoir de l'agence de location, les papiers lui permettant d'utiliser l'automobile qu'il avait fait retenir par son bureau de Madrid, attentif en apparence à tous les détails de cette formalité, sous le regard aimable d'une hôtesse vêtue d'un chemisier blanc, avec le nom de l'agence brodé en bleu sur le côté du cœur, et d'une jupe en gabardine, droite, du même bleu que cette broderie professionnelle, alors, il lui avait semblé entendre, encore plus voilée, presque inquiète, ou fébrile, ou livrée au désespoir, cette voix d'autrefois du Vieux lui parlant de *La Ruelle,* et il était demeuré immobile, suspendu intérieurement au sens problématique de cette voix ancienne, assez longtemps pour que l'hôtesse — aimable, et blonde, et soyeuse — se vît obligée de lui indiquer d'un geste de son crayon l'endroit où il devait, encore une fois, sur un double, signer, et il avait repris, comme on dit, ses esprits, apposé cette dernière signature, et la jeune femme lui avait remis les clefs de l'automobile, avec un large sourire : « Bon séjour à Amsterdam, monsieur Mercader ! » Ces derniers mots avaient été prononcés en anglais, d'un ton enjoué, car c'était dans cette langue que toutes les formalités avaient été réglées, lui ne parlant pas le hollandais — ce qui est excusable —, elle ne parlant pas l'espagnol — ce qui est parfaitement compréhensible, la Hollande n'étant plus possession impériale depuis de longs siècles, malgré les premiers vers de l'hymne national néerlandais où il est toujours question de la fidélité des princes d'Orange à la couronne d'Espagne, formulation parfaitement anachronique qui n'engageait nullement cette jeune femme à connaître l'espagnol. De toute façon, l'anglais était la langue rêvée pour tout ce qui concerne la réservation des places d'avion, la location des voitures sans chauffeur, les virements bancaires et autres manipulations des objets matériels du monde. Ainsi, machinalement, il avait remercié la jeune femme pour ce souhait de bienvenue et il avait accompagné un employé qui le conduisait jusqu'au parc de stationnement, où le porteur l'attendait avec les bagages, qu'il avait fait charger, donnant ensuite des pourboires, d'un geste à la fois autoritaire et détaché, qu'il avait mis très longtemps à pouvoir faire d'une façon apparemment naturelle, étant donné sa timidité, et, une fois seul, il avait mis en route la puissante automobile allemande, souple, silencieuse, anonyme, comme il l'avait souhaité, dans le flot de voitures semblables roulant vers Amsterdam.

La voix du Vieux, à propos de Vermeer, paradoxalement, lui avait rappelé le sens de son voyage, non pas à cause de *La Ruelle,* bien entendu, nulle menace ne pouvant surgir à l'évocation de ce silence bruissant de béguinage, mais peut-être à cause de la fébrilité, anxieuse, qui redevenait aujourd'hui distincte, dix ans après, dans sa mémoire, voilant les paroles du vieil homme, accoudé subitement au bureau, ayant même écarté d'un geste rageur la lampe devant lui, comme si, de toutes les instructions, infiniment minutieuses, précises, et graves, qu'il lui avait données, la plus importante était cette évocation, tâtonnante, mais traversée par la flamme d'une grande passion, qu'il avait faite, longuement, d'un tableau de Vermeer, devant lequel, quarante-huit heures après qu'il eut laissé un message dans un lieu convenu, il pourrait retrouver, à onze heures du matin, la personne qu'il aurait souhaité voir, en cas d'urgence, pour établir un contact direct avec les Services. Le Vieux, pourtant, semblait avoir oublié, à ce moment-là d'il y a dix ans, le sens purement fonctionnel de *La Ruelle* — point de rencontre, signe éclairant dans l'univers obscur des réseaux — pour n'en plus souligner que la beauté, parfaitement accessoire, dans ce cas précis, ou donnée par surcroît, n'importe quelle autre toile ayant pu faire l'affaire, on en conviendra.

— Je ne sais pas, avait dit le Vieux, si vous aimez vraiment la peinture, ou si ce n'est, chez vous, qu'une volonté purement abstraite de connaissance, pas un besoin, véritablement un besoin (et la voix de son chef était sévère, comme si ce doute au sujet de son amour passionnel de la peinture était un élément dont il faudrait tenir compte, à l'heure d'établir sa qualification strictement professionnelle), mais si vous avez vraiment le goût de la peinture, regardez ce tableau (et alors, avec un sourire, il avait ajouté : Bien entendu, en dehors du service, pas le jour de ce rendez-vous possible. Et lui-même, hochant la tête : Bien entendu), regardez-le, si vous savez regarder, c'est-à-dire, oubliez votre regard, tout ce dont il peut être chargé, laissez cette toile se regarder elle-même, à travers votre regard, et encore, la toile n'étant là qu'en tant que structure représentative d'un certain univers, laissez cet univers de Vermeer se regarder lui-même, à travers votre regard, laissez-le se montrer, simplement.

— Vous verrez, avait dit le Vieux, c'est une toile assez petite, un peu plus de cinquante centimètres, dans le sens de la hauteur, un peu moins, dans celui de la largeur, un rectangle vertical, donc, et c'est d'ailleurs autour de cette géométrie rectangulaire que toute la toile est construite : le rectangle de la façade, ceux des fenêtres à croisillons, des portes, et celui, en perspective, que découvre l'ouverture sur une cour. Remarquez bien, disait le Vieux (l'index de sa main droite, à ce moment, s'était pointé vers lui, pédagogique), la taille de cette toile n'est pas indifférente, elle correspond, à quelques centimètres près, à la dimension moyenne des tableaux de Johannes Vermeer (et il avait prononcé ce prénom,

Johannes, comme on doit le prononcer en hollandais, avait-il supposé, d'une façon, tout au moins, qui ne correspondait pas du tout à celle qui aurait été normale, dans leur langue à tous deux), les rares exceptions à cette règle étant constituées par *La Courtisane* — que certains catalogues appellent aussi *L'Entremetteuse* — et qui se trouve à la Pinacothèque de Dresde ; *Le Christ chez Marthe et Marie,* qui se trouve à la National Gallery d'Edimbourg, *L'Allégorie de la Foi,* au Metropolitan Museum de New York, et *Le Peintre dans son atelier,* au Kunsthistorisches Museum, à Vienne (et c'est en prononçant le nom de cette ville, Vienne, que le Vieux avait semblé, pendant quelques brèves secondes, perdre tout à fait le fil de son discours, ses yeux bleus — d'un bleu presque entièrement délavé, presque blanc, avec des reflets métalliques — devenant, l'espace d'un éclair, d'une couleur dense, épaisse, rendue opaque par un tourbillon sombre au fond de son regard. Il avait éprouvé la certitude que le nom de cette ville, Vienne, évoquait pour le Vieux, avec toute la violence foudroyante de la mémoire, la présence d'un passé plein de sens, dont il n'était pas question de lui demander des comptes, des détails, qui resterait peut-être, toujours, entre eux, ineffable, mais dont la certitude établissait cependant la possibilité d'un rapport entre eux, d'une confidence, même brisée, livrée par bribes, ou même énigmatique) ; car ce sont, voyez-vous — il venait de reprendre le fil de son propos —, des toiles maniables, qui tiennent toutes dans l'écartement de vos deux bras, des objets, comprenez-moi, adaptés à une contemplation — ou mieux, plus exactement —, à une consommation privée ; déjà plus des objets de consommation publique, rituelle ou fastueuse — et je considère, tenez-en compte, les collections privées des princes et des prélats de la Renaissance comme destinées à une consommation publique, directement sociale, d'apparat, comme les produits d'une commande sociale — alors que les toiles de Vermeer sont objets privés au sens que la bourgeoisie va donner à ce terme (et il avait levé ses deux mains, longues, l'air de dire que c'était suffisamment clair, explicite, qu'il n'était pas nécessaire d'entrer dans les détails, les formules toutes faites, puisque nous étions entre gens de bonne compagnie, qui savaient de quoi il retourne) ; ainsi, si vous vous rappelez tout cela, en regardant *La Ruelle* — les batailles, les rapines, les trahisons, de cette bourgeoisie qui est en train d'établir les assises matérielles de l'humanisme abstrait, de l'homme privé, égal à ses égaux dans la mesure où il est marchand, c'est-à-dire acheteur et vendeur de marchandises, mais vous avez lu les *Grundrisse,* bien sûr ! cette histoire s'y trouve (et il avait fait un geste rapide de la main droite, comme s'il avait voulu balayer tout doute à ce sujet, comme si le moindre doute à ce sujet avait été insultant, et pour l'un et pour l'autre, pour lui parce qu'il n'aurait pas lu ces manuscrits de 1857-1858, préparatoires du *Capital,* pour le Vieux parce qu'il aurait octroyé son estime à quelqu'un ne les ayant pas lus) ; alors, si vous pensez à l'époque, gorgée de sang, où ce tableau a été peint, vous saisirez la démesure tragique de cette toile, l'irrationnel idéologique de cette image que le peintre veut donner, et de lui-même, et de son propre univers, des valeurs proposées par son monde — dans le sens où l'on dit qu'on est, ou qu'on n'est pas, du même *monde* — comme si cette tranquille et benoîte possession des biens de ce monde, des arbres, du ciel, des maisons, des objets, que la toile donne à voir ; comme si cette possession, ou mieux, cette propriété privée, non contestée, était le bien suprême auquel cette bourgeoisie aspirât, dont ce ne serait ici, en quelque sorte, qu'une allégorie primitive, peut-être encore utopique, et par là davantage touchante, car la bourgeoisie n'est pas encore assez forte pour imposer au monde, sous les drapeaux idéologiques des droits de l'homme et du citoyen, sa volonté de possession, ni sa capacité historique, non plus, de maintenir cette possession.

Tout à coup, pourtant, le Vieux avait changé de ton. Il avait ri : Oubliez tout cela, disait-il maintenant. Ne soyez pas cuistre, pénétrez au-delà de la structure idéologique, historique, du tableau. Plongez dans la transparence inépuisable de cet univers minime, dans la joie que procure cet accord formel, et qui est d'essence universelle, entre une matière et une lumière, entre la matérialité du monde et sa vision, presque abstraite, tellement elle est épurée.

Ainsi, à peu près — sa mémoire ayant forcément aplati, rationalisé, réduit à un commun dénominateur discursif, les paroles, passionnées, sûrement plus confuses et plus riches, à la fois, de son chef — le Vieux avait-il parlé, il y a dix ans.

Et dehors fondaient les dernières neiges du printemps.

(Dehors, la neige fondait, dans les rues, mais il avait marché jusqu'au parc, où les branches des arbres, parfois, dans un froissement sourd de l'air immobile et transparent, encore glacial, laissaient s'échapper des paquets de neige poreuse, qui venaient s'écraser sur la neige tassée du sol, pendant que les branches des conifères, dégagées de ce poids, frémissaient, sous le soleil de ce printemps qui s'avançait, il y a dix ans.)

Pourtant, il était revenu devant cette *Vue de Delft*, s'asseyant cette fois-ci sur le canapé recouvert de velours, qui se trouve là, en face de la toile, comme une allusion discrète et prévenante, de la part de la direction du Musée, à la possibilité d'une longue halte méditative devant cette œuvre consacrée par la critique, la mode, et même son propre rayonnement, et il avait eu très nettement l'impression — non dépourvue d'un certain agacement intérieur — au moment de toucher le velours usé, de ses deux mains posées à plat sur le rebord du canapé, de chaque côté de son corps, de prendre ainsi contact avec la suavité d'une tradition rassurante, parfaitement balisée, comme si ce velours lisse, frais au toucher, était le meilleur équivalent matériel d'une certaine façon de vivre, d'une certaine aisance policée, comme si, par le toucher délicat de ce velours aux couleurs éteintes, il entrait dans le domaine feutré d'une civilisation, ou d'une civilité, où les valeurs morales et artistiques auraient tinté comme du cristal, et il s'était dit alors, avec cette irrespectueuse violence dont il était, parfois, victime, que ce velours usé par les mains, les fondements, de tant de gens cultivés, pourrait fort bien jouer le rôle d'une relique, comparable en quelque sorte aux doigts des pieds, ou autres parties corporelles des saintes images sculptées, que les baisers millénaires des fidèles ont polis, rongés même, jusqu'à l'os de la pierre ou du bronze, et c'est au moment même où cette impression, déprimante, provoquée par les signes perceptibles d'un respect dévot, allait lui gâcher cette deuxième contemplation du tableau de Vermeer, qu'une voix s'était fait entendre, derrière lui, en français, une voix de femme, posée, doucement autoritaire, professorale.

— Assieds-toi, Philippe, disait cette voix, assieds-toi et regarde.

Il avait tardé quelques secondes à tourner la tête, cette voix féminine, française, n'ayant d'abord été qu'un ensemble de sons, de bruits rythmés, peut-être parce qu'il ne s'attendait pas à entendre parler en français, et que cette langue, connue, ne lui était pas familière, et c'est seulement quand le sens de cet ensemble de sons avait éclaté dans son esprit — comme un doublage légèrement désynchronisé par rapport aux mouvements des lèvres des acteurs, sur l'écran, ou comme ces voix de commentateurs qui traduisent, avec quelques secondes de retard, les déclarations d'hommes politiques étrangers, à la télévision — c'est alors seulement qu'il avait tourné la tête, pour voir un petit garçon d'une dizaine d'années, maigre, l'air grave, qui était venu s'asseoir sur le canapé, à sa gauche, et qui se tenait, tout raide, tendu vers le tableau qu'on lui avait enjoint de regarder. Derrière lui, un homme et une femme, vraisemblablement ses parents, et la femme avait mis sa main droite sur l'épaule gauche de son petit garçon, et elle avait parlé, encore, de cette même voix posée, persuasive, avec une pointe, cependant, d'autorité naturelle, allant de soi, non contestée, certainement, ni par le petit garçon, ni par le père du petit garçon.

— Regarde bien, Philippe. Proust a dit que c'était le plus beau tableau du monde.

— Non, Malraux.

L'homme avait parlé, à son tour, sans regarder sa femme, comme s'il déplorait les circonstances qui l'obligeaient à contredire une affirmation de son épouse. Il se frottait les mains, presque nerveusement.

— Comment ?

La voix de la femme — dont le visage, vivement, s'était tourné vers son mari, placé à sa gauche, pendant qu'elle retirait la main posée sur l'épaule de son fils — était montée d'un ton, devenant acide.

— Ce n'est pas Proust, c'est Malraux qui a dit ça.

Le mari se frottait les mains, regardant toujours

droit devant lui, s'excusant peut-être auprès d'invisibles témoins d'avoir eu à intervenir, ce qu'il avait fait, pourtant, d'une voix ferme, comme si la vérité qu'il lui semblait posséder méritât bien, en étant proclamée, de provoquer l'irritation de sa femme, et son propre regret de l'avoir provoquée.

— Parce que Proust t'ennuie, disait la femme, aussitôt, ce n'est pas une raison pour nier l'évidence.

L'homme, alors, avait haussé les épaules, scandalisé.

— Mais pas du tout ! Mais alors, pas du tout !

— Écoute, Pierre, nous en parlerons tout à l'heure. Ne dérange pas Philippe, maintenant.

Mais Philippe n'avait pas entendu cet échange de propos, ou bien n'y avait pas prêté une attention particulière, tendu comme il l'était vers la vue de Delft, dans un effort, peut-être désespéré, pour saisir la beauté de cette toile qu'on lui avait enjoint de regarder comme la plus belle du monde — quel que fût l'écrivain, Proust ou Malraux, à l'avoir affirmé — et il avait eu l'envie, fugitivement, de se pencher vers le petit garçon, de le conduire par la main jusqu'à l'orée même du tableau, jusqu'à cette plage de sable roux, comme s'ils avaient marché, tous deux, longuement, dans la platitude épuisante du paysage, et qu'ils faisaient une halte, ici, de ce côté de l'eau, pour contempler la ville dressée dans l'évidence de sa propre lumière, ne provenant pas d'un soleil astucieusement disposé pour déployer les jeux du clair-obscur, mais drainée des profondeurs grises de l'eau dormeuse, des pierres suintantes des quais, drainée, du fond même de l'épaisseur matérielle du monde, le long des façades, dont certaines auraient conservé, de ce passage lumineux, une couche poudreuse et dorée, drainée vers la flèche immobile d'un clocher de pierre blonde, réceptacle vertical de toute cette douce lumière amassée, d'où elle aurait été, vers le ciel nuageux, projetée, l'éclaboussant, par en dessous, et latéralement, d'une explosion de soleil renversé, et peut-être, sans doute même, Philippe serait-il entré, tout naturellement, dans la transparence tangible de ce paysage. Il n'en a rien fait, pourtant, bien sûr, il n'a pas pris la main de Philippe, il s'est levé, il a marché de nouveau à travers les salles du Mauritshuis, il est redescendu au rez-de-chaussée, et c'est dehors, aussitôt après avoir franchi la porte du Musée, dans le silence de cette fin de matinée, qu'il a eu de nouveau la certitude d'être épié, suivi, pris en chasse par une meute invisible, qui ne l'aurait pas quitté, depuis Madrid, d'un pas. La même présence confuse, insaisissable mais certaine, autour de lui, depuis un mois.

« Les chiens ! » a-t-il pensé, immobile, en allumant une cigarette, devant le Mauritshuis.

A onze heures trente, la veille du jour en question, l'hôtesse avait vérifié, souriante, si les ceintures de sécurité des passagers étaient bien attachées. Des voyants s'allumaient. Quelques minutes auparavant, le haut-parleur avait annoncé que la décélération éventuellement ressentie serait due à l'usage des aérofreins.

Il faisait semblant de somnoler.

Quel était l'homme chargé de le suivre ? N'importe lequel. Les types de la C.I.A., avait-il pensé, deviennent méconnaissables, ces derniers temps : ils ressemblent à des universitaires, à des chercheurs de la *Rand Corporation,* ou bien à des séducteurs aux tempes grisonnantes. A n'importe qui. Certains n'ont même pas l'air américain, ils ont la figure humaine. C'est le style Kennedy, peut-être.

En tout cas, n'importe lequel des passagers pouvait être l'homme chargé de le suivre, même ce type maigre, au regard dévasté, dont il pourrait se sentir proche, et qui avait lu *The Prophet Outcast,* durant tout le voyage.

Ensuite, le haut-parleur a annoncé l'atterrissage imminent à Schiphol, et il avait fermé les yeux, tout à fait. Il fallait réfléchir, récapituler des décisions, tracer une voie possible. L'idée, un instant, l'a effleuré qu'il pourrait mourir, à Amsterdam. Il a accepté cette possibilité. La seule chose importante, si ça devait lui arriver, c'est que le Vieux sache comment et pourquoi.

Alors, il a rouvert les yeux, en souriant.

L'avion roulait sur la piste, dans le sifflement des réacteurs.

Plus tard, lorsqu'il a posé le rectangle d'un vert vif de son passeport sur le comptoir de la police, le type qui lisait le bouquin de Deutscher était à ses côtés. Il ressemblait à Arthur Miller, décidément. On lui a rendu son passeport, il a fait quelques pas dans le hall, il a fait semblant de laisser échapper sa serviette. Il s'est baissé pour la ramasser, surveillant du regard le type qui ressemblait à Miller. Mais non, bien sûr. Une femme attendait ce type, brune, mince, heureuse. Ils sont partis enlacés, dans le rêve réalisé de leur rencontre. De toute façon, ce n'était jamais aussi évident.

Il a marché vers les bureaux de l'agence de location d'automobiles.

— Monsieur Mercader ? disait l'hôtesse.

Elle regardait son fichier.

— C'est ça, disait-il. La voiture a été retenue par votre succursale de Madrid.

La jeune femme avait déjà trouvé. Elle lui avait tendu des formulaires à signer. Il avait eu un moment de distraction, un vertige de la mémoire. La jeune femme avait dû lui rappeler la nécessité d'une dernière signature. Il avait fait un geste de confusion, elle avait ri, tout ça était banal.

— Bon séjour à Amsterdam, monsieur Mercader ! avait-elle dit.

On pouvait s'y tromper, on pouvait croire qu'elle lui souhaitait vraiment bon séjour à Amsterdam, que cette phrase n'était pas une simple formule, machinale. Elle était parfaite, cette jeune femme, lisse, souriante, chassant les ombres du monde autour d'elle.

Il roulait sur l'autoroute, plus tard, d'une façon imbécile, poussant tantôt la lourde voiture allemande bien au-delà de la vitesse maximale autorisée, ralentissant ensuite brusquement, sans quitter la voie de gauche. Des conducteurs l'avaient klaxonné, pour qu'il se range, à ces moments-là, mais personne ne l'avait dépassé sur la droite. La discipline batave, bien entendu. Il avait été, quand même, plusieurs fois, copieusement injurié, et le mot *gek* revenait constamment, dans ce répertoire d'injures gutturales. Mais personne ne l'avait suivi.

Alors, il avait éclaté de rire, amèrement. Ce n'était jamais si simple, il était payé pour le savoir.

Les types de la C.I.A., ceux de Madrid, pouvaient parfaitement avoir appris, là-bas, dans quels avions il avait fait réserver des places, dans quel hôtel une chambre, à Amsterdam. Ils pouvaient même savoir quels rendez-vous d'affaires étaient prévus, durant son séjour. Ce n'était qu'un travail de routine, avec les moyens dont ils disposaient en Espagne, et les appuis officiels. Vraiment, ils n'avaient pas du tout besoin de le faire suivre, sur ce tronçon d'autoroute. Il aurait suffi d'un relais à Schiphol, pour confirmer son arrivée, et d'un autre à l'hôtel pour amorcer les filatures. Ensuite, la chasse commencerait.

Il avait encore dix minutes à lui, pleinement, au milieu de ce paysage plat où se dressaient des entreprises industrielles qui ressemblaient à des hôpitaux ou à des instituts de recherche. Bientôt, il y aurait la rumeur d'Amsterdam, l'affairement, la foule sur la Kalverstraat, le silence du Béguinage, le marché du Dam, les ruelles du port, où les sirènes des grands cargos beugleraient au milieu des stridences des appareils à musique, et la brume sur l'Amstel, à l'aube. L'aguet, le guet-apens : la vie.

Dix minutes. Il avait souri. Personne ne pourrait l'empêcher d'exister, pendant ces dix minutes.

Une lumière vive s'était allumée, clignotante, et la jeune femme avait soulevé l'écouteur du téléphone gris.

— Société Van Geelderen, disait-elle, en hollandais. J'écoute.

Elle avait écouté une fraction de seconde, le temps d'un cri, d'un nom qu'on jette, d'un signal. Ensuite, sa voix avait changé. Curieusement excitée, presque haletante, maintenant.

— Un instant ! Ne quittez pas !

Elle avait appuyé sur un bouton rouge, au milieu du clavier de commande d'un appareil vert pistache.

— Attention, bureau quatre ! C'est à vous ! Je branche l'interphone.

Elle parlait en anglais, maintenant.

Elle tenait toujours son téléphone gris — d'un gris clair, doux presque laineux — de la main gauche, et elle parlait au téléphone, de nouveau.

— Allez-y ! disait-elle.

Une voix d'homme, assourdie, métallisée, s'était fait entendre, dans les haut-parleurs du circuit de l'interphone.

— Confirmation, disait la voix. Mercedes 220, berline, noire, LK, trente-trois vingt-deux. Vient de quitter Schiphol. Terminé.

Un déclic annonçait que la communication téléphoniquc avait été coupée.

La jeune femme reposait l'écouteur. Elle frottait ses paumes, un peu moites, à un mouchoir de papier, mentholé. Entre ses cuisses, aussi, une chaleur sourde était venue. Elle écartait les cuisses.

Des déclics se succédaient, minimes, comme des grésillements, et une nouvelle voix masculine s'élevait, dans l'interphone.

— Bureau quatre. Enregistré. Je donne le feu vert.

Une voix mûre, un peu traînante, presque ennuyée.

La jeune femme ne disait rien, elle avait froissé le mouchoir mentholé, elle le jetait dans une corbeille. Elle rêvait. Elle respirait profondément, ses seins pointaient. Elle glissait, distraite, sous sa jupe, une main légère vers la chaleur roulée en boule, au creux du ventre. Ensuite, elle allumait une cigarette, longue, à bout filtrant, et elle décrochait un deuxième appareil téléphonique, d'un blanc crémeux.

— Je m'excuse de vous déranger, monsieur, disait-elle. L'opération Humpty-Dumpty vient de commencer.

Elle inclinait la tête, presque obséquieuse, elle souriait.

— Bien entendu, monsieur.

C'était tout. Elle avait raccroché, elle restait immobile, la cigarette au coin des lèvres. La chaleur de son ventre, d'abord précise, pointue, comme hérissée dans la fourche de ses jambes, s'était diluée à travers tout son corps, alangui. Elle avait un tic de la paupière, tout à coup. Elle rêvait, troublement, avec un délice honteux.

La lumière clignotait de nouveau, elle décrochait un appareil téléphonique.

— Société Van Geelderen, disait-elle, en hollandais. J'écoute.

Elle écoutait.

L'un d'eux arrivait de Dresde, ça avait failli mal tourner. Il était en disponibilité, depuis huit jours. Il visitait la ville, ses restaurants, ses environs, systématiquement. Pas les musées, pourtant. Comme ça, une vague horreur, peut-être provisoire, pour les musées : à la Pinacothèque, il avait bien cru qu'il brûlerait. Dieter, lui, avait probablement brûlé, d'ailleurs. On le saurait, bientôt. Il se touchait le front, il attendait.

L'autre arrivait de Prague, où il n'y avait rien en cours, des broutilles. Mais il était sur une histoire à longue échéance, explosive. S'il ne sautait pas lui-même avant, bien entendu. Il n'était pas de bonne humeur, ce rappel à Amsterdam l'ennuyait. Il aimait le printemps à Prague, c'était idiot. Ça n'avait pas été le coup de foudre pour cette ville, loin de là. Mais une tenace infiltration de sentiments, de visions minimes, de lumières étalées. Il était pressé d'y retourner.

Le troisième arrivait de Madrid, il était brun et vif. On l'avait détaché sur cette affaire, il y a un mois, sur un ordre direct de Washington. Il n'en connaissait que des bribes, presque insignifiantes, car il était manipulé au jour le jour, par des ordres venus du Centre. Mais il avait du flair, il pressentait que c'était une occasion de briller, d'amorcer une carrière hors des routines des bureaux. A Madrid, c'était du travail de bureau, sans plus.

— Kanin, vous connaissez O'Leary, n'est-ce pas ?

L'homme qui leur parlait avait l'air de s'ennuyer, sa voix était traînante. Il remontait ses lunettes d'écaille, sur son nez.

Kanin était massif, O'Leary avait l'œil vert. Ni l'un ni l'autre ne réagissaient. Bien sûr qu'ils se connaissaient, ils travaillaient à la Section-Est, depuis des années. Mais ça n'avait pas été une question, juste un préambule : une façon d'amorcer les choses.

L'homme aux lunettes d'écaille passait la main dans ses cheveux gris, ras, il continuait.

— Par contre, aucun de vous ne connaît Herbert Hentoff, du bureau de Madrid.

Ils regardaient Hentoff, celui-ci les regardait.

— Si, disait Kanin.

Il n'avait pas bougé, sa voix était sèche. Il était cassant, Kanin, mais pas seulement à cause de cette histoire de la Pinacothèque de Dresde, c'était habituel. Tous les regards étaient sur lui.

— Il y a cinq ans, un stage de formation, en Floride, sur les méthodes des services ennemis. Vous y étiez.

Il ne s'était même pas tourné vers Hentoff. Il énonçait des choses, comme ça.

— En effet, disait Hentoff.

Il riait, peut-être d'une façon trop appuyée.

— J'étais nouveau, ajoutait-il, comme une excuse.

Il n'était pas content, il aurait dû se souvenir de ce type.

L'homme aux lunettes d'écaille n'avait rien dit, il regardait sa montre.

— Voici l'objet de la mission, disait-il.

Il ouvrait un dossier, sur son bureau.

— Un instant, disait Kanin, hargneux. Pourquoi ce nom de code, ridicule ?

L'homme aux lunettes d'écaille ne relevait pas le nez de son dossier.

— Pourquoi pas ? disait-il.

O'Leary, l'œil plissé, chantonnait une comptine, où il était question de Humpty-Dumpty, assis sur un mur et faisant une grande chute.

Kanin n'avait pas l'air d'apprécier les comptines anglaises, il haussait les épaules.

L'homme aux lunettes d'écaille sortait un jeu de photos qu'il passait aux hommes de la Section-Est. Hentoff ne semblait pas en avoir besoin.

Kanin regardait, maussade. Il n'y aurait pas de problème, les gars avaient bien travaillé. Il notait mentalement, sans effort, les traits de ce visage, l'allure de l'homme, ses gestes devinés. Dans deux jours, dans deux mois, demain, dans un siècle, il le reconnaîtrait. O'Leary s'était penché en avant, passionné. Le type marchait le long d'une pièce d'eau, dans un parc. De l'autre côté, il y avait un monument horrible, qui ressemblait à celui de Victor-Emmanuel, à Rome, gâchant la perspective de la place de Venise : une sorte de colonnade en hémicycle, avec une statue équestre au milieu. Ailleurs, le type était assis à la terrasse d'un café, il y avait de l'ombre et du soleil. Trente-cinq ans, mince, une allure déliée. O'Leary regardait les yeux de ce type, sur une photo prise de tout près. O'Leary pressentait que ce type ne serait pas facile à avoir, quel que fût l'objet de la mission : il avait un regard d'au-delà toute crainte, de tout espoir aussi. O'Leary hochait la tête, il était intrigué.

Il y avait eu du silence. Les photos étaient revenues sur le bureau.

— Ramón Mercader, disait l'homme aux lunettes d'écaille, d'une voix traînante, en lisant une fiche. Né le 15 avril 1931, à Santander, Espagne.

— Tiens ! disait Kanin. On arrive juste pour lui souhaiter son anniversaire, après-demain.

O'Leary bougeait, dans son fauteuil.

— Mercader ? Ramón Mercader ?

On attendait la suite.

— Nous avons déjà eu affaire à lui ? demandait O'Leary.

L'homme aux lunettes d'écaille secouait la tête.

— Jamais, disait-il.

— Son nom me dit quelque chose, murmurait O'Leary.

On laissait O'Leary à ses impressions.

— Directeur adjoint de la COMESA, disait l'homme aux lunettes d'écaille. Une société espagnole florissante, spécialisée dans le commerce avec les pays de l'Est. Bureaux à Barcelone et Madrid.

Il continuait à parler, donnant des détails biographiques, précis, à n'en plus finir, mais anodins, somme toute. On savait beaucoup de choses sur cet homme, mais rien n'était vraiment surprenant.

— Il va passer quelques jours à Amsterdam, pour affaires. Des contrats à signer avec une société hollandaise, avec une mission commerciale de l'Allemagne de l'Est, aussi. Il a un billet d'avion aller-retour, mais la date du retour n'est pas encore fixée. Vous allez vous coller à lui, minute par minute, jour et nuit. L'équipe locale est à votre entière disposition. Chuck Folkes est venu de Paris, il est déjà au travail.

Folkes était un génie de l'électronique, des systèmes d'écoute et de repérage à transistors et ondes ultra-courtes. Ce type ne pourrait pas se laver les dents sans que les gargouillements de sa bouche ne soient enregistrés, pensait O'Leary.

L'homme aux lunettes d'écaille donnait encore quelques instructions techniques : les responsabilités de chacun, le dispositif d'ensemble. Ensuite, il avait fini de parler.

Il y avait eu du silence.

— Des remarques, des questions à poser ?

L'homme aux lunettes d'écaille avait rangé le dossier, il les regardait à tour de rôle.

George Kanin était tassé dans son fauteuil. On lui demandait de faire un boulot, il ferait ce boulot. Il supposait que quelqu'un, quelque part, dans un bureau quelconque, saurait pourquoi on dérangeait des types comme O'Leary et lui pour un travail aussi minable. Mais ce n'était pas son affaire.

O'Leary souriait.

— Vous n'en savez pas plus que nous, n'est-ce pas, Floyd ? demandait-il.

L'homme aux lunettes d'écaille ne bronchait pas.

— C'est tellement banal que ça m'intrigue, ajoutait O'Leary.

— C'est tout ?

La voix de Floyd était cassante, à présent. O'Leary hochait la tête.

— Vous êtes toujours aussi malin ? demandait Floyd.

— Toujours, disait O'Leary, je suis irlandais.

Floyd s'était mis debout.

— Les flics qui me tapaient dessus, à Brooklyn, quand j'étais gosse, étaient aussi irlandais.

Ils s'étaient tous levés.

— Et voilà ! disait O'Leary.

Ses yeux verts étaient invisibles sous les paupières baissées. Il relevait la tête.

— Une question, pourtant. Ce gars soupçonne-t-il que nous sommes après lui ?

Floyd se tournait vers Herbert Hentoff.

— Pas question, disait Hentoff, d'une voix catégorique.

O'Leary souriait, encore. Il avait du mal à le croire. Ramón Mercader ? Ça lui disait quelque chose.

Le soleil n'était pas visible, mais le ciel brumeux recelait sa lumière, la projetait circulairement, d'une façon diffuse, et comme alourdie, épaissie, lumière plombée en quelque sorte, sur le paysage. Une vedette glissait sur l'Amstel, devant ses fenêtres, et il laissa retomber le voile grège du rideau.

On frappait à la porte.

Il fit un geste, la femme de chambre posa le plateau sur une table, elle sourit, demanda s'il avait besoin d'autre chose. Il secoua la tête, il fut de nouveau seul. Il souleva le couvercle d'un plat, grignota du hareng, du pain, une autre sorte de poisson, fumé, but de la bière, mangea, en somme, debout. Le café était tiède et amer, il fut déçu.

Deux messages l'attendaient, à la réception, quand il était arrivé à Schiphol. Moedenhuik confirmait le dîner de ce soir, il rappellerait dans l'après-midi, pour l'heure, le lieu de rendez-vous. Les types de la R.D.A. annonçaient par télégramme leur arrivée pour le même soir : la réunion aurait lieu jeudi 14, comme prévu. Il relut les messages, les posa sur la table, attendit.

Rien ne se passa, aucune incitation ne surgit,

intérieure. Autour de lui, les objets étaient lisses, également. Il se déplaça, c'était feutré, pas seulement sous ses pas : la chambre tout entière était un cube de silence épais. Il eut envie de s'asseoir ou même de s'allonger. Le temps passerait, la lumière changerait. Il serait passif, on verrait bien.

Il secoua la tête, marcha jusqu'à la première porte, sur le couloir, ferma à clef. Il s'adossa à la porte, commença à regarder. Il était dans la première partie de la pièce : un secrétaire, à sa droite, contre le mur qui longeait le couloir. En face, une coiffeuse. Il observa la marqueterie du meuble, fit quelques pas, vers la porte de la salle de bains, au fond. Il pensa qu'il pouvait négliger tout ça, pour l'instant, il revint en arrière. Il franchit l'arcade qui conduisait à la chambre à coucher proprement dite, avec une grille en fer forgé, dorée, à mi-hauteur, dont les deux battants étaient, à présent, repliés, livrant le passage. Sur le seuil, il contempla la chambre à coucher : les lits jumeaux, le téléphone blanc sur une table de chevet, le lustre, les lampes à pied, tout le reste. Il regarda chaque objet, chaque meuble, longuement, l'isolant dans une vision précise, presque maladive, à force d'attention retenue. Ensuite, il commença à chercher.

Vingt-cinq minutes plus tard, il avait trouvé.

C'était une installation parfaite, du point de vue technique : un microphone branché sur un émetteur à ondes ultra-courtes, tous deux miniaturisés. Mais la cachette n'était pas fameuse, n'importe qui l'aurait trouvée, avec un peu d'imagination. C'est-à-dire, n'importe qui, à condition de la chercher, cette cachette. Il n'était pas censé avoir à chercher un système d'écoute et de surveillance dans sa chambre, voilà toute la question.

Il ne toucha à rien, bien entendu, revint dans la salle de bains, s'aspergea la figure d'eau froide, eut envie de boire. La bière était tiède, éventée. Il décrocha le téléphone et commanda un carafon de vodka, dans un seau de glace, avec une bouteille d'eau minérale, gazeuse.

Debout, au milieu de la chambre à coucher, sous le microphone invisible et présent, il rit, très fort. Il avait eu envie de rire, tout simplement. Quelque part, autour de l'hôtel, dans un périmètre donné, une automobile roulerait, ou bien serait garée quelque part, en ce moment, et le type entendrait son rire, dans le récepteur branché sur la longueur d'onde du système d'écoute. Il entendrait un rire fort, presque joyeux, comme il aurait entendu, auparavant, sa voix demandant un carafon de vodka, en anglais. Le type entendrait tout : le silence de la chambre, ses rires à lui, le cas échéant, le froissement des pages de journal, les bruits de son sommeil, ses rêves, s'il rêvait à haute voix. Mais il n'entendrait pas la rumeur de son sang, le froissement feutré, glacial, de sa pensée, ni les pulsations chaudes, aux tempes, au creux de l'estomac, de sa haine.

Il sourit, regarda autour de lui.

Les objets n'étaient plus lisses, ni plats. Ils avaient des arêtes, du volume, une consistance : ils ressemblaient de nouveau à des objets réels, baignés par une lumière vraie, bien que diffuse.

Il appela Moedenhuik, pour le dîner de ce soir. Ils parlèrent : Moedenhuik était jovial. Ils se mirent d'accord sur le restaurant indonésien de la Leidsestraat. Moedenhuik retiendrait la table.

La vodka était arrivée. Il but d'un trait, en regardant l'invisible microphone.

Quelque chose était en train, aujourd'hui.

L'Américain avait quitté l'Apollo, à l'heure habituelle, mais il avait flâné, longtemps. Ce n'était pas son genre. Le premier jour, dans une librairie de la Kalverstraat, il s'était acheté un guide de la ville : *Surprising Amsterdam, A Guide to Europe's Most Delightful City, by Arthur Frommer.* Depuis lors, l'emploi du temps de l'Américain avait été réglé, comme un mouvement d'horlogerie, par les indications du guide. Le quatrième jour, Walter Wetter avait même proposé à Hans de laisser tomber la fastidieuse filature de ce type. « Tu verras, avait-il dit à Hans, demain, il suffira de l'attendre à la sortie de *Van Moppes & Zoon,* 2 Albert Cuypstraat : c'est la visite d'un diamantaire qui est inscrite au programme. Pour le déjeuner, nous avons le choix entre *De Kaatsende Kat* et *De Groene Lanteerne,* puisqu'il aime les restaurants typiques, mais seulement ceux mentionnés dans le chapitre de deux dollars cinquante à quatre dollars. L'après-midi, il ne bouge pas, on est tranquilles. Le soir, c'est le tour du cabaret *Caliente,* au 241 de Lijnbaansgracht. Il n'y a aucune surprise à attendre de cet Américain !

Hans l'avait regardé d'un air morne, ne sachant pas comment prendre la plaisanterie, ne sachant même pas si c'en était une. Hans était efficace, mais il n'avait pas le sens de l'humour. Walter l'avait rassuré, aussitôt. Il ne fallait pas quitter l'Américain d'une semelle, même si tous ses déplacements pouvaient être prévus à l'aide du petit livre publié par *The Frommer-Pasmantier Publishing Corporation, 80 Fourth Avenue, New York 3. New York,* et dont les photos, ainsi que le précisait une mention spéciale, étaient de Fritz Henle. Il ne fallait pas le perdre de vue un seul instant, ce n'était pas la peine de l'avoir laissé filer, à Dresde, pour rater ici l'occasion de ferrer le poisson. Un jour ou l'autre, n'importe quand, il arriverait quelque chose.

Pourtant, ces huit jours avaient été fastidieux. L'Américain avait acheté le guide, dans cette librairie de la Kalverstraat, deux heures à peine après son arrivée, et il avait suivi les indications du chapitre VI *(The Indispensable Sights : City Tours ; Sights ; Walks around town),* point par point et paragraphe par paragraphe, comme un automate. Le premier jour, donc, il y avait eu la promenade sur les canaux, dans une vedette de la compagnie Bergmann, peut-être parce que c'était la première mentionnée dans le guide en question. C'était Klaus qui l'avait accompagné, cette fois-là, et l'Américain n'avait parlé avec personne. Klaus prétendait même qu'il n'avait pas regardé le paysage urbain, ses yeux fixant un point vague de l'espace. Rien n'avait fait frémir son visage immobile et massif, disait Klaus.

Le deuxième jour, il y avait eu le *One dollar N.Z.H. — Cebuto Tour,* c'est-à-dire une visite de la ville dans un autocar de la compagnie N.Z.H. — en association avec l'agence de voyages Cebuto — pour le prix, selon Arthur Frommer mirifique, de trois florins cinquante (un dollar, en monnaie américaine). C'est Hans qui assurait la surveillance, ce deuxième jour. Lui-même, pendant que Klaus fouillait infructueusement la chambre de l'Américain, à l'Apollo, s'était installé au bar de son hôtel, où on pourrait le joindre au téléphone en cas d'urgence, et il avait griffonné quelques phrases banales sur des cartes postales qu'il enverrait à Francfort, comme un touriste allemand quelconque. Ensuite, il avait lu dans le guide de Frommer la description du tour de la ville que l'homme de la C.I.A. faisait à ce moment même. « *L'autocar parcourt un vaste secteur de la zone centrale d'Amsterdam (pendant qu'une hôtesse polyglotte commente la visite dans un haut-*

*parleur), passe le long de la rivière Amstel et du pittoresque Kloveniersburgwal, pour faire ensuite un détour à travers les projets d'urbanisme futuriste et les ensembles communautaires d'Amsterdam-Ouest — un détour excitant pour l'esprit. Finalement, l'autocar fait un arrêt devant le seul moulin à vent qui fonctionne encore dans l'enceinte de la ville, où le meunier et sa famille vous accueilleront et vous permettront de monter les étroites marches en bois qui mènent jusqu'au sommet du moulin, sous les ailes gigantesques. Après, lorsque vous aurez épousseté la fine poussière farineuse et dit au revoir, l'autocar fera un rapide trajet de retour — tout compris dans les trois florins cinquante que vous aurez payés !* »

Il avait commandé à boire, il s'était installé dans l'ennui de l'attente. Une brève angoisse l'avait saisi. Si ce type était vraiment en vacances ? S'ils avaient monté pour rien cette opération compliquée ? Il avait secoué la tête, il s'était obligé à penser à des choses précises. Le temps avait été long. Plus tard, Hans avait fait un rapport inutilement minutieux. Car il n'avait ni le sens de l'humour ni celui de la synthèse. En fin de compte, on aurait tout pu résumer en trois mots : rien à signaler. L'Américain avait regardé la ville, de son siège d'autocar, avec les mêmes yeux vides que la veille. Ni l'Amstel, ni le pittoresque Kloveniersburgwal, ni les ensembles urbains futuristes, ni même le seul moulin à vent encore en activité dans l'enceinte d'Amsterdam, ne semblaient avoir retenu son attention. Personne non plus n'avait essayé de le joindre et lui-même ne s'était adressé à nul être vivant. (Une fois, pourtant, son regard avait semblé abandonner sa fixité aqueuse, lorsqu'un chien, au retour du circuit touristique, avait failli se faire renverser par une automobile ; alors, semblait-il, aux dires de Hans tout au moins, l'Américain avait non seulement eu l'air de parfaitement remarquer la scène, mais il avait même amorcé un mouvement, peut-être instinctif, comme s'il avait voulu se porter au secours de la bête, mais cet unique incident, que Hans rapportait fidèlement, avec une exactitude pointilleuse et, par son excès même et sa lenteur, hallucinante, comme un récit de cauchemar, cet incident n'avait eu, bien entendu, aucune signification, et il avait dû, comme on dit, prendre sur soi, pour ne pas interrompre, sèchement même, la description de cet épisode minuscule, que Hans, parfaitement détendu, avait poursuivie jusqu'à sa fin, la propriétaire du chien ayant finalement repris la bête en laisse — sous l'œil, semblait-il, toujours attentif de l'Américain — après avoir constaté, on peut supposer avec quel soulagement, qu'elle était indemne.)

Le 8 avril, pourtant, il s'était passé quelque chose. Était-ce un événement ou simplement un hasard ? Ou même une distraction de la part de l'Américain ? Hans Menzel et Klaus Kaminsky avaient souligné le fait, mais sans lui accorder une attention particulière, sans essayer d'en pénétrer le sens. Il est vrai qu'ils ne connaissaient pas cette affaire dans son ensemble. Ils savaient simplement que l'Américain était l'un des spécialistes des réseaux de la C.I.A. en Allemagne de l'Est. Ils ignoraient pourquoi ils étaient venus si loin traquer cet homme. Toute l'histoire de Dresde leur était inconnue, par exemple. Alors, ils n'avaient pas prêté une attention particulière à cet événement du 8 avril.

Ce jour-là, selon le programme établi par le guide de Frommer, si fidèlement suivi jusqu'à présent, l'Américain aurait dû consacrer sa journée au Rijksmuseum. C'était le quatrième point du programme, le cinquième étant constitué par la visite du Musée municipal. Mais l'Américain avait sauté les quatrième et cinquième points du programme, il était passé directement à la visite d'une brasserie, et il avait choisi celle de la bière Heineken (à une courte distance du Rijksmuseum, pourtant). Ce mépris de la peinture (mais était-ce réellement du mépris ? n'était-ce pas plutôt le souvenir, encore vivace, et préoccupant, de l'aventure de la Pinacothèque ?) avait tout d'abord surpris Menzel et Kaminsky, pour lesquels les musées, les concerts, le théâtre, étaient des choses sérieuses qu'il n'était pas concevable de négliger aussi cavalièrement. Ils avaient ressenti d'autant plus vivement cet événement que la décision de l'Américain les privait de la possibilité de visiter ces deux musées célèbres, et Dieu sait quand ils auraient de nouveau l'occasion de revenir à Amsterdam ! Mais cette surprise, légèrement irritée, était bientôt devenue de la satisfaction, dès qu'ils en eurent un peu discuté. Car ainsi, par ce mépris visible de la culture, cet Américain réel, au visage massif, inexpressif, qu'ils guettaient jour et nuit, se trouvait coïncider exactement avec l'image idéologique qu'ils se faisaient de l'Américain moyen : ignare, vulgaire, n'attachant aucune importance aux choses de l'esprit. En fin de compte, Menzel et Kaminsky, après quelques verres de bière et un échange de vues sur cette question, le soir, avaient été profondément rassurés par cet inqualifiable mépris envers la peinture dont l'Américain avait fait preuve. Il était bien comme il devait être, ce type de la C.I.A. ! Ils s'étaient sentis fiers, ce soir-là, d'appartenir à un peuple qui avait donné au monde autant de témoignages de création culturelle. Comme si Beethoven et Goethe — pour ne citer que deux des noms qui étaient venus sur leurs lèvres, dans une énumération réellement impressionnante — constituaient en quelque sorte la justification lumineuse de leur travail obscur, sordide même ; comme si c'était la tradition de Goethe et de Beethoven — pour ne toujours citer que ces deux noms, parmi les dizaines qu'ils auraient pu énumérer — qu'ils étaient chargés de préserver, en surveillant à Amsterdam le moindre fait et geste d'un Américain aussi dépourvu d'intérêt pour la culture, aussi conforme à l'image qu'ils se faisaient de l'ennemi contre lequel ils étaient chargés de défendre leur pays.

Il avait laissé dire Menzel et Kaminsky. Il avait hoché la tête, approbateur. Il lui semblait pourtant que ce changement introduit par l'Américain dans son programme avait une signification tout autre que celle que lui prêtaient ses camarades. Il est vrai qu'ils ne connaissaient pas l'histoire de la Pinacothèque de Dresde. Il lui semblait que lui-même, s'il lui était arrivé quelque part une histoire semblable, aurait également eu, pendant un certain temps tout au moins, une vague répulsion superstitieuse pour les visites des musées. Il avait considéré que c'était un signe encourageant, cet apparent mépris de l'homme de la C.I.A. pour la peinture : s'il avait été vraiment en vacances, l'esprit détendu, il aurait plus facilement pu surmonter l'obstacle du souvenir de la Pinacothèque. Mais s'il avait été rappelé à Amsterdam pour un nouveau travail — et c'est sur cette hypothèse que toute leur mission avait été conçue, car sinon il aurait été beaucoup plus simple de l'arrêter avant qu'il ne repasse la frontière, maintenant que toutes ses boîtes aux lettres, tous ses points d'appui en Allemagne de l'Est étaient brûlés — s'il vivait dans la tension d'un nouveau danger, proche et précis, il était parfaitement compréhensible qu'il négligeât les musées, par un mécanisme mental peut-être inconscient, ou seulement à demi conscient, afin de s'éviter le choc renouvelé de ce souvenir de Dresde.

Quoi qu'il en fût, l'Américain avait omis le Rijksmuseum, il était passé directement au point six du programme touristique établi par le guide d'Arthur Frommer : la visite d'une brasserie. C'était le 8 avril, il faisait tiède et brumeux, le temps passait.

Le surlendemain, après avoir consulté le guide d'Amsterdam, il décidait de se charger lui-même de la surveillance de l'Américain, durant cette matinée du 10 avril. Hans Menzel et Klaus Kaminsky, dans la voiture où il leur avait communiqué cette décision, tout en roulant en bordure du Vondelpark — on voyait, sur leur gauche, briller faiblement l'eau des pièces d'eau — avaient été intrigués. Il avait été prévu, au départ, qu'il ne se chargerait jamais lui-même d'une surveillance directe. Non pas que l'Américain ait eu la moindre chance de le remarquer, mais il fallait prévoir l'avenir. Hans et Klaus travaillaient dans les Services intérieurs de la Sécurité, ils avaient été détachés pour cette mission de façon tout à fait exceptionnelle. Mais lui-même, qui travaillait dans les Services extérieurs, pouvait un jour ou l'autre se retrouver en face de ce type. Et on savait bien comment ils sont, ces types : ils ont une mémoire invraisemblable. Pourtant, il avait décidé de se charger lui-même de la filature de l'Américain, aujourd'hui. Ses deux compagnons avaient été intrigués, mais n'avaient fait aucune observation. C'était lui le chef, il devait bien savoir pourquoi il faisait cela.

Ainsi, il avait suivi George Kanin, ce 10 avril, dans la visite de la maison d'Anne Frank.

« *None of us should ever pass through Amsterdam without making a similar pilgrimage...* » C'est peut-être cette phrase du guide d'Arthur Frommer qui lui avait fait éprouver l'irrésistible besoin de se joindre à l'Américain, ce jour-là. « *Aucun de nous ne devrait jamais passer par Amsterdam sans faire un semblable pèlerinage, aussi bien pour le souvenir des terribles événements de la Seconde Guerre mondiale que pour s'inspirer de l'éternel courage indomptable d'Anne.* » Il avait lu cette phrase, une amertume lui était venue, et il avait décidé d'accompagner le type de la C.I.A. dans la maison d'Anne Frank.

A l'heure de l'ouverture, il s'était arrangé pour se glisser dans le même groupe de visiteurs que l'Américain. Il y avait des gens de plusieurs nationalités, des gens d'âge mûr, des enfants. Un couple jeune se tenait par la main. Kanin était seul, comme d'habitude, lisse et massif. Une dame à cheveux gris leur avait fait franchir le passage secret, camouflé derrière une bibliothèque, et ils étaient tous montés à l'étage supérieur, où les Frank, et les Van Daan, et le dentiste Dussel avaient vécu, jusqu'à l'irruption de la Gestapo, le 4 août 1944. Kanin écoutait les explications, comme tous les autres visiteurs, dans un silence tendu. En haut, dans le logement clandestin, aux murs nus, des plaques de verre protégeaient quelques souvenirs jaunis de l'enfance d'Anne. Il y avait une photo de jeune fille fraîche et joyeuse et une voix de femme avait dit, à ses côtés : « *Oh G.A. ! It's Deanna Durbin !* » Il y avait eu un remue-ménage, autour de lui, des gens s'étaient rapprochés de cette photo. Il ne savait pas qui était Deanna Durbin, mais il avait vu Kanin se pencher, intéressé, tout au moins curieux. Il savait peut-être qui était Deanna Durbin, lui. Ensuite, il y avait eu des commentaires, d'une voix chuchotante, mais excitée. Il en avait déduit que Deanna Durbin était une jeune actrice du cinéma américain d'avant la guerre. Bien sûr, il ne pouvait pas connaître.

Il avait oublié Kanin, et le sens immédiat de sa présence ici, les raisons de cette poursuite insensée. Il avait regardé le visage frais, l'inaltérable joie de vivre qu'il exprimait, malgré le jaunissement de cette méchante photo. Il avait regardé le visage de cette jeune inconnue, cette Deanna Durbin, comme s'il avait été l'image la plus troublante d'un bonheur inaccessible, d'une innocence à jamais perdue. Deanna Durbin ? Il se sentait vieux, tout à coup, déraciné du paradis perdu des rêves enfantins. Il avait été arrêté à quinze ans, en 1934, lorsque la Gestapo avait démantelé l'organisation clandestine des jeunesses communistes de Berlin-Moabit. Ils n'étaient pas nombreux, il faut bien le dire, mais leur travail de propagande était assez intense. Il avait fait trois ans de prison, il avait été relâché, il avait recommencé, il n'y avait rien d'autre à faire. Ensuite, il avait connu les camps, plusieurs. A dix-neuf ans, il avait été envoyé à Buchenwald, qui se construisait sur la colline de l'Ettersberg. Au-dessus de son triangle rouge, cousu sur le côté gauche de la veste et sur la jambe droite du pantalon, à mi-cuisse, il y avait une mince bande, également rouge, pour indiquer qu'il était récidiviste : *Rückfälliger*.

Il regardait le portrait de Deanna Durbin, dans la maison d'Anne Frank, ce sourire d'autrefois, cette enfance inconnue, ce simple bonheur inexistant. Il avait souri, brièvement. Deanna Durbin ? C'était le dehors, la vie qui avait continué, les rêves qui avaient continué. Un souvenir l'avait submergé, dans une sorte de nausée. Il avait vingt ans, peut-être un peu plus, il était à l'ombre d'une des baraques du *Revier*, il serrait les dents, il attendait le *Kapo* de la carrière. L'organisation du parti luttait dans l'ombre, férocement, pour évincer les prisonniers de droit commun des postes décisifs dans l'administration interne du camp. Il attendait le gros Borsche, avec un couteau caché dans la manche de sa veste. A la carrière, Borsche liquidait les camarades, les uns après les autres, sous l'œil complice et souriant des S.S., qui n'avaient même pas à intervenir. La nuit dernière, Borsche avait été condamné à mort par le comité d'autodéfense du parti. Ce n'était pas une opération de tout repos, car le *Kapo* de la carrière était bien en cour : il était l'un des rouages les plus efficaces de la machine d'extermination nazie. Ce matin-là, à cinq heures, au moment où les kommandos de travail se formaient, le responsable de sa cellule s'était glissé jusqu'à lui, lui avait donné un rendez-vous, furtivement. Le copain qui était venu à ce rendez-vous, il le connaissait : c'était un docker de Hambourg, il y avait dirigé une grève insurrectionnelle, dans les années vingt. Ça avait été bref, précis, implacable. Maintenant, il était dans l'ombre nocturne, derrière l'une des baraques du *Revier,* et il sentait la lame froide du couteau contre la peau de son avant-bras gauche. Il savait bien pourquoi il avait été choisi. Il avait vingt ans, la Gestapo n'avait rien de particulier sur lui, dans son dossier. Il était l'un de ceux qui pourraient le plus facilement passer à travers les mailles du filet, au cours de l'enquête postérieure. Et puis, il n'avait jamais dénoncé personne, à la Gestapo, lors de ses successives arrestations. Aucun dossier ne mentionnait cela, mais de bouche à oreille, de prison en prison, de camp en camp, cette nouvelle avait été transmise, d'une organisation du parti à l'autre, d'un comité de contrôle à l'autre : il était le jeune communiste de Berlin-Moabit qui n'avait jamais chanté devant les mecs de la Gestapo, et pourtant on l'avait drôlement secoué, ça, vous pouvez m'en croire ! Ainsi, il était tapi dans l'ombre de la nuit et il attendait Borsche. Un sombre orgueil l'envahissait. Quelques jours auparavant, Molotov avait été reçu à Berlin, avec tous les honneurs. Il avait été reçu par von Ribbentrop, par Hitler, un protocole avait été signé, qui développait les accords du pacte germano-soviétique. A l'Ouest, la guerre ressemblait à une farce. Mais eux, dans l'ombre de Buchenwald, ils se battaient. Un jour, le cours des choses se renverserait, il fallait durer, préserver les cadres politiques du parti, tenir. Il n'avait pas à s'occuper d'autre chose, à se poser des problèmes. C'était tout simple. Il serrait les dents, dans l'ombre d'une des baraques du *Revier*, il attendait Borsche. Ce soir, quelques *Kapos* verts fêtaient l'anniversaire de l'un d'entre eux, Borsche sortirait éméché de cette réunion. Il aurait bu de la bière, achetée à la cantine S.S. avec la complicité d'un des gardiens, il aurait chanté à tue-tête de vieilles chansons sentimentales. Il allait mourir, ensuite.

Le temps a passé, Borsche est sorti, légèrement ivre, comme prévu. Borsche s'est approché, en chantonnant. Alors, il a sorti le couteau de la manche de sa veste. Il a fait deux pas, dans l'ombre de la baraque, il a attendu que Borsche arrive à sa hauteur, il a fait comme on lui avait dit de faire. Le gros Borsche est tombé sans un cri, c'était parfait.

Mais ça n'avait été qu'une lueur qui s'allume et s'éteint, dans la nausée de la mémoire. Il regarde encore la photo de Deanna Durbin. Une voix de femme, à côté de lui — peut-être la même voix de tout à l'heure — se demande ce qu'elle est devenue, Deanna Durbin. Alors, du fond de lui-même, il souhaite désespérément que Deanna Durbin soit encore en vie, quelque part, qu'elle ait réussi à préserver la fraîcheur de ce regard enfantin qui veillait sur Anne Frank et sur Peter Van Daan, sur tous les autres emmurés ; il souhaite, en fermant les yeux, l'espace d'une seconde, que ce bonheur dérisoire et factice de l'enfant — dérisoire et factice comme le bonheur de cette lointaine Amérique, tellement convaincue de son innocence, à cette époque où la petite fille incarnait au cinéma le bonheur niais, mais réel, de cette Amérique puritaine et pionnière — que ce bonheur enfantin soit devenu un vrai bonheur de femme, à travers le sang et les larmes qui auraient peut-êre dessillé ses yeux, à travers les cendres et les fumées : un vrai bonheur de femme qui ne serait plus fondé, aujourd'hui, sur l'innocence niaise, mais sur la gravité reconnue du monde, sur l'injustice reconnue et niée, sur la douleur partagée du monde, sur la conscience lucide des culpabilités américaines dans le cours des choses.

Mais aussitôt, il rouvre les yeux, il hoche la tête, il constate qu'il vieillit, il a envie de fumer, ou bien de boire un verre, il se tourne vers Kanin.

George Kanin regardait les souvenirs jaunis d'Anne Frank, son visage n'exprimait rien. La visite continuait.

Plus tard, il avait retrouvé Menzel et Kaminsky, qui l'interrogeaient du regard.

— Rien, avait-il dit. Comme d'habitude.

Menzel et Kaminsky devaient avoir à peu près cinq ans, lorsque cette guerre s'était terminée. Il ne pouvait rien leur dire, rien partager avec eux : ils ne vivaient pas la même histoire.

(— Merde ! avait dit quelqu'un, derrière lui.

Il avait tourné la tête, c'était l'Espagnol qui avait crié.

— Pourquoi ?

Il y avait du soleil sur les vitres, un jour d'automne, lumineux.

L'Espagnol avait hoché la tête et avait montré d'un geste le haut-parleur, placé dans l'angle, tout en haut de la paroi du fond de la baraque.

Le haut-parleur diffusait une valse lente. Une voix de femme, prenante, chantait des paroles banales : « *Ein süsses Lied, ein kleines Lied...* »

— Et alors ? avait-il demandé. Ça te dérange ?

L'Espagnol avait ri.

— Plutôt, oui ! Cette mélasse de merde !

Une sorte de sombre colère l'avait envahi, lui.

— Nous sommes là, il fait soleil, on nous laisse entendre une musique douce, et tu râles ! Mais nous devrions être morts, bon Dieu de bordel !

L'Espagnol avait haussé les épaules.

— Quelle consolation ! Écoute, Walter, je ne veux pas te vexer, mais cette musiquette allemande, c'est de la merde !

Mais il n'avait pas envie de rire, aujourd'hui.

— Quel âge as-tu ? avait-il demandé.

L'Espagnol lui avait jeté un regard aigu.

— Vingt ans, avait-il dit, si tu permets.

Il avait continué à poser des questions.

Mais il ne parlait plus que pour lui-même, peut-être.

— Où étais-tu en 1934 ?

L'Espagnol avait froncé les sourcils. Il devait se demander où il voulait en venir.

— Écoute, avait-il dit. Le plus vraisemblable, c'est que je jouais aux gendarmes et aux voleurs, en 1934, dans les allées du Retiro.

— C'est quoi ?

— Un parc, à Madrid.

Il avait souri.

— C'est ça, bien sûr.

Mais l'Espagnol avait fait deux pas vers lui.

— Écoute, Walter. C'est un jeu de cons. Nous ne sommes pas en 1934, mais en 1944. Et je suis ici. Et ça ne sert à rien de me dire que Buchenwald est un sana, maintenant, comparé à ce que c'était à la belle époque. Chacun de nous ne peut vivre que sa propre histoire.

Il avait hoché la tête.

— C'est exactement ce que je voulais dire.

— Sa propre mort, aussi, avait ajouté l'Espagnol.

Alors, ils s'étaient regardés et ils avaient éclaté de rire ensemble.

— En attendant, cette musique douce obligatoire, quoi que tu en dises, c'est de la merde !

Ils avaient ri encore. C'était tout.

Il y avait du soleil sur les vitres, ils étaient dans la baraque de l'*Arbeitsstatistik*, c'était l'automne.)

Mais Menzel et Kaminsky devaient avoir à peu près cinq ans, peut-être moins, cette année-là, en 1944. Il ne pouvait rien leur dire. Il n'avait rien dit, d'ailleurs.

— Rien, avait-il dit. Comme d'habitude.

Ce soir-là, Walter Wetter avait demandé qu'on lui monte une bouteille de champagne dans sa chambre. Il n'était pas tellement sûr d'aimer le champagne, mais le champagne est une boisson de fête. La vodka, le brandy, c'est autre chose. On les boit entre hommes, brutalement, après une mission, un passage de frontière, un guet-apens dont on a réussi à se tirer. On les boit pour la chaleur immédiate, pour l'assurance retrouvée, pour effacer la mémoire. Entre hommes, dans la fumée des cigarettes, dans des pièces closes et moites. Bien sûr, il préférait la vodka et le brandy au champagne, mais ce ne sont pas des boissons de fête. Ce soir-là, il avait besoin d'un simulacre de fête, d'un cérémonial solitaire. Klaus et Hans surveilleraient à tour de rôle le sommeil de l'Américain, qui rentrerait à l'Apollo après un tour dans les boîtes du Leidseplein, comme tous les soirs.

Il débouchait la bouteille de champagne, il était presque gai.

Cette visite à la maison d'Anne Frank — *None of us should ever pass through Amsterdam without making a similar pilgrimage,* disait le guide d'Arthur Frommer — lui avait rappelé des choses. Vingt et un ans auparavant, jour pour jour, le 10 avril 1945, il avait vécu les dernières heures du camp de Buchenwald : le lendemain, ils étaient libres. Alors, dans cette chambre d'hôtel, à Amsterdam, dans la nuit du 10 au 11 avril 1966, il avait levé bien haut une coupe de champagne et il avait ri. C'était un peu strident, mais enfin, il avait ri. Il avait posé la coupe de champagne, vide, et il avait fait un compte rapide. Dix-huit ans de prison et de camps pour quarante-sept ans de vie, ce n'était pas si mal. Bien sûr, ce chiffre pourrait vous étonner. De 1934 à 1945, ça ne fait pas dix-huit ans, surtout si l'on n'oublie pas qu'il avait eu une année de liberté, entre sa première et sa deuxième arrestation. Ça ne fait que dix ans, bien sûr : le plus simple calcul permettra que vous établissiez cette vérité, mathématiquement indiscutable. Mais il avait encore passé huit ans en prison, plus tard, dans son propre pays, sous son propre régime, détenu par les siens.

Il avait bu une deuxième coupe de champagne, d'un trait, et il avait de nouveau ri. Depuis l'âge de quinze ans, il n'avait été que flic ou prisonnier : il ne savait rien d'autre de la vie. Décidément, cette nuit allait être une vraie fête. Il ferait bien de commander tout de suite une bouteille de quelque chose de sérieux, le champagne n'y suffirait pas.

Mais le lendemain, il était de nouveau calme et précis, comme s'il avait été dépourvu de mémoire, comme si la vie n'avait été qu'une chatoyante pellicule de moments plats, de présents successifs, que rien n'aurait marqués, creusés, rongés, taraudés, travaillés, décomposés, dissous. Ils avaient repris la surveillance fastidieuse de cet Américain.

Aujourd'hui, pourtant, quelque chose était en train.

L'Américain avait quitté l'Apollo à l'heure habituelle, mais il s'était mis à flâner. C'était le 13 avril et il aurait dû visiter la Synagogue portugaise, selon le programme d'Arthur Frommer. Mais il flânait, depuis deux heures. Walter Wetter avait été alerté par un coup de téléphone de Kaminsky et ils s'étaient mis tous les trois dans les traces du type de la C.I.A. Car il ne flânait pas, à proprement parler, il voulait très certainement brouiller sa piste. Il ne pouvait pas soupçonner la surveillance dont il était l'objet, mais il devait avoir, enfin, un rendez-vous et il prenait des précautions routinières, à tout hasard, par une sorte de réflexe conditionné.

Un peu avant midi, l'Américain a sonné à la porte d'une maison à trois étages, dans le Herengracht. La porte s'est ouverte, il est entré, la porte s'est refermée. Sur la façade de briques une plaque était visible : *Van Geelderen Maatschappij.*

Ça y est, ça commençait.

Non, Moedenhuik ne lui avait jamais parlé du Dr. Brouwer. Il se serait souvenu de cette histoire du Dr. Brouwer, que Moedenhuik racontait, maintenant, puisqu'il ne la lui avait encore jamais racontée, et qu'il éprouvait le besoin de le faire, aujourd'hui ( « C'est vrai que je ne vous ai jamais parlé du Dr. Brouwer ? » avait dit Moedenhuik, un instant auparavant), on ne saurait jamais pourquoi aujourd'hui précisément, à la fin du repas, alors qu'ils buvaient de la bière, détendus. Ils avaient mangé deux sortes de potage, du porc à la sauce de soja, de la viande de bœuf dans une sauce apparemment madérisée, du foie mariné, extrêmement piquant, des légumes à la sauce de cacahuètes (« peanut sauce », lui avait dit le serveur, impassible sous le masque de son visage, lorsqu'il avait demandé ce que c'était que ce plat, « vegetables in peanut sauce »), du porc frit, des bananes frites, des patates douces, des concombres à la sauce amère (douce-amère, en réalité, toutes ces sauces étant fortes, piquantes, mais douces-amères ; il en avait ri intérieurement : douces-amères, douces-amères), dix-sept plats en tout, avec du riz, bien entendu, puisqu'il s'agissait d'une *rijstafel* indonésienne, au restaurant de la Leidsestraat. Il avait levé la tête vers Moedenhuik (« C'est vrai, Mercader, je ne vous ai jamais parlé du Dr. Brouwer ! »), il écoutait l'histoire du Dr. Brouwer, que Moedenhuik racontait, maintenant, tout en se demandant quelles raisons avaient poussé Moedenhuik à la lui raconter, mais on y arrivait, c'était à cause de l'Espagne, on y arrivait enfin.

Ainsi, ce Dr. Brouwer était mort dans la Résistance, il avait été tué par les Allemands, mais ce n'est pas cet épisode mortel de la vie du Dr. Brouwer — épisode en lui-même non dépourvu d'importance, on en conviendra, mais secondaire par rapport au reste — qui se situait au centre du récit de Moedenhuik. C'était une autre mort, plus ancienne, plus terrible aussi, qui constituait en quelque sorte le noyau inaltérable, fulgurant, autour duquel s'organisaient les détours de ce récit décousu de Moedenhuik. Car il semblait se déduire de ce récit que Brouwer, alors qu'il n'était pas encore docteur ès lettres, hispaniste reconnu dans les milieux universitaires hollandais, alors qu'il n'était qu'un étudiant — et on pouvait le supposer solitaire, portant sur toute chose et sur soi-même un regard froid — avait assassiné sa logeuse (sur ce point, le récit de Moedenhuik n'était pas très précis ; il se pouvait fort bien que ce ne fût pas la logeuse du jeune étudiant qui avait été assassinée, mais quelque autre femme, une voisine, peut-être, ou une vieille parente, une femme en tout cas, cela semblait établi), comme il avait été établi au cours du procès qui s'ensuivit, que ce crime — ou cet acte, plutôt — n'avait pas eu de mobile, c'est-à-dire qu'il avait eu pour seul mobile la volonté du jeune Brouwer d'aller jusqu'au bout de cette possibilité latente en chacun de nous : une expérience de la conscience de soi, en quelque sorte, parfaitement froide et scientifique, apparemment, mais peut-être rongée obscurément par le désir inavouable d'avoir à expier une faute précise et concrète, au lieu et à la place de toutes les fautes horribles, réellement monstrueuses, mais non expiables, parce que non réalisées, qui décomposaient intérieurement, inexorablement, la conscience chrétienne du jeune Brouwer, transpercée par le besoin démesuré d'une présence divine, et en tant que telle foudroyante, armée des armes de la justice et de la peine, du châtiment et du pardon. Ainsi, un jeune homme, dans le premier quart de ce siècle, vivant solitairement, studieusement, dans une ville universitaire hollandaise (était-ce Leiden ? le récit de Moedenhuik n'apportait aucune lumière à ce sujet), avait éprouvé le besoin d'aller jusqu'au crime, prémédité mais gratuit, pour mettre à l'épreuve l'existence d'un dieu d'amour et de justice, et provoquer sa réplique foudroyante, mais paternelle, compréhensive, où la rigueur du crime et la rigueur du châtiment eussent tenu en équilibre les deux plateaux de la balance, et ce jeune homme, ce jeune Brouwer, après de longues années de prison, avait repris sa place, comme on dit, dans la vie, la société, apparemment raffermi dans sa foi, sa croyance, son bonheur désespéré d'avoir approché au plus près le sens obscur de la divinité, et il était devenu le Dr. Brouwer, humaniste, hispaniste (mince, de taille moyenne, à la voix lente et douce, aux cheveux rares, d'un blond roux, portant des lunettes cerclées d'or, à l'époque tout au moins où Moedenhuik l'avait connu), et c'est ici, sur ce point, que tous les fils de ce récit se nouaient, autour de cette Espagne qui avait joué dans la vie du Dr. Brouwer un rôle certain, non seulement professionnel, universitaire, mais aussi moral.

Il semblait bien, en effet (sur ce point, Moedenhuik était catégorique) que le Dr. Brouwer avait été l'une des dernières personnes à parler avec Miguel de Unamuno, à Salamanque, à avoir eu avec lui plusieurs longues conversations, quelques jours — quelques heures, même — avant sa mort (celle d'Unamuno, en 1936, à Salamanque, on l'aura compris ; celle de Brouwer, sa deuxième mort, n'ayant eu lieu que plusieurs années après, dans des circonstances héroïques, face aux soldats nazis). Sur cet épisode de la rencontre de Brouwer et Unamuno, au cours de l'automne 1936, à Salamanque, Moedenhuik était catégorique, car il avait conservé l'article que Brouwer y avait consacré (« Je pourrais le retrouver pour vous, Mercader, si ça vous intéresse ! » avait-il dit. « Conversation d'outre-tombe avec Miguel de Unamuno, tel en était le titre, à peu près », avait même pu préciser Moedenhuik, et lui, avait hoché la tête, commençant à s'intéresser à ce récit, maintenant). Il semblait donc établi — si l'on reprenait dans l'ordre tous les éléments décousus du récit de Moedenhuik — que le Dr. Brouwer, lorsque la guerre d'Espagne avait éclaté, avait senti le besoin d'aller y voir sur place, pour y voir clair, et qu'il avait, tout naturellement, fait le voyage de Salamanque pour y rencontrer Unamuno. Celui-ci incarnait, depuis fort longtemps — et avec toute la rigueur et toute la dérision qui incombent aux intellectuels représentatifs, dans un pays comme l'Espagne de cette époque-là, où la société civile était inorganique, à peine structurée — il incarnait les déchirements, les engagements, les contradictions et la bêtise insondable de la conscience chrétienne, et il avait pris ouvertement parti pour le franquisme (à ce mot, il avait brièvement interrompu Moedenhuik, pour lui signaler l'anachronisme, car à l'époque dont il était question, ce terme n'existait pas encore, n'avait pas encore de sens, et Moedenhuik en était convenu, bien sûr, c'était simplement façon de parler). Unamuno, donc, avait pris publiquement parti pour ce qui allait être le franquisme et qui n'était encore qu'une alliance circonstancielle de forces militaires et sociales, qui s'étaient elles-mêmes attribué le qualificatif de « nationales », en vertu d'un procédé déjà ancien et ayant déjà fait ses preuves, lorsqu'on veut mobiliser les forces obscures, bornées, mais vertueuses, de la paysannerie et de la chrétienté, dans une croisade pour le maintien — ou alors, dans le cas de l'Espagne, le rétablissement — de l'ordre établi. Ainsi donc, Brouwer avait traversé l'Europe, à la fin de cet été 1936, il était arrivé sur le haut plateau gris — lumineusement gris — et ocre — lumineusement ocre — au milieu duquel, peut-être à la tombée du jour, il avait vu se dresser les façades de pierre blonde de la vieille ville universitaire de Salamanque. Dans la voiture qui le conduisait vers cette falaise de pierre dorée, aérienne, parmi les bruissements des peupliers qui bordaient la route, peut-être Brouwer s'était-il souvenu de quelque poème d'Unamuno, quelque sonnet peut-être, chantant ce haut plateau castillan — d'une voix noble, certes, mais déformée par une rhétorique un tant soit peu ampoulée, dont l'accent baroque aurait perdu cette spontanéité de la vie jaillissante, foisonnante, pour se figer dans les apprêts rocailleux d'une hauteur de ton trop concertée — et Brouwer, ce n'est pas impossible, aurait récité à mi-voix les premiers vers de ce sonnet, alors que la voiture franchissait un pont de pierre, majestueux, au-dessus du mince filet d'eau de la rivière presque asséchée par l'étiage, avant de pénétrer dans les murs de la vieille ville où le soleil couchant posait des reflets roux, sous un ciel d'un bleu très pâle, ô triste et spacieuse Espagne de saint Jean de la Croix, aurait pensé Brouwer, saisi par la beauté brutale du lieu, de l'instant, qui aurait broyé en mille miettes éparses et brillantes toutes les fibres de son corps, le précipitant dans une sorte d'inquiétude fuligineuse, mais béate. Cependant, malgré ce coup de foudre, ou de charme, de l'arrivée vespérale vers le promontoire de pierre blonde, ajourée, de Salamanque, les conversations avec Unamuno avaient très vite détourné Brouwer d'un enthousiasme quelconque pour la cause que le vieil écrivain avait cru bon de soutenir publiquement, en juillet 1936, pour en constater assez vite la vacuité sanglante, la sombre horreur mystifiée, dont il avait longuement entretenu Brouwer, au cours de ces conversations que Brouwer avait transcrites, dans cet article auquel, de nouveau, Moedenhuik faisait allusion. (« Il faut vraiment que je le recherche, Mercader ! Cela doit vous intéresser », avait-il dit, encore une fois.)

Ainsi donc, il semblait bien que Brouwer était revenu de ce voyage à Salamanque décidé à soutenir la cause de l'Espagne républicaine, malgré tous ces martyrs de l'Église auxquels Paul Claudel — un autre écrivain catholique représentatif, mais diplomate par surcroît, sachant toujours faire retomber sa poésie sur ses pieds, plaçant la grande ode qu'il faut au moment où il faut — consacrait à peu près à cette époque l'infecte bouillie verbale d'une ode interminable, et la digression de Moedenhuik à propos de Claudel, par sa fureur contenue, avait attiré l'attention de Mercader, qui ne savait à peu près rien de cet écrivain français, et c'est précisément au cours d'une conférence de Brouwer, sur cet épineux sujet de l'Espagne, que Moedenhuik, alors jeune étudiant plus ou moins affilié à un groupe ultra-gauche ( « Vous me comprenez, n'est-ce pas ? Je ne dis pas extrême gauche, je dis ultra-gauche ! C'est une tradition néerlandaise », disait Moedenhuik, en riant), avait connu le professeur. Il l'avait revu, toujours à l'occasion de réunions à propos de l'Espagne, et il semblait bien, si la mémoire de Moedenhuik ne lui était pas infidèle, que sa dernière rencontre avec Brouwer avait eu lieu lors d'une réception à la Légation de la République espagnole, le jour de la fête nationale.

— Demain, alors, avait dit Mercader.

Moedenhuik l'avait regardé, sans comprendre.

— Comment ?

— Demain, 14 avril, c'est l'anniversaire de la République, avait-il précisé.

Le regard de Moedenhuik s'était éclairé.

— Demain, c'est vrai ! 38, c'était en 1938 ! Il y a vingt-huit ans, exactement !

Cette coïncidence avait l'air de l'exciter.

Moedenhuik se souvenait très bien de cette réception, le 14 avril 1938, dans les salons de la Légation de la République espagnole, et il n'y avait pas de doute possible, c'était bien là qu'il avait rencontré Brouwer pour la dernière fois.

— Mais je me demande bien pourquoi je vous parle de Brouwer ! s'exclamait Moedenhuik, et moi aussi, levant les yeux vers un paysage de montagnes enneigées, je me demande pourquoi j'ai laissé le fantôme de Brouwer s'installer dans ce récit, pourquoi même l'y ai-je poussé, alors que personne, ni Ramón Mercader — et encore moins Meyer, l'associé de Moedenhuik —, ni les femmes de Meyer et de Moedenhuik, qui assistaient aussi à ce dîner, ni Moedenhuik lui-même, ne s'attendaient vraisemblablement à voir surgir au milieu d'eux le fantôme du Dr. Brouwer.

Je m'arrête d'écrire, j'allume une cigarette, je lève la tête.

Au-delà de la longue table étroite, et de la baie vitrée, une montagne se dresse, dans la lumière couchante du soleil. Je suppose que ma fenêtre est tournée vers l'est, à en juger par la façon dont cette montagne neigeuse, en face de moi, reçoit les rayons couchants du soleil, mais cette orientation dans l'espace ne m'apprend rien de bien important. Que puis-je faire de cette connaissance de l'est et de l'ouest, et du nord et du sud ? Ça ne m'avance à rien. Je suis simplement là, le regard levé vers cette montagne neigeuse, dressée à l'est de mon espace, mais dont j'ignore tout le reste, et le nom même, en tout premier lieu. Mais cela non plus n'a pas d'importance, car j'ignore les noms des montagnes, généralement.

Je m'arrête d'écrire, j'allume une cigarette, j'ai levé la tête.

Pourquoi ai-je laissé le fantôme de Brouwer s'installer dans ce récit ? Je n'avais pas du tout prévu — ou mieux, prémédité — cette apparition. Dans l'architecture d'ensemble du récit, cette soirée devait avoir un sens très précis, et le fantôme de Brouwer n'avait rien à y faire. Il y avait d'abord le décor du restaurant *Bali,* au numéro 89 de la Leidsestraat, et autour de lui, dans la nuit, l'animation bruyante du Leidseplein. Je tenais à tout cela. J'en avais besoin, pour casser le déroulement fastidieux de ces journées d'avril de l'année 1966, à Amsterdam, où une série de hasards objectifs, produits par un enchaînement imperceptible de mécanismes indépendants les uns des autres (ainsi, rien n'obligeait absolument la C.I.A. à rappeler George Kanin, après son voyage hasardeux à Dresde, pour renforcer la surveillance de Ramón Mercader, attirant par là, par ce choix fortuit — « Tiens ! » aurait dit quelqu'un, dans un bureau quelconque, « mettons aussi Kanin sur cette affaire. De toute façon, il faut qu'il prenne du large, et puis il connaît bien les types des services soviétiques » — toute une équipe de spécialistes du renseignement de la R.D.A. à Amsterdam, décision dont les suites seront imprévisibles) ; un engrenage minutieux de pièges et de parades, de marches et contremarches, de mouvements de pièces sur un échiquier dont personne n'aurait sous les yeux l'ensemble des cases, ni la disposition de toutes les figures, qui aurait rassemblé, jusqu'à l'explosion finale, tous les personnages de ce récit, à Amsterdam, au cours des journées de Pâques de l'année 1966.

Dans mon esprit, Ramón Mercader aurait retrouvé Moedenhuik, vers 19 heures 30, au bar du *Bali*. Peut-être parce qu'il avait découvert le microphone dans sa chambre d'hôtel — ayant ainsi, pour la première fois, la preuve matérielle de cette surveillance dont il possédait, depuis un mois, la certitude intime — peut-être, tout simplement, à cause de la chaleur légère que la vodka avait fait pénétrer dans les veines de son corps — ou pour les deux raisons à la fois —, mais le fait est que Mercader aurait été d'humeur allègre.

Ils auraient bu un verre, au bar du *Bali*, encombré par les gens qui attendaient une table, souvent problématique, et je pense que Mercader aurait demandé une double vodka, bien frappée, ce qui aurait permis à Moedenhuik de faire une plaisanterie de circonstance. (« Ça, c'est votre côté russe, Mercader ! » aurait dit Moedenhuik, et ils auraient ri ensemble, en portant les verres à hauteur de leur regard, avant de boire.) Ils auraient bavardé, détendus, profitant de cet instant pour régler quelques détails du contrat qu'ils avaient à signer ensemble et qui ne présentait, cette fois-ci, aucune difficulté, la société hollandaise M.M.M. (*Moedenhuik en Moyer Maatschappij*) servant d'intermédiaire pour le compte de la COMESA (*Comercial Española, Sociedad Anónima*) dans une affaire d'importation de machines-outils polonaises en Espagne. Ensuite, dans la pénombre calfeutrée du bar, ils auraient regardé les allées et venues, faisant peut-être quelque commentaire masculin, forcément banal, sur la beauté d'une jeune Anglaise juchée sur un tabouret du bar, à leur gauche, toute seule apparemment, et dont la courte jupe, haut retroussée parce que la jeune femme avait croisé les jambes, découvrait une plage étroite de peau très blanche, au-dessus d'un bas d'un bleu très clair, bleu de ciel pâle, tenu par une jarretière d'un bleu plus soutenu. Moedenhuik aurait ri, après avoir fait quelque remarque piquante, d'une voix suffisamment forte pour être entendu par la jeune femme — ils parlaient en anglais, tous les deux — qui n'aurait pas bronché, ou bien indifférente ou peut-être habituée. Mercader, pour sa part, qui était plus éloigné de la jeune femme — Moedenhuik se trouvant entre elle et lui — mais dont la position, le dos au bar, le talon de son soulier gauche appuyé sur la barre de cuivre inférieure, lui permettait de regarder la jeune Anglaise de face, l'aurait regardée longuement, son verre de vodka à la main, comme on regarde une lampe, le néant, un meuble anglais, détaillant dans sa vision minutieuse, mais à la fois distante, la courbe du profil, le saillant des hautes pommettes, le frémissement des cils, l'attache du cou, la moue arrondie des lèvres, l'abandon des deux bras, la poitrine haute et ferme, la torsion de la taille, qui faisait jaillir sa hanche droite, car si son buste se dressait parallèlement à la surface polie du bois verni du bar, ses hanches, ses cuisses et ses jambes se trouvaient déportées latéralement, par le croisement des jambes, qui avait découvert, sous la courte jupe vert pomme, cette plage de peau très blanche sur laquelle, maintenant, son regard s'immobilisait, assez précisément pour que le pied droit de la jeune femme commence à s'agiter d'un mouvement nerveux, qui finissait par détacher à demi la légère chaussure vernie, dont le talon flottait en l'air, et ce mouvement, devenu spasmodique, gagnait la cheville, le mollet, la cuisse, remontait tout le long du corps de la jeune femme, suivi par son regard à lui, qui revenait de nouveau, méticuleusement, mais avec une violence distraite, vers le visage tout à l'heure impassible, dont la bouche à présent s'entrouvrait jusqu'au moment où la jeune femme lui livrait son regard, une fraction de seconde, mais intensément, avec une mince lueur d'avidité, ou bien d'interrogation, mais non pas irritée, déjà soumise, presque.

Et alors, il se serait détourné, reprenant avec Moedenhuik une conversation intermittente.

C'est ainsi, dans cette épaisse banalité insignifiante, que devait commencer, dans mon esprit, cette soirée du 13 avril 1966. Tout y aurait été conventionnel, à force de réalisme méticuleux. N'importe qui, en effet, de passage à Amsterdam, pourra vérifier l'existence de ce restaurant indonésien, au numéro 89 de la Leidsestraat, entre le pont sur le Prinsengracht et le Leidseplein ; n'importe qui pourra y monter, le restaurant se trouvant au premier étage, et attendre au bar qu'une table soit disponible, dans les lumières tamisées, tout en observant la dextérité souriante avec laquelle le propriétaire, ou le gérant, vous installe et vous recommande un peu de patience. Alors, au bout du long couloir incurvé du bar, n'importe qui pourra vérifier la présence d'une jeune femme, pas forcément anglaise, mais cette possibilité non plus n'est pas exclue, juchée sur un haut tabouret et découvrant cette minime plage de peau blanche, audessus d'un bas coloré, sur laquelle fixer un regard dévorant, et d'autant plus avide qu'il est irresponsable, qu'il n'est qu'une manifestation conventionnelle de la masculinité, alors que ce mince éclair de peau blanche, au-dessus d'un bas, sur lequel on aimerait poser non pas un regard, mais une paume caressante, qui aurait d'abord éprouvé la rêche présence crissante du nylon, avant de s'immobiliser sur la douceur laiteuse de la cuisse dénudée, alors que cette plage éblouissante de chair, de son côté, n'aurait été que le support sensible d'une prémonition irréalisable, car il n'est pas toujours possible d'enlever une jeune femme esseulée, au bar du *Bali*, ou ailleurs, pour la séquestrer dans quelque chambre close où le regard machinalement masculin aurait pu devenir la source d'un éclatement plus précis, d'une lente ou brusque pénétration dans la profondeur ombrée, mais rutilante, que l'étroite plage de peau blanche avait donné à désirer, avec toute la violence inutile d'une frustration inavouable, mais déchirante, car aucune femme, peut-être, ne fera plus naître en vous, avant longtemps, un tel absurde désir de possession immédiate, désespérée.

Ainsi, dans la banalité presque insignifiante, dans les rapports figés d'un univers nocturne, avais-je imaginé le début de cette soirée avec Moedenhuik. Ensuite, Meyer serait arrivé, accompagnant les deux femmes, la sienne, celle de Moedenhuik. Arrivé à ce point, et poussé par le besoin d'exploiter jusqu'au bout la convention de cette situation, pour en dévoiler le sens obscur, peut-être aurais-je été jusqu'à décrire, avec une minutie maniaque, la toilette des deux femmes, le grain de leur peau, leurs gestes, leur façon de s'avancer vers la table retenue, au milieu de l'obséquiosité méprisante, parce que masquée, machinale, des serveurs indonésiens.

Mais le fantôme de Brouwer est venu s'interposer,

rendant impossible tout morceau de bravoure descriptif.

Brouwer ?

Rien pourtant ne m'y avait fait penser, ce lundi de Pâques de l'année 1966, lorsque nous avions arrêté la voiture sur le Plein 1813, devant les grilles de la grande maison blanche où j'avais vécu deux ans, de 1937 à 1939. La grille était fermée, la maison semblait inhabitée. En tout cas, elle n'abritait plus le siège de la représentation diplomatique espagnole ; une plaque semblait indiquer que le bâtiment dépendait à présent des services du ministère hollandais des Affaires étrangères. Je regardais la maison inhabitée, le jardin à l'abandon, le magnolia dépouillé (mais peut-être n'était-ce pas la saison où les magnolias sont en fleur) et j'expliquais à C. ce qu'il y avait eu, trente ans auparavant, derrière chacune de ces fenêtres closes.

Nous avions quitté Amsterdam, tôt le matin. A La Haye, nous avions visité le Mauritshuis. J'avais été déçu, sottement, parce que dans mon souvenir le Binnenhof était toujours couvert de neige. La pièce d'eau, également, que l'on apercevait du haut de certaines fenêtres du musée — de celles, par exemple, de la salle où se trouve *Le Chardonneret* de Carel Fabritius — était dans ma mémoire une surface glacée, enchâssée dans la neige poudreuse d'un hiver éternel, où l'on maintenait ouvertes certaines surfaces d'eau vive, afin que les cygnes puissent y nager. Mais il n'y avait pas de neige à Pâques, bien entendu. J'étais déçu par ce décalage entre la richesse feutrée de la mémoire et la quotidienne apparence du Binnenhof et de ses alentours.

Maintenant, j'étais devant la maison blanche du Plein 1813. Je regardais la grille fermée, les arbres dépouillés. Il faisait un jour moite et gris, avec un soleil voilé. Je regardais le jardin à l'abandon, je pensais au roman que je voulais écrire, et Moedenhuik se souvenait très bien de la réception organisée à l'occasion de la fête nationale, le 14 avril 1938. Il venait de dire : « Mais pourquoi je vous parle de Brouwer ? » en haussant les épaules, et personne n'avait pu lui dire pourquoi il avait parlé de Brouwer. Il y avait eu un instant de silence, une sorte de flottement, ensuite la conversation avait repris, anodine. Mercader s'était penché vers la femme de Meyer, pour lui donner du feu. Il avait été question d'aller dans une boîte de nuit, pour prolonger cette agréable soirée, si Mercader n'était pas fatigué par le voyage. Mercader avait hoché la tête, il n'était pas du tout fatigué par le voyage.

Mais Moedenhuik était plongé dans son souvenir.

Il voyait sa femme se lever de table, avec celle de Meyer. Elles allaient se refaire une beauté, vraisemblablement. Il pouvait imaginer leur conversation, devant la glace où elles retoucheraient leur maquillage. Il voyait Meyer et Mercader, qui bavardaient. Mais il était plongé dans son souvenir.

Il avait franchi la grille de la grande maison blanche, sur le Plein 1813. Le temps était gris et moite, il faisait un soleil voilé, ce 14 avril d'il y a si longtemps. Il venait à cette commémoration de la République espagnole, avec une délégation d'étudiants. Un secrétaire de la Légation les avait reçus, les avait fait entrer dans les salons où se tenait cette réception. Ils étaient un peu intimidés, ses camarades et lui, formant un groupe compact au milieu des allées et venues. Il avait vu des arbres, à travers les croisées des doubles fenêtres qui donnaient sur le parc. Ensuite, une jeune fille brune les avait conduits jusqu'au buffet et c'est là qu'il avait remarqué Brouwer. Brouwer parlait avec un homme de haute taille, maigre, avec des lunettes d'écaille sur un grand nez en bec d'aigle. Brouwer l'a reconnu et il est venu le chercher pour le présenter au Chargé d'Affaires de la République espagnole, cet homme, précisément, grand, maigre, chaleureux, dont le visage aux traits aigus était comme dévoré par une tension interne, ou une inquiétude inexprimable, d'autant plus perceptible que sa voix était calme, polie, intéressée.

Moedenhuik se souvient de tout, maintenant. Ils étaient dans le grand salon où avait été dressé le buffet et dont l'un des côtés s'avançait dans le parc qui entourait le bâtiment de la Légation, et l'on voyait les branches nues et noires des arbres, par les trois séries de croisées qui occupaient les surfaces de cette façade donnant sur le Plein 1813, derrière le voile des rideaux. Brouwer l'avait reconnu, il s'était approché. « Je vais vous présenter au Chargé d'Affaires », avait-il dit, de sa voix fluette. Alors, Moedenhuik avait regardé cet homme de haute taille, maigre, un peu voûté, avec des lunettes d'écaille sur un grand nez en bec d'aigle. Le Chargé d'Affaires avait suivi du regard le déplacement de Brouwer, avec lequel il parlait, tout à l'heure, et ce regard est tombé sur lui, Moedenhuik, au moment où il commençait à bouger, Brouwer ayant passé un bras sous le sien, pour le conduire. Moedenhuik était en train de penser que cette présentation au Chargé d'Affaires était peut-être une bonne occasion pour exposer, en son nom et en celui de ses camarades, la préoccupation — c'est le mot qu'il venait de décider d'utiliser, mais, en fait, le mot était faible, car c'était de l'angoisse, de la colère, qu'ils éprouvaient — que provoquaient chez eux certains événements de ces derniers mois, survenus en Espagne républicaine, et plus particulièrement la répression contre le P.O.U.M., l'assassinat d'Andrés Nin, l'intervention de plus en plus ouverte des services policiers de Staline dans le déroulement de la guerre révolutionnaire espagnole. Moedenhuik était en train de penser que ce serait là une bonne occasion pour formuler, en termes mesurés certes, étant donné les circonstances, leur préoccupation à ce sujet, alors qu'il marchait, au bras de Brouwer, vers le Chargé d'Affaires de la République espagnole, lorsqu'il a été saisi par le regard de cet homme de haute taille, maigre, qui les attendait, Brouwer et lui, un regard totalement démuni, désarmé, dépourvu d'espérance, désemparé. Le Chargé d'Affaires se tenait à l'une des extrémités du salon, près d'une porte coulissante en bois massif, fermée, seul au milieu des groupes qui se faisaient et se défaisaient, immobile dans le mouvement confus des allées et venues. Il regardait vers eux, qui se déplaçaient transversalement, Brouwer l'ayant pris sous le bras et le conduisant, mais ce regard posé sur eux, machinalement sans doute, n'exprimait que le désespoir le plus abominable, comme si les quelques secondes pendant lesquelles Brouwer l'avait quitté — pour aller le chercher, lui, Moedenhuik — avaient suffi pour faire craquer tous les liens qui le retenaient ici, parmi ces étrangers accourus à l'occasion de cette commémoration, comme si ce bref éclair de solitude immobile, dans ce salon où le soleil voilé du printemps incrustait des traces de vieil argent terni, avait suffi pour le replonger dans une angoisse abominable. Moedenhuik avait été saisi par ce regard, il en avait mesuré aussitôt toute la détresse, dans un malaise subit et inhabituel, mais un rayon de soleil réverbéré par les lunettes en écaille du Chargé d'Affaires avait effacé ce regard, cette angoisse, et ils étaient maintenant auprès de lui, et Brouwer le présentait, et le Chargé d'Affaires lui avait parlé d'une voix précise et chaleureuse, sa longue silhouette un peu voûtée légèrement inclinée vers lui, Moedenhuik, et Moedenhuik n'avait pas osé parler de l'assassinat d'Andrés Nin à cet homme désespéré.

Moedenhuik se souvient de tout, maintenant.

Il lève la tête, il sourit vaguement. Ils sont restés seuls à la table, Mercader et lui. Meyer a dû s'éclipser pour régler l'addition, probablement. Il regarde Mercader.

— Vous savez quel nom vous portez ? dit Moedenhuik.

Le visage de Mercader se fige.

— Le mien, je suppose, dit Mercader.

Sa voix est sèche, traversée, dirait-on, par une obscure violence.

— Bien sûr ! dit Moedenhuik, avec un geste conciliant. Je voulais dire, cette coïncidence.

Le visage de Mercader est taillé dans de la pierre ponce, maintenant : une matière grise, spongieuse, figée. Mais Moedenhuik éprouve le besoin d'aller jusqu'au bout. Il ne sait pas pourquoi.

— J'y ai souvent pensé, dit-il. Ramón Mercader, comme l'assassin de Trotski.

Le sang afflue de nouveau dans cette masse spongieuse et grise qu'était le visage de Mercader.

— Ça n'a jamais été vraiment prouvé, dit-il.

Il se force à rire, ensuite.

— De toute façon, c'est un nom espagnol assez banal, dit Mercader.

— Je me demande ce qu'il est devenu, dit Moedenhuik.

Mercader s'efforce de ne penser à rien, de ne rien se rappeler. Il fixe les objets sur la table, il devient fourchette, verre de bière à moitié vide, théière ventrue, couteau brillant, serviette tachée de rouge à lèvres, débris végétal : mort innocente.

— Ce type, quand même, quelle histoire ! dit Moedenhuik.

C'est fini, il n'y peut plus rien, les barrages

cèdent, une horreur viscérale l'envahit, il entend à peine Moedenhuik.

— Il a quitté la prison de Mexico, après vingt ans, plus de vingt ans. La presse a dit qu'il avait un passeport tchèque, qu'il est parti pour La Havane. Après ? Je me demande ce qu'il est devenu !

Il entend à peine Moedenhuik.

— Je me demande s'il est encore en vie, dit Moedenhuik.

Alors, Mercader le regarde. Le brouhaha de cette salle de restaurant a repris, après le silence glacial de tout à l'heure.

— On ne meurt plus, dit Mercader, et il éclate de rire.

Moedenhuik le regarde, surpris par ce rire.

Mais non, on ne meurt plus, pense Mercader, et il rit toujours, et Moedenhuik le regarde, surpris, et Mercader rit encore, comme si c'était vraiment drôle qu'on ne meure plus.

C'était un rire amer et brutal, interminable. On entendait sur la bande magnétique des crépitements, des bruits d'ambiance, une voix féminine indistincte, et puis ce rire amer et brutal, qui n'en finissait pas de rire. Chuck Folkes avait arrêté le déroulement de la bande magnétique.

— Un dingue, avait dit Chuck.

Il avait dénoué sa cravate, il hochait la tête.

— Il rit tout seul, tout le temps, comme un fou, comme un con. Ils vont être passionnants, mes enregistrements !

Chuck Folkes s'était levé, il avait bougé, je l'avais vu revenir avec une boîte de bière, qu'il ouvrait maintenant.

— T'en veux ? disait Chuck.

Je lui montrais mon verre, encore à moitié plein.

Mais j'avais appuyé sur les touches du minuscule magnétophone, la bande se déroulait très vite, en marche arrière. Ça devait suffire. J'appuyais sur un autre bouton, j'écoutais de nouveau. On entendait des crépitements, des tintements de vaisselle, des froissements, un long silence. Ensuite, la voix du Hollandais, précise, un peu précipitée pourtant. « Vous savez quel nom vous portez ? » disait le Hollandais.

Chuck buvait de la bière, il haussait les épaules.

— Quel intérêt ? disait Chuck.

Je lui demandais de se taire, d'un geste de la main. Il haussait les épaules, il ne disait plus rien. Son travail, c'était d'enregistrer les conversations, même à une table éloignée de la nôtre, dans ce restaurant indonésien, mais son avis sur ces enregistrements ne m'intéressait pas.

J'écoutais les silences, je pensais à cette énorme marée gluante de silence qui entoure les mots qui se disent, dans les conversations saisies par les bandes magnétiques. J'écoutais le silence. Ensuite, la voix de l'Espagnol se faisait entendre. Une voix sèche, traversée par une sombre violence métallique, me semblait-il. « Le mien, je suppose », disait l'Espagnol.

J'écoutais la suite de cet échange de mots, jusqu'au rire final de l'Espagnol. « On ne meurt plus », avait-il dit, d'une voix coupante, glaciale. Ensuite, il avait eu ce rire amer et brutal, interminable. J'écoutais ce rire, l'enregistrement était fini, j'arrêtais le magnétophone.

— Alors ? disait Chuck Folkes.

Je ne disais rien, je le regardais enlever la bande magnétique de l'appareil, la glisser dans une boîte. Ensuite, il prenait sur la table un crayon à feutre, il hésitait.

— Quel jour sommes-nous ? disait-il.

Je lui disais que nous étions dans la nuit du 13 au 14 avril 1966. Il me disait que l'année, quand même, il s'en souvenait. Il écrivait la date, je suppose, sur la boîte en carton.

Les yeux me piquaient, cette soirée avait été longue.

— Alors, disait Folkes, ça t'apprend quelque chose ?

Je hochais la tête. Chuck n'avait pas l'air convaincu, il me regardait moqueusement.

— Tu dis qu'il rit tout seul, tout le temps, comme un fou ? lui demandais-je.

Chuck avait entendu les enregistrements faits dans la chambre de l'Espagnol, à l'*Amstel*. Il avait ri tout seul, plusieurs fois, semblait-il.

— Ce type est un dingue, ou un débile mental, disait Chuck. Je me demande ce que nous faisons à lui courir après.

Je me le demandais aussi, mais j'avais envie d'entendre les enregistrements faits dans la chambre d'hôtel. J'imaginais le bruissement des longs silences, depuis que ce type était arrivé de Schiphol, peut-être entrecoupés d'appels téléphoniques (il avait commandé un repas dans sa chambre, me disait Folkes ; plus tard, après l'un de ces rires insolites, il avait demandé qu'on lui monte un carafon de vodka ; encore plus tard, il avait téléphoné au Hollandais et c'est à partir de là que nous avions mis quelqu'un sur Moedenhuik, à tout hasard), j'imaginais le glissement feutré des pas de cet homme sur la moquette de la chambre, le bruit du papier froissé, s'il avait lu un journal ; j'imaginais l'épaisseur de ce long silence au milieu duquel éclaterait parfois le rire de cet homme. Un rire de fou ? J'en doutais. J'avais bien envie d'écouter aussi ces enregistrements.

Les yeux me piquaient, j'avais mis la petite boîte avec la bande magnétique du *Bali* dans ma poche. Folkes annonçait son intention d'aller se coucher. Je hochais la tête, je restais là, rêveur.

— Ça n'a pas de sens, disait Folkes, déjà debout. Il partait ensuite.

Non, ça n'avait pas de sens, mais pas dans le sens où Chuck Folkes pensait que ça n'avait pas de sens. Au cours de la soirée, dans l'ennui d'une surveillance banale, de petits morceaux de vérité possible concernant toute cette histoire étaient venus s'imbriquer les uns dans les autres, provisoirement. J'avais admiré la façon dont Chuck Folkes avait piégé la table réservée à Moedenhuik, au *Bali,* afin de pouvoir enregistrer toute la conversation dans le minuscule magnétophone qu'il portait dans la poche de sa veste. Ensuite, j'avais écouté distraitement le bavardage de Folkes. Je regardais vers la table de Moedenhuik, je voyais bouger leurs lèvres, je savais que j'entendrais leurs paroles, tout à l'heure. C'était comme si j'assistais à la projection d'un film muet, sur les images duquel, déjà à moitié effacées, ou floues, dans la mémoire, viendrait s'inscrire plus tard la bande sonore d'une conversation que je n'aurais d'abord saisie que par les mouvements des lèvres, les gestes, les attitudes de ces cinq personnes réunies autour de la table de Moedenhuik. Je m'étais arrangé pour m'asseoir de façon à pouvoir observer le visage de l'Espagnol et j'observais ce visage, dans le bruissement confus, parfaitement inintéressant, du bavardage de Folkes. Depuis que j'avais vu ses photographies — certaines prises de tout près, ou alors au téléobjectif — ce matin, dans le bureau de Floyd, ce type m'intriguait. Il avait un regard inusable, sur ces photographies tirées à son insu, un regard dévasté par le courage, ou le désespoir, ou la haine, je ne savais pas encore. Dévasté en tout cas par une passion dévorante, ce regard. Sur l'une de ces photographies, l'Espagnol était assis à la terrasse d'un café, il y avait de l'ombre et du soleil. Des arbres, sans doute, invisibles, derrière, ailleurs, interposaient entre la lumière du soleil et la table de ce café en plein air l'écran mouvant de leurs feuilles, dont l'ombre légère, poreuse — mouvante aussi, mais immobilisée par l'œil de la caméra — se jouait sur le visage de Mercader et de cette femme qui l'accompagnait. Mercader était visible de profil, au premier plan. Un bras emmanché de toile blanche traversait l'image, en diagonale, posant sur la table un verre rempli de liquide. Plus loin, au-dessus de cette trace blanche, qui coupait la photographie dans le sens de la largeur, un visage de femme, de face. Elle était brune, et belle. Des lèvres pleines. Ses cheveux étaient retenus sur la nuque, dégageant l'ossature du visage. Mercader observait le geste du garçon de café, peut-être distraitement. Machinalement, peut-être. L'arrivée du garçon de café avait interrompu leur conversation, peut-être. Ou leur silence, tout aussi bien. Le regard de cette femme, en tout cas, posé sur Mercader, dans l'inattention sûrement provisoire de celui-ci, fixé sur le profil de Mercader — le profil droit, celui qui était invisible pour moi, sur la photographie, étant donné l'angle de la prise —, fixé sur la bouche de Mercader (et peut-être, plus exactement, sur la commissure des lèvres), ce regard exprimait une avidité dévorante — ou inquiète — presque indécente, à force d'être lisible. Je me demandais, dans la précision d'un souvenir qui me faisait de nouveau battre le cœur — comme à ces moments où le sens voilé des choses, des actions, devient brusquement éclatant de vérité —, quel rapport de soumission possessive, de brutal abandon, pouvait lier cette femme à ce Ramón Mercader qui riait comme un fou, solitairement, dans les chambres d'hôtel et les salles de restaurant, à Amsterdam, à Pâques, en pleine moiteur d'avril. J'imaginais aisément le départ du garçon de café, le visage de Mercader se tournant à nouveau vers celui de la femme, dans l'intention peut-être de reprendre une conversation — ou un silence partagé — et je me demandais si la femme, alors, avait essayé de masquer l'éclat opaque de son regard, insupportable, ou si elle avait laissé encore, durant une fraction de seconde, sur le visage de Mercader — dont je n'aurais pu voir, à ce moment, que la nuque et la courbure, souvent révélatrice, des épaules — se fixer ce regard indécent.

Folkes était parti se coucher, dans cet appartement meublé dont les fenêtres donnaient sur le *Vondelpark,* et j'étais enfoncé dans mon fauteuil, incapable de bouger, serrant dans ma main droite, au fond de la poche de ma veste, la petite boîte avec la bande magnétique qui avait été enregistrée ce soir, au *Bali.*

A 19 heures 40, ce soir, au bout du comptoir d'acajou brillant du bar, Mercader avait regardé une jeune femme. Celle-ci était installée à ma droite, toute seule apparemment. Elle était habillée d'une jupe en daim vert bronze et d'un poulovère en cachemire. Elle avait cette expression maussade, cette vacuité dans l'œil, des filles qui connaissent l'attrait qu'elles suscitent (non pas par une beauté parfaite, mais par la musique déliée et brutale de leur présence charnelle) et qui en sont ennuyées d'avance. Elle fumait, avec cette expression maussade des filles toujours exposées au même regard masculin, pour ainsi dire inévitable et exorbité. Sa courte jupe était relevée par le mouvement de ses jambes croisées, découvrant le haut d'un bas n'ayant pas besoin de jarretelles, tenant sur la peau — très blanche — de la cuisse, par une mince bande élastique d'une couleur à peine plus foncée, d'un grain plus serré. Je regardais Mercader, qui était plus loin, adossé au comptoir d'acajou verni, ayant la silhouette massive du Hollandais entre lui-même et cette jeune femme, et je le regardais regarder cette jeune femme. Il la regardait comme on regarde l'aurore, la mort, un meuble anglais. J'étais saisi par la violence distraite — méprisante et complice à la fois, pourtant, c'est difficile à dire — de ce regard de Mercader, scrutant le corps de la jeune femme, de la cheville aux hanches, des hanches à la bouche boudeuse, du mince éclair de peau blanche découverte aux hautes pommettes fragiles et nettement marquées, et je sentais le trouble qui gagnait cette jeune femme, qui envahissait son corps, creusant de moiteurs sourdes les embranchements les plus secrets de ses muscles et de son sang (c'est ainsi tout au moins que j'essaierais de décrire cette sensation féminine supposée, malgré l'impossibilité radicale qu'il y a, pour un homme, à imaginer les flux, les manques, les souhaits flous, les obsessions, l'avidité crispante qu'un regard comme celui de Mercader peut provoquer chez une jeune femme). Je sentais que le trouble gagnait cette jeune femme parce que son immobilité boudeuse, mais détendue, s'effritait lentement sous l'impulsion de brusques mouvements incontrôlés de tout son corps. Alors, lorsqu'elle n'a pu supporter plus longtemps le poids de ce regard sur elle (pourtant, elle aurait dû être habituée au regard masculin, qu'elle provoquait même ce soir par la posture de ses jambes, qui découvrait au-dessus d'un bas sans jarretelle un mince éclair immense de peau blanche sur lequel j'avais été moi-même tenté de poser — sottement, il faut dire — une caresse, comme s'il avait été possible d'imaginer cela, dans ce lieu public, et d'imaginer ensuite qu'elle se serait tournée sur son haut tabouret pivotant, décroisant les jambes, afin que je puisse approfondir cette première caresse tâtonnante, enfouissant peut-être même mon visage — au milieu du silence, d'abord stupéfait, ensuite complice, et respectueux, des personnes présentes — l'enfouissant dans la fourche de ses jambes, légèrement penché vers elle, qui aurait été, sur ce haut tabouret, à la hauteur voulue, et elle se serait tenue immobile, peut-être renversée en arrière et prenant appui de ses deux coudes sur le comptoir d'acajou verni, levant son visage vers les lumières dorées enfouies dans les alvéoles du plafond, s'ouvrant à chaque seconde davantage à ma bouche), mais lorsqu'elle n'a pu supporter plus longtemps le regard de Mercader sur elle, elle a de ses yeux pâles fixé ce regard — et il y avait dans ses yeux cette même avidité, à la fois soumise et insolente, que j'avais cru percevoir, le matin même, sur le visage de la femme inconnue qui dévisageait Mercader, à Madrid, à une terrasse de café — et Mercader alors a détourné son regard, avec une expression dure — presque cruelle, ou méprisante — et il a repris sa conversation avec le Hollandais, et il était question de machines-outils, des clauses d'un contrat, de délais de livraison.

Ainsi, avant même de savoir pourquoi ce nom de Mercader me rappelait quelque chose, cet homme avait hanté ma journée par l'âpre violence de ses liens obscurs avec deux femmes — dont l'une simplement aperçue dans l'immobilité déroutante et sauvage d'une surface brillante, photographique —, par l'inquiétante dérision de ses rires fous, et solitaires, et vraiment ça n'avait pas de sens que cet homme s'appelât Ramón Mercader.

Mais la nuit avait passé et j'entends de nouveau le grésillement de la bande magnétique qui se déroule, dans le bureau de Floyd, au dernier étage de la maison sur le Herengracht, et c'est la voix de Moedenhuik,

« après vingt ans,

« plus de vingt ans,

« la presse a dit qu'il avait un passeport tchèque,

« qu'il est parti pour La Havane,

« après ?

« je me demande ce qu'il est devenu »,
mais je savais tout cela par cœur, désormais, je connaissais la suite, et ce rire amer et brutal, interminable, pour finir.

Floyd a débranché le magnétophone. Il remonte ses lunettes d'écaille.

Quand j'étais entré dans son bureau, ce matin, il feuilletait un gros volume recouvert d'une reliure d'un blanc crémeux, que j'avais pu identifier comme le dixième tome de l'*Encyclopaedia Britannica,* et j'avais eu pendant tout le temps où il écoutait l'enregistrement du *Bali* le dos de ce volume devant mes yeux et les deux mots, imprimés en caractères dorés, qui délimitaient l'espace alphabétique couvert par ce dixième tome de la *Britannica,* ces deux mots m'avaient obsédé, comme un message chiffré — *Garrison* et *Halibut* — et maintenant je profitais du silence rétabli pour tendre la main, saisir le volume (sous le regard étonné, peut-être même scandalisé, de Floyd) et l'ouvrir à la première page. GARRISON, WILLIAM LLOYD *(1805-1879), U.S. antislavery leader, was born in Newburyport, Mass., on Dec. 12, 1805. His parents were from the British province of New Brunswick. The father, Abijah, a sea captain, drank heavely and deserted his home when William was a child,* ainsi commençait le dixième volume de la *Britannica,* et j'avais trouvé rassurant que le dixième volume de ce monument du savoir scientifique me livrât — la première fois de ma vie où je le consultais — ces détails minimes et touchants de la vie du marin Abijah, alcoolique invétéré qui déserta la maison familiale, alors que son fils William n'était qu'un enfant — et personne ne pouvait supposer qu'il deviendrait l'un des dirigeants du mouvement antiesclavagiste aux États-Unis — pour courir, lui, Abijah, Dieu sait où, quelles gueuses, quelles aventures, quels vertiges mordorés ? J'avais donc ouvert le gros volume de l'Encyclopédie britannique, son dixième tome, à sa première page — ce tome qui contenait tout le savoir compris entre le mot *Garrison* et le mot *Halibut* — et je lisais en diagonale l'histoire de ce William Lloyd Garrison, tout en rêvant au nom qu'avait porté le père de celui-ci, Abijah, dont la sonorité évoquait en moi des souvenirs de lectures enfantines (Abijah, Achab, Abigail : c'étaient des noms semblables qui avaient peuplé les seuls récits qu'on m'eût permis de lire au cours d'une enfance sévère, et c'est, plus tard, avec un étonnement parfois scandalisé — comme s'il s'était agi d'un sacrilège, ou d'une irrévérence, tout au moins — que j'avais retrouvé dans des romans d'aventures — et même dans la vie réelle, portés par des camarades de classe, ou des commerçants de quartier —, ces prénoms bibliques qui avaient, dans mon enfance, recelé des trésors légendaires, qui avaient incarné des vertus et des vices exemplaires) et c'est ainsi, tout en rêvant à ce prénom d'Abijah — sous le regard vaguement inquiet de Floyd —, que j'avais fait connaissance avec Garrison, à la première page de ce dixième volume de la *Britannica,* que j'ouvrais à présent à la dernière page, pour y apprendre que ce mot merveilleux de *Halibut* (dont j'ignorais le sens, dois-je l'avouer ?) désignait un poisson de l'espèce pleuronectiforme (son nom latin étant *Hippoglossus hippoglossus*) dont la chair est hautement appréciée pour sa valeur nutritive. Mais je fermais le livre, vaguement ébloui par tout le savoir alphabétiquement compris entre les mots *Garrison* et *Halibut,* savoir qui m'échappait certainement, tout au moins dans sa plus grande partie, mais qui était incrusté dans ces pages, à ma disposition, si j'avais eu le temps, ou le goût, de savoir.

— Eh bien ! disais-je à Floyd, vous avez encore le temps de vous instruire !

— Je ne lis plus que ça ! disait Floyd.

Je hochais la tête, ce type m'étonnerait toujours. Je l'imaginais dans son bureau du troisième étage, chargé de la section opérative du contre-espionnage pour toute l'Europe de l'Est, en train de lire l'*Encyclopaedia Britannica* en attendant les rapports et les messages des agents qu'il contrôlait, un peu partout.

— Vous lisez ça dans l'ordre alphabétique ? lui demandais-je.

Il riait jaune.

— Ne soyez pas encore insolent, O'Leary, disait-il.

Je ne voulais pas être insolent, ça m'emmerdait, tout simplement, cette histoire. Je haussais les épaules.

— Qu'est-ce qu'ils disent de Mercader, dans votre machin ? lui demandais-je.

Son regard se figeait, derrière le verre des lunettes. Pendant quelques secondes, j'ai bien cru qu'il allait m'envoyer promener. Ensuite, il a eu un sourire un peu contraint (comme s'il avait eu honte d'avoir à répondre à une question aussi futile, ou provocante) et il a marché vers une bibliothèque vitrée qui se trouvait derrière son bureau. Il en a sorti un autre gros volume relié en peau granitée, d'un blanc crémeux, qu'il a déposé sur la table, devant moi. C'était le tome 22 de la *Britannica,* et il contenait tout le savoir compris entre les mots *Textile* et *Vascular.* Je cherchais la page et je lisais l'article consacré à Lev Davidovitch. Mais il n'y était pas fait mention de Mercader, Ramón Mercader. « *On Aug. 20, 1940, he was attacked in his suburban home at Mexico city by a " friend " whom the exile's intimates described as a Stalinist agent. He died the next day* », c'est ainsi que la mort de Trotsky était rapportée, à la dernière ligne de l'article.

Nous étions là, désœuvrés, nous attendions un message de Kanin. C'est lui qui dirigeait aujourd'hui l'équipe de surveillance. Mercader avait quitté l'hôtel *Amstel*, vers neuf heures. Il avait pris sa voiture, il était parti pour La Haye. Aux dernières nouvelles, il visitait le Mauritshuis.

J'allumais une cigarette, je regardais Floyd.

— J'ai une idée, à propos de cette histoire, lui disais-je.

Il souriait, d'un air las.

— Vous avez toujours des idées, O'Leary ! disait-il.

— Ça ne vous intéresse pas ?

Il haussait les épaules.

— Si le silence vous fatigue, bavardez, bavardez donc ! disait-il, d'un air condescendant.

Mais je ne me laissais pas détourner de mon propos.

— Au fond, c'est assez clair. Ramón Mercader, né le 15 avril 1931 à Santander, Espagne. (Je commence à parler comme l'Encyclopédie Britannique, vous voyez ?) Il aura trente-cinq ans demain. En 1937, il est évacué en Union soviétique, avec plusieurs centaines d'autres enfants du Pays basque et du nord de l'Espagne. Malgré la guerre et toutes les difficultés de cette époque, il semble qu'il ait fait là-bas des études solides, il a acquis un titre universitaire en sciences économiques. Il parle sa langue maternelle, et puis le russe, et l'anglais, l'allemand. En somme, c'est ce qu'on appelle un brillant sujet.

Floyd m'écoutait et il me semblait bien que sous sa feinte indifférence il s'intéressait à ce portrait de Ramón Mercader.

— Bien, continuais-je. Votre dossier ne dit pas s'il a été membre du Komsomol, ou du parti.

Floyd hochait la tête.

— C'est un point qui n'a jamais pu être établi, en effet, disait-il.

— Quoi qu'il en soit, il a reçu une formation soviétique, évidemment.

Floyd hochait toujours la tête.

— En automne 1956, il revient en Espagne, avec l'un des premiers bateaux russes qui ramènent des rapatriés, après l'accord établi entre la Croix-Rouge espagnole et le gouvernement soviétique.

J'allumais une cigarette, j'essayais de reconstituer cette histoire.

— Bien sûr, parmi tous ces Espagnols rapatriés de là-bas, et dont certains avaient une formation technique ou scientifique d'un niveau élevé, nous avions déjà pensé à l'époque que s'étaient glissés des agents soviétiques. Les conditions étaient idéales, pour une semblable opération.

Floyd avait choisi une pipe, dans le râtelier qui se trouvait sur son bureau, et il la bourrait soigneusement.

— Nous avons donc monté un service spécial en Espagne, avec la collaboration de la police locale. Il ne s'agissait pas seulement de dépister les agents ennemis, mais aussi de recueillir, à travers des interrogatoires minutieux des rapatriés, le maximum de renseignements sur la vie économique, sociale et politique de l'U.R.S.S.

Floyd ne disait rien, bien sûr. Il savait tout cela. Mais je ne prétendais pas lui apprendre quoi que ce fût. Je faisais le point, pour moi-même.

Le point ? O'Leary savait bien que c'était une tentative désespérée. Il regardait Floyd, il regardait la rangée de volumes de l'Encyclopédie Britannique qui s'alignaient derrière Floyd, dans la bibliothèque vitrée, il regardait une trace de soleil, sur la surface cirée d'un meuble, il avait envie d'être ailleurs. Il ne pourrait jamais faire le point sur cette histoire, trop d'éléments lui en seraient, à tout jamais, inconnus. Même Floyd ne savait pas tout, c'était visible. En général, O'Leary se moquait bien d'ignorer certains aspects des affaires qu'il avait à traiter. Ça faisait partie du métier, c'est tout. Quelque part, une mémoire électronique enregistrerait les petites bribes de réalité — ou de mensonge — que lui-même, ou bien d'autres comme lui, auraient réussi à piquer ici ou là, et il n'était même pas sûr que cela serve un jour à quelque chose. Il s'en moquait, vraiment. Mais aujourd'hui il éprouvait le besoin — presque maladif, en tout cas trouble, rongé par une sournoise inquiétude — de tout savoir sur ce Ramón Mercader.

Sur l'une des photographies du dossier que Floyd leur avait montré la veille, Mercader marchait le long d'une pièce d'eau, dans un parc. De l'autre côté de la pièce d'eau, se trouvait un monument qui lui avait rappelé celui de Victor-Emmanuel, à Rome, gâchant la perspective de la place de Venise. Une sorte de colonnade en demi-cercle, avec une statue équestre au milieu, dressée sur un socle imposant. Herbert Hentoff lui avait expliqué que c'était à Madrid, dans le parc du Retiro. O'Leary aurait bien ri, s'il avait su que dans le tome 21 de l'*Encyclopaedia Britannica* (du mot *Sordello* au mot *Textbooks*), à l'article *Spain*, page 136, il y avait précisément une illustration photographique *(Photograph, Thomas Chitty, Camera Press — Pix from Publix)* représentant ce lac du Retiro, avec des rameurs faisant glisser leurs barques, et le monument à Alphonse XII au fond. Il aurait bien ri de voir, par ce hasard rusé, que la *Britannica* avait quelque rapport avec toute cette histoire, avec les habitudes de

Ramón Mercader, lequel, toujours selon Hentoff, se promenait souvent dans ce parc du Retiro, où il pénétrait par l'Allée des Statues, qui menait directement au lac et débouchait justement en face de ce monument. Mercader s'y promenait souvent et il y avait été suivi et filmé, dans l'attente d'une rencontre avec des agents de son réseau qu'on aurait pu ainsi prendre en filature et surveiller, mais il semblait bien que cette attente avait été vaine, il semblait bien que — depuis un mois, tout au moins — Mercader ne faisait rien d'autre que de s'y promener, dans ce parc du Retiro.

Ainsi, grâce à ces photographies et aux commentaires de Herbert Hentoff, certaines images de la vie de Mercader étaient parfaitement nettes. D'autres étaient floues, par contre, ou bien manquaient tout à fait. Comment était la maison familiale, par exemple, dans la vallée de Cabuérniga, à quelques dizaines de kilomètres de Santander ? Il n'y avait pas de photographie de cette maison, dans le dossier que Floyd leur avait montré. Pourtant, cette maison, le paysage autour de cette maison, étaient importants. Il était évident qu'à un moment donné, après son retour en Espagne, Mercader avait dû revenir dans cette maison où vivait encore Adela Mercader, une sœur de son père, la seule survivante de sa famille, semblait-il. O'Leary pensait à ce retour dans la vieille maison familiale. Peut-être était-ce le soir et tante Adela avait-elle fait du feu dans les grandes pièces où luisaient des cuivres, des meubles de bois sombre, verni. Peut-être était-ce l'automne. Ramón avait quitté son pays alors qu'il n'avait que six ans, peut-être tout cela s'était-il effacé de sa mémoire. Il aurait regardé ce paysage de son enfance, inconnu mais familier. Et cette allée de châtaigniers, ne lui rappelait-elle rien ? (Mais pourquoi pensait-il à des châtaigniers, à une vieille maison parmi les arbres ? O'Leary hochait la tête, tout cela n'avait pas de sens.)

Il reprenait le fil de son récit.

— Résumons-nous, disait-il.

Pendant dix ans, disait O'Leary, il semblait bien que la vie de Mercader, revenu en Espagne, avait été banale. Il avait passé des examens, pour obtenir l'équivalence de ses titres universitaires soviétiques (et la photocopie de ces diplômes, aussi bien espagnols que russes, devait se trouver quelque part, dans les archives du Centre) ; il avait fait des traductions techniques, pour gagner sa vie ; il avait ensuite travaillé pour le Service d'Études d'une affaire industrielle importante ; il s'était marié avec Inés Alvarado Lima (tiens ! la photographie de ce mariage manquait, dans le dossier de Floyd. Sur les marches d'un parvis d'église, entourés de quelques amis et parents, Ramón et Inés se seraient tenus immobiles, un peu guindés, comme ces personnages en terre cuite que l'on place au-dessus des gâteaux de mariage, précisément, et peut-être Adela Mercader, la vieille demoiselle, avait-elle fait le voyage de Santander à Madrid, pour assister au mariage de son neveu) et on le retrouvait finalement (Inés ! serait-ce elle, cette jeune femme brune, aux cheveux retenus sur la nuque, qui regardait Ramón, à cette terrasse de café, sous les arbres, de ce regard avide et douloureux, était-ce elle ?) dans la situation de directeur adjoint de la COMESA, une société spécialisée dans le commerce avec les pays de l'Est (Inés ! elle ?). Et il semblait bien que, pendant ces dix années, rien n'avait attiré l'attention de nos services sur Ramón Mercader, disait O'Leary.

Une lumière clignotait, Floyd décrochait un appareil téléphonique, on lui disait quelque chose, il répondait brièvement, il raccrochait.

— Il vient de quitter le Mauritshuis, disait Floyd. Il n'a pris aucun contact.

Floyd avait un rire grinçant.

— Il n'a pas dû s'amuser, Kanin ! Mercader est resté une demi-heure devant la *Vue de Delft*.

— Il n'aime pas la peinture, Kanin ? demandait O'Leary.

Floyd faisait un geste vague, il ne dirait plus rien.

— Vous êtes sûr que ce type ne se doute pas de quelque chose ? demandait O'Leary.

Les lèvres de Floyd se serraient, dans une grimace.

— Hentoff est catégorique, disait-il.

O'Leary éclatait de rire.

— Hentoff ?

Il riait, encore.

— Personnellement, disait O'Leary, j'aurais plutôt tendance à mettre en doute les affirmations catégoriques de Hentoff. C'est un jeune chien.

Floyd ne riait pas, il avait l'air inquiet.

— Quelles raisons avez-vous de penser que Mercader soit sur ses gardes ?

O'Leary haussait les épaules.

— Aucune, disait-il. Une intuition irlandaise, simplement.

— J'espère que vous faites erreur, disait Floyd.

Ils se regardaient, ils découvraient que l'un et l'autre pensaient à la même chose. Allaient-ils en rester là, dans cette certitude fugace ? Mais O'Leary était encore saisi par son démon familier.

— Vous pensez comme moi, n'est-ce pas, Floyd ?

La voix de O'Leary avait des résonances rauques.

— Vous pensez que s'il s'est aperçu de notre surveillance, il peut très bien en avoir tiré les mêmes conclusions que nous. Vous et moi, je veux dire. Il sait l'enjeu de la partie, désormais.

Mais la voix de Floyd devenait tranchante.

— Ne me dites rien, O'Leary. Je serais obligé de le noter dans mon rapport.

Ils se regardaient, encore. Ça n'avait pas de sens, que tout cela arrive à un nouveau Ramón Mercader. O'Leary se taisait, détournait les yeux. Sur le bureau de Floyd, il voyait le dixième volume de l'*Encyclopaedia Britannica*. C'était quoi, déjà, *Halibut ?* Un poisson, c'est vrai. *Hippoglossus hippoglossus*. De quoi rire, vraiment.

Il riait, O'Leary.

II

Il serait sur le perron du Mauritshuis, immobile, ayant allumé une cigarette, vaguement ébloui par ce ciel de printemps légèrement brumeux, pommelé, qui voilait la lumière d'un soleil invisible, la projetant de manière diffuse et ténue sur les façades, les tours, les clochetons, les dalles de pierre bistre, les étalages des marchands de souvenirs et de cartes postales ; vaguement ébloui par la grisaille dorée de ce printemps, étonné même, ayant senti son sang se précipiter de surprise, car il s'était attendu à trouver, ou plutôt il avait vécu inconsciemment dans cette attente d'un paysage enneigé au sortir du Mauritshuis, une douceur de neige crissante et feutrée sur le Binnenhof, mais d'où cette neige serait-elle venue se glisser dans cette journée d'avril, à La Haye ? d'où ce rêve de la neige d'autrefois, au sortir du Musée Pouchkine, par exemple ? et il serait immobile, sur le perron du Mauritshuis, la cigarette à la bouche, tout à coup désarmé, touché au plus profond d'une angoisse viscérale par ce souvenir de neige, sur l'esplanade devant le Musée Pouchkine, autrefois, dans une vie antérieure, une autre vie, même, comme si c'était quelqu'un d'autre, dont il aurait connu et la vie et la mort, intimement, qui avait autrefois, au sortir de la moiteur du Musée Pouchkine, retrouvé l'éclat vif et velouté de toute cette neige ensoleillée de Moscou, un autre, vraiment, qui serait mort, mais dont lui seul aurait pu évoquer les sensations, lui seul décrire les moments de joie minime — comme cette plongée dans l'air vif, bleuté, de Moscou sous la neige, au sortir du Musée Pouchkine — et il aurait secoué la tête, machinalement, il aurait marché dans le Binnenhof, le long de la Salle des Chevaliers, vers la Stadhouderspoort.

(Moedenhuik)

(Une grande maison blanche sur le Plein 1813)

(Tu avais le temps)

Il aurait repris la voiture, il aurait roulé lentement le long de la pièce d'eau, moirée par les reflets d'une lumière diffuse, éclatante et ternie, sur laquelle évoluaient des cygnes,

(gracieusement, majestueusement)

(Tu riais)

(Dans le parc du Retiro, au-delà de l'étang des barques, au-delà du Monument, un deuxième étang, plus petit, au milieu duquel se dresse une autre statue équestre, et où nagent des cygnes : Inés leur lançait des miettes de pain),

(les cygnes ! leur nage gracieuse et majestueuse, quelle dérision !),

et il aurait regardé l'étendue d'eau rectangulaire du Hofvijver, il aurait continué à rouler sur la Parkstraat, un canal aurait été traversé sur un pont en dos d'âne, la rue en prolongement s'appelait maintenant Alexanderstraat, et il aurait débouché dans la grande place ovale, prolongée à droite et à gauche par de larges avenues ombragées, et au centre de laquelle se dressait encore un monument, et il aurait pu penser — tandis qu'il contournait lentement le Plein 1813, pour y découvrir la grande maison blanche dont avait parlé Moedenhuik — il aurait pu penser que l'Europe est couverte de monuments, de statues équestres, de généraux vainqueurs dressés sur leurs chevaux de bronze, et il aurait ainsi fait le tour complet de la place, déserte, dans le silence de cette matinée d'avril.

(Moedenhuik, une grille, une grande maison blanche, un jardin, des magnolias)

(Mais ce n'est pas la saison où les magnolias sont en fleur.)

Il serait descendu de la voiture, il aurait contemplé cette place où Moedenhuik avait marché, il y a vingt-huit ans, jour pour jour, le 14 avril 1938 — et peut-être Moedenhuik était-il arrivé jusqu'ici par le tramway qui traversait le Plein 1813 et s'éloignait vers la Javastraat et la route de Scheveningen, mais qui, il y a vingt-huit ans, n'aurait certainement pas eu cette coque profilée, cette allure puissante et presque silencieuse, non, qui aurait été, il y a vingt-huit ans, un tramway au profil plus trapu, un tramway bruyant, ferrailleur, ferrugineux, tintant et traînant peut-être même en remorque une deuxième voiture, découverte, où des jeunes filles en chapeaux et manteaux bleu marine auraient regardé descendre Moedenhuik, et le receveur aurait fait de même, la main déjà posée sur la courroie qui déclencherait la double sonnerie du départ, dès que Moedenhuik aurait posé les deux pieds par terre —, et il aurait cherché des yeux la maison vers laquelle Moedenhuik s'était dirigé, il lui aurait semblé que celle qui convenait le mieux à la description entendue était justement de l'autre côté de ce Plein 1813, et il aurait marché vers cette grille fermée, cette maison blanche aux fenêtres closes, ce jardin dépouillé, ces magnolias aux larges feuilles vertes,

(ce passé impossible).

Debout, devant la grille fermée — et une plaque

indiquait que cette maison dépendait maintenant du ministère hollandais des Affaires étrangères — il aurait attendu que quelque chose se passe.

(Tante Adela se tenait sur la galerie, toute droite, ses deux mains posées sur la balustrade en bois.

Elle disait : Alors ?

Tu sortais de l'ombre fraîche de l'allée de châtaigniers, tu arrivais dans l'espace découvert, devant la maison, tu hochais la tête.

Elle disait : Alors, ta maison ?

Tu disais : Ma maison ?

Tante Adela avait un rire brusque, elle redressait encore sa haute silhouette fragile.

Tante Adela : Il n'y a plus que toi et moi, mon fils. Et c'est toi, l'homme. Ta maison, alors.

Elle n'avait pas dit homme, *hombre,* bien entendu. Elle avait dit *varón,* qui est le terme par lequel on désigne les mâles de l'espèce humaine. Car c'est cette masculinité qui t'octroyait, de toute éternité, le droit de possession sur cette maison de Cabuérniga, comme sur tout autre bien que la famille Mercader aurait pu conserver, après les désordres et les désastres de ces décennies.

Alors, tu étais monté sur la galerie qui contournait cette façade ensoleillée de la maison, tu t'étais accoudé à la balustrade, à côté de la vieille demoiselle.

Ensemble, vous veilliez sur la maison des Mercader.

Ensemble, sur cette galerie, comme sur un pont de navire, avais-tu pensé. Mais tu t'en étais voulu, aussitôt, de cette pensée banale, stéréotypée.

Vous veilliez sur la maison des Mercader, dans le soleil de septembre. Un matin.

La veille, à ton arrivée, tu avais arrêté la voiture de louage à l'entrée même du parc. Le chauffeur s'étonnait, il y avait encore plusieurs centaines de mètres à parcourir jusqu'à la maison proprement dite, disait-il. Tu invoquais le prétexte d'une surprise à faire, d'une arrivée silencieuse. Il hochait la tête, tu payais la course, il faisait demi-tour. Tu restais seul, à l'entrée de l'allée de châtaigniers. Le soleil disparaissait derrière les frondaisons, tu plongeais dans l'ombre dense, humide sur les épaules, dans la clarté verdâtre et épaisse de l'allée.

Une année s'était écoulée, depuis ton départ d'Odessa, ce long voyage entre deux mondes, et tu avais retardé de mois en mois cette visite.

Te voilà, maintenant, dans la maison des Mercader, à Cabuérniga.

Au milieu des châtaigniers de ton enfance, te voilà.

Au centre même de toi-même, te voilà.

Mais tu avançais, ta valise à la main, dans un paysage inconnu, dans une enfance inconnue, de plus en plus éloigné de toi-même, à mesure que tu avançais vers toi-même, ton enfance.

Tu avais failli flancher, faire demi-tour, t'enfuir, fuir le visage tendrement inquiet de tante Adela.

Tu avais pris sur toi-même, comme on dit, tu avais continué à poser un pied devant l'autre, sur la terre meuble de cette allée de châtaigniers.

La maison t'était apparue, dans la lumière précise et poreuse de l'automne, et il t'avait tout à coup semblé reconnaître cette maison, cette lumière, cette sorte de paix.

Tu étais monté sur la galerie déserte. Un fauteuil à bascule y oscillait encore, à côté d'une table basse où reposait un ouvrage de dame. Ensuite, une porte-fenêtre s'ouvrait, dans un grand cri de surprise et de joie et tu étais dans les bras de tante Adela.

Elle pleurait sur ton épaule toutes ces années, cette mort interminable, cette attente, cette solitude, ces rêves perdus, ton absence, ta vie incertaine, ton retour.

Plus tard, dans la grande salle à manger, elle t'avait fait servir un repas simple et subtil. Tu étais seul, au bout de la longue table. Elle se tenait à ta droite, légèrement en retrait, debout, surveillant le service, veillant à remplir ton verre d'eau ou de vin. Tu avais compris qu'il serait inutile de protester, d'insister pour qu'elle prenne place à table. Elle était là, debout, comme une servante fidèle, gardienne du foyer abandonné. C'était sa joie, sa fierté, d'être ainsi remise à sa place, obscure mais indispensable, par le retour du fils aîné, ton retour. Elle te rendait la possession de ces murs, ces meubles, ces faïences anciennes, ces vieux arbres, ces cuivres étincelants, elle s'effaçait devant ton droit masculin d'aînesse, elle retrouvait la joie des soumissions, tu étais le maître.

Adela Mercader, haute silhouette fragile voix du passé inaccessible.

Et aujourd'hui, le lendemain de ce retour, ensemble, vous veilliez sur la maison trapue, sur la demeure inusable des Mercader.)

Il aurait attendu que quelque chose se passe, devant cette grille fermée, cette maison blanche du Plein 1813, vers laquelle Moedenhuik avait marché, vingt-huit ans auparavant, dans la tiédeur d'un jour d'avril au ciel voilé, il aurait regardé les fenêtres closes derrière lesquelles, il y a si longtemps, se célébrait le septième anniversaire de la République espagnole — le septième et dernier anniversaire, pensait-il aujourd'hui, puisque la défaite de la République, l'année suivante, en 1939, avait été consommée deux semaines avant cette date, le 1er avril exactement, sinistre farce sanglante de l'histoire — et il se demandait si ce n'était pas derrière les volets clos de ce rez-de-chaussée s'avançant en rotonde sur le parc que se trouvait le grand salon que Moedenhuik avait décrit et où il avait rencontré Brouwer pour la dernière fois, en compagnie du Chargé d'Affaires et

(« voici la chambre de tes parents », disait tante Adela, et tu entrais dans une grande pièce claire, où le soleil miroitait sur les boules de cuivre aux quatre coins d'un immense lit carré, haut comme un navire, et recouvert d'une courtepointe en coton blanc, festonnée, et les rideaux de cretonne défraîchie tremblaient dans le vent du matin, il y avait des meubles en merisier, une coiffeuse sur laquelle s'alignaient des flacons de vieil argent, aux bouchons épais de cristal taillé, et des brosses d'écaille et de vermeil, et dans la rainure du cadre en bois de la glace quelques photographies jaunies avaient été glissées, tu voyais un petit garçon de cinq ans, en costume marin, c'était toi, Ramón Mercader, « ta mère se tenait ici, dans la matinée », disait tante Adela, « sa santé était fragile, elle ouvrait les fenêtres pour t'entendre jouer dans le parc », et c'était insupportable, tu avais souhaité être ailleurs, ou bien pouvoir interrompre le bavardage ému de la vieille demoiselle, mais tu étais fasciné par l'image de ce petit garçon de cinq ans, en costume marin, qui avait joué dans le parc sous la surveillance passionnée d'une mère à la santé fragile, lointaine image d'un autre toi-même, indéchiffrable, « et tout au long de cette année-là ta mère s'est éteinte », disait tante Adela, « elle s'est affaiblie, jour après jour, et c'est finalement dans la soirée du 17 juillet 1936 qu'elle est morte, dans les bras de ton père, et ses derniers mots ont été pour toi, pour nous recommander de prendre bien soin de toi », et tu te demandais, dans la nausée de ce souvenir inaccessible, si c'est le pressentiment de cette mort prochaine qui assombrissait les yeux du petit garçon en costume marin, sur la photographie jaunie de la coiffeuse, ou bien si c'était la prémonition de ton intrusion, vingt ans après, dans cet univers intact que ta présence actuelle faisait éclater en mille morceaux de verre coupant, mais la vieille demoiselle parlait encore, tout en se déplaçant dans la chambre et en touchant des objets, qu'elle soulevait machinalement, sans les voir, avant de les remettre à leur place, elle disait que « c'était écrit, ta naissance s'est produite au lendemain de la proclamation de la République, quelle grande joie, ton père y a vu comme un présage, mais le destin n'a pas voulu que les choses soient ainsi que ton père les avait rêvées, et ta mère est morte le jour même où sont arrivées les premières nouvelles de ce soulèvement militaire, au Maroc, et voilà, tu es parti, tu es devenu homme dans un pays étranger », et sa voix s'était brisée, tu avais aperçu des larmes dans ses yeux, tu savais qu'elle aurait voulu, à ce moment, te parler de la mort de ton père, qu'elle t'avait racontée, longuement, dans l'une de ses premières lettres, se délivrant ainsi d'une longue souffrance solitaire, d'une sombre horreur que vous seriez deux à supporter, désormais, et)

il oublie Brouwer, et cette histoire que Moedenhuik avait racontée, à propos de Brouwer et du Chargé d'Affaires de la République espagnole, il oublie complètement pourquoi il se tient, immobile, devant la grille fermée de cette maison du Plein 1813, il pense qu'en ce moment même Inés est peut-être en train d'ouvrir les fenêtres de la grande chambre à coucher, dans la maison de Cabuérniga, ou bien en train de lire un livre, dans la galerie couverte, tout en surveillant du coin de l'œil les jeux de Sonsoles, sur la terrasse de sable fin qui s'étendait au pied de la maison, (et ce n'est que le deuxième jour que tu avais marché jusqu'au cimetière du village, abandonnant tante Adela, nerveuse et triste, à la maison, et elle t'avait expliqué où trouver les tombes, mais tu t'étais d'abord promené dans les allées, parmi les dalles funéraires, regardant distraitement les noms qui y étaient inscrits, avant de te diriger vers l'endroit où tu savais, d'après la description minutieuse de tante Adela, trouver les deux tombes, côte à côte, et tu avais lu sur les pierres soigneusement entretenues les deux noms, sur celle de gauche, SONSOLES AVENDAÑO DE MERCADER, au-dessous d'une croix, et sur celle de droite, JOSÉ MARÍA MERCADER Y BULNES, et tu avais lu les dates, aussi, 17 juillet 1936, sur celle de gauche, 5 septembre 1937, sur celle de droite, où il n'y avait pas de croix, ni non plus les trois initiales du *Requiescat In Pace*, simplement le nom et la date, car c'est après la chute de Santander aux mains des troupes italiennes des divisions *Littorio, Flammes Noires* et *23 mars* que « ton père était revenu dans sa maison », disait tante Adela, « pour attendre les événements, puisqu'il avait de toute façon refusé de partir dans l'un des chalutiers surchargés de réfugiés qui avaient essayé, au cours de ces journées, de gagner la France, il était revenu dans sa maison, à pied, marchant la nuit à travers un territoire déjà occupé par les troupes italiennes et les brigades navarraises de Solchaga, il était arrivé ici, à l'aube, et il s'était enfermé dans sa chambre, la chambre où ta mère était morte, il avait pendant deux jours trié des papiers, des vieilles lettres, des photographies, et au soir du 5 septembre deux voitures sont apparues, roulant à toute vitesse, dans l'allée de châtaigniers, deux voitures chargées d'hommes jeunes, certains étaient encore adolescents, qui riaient brutalement, des hommes armés, portant la chemise bleue de la Phalange, avec le joug et les cinq flèches brodés en rouge, sur le côté du cœur, et ton père était descendu à leur rencontre, dans l'escalier de sa maison », mais la vieille demoiselle n'avait pas pu, cette fois-là non plus, terminer son récit, dont tu connaissais la suite, cependant, car elle t'avait écrit une longue lettre, trois mois après ton retour, tu savais que ces hommes, dans l'allégresse de leur force, du sentiment d'impunité que leur donnait la victoire, mais aussi bien de la conviction de n'être que les instruments d'une justice implacable, nourrie par plus d'un siècle de sang, ces hommes avaient entraîné José María Mercader jusqu'aux voitures, qui avaient de nouveau démarré en trombe, au milieu des cris et du bruit aigu des klaxons, vers l'enclos du vieux cimetière, et le soir déjà était tombé, ils avaient allumé les phares des automobiles et, à la lumière des phares, collé au mur — ainsi qu'un témoin, des années plus tard, avait osé le rapporter à Adela Mercader —, ton père avait levé le poing dans le salut du Front populaire, lui, chrétien, lui, bourgeois, qui avait choisi les pauvres dans cette guerre entre les pauvres et les riches, il avait donc levé le poing, crié quelque chose que le bruit de la décharge avait rendu inaudible, levé le poing pour n'être pas seul à ce moment dernier, pour retrouver, ne fût-ce qu'une fraction de seconde, au moment de mourir, cette colère et cette joie, cette force et cet espoir, dans le salut des pauvres qui allaient mourir, par centaines, par milliers, au cours de ces années, comme ils mouraient depuis un siècle, levé le poing dans la lumière des phares, en criant quelque chose, pour ne pas être seul, pour définitivement s'enraciner dans cette armée de cadavres invincibles, cette sourde armée d'ouvriers et de paysans qui allaient mourir, levé le poing, lui, l'avocat catholique, pour être parmi les siens, avec les siens, au moment de mourir, avec ceux qui brûlaient les églises, rageusement, désespérément, joyeusement, levé le poing dans la lumière des phares, sous les insultes, peut-être, ou les sarcasmes, des jeunes gens de sa classe, de son monde, mais il avait choisi de mourir avec une autre classe, un autre monde, avec cette sombre, immense armée de cadavres qui peuplerait de cris, et de sang, de poings levés, les nuits de cette Espagne, pendant une décennie encore, et tu regardais maintenant les deux dalles, côte à côte, allongées ensemble dans la verdeur herbeuse du grand sommeil, tu les regardais dans la lumière de septembre de nouveau, tu voyais ce prénom féminin, SONSOLES, et)

Inés à l'instant même, pense-t-il, dans la galerie couverte de la calme maison de Cabuérniga, lève les yeux de son livre et regarde la petite Sonsoles, qui joue sur le sable de la terrasse, et plus loin le soleil éclaire la cime des arbres, les châtaigniers, les chênes, les eucalyptus, il pense que c'est Inés qui a voulu donner à la petite fille ce prénom de Sonsoles et il a accepté ce prénom, sachant bien qu'il serait impossible de trancher tous les liens, toutes les fibres violentes et amères qui relient cette petite fille aux longs cheveux noirs, dénoués, en *jeans* de velours vert, innocente et subtile, à ce passé de mort, ineffaçable, mais il sent une présence derrière lui, il tourne la tête, une voiture de marque anglaise roulait lentement contre le bord du trottoir du Plein 1813, au-delà de la contre-allée, et elle accélère brusquement et disparaît.

— Amsterdam ? avait dit Inés.
— Amsterdam, avais-tu dit.
— Je viens avec toi ? demandait Inés.

Tu avais hoché la tête.

— C'est un voyage éclair. Il est même possible que je fasse un saut à Zurich. C'est idiot, je n'aurai pas une minute pour toi, disais-tu.

Inés éteignait le poste de télévision.

— Tu te souviens ? On a été heureux, à Amsterdam.

— On est heureux partout, disais-tu.

Elle riait.

— Partout, mais particulièrement à Amsterdam.

Tu ne voulais pas discuter l'intensité de ce bonheur particulier.

— Le bonheur, c'est de vivre, avais-tu dit.

Elle riait.

— Tu as trouvé ça tout seul !

Tu avais trouvé ça tout seul, en effet. C'était même une trouvaille récente.

Elle était venue s'asseoir à tes pieds, tu regardais les cubes de glace dans ton verre.

— Tu ne sais pas ? disais-tu.

— Tu vas me dire, disait-elle.

— Je profiterais bien volontiers de ces jours de Pâques pour aller me reposer à Cabuérniga, disais-tu.

— Il faut s'entendre. Tu vas à Amsterdam ou à Cabuérniga ?

— Je vais à Amsterdam, d'abord.

— Tu veux que j'aille t'attendre à Cabuérniga, avec Sonsoles ? disait-elle.

Tu buvais une longue gorgée, tu te sentais étrangement rassuré.

— Voilà ! disais-tu. Tu devines mes souhaits les plus secrets !

Tu en plaisantais, Inés riait.

— C'est vraiment facile de te rendre heureux ! Je t'attendrai à Cabuérniga, avec Sonsoles, dans ta maison.

— Ma maison, disais-tu sourdement.

Mais elle s'était détournée, pour se servir à boire.

— Comment ? disait-elle.

Tu regardais son corps allongé sur le tapis, ses longues jambes, son visage tourné vers toi.

— Rien, disais-tu.

Tu parlerais plus tard. Peut-être.

Tu parlerais un jour, peut-être, à quelqu'un. Tu dirais cette attente éblouie devant la maison blanche du Plein 1813, à cause de ce souvenir de Moedenhuik, ancien. Tu dirais la façade aveuglée, les volets clos, les magnolias dépouillés. Et la haute figure fragile de tante Adela, s'avançant vers toi, comme si tu n'avais pas été devant cette maison blanche du Plein 1813, comme si tu débouchais de l'allée de châtaigniers, à Cabuérniga, devant la galerie de bois qui contournait la façade orientée au midi de la maison des Mercader. Combien de temps, immobile, devant cette maison blanche du Plein 1813, réelle mais aussitôt effacée, devant cette maison des Mercader, désordonnée dans l'étalement de ses diverses ailes, mais intime, habitable, une vraie maison, dans ton souvenir ? Un espace de temps infiniment bref, certainement. Les hommes qui te surveillaient t'avaient vu traverser la place, ils avaient dû remarquer ton immobilité, pendant quelques dizaines de secondes, devant cette grille fermée qu'ils viendraient à leur tour inspecter plus tard, pour essayer de découvrir les raisons de cette curiosité, les liens entre cette maison du Plein 1813 et ton passé, le rapport de cette immobilité contemplative avec ta mission en Hollande, cette fois-ci. Tu dirais, un jour, tout cela.

A quelqu'un ?

Tu ne pourrais guère le dire qu'à Georgui Nicolaïevitch, c'est certain. Tu entrerais dans son bureau, il ne lèverait pas la tête de ses papiers, terminant d'abord de lire le paragraphe du document qu'il serait en train d'étudier, ou bien d'écrire la fin d'une phrase commencée d'une plume rageuse et grinçante. Enfin, il lèverait vers toi le regard de ses yeux d'un bleu délavé, il écarterait la lampe posée sur le bureau, dont l'abat-jour soyeux, festonné, d'un vert pâli, l'empêcherait de te bien voir, et il t'écouterait.

Tu dirais : Vous vous souvenez de cette histoire d'Amsterdam, Georgui Nicolaïevitch ?

Il hocherait la tête.

Tu dirais : En fait, cette histoire d'Amsterdam, à Pâques, en 1966, n'avait pas commencé à Amsterdam.

Et Georgui Nicolaïevitch : Les histoires ne commencent jamais là où elles semblent avoir commencé. Elles ont des origines obscures et un jour on se trouve jeté en plein milieu d'une histoire.

Et toi : C'est ça !

Il aurait alors poussé vers toi une boîte de bonbons acidulés, ayant deviné que tu aurais eu envie de fumer, à ce moment, avant d'entamer le récit de cette histoire d'Amsterdam qui avait, en fait, commencé ailleurs et tu te serais souvenu de la raison pour laquelle Georgui Nicolaïevitch ne pouvait pas supporter l'odeur même du tabac, de la fumée du tabac, autour de lui.

Tu parlerais.

Dans son bureau, dans cet immeuble massif, dont la façade d'un ocre soutenu — ou bien était-ce du vert pistache ? — rappelait par sa couleur l'origine italienne de la plupart des maçons, des maîtres d'œuvre et architectes qui avaient bâti les palais des villes russes, autrefois ? Dans cet immeuble du centre, au bout d'un labyrinthe de couloirs, conduit toi-même, ta convocation à la main, d'un poste de contrôle à l'autre par des factionnaires portant l'uniforme des forces de sécurité ? Ou bien dans la *datcha,* aux environs d'Ouspenskoïe, où tu avais été avec Georgui Nicolaïevitch, la seule fois où le Vieux t'avait invité à partager un repas avec lui dans un endroit qui ne fût pas public — tout au moins de façon évidente —, un endroit où il avait l'air de vivre, le Vieux, tout au moins provisoirement, durant l'été 1960 ?

Ou à Zurich, peut-être ?

Tu avais déposé le message annonçant ton arrivée dans le magasin d'appareils électro-ménagers servant de boîte aux lettres, à cette époque-là, et quarante-huit heures après tu t'embarquais, à l'heure dite, sur le bateau qui faisait le tour du lac. Tu attendais qu'on vienne établir le contact. Le bateau avait accosté à l'embarcadère d'un village qui s'appelait Wädenswill, un groupe de touristes étaient montés à bord. Un peu plus tard, une voix d'homme te posait la question convenue et tu reconnaissais cette voix avant même de te retourner, tu répondais les mots qu'il fallait dire, et c'était Georgui Nicolaïevitch lui-même, et vous vous êtes parlé, interminablement, vous n'arriviez pas à vous quitter.

A Zurich aussi, la prochaine fois, peut-être. Et Georgui Nicolaïevitch en profiterait de nouveau pour aller fureter dans les étagères de la librairie de Pinkus, dans la Froschaugasse.

Tu dirais : Cette histoire d'Amsterdam, Georgui Nicolaïevitch, était terrible, dans sa simplicité.

Il aurait approuvé du chef, en suçant un bonbon acidulé.

Et toi : En fait, j'avais cru comprendre de quoi il s'agissait, à Madrid même, avant que l'occasion ne se présente de faire ce voyage à Amsterdam.

Il t'aurait regardé, en silence, d'un œil bleu.

Toi : Quelles journées ! Il ne fallait surtout pas qu'ils sachent que j'avais repéré leur surveillance. Et en même temps, il fallait que je vous avertisse, pour qu'on remonte la filière de cette trahison, jusqu'au bout.

Georgui Nicolaïevitch hochait la tête, tristement.

Tu riais : Quelles journées, vraiment !

Mais tu avais brusquement la certitude que cette conversation n'aurait jamais lieu. Tu revenais à Amsterdam, tu avais délaissé l'autostrade pour la route la plus proche de la mer, par Wassenaar, et Katwijk-aan-Zee, Nordwijk-aan-Zee, avec l'intention d'aller manger un morceau à Zandvoort, et tu avais la certitude, obscure mais rayonnante, que cette conversation avec le Vieux n'aurait plus jamais lieu. Ni à Zurich, ni à Moscou, ni à Ouspenskoïe, nulle part, jamais plus, tu ne verrais Georgui Nicolaïevitch Oujakov. A moins que vous ne vous rencontriez, plus tard, parmi les ombres d'un enfer de corridors et de bureaux, peuplé de factionnaires portant l'uniforme à parements verts des forces de la sécurité, ombres vous-mêmes, dans un immense bureau où vos voix réveilleraient l'écho, rendant toute conversation difficile, une grande pièce où les doubles rideaux défraîchis ne vous protégeraient pas de la lumière du jour, car il n'y aurait pas de fenêtres, pas de lumière, pas de jour, derrière ces doubles rideaux, mais seulement la surface humide et lézardée de l'un des murs de cet enfer, et tu serais arrivé là, au bout d'une très longue mort, et Georgui Nicolaïevitch de même, au terme d'une mort encore plus exemplaire, plus pleine, plus éclatante, le Vieux, comme vous disiez — et l'autre aussi, on l'appelait *le Vieux,* n'est-ce pas ? celui que ton homonyme avait assassiné, le 20 août 1940, à Coyoacán, près de Mexico, dans la chaleur immobile d'un cauchemar que tu avais souvent refait — le Vieux, vieux bolchevik, ancien fonctionnaire du Komintern, ancien déporté de Kolyma, et c'est dans ce bureau d'un enfer de corridors et de bureaux, parfaitement organisé, où les pas des factionnaires dans les couloirs auraient à peine troublé le silence, que vous auriez pu vous parlez, enfin, après cette mort qui aurait poussé en vous comme une plante vivace, cette mort qui avait été votre vie, et que vous auriez été, sans doute, prêts à revivre.

Mais le vent souffle en rafales, sur la plage de Zandvoort, immense et déserte, le vent et elle entend le bruissement des feuilles qu'un vent léger, subitement, fait frémir.

Elle avait été assise devant la coiffeuse, longtemps, à manier les brosses d'écaille et de vermeil, lissant ses longs cheveux dénoués, en pensant à tout autre chose, mais on pense toujours à tout autre chose, on regarde l'image de cette femme, soi-même, toi, dans le miroir terni par endroits, et mobile, rongé par une lèpre brunâtre, où se reflète de soi-même, moi, ce visage que j'ai, ces épaules, cette peau lisse et douce au-dessus du col rond d'un chandail amarante (tiens ! amarante : *rouge de pourpre velouté*), les lèvres, le lobe d'une oreille, l'ossature fragile du menton, des pommettes, du front bombé — fragile mais inusable, disais-tu, et je riais, sous la caresse de tes mains, ta bouche — qui se reflètent dans le cadre ovale de ce miroir mobile, terni par endroits, et sur les bords duquel sont fichées quelques photographies, anciennes, jaunies, confuses, qu'elle avait contemplées pendant qu'elle brossait, inutilement, ses cheveux dénoués, longtemps. Il y avait eu le silence épais, palpable, évidemment végétal, qui pénétrait à travers les croisées ouvertes, un silence d'arbres centenaires, de feuilles immobiles, de mousse et de lichens, d'herbes folles, de fleurs sauvages, silence d'une fin de matinée au moment où le soleil allait s'installer à l'aplomb de la terrasse de sable fin, devant la maison, dans un ciel de lavande, non pas posé comme une mince pellicule brillante, au-dessus de nos têtes, sur le paysage, mais ciel d'une densité infinie, ciel jusqu'au fond des ciels imaginables, ciel de lavande amidonnée évoquant la fraîcheur alanguie des siestes dans les draps d'une blancheur bleutée, lavés à grande eau et séchés sous le soleil de ce ciel de lavande, silencieux de ce haut silence poreux de midi, lorsqu'elle a entendu, subitement, le bruissement des feuilles qu'un vent léger, toujours à ce moment de la journée, faisait frémir.

Elle a noué ses cheveux, elle a marché jusqu'aux fenêtres ouvertes.

— Sonsoles !

La petite fille, sur la terrasse de sable fin, dansait, tenant à bout de bras une grande poupée pour laquelle elle chantait une comptine, reconnaissable à sa mélodie, malgré la distance.

Sonsoles lève les yeux et la regarde.

— Tu m'aimes ?

Sonsoles ne dit rien, elle regarde sa mère.

— Je ne sais pas encore, crie-t-elle, finalement, en hochant la tête.

Elles rient ensemble.

— Tu viendras me dire, quand tu sauras ?

— C'est ça, oui ! crie Sonsoles.

Et elle recommence sa ronde, sur le rythme saccadé de la comptine, et je m'écarte de la fenêtre, je vois sur la table le livre que je lisais à Sonsoles, ces dernières semaines, et le livre est là, devant son regard, sous sa jaquette d'un rose saumon recouverte de cellophane, où des oiseaux noirs inscrivent le graphisme d'un mouvement de vol désordonné — mais d'un désordre concerté — *The Oxford Nursery Rhyme Book, Assembled by Iona and Peter Opie,* le livre, là, sur la table, avec son indiscutable matérialité évidemment anglo-saxonne, rigide au toucher des doigts l'effleurant, imprimé sur du beau papier lourd, d'un blanc crémeux, odorant, et elle soulève machinalement le volume qu'elle avait commandé chez Buchholz, il y a un mois, autant pour son propre plaisir — elle en avait eu un semblable, qui contenait certes moins de chansons et de comptines anglaises, mais dont les illustrations étaient par contre d'un format plus grand (elles occupaient, en effet, le haut de chaque page, sur toute la largeur de celle-ci, et, si elle se souvient bien, mais peut-être n'est-ce qu'une illusion de la mémoire, ces illustrations-là étaient en couleurs) et qui avait dû rester dans sa chambre de jeune fille, à Salamanque — ce livre qu'elle avait commandé chez Buchholz, autant pour son propre plaisir (mais il avait été impossible de retrouver la même édition de son enfance) que pour continuer à apprendre l'anglais à Sonsoles, et de toutes les comptines qu'elle avait entendues et apprises par cœur, jusqu'à présent, Sonsoles préférait, comme moi-même, autrefois, celle de Humpty-Dumpty, et là, franchement, elle avait été légèrement déçue par l'illustration qui accompagnait le texte, sur la marge extérieure droite de la page (la vingt-cinquième, exactement, qu'elle ouvrait maintenant, pour contempler cette illustration qui l'avait quelque peu déçue), car elle n'était pas plus grande qu'un timbre-poste, en noir, alors que dans son souvenir elle occupait toute la largeur d'une demi-page, et en couleurs (mais peut-être était-ce une illusion embellissante de la mémoire ?), bien qu'elle fût obligée de reconnaître, malgré cette déception légère, peut-être inévitable chaque fois qu'un souvenir d'enfance se voit confronté avec la réalité qu'il évoquait, que l'essentiel était conservé dans ce cul-de-lampe rectangulaire, imprimé en noir, sur la marge extérieure droite de la page de ce volume-ci, l'essentiel étant la silhouette de Humpty-Dumpty, bonhomme à face d'œuf, assis sur un mur et saluant d'un geste du bras gauche les soldats du roi défilant sous ce mur ; mais c'était triste pourtant que l'essentiel abstrait d'un souvenir retrouvé laissât échapper toute la gamme de détails, minimes mais indispensables, qu'une vision enfantine de Humpty-Dumpty avait fixés avec ravissement (la couleur frémissante des arbres, derrière le mur sur lequel H. D. trônait, goguenard, insoucieux du danger de chute mortelle qui déjà le menaçait ; l'éclat argenté des baïonnettes des soldats du roi ; le pourpre de la cocarde sur les hauts bonnets des grenadiers, contrastant avec le bleu soutenu du ruban qui s'en détachait), tous ces détails que Sonsoles ne pourrait pas fixer dans sa mémoire, laquelle ne conserverait qu'une épure visuelle, pour ainsi dire, de cette histoire absurde et cocasse de Humpty-Dumpty, qu'elle préférait pourtant à toutes les autres (mais je ne lui avais rien dit, bien sûr, de tout ce que cette vignette, ce cul-de-lampe, me rappelait ; c'était spontanément qu'elle avait choisi, parmi toutes les autres comptines, pour la chanter inlassablement, celle de Humpty-Dumpty) et je posais de nouveau le livre sur la table, et la voix de Sonsoles, frêle et indistincte, me parvenait et je murmurais moi-même en moi-même les paroles de la comptine,

*Humpty Dumpty sat on a wall*
*Humpty Dumpty had a great fall*
*All the King's horses and all the King's men*
*Couldn't put Humpty together again,*

je murmurais ces paroles, dans le rythme d'autrefois, saccadé, sautillant, comme un tintement métallique, comme le son d'une clochette, un peu aigre, tout en pensant

Mais elle était assise devant la coiffeuse, maniant les brosses massives d'écaille et de vermeil, en pensant à tout autre chose, les yeux fixés sur la photographie de ce petit garçon en costume marin, au regard assombri, presque douloureux, d'une intensité maladive, en tout cas, où elle retrouvait, lui semblait-il — mais peut-être n'était-ce que la projection de sa propre angoisse —, l'expression inquiète (« traquée », avait-elle pensé, parfois, ce mot banal, presque vidé de son sens, à force d'usages quotidiens et inajustés, à force d'usure routinière, lui étant venu à l'esprit, « un air de bête traquée », avait-elle pensé, même, aggravant ainsi la banalité désespérante des mots pour nommer cette chose, cet horizon qui se dévoilait) dans les yeux de Ramón, souvent, ces dernières semaines. Comme si le regard assombri, inquiet, du petit garçon en costume marin qu'il avait été — sous la surveillance furtive, mais angoissée, d'une mère fragile — et qu'il montrait sur cette photographie jaunie, racornie, dont le coin inférieur gauche, usé par des pliures successives, avait fini par se déchirer, comme si ce regard d'il y a trente ans était la manifestation anticipée, mais fidèle — et d'autant plus fidèle qu'elle était prémonitoire — de l'angoisse, ou tout au moins l'inquiétude, la brusque absence taraudée par un désarroi visible, que Ramón avait fugacement, parfois, ces derniers temps, aux moments et dans les lieux les plus imprévisibles, incongrus mêmes, laissé entrevoir, et

à quoi penses-tu ?
comment ?
tu penses à quoi ?
rien

pourtant
rien, vraiment
et je voyais cette lueur opaque dans ses yeux, brusquement, je savais bien qu'il était ailleurs, même s'il pouvait me répéter, mot pour mot, tout ce que je venais de lui raconter (la promenade avec Sonsoles au Retiro, une conversation avec Marta, les dernières sottises de Pemán dans l'*A.B.C.*, n'importe quoi) mais je connaissais depuis longtemps cette capacité de Ramón pour s'abstraire, volontairement, d'une conversation dont il enregistrerait pourtant les moindres détails, dans sa mémoire ; cette possibilité de se dédoubler, de franchir le miroir, de se masquer derrière un sourire, avec un air penché qui prétendait démontrer un intérêt évident pour le sujet de la conversation ; masqué, dédoublé, ailleurs ; avec les autres cela me faisait rire, c'était une performance, en quelque sorte, dont nous riions ensuite, et il essayait aussi de me faire rire, ces dernières semaines, en me répétant mot pour mot les propos que je venais de tenir, le soir, quand nous nous retrouvions,
Marta
qu'elle t'a dit que son mari ne la touche plus
que pourtant qu'au réveil qu'au lit qu'elle voit bien
que si son membre
que ce n'est pas par fatigue que c'est par désamour
que Marta
que tu ne comprends pas comment les femmes
qu'elles puissent qu'elles parlent ainsi
qu'elles nomment ces choses,
mais je savais bien qu'il avait été absent, qu'il répétait des mots machinalement enregistrés, auxquels, même au moment de me les redire, il n'attachait aucune importance.

Avec ce même regard assombri qu'il avait à cinq ans, sur la photographie jaunie fichée dans la rainure du cadre en bois fruitier de la coiffeuse devant laquelle, trente ans auparavant, Sonsoles Avendaño, tout en brossant rêveusement ses cheveux dénoués, guettait les bruits de l'extérieur, les cris ou les rires ou les pleurs de son enfant, jouant sur la terrasse de sable fin, sur laquelle, de toute éternité, à cette heure-ci, le soleil trouvait son aplomb, dans le frémissement des feuilles de châtaignier, d'eucalyptus, de platane, qu'un vent léger, subitement, ébouriffait, et je maniais ces mêmes brosses d'argent massif, moi aussi, tout en pensant

Mais elle était assise devant la coiffeuse, sur laquelle, ayant écarté les flacons aux lourds bouchons de cristal taillé, elle étalait le vieil album de photographies que tante Adela, pour la première fois, hier au soir, lui avait fait voir, en commentant longuement chacun des instantanés, après qu'elle eut lu à haute voix, pour s'y reconnaître, les légendes écrites sous chaque image de cette haute écriture pointue que les demoiselles apprenaient (peut-être encore, ce n'est pas impensable) dans les institutions religieuses,

ROCA DE PIQUÍO, 1935

SAN VICENTE DE LA BARQUERA, 1930,

et sur cette dernière photographie, José María Mercader et Sonsoles Avendaño devaient être encore fiancés ; elle avait une robe d'été, longue, blanche, un chapeau de paille, et ils se tenaient par le bras, adossés à une De Dion-Bouton, décapotable, sur la plage même de San Vicente de la Barquera, avec, au fond, le pont aux arcs multiples, sous le soleil brumeux d'un printemps,

tous les autres instantanés, et je ne savais pas pourquoi, peut-être pour démontrer un intérêt que j'étais loin de ressentir, mais dont l'absence, précisément, risquait de froisser tante Adela, j'avais posé un doigt, un peu au hasard, sur l'une des photographies, comme si je voulais savoir quels étaient les personnages qui s'y tenaient, groupés, debout, devant un massif d'azalées, dans un jardin, et alors,

tante Adela : « eh bien, vois-tu, Inés, SARDINERO, 1931, c'est ta belle-mère qui a écrit la date, le lieu » (et de nouveau, dans un sursaut, dans une horreur indicible, parce que banale, je me révoltais intérieurement, je récusais cette façon d'appeler la mère de Ramón, cette façon de me lier par quelque lien que ce fût à cette femme — gracieuse, blanche, fragile, sous ses chapeaux de paille — qui était morte cinq ans avant que je ne naisse moi-même, cette façon de me lier à cette mort, de m'enchaîner par des liens familiaux à cette jeune morte d'autrefois ; je me crispais intérieurement, je récusais dans le silence, non, non !, dans une tension d'autant plus insupportable que je voulais la cacher à tante Adela, récusais ce lien ; Sonsoles Avendaño n'était-elle pas morte en 1936 ? que pouvais-je avoir à faire avec cette jeune morte ? ; en 1936, mes parents ne se connaissaient même pas, je n'étais même pas contenue, comme une poussière de pollen qui flotterait dans l'air sec et crissant de l'été, à Salamanque, dans leur vie non encore croisée de cette époque-là ; ma vie à moi n'était pas encore incluse, comme une ombre qui s'épaissirait, qui deviendrait réalité globuleuse, irriguée de sang, dans un regard possible d'un homme jeune sur la nuque de cette jeune femme rencontrée ; ma vie n'était pas encore, incertaine, problématique, sur le point d'éclore dans ce premier geste de la main masculine sur une hanche de femme, là-bas, le long du Tormes, parmi les peupliers immobiles d'une fin d'après-midi étouffante, et je n'étais que du non-être, du néant confus, au moment où Sonsoles Avendaño sombrait dans le néant infini et précis de la mort, mais tante Adela) « laisse-moi réfléchir, SARDINERO, 1931, ici, bien sûr, tu reconnais mon frère » (et ce lien-là, oui, elle était disposée à l'accepter, ce lien entre Adela et José María Mercader, qui ne la concernait pas, elle, qui ne la mettait pas en cause, qui aurait, de toute façon, existé, oui, d'accord, son frère, frère et sœur, c'était rond, lisse, ça ne déchirait rien) « mais attends, laisse-moi me souvenir, ce jardin du Sardinero ? ah ! voyons ! celui-ci, qui se tient un peu à l'écart, les mains enfoncées dans les poches de la veste, c'est José del Río Sainz, un poète de Santander, capitaine au long cours, à la fin de sa vie il commandait le bateau-drague qui sortait chaque jour pour maintenir ouvert le chenal d'accès à la baie de Santander, il habitait dans le vieux quartier qui a brûlé lors de l'incendie, José del Río Sainz, ses livres sont dans la bibliothèque, en bas, de la poésie, la mer, des voyages, il y a longtemps que je n'ai plus ouvert ces volumes, en 1937, lorsque les autres sont arrivés, les Italiens, les bérets rouges de Solchaga, il a gagné la France, dans un bateau de réfugiés, mais il est revenu tout de suite, oh je comprends !, je ne condamne personne, il était vieux, il n'a pas pu supporter, j'imagine, l'idée de l'exil, il est revenu en territoire franquiste, il a voulu se faire pardonner, je pense, qu'on l'oublie, il a écrit un sonnet infâme, à la gloire d'un chef phalangiste, Manuel Hedilla, qui était de Santander, aussi, se faire pardonner, quoi ?, mais remarque, je ne condamne personne, les circonstances sont souvent trop dures pour les hommes, les choix à faire, voilà, c'est José del Río Sainz, une fois, ton mari devait avoir quatre ans, à peu près, il nous a emmenés sur son bateau-drague, en excursion, Ramón courait sur le pont, ensuite il était sur la passerelle, il commandait le navire, quelle joie ! c'était lui le capitaine, ah, mais bien sûr ! ça me revient, c'est fou, on a tout oublié, on croit avoir tout oublié, mais non, c'est là, ça revient, tout s'éclaire »,

et la vieille demoiselle, dans l'allégresse de cette mémoire revenue (je pensais à la justesse, parfois paradoxale en apparence, des expressions toutes faites : *mémoire revenue,* bien sûr, car la mémoire ne se détruit jamais entièrement, elle s'effrite, elle se dégrade, mais surtout, dans la force de l'âge, elle s'absente, ses richesses se réfugient ailleurs, se replient sur elles-mêmes, s'objectivant dans le non-être pléthorique d'où elles peuvent, à chaque instant, au moindre hasard heureux, revenir, mémoire revenue, reconstruite dans ce cas précis autour de cette vieille photographie, sous laquelle, de l'écriture anguleuse et résolue de Sonsoles Avendaño, une inscription précisait que cela se passait en 1931, au Sardinero, qui est le quartier résidentiel, si l'on veut, estival, de Santander, édifié sur les molles collines autour des trois plages de sable fin — la plus petite, entre le promontoire de la Magdalena et le rocher de Piquío, s'appelant la Concha ; la suivante, qu'on dénommait la Première Plage, étant celle où, à certaines époques de la saison d'été, avant 1931, la famille royale venait goûter les joies des bains de mer, et à ces occasions-là une barrière de corde isolait le périmètre de sable et d'eau réservé à cet usage, et plus haut, une grande tente de toile rayée — sang et or — abritait du soleil et des regards les enfants royaux et hémophiles, sourds-muets et difformes, qui portaient sur leurs épaules rougies par les brûlures de l'iode et du grand air le misérable destin des Bourbons gâteux et fêtards dont le long règne touchait à sa fin ; la troisième plage, qu'on appelait la Seconde, après le deuxième promontoire rocheux, la plus vaste, étant livrée aux joies populaires, gratuites, à l'invasion occasionnelle des familles vêtues de couleurs sombres, rassemblées autour des paniers de provisions, dans l'ombre minuscule des ombrelles défraîchies — cette inscription, SARDINERO, 1931, sous le groupe d'hommes qui se tenaient debout, devant un massif d'azalées, et la vieille demoiselle, dans l'allégresse d'une mémoire revenue) reconnaissait chacun des personnages immobilisés sur la surface bistrée, ayant perdu toute brillance, de cette photographie.

Il semblait bien, en effet, que l'homme — grand, maigre, avec des lunettes d'écaille sur un nez en bec d'aigle — qui se trouvait au centre de ce groupe, n'était autre que Semprún Gurrea, l'un des premiers gouverneurs civils de la province de Santander que la République ait désignés, après la chute sans histoire des Bourbons — *sin pena ni gloria,* dirait-on, en espagnol : sans peine ni gloire — (« oh ! » disait tante Adela, la veille au soir, au moment où elle avait sorti ce vieil album de photos, « oh ! regarde, quelle coïncidence, c'est demain le 14 avril, c'est demain que la République a été proclamée, il y aura trente-cinq ans demain, quelle horreur ! ». Ensuite, le regard perdu dans le vague, elle avait ajouté, « c'était hier », d'une voix brisée), et il semblait bien que Semprún Gurrea et Mercader étaient devenus de bons amis, à cette époque. A vrai dire, cette amitié n'avait rien d'étonnant, les deux hommes étant faits pour se comprendre et s'estimer. Ils étaient juristes, tous les deux, catholiques, mais farouchement républicains, avec toute la passion d'un rêve de justice qu'ils croyaient pouvoir réaliser, dans cette Espagne éphémère et bouillonnante qui émergeait, en avril 1931, des décombres d'une monarchie fastueuse et corrompue.

Il semblait même — les souvenirs et les détails surgissaient maintenant, par grappes entières, des constellations fulgurantes d'images et de noms, de dates et d'événements, autour de chaque image et chaque nom réapparus — semblait-il, que ce Semprún Gurrea était marié avec une Maura, l'une des filles de don Antonio, une sœur, donc, de ce Miguel Maura qui avait été l'un des membres les plus actifs du Comité révolutionnaire qui avait dirigé la lutte contre la Monarchie et qui était devenu, après le 14 avril, ministre de l'Intérieur du Gouvernement provisoire de la République, « et nous allons sûrement trouver des photographies de sa femme, Susana, Susana Maura », disait tante Adela, mais elle n'avait plus besoin de photos, pour retrouver ses souvenirs, elle se souvenait de tout, maintenant.

Trente-cinq ans : c'était hier.

Ils étaient descendus sur l'esplanade où aboutissait l'allée de châtaigniers, devant la maison, pour accueillir les visiteurs. Sonsoles avait une robe blanche, elle glissait un mouchoir — qui avait certainement conservé le parfum des herbes aromatiques qui embaumaient les lourdes armoires massives où s'entassait le linge crissant et frais — elle le glissait sous la ceinture de sa robe, au moment où l'automobile arrivait. C'était une Hispano Suiza officielle, majestueuse et racée, dont le bruit de moteur était à peine perceptible, et qui venait se ranger devant eux. José María Mercader s'approchait pour ouvrir la portière et aider Susana Maura à descendre, très belle dans la dentelle noire d'une robe légère, souriante, sous la masse de ses cheveux retenus sur la nuque en épaisses torsades. Adela Mercader avait été une nouvelle fois frappée par la beauté de cette femme, la gravité du geste, la chaleur de la bouche éclatante et sensuelle, dans un visage aux traits réguliers, à la peau très fine et très blanche (une veine bleue battait sur la tempe gauche), au regard tout entier livré, sans réticences.

Semprún Gurrea entraînait Mercader vers l'avant de la voiture, il lui montrait en riant la plaque émaillée aux couleurs monarchistes, deux bandes d'un rouge sang encadrant une bande de jaune doré, qui se trouvait dans la partie supérieure de la calandre, et ils commentaient tous les deux cette persistance du passé (*dos ríos de sangre y uno de oro,* c'est-à-dire, deux fleuves de sang et un fleuve d'or, c'est ainsi que le langage traditionnel, dans toute la démesure d'un orgueil national un tant soit peu macabre, qualifiait la signification symbolique de ces couleurs de la Monarchie espagnole ; fleuves de sang, en effet, d'une longue histoire sanglante et dérisoire, héroïque et grotesque ; fleuve d'or, en effet, d'une longue histoire de pillage colonial, de gaspillage somptuaire et arrogant : on ne pouvait vraiment pas mieux dire), cette présence du passé dans la plaque émaillée qu'il était impossible de remplacer, sur les voitures officielles. Alors, tous ensemble, s'écartant de cette voiture pour gagner la maison, pendant que le chauffeur allait garer l'Hispano Suiza à l'ombre des arbres, au bout de l'esplanade, ils avaient parlé des derniers événements, la fuite de capitaux organisée par les grandes familles de l'aristocratie terrienne et de la banque, pour mettre en danger les finances de la République ; l'exil volontaire, aussi, de ces mêmes grandes familles, qui avaient franchi la frontière pour s'installer à Biarritz, Saint-Jean-de-Luz, en attendant des jours meilleurs, commençant à comploter, au Casino ou au bar de l'Hôtel du Palais, avec des colonels à la peau jaune, au poil dru, à l'haleine fétide, rompus aux luttes partisanes, formés à l'école des massacres de Rifains ou d'ouvriers en grève. Alors, pendant qu'ils entraient dans la maison des Mercader, Susana Maura leur avait raconté une anecdote. Elle était allée, l'avant-veille, faire des achats dans la *calle Ancha,* qui était la principale rue commerçante du vieux quartier de Santander. Elle avait choisi des étoffes, chez un marchand de tissus, et, pendant qu'on lui mesurait sur le comptoir les draps, les percales et les soies qu'elle avait choisis, le propriétaire du magasin lui avait tenu de longs discours, d'une rare violence verbale, contre la République, des discours traversés par le regret du bon vieux temps, par la crainte d'un avenir incertain, puisque livré aux caprices barbares d'une foule assoiffée d'appétits immédiats (le pain, le travail, la terre, la liberté — le bonheur, en somme, dans le tourbillon de ces semaines du printemps et de l'été 1931) et « Vous avez vu ce qui s'est passé à Madrid ? Quelle honte pour l'Espagne ! Toutes ces églises en flammes ! », de longs discours qu'elle n'avait pas interrompus, laissant parler cet homme, lequel, voyant bien qu'il avait affaire à une dame, ne pouvait pas du tout mettre en doute l'approbation que ses violentes diatribes ne manqueraient pas de provoquer. Mais elle, à la fin, lorsque les paquets avaient été prêts, avait souhaité qu'on les lui livrât à domicile, et elle avait donné son nom, son adresse (pour cette occasion, ironique, elle avait donné celle des appartements officiels du gouverneur civil, que son mari n'occupait pas, préférant louer au Sardinero une grande villa, dans laquelle il avait l'habitude de venir pour l'été, depuis quelques années, avec sa famille) et le visage du commerçant s'était décomposé, quand il avait entendu ce nom, Susana Maura de Semprún, quand il avait pris conscience du fait que, depuis un quart d'heure, c'était à la femme du gouverneur civil de la République — sœur, par surcroît, du ministre de l'Intérieur — qu'il avait exposé ses opinions politiques, avec toute la violence verbale, toute la servilité du boutiquier croyant s'adresser à une dame du beau monde. Le visage décomposé du commerçant, sa frayeur suante, son obséquiosité subite et méprisable : Susana Maura décrivait tous ces détails, avec de grands rires, pendant qu'ils entraient dans la fraîcheur encaustiquée du grand salon des Mercader, à Cabuérniga.

Mais le massif d'azalées, ce n'était pas à Cabuérniga.

Inés tournait les pages de l'album, regardant avec une sourde irritation — certainement inexplicable, mais perceptible — les images fantomatiques de ce passé inaccessible. Adela Mercader était sensible à cette sourde irritation d'Inés, elle savait bien qu'Inés ne pouvait qu'être irritée par ces instantanés jaunis et indéchiffrables d'une mort ancienne, mais elle ne trouvait rien à dire, elle était distraite, elle se souvenait de ce massif d'azalées. C'était dans le jardin de la villa du Sardinero, chez Semprún Gurrea, et les hommes se tenaient devant le massif d'azalées, autour de Semprún Gurrea. Son frère, José María Mercader, dans un costume d'alpaga gris foncé, très droit, souriant. José del Río Sainz, vieux capitaine, vieux poète, fumeur de pipe aux doigts jaunis par le tabac. Alberto Bulnes, un jeune cousin, qui critiquait avec passion leur libéralisme d'un autre temps, disait-il, et qui avait fini par devenir communiste, plus tard. Agustín Larrea, journaliste, qui fréquentait les milieux ouvriers de Maliaño et de Torrelavega, qui voulait créer un groupe de théâtre populaire et qui leur traduisait, le soir, à livre ouvert, les poésies de Rainer Maria Rilke. Ils étaient debout, devant le massif d'azalées. La photo avait été prise et ils avaient bu des rafraîchissements, ensuite, dans la véranda éclaboussée par les rayons d'un soleil couchant. Ils parlaient avec fièvre, le monde était à refaire, tout semblait possible.

Adela Mercader hochait la tête, elle n'avait plus besoin de regarder la photographie. Elle se souvenait maintenant fort bien de cet après-midi, elle en revoyait les détails et les détours, dans son imagination du passé. Elle regardait vaguement Inés, qui tournait les pages de l'album, et elle pensait amèrement à la mort qui rôdait, déjà, masquée et subtile, sous la lumière maritime et brumeuse de cet après-midi lointain. Susana Maura était morte l'année suivante, d'une septicémie (tous les détails, tous ! quelle horreur, quelle horrible mémoire indestructible !), et José del Río Sainz lui avait consacré un article nécrologique, dans la feuille locale à laquelle il collaborait avec des chroniques littéraires. Et José María Mercader était mort fusillé, dans la lumière des phares, contre le mur du vieux cimetière, à Cabuérniga. Et Alberto Bulnes avait disparu, pendant de longues années, et un jour, après de longues années, vers 1946 ou 1947, elle avait vu son nom dans le journal : il semblait bien qu'il était mort au cours d'un accrochage avec la Garde civile, aux Asturies, lors d'une tentative de débarquement d'un groupe armé communiste venu de France, disait le journal. Et Agustín Larrea s'était exilé, il avait vécu à Londres, et un beau jour, inexplicablement (mais le besoin de mourir est-il explicable ?), alors que la guerre mondiale venait de se terminer, alors qu'une éclaircie semblait possible dans la trouble obscurité de toutes ces années, il s'était jeté volontairement dans la Tamise (ô voyageuse !). Mais qu'était donc devenu Semprún Gurrea ? Il n'avait été gouverneur civil de Santander que pendant quelques mois, il avait ensuite abandonné la politique active. A Madrid, croyait-elle se souvenir, il était professeur à la Faculté de Droit. Son frère et lui avaient maintenu une correspondance, elle pourrait retrouver ses lettres, tout avait été conservé. Mais il y avait eu autre chose, pourtant, une rencontre postérieure, dont le souvenir n'arrivait pas à prendre corps, patience, ça viendrait. Tout allait revenir, désormais.

Mais elle s'était levée, brusquement, elle avait parlé d'une voix sèche et troublée, « je te laisse cet album, Inés », et Inés l'avait regardée, avec un désarroi certain, avec un affolement brusque dans les yeux, comme si elle craignait d'avoir à partager ce trésor de mémoire infinie et minutieuse, de mort ancienne, et ce matin, assise devant la coiffeuse, elle tourne à nouveau les pages de cet album, tout en pensant

Mais elle était assise devant la coiffeuse, rêveusement, les bras ballants, dans l'attente angoissée d'on ne sait quoi, se disant peut-être qu'il fallait bouger, prendre sur soi, il faut que tu bouges, que tu prennes sur toi, c'était une chose qu'elle s'était dite parfois, ces dernières semaines, devant le regard assombri, fuyant, opaque, de Ramón, il faut que tu bouges, se disait-elle, il ne faut pas que tu laisses ce silence se figer, comme une épaisseur gélatineuse sur les objets, les gestes, va, bouge, fais quelque chose, parle, provoque, remue,

tu penses à quoi ?

rien

tu es sûr ?

écoute !

pourtant

rien, vraiment

tu ne m'écoutes même pas

mais si ! veux-tu que je te dise ?

mais ça ne veut rien dire !

veux-tu que je répète, mot pour mot ?

mais tu sais bien, tu triches, tu entends, tu répètes, tu n'as pas écouté !

tu es sotte, Inés !

et tu étais sotte, certainement, d'essayer ainsi de le harceler dans son mutisme, inexpugnable, et tu savais très bien que dans quelques minutes il allait te proposer de t'emmener dîner en ville, pour cacher cette fuite, cette fêlure, cette absence, sous les cérémonies de la toilette, du choix d'un restaurant, du ballet feutré des serveurs autour de votre table, des vins choisis minutieusement, des commentaires brillants, des rencontres inévitables, de la soirée prolongée dans quelque établissement à la mode, et pour finir, dans le silence devenu familier, exorcisé, le tournoiement de vos deux corps confondus au rythme de la danse, et ton envie, et la sienne, aussitôt, et l'oubli brumeux, finalement, dans l'éclatement mordoré de la nuit, à ce moment le plus profond et le plus ténu de la nuit, qui précède l'aube.

Elle se lève, s'écarte de la coiffeuse, regarde à travers la fenêtre ouverte, revient vers la table, prend le livre dans ses mains, qui était posé ouvert, mais retourné, et *l'aube tardait à arriver, mais un voile gris découvrit le sommeil des deux corps, unis par les mains. Il s'éveilla le premier et regarda le sommeil de Regina. On aurait dit le fil le plus ténu de la trame des siècles, on aurait dit un frère jumeau de la mort : le sommeil. Les jambes repliées, le bras libre posé sur la poitrine de l'homme, la bouche humide. Ils se plaisaient dans cet amour de l'aube : vécu comme une fête pour célébrer le jour nouveau,* et elle leva les yeux, une moiteur irrésistible et solitaire l'envahissait, *et le désir fleurissait dans ses entrailles,* oh non, ce n'est pas possible !, *et les jambes lisses de Regina cherchèrent de nouveau la ceinture d'Artemio, et sa main pleine savait tout, et le membre échappa à ses doigts, dressé entre ses doigts, et les cuisses s'écartèrent en tremblant, fermes, et la chair dressée trouva la chair ouverte, elle entra, caressée, entourée par cette pulsation anxieuse,* et elle ferma les yeux, un instant, retourna le livre machinalement,

CARLOS FUENTES

LA MUERTE DE ARTEMIO CRUZ

*En la producción literaria de Carlos Fuentes es apreciable el propósito de relatar, con espíritu crítico, las contradicciones en que se encuentran tanto sus personajes como los grupos sociales a que pertenecen. Tradu*

elle lisait machinalement le « prière d'insérer » de ce roman, imprimé sur la couverture postérieure du petit volume, sans penser à rien, sans même peut-être prendre vraiment conscience de ce qu'elle lisait, remarquant vaguement l'encadrement de couleur bistre qui entourait ce texte imprimé,

*a sus argumentos. Así, en La muerte de Artemio Cruz, que por muchos conceptos ha de considerarse como un paso adelante en la obra de este joven escritor, el mundo interno y sus relaciones con lo social están descritos con la violencia y la belleza características de su pluma.*

*(Portada de Vicente Rojo)*

et elle se demandait si ce Vicente Rojo, auteur du dessin qui illustrait la couverture — un visage éclaté en une multitude de taches noires : les yeux, la bouche, le nez, comme un feu d'artifice cérébral — si ce Vicente Rojo était le même Vicente Rojo qui avait fait une exposition, à Madrid, quelques années auparavant, mais elle retournait le petit volume à la couverture bistre de carton pelliculé, glacé, elle reprenait sa lecture, *il essaie de se remplir la tête avec des mers et des sables, des fruits et du vent, des maisons et des bêtes, des poissons et des semailles, pour que ceci ne se termine pas,* et des mots, encore des mots, dans les battements de son sang, *et je te rends heureuse ? Ne finis pas, fais durer, je suis pleine de toi,* et le livre lui échappait des mains,

le visage en feu : cette chaleur sourde montant en elle, depuis la source même de toute chaleur.

— Inés, Inés !

La voix de tante Adela, dehors, impatientée.

— Inés, tu ne m'entends pas ? Un télégramme !

Alors, elle s'approchait de la fenêtre, elle voyait Remedios et tante Adela, la tête levée, et cette dernière tenait à la main le rectangle bleu du télégramme, et Sonsoles, un peu à l'écart, regardait la scène, se demandant peut-être les raisons de tout ce remue-ménage, et le petit garçon qui avait apporté le télégramme s'éloignait déjà, à bicyclette, par l'allée des châtaigniers, pédalant en danseuse, se prenant peut-être pour Bahamontes, et tante Adela disait une nouvelle fois :

— Un télégramme !

Elle hochait la tête, en souriant.

— Mais oui ! C'est Ramón !

Tante Adela regardait le petit rectangle de papier bleu, comme si elle n'était pas encore convaincue de l'innocence de ce message.

— Ramón ? demandait-elle, encore méfiante, ou troublée.

— Oui. Il m'enverra un télégramme tous les jours.

— Mais pourquoi ? demandait tante Adela, et dans sa voix ce n'était plus de l'inquiétude qui transparaissait, mais une légère irritation devant ces folles dépenses.

— Parce qu'il ne peut pas me joindre au téléphone, ici, disait Inés.

Et Remedios éclatait d'un rire joyeux, juvénile. Elle avait dix-huit ans, elle avait l'air de très bien comprendre.

Alors, tante Adela haussait les épaules et donnait

le télégramme à Remedios, pour que celle-ci le monte dans la chambre d'Inés. Tante Adela s'éloignait, sur la terrasse de sable fin. Tout était calme, l'ombre et le soleil se partageaient le monde, midi était arrivé, les feuilles des arbres frémissaient, comme chaque jour à cette heure, dans un vent léger venu de la mer, peut-être, et le vent de la mer soufflait en rafales, sur la plage, immense et déserte.

On se croyait au cinéma, le film d'aventures venait de commencer : les premières images, justement, étaient celles de cette plage immense et déserte, sur laquelle le vent de la mer soufflait en rafales ; plage non encore identifiée (sauf, peut-être, par un pourcentage indéterminé, mais certainement négligeable, de spectateurs — avec leurs spectatrices — qui auraient passé en Hollande leurs dernières vacances pascales et qui auraient pu reconnaître, à la couleur océanique, à l'immensité de sable, à l'allure des bâtiments construits derrière la dune, la grève de Zandvoort), plage anonyme au fond de laquelle un homme solitaire, et minuscule — ramené aux justes proportions dérisoires de l'humain face à l'immensité de la nature (mais voyons !) — immobile, contemplait ce paysage grisaillé — et peut-être pourrait-on faire entrer quelques goélands dans le cadre, oiseaux de mer suspendus dans le battement imperceptible de leurs ailes, et filant brusquement, dans un vol souverain, vers d'autres lieux — un homme face à la mer, les mains enfoncées dans les poches d'un manteau de tranchée *(trench-coat)* imperméable, et le spectateur avait à peine eu le temps d'enregistrer furtivement ces images, d'une grande beauté désolante, qu'on serait déjà, en deux temps trois mouvements (zoom, zoom, zoom) sur le visage de cet homme solitaire : visage ravagé, buriné, vrai masque d'homme, tout dans le masque.

Mais nous sommes sur ce visage d'homme contemplant la mer, sur la plage de Zandvoort, et cet homme rit. Il rit parce qu'il aime la mer, le vent, la solitude.

(La mer, le vent, la solitude ?)

Mercader sort la main gauche de la poche de son imperméable, il regarde l'heure.

Le télégramme a dû arriver, maintenant. Il s'était renseigné, avant son départ, pour être certain qu'un télégramme expédié d'Amsterdam, vers cinq heures de l'après-midi, atteindrait bien Cabuérniga, avant la fin de la matinée suivante.

A midi, lorsque le soleil des jours de soleil arrivait à l'aplomb de la terrasse, devant la maison, le silence du lieu — poreux et végétal, édifié sur mille rumeurs minimes, domestiques ou naturelles — ce silence semblait s'épaissir, comme si le paysage (les arbres, les rochers moussus, la terre meuble, les herbes, les pierres de la maison, l'ardoise friable, le bois luisant des vieux meubles : le monde, enfin, cet univers) reprenait sa respiration. Cela pouvait durer quelques dizaines de secondes, il n'en avait jamais fait le compte exact. Ensuite, les feuilles les plus hautes des plus grands arbres commençaient à frémir, et le bruissement ténu, d'abord indistinct — comme si, tout simplement, l'épaisseur du silence s'effritait, laissant se créer, sur le pourtour de sa densité massive, quelques franges un peu fébriles — ce bruissement gagnait en profondeur et en extension. Alors, peut-être, dans la lingerie où elle rangeait les draps de lit fraîchement repassés, Adela

Mercader s'immobilisait, tournant la tête vers la fenêtre : « le vent de la mer, voilà, midi », penserait-elle. Et Remedios, dans la cuisine, au milieu du va-et-vient des occupations quotidiennes, percevait aussi ce mouvement subit de la masse ombreuse des feuillages et elle saurait que c'était midi, que le vent de la mer, voilà, venu du large, chargé de l'humidité saline des embruns (ce vent qui aurait battu les falaises ; qui aurait — comme un geste de tendresse ébouriffant la chevelure d'une femme — soulevé en tourbillons éphémères le sable très fin, presque blanc, des petites plages blotties au fond des calanques granitiques ; qui se serait engouffré dans les failles rocheuses pour gagner l'intérieur des terres, remontant les vallées, et qui, au cours de ce voyage, se déprenant des odeurs iodées et salines, se serait imprégné de la fragrance herbeuse et feuillue des forêts d'eucalyptus, de châtaigniers), voilà, le vent de la mer, comme tous les jours ensoleillés de printemps, venait d'arriver sur Cabuérniga. C'était midi.

Alors, comme si ce bruissement profond — prévisible, mais chaque fois surprenant — avait eu aujourd'hui le sens d'une annonciation ; alors, le gamin juché sur une bicyclette trop grande pour lui serait apparu au débouché de l'allée de châtaigniers, en agitant, peut-être, pour attirer l'attention de tante Adela, le rectanble bleu du télégramme.

Alors, à midi, Mercader regarde l'heure à son poignet et il rit.

Il rit et il regarde la mer et il sent contre son corps le souffle du vent marin qui déferle sur la plage de Zandvoort.

On pourrait tout aussi bien dire que le soir se lève, puisque c'est au ras des terres, des champs, des blés, des boqueteaux, des eaux courantes ou mortes, au ras de la respiration même de la terre que l'ombre sourd, s'amasse, monte, gagne les hauteurs, le ciel bientôt, l'univers ; puisque c'est bien dans le haut du ciel que la lumière solaire se maintient le plus longtemps visible, parfois comme une simple touche de clarté, dont la source, depuis longtemps, a disparu. Mais le langage a conservé l'empreinte de ce phénomène apparent, de ce rythme de l'apparition et la disparition du soleil, au-delà de l'horizon — quand horizon il y a, sinon, tout simplement, au-delà de cette maison, cette usine, cette cheminée, cet alignement d'antennes de télévision — et c'est en souvenir peut-être de cet ancien éblouissement, cette surprise inquiétante — on peut l'imaginer — qu'il est toujours question d'un soir qui tombe, d'un jour qui se lève, comme si la nuit était une chute — dans quelle horreur, angoisse, quel désarroi ? — comme si le jour était une ascension — vers quoi ? — et on ne va pas maintenant essayer de changer des usages aussi fermement établis, dans la plupart des langues, semble-t-il.

Tombe le soir, donc.

L'endroit, dans une ruelle transversale entre le

Oude Zijds Voorburgwal et le Oude Zijds Achterburgwal, portait sur la vitrine, en gros caractères de peinture blanche, l'inscription suivante :

CASA DE COMIDAS

dont les lettres étaient parfaitement dessinées, en capitales romaines, alors que, au-dessous de cette inscription, d'autres mots espagnols s'étalaient, en écriture cursive, dans un désordre apparemment voulu,

*tapas, aceitunas,*
*calamares en su tinta,*
*cocochas,*
*amontillado, gambas*
*a la plancha,*
*percebes,*
*chuletas de cordero, potaje gallego,*
*arroz a la pescadora,*

d'autres encore, qu'il serait inutile d'énumérer, car ils concernaient tous des plats, des mets, des vins, d'origine péninsulaire. Mots ou dénominations que l'on peut s'éviter de traduire parce que suffisamment de touristes français écument depuis deux lustres les auberges espagnoles pour que le sens de ces termes soit accessible à un nombre de lecteurs que l'auteur n'a absolument pas la prétention d'atteindre avec ce troisième roman. Et ce n'est pas par hasard, ni par décision arbitraire, que l'on fait appel à l'expérience personnelle du lecteur pour la compréhension des quelques termes culinaires donnés en exemple. C'est qu'il n'en trouvera pas aisément la traduction, dans les dictionnaires usuels. Le guide d'Arthur Frommer non plus

*(Europe on Five Dollars a Day, America's most popular money saving guide, Revised-Expanded-Up-to-Date)* n'est pas très explicite. Ses quelques *spanish menu terms* — pages 488 à 490 — sont d'une grande banalité, sans parler des erreurs risibles qui émaillent cette plate énumération, comme celle qui consiste à définir la *sangría* comme *a punch drink made of fruit juices and vermouth,* erreur qui, à elle toute seule, suffirait à déconsidérer cette publication. Mais le lecteur français cultivé, c'est-à-dire outillé pour la préservation et l'entretien de ses connaissances, aura peut-être la tentation de se référer au *Webster's Third New International Dictionary (Unabridged) and Seven Language Dictionary,* dans le troisième tome duquel il pourra, à partir de la page 2961, trouver l'équivalence, en sept langues (anglais, français, allemand, italien, espagnol, suédois, yiddish) d'un fonds lexicologique d'à peu près six mille mots. L'usager de cet indispensable instrument culturel pourra constater, peut-être émerveillé, que ce dictionnaire en sept langues — chacune d'elles renvoyant aux six autres — est dédié à Lyndon B. Johnson, président des États-Unis (dont on imagine aisément les soirées studieuses, dans son ranch texan, aux côtés de Lady Bird), à Sa Majesté le Roi Gustave Adolphe VI (dont il n'y a vraiment rien à dire, sinon à proclamer la surprise devant semblable longévité), à Heinrich Luebke, Président de la République fédérale allemande (dont le passé politique, d'après certaines sources d'information dignes de foi, est plutôt contestable), à Sa Majesté la Reine Elisabeth II (dont on peut supposer qu'Elle utilise l'ouvrage en question pour contrôler la correction du langage employé, lorsque c'est un Premier ministre travailliste, et ça arrive régulièrement, qui a rédigé le discours du trône aux Communes), à Charles de Gaulle, Président de la

République française (tout au moins pour un dernier septennat commencé en 1965), à Giuseppe Saragat, Président de la République italienne (*ours savant de la social-démocratie,* selon un vers d'Aragon, écrit, il est vrai, à une autre époque et dans un autre contexte) et à Gustavo Diaz Ordaz, Président des États-Unis du Mexique (tiens ! on l'ignorait, celui-là) et l'usager sera peut-être mis en confiance par cet illustre patronage, malgré toutes les raisons de s'étonner de l'étroitesse, et raciale et politique, de ce choix, car on pourrait se demander pourquoi le Président Mao Tsé-toung est-il absent de cette liste dédicative, alors que l'on ne connaît que trop son goût pour les citations fleuries, applicables en toute circonstance, son amour de la belle calligraphie, son utilisation déjà ancienne des trésors du langage proverbial, métaphorique et populaire, vertus qui le font, toutes, digne de figurer dans la liste de patronage d'un ouvrage de cette sorte. Mais toutes ces garanties n'éviteront pas à l'usager possible du *Webster's* une amère déconvenue, tout au moins quant à l'objet actuel de nos préoccupations, qui concerne le sens exact de ces termes culinaires espagnols déjà cités.

CASA DE COMIDAS

et au-dessous de cette inscription, d'un caractère visiblement permanent, une suite de mots plus occasionnels, susceptibles d'être effacés et remplacés par d'autres, selon les arrivages de produits alimentaires péninsulaires au port d'Amsterdam, et selon l'humeur du cuisinier, par exemple,

*gambas al ajillo*
*merluza al ajo arriero*

*mejillones en escabeche*
*bonito a la vizcaina*
*gazpacho andaluz*
*migas*
*arroz a la marinera,*

tout cela n'étant qu'un échantillonnage des plats qu'on pourrait commander dans cet endroit situé dans une ruelle transversale entre le Oude Zijds Voorburgwal et le Oude Zijds Achterburgwal, deux rues flanquées de leurs canaux respectifs et qui délimitent le périmètre le plus pittoresque du quartier chaud du port.

Mais, de tous ces termes gastronomiques, l'auteur ne voudrait retenir, pour des raisons personnelles, que l'un d'eux, *cocochas,* qui désigne la chair blanche et molle, goûteuse, des bajoues du merlan, avec laquelle on prépare selon des recettes diverses un plat pour fins connaisseurs, que l'on peut également, si le voyage à Amsterdam semble difficile à réaliser, déguster dans toutes les tavernes de la vieille ville de San Sebastián.

Le soir tombait, donc, sur le quartier du port, sur Amsterdam, sur le monde (tout au moins, sur le monde compris dans le fuseau horaire qui nous conçerne) et dans cet endroit, ce bistrot, ce bouge, ce coin de la patrie hispanique transporté dans les brumes bataves (et une corne de brume, justement, beuglait sur l'Amstel), des marins et des ouvriers espagnols, retrouvant pour quelques heures ou quelques instants la chaude complicité du langage, allusif ou précis jusqu'à l'obscénité, buvaient et mangeaient un morceau, dans le brouhaha.

On avait d'abord regardé cette gargote espagnole de l'extérieur, en marchant lentement dans la ruelle, tout entière plongée dans le bain de vapeur du vacarme, des appels, des appareils à musique, des rires. Ensuite, accoudé au comptoir de l'établissement qui lui faisait face, on avait déchiffré les inscriptions prometteuses, déjà mentionnées.

On aurait pu, bien sûr, dans cette ruelle, ou dans quelque autre ruelle adjacente, choisir un établissement grec, ou levantin, ou finlandais, ou italien, puisqu'il y en avait pour tous les goûts, tous les dégoûts, toutes les nostalgies, et que la seule communauté gastronomique et sexuelle — tous ces établissements disposant, en effet, d'arrière-salles et premiers étages aménagés pour le délassement du marin et du touriste voyeur ou naïf, s'imaginant, dans ce dernier cas, que les bordels d'Amsterdam sont vraiment différents de ceux d'Angoulême, par exemple — la seule communauté nationale, donc, n'ayant pas de bars, gargotes et bordels à elle consacrés, étant celle des marins russes, et nulle part on ne pourrait trouver des inscriptions cyrilliques annonçant les vertus reconstituantes du *bortsch,* par exemple, et il fallait en conclure que les marins russes de passage à Amsterdam devaient, ou bien se priver des joies passagères et brutales du quartier chaud, ou bien s'abandonner aux délices cosmopolites des tagliatelles et des bouches fraîches des putes italiennes, mais on avait choisi cette gargote espagnole, au hasard d'une promenade vespérale, parce que l'inscription

CASA DE COMIDAS

avait accroché l'œil et suscité une sorte de curiosité, d'émotion, d'obscur désir de trouver unc protection, factice peut-être, mais chaleureuse, dans la patrie minuscule du langage : une façon d'être, de rire, de parler du travail, des femmes, des vins, et on avait ainsi, de manière irréfléchie mais décidée, franchi la porte de ce bistrot espagnol, pour commander au comptoir un verre de vin, suivi par de nombreux autres, tout en dégustant des tranches épaisses d'un jambon cru fort honorable.

Bien au chaud, donc, dans ce brouhaha.

— *Diez juldas son diez juldas ¡ qué coño !*
venait de crier l'une des voix espagnoles de ce brouhaha presque indistinct, expression qu'il faudrait traduire — entre parenthèses ou dans une note au bas de la page — par *dix florins c'est dix florins, quel con !,* traduction exacte mais tout à fait déroutante, ou ambiguë, qui laisserait échapper, d'un côté, toute la saveur du mot *juldas,* hispanisation phonétique des *guldens* néerlandaises, riche en significations sémantiques et sociologiques, très typique en tout cas de cette constante capacité d'invention du langage populaire espagnol, qui s'approprie, s'assimile et hispanise les mots usuels étrangers, dans tous les pays d'Europe où l'émigration politique d'autrefois et celle économique d'aujourd'hui ont fait déferler la marée de ces hommes du Sud (sobres, travailleurs, cabochards, indisciplinés, moutonniers, rieurs, mélancoliques, et quoi encore ?) qui espèrent peut-être, par cette opération presque magique de l'hispanisation des mots courants, rendre habitable ce monde étranger, hostile, où, malgré toutes les qualités qui leur sont reconnues en tant que main-d'œuvre, force de travail, ils seront toujours considérés comme une couche inférieure de cette couche inférieure de la société qu'est la classe ouvrière ; et, d'un autre côté, la traduction du mot *coño* par con — traduction tout à fait exacte, quant à la lettre — laisserait échapper l'esprit de ce mot, par lequel on désigne, vulgairement, la partie du corps féminin la plus essentiellement féminine,

et dont on se sert en français — curieusement, il faut bien le dire — pour insulter une personne de sexe masculin ou pour qualifier — Dieu, que c'est con ! — une sottise universelle et irrémédiable, mais qui, en espagnol, sert à exprimer toutes les nuances de la surprise, de la colère, de la joie, des sentiments forts, en tout cas, dans une gamme pratiquement infinie de combinaisons et variantes, et c'est ainsi que cette exclamation saisie au vol, dans le brouhaha de ce bistrot espagnol d'Amsterdam,

*diez juldas son diez juldas ¡ qué coño !*

devrait se traduire par quelque chose comme *dix gudules c'est dix gudules, merde alors !* ou *dix gudules c'est dix gudules, bordel de Dieu !*, la dernière partie de la phrase pouvant être changée à l'infini, pour exprimer la force de ce *coño* espagnol, et le mot *gudules*, pour *guldens* — florins, en langage académique — étant ici simplement suggéré comme l'une des possibilités d'un langage populaire français, reprenant à son compte, sur la base d'une approximation phonétique, un terme usuel d'un pays étranger.

Mais toutes ces considérations linguistiques auraient été faites, tandis qu'on buvait au comptoir de cette gargote des verres d'*amontillado*, parce qu'une discussion bruyante, à une table de cette gargote, s'était élevée entre marins et ouvriers espagnols, et on aurait bien voulu, pour satisfaire certaines consciences inquiètes, que cette discussion portât — étant donné par surcroît la date anniversaire de la République espagnole — sur des problèmes politiques, on aurait bien voulu, par exemple, que ces ouvriers et ces marins eussent commenté les derniers événements survenus dans leur pays, les dernières actions ouvrières pour l'augmentation des salaires et la liberté syndicale, mais la réalité, hélas ! était tout autre, et cette discussion ne portait que sur une question de gudules et de fesses, car il semblait bien que l'un des hommes assis autour de cette table avait été escroqué de dix gudules dans une histoire de fesses, c'était de toute façon assez confus, mais c'était une histoire de fesses et de gudules, pas le moindre doute là-dessus.

C'était confus, certes.

— *¡ Qué coño ni que niño muerto !*

(Quel con ni quel enfant mort !)

— *¡ Pues éso digo, éso !*

(C'est ça que je dis, ça !)

— *Y la muy puta ¿ qué ?*

(Et la très pute, quoi ?)

— *Pero, vamos ¿ te la tiraste o no te la tiraste ?*

(Mais, allons, tu te l'es tirée ou tu ne te l'es pas tirée ?)

— *¿ No te digo ? ¡ Por el culo, hombre, por el culo !*

(Ne te dis-je pas ? Par le cul, homme, par le cul !)

— *¿ Cuantas juldas, dices ?*

(Combien de gudules, dis-tu ?)

— *Diez, te digo. ¿ No te jode ?*

(Dix, te dis-je. Ça t'en baise pas ?)

— *Y un francés ¿ te lo hizo ?*

(Et un français, te l'a-t-elle fait ?)

— *¡ Un francés, compañero, tu madre !*

(Un français, compagnon, ta mère !)

— *La tuya, acaso. ¡ La mía, en paz descanse !*

(La tienne, peut-être. La mienne, en paix repose !)

— *¡ Hombre, vamos coño ! ¡ No respetáis nada !*

(Homme, allons, con ! Vous ne respectez rien !), et il semblait bien, en effet, malgré le caractère partiellement énigmatique de cette traduction littérale, que cette discussion soulevée par une question de fesses et de gudules ne respectât rien, le langage devenant de plus en plus précis dans son obscénité

— voilée, ici, tout au moins en partie, par la littéralité même de la traduction — et de plus en plus allusif aux ascendances maternelles de l'un ou de l'autre, dans le feu du discours, et (on pourrait faire une digression sur le contenu presque rituel de ce langage chargé de sexualité, de cette mise en question de la Mère, couverte de mots orduriers, blasphématoires — car, en effet, de la mère réelle, charnelle, on passait bientôt, en vertu d'une transition insensible, d'un raccourci mythologique, à la mère mariale, *madre de Dios,* putain de Vierge — précisément parce qu'elle incarnait, pour ces hommes venus peut-être des villes industrielles espagnoles, mais arrachés naguère à une société rurale, archaïque, matriarcale, infâme, toutes les nostalgies et les horreurs d'un passé révolu, d'un univers de valeurs brisées en mille morceaux, non encore remplacées ; et conchier la Mère, ce qu'ils faisaient à satiété, n'était alors que l'expression douloureuse dans sa violence instinctive, d'un déracinement, d'un manque, d'un désespoir, d'une vie sans horizon moral, non encore structurée par les besoins et les buts d'une nouvelle conscience de classe) comme un feu d'artifice qui atteint le paroxysme des derniers embrasements, cette discussion confuse faisait jaillir à ce moment les ultimes gerbes verbales de cette brûlante et aride complicité d'un langage exclusivement masculin, et elle s'éteignait, ensuite, au milieu de rires plus détendus.

On pourrait alors, dans le silence rétabli — silence épais et bouillonnant de rumeurs minimes, du choc des verres sur le bois des tables, d'une toux, d'exclamations brèves accompagnant l'apparition de telle ou telle carte dans la partie mise en route, aussitôt après cette discussion — dans le silence rétabli on pourrait alors décider de rester ici pour manger un morceau. On pourrait tout à coup en avoir assez de ces allées et venues, ces mouvements désordonnés pour essayer de déchirer les mailles de ce filet tendu, invisible mais présent, pour essayer de trouver une issue quelconque dans cette nasse. On pourrait se remémorer les moments de cette journée : la visite du Mauritshuis ; la maison du Plein 1813 ; la promenade sur la plage de Zandvoort, déserte, sous le vent soufflant en rafales brusques ; la discussion avec les deux délégués commerciaux de la République démocratique allemande ; le retour à l'hôtel, d'où avait été envoyé à Inés le télégramme quotidien ; la brusque angoisse dans cette solitude piégée de la chambre ; le départ vers le quartier du port ; et on pourrait vraiment en avoir eu assez, avoir décidé de s'installer ici, dans la tiédeur complice de ce lieu totalement étranger, totalement familier.

On pourrait s'asseoir à une table, étonné de ne pas avoir pensé plus tôt à ce répit possible. On pourrait commander des langoustines — qu'on verrait faire griller sur une plaque chauffante par la jeune femme brune, aux hanches larges, encore mince, pas pour longtemps, qui s'occupait des fours et des grils, et qui parlait aux hommes, avec désinvolture, un espagnol marqué par un fort accent catalan — et on aurait été envahi par une subite bouffée de bien-être, comme si les choses environnantes et intimes avaient été remises à leur place, comme si elles redevenaient transparentes et fluides, découlant les unes des autres, et toutes à la fois d'un même enracinement dans un univers habitable, et on aurait eu le sentiment, très vif, très surprenant, de redevenir soi-même, et j'aurais alors commandé des langoustines grillées, en savourant d'avance la joie non seulement de cette nourriture, mais aussi celle, plus subtile et violente, d'exister.

J'étais là, cette jeune femme dressait la table.

— *Español ¿verdad ?* disait-elle.

Elle me demandait si j'étais espagnol et je lui répondais, affirmativement.

Elle me regardait brièvement, mes vêtements aussi.

— *¿ Del Consulado, acaso ?* demandait-elle encore, ayant sans peine déduit de mon habillement que je n'étais ni marin ni ouvrier et en ayant conclu que je pouvais être quelque fonctionnaire du Consulat espagnol.

Je précisais ma situation et elle hochait la tête, estimative : les voyages d'affaires, elle appréciait. J'étais vivant, je ne pourrais rien dire d'autre si quelqu'un me demandait d'exprimer ce que je ressentais.

Herbert Wettlich avait depuis longtemps accepté cette idée qu'il ne savait rien de la vie. Si quelqu'un, devant lui, abordait le problème, dans une interrogation ou une affirmation génériques, il devenait muet, il haussait les épaules. La vie ? Non, il n'avait rien à dire de la vie, comme ça, à brûle-pourpoint, en général. Si on insistait, à l'occasion de quelque événement ayant suscité une discussion, il s'en sortait habituellement par une plaisanterie, par ailleurs surprenante chez quelqu'un d'aussi positif. « Je ne suis qu'un fonctionnaire », disait-il, « quel besoin ai-je de savoir ce qu'est la vie ? » On riait, autour de lui, avec une nuance de surprise, pourtant — on ne se serait pas attendu à une telle sortie de sa part — et la question restait en suspens.

— La vie ? disait Anna, des années auparavant, mais tu ne sais rien de la vie !

Ils étaient dans le salon de la villa, à Kleinmachnow, un samedi. Ils attendaient des amis, Anna s'était affairée à la cuisine. La télévision était branchée sur une émission d'actualités de Berlin-Ouest : tout avait l'air d'être en ordre. Herbert Wettlich s'était servi un verre de vodka, il s'était installé dans un fauteuil pour regarder cette émission de Berlin-Ouest. C'était le printemps. Il était dans le salon de la villa, à Kleinmachnow. Le feuillage des arbres bougeait. Dans le jardin qui entourait la maison. C'était samedi. Des amis venaient dîner. Alors, il s'était écrié que la vie était belle.

— *Ach, das Leben ist schön!* s'était écrié Herbert Wettlich.

Et c'était à Kleinmachnow, des années auparavant, un samedi de printemps.

Il avait entendu la voix d'Anna, derrière lui.

— La vie ? Mais tu ne sais rien de la vie !

La voix d'Anna était méconnaissable. Il s'était retourné, saisi par l'amère détresse de cette voix méconnaissable. Il avait vu Anna, immobile au milieu du salon de la maison de Kleinmachnow. Anna aussi était méconnaissable.

C'était ainsi que ça avait commencé, quelques années auparavant.

Il se demande pourquoi ce souvenir, aujourd'hui, au moment où cette histoire absurde a commencé. Mais le fait est qu'il se souvient d'Anna, dans cette automobile qui l'emmène vers une destination inconnue.

Il avait dîné à l'*Oesterbar,* tout seul. Le repas avait été long, savoureux, et il l'avait savouré. En payant l'addition, il avait fait un rapide calcul mental, pour savoir combien de marks ça représentait, ces florins-là. Bien sûr, c'était approximatif, car il y avait le change officiel et le change réel du mark de la R.D.A., mais son impression première se voyait quand même confirmée : Amsterdam n'était pas une ville chère.

Dehors, il avait allumé un long et mince cigare brésilien et il avait décidé de rentrer à pied à l'hôtel. Sur le Singel, après une longue flânerie, il hésitait. Rentrer tout de suite, ou bien aller faire un tour, dans un café de la Kalverstraat ? Il regardait l'eau du Singel, hésitant, les lumières qui s'y reflétaient. C'est alors que l'homme avait surgi à ses côtés.

— Professeur Wettlich, disait l'homme, des amis vous attendent.

Il avait tourné la tête, déconcerté.

L'homme était jeune, il avait un regard pâle, impénétrable à force de transparence. Il avait parlé avec un accent berlinois prononcé.

— Plaît-il ?

Herbert Wettlich avait réagi machinalement, en regardant cet homme. Pendant quelques secondes, il avait oublié qu'il était à Amsterdam, il avait oublié pourquoi il y était, il avait oublié le dîner à l'*Oesterbar :* tout oublié. Dans une sorte de vertige, il avait pensé qu'il était chez lui, à Berlin, un soir quelconque, avant de rentrer à Kleinmachnow. Il avait pensé que ce type était de la police politique et il se demandait, dans un battement de cœur irrépressible, quelle faute il avait bien pu commettre, pour être ainsi interpellé dans la rue par un agent des services de sécurité.

Mais c'était à Amsterdam, cette eau moirée de lumières était celle du Singel, il rentrait tranquillement à son hôtel, sur le Rembrandtsplein. De toute façon, même à Berlin on n'aurait rien eu à lui reprocher.

— Plaît-il ? demandait Herbert Wettlich.

L'homme avait posé une main sur son bras.

— Venez, professeur, avait-il dit. Des amis vous attendent.

Herbert Wettlich n'était pas un homme craintif, certainement pas. Il se demandait simplement ce que cette intrusion signifiait, il se demandait ce qu'il fallait faire. Mais l'homme lui parlait de nouveau, d'une voix pressante. Son ton avait changé.

— C'est urgent, camarade ! disait l'homme.

Ensuite, en détournant les yeux, d'une voix sourde et précipitée, comme s'il récitait des phrases apprises par cœur, il rappelait à Herbert Wettlich un épisode de son passé. Wettlich frissonnait : très peu de gens pouvaient connaître ce moment de sa vie de militant. En fait, une toute petite poignée de vieux communistes.

Il avait regardé l'homme.

— Quelles garanties puis-je vous demander ?

L'homme hochait la tête.

— Vous savez que je suis ici en mission officielle ? ajoutait Wettlich. Je ne veux aucune interférence, à aucun prix !

L'autre hochait la tête, encore.

— C'est évident, professeur, disait-il. Je peux vous certifier qu'il n'y aura aucune interférence.

Wettlich regardait une nouvelle fois les lumières sur le Singel. Ensuite, sa voix était brève.

— Allons-y, disait-il.

Et maintenant, dans l'automobile qui le conduisait vers une destination ignorée, ce souvenir d'Anna lui était revenu. C'était absurde. « La vie ? Mais tu ne sais rien de la vie ! » Il avait tourné la tête et Anna était méconnaissable. On croit tout savoir d'une femme, on s'installe dans cette certitude : la connaissance d'une vie, d'un corps, quelques tics, des travers, des obsessions, un pli des lèvres, Anna. Il avait tourné la tête vers elle, il avait baissé le son de l'appareil de télévision. Voilà, c'était fini. Mais pourquoi disait-elle qu'il ne savait rien de la vie ? C'était injuste. Il savait les longues marches adolescentes, dans les forêts de sapins noirs ; les joies du soleil sur le corps nu ; les veillées ; les discussions ; les batailles politiques : l'exil, les prisons, les camps. Il savait tout de la vie. « Rien », disait Anna, « tu ne sais rien de la vie ! Tu as vécu tout cela comme un employé de bureau, tu n'es qu'un fonctionnaire ! »

C'est ainsi que ça avait commencé, à Kleinmachnow, des années auparavant. Aujourd'hui, Anna était partie et si l'on demandait à Herbert Wettlich son opinion sur la vie — ça arrivait encore, parfois — il haussait les épaules, en riant. « Je ne suis qu'un fonctionnaire. Quel besoin ai-je de savoir ce qu'est la vie ? »

Mais c'était Walter Wetter qui l'attendait. Il aurait dû s'en douter.

L'homme qui conduisait l'automobile avait fait des détours multiples, mais finalement ils étaient revenus sur le Spui, tout près du point de départ. L'homme avait garé l'automobile et il avait montré d'un geste la brasserie.

— C'est là qu'on vous attend, professeur, disait-il. A une table du fond.

Herbert Wettlich hochait la tête, il y allait.

Maintenant, il était assis en face de Walter. Ils souriaient machinalement, tous les deux.

— Excuse-moi, c'était urgent, disait Walter.

Des choses bougeaient, dans leur mémoire. Ils souriaient machinalement.

— En quoi puis-je t'être utile ? demandait Wettlich.

Walter commandait des bières, allumait une cigarette.

— Tu es arrivé hier soir, avec Willy Wolf. Aujourd'hui, vous avez rendez-vous avec un homme d'affaires espagnol. Qui c'est, ce type ?

Herbert Wettlich fronçait les sourcils.

— J'ai une mission officielle, disait-il. Un contrat à discuter.

Walter riait, brièvement. Il levait la main.

— Calme-toi ! Nous avons tous des missions officielles, toujours ! Toute notre vie est officielle. Et ce contrat ne m'intéresse pas — c'est quoi ? vous vendez des machines à l'Espagne franquiste — ça ne m'intéresse pas. Je voudrais savoir qui c'est, cet Espagnol.

Herbert le regardait. La voix de Wetter avait été coupante, ironique. Amère, plutôt.

— Pourquoi ? Il est suspect ?

Walter riait.

— Suspect ? Pas du tout ! Il m'est inconnu. En fait, ce n'est pas lui qui m'intéresse, mais des gens qui s'intéressent à lui.

Alors, Herbert Wettlich racontait tout ce qu'il savait de ce Ramón Mercader.

— Comment dis-tu ?

— Quoi ?

— Son nom ?

— Ramón Mercader, disait Wettlich.

Walter buvait une gorgée de bière. C'était absurde.

— Ça alors ! disait Walter.

Wettlich le regardait, décontenancé.

— Tu le connais ? demandait-il.

Il riait, Walter.

— J'en connais un. Sûrement pas le même.

La démarche de cet homme l'avait frappé, cet hiver, dans les couloirs du Bolchoï. C'était l'entracte, il s'était levé pour aller fumer une cigarette. Dans le couloir, devant lui, la démarche de cet homme l'avait frappé. Il l'avait revu, quelques minutes plus tard, au fumoir. Un homme massif, avec un regard mort, derrière des lunettes d'écaille. Il était immobile. Une femme lui parlait. Il n'avait pas l'air d'entendre.

— Celui que je connais, disait Walter, enfin, c'est une façon de parler, je l'ai aperçu une seule fois, c'est un autre Ramón Mercader : celui qui a assassiné Trotsky.

Herbert manquait s'étrangler avec une gorgée de bière. Il s'essuyait la bouche, il regardait Walter.

Il y avait du silence, ils pensaient à cet autre Ramón Mercader.

— Qu'est-ce qu'il est devenu ? demandait Herbert.

Walter Wetter hochait la tête.

— Il vit en U.R.S.S., répondait-il.

Au fumoir du Bolchoï, l'homme était immobile. Il n'avait pas l'air d'entendre la femme qui lui parlait. Elle s'accrochait à lui, insistante. Une femme parfaitement disgracieuse.

— Cet hiver, à Moscou, on me l'a montré. C'était au Bolchoï, disait Walter.

Une détresse abjecte : voilà comment il faudrait qualifier l'expression de cet homme. Une expression de détresse abjecte.

— Qu'est-ce qu'il fait là-bas ? demandait Herbert.

— Rien, disait Walter. Il a une datcha, une pension de vieillesse. Personne ne lui parle.

Il riait, Walter.

— On ne meurt plus, à présent. Parfois, je me demande si ça vaut vraiment mieux.

Il riait encore. Herbert avait des frissons. Ça tournait mal, cette soirée.

— Bon, disait Walter. Revenons à ton Mercader à toi.

Alors, Herbert Wettlich racontait tout ce qu'il savait de ce Ramón Mercader.

Walter s'était penché vers lui, Il écoutait avec une attention passionnée. Parfois, d'une voix brève, il posait une question précise. Ensuite, Herbert avait fini de parler.

Il y avait du silence. Des bribes de vérité possible semblaient étinceler, de-ci, de-là, comme des lumières clignotantes dans la nuit. Ce n'était rien d'autre : des bribes de vérité possible. Ça ne composait pas une vérité d'ensemble. Ramón Mercader ? C'était dérisoire.

Walter prenait une décision, subitement. Il aurait eu du mal à la justifier, de façon totalement raisonnée. Il n'avait pas pesé minutieusement le pour et le contre. Il prenait une décision, c'est tout.

— Dis-moi, Herbert ! Tu revois encore Mercader ?

Herbert hochait la tête.

— Demain, disait-il. Nous avons une dernière entrevue, pour la signature du contrat.

— Rends-moi un service, veux-tu ?

Herbert attendait la suite, il réfléchissait.

— Demain, à un moment quelconque — mais il ne faut pas que Willy Wolf t'entende — je voudrais que tu fasses parvenir un message à Mercader.

— Un message ?

— Je voudrais que tu lui dises ceci : qu'une société hollandaise voudrait traiter avec lui. La *Van Geelderen Maatschappij,* dont le siège est au Herengracht.

Herbert répétait machinalement.

— *Van Geelderen Maatschappij,* sur le Herengracht.

Walter souriait.

— C'est ça. Dis-lui aussi que les Américains ont de gros intérêts dans la société *Van Geelderen.* C'est tout.

Herbert levait la tête. Son regard brillait, une seconde. Mais il n'était qu'un fonctionnaire du Commerce extérieur, il redevenait aussitôt terne et gris.

— D'accord, je pense que je peux faire ça.

Ils se regardaient. Ça bougeait de nouveau, dans leur mémoire. Ils n'insistaient pas, ils souriaient machinalement. Herbert poussait un soupir.

— Je suppose qu'il ne faut rien te demander, aucune explication ?

Walter hochait la tête.

— Je suppose que tu sais ce que tu fais, disait Herbert.

Walter souriait.

Ils vidaient leurs bouteilles de bière, ils se regardaient, et Klaus Kaminsky regardait la vitrine de ce bistrot espagnol, de l'autre côté de la ruelle.

La nuit était tombée depuis longtemps, mais l'Espagnol était toujours à l'intérieur. Tout à l'heure, pendant que Kaminsky faisait le guet, Hans Menzel était allé s'assurer que ce bistrot espagnol n'avait pas une deuxième issue. C'était une histoire de fous, ça ne pourrait pas durer longtemps. Le type avait commandé des langoustines grillées. Ensuite, il avait entamé une longue conversation avec un marin espagnol, qui était venu finalement s'attabler avec lui. Menzel avait observé la scène quelque temps, mais ils parlaient en espagnol, il ne comprenait rien. Il était parti. De toute façon, ce n'était pas ce type qui les intéressait, principalement. C'étaient ceux de la C.I.A. A partir du moment où on savait qu'ils surveillaient cet Espagnol, il était facile de les repérer. Il y en avait un dans le bistrot espagnol, un autre dans celui où Kaminsky se trouvait, juste en face, et le type massif et impassible qu'ils surveillaient depuis huit jours était également passé dans la ruelle. Peut-être était-ce ce grouillement des Américains autour des deux bistrots, peut-être tout simplement la chaleur du genièvre qu'il avait bu, mais Klaus Kaminsky commençait à trouver que tout cela avait un aspect comique. On se croirait dans un film d'espionnage, c'était à mourir de rire. Il riait. Il entendait son rire. Une fille tournait la tête vers lui, non pas intriguée, même pas curieuse. Elle avait seulement l'air de se demander si ce rire brusque et brutal était une incitation, comme si elle attendait un signe quelconque pour proposer ses services. Mais la fille détournait la tête, aussitôt. Depuis qu'il était dans ce bar rutilant et bruyant, aucune fille ne s'était offerte à Kaminsky. Elles ne le sentaient pas disponible, peut-être. Ou bien leur regard exercé découvrait-il en lui quelque chose qui les retenait. En tout cas, elles avaient été plusieurs à venir tourner auprès de Kaminsky, cambrant leurs corps contre le comptoir luisant, mais elles avaient aussitôt renoncé. Kaminsky buvait du genièvre, il n'avait pas la tête à ça, c'était visible.

Il rit encore, Kaminsky.

Deux marins anglais ont un coup d'œil complice, ils lèvent leur verre dans sa direction. Kaminsky fait de même. Il trouve tout ça parfaitement dérisoire, tout à coup.

Kaminsky est adossé au bar, il regarde la vitrine éclairée du bistrot espagnol, il met machinalement la main droite dans la poche de poitrine de sa veste. Il sent le contact de quelque chose, dans cette poche, il se demande ce que c'est, il sort deux petits morceaux de carton, il regarde. Ce sont des billets de théâtre et le sang reflue de son visage. Il tient dans le creux de la main les deux petits morceaux rectangulaires de carton coloré et son sang ne fait qu'un tour. La chaleur du genièvre, brusquement, devient une coulée glaciale dans ses veines. Il regarde furtivement les billets.

Berliner Ensemble
am Bertolt-Brecht-Platz

| Reihe | PARKETT | Sitz Nr. |
|---|---|---|
| 1 | Links1 | 1 |

Bei Zuspätkommen Einlass erst nach Bildschluss
DONNERSTAG, 9, DEZEMBER

Ainsi, on aurait pu trouver deux billets du Berliner Ensemble dans sa poche, alors qu'il a un passeport de la République fédérale, comme s'il était citoyen de Hambourg. C'était une négligence impardonnable. On lui avait pourtant bien appris que c'est souvent pour des détails aussi minimes qu'on se fait prendre. Le 9 décembre ? Bien sûr, c'était l'anniversaire de Gerda, il l'avait emmenée au théâtre. Ensuite, ils avaient été danser au *Sofia.* On jouait le *Coriolan* de Shakespeare, dans l'adaptation de Bertolt Brecht. Les boucliers de cuir et les courtes épées s'entrechoquaient, sur scène, dans un affrontement brutal réglé comme un ballet. Mais Gerda, c'est le personnage de la mère qu'elle avait préféré. Le rôle était tenu par la Weigel.

D'un geste rapide, il déchire en tout petits morceaux les deux billets couleur terre-de-sienne du Berliner Ensemble. Il les laisse tomber sur le parquet du bar, parmi les débris de toute sorte qui jonchent le sol.

Après le *Sofia,* Gerda avait accepté de l'accompagner chez lui. Ce n'était quand même pas une raison pour garder ces billets, en souvenir. Il aurait dû fouiller les poches de tous ses vêtements, avant d'entreprendre ce voyage d'Amsterdam.

Kaminsky est en colère. Il a repris un verre de genièvre. Il porte le verre à ses lèvres, la bière a tiédi, il regarde Herbert Wettlich, qui quitte la brasserie. Il a envie de rire, il rit.

C'est insensé. Ramón Mercader. Récapitulons. Mais au moment où Walter Wetter essaie de classer dans son esprit (voilà, le langage courant considère l'esprit comme un fichier, comme un classeur, un lieu de rangement : on classe dans son esprit, on y range des idées, des notions, des faits, des souvenirs, avec l'espoir, parfois déçu, de pouvoir les y retrouver, si l'occasion s'en fait sentir ; on entasse dans la fraîcheur fiévreuse de l'esprit tout ce qui vous passe par l'esprit : des sensations violentes, des impressions indélébiles, des intuitions confuses et brillantes, à vérifier, de petits bouts de paysage ne pouvant servir à rien, qu'à supporter la vie, un ciel pommelé, une falaise blanche, un poulain dans un pré ; en vrac, tout cela) classer dans son esprit tous les faits importants concernant cette histoire — la C.I.A., George Kanin, identifié, laissé filer, Dresde, réseau détruit ou retourné, opération à longue échéance — à ce moment même une image le hante (comme le langage courant, le langage tout fait, est précis, quand on y pense ! La hantise des images qui vous hantent, qui vous habitent, qui vous rongent, qui vous font vivre, qui vous détruisent), une image qui ne semble avoir aucun rapport avec ce minutieux travail mental de classement des faits, de réflexion sur ceux-ci — Ramón Mercader, absurde, enfant espagnol évacué en U.R.S.S. retour, COMESA, les Américains — image, image, présence obscure, absence inoubliable.

Et chaque fois il fallait passer devant cette image, dans le labyrinthe des souterrains. On était dans la cellule, on entendait les pas du gardien qui s'approchaient, qui faisaient retentir longuement les échos caverneux du ciment rêche. On vous faisait sortir de la cellule, on vous conduisait à travers les salles et les couloirs souterrains et suintants, éclairés chichement par des ampoules nues, ce labyrinthe où avait été installé autrefois le dépôt frigorifique d'un grand magasin berlinois et que les Services de Sécurité utilisaient à présent pour l'interrogatoire et la garde à vue des suspects. On parcourait les longs couloirs, dans le vacarme presque assourdissant des échos que cet univers souterrain de ciment rugueux amplifiait, mais il fallait toujours, à l'aller comme au retour, traverser une sorte de grande salle rectangulaire où était établi le poste de garde central. Ainsi, avant l'interrogatoire, quand on se demandait quelles questions absurdes, quelles accusations démentielles allaient être prononcées aujourd'hui, quand on se demandait combien d'heures on allait rester sous la lumière crue des projecteurs ; mais aussi après l'interrogatoire, lorsqu'on revenait brisé, ayant pour seul point d'attache, pour seul espoir insensé, l'idée que tout cela devait être une erreur, ou peut-être un monstrueux malentendu que mon inflexibilité va déjouer, car je suis un communiste, on connaît ma vie, la vérité doit forcément éclater ; ainsi, à l'aller comme au retour, il fallait passer dans cette salle rectangulaire, d'un mur de laquelle, impassible, avec un sourire imperceptible, mais certainement bienveillant, l'image de Staline vous contemplait. Toujours, chaque jour, pendant des semaines, des mois, lors des interrogatoires, à l'aller comme au retour, on croisait le regard de Staline, sévère mais paternel, aigu mais compréhensif — ce même regard qu'il avait lorsqu'il coupait des roses, sous le soleil pâle et le ciel bleu, dans ce film qui traitait de la chute de Berlin, précisément — et le regard de Staline, du haut de cette immense image photographique accrochée au mur de la salle souterraine, ce regard était la garantie d'une vérité latente, qui ne pouvait manquer d'éclater.

Et il rit, maintenant, tout seul, dans cette brasserie qui donne sur le Spui.

Les années avaient passé — combien ? c'était en 1949 — les choses les plus imprévisibles étaient arrivées, mais la photographie de Staline est toujours à la même place, dans la grande salle rectangulaire où aboutissent tous les couloirs de ce labyrinthe souterrain. C'est toujours là que les Services de Sécurité interrogent les suspects et Staline est toujours là, contemplant les gardes et les détenus de ce même regard implacable et bienveillant. Il avait parlé avec des camarades qui avaient été arrêtés bien après lui, qui avaient passé quelques jours, ou quelques semaines, quelques mois, dans cet univers souterrain des Services de Sécurité de l'État, et Staline était toujours là. En 1957, Staline était toujours là : Wilhelm Hauptmann l'y avait vu. (Mais son regard n'était pas bienveillant, disait Hauptmann, il était sinistre. Ce regard sournois et jaune, au-dessus de l'uniforme rutilant de généralissime, était sinistre, disait Hauptmann. Bien sûr, le regard n'avait pas changé, mais on ne pouvait plus voir le regard de Staline avec les mêmes yeux, en 1957.) Comme si, dans les profondeurs de cet univers clos des Services de Sécurité, enfoui sous la ville morne et bruyante de Berlin, ce visage de Staline, inaltérable, n'était là que pour manifester la pérennité possible d'une violence orgueilleuse et rusée, d'une négation têtue du cours des choses ; comme si le regard combien vivant et précis de Staline, des années après sa mort, n'était là que pour bien faire comprendre à tous les suspects actuels et futurs la survivance possible d'un système de valeurs opaques et inaccessibles ; comme si Staline n'était qu'apparemment mort, partout ailleurs, poursuivant ici, dans la sonorité multipliée et affolante des couloirs et des cellules de ciment rêche, une vie benoîte et vengeresse, et il rit, maintenant, tout seul, Walter Wetter, dans cette brasserie d'Amsterdam, au milieu de la ruminance béate des familles cossues et bovines, laissez-moi rire, je vous en prie ! Dans la prison de Bautzen, un jour de mars — mais je sais que c'était un jour de mars parce que je connais la date exacte de la mort de Staline ; pour moi, sur le moment, ce jour de mars n'était qu'un jour d'hiver comme les autres — un jour de mars, il s'est produit un grand remue-ménage, des portes de cellule claquaient, la mienne aussi, finalement, s'est ouverte à la volée, un gardien au visage décomposé m'a demandé de le suivre, je me suis retrouvé dans une grande pièce bien chauffée des bâtiments administratifs, nous étions plusieurs dizaines (je regardais autour de moi, et là, vraiment, si on oubliait le Directeur de la prison et les quelques gardiens qui l'entouraient, nous étions entre nous, rien que des communistes, aucun détenu de droit commun, aucun trafiquant, aucun officier nazi, avec lesquels on nous mélangeait habituellement) plusieurs dizaines de vieux communistes : des camarades de Buchenwald et de Dachau, et d'autres qui avaient fait la guerre d'Espagne, et d'autres encore qui étaient revenus d'exil, et aussi certains qui avaient fait partie de l'organisation illégale, dans l'armée ou à l'arrière, et je m'étais dit que la guerre avait éclaté, que les Américains avaient certainement envahi notre République, ou alors c'était encore pire, ils avaient déclenché une attaque atomique contre l'U.R.S.S., je ne voyais qu'une circonstance semblable qui puisse être la raison de ce rassemblement, mais non, le Directeur a prononcé quelques phrases, il nous a annoncé la mort de Staline. Une sorte de stupeur s'est emparée de nous et j'ai vu Werner Kippenhaus, les yeux remplis de larmes. Werner Kippenhaus avait été interrogé pendant des mois — et je vous prierai de me croire sur parole, de m'éviter les détails barbares et saugrenus — il avait refusé pendant des mois d'avouer les crimes dont on l'accusait, et puis, un jour, il a tout reconnu, les choses les plus invraisemblables, par exemple, il a avoué des contacts avec Noël Field, en 1943, en

Suisse, alors que tout le monde savait qu'en 1943 il était au Mexique, lui, Kippenhaus. (« Pourquoi, Werner ? C'est un mécanisme que je voudrais comprendre. — C'est simple », disait Werner, il souriait. « J'ai tenu le coup tant que j'ai cru que c'était une erreur, une erreur monstrueuse. Voilà, je me disais : j'ai été pris, par hasard, par erreur, au milieu d'un groupe de véritables espions, de vrais agents de l'ennemi. Ma bonne foi va être reconnue, ma vérité va éclater. Il suffit de tenir. — Mais la torture, Werner ? » Il haussait les épaules. « Bon, je ne suis pas un sentimental, disait Werner, à la guerre comme à la guerre ! — Et alors, Werner ? — Alors », disait Werner, il souriait, « un jour j'ai compris que ce n'était pas une erreur, que toutes ces accusations étaient préfabriquées, que personne n'était dupe, que ça venait d'U.R.S.S. et que ça venait de très haut. J'ai compris qu'il n'y avait rien à faire, que tout était pourri par le pouvoir, par un passé sanglant, qu'il n'y avait pas d'espoir. J'ai avoué n'importe quoi, pour avoir la paix. — Il n'y a rien à faire, Werner ? — Rien », disait-il, il souriait. « Rien, c'est trop tard. » Il souriait encore. « C'est-à-dire, il y a une chose à faire : la révolution », disait Werner. Il avait été libéré, réhabilité — mais sa réhabilitation n'avait pas été rendue publique, pour ne pas réveiller de vieilles histoires, lui avait-on dit — et maintenant il classait les archives de l'Institut de Marxisme-Léninisme. Il souriait. « Rien, la révolution, il faut continuer. ») Mais ce jour-là, en 1953, dans la prison de Bautzen, Werner Kippenhaus avait des larmes dans les yeux, en apprenant la nouvelle de la mort de Staline. Et autour de lui, tous les autres, nous tous, frappés de stupeur. Alors, une voix, dans cette petite foule, une voix anonyme, celle de n'importe lequel d'entre nous, s'est élevée pour prononcer l'éloge funèbre du camarade Staline. Nous tous, vieux communistes, exclus du parti, agents de l'ennemi, révisionnistes de droite ou de gauche — ou les deux à la fois, car les extrêmes se touchent, c'est bien connu — nous tous qui avions fait la grandeur de Staline, la puissance de Staline, nous tous petits rouages de l'immense appareil du parti, nous avons écouté l'éloge funèbre de Staline. Dans la prison de Bautzen, un jour de mars, et certains n'en sortiraient pas vivants. Ensuite, la voix anonyme s'est tue, je regardais Kippenhaus, ses yeux étaient secs, à présent, son visage était immobile, figé, comme un masque gris, friable, de pierre ponce, de matière volcanique, et dans ce visage d'au-delà toute mort les lèvres ont commencé à bouger, un murmure est sorti de sa bouche, une sorte de fredonnement, très distinct dans le silence plombé, un fredonnement qui est allé en s'amplifiant, que d'autres bouches ont repris, jusqu'à ce que cette vieille chanson russe éclate, gravement, majestueusement,

*Les meilleurs des nôtres*
*sont morts dans la lutte,*

et ç'avait été comme une libération, nous chantions d'une voix sûre, et forte, et fière, car il était possible maintenant d'oublier Staline, d'oublier pour un instant cette longue et sordide histoire glorieuse, nous chantions maintenant pour tous les morts de cette longue et sordide et glorieuse histoire sanglante qui était notre histoire, nous chantions peut-être pour nous-mêmes, laissez-moi rire.

Mais pourquoi cette image de Staline dans les souterrains du bâtiment des Services de Sécurité est-elle réapparue, aveuglante et confuse, dans sa mémoire ? Il avait vu partir Herbert Wettlich, il essayait de classer dans son esprit tous les faits survenus depuis hier, depuis que George Kanin avait cessé de faire semblant d'être un touriste américain quelconque, et l'image de Staline n'avait rien à faire dans tout cela.

Voyons : Ramón Mercader, récapitulons, mais Hans Menzel venait d'entrer dans la brasserie, il s'asseyait à la table.

— L'Espagnol a quitté le bistrot du port, disait Menzel.

— Kaminsky ? demandait Walter Wetter.

Menzel hochait la tête.

— Il s'occupe de la suite, disait Menzel.

Ils buvaient encore de la bière, ils fumaient.

— Ai-je déjà dit que les récits de Hans Menzel sont toujours excessivement minutieux ? « Il a quitté l'hôtel en voiture », disait Menzel. « Il a garé sur le Nieuwmarkt. Il a marché de long en large, peut-être au hasard. Il a regardé ensuite un monument qu'il y a là. Les Américains ne se sont pas montrés. Ensuite, il a pris le Zeedijk, jusqu'au bassin du port. Il avait l'air de flâner, il regardait les vitrines des magasins. Il est revenu sur ses pas, d'une allure plus rapide. Il a tourné à droite, pour s'enfoncer dans le quartier du port. Dans une ruelle, il est entré dans un bar. Il a contemplé longuement la devanture d'un bistrot espagnol, juste en face. C'est à ce moment-là que j'ai repéré l'un des Américains. Il a payé son verre, il a traversé, il est entré dans le bistrot espagnol. Il est resté au comptoir, tout d'abord. Il a bu du vin blanc, il a mangé du jambon cru. Ils le servent coupé en tout petits morceaux carrés, avec un cure-dent piqué dedans. Il n'avait pas l'air d'attendre quoi que ce soit, il était là, c'est tout. Finalement, il s'est assis à une table, il a commandé à manger. Des langoustines grillées. C'était rempli d'Espagnols. A la table voisine, ils jouaient aux cartes. Plus tard, un marin espagnol a engagé la conversation avec lui. Le marin est venu s'asseoir à sa table. Ils faisaient des gestes, ils riaient, comme s'ils se racontaient des souvenirs. Ensuite, ils ont regardé les autres jouer aux cartes », et Walter Wetter se surprend à rêver sur cette conversation de Mercader et du marin espagnol.

Il secoue la tête, il n'est pas venu à Amsterdam pour rêver sur le destin de ce deuxième Ramón Mercader.

Les violons de l'orchestre joueraient des airs de valse, les têtes rubicondes des familles hollandaises bougeraient en cadence, au rythme de ces airs de valse, la bière coulerait à flots dans les grandes chopes de grès que des serveuses appétissantes distribueraient légèrement, la nuit s'avancerait dans la buée des boissons et la fumée des cigarettes, et dehors, sur le Spui, une foule de jeunes garçons et de jeunes filles déambulerait, sans autre but peut-être que de manifester la confortable douceur de vivre une révolte apparemment provocante, mais inoffensive, une révolte blanche et molle comme la molle et blanche marée de leurs bicyclettes blanches, qui rouleraient à travers la ville, messagères innocentes d'un désarroi comestible, assimilable, qui ne resterait jamais en travers de la gorge de cette société fleurant les épices lointaines et l'encaustique et qui accorderait bien volontiers le périmètre du Spui et des rues avoisinantes à ces jeunes gens révoltés, pour qu'ils en fassent le lieu théâtral, vide, de l'explosion d'une liberté métaphysique et contrôlée, d'une consommation presque rituelle et purificatrice — et par là, consolidant l'ordre établi — des phrases et des gestes les plus outrecuidants, négligeables par leur infantilisme féroce, et tout rentrerait ensuite dans l'ordre ancestral de la nuit, pendant que les violons de l'orchestre de cette brasserie joueraient un dernier air de valse, laissez-nous rire, et il n'y aurait plus qu'à attendre le retour de Kaminsky.

# III

## RENÉ-PIERRE BOUTOR

Le seul de mes personnages à peut-être tout ignorer de cette histoire qui aurait pu se dérouler à Amsterdam (mais pourquoi une histoire doit-elle toujours *se dérouler ?* Et comment ? Comme un ressort ? Comme un serpent, lové sur lui-même, au soleil, ou bien, tout au contraire, dans les replis uligineux ? En tout cas, une histoire doit se dérouler : une situation doit éclater, foisonner, progresser à travers des moments forts, vers une fin, parfois imprévue ; c'est presque inévitable, même si ce n'est qu'un résidu de la poétique aristotélicienne. On pourrait pourtant concevoir des histoires sans déroulement — et donc, sans dénouement véritable — qui ne seraient qu'une succession de moments plats et riches, travaillés en profondeur par un passé ambigu, un avenir incertain, et que seul un conteur pourrait mettre dans un semblant d'ordre, leur donnant la forme du récit, toujours arbitraire, on en conviendra aisément), mais, en tout cas, dans cette histoire qui aurait pu se dérouler à Amsterdam, à la mi-avril de l'année 1966, le seul de mes personnages à tout ignorer peut-être des événements se nomme René-Pierre Boutor.

Il est vrai que son ignorance n'est pas intentionnelle, qu'elle n'est pas non plus le résultat d'une indifférence coupable aux choses du monde. Elle résulte simplement des circonstances où je l'ai placé, de façon peut-être irréfléchie. Mettez-vous dans la situation de René-Pierre Boutor.

Ce voyage en Hollande, pendant les vacances de Pâques, avait été décidé depuis fort longtemps. Son itinéraire avait été préparé, minutieusement, à l'aide de plusieurs guides, au cours des soirées d'hiver. Malheureusement, son mépris de la culture américaine n'avait pas permis à René-Pierre Boutor d'utiliser le livre d'Arthur Frommer, ***Europe on Five Dollars a Day, America's most popular money saving guide — Revised — Expanded — Up-to-Date,*** dans lequel il aurait trouvé des renseignements d'une extrême précision sur des hôtels et des restaurants à des prix défiant toute concurrence. Quoi qu'il en fût, les aspects techniques de l'expédition n'avaient pas été négligés, et huit jours avant le départ, la Renault 8 Major avait subi une révision complète chez un garagiste compétent et raisonnable, connu de longue date. Par une intuition dont il avait souvent été question, depuis, dans les conversations familiales — René-Pierre Boutor étant marié et père d'un garçon d'une dizaine d'années, prénommé Philippe — il avait demandé au garagiste de jeter un coup d'œil sur les vis platinées, en lui intimant de façon péremptoire d'avoir à les remplacer, au moindre signe suspect. Intuition qui s'était révélée providentielle, car, au dire du garagiste, le ressort desdites vis aurait pu, en cours de route, à tout moment, vous lâcher. C'est la panne idiote, tout le monde sait cela, idiote et imprévisible. De toute façon — René-Pierre Boutor et le garagiste en étaient ainsi convenus — il serait recommandable de veiller au remplacement régulier des vis platinées, au bout d'un certain nombre de milliers de kilomètres, dont le chiffre exact n'avait pourtant pas été déterminé, au cours de cette discussion entre René-Pierre Boutor et le garagiste, au moment où le premier était venu prendre livraison de son automobile révisée et où le second lui avait confié la justesse et l'à-propos de cette intuition au sujet des vis platinées.

Mais le voyage en Hollande n'avait pas seulement pour but de profiter d'une vacance pascale pour étendre vers le Nord la connaissance géographique de l'univers civilisé, le bassin méditerranéen, tout au moins en ce qui concernait l'Espagne, l'Italie, la Yougoslavie, la Grèce, et même une intrépide traversée de l'Albanie — où aucune photographie en couleurs n'avait pourtant été tirée, par crainte des représailles policières, tenues pour inévitables par des touristes belges rencontrés à Dubrovnik —, le bassin méditerranéen ayant donc été suffisamment exploré, au cours des étés précédents. Le voyage en Hollande était aussi une aventure de l'esprit, il obéissait aussi à des motivations culturelles, Philippe Boutor — ce fils d'une dizaine d'années, dont il a déjà été question — ayant atteint un âge où le besoin de connaissances s'ajoutait, presque naturellement — tout au moins dans l'opinion de ses parents — aux joies plus immédiates du dépaysement.

La peinture hollandaise figurait donc au programme de ce voyage pascal de René-Pierre Boutor, et de ce point de vue-là aussi les choses avaient été soigneusement préparées. La durée du séjour dans les villes d'Amsterdam, La Haye et Rotterdam avait été calculée en fonction de l'importance respective des collections conservées dans le Rijksmuseum, le

Mauritshuis et le Boymans, et une escapade de toute une journée avait même été prévue pour visiter le parc national de la Haute-Veluwe et le musée Kröller Müller. En effet, un soir de mars, René-Pierre Boutor avait attiré l'attention de sa femme, Denise, pour lui lire un passage d'un guide réputé, consacré précisément à ce parc et ce musée. « Tu m'écoutes, Denise ? » avait demandé René-Pierre Boutor et Denise avait écouté. « Le parc national de la Haute-Veluwe, lisait-il, est une réserve naturelle d'une grande beauté. Venant d'Arnhem on y accède par Schaarsbergen, venant d'Apeldoorn par Hoenderlo ou St. Hubertus, venant de l'ouest par Otterlo. Ouvert de huit heures au coucher du soleil. Entrée : 1,25 Fl par auto, 50 cts par passager. Bosquets et belles futaies alternent avec les landes. Le parc, où cerfs, sangliers et mouflons vivent en liberté, est parcouru par de bonnes routes et d'agréables sentiers. La maison de chasse de Saint-Hubert (St. Hubertus) à l'entrée du parc, d'une conception originale, est l'œuvre de Berlage. Mais la principale curiosité du parc est le musée Kröller Müller. » Denise avait davantage concentré son attention, pour écouter ce qui allait suivre. « MUSÉE KRÖLLER MÜLLER », avait dit René-Pierre Boutor, détachant les mots qui étaient imprimés en capitales. « Visite de dix heures à dix-sept heures ; le dimanche à partir de treize heures seulement. Ouvert en 1938, le musée national Kröller Müller, du nom de sa fondatrice, est situé au cœur du parc. Son agencement est d'une rare qualité. Si toutes les époques sont représentées au musée Kröller Müller, le XVI$^{e}$ siècle avec des œuvres de Hans Baldung, Grien et Lucas Cranach et le XVII$^{e}$ avec Van Goyen, Jan Steen, Van Ostade, etc., les collections les plus importantes intéressent la peinture moderne et contemporaine. On y trouvera des œuvres d'impressionnistes français, des paysages de Jongkind, des toiles de Seurat, Signac et du symboliste Odilon Redon, des « compositions » abstraites de Mondrian. Le musée possède encore des natures mortes de Braque, de Juan Gris, des dessins de Fernand Léger et, de Picasso, un *Portrait de Femme,* un *Violon* et une *Guitare.* L'œuvre de Van Gogh (plus de deux cents toiles) est présentée chronologiquement... » et René-Pierre Boutor avait interrompu sa lecture : « Tu te rends compte, Denise ? Plus de deux cents toiles ! », en regardant sa femme. Denise avait hoché la tête. Elle était venue s'asseoir à côté de Pierre (car elle n'employait que le second prénom de son mari, le premier lui rappelant un homme avec lequel ses fiançailles avaient été rompues, dans des circonstances pénibles, alors qu'elle terminait sa licence de lettres, à Rennes) pour lire en même temps que lui la description résumée des œuvres de Van Gogh conservées au musée Kröller Müller.

C'est ainsi qu'ils avaient décidé, séance tenante, de faire une excursion au parc national de la Haute-Veluwe, et Pierre en avait établi aussitôt l'itinéraire, à partir d'Amsterdam, puisqu'ils étaient déjà convenus de consacrer à cette ville la plus grande partie de leur séjour hollandais.

Denise n'avait pourtant pas pu s'empêcher de faire remarquer, ce même soir de mars, que, malgré tout l'intérêt des toiles de Van Gogh — dont ils pourraient, par ailleurs, admirer d'autres œuvres au Musée municipal d'Amsterdam — ce n'était pas autour de Van Gogh, mais de Vermeer, que se situait l'intérêt principal de ce voyage. Pierre Boutor avait hoché la tête, comme s'il approuvait cette mise au point, mais un vague malaise avait plané sur leur conversation et il s'était détourné, se levant même pour ouvrir un placard et prendre une bouteille de Fernet-Branca, dont il s'était servi un petit verre. Cette allusion à Vermeer l'avait irrité, visiblement.

C'était une vieille histoire et il ne m'est vraiment pas possible d'y entrer dans le détail, surtout si j'essaie de m'en tenir aux nécessités de la structure dramatique propre aux romans d'aventures, qui ne semblent pas recommander une attention particulière aux personnages secondaires du récit. Je dirai simplement que Vermeer, dans ce malaise qui avait une nouvelle fois semblé poindre, au cours d'une soirée du mois de mars, entre Pierre et Denise, Vermeer n'en était qu'un signe extérieur, qui renvoyait à quelque chose d'autre : comme une sorte de lumière visible, peut-être indiscutable, calmement installée dans son éternité même, inusable, qui réfléchirait paradoxalement des obscurités confuses, et totalement troubles. Car Vermeer, et plus précisément cette toile de lui qui est connue sous le nom de la *Vue de Delft,* n'apparaissaient dans la conversation qu'au lieu et à la place d'une page de Marcel Proust, objet véritable du débat entre Pierre et Denise Boutor.

En fait, et sans qu'il eût jamais accepté de le reconnaître, Pierre Boutor n'avait pas réussi à prolonger sa lecture de la *Recherche* au-delà d'*Un amour de Swann.* A plusieurs reprises, il avait essayé de franchir cette frontière impalpable, de vaincre l'irrésistible torpeur qui l'envahissait immanquablement, au fil des pages. Il avait pris son temps, emmenant les volumes de la *Recherche* pendant ce dernier mois de vacances — de la mi-août à la mi-septembre — qu'ils passaient tous les ans dans la maison normande des parents de Denise, puisqu'il semblait, selon Denise elle-même, et selon d'autres opinions tout aussi qualifiées, que la distension un peu brumeuse et vide de ces journées campagnardes convînt admirablement à une plongée progressive, faite d'incursions de plus en plus profondes, et bientôt envoûtantes, dans l'univers de Proust. Pourtant, même dans cette maison de Chambray, il lui avait été impossible de dépasser la limite contre laquelle il venait toujours buter, après avoir relu une nouvelle fois — il fallait bien se remettre dans l'ambiance — *Du côté de chez Swann.*

La maison de Chambray, dont la façade visible de la route (celle-là même qui conduit de Pacy-sur-Eure à Louviers, et combien de fois Pierre n'avait-il pas fredonné la chanson du cantonnier, au moment de s'y engager, en provoquant ainsi la réprobation, parfois muette, de Denise, qui trouvait vulgaire cette explosion conditionnée de bonne humeur joviale et polissonne, typiquement française, pourtant !), cette façade était sévère — pans de mur grisâtres et aveugles — presque rébarbative, mais la maison s'ouvrait intérieurement sur une première cour herbeuse et ombragée, plantée irrégulièrement de massifs de fleurs dont Pierre Boutor ignorait les noms, mais qui coloraient agréablement cet espace recueilli, où le chant des oiseaux, à l'aube, recelait des promesses d'un calme infini, tiède, peut-être inusable, et que bornaient, sur deux côtés, les corps de bâtiment de l'ancienne ferme, raccordés à angle droit, tandis que, de l'autre côté, le mur de la propriété venait s'encastrer dans une ancienne remise, qui avait été aménagée en salle de séjour d'été et au-dessus de laquelle il avait même été possible d'installer une chambre d'amis, et, enfin, le fond de la cour était constitué par une murette basse, au-delà de laquelle, en contrebas, se prolongeait en pente douce, suivant le profil du terrain qui s'abaissait vers la rivière, une sorte de jardin de curé, planté d'arbres fruitiers, dans un coin duquel la mère de Denise nourrissait des poules et des lapins, et c'est ce jardin d'arbres fruitiers qu'on dominait du haut de la véranda attenante à la chambre de Pierre et de Denise, et où il avait installé son cabinet de travail et de lecture. C'est là, dans cette véranda envahie par la moiteur irisée des après-midi interminables, dont le silence bruissant semblait s'être coagulé derrière les vitres, entrecoupé parfois par un éclat de rire ou de voix de Philippe, vitre réprimé ( « Ton père travaille ! »), ou par le tintement de la clochette à la grille d'entrée, lorsque l'une des femmes sortait faire des courses, c'est là qu'il avait maintes fois essayé vainement de poursuivre sa lecture de la *Recherche*.

Une année, il avait attribué cet échec à des causes purement matérielles, étrangères en quelque sorte aussi bien à son état d'âme qu'à la complexité même de l'œuvre, car il lui avait semblé que les trois minces volumes reliés en peau souple, de couleur havane, agréables au toucher, certes, faciles à manier, et dégageant une odeur de papier et d'encre à la fois suave et pénétrante, ne se prêtaient pas à une lecture suivie, peut-être en raison de leur typographie. Mais cette excuse subtile s'était avérée fallacieuse l'année suivante, où il avait emporté l'édition courante, dans la collection blanche de la N.R.F., sans pour autant avoir réussi à progresser d'une ligne au-delà de la frontière invisible, mais infranchissable, qui lui murait l'accès aux profondeurs mêmes d'une œuvre dans laquelle, au dire de Denise, il aurait dû sombrer avec ravissement. Ainsi, avait-il fini par capituler, convaincu maintenant qu'il devait exister quelque raison obscure, mais de force majeure, quelque désaffinité élective, lui interdisant la découverte et l'usufruit des richesses proustiennes.

Il avait fini par en prendre son parti, sans avouer

pourtant à Denise — qui n'aurait pas cessé de le harceler — cet échec, peut-être définitif. Bien au contraire, il connaissait suffisamment, par les ouvrages de critique et d'exégèse, et par les travaux biographiques — dont les plus récents étaient d'une minutie maniaque, pour ainsi dire démesurée — la genèse et le contenu même de la *Recherche,* pour pouvoir en parler avec assurance, le cas échéant. Un jour, alors qu'ils recevaient à dîner deux autres couples d'universitaires, Pierre Boutor avait même monopolisé leur attention à tous, entre la poire et le fromage, avec une très brillante improvisation sur le double niveau de la structure signifiante de la *Recherche,* au cours de laquelle il avait développé une très longue et très surprenante digression à propos d'Anatole Lounatcharski, auteur, comme chacun sait — mais justement, ni Denise ni les deux autres couples ne le savaient — de la préface du premier volume de Proust publié en Union soviétique, en 1934, aux éditions Wremia, préface dont il leur avait résumé les thèmes, très éclairants quant aux méthodes d'une certaine critique littéraire marxiste, dont la tradition, depuis lors, s'est perdue, ou s'est estompée, tout au moins ; préface dont l'histoire aussi est touchante, car Lounatcharski, qui avait été pendant douze ans Commissaire du Peuple à l'Instruction publique, l'avait écrite au cours d'un voyage vers l'Espagne, où il venait d'être agréé comme premier ambassadeur de l'U.R.S.S., mais dont il n'avait pu terminer complètement la rédaction, car il avait été frappé, à Menton, par une nouvelle attaque de l'affection cardiaque dont il était atteint, et c'est à Menton, le 26 décembre 1933, que Lounatcharski était mort, et ces pages inachevées sur Proust auxquelles il travaillait s'étalaient sur la table de sa chambre, comme si, par une de ces ruses non dépourvues de sens de l'histoire, ces remarques très subtiles et sereines sur les beautés de l'œuvre proustienne étaient le testament du vieux bolchevik forgé dans les combats de l'illégalité, de la déportation, de l'exil, de la bataille d'idées ; et ils avaient tous été frappés par cette brillante improvisation de Pierre Boutor, qui avait pourtant plongé sa femme dans une sombre colère contenue, parce que inexprimable, puisque Denise était bien obligée d'admettre la pertinence des remarques de son mari, tout en gardant l'intime conviction que ces savants commentaires ne provenaient pas d'une lecture personnelle de la *Recherche,* mais d'une érudition empruntée, conviction qu'elle n'était pourtant pas en état de faire éclater au grand jour.

Mais c'est dans la véranda de la maison de Chambray, au cours de certains après-midi finissants, alors que la lumière de septembre commençait à ronger la netteté du paysage, l'éclaboussant d'une multitude de halos et de nuances d'un roux doré, évanescent, que *le petit pan de mur jaune* — découvert, semble-t-il, par Proust dans une toile de Vermeer — était apparu comme une référence obsessionnelle dans la conversation de Denise, lorsqu'elle venait le retrouver, une demi-heure avant le dîner, pour bavarder avec lui. Pierre Boutor, excédé par ce *petit pan de mur jaune,* dont il n'arrivait à saisir ni l'intérêt, ni la beauté discrètement éblouissante, en était venu, dans une mauvaise foi inavouable, non seulement à discuter les goûts de Proust en matière de peinture — qu'il qualifiait tout crûment de décadents — mais même à mettre en doute l'originalité de l'œuvre tout entière. Au grand scandale de Denise, qui ne voyait pas du tout le rapport, Pierre Boutor affirmait que les *Mémoires d'outre-tombe* étaient autrement intéressants, et d'une langue à la fois plus somptueuse et moins affétée. Il se levait pour prendre dans la bibliothèque — car il avait installé dans cette campagne de Chambray une partie de ses livres — le premier volume, relié en cuir vert bronze, de l'édition Garnier des *Mémoires,* avec une introduction, des notes et des appendices d'Edmond Biré, et il en lisait à Denise un extrait, à la page marquée par un signet de soie vert pâle défraîchie : « Une chose m'humilie : la mémoire est souvent la qualité de la sottise ; elle appartient généralement aux esprits lourds, qu'elle rend plus pesants par le bagage dont elle les surcharge. Et néanmoins, sans la mémoire, que serions-nous ? Nous oublierions nos amitiés, nos amours, nos plaisirs, nos affaires ; le génie ne pourrait rassembler ses idées ; le cœur le plus affectueux perdrait sa tendresse s'il ne se souvenait plus ; notre existence se réduirait aux moments successifs d'un présent qui s'écoule sans cesse ; il n'y aurait plus de passé. O misère de nous ! notre vie est si vaine qu'elle n'est qu'un reflet de notre mémoire. »

Il regardait Denise et Denise relevait la tête, lui demandant où il voulait en venir, mais il ne voulait en venir nulle part, bien entendu, il lui suffisait d'irriter Denise. « Et la sonate de Vinteuil, disait Pierre, tu crois que c'est nouveau ? » Denise haussait les épaules, elle était irritée, en effet. Alors, Pierre ouvrait le volume de Chateaubriand à une autre page. « Je fus tiré de mes réflexions par le gazouillement d'une grive perchée sur la plus haute branche d'un bouleau. A l'instant, ce son magique fit reparaître à mes yeux le domaine paternel ; j'oubliai les catastrophes dont je venais d'être le témoin, et, transporté subitement dans le passé, je revis ces campagnes où j'entendis si souvent siffler la grive. Quand je l'écoutais alors, j'étais triste de même qu'aujourd'hui ; mais cette première tristesse était celle qui naît d'un désir vague de bonheur, lorsqu'on est sans expérience ; la tristesse que j'éprouve actuellement vient de la connaissance des choses appréciées et jugées. Le chant de l'oiseau dans les bois de Combourg m'entretenait d'une félicité que je croyais atteindre ; le même chant dans le parc de Montboissier me rappelait les jours perdus à la poursuite de cette félicité insaisissable... » Mais Denise l'interrompait, à bout de nerfs, lui demandant ce qu'il voulait prouver. Il ne voulait rien prouver, bien sûr, il disait simplement que « faute de grive, il fallait se contenter des merles proustiens », et il soulignait lourdement cette plaisanterie de garçon de bains par un rire gras, ce qui mettait à son comble l'exaspération muette de Denise Boutor.

Mais les années avaient passé et ce voyage en Hollande avait fini par les conduire au Mauritshuis, dans la matinée du 14 avril, devant le fameux *petit pan de mur jaune*.

Peut-être à cause de cet événement, dont l'ombre se profilait déjà, inexorable, la journée avait-elle commencé par une multitude de minimes incidents, d'allusions subtiles, de coups d'épingle mutuels. A peine levé, Pierre Boutor s'était penché à la fenêtre de la chambre d'hôtel, pour regarder le temps qu'il faisait. De cette place, et d'une voix claironnante, bien évidemment destinée à Denise, avait pensé celle-ci, il avait proclamé : « Ciel pommelé et femme fardée, ne sont pas de longue durée », dit populaire emprunté à l'inépuisable trésor d'expressions où le père de Denise trouvait de quoi commenter, ou souligner, les circonstances de chaque journée, quelles qu'elles fussent. Événements politiques, coups de théâtre météorologiques, cancans de village : tout trouvait son commentaire adéquat dans le fonds de sagesse cynique et désabusée, fortement imprégné de résignation peut-être chrétienne et de moralisme abstrait, qui constituait apparemment le bagage culturel de M. Duriez, tout au moins depuis qu'il avait pris sa retraite. Mais cette utilisation, certainement préméditée et dépourvue d'innocence, de l'une des expressions les plus usuelles de son père avait irrité Denise, qui n'y voyait que le persiflage, sans aucun doute déplacé, et malveillant, des solides vertus terriennes d'un vieil homme, parfaitement respectable. Elle n'avait pas directement relevé cet affront délibéré, se contentant de houspiller Pierre, afin qu'il finisse de faire sa toilette. L'occasion de lui rendre la monnaie de sa pièce s'était rapidement présentée, lorsqu'elle avait vu son mari, habillé et prêt à sortir.

Pierre Boutor, en effet, affichait en voyage cette tenue débraillée, un brin vulgaire, par laquelle les touristes français de plus de trente ans se signalent sur les routes de l'Europe, sous la futile justification que les vacances c'est la liberté, tout au moins provisoire, la relaxe, comme ils disent, en reprenant de l'anglo-saxon un terme parfaitement français, mais impropre dans cette acception, puisqu'il ne peut s'appliquer qu'à l'action de cesser ou abandonner les poursuites contre un accusé prisonnier (à moins que l'on ne prenne ce terme de « relaxe » dans un sens métaphysique, parce que l'on considérerait que l'homme, dans sa vie de travail quotidien, n'est qu'un accusé prisonnier, et que les semaines de loisir sont une sorte de relaxe, une cessation provisoire, et d'avance limitée, des poursuites intentées : de la vie, en somme). Quoi qu'il en soit, Pierre Boutor se présentait, ce jour-là, le jour du Mauritshuis, vêtu d'une chemisette bleue, dont le col largement ouvert s'étalait sur les revers d'une veste de toile, de couleur indéfinissable, qu'il avait dû acheter aux puces, ou dans quelque magasin de surplus militaires, et qui ne lui donnait pas une allure martiale, mais vaguement tartarinesque, et dont les pans flottaient sur un vieux pantalon de flanelle, tire-bouchonné, découvrant largement des chaussettes d'un vert criard. La touche finale à cet ensemble vestimentaire était apportée par une paire de ces sandales à lanières que les Français en villégiature semblent tenir pour le comble du confort et qui piétinent depuis dix ans les gradins des arènes tauromachiques, les ruines de l'Acropole, les parquets de la Galerie des Offices et le sable doré des plages jusqu'alors éloignées de tout, symbolisant par là l'expansion touristique des classes moyennes.

A peine Pierre Boutor était-il apparu, ce jour-là, dans cette tenue, que Denise — habituellement indifférente à ce genre de détails — émettait un sifflement aigu, terminé par un petit rire aigre. « Mon pauvre Pierre, disait-elle, tu as l'air d'un épicier de Cahors ! » La voix était sèche, le ton se voulait cinglant, et y parvenait. Pierre Boutor en avait été déconcerté. « Pourquoi Cahors ? », demandait-il, piteusement, car ses parents avaient tenu dans cette ville un commerce de comestibles, et l'allusion semblait suffisamment claire. « Je dirai même, ajoutait Denise, épicier de Cahors et poujadiste, par-dessus le marché ! » La violence de l'insulte, et sa gratuité, clouaient Pierre Boutor littéralement sur place. Mais Denise déjà tournait les talons, gagnait la porte, pour aller chercher Philippe dans sa chambre.

La journée, donc, avait mal commencé.

Ils avaient pourtant fini par se trouver dans cette salle O, au premier étage du Mauritshuis, où Pierre Boutor s'était ingénié, tirant parti de son indéniable érudition, à retenir femme et enfant devant les toiles longuement commentées de Jan Steen et de Frans Hals, et même devant celle de Ter Borch, *La Nouvelle importune,* tableau pourtant mineur, pour ne pas dire dépourvu de tout intérêt véritable, mais qui devenait le prétexte à une minutieuse biographie du peintre, qui se trouvait à Münster, en 1648, lors de la signature du traité mettant fin à la guerre de Trente Ans, occasion qui lui permit de peindre les portraits de tous les plénipotentiaires, réunis dans une composition de 45 × 58 cm qui se trouve à la National Gallery de Londres, et qui provoqua, au moment même où elle fut peinte, l'admiration sans réserves de l'ambassadeur d'Espagne, lequel emmena Ter Borch à Madrid, où il fut extrêmement bien reçu par le roi Philippe IV, tous détails qui soulevaient le respect vaguement ennuyé de Philippe Boutor et l'irritation contenue de Denise, pleinement consciente de la diversion interminable — mais qu'elle n'osait interrompre par souci de l'éducation de son fils — au moyen de laquelle son mari retardait le moment, pourtant inévitable, où ils seraient forcés de s'immobiliser devant la *Vue de Delft.*

Ainsi, lorsqu'ils finirent par se trouver devant la toile de Vermeer, Denise Boutor avait essayé de reprendre la situation en mains, et elle parlait maintenant d'une voix frémissante, s'adressant à son fils pour lui demander de s'asseoir sur le canapé disposé à cette place. « Regarde bien, Philippe, disait Denise, Proust a dit que c'était le plus beau tableau du monde », et Philippe, docilement, venait s'asseoir et ouvrait de grands yeux, et Pierre Boutor n'avait pu résister à la tentation de gâcher cet instant triomphal, c'était plus fort que lui, *ce petit pan de mur jaune,* d'ailleurs introuvable, pure fiction littéraire d'un auteur empêtré dans les affèteries d'une imagination salonarde, *sine nobilitate,* ce pan de mur l'ennuyait, décidément, et il affirmait, à la cantonade, que ce n'était pas Proust, mais Malraux, qui tenait ce tableau pour le plus beau du monde. Il y avait, ensuite, un bref échange de propos aigres-doux, entre Denise et lui, et un homme se levait, qui avait été assis sur le canapé, en face de la *Vue de Delft,* comme si cette conversation l'incommodait, impression que son regard — celui de cet inconnu — confirmait, car dans la précision aiguë du coup d'œil qu'il leur avait jeté se trouvait incluse une lueur méprisante, tout au moins excédée, à tel point perceptible que Pierre Boutor, un instant, en avait été intimement vexé, mais l'homme s'écartait déjà vers la fenêtre et les laissait seuls, eux trois, Denise, Philippe et lui, devant cette toile que quelqu'un, fût-ce Proust ou bien Malraux, avait qualifiée comme la plus belle du monde.

Il n'empêche, pourtant, malgré cette brève coïncidence devant la toile de Vermeer, que, de tous mes personnages, René-Pierre Boutor est le seul à ignorer non seulement les événements de cette histoire qui aurait pu se dérouler à Amsterdam en avril 1966, mais même leur sens profond, si tant est que des événements imaginaires puissent avoir un sens autre que celui de leur non-sens, de leur non-être épais et touffu. Il est vraisemblable, en effet, si le hasard avait voulu que cette rencontre devant la *Vue de Delft* eût provoqué une conversation entre René-Pierre Boutor et Ramón Mercader, que le nom de ce dernier n'aurait évoqué, chez le premier, aucun souvenir, aucun trouble. J'irais même jusqu'à dire — mais peut-être cette supposition est-elle aventurée — que le récit de l'assassinat de Trotsky n'aurait éveillé en René-Pierre Boutor qu'une curiosité passagère, vite dissipée, et pourtant elle se serait approchée de la fenêtre ; elle aurait vu, au fond de la cour, Lev Davidovitch, qui nourrirait les lapins ; vêtu d'un bourgeron bleu, les mains protégées par de vieux gants de cuir, Lev Davidovitch serait en train de donner à manger aux lapins, comme tous les jours à cette même heure ; le soleil commencerait à glisser, diffusément, dans les hauteurs d'un ciel transparent, et elle aurait regardé la haute silhouette familière, fragile, courbée vers les cages où les lapins se bousculeraient pour s'approcher de la nourriture que le vieil homme leur offrirait ; elle aurait regardé cette scène journalière, avec, aujourd'hui, un battement de cœur ; cette paix, ce semblant de paix, serait-ce possible, réellement ? ;

aujourd'hui, le vieil homme se serait réveillé de très bonne heure, selon son habitude, dans la fraîcheur spongieuse de l'aube, mais il aurait aussitôt retrouvé la vivacité combative de son esprit, émoussée ces derniers jours par une fatigue un tant soit peu écœurante, un état de tristesse physique envahissante ; il aurait, aujourd'hui, retrouvé d'emblée, en même temps que la vision très précise des choses à réaliser, et l'assurance d'être en condition de le faire, un entrain corporel, une sorte d'alacrité musculaire et nerveuse qui l'aurait enjoué ; cette journée d'août s'annoncerait prometteuse ;

le vieil homme aurait plaisanté avec Natacha, en buvant une tasse de thé ; il y aurait eu ensuite, entre eux, partagé, dans le silence du petit matin, un autre silence léger, complice et lucide, et elle aurait posé la main sur le poignet de son mari ; plus tard, il se serait levé pour gagner son bureau, et il aurait remarqué, au moment de s'asseoir à sa table de travail, une première touche ensoleillée, presque aveuglante, au sommet du mur blanc, massif, qui boucherait de ce côté-ci l'espace odorant, et encore imprégné de fraîcheur nocturne, de la cour intérieure ;

ensuite, le Vieux aurait dépouillé le courrier du matin, il aurait répondu aussitôt à quelques lettres d'amis américains, avant de s'installer devant le dictaphone afin d'y enregistrer un article ; sa voix, par rafales tâtonnantes, expression d'une pensée qui se cherche, qui avance et revient sur elle-même, se serait élevée dans le bureau solitaire, et Natacha, ou les gardes, auraient pu l'entendre, en passant dans le corridor ; par rafales hachées de longs silences, la voix aurait évoqué les problèmes de cette guerre lointaine, dans la vigueur d'une langue rêche et rapide, colorée ; peut-être, à un certain moment, des souvenirs — d'abord comme des éclatements d'images confuses — des souvenirs seraient-ils venus balayer sa mémoire (cette maison de Barbizon, pourquoi pas ?), formant une sorte d'écran de plus en plus dense, mais pailleté de points lumineux, devant le raisonnement en train de s'élaborer sur cette question qu'il voudrait traiter ; mais il aurait chassé ces images pour continuer à dicter cet article, et les mots, parfois précis et claquants, auraient recommencé à sourdre, dans le débit d'une voix bientôt précipitée ;

ensuite, le soleil invisible, mais suspendu quelque part dans le ciel translucide, aurait dessiné dans l'espace cubique de la pièce des stries longitudinales, où auraient flotté les débris tourbillonnants et minimes d'une poussière végétale, et le vieil homme aurait contemplé cette présence obtuse d'un soleil invisible, et la journée se serait écoulée ainsi, banalement ;

et maintenant, un peu après cinq heures de l'après-midi, s'approchant du balcon, Natacha Sedova aurait vérifié la présence du vieil homme auprès des cages à lapins ; elle aurait cru entendre la voix de Lev Davidovitch, parlant aux bêtes selon son habitude, et c'est à ce moment qu'elle aurait vu un homme, qui traverserait la cour, marchant vers le Vieux, et elle aurait reconnu Mornard, mais

## 19 JUIN 1967

J'étais sur la terrasse, un vent d'est agitait la cime des cyprès. J'écoutais la rumeur du vent d'est, je regardais le ciel, la mer. Au loin, celle-ci, plaquée comme une vitre d'un bleu dépoli, sur la marge inférieure du ciel, dans une trouée des collines qui descendaient vers la mer, justement. Il y avait le vent d'est, le ciel, les cyprès, la mer, les oliviers, mais la vie n'était pas simple, cependant. Elle ne l'était pas pour moi, je veux dire. J'étais inhabité, le paysage était plat, plombé. Les heures s'annonçaient creuses, friables, remplies de décisions minimes dont chacune pourrait s'avérer dérisoire. Bon, ça bougeait mollement : une bouillie miroitante.

Je regardais les oliviers, une libellule, l'eau d'une pièce d'eau, lorsque la deux-chevaux jaune, marquée du sigle bleu des postes et télécommunications, est apparue au bout du chemin sablonneux, au tournant du Mas des Grives. Alors, je suis remonté vers la maison, avec le vague espoir de trouver une distraction dans le courrier quotidien.

MORT DE JACQUES MORNARD EN BELGIQUE. *L'assassin de Trotsky avait « emprunté » son identité. (De notre corresp. partic.)*

*Bruxelles, 17 juin.*

*Une annonce nécrologique discrète dans le « Soir » de Bruxelles fait part de la mort de M. Jacques Mornard, né le 17 février 1908, à Téhéran. Les obsèques ont lieu samedi matin, à Braine-l'Alleud. Or c'est sous le nom de Jacques Mornard, et en fournissant des renseignements d'identité à peine différents : il assurait être né à Téhéran le 17 février 1904, que l'assassin de Trotsky fut condamné au Mexique à vingt ans de prison.*

*Il devait être libéré en 1961 après avoir purgé sa peine, puis chercher refuge dans une démocratie populaire. Comment put avoir lieu cette usurpation d'identité ? Jacques Mornard, que nous avons rencontré à Bruxelles, ne voulut jamais le dire. Il avait, semble-t-il, combattu dans les Brigades internationales. Son passeport lui fut-il confisqué par un commissaire de la Guépéou ? Connaissait-il certains des secrets de la tragédie de Coyoacan ? Il les aura, dans ce cas, emportés dans la tombe.*

*P. de V.*

Ainsi, par cet entrefilet à la dernière page d'un journal du soir parisien que je feuilletais sur la terrasse des cyprès, la réalité de cette histoire imaginaire était venue me frapper au visage. Je restais immobile, le journal à la main, envahi par la nausée de cette mort ancienne, interminable, toujours présente, et dont je n'arriverais peut-être pas à rendre compte.

Nous étions le lundi 19 juin 1967, les obsèques de Jacques Mornard avaient eu lieu samedi matin, à Braine-l'Alleud.

Braine-l'Alleud ? J'imaginais une plaine morne, coupée par les boursouflures des mamelons herbeux. Mais ce nom brabançon évoquait autre chose, confusément, dont je n'arrivais pas à cerner la réalité. Un souvenir de voyage ? C'était peu probable. Pourtant, la grisaille spongieuse et grasse qui semblait se dégager de ce nom, Braine-l'Alleud, s'accordait assez bien avec mes souvenirs de la

Belgique. Un certain malaise accompagne toujours mes souvenirs de la Belgique. Cela tient peut-être à un très ancien souvenir, enfantin, dont les sentiments indélébiles de fureur impuissante, d'humiliation et de haine qui s'y accumulent rongent vraisemblablement, comme une lèpre, tous les autres souvenirs possibles de la Belgique. Nous traversions la Belgique, venant de La Haye, en 1939. La guerre allait être perdue, en Espagne, et les gouvernements démocratiques s'empressaient de reconnaître le général Franco. Nous voyagions avec des passeports diplomatiques de la République espagnole et les douaniers et policiers belges qui étaient montés dans le train regardaient ces passeports diplomatiques, d'un air méfiant et hargneux. Étaient-ils encore valables, ces papiers d'un gouvernement agonisant ? Avions-nous le droit de traverser la Belgique sans visa de transit ? Ils regardaient les passeports, ils nous regardaient. Leur voix était hargneuse, méprisante. Ils se concertaient, se demandant s'il ne fallait pas nous faire descendre du train, pour en référer aux autorités supérieures. Les autres voyageurs commençaient à nous regarder aussi de la même façon que les policiers. Ils s'écartaient sur les banquettes du compartiment de première classe, ils se taisaient lourdement. Comment pouvait-on être républicain espagnol ? Moi, je sentais monter dans les pulsations de mon sang — mêlée à un sentiment enfantin d'humiliation et d'impuissance — une haine qui ne m'a plus jamais quitté. Une haine très précise, très lucide, aux arêtes inusables, qui me réchauffait le cœur. Je voyais les visages imbéciles des douaniers belges, des policiers belges, leur uniforme d'un vert infect, leurs képis ridicules, leur suffisance benoîte et tranchante. Bien sûr, depuis lors, il m'est arrivé d'avoir affaire à toutes sortes de polices, et dans des circonstances autrement délicates que cette banale traversée contestable de la Belgique. En vérité, il n'y a pas de quoi fouetter un chat, dans cette banale péripétie belge. Mais la haine dont je parle est née ce jour-là, qui me tiendra chaud jusqu'à la fin, et c'est peut-être cette violence originelle qui distingue et privilégie ce souvenir, par ailleurs anodin.

Plus tard, vingt ans plus tard, j'ai parfois goûté la joie intime, ironique, de présenter aux policiers belges — dans les trains, à l'aéroport de Bruxelles — mes faux passeports, qu'ils me rendaient avec un hochement de la tête, approbateur, et des bonjour-monsieur, merci-monsieur ! Ce n'était pas que les policiers belges des postes-frontière eussent beaucoup changé. Ils avaient toujours les mêmes uniformes, les mêmes képis proprement dégueulasses, la même attitude suffisante et grossière. C'étaient toujours des flics, en somme. Mais j'étais bien habillé, j'avais appris à regarder les policiers avec suffisamment de distraction et d'assurance, et j'avais des faux papiers d'une qualité à toute épreuve. Je regardais les policiers belges me dire bonjour-monsieur, merci-monsieur, et ils me faisaient rire, ces minables.

J'étais assis, sur la terrasse aux cyprès, le journal parisien était déployé sur mes genoux, le vent d'est en faisait frémir les pages, que je retenais de la main droite. Peut-être était-ce plus compliqué, quand même, plus subtil. Peut-être me montais-je la tête et ce lointain souvenir belge n'était-il pas suffisant pour colorer toute ma mémoire de morne ennui vaguement inquiétant, quand je pensais à la Belgique.

En fait, la Belgique n'avait jamais été pour moi qu'un lieu de passage, un endroit où j'attendais, dans des chambres d'hôtel anonymes, ou dans des appartements parfois somptueux, mais désuets, que quelqu'un vienne me prendre en charge, pour finir un voyage, ou l'entreprendre. J'étais là, j'attendais. Les circonstances m'empêchaient de faire quoi que ce fût qui puisse attirer l'attention sur le personnage que je faisais semblant d'être. Je ne faisais donc rien. Je devenais morne, gris, je me laissais fondre dans la torpeur. Le boulevard Anspach devenait l'illustration d'un univers sans dimensions, mécanique, étincelant et froid, où seul, parfois, le tintement des tramways introduisait une note qui aurait pu évoquer des choses familières, minimes, certes, peut-être même empreintes de mièvrerie, mais rassurantes.

Braine-l'Alleud, pourtant, malgré le contrepoint étouffé qui s'établissait entre ce nom, ses résonances, et ma mémoire pluvieuse et morne de la Belgique, Braine-l'Alleud n'évoquait en moi aucun souvenir personnel, j'en aurais juré. J'imaginais une plaine grasse, le corbillard en marche vers le cimetière, sous un soleil plombé. On avait enterré Jacques Mornard, samedi matin, à Braine-l'Alleud. Un vieil homme, tout près de la soixantaine. Il n'avait rien voulu dire au correspondant particulier du *Monde,* mais qu'aurait-il pu dire ? Rien, le silence, qui devenait définitif, à Braine-l'Alleud.

Alors, le journal m'échappe des mains et je sais ce que ce nom me rappelle. Ça me fait rire. Braine-l'Alleud, bien sûr ! Wellington avait déployé ses forces, dans la plaine coupée de haies, de chemins creux, de mamelons herbus. Dans la nuit, Blücher lui avait fait savoir qu'il amènerait deux corps d'armée, et peut-être même quatre, le lendemain, jusqu'à Waterloo, et Wellington décidait aussitôt d'accepter la bataille. Le gros de ses forces était concentré devant le Mont-Saint-Jean, avec la Haie-Sainte comme position clef. A l'aile droite, déployée largement pour éviter tout mouvement tournant des troupes françaises, Wellington avait établi la division néerlandaise et belge de Chassé. Voilà, en face de Braine-l'Alleud.

Mais je ramasse le journal, je regarde machinalement le paysage de cyprès, d'oliviers et de vignes. Je ne vais quand même pas raconter la bataille de Waterloo, ç'a déjà été fait. La bataille de Waterloo a eu lieu un 18 juin et c'est la veille que Jacques Mornard a été enterré, à Braine-l'Alleud. Je hoche la tête, je ne regarde plus les arbres, je n'entends plus le bruissement du vent d'est, dans la cime effilée des cyprès, je n'ai plus qu'à remonter dans ma chambre, pour continuer à décrire les cheminements supposés de cette mort ancienne, et

## NATACHA SEDOVA

Elle avait vu un homme qui traversait la cour, marchant vers le Vieux, et elle avait reconnu Jacson, mais aujourd'hui, d'une manière très précise, le trouble indéfinissable que cet homme avait souvent provoqué en elle, ses anciens doutes à son sujet, l'avaient envahie de nouveau, brutalement. Jacson s'avançait dans la cour de Coyoacán comme le messager du malheur dans une tragédie grecque.

Mais Natacha Sedova chassait aussitôt cette idée confuse et brillante comme un poignard.

Elle savait que Jacson avait soumis à Lev Davidovitch, quelque temps auparavant, le brouillon d'un article qu'il se proposait de publier dans une revue de la IV$^{e}$ Internationale. Le Vieux, comme d'habitude, avait accepté de jeter un coup d'œil sur le texte, qui s'était avéré informe, mais, peut-être pour gagner du temps, car, malgré la bonne volonté apparente de l'auteur, les idées de Jacson semblaient dépourvues de tout mordant, et parce que le Vieux devait éprouver de la gêne à critiquer trop durement le travail de l'homme qui vivait avec Sylvia, Lev Davidovitch avait demandé au jeune Belge, prétextant la difficulté de déchiffrement du manuscrit, de lui rapporter l'article tapé à la machine, pour en faire une lecture profitable.

C'était sûrement cette raison qui ramenait aujourd'hui Jacson dans la maison de Coyoacán, et il semblait bien, en effet, que Jacson montrait à Lev Davidovitch une poignée de feuillets, là-bas, près des cages à lapins.

Il n'y avait pas lieu de s'inquiéter, elle s'écartait du balcon.

Un peu plus tard, Natacha Sedova entendait des pas, dans le corridor d'entrée. Lev Davidovitch pénétrait dans la pièce, l'air vaguement ennuyé. Il lui disait en russe, d'une voix basse et rapide, qu'il allait dans son bureau pour jeter un coup d'œil sur cet article que Jacson rapportait, tapé à la machine. Natacha Sedova remarquait l'air ennuyé de son mari, elle pensait qu'il aurait dû refuser cette corvée supplémentaire, et parfaitement inutile, les idées politiques de Jacson ayant toujours été d'une extrême platitude. Mais elle hochait la tête, elle saluait Jacson et, de nouveau, l'angoisse l'envahissait. La pire des angoisses, irraisonnée, le pire des pressentiments : celui qui ne se fonde sur rien d'autre que l'apparition invisible du destin, ternissant subitement les miroirs, rendant les objets réels spongieux et opaques. Le teint de Jacson était verdâtre, son regard vacillait, comme si lui aussi avait eu la vision de cette ombre aveuglante qui effritait la réalité des objets les plus usuels. Natacha Sedova avait eu envie de crier, mais Jacson prétendait souffrir d'un vague malaise, la digestion peut-être, ou la chaleur, ou alors cette altitude à laquelle on ne s'habituait pas. Il demandait un verre d'eau, il buvait cette eau, en manquant s'étrangler, dans sa hâte. Il partait maintenant, avec Lev Davidovitch.

Mais pourquoi portait-il sur son bras gauche un imperméable parfaitement inutile par une journée comme celle-ci ?

Elle était seule, elle guettait les rumeurs de la maison, elle pensait qu'il fallait éclaircir, mais ô le cri terrible dans le bureau de Lev Davidovitch !

## WILLIAM KLINKE

— C'est ici que le film doit commencer, bien sûr ! dit William Klinke, juste ici, à ce moment précis !

Il agite le livre, dont il vient de relire un passage, à haute voix, et il le jette sur la table. Il se lève, il marche jusqu'à la fenêtre. Il écarte les rideaux, il voit l'eau grise de l'Amstel, diaprée sous le soleil couchant par des traînées de naphte, que le courant disloque et reforme, sans cesse.

Il se retourne, ensuite.

— C'est évident, dit-il.

Elle regardait le titre du livre, *The Prophet Outcast,* qu'elle trouvait un peu grandiloquent. Elle levait les yeux vers son mari.

— Une histoire ne commence jamais par le commencement, dit-il. On la reconstruit, après coup, avec un début, une montée dramatique, comme on dit, et une fin. C'est idiot ! Ce n'est qu'un artifice imposé par des siècles de soumission à la poétique d'Aristote !

Jane souriait. C'était peut-être le nom d'Aristote

qui la faisait sourire. Ou bien le fait qu'elle était presque nue, pour entendre parler d'Aristote. Elle souriait, quoi qu'il en fût, silencieuse.

— D'ailleurs, dit-il, où placer le commencement de cette histoire ? Il faudrait remonter jusqu'au Soviet de Saint-Pétersbourg, en 1905. Encore plus loin : l'album de souvenirs de la famille Bronstein. Une grande machine historique.

Il fait un geste de la main.

— La nuit des temps, quoi ! Pas du tout. C'est ici que le film doit commencer, à Coyoacán, le 20 août 1940. Au moment où Jacson-Mornard s'approche des cages à lapins.

Elle allongeait les jambes, elle souriait.

— Tu veux commencer par la fin, c'est simple, disait Jane.

— La fin ? demande-t-il, d'une voix sourde.

Tout à coup, comme des mécanismes subtils qui s'enclenchent, les séquences de ce film se mettent en place, dans son esprit, dans le désordre apparent d'une progression qui n'est pas chronologique, dont la rigueur se situe à un autre niveau, celui du temps tragique.

Il regarde Jane.

— Mais tu es nue ! dit-il.

Elle laissait retomber ses bras, se rejetait en arrière, cambrant les reins, sur le canapé tendu de soie grège.

— Pas tout à fait, disait-elle.

Il regarde le creux de sa hanche, la douceur bleutée de la peau. Une chaleur l'envahit lentement, faite de tendresse et de désespoir.

— Jane, dit-il.

Elle était rieuse, assurée.

— Écoutez-moi, William Klinke, disait-elle. Vos arrière-grands-parents ne sont pas arrivés avec le *Mayflower*, n'est-ce pas ? Votre père n'est pas né à

Boston, vous non plus. Où êtes-vous né, d'ailleurs ? Dans quel sale coin d'Europe centrale ? Qu'est-ce qu'il faisait, déjà, grand-père Klinke ? Fourreur ? Rabbin ? Bijoutier ?

Il souriait, elle riait.

— J'ai envie de toi, disait-elle.

## WILLIAM KLINKE

Une plaque de verre recouvrait le comptoir d'acajou de la réception. Sous cette plaque de verre, des dépliants touristiques ou publicitaires s'étalaient confusément, en taches multicolores. Il avait demandé sa clef et ses yeux s'étaient posés sur ces taches multicolores. L'employé s'était détourné vers la rangée des casiers. C'était un mouvement machinal, mais assoupli par l'assurance que confère une longue habitude. L'employé tendait la main vers le casier numéro 33, tout en répondant au téléphone, en anglais, à une personne qui semblait s'obstiner à vouloir parler avec un M. Morrison dont l'employé ignorait la présence à l'hôtel. Non, il n'y avait pas non plus de chambre réservée à ce nom. L'employé était parfaitement poli, patient, et, de sa main droite, le corps légèrement détourné, il cherchait à attraper la clef de la chambre numéro 33. Il entendait distraitement cette conversation téléphonique de l'employé au sujet de M. Morrison et ses yeux s'étaient posés sur les taches multicolores des dépliants publicitaires. L'employé raccrochait le téléphone et revenait vers lui. Il posait sur le comptoir la clef de la chambre 33 et un petit rectangle de papier blanc qu'il avait dû trouver dans le casier correspondant. La main de l'employé, en effet — il avait remarqué l'aisance du geste —, avait fouillé le casier réservé à la correspondance, au moment où il décrochait la clef du numéro 33. L'employé s'écartait, une dame s'adressait à lui, elle voulait déposer des bijoux au coffre de l'hôtel. Il ramassait la clef sur le comptoir de la réception et regardait le petit morceau de papier blanc. Il n'attendait pourtant aucun message. Il n'avait rejoint Jane à Amsterdam que pour quarante-huit heures, c'était un détour imprévu, avant de regagner New York. Il retournait cependant le petit morceau de papier blanc. C'était un formulaire imprimé, que les demoiselles du standard téléphonique utilisaient pour noter les communications, lorsque le voyageur était absent de l'hôtel. Il voyait le nom inscrit : RAMÓN MERCADER. En lettres capitales, écrites au crayon à pointe de feutre. Il regardait le nom, il ne bougeait pas. Un certain Moedenhuik avait demandé à parler avec un certain Ramón Mercader. Il ne bougeait pas. Il tenait un rectangle de papier blanc dans sa main, il regardait, il ne bougeait pas. Ce Ramón Mercader devait être à la chambre 34, selon l'indication portée à côté de son nom. On s'était trompé, c'était tout. Ramón Mercader. Il regardait le nom, il ne criait pas, il ne se mettait pas à rire. Il restait calme, il ne bougeait pas. Il savait depuis quelques jours qu'il allait récrire son scénario. Il savait depuis quelques jours que le personnage central de cet assassinat dont il devait écrire le scénario c'était justement cet assassin. Il allait essayer de convaincre les producteurs. Il allait partir sur la piste de cet homme, d'où il venait, ce qu'il était devenu. L'histoire de cet assassinat c'était d'abord l'histoire de l'homme dressé pour cet assassinat. L'histoire de toutes les valeurs morales — le courage, le don de soi, la maîtrise, l'adhésion totale à une cause —, toutes ces valeurs dévoyées pour faire de ce militant un assassin. Qui ne pouvait être un assassin parfait qu'en raison de sa qualité de militant. Il pensait à Ramón Mercader, dans sa cellule de Mexico, son silence. Un communiste ne parlait jamais, Mercader avait appris cela, ne trahissait jamais les siens. Il n'avait pas parlé. Il avait nié l'évidence, il n'avait jamais trahi les secrets de l'organisation. En 1956, un jour, au cours de l'été 1956, Jacson-Mornard-Mercader avait dû lire les journaux, avec le texte de ce rapport secret. Dans sa cellule de Mexico, il avait dû lire ce rapport secret. Seize ans après son crime. Il avait dû lire cette longue énumération passionnelle et barbare et il avait dû aussitôt saisir la vérité de tout cela, quel que fût son jugement sur la méthode employée pour faire éclater, et pour voiler en même temps, cette vérité barbare. Au cours de cet été 1956, Mercader avait dû vraiment comprendre ce qu'il soupçonnait déjà, certes, mais dont il avait repoussé, de nuit en nuit, l'éclatement dans sa conscience. Dans sa cellule de la prison de Mexico, il avait dû voir se dissoudre toutes ses raisons, ses alibis, sa justification. Il avait dû perdre, en quelques heures, le sens de toute sa vie. Il n'avait pas été un militant, sacrifié à une violence nécessaire. Un criminel, seulement. La main armée, tremblante et décidée, d'un bourreau invisible et retors. L'exécuteur des basses œuvres, seulement. Pourtant, il n'avait rien dit. Il avait maintenu, contre le cours des choses, contre l'éclatement morcelé et barbare des vérités historiques, cette fiction subjective. Il avait choisi de rester avec les siens, dans l'évidence sanglante et dérisoire de ce crime abject. Il avait choisi, par son silence, de continuer à maintenir la fiction de cette communauté charismatique. Il n'avait rien dit, durant les quatre années qu'avait encore duré son séjour à la prison de Mexico. Il avait choisi la fidélité à une cause que tous auraient trahie, bafouée, tournée en dérision, et lui-même le premier, par ce crime où il avait pourtant aliéné tout son être, sa fidélité même. Oh le silence et la nuit, les rêves et la nuit, les angoisses et la nuit, les sueurs froides, dans la nuit de cette cellule de Mexico, après cette découverte !

Devant le comptoir de la réception, dans cet hôtel d'Amsterdam, William Klinke regardait le petit morceau de papier blanc. Un certain Moedenhuik avait appelé un certain Ramón Mercader. Prière de le rappeler à son bureau, jusqu'à dix-huit heures. Chez lui, ensuite. Il ne bougeait pas, il ne criait pas, il regardait le morceau de papier blanc. Ramón Mercader.

— S'il vous plaît ! disait-il.

L'employé se tournait vers lui, le sourcil interrogateur.

— Ça doit être une erreur, disait-il.

Il tendait à l'employé le morceau de papier blanc. L'employé y jetait un coup d'œil.

— Bien sûr ! Excusez-moi ! M. Mercader, chambre 34 !

L'employé lui adressait un sourire radieux. Il se retournait et plaçait le petit formulaire de papier blanc dans le casier numéro 34. L'erreur était réparée, tout était rentré dans l'ordre. Ce n'était rien, vraiment, un incident banal.

Il s'en allait vers l'ascenseur, les jambes tremblantes.

Il avait fait quelques pas dans la ruelle. Il avait allumé une cigarette. Ça bougeait, ça beuglait, ça allait et ça venait. Il avait regardé autour de lui. Ils devaient être là, quelque part. Les types de la C.I.A., invisibles. Il marchait vers le Zeedijk. Un peu plus loin, une fille tirait le rideau. Le mouvement de son bras droit, dressé, faisait jaillir son buste. Elle tournait la tête à demi, elle riait. Elle était forte, ferme. Une ombre d'homme, derrière elle. Charnue, elle était, belle femme. Ça allait se passer dans la joie, précipitée mais accomplie. Sans doute, oui. Le rideau était tiré, voilà. Derrière, la robe d'intérieur avait dû s'envoler. Viens-y, mon gros. A peu près : on imagine. Ils devaient être là, sûrement. L'un des passants, sûrement. N'importe lequel, sûrement. Deux portes plus loin, la vitrine était éclairée. La fille était jeune. Il regardait la fille dans la vitrine. Assise, attentive. Attentionnée aussi, on pouvait supposer. Il faisait deux pas, se rapprochait. Il s'étonnait d'être seul devant cette vitrine. La fille était belle, lui semblait-il. Ailleurs, plus loin, en amont, en aval, par grappes, les hommes. La masculinité, tournoyante. Les rires, grassement. Il s'étonnait de cette vitrine solitaire, il regardait. La fille bougeait légèrement la tête. Elle était assise, jambes croisées. Il faisait encore deux pas, il pouvait toucher la vitre. Elle était jeune, ses jambes étaient longues. L'attache des poignets, délicate, aux deux bras posés sur le genou droit, relevé. La soie, entrebâillée, découvrait du bleu pâle, à la poitrine et aux hanches. La chair des épaules était dorée, ronde. Il effleurait la vitre. Ça pouvait être n'importe quel passant. N'importe quel reflet de passant dans la vitre. Elle ne souriait pas, elle regardait. Elle n'avait pas le regard qu'il faut. Pas l'œil prometteur, pas du tout. Elle n'était pas comme il faut, du tout. Elle aurait dû s'alanguir, bouger les jambes, mimer, s'entrouvrir. Se lever, s'étirer, faire des pas, se cambrer. Se retourner, marcher sur lui, goulue, le dévorer déjà. Se déhancher, ahaner, l'aguicher, se frôler. Le jeu, mais pas du tout. Elle s'était penchée en avant, elle regardait. Elle renversait les rôles, de quel droit ? Elle était le regard, elle aurait dû être l'objet du regard. Elle était un regard avide, capable d'étonnement. Elle était la fraîcheur du regard, sa nouveauté. Elle transformait la vitrine en lieu de liberté, ou d'invention. Elle était dehors, dirait-on. C'était elle qui était dehors, le monde était enfermé, sous son regard. Le monde en devanture. Elle était dehors, le monde était dedans. Elle aurait dû être la proie, elle était l'ombre. L'oiseau en main, mais elle était les cent oiseaux qui volent. Elle n'était pas un « tiens », mais deux « tu l'auras ». Pas la lampe, le papillon de nuit. Il avait effleuré la vitre, encore près de son visage. Elle souriait, enfin, assurée. Elle rapprochait son visage, derrière la vitre. Ça allait, ça venait, dans la ruelle. Ça beuglait, les appareils à musique. Le flux et le reflux des promeneurs, dans les bars. Les regards, dévorant, dénudant, pénétrant. Les mains frôlaient, tâtaient, pétrissaient, en étaient pleines. Bruyant, du néant confus. Il effleurait la vitre, sur le contour de son visage à elle. Elle laissait faire, elle avançait le visage. Avril, pas de buée sur la vitre. Il aurait aimé modeler son visage dans la buée. Le saillant des pommettes, hautes et fragiles. Le nez droit, ses ailes frémissantes. L'arcade des sourcils. Les paupières bleutées (mais d'un bleu non pas violent, ou agressif, ou plaqué, forcé ;

pas du tout : d'un bleu naturel, issu, semblait-il de la douceur même d'une peau très fine, ténue, presque transparente, parcourue par les scintillements des veinules et des rides miroitantes, à peine perceptibles, comme au soleil les courtes crêtes des vagues, d'une mer sous le soleil, moirée, aperçue des hublots d'un avion s'enfonçant dans la soie déchirante de l'espace, au-dessus de cette mer ; d'un bleu naturel, bleu de ciel des paupières, comme si la peau s'était d'elle-même, par un lent procès organique, et sans aide d'aucune sorte de cosmétique, onguent, crayon, pinceau ou laque, la peau, d'elle-même, colorée, teintée de ce bleu maritime ; ou alors bleu de pétales s'ouvrant sur l'iris nocturne, froid, de l'œil ; ou bleu des après-midi finissants, dans les pays, à la saison, où les après-midi sont bleu, finissants ; bleu des lavandes, dans la lumière écrue des lubérons ; bleu jailli dans les cheminements sanguins de ce corps à la fois inusable et fragile, amassé dans les profondeurs de ce sang, fleurissant enfin sur les paupières comme une preuve inattendue de quelque obscure, mais évidente, ascendance hautaine ; bleu meurtri, macéré, des longues attentes, ou des révélations ; bleu de vitrail, découpant la lumière nordique en fragments irréguliers de rayons plombés ; bleu éteint des paupières, dont on devinerait pourtant l'ancien éclat bleu vif, dilué maintenant, comme on devinait autrefois — ô l'enfance, les marronniers, le palais de cristal, l'aristoloche ! — dans la blancheur éclatante des lessives, les boules de bleu qui s'y étaient diluées, se déprenant de leur bleu vivace, bleu d'anil, bleu d'indigo, pour souligner, rendre plus fraîche et profonde, la blancheur retrouvée ; bleu naturel, en somme, comme le sourire, le geste, la démarche, la lassitude, le rêve, l'élan, l'allégresse, la flânerie, la faim, le feu, la finitude). (Il rêve, c'est visible.) Mais il aurait modelé ce visage de buée. Les paupières bleutées. Le contour des lèvres. La douceur du creux de l'oreille. Elle se laissait faire, souriante à présent, derrière la vitrine. Elle entrouvrait la bouche, avançant la lèvre. D'un mouvement circulaire, sa bouche bougeait, autour de l'axe pointé de son doigt, sur la vitre. Gourmande, semblait-il. Alors, il reprenait, de trois pas, ses distances. Le sang n'avait pas afflué, il était lisse. Ça bougeait ailleurs, dans sa mémoire, ses rêves. Les remous de la foule, autour de lui. Il ne franchirait pas ce seuil, non. La buée, le visage dans la buée. Il se rapprochait de nouveau, il souriait. Un homme s'interposait. Venu de la terre ferme, celui-là. Venu des intérieurs d'encaustique et d'amande. Venu des cuivres rutilants. Venu des silences cossus. A présent, elle jouait son jeu, franchement. Elle écartait les pans de soie flottante. Elle s'ouvrait, offrait l'oursin du creux du ventre, promettait des douceurs salines. Levait les bras, remontait ses cheveux. Cambrait les reins, se roulait dans la vague. L'homme venu des replis urbains se tassait. Ses épaules tremblaient, aurait-on dit. Il allait vers la porte. Trois marches, le bonheur. La douceur d'une bouche sur le sexe alourdi. L'homme ouvrait la porte, il entrait. Elle tirait le rideau, le visage lisse. La vitre, maintenant, reflétait davantage. Les passants, les lumières, l'enseigne d'en face, le monde. Le tain du rideau faisait miroiter. Alors, le visage, surgi. A côté du sien, ce visage. Enfin, un visage, déchiffrable, pris au piège de ce hasard. Le type de Madrid, oui. Nul doute possible. Il avait vu juste, tous ses actes acquéraient un sens. Il s'en allait, tournant la tête. Le type entrait dans un bar, furtif. Trop évidemment furtif. On allait voir. Il avait un feu dans le corps, plus violent que tout autre. On allait voir, la chasse. Il riait, brutalement. Un visage, enfin, un corps, du réel. Il tenait la filière.

Herbert Hentoff ne prévoyait rien. Il se cachait dans un bar, mollement. Jeune chien, chien fou, il allait voir.

## WILLIAM KLINKE

L'homme serait entré par la porte de l'Avenida Viena. Il aurait rangé la voiture le long du trottoir. Debout, le chapeau sur la tête, l'imperméable sur le bras, il aurait regardé la vieille maison de brique, enfouie sous le lierre. Les murs seraient couverts de géraniums et de capucines. L'homme aurait regardé, peut-être longuement, la vieille maison enfouie sous le lierre, aux murs couverts de géraniums et de capucines.

Il se retourne dans le lit, moite. Capucines ? Quoi, capucines ? La faim et l'amour, la misère et l'amour. Capucines, ça tinte, il essaie d'imaginer. Il se retourne encore, Jane est immobile : lisse, fraîche, refermée sur un sommeil insondable, naïf. Une source, une fontaine, une nappe de sommeil ombragé, parcouru par les frémissements vivaces des poissons. *Die Forelle,* bon, ça se chante : brin de lumière vivace dans l'eau d'ombre. Il se retourne encore, moite, et l'homme aurait longuement regardé la vieille maison enfouie sous le lierre, dans l'Avenida Viena.

*La vieille maison de brique*
*enfouie sous le lierre*
*était au cœur d'un jardin inondé de lumière*
*Les murs étaient couverts de géraniums*

*et de capucines*
*Yuccas, balisiers, agaves*
*poussaient librement dans le jardin*

Il avait dû lire quelque part cette description de la maison de l'Avenida Viena. Maintenant, dans la solitude de son insomnie, il répétait à voix basse ces quelques phrases qui s'étaient gravées dans sa mémoire.

Ainsi, ce jour d'août, Mornard aurait garé sa voiture le long du trottoir. Debout, l'imperméable sur le bras, il aurait longuement regardé la maison. Voilà, il y était. On pourrait imaginer des mouvements amorphes, amibiens, spongieux, dans sa tête. Sa mémoire aurait eu les tripes remuées, comme ça, un lent bouillonnement boueux. On pourrait imaginer. Il y était, c'était le jour fixé, l'heure dite, l'aboutissement d'un long effort, patient et rusé. Le mécanisme d'horlogerie de la machine infernale avait été enclenché. Alors, Mornard aurait franchi les quelques pas qui le séparaient de la porte à guichet, la seule praticable depuis que l'ancien portail, au milieu du mur d'enceinte, avait été condamné, après l'attentat du 24 mai. Mornard aurait sonné et l'un des gardes aurait ouvert le guichet, pour observer ce visiteur. Il y aurait eu des sourires, de part et d'autre. Le mari de Sylvia était un familier de la maison, il n'y aurait pas de problème. Voilà, il y était. Il traverserait le hangar servant de garage et il arriverait dans le jardin,

*au cœur d'un jardin inondé de lumière,*

mais la lumière, justement, commencerait à fléchir, à cette heure-là. La lumière ne serait plus un bloc sans fissures, un parallélépipède rayonnant. A cette heure-là, elle commencerait à se dissoudre, par endroits, à fondre, sur certains pans de mur, sur un tronc d'arbre, sur des feuilles d'un vert subitement plus tendre, plus humide, comme si ce léger frémissement indéchiffrable annonçait la brusque et prochaine marée de l'ombre surgie des entrailles meubles de la terre, comme si cette faible haleine, à peine mauve, irisant l'édifice implacable de la lumière — qu'on aurait pu croire éternel quelques secondes auparavant —, n'était qu'un signe avant-coureur de la profonde respiration nocturne, désormais prévisible, et

*yuccas*
*balisiers*
*agaves*
*poussaient librement dans le jardin,*

au milieu duquel Mornard s'avancerait, maintenant, marchant vers les clapiers adossés au mur du fond.

Ce serait l'heure de nourrir les lapins, Lev Davidovitch s'y trouverait, sans doute.

Le film commencerait par ces images. L'œil de la caméra saisirait cette arrivée, dans un long mouvement ininterrompu, mais haletant et minutieux. L'œil de la caméra enregistrerait latéralement l'arrivée de la conduite intérieure de Mornard, suivant ce mouvement jusqu'à l'arrêt complet de l'automobile. L'œil s'immobiliserait sur la voiture immobile, le long du trottoir. Ensuite, la portière avant gauche s'ouvrirait, livrant passage à Mornard, qui émergerait d'une façon à la fois lente et saccadée. Il serait debout, le chapeau sur la tête, il regarderait la maison, avant de se retourner pour prendre un imperméable soigneusement plié sur le dossier du siège. Il claquerait la portière, maintenant, qu'il fermerait à clef (debout, contre la voiture, manipulant la clef de la main droite, l'imperméable sur son avant-bras gauche, le visage détourné vers la porte à guichet de la maison de l'Avenida Viena). Il ferait deux pas, s'écartant de la voiture, mais il s'immobiliserait brusquement, méditatif. Il reviendrait en arrière, il déverrouillerait la portière. Il aurait à ce moment une sorte de sourire crispé, un éclair vague de sourire marqué par le désarroi, ou le désespoir (ou peut-être la haine, peut-être l'horreur). Il serait alors face à l'œil de la caméra, un instant, à une distance suffisante pour qu'il y ait une certaine profondeur de champ : Mornard, debout, de face ; la conduite intérieure brillante, derrière lui ; le mouvement possible de l'Avenida Viena ; du ciel bleu au fond ; tout cela serait visible. Ensuite, l'œil de la caméra se déplacerait, s'éloignant perpendiculairement à la marche de Mornard, qui se rapprocherait, jusqu'au moment où il serait vu tout à fait latéralement, devant la porte en fer à laquelle il viendrait de sonner et qu'il fixerait (d'un regard certainement détendu, souriant, d'un coup d'œil familier, pour déjouer tout soupçon, toute inquiétude, l'air de vouloir dire qu'il n'était que l'ami de Sylvia, vous savez bien, ce personnage un peu gris auquel on s'était habitué, ces dernières années) en attendant que le guichet s'ouvre. Alors, l'œil de la caméra s'élèverait, surplombant le mur d'enceinte, plongeant sur le jardin,

*un jardin inondé de lumière*
*Les murs étaient couverts de géraniums*
*et de capucines.*

L'œil de la caméra parcourrait cet espace clos, odorant feuillu, légèrement, se déplaçant de gauche à droite, jusqu'au mur du fond, auprès duquel, devant les clapiers, apparaîtrait un instant, fugitive, la silhouette voûtée du vieil homme aux cheveux blancs, vêtu d'un bourgeron bleu (et cette tache de couleur bleue, d'un bleu délavé, devrait s'inscrire dans la rétine du spectateur, malgré la fugacité déliée de cette suite d'images). L'œil de la caméra, ensuite, reviendrait rapidement en arrière, vers la gauche c'est-à-dire, pour cueillir Mornard qui sortirait du hangar-garage (où il aurait échangé, certainement, quelques propos aimables et souriants avec les gardes) et qu'on suivrait maintenant, marchant à pas circonspects, à travers le jardin, vers les clapiers adossés au mur du fond. Et au moment où Lev Davidovitch se retournerait vers ce visiteur inattendu, peut-être même importun — mais il ne fallait pas le laisser voir, car c'était l'ami de Sylvia —, à ce moment précis où la rencontre allait se produire, l'œil de la caméra s'élèverait de nouveau, s'éloignant verticalement de cette scène somme toute banale, à première vue, pour franchir le mur d'enceinte opposé à celui de l'Avenida Viena, pour découvrir l'eau dormeuse du canal de Coyoacán à Xochimilco, eau lente, eau dormante, eau mortelle.

Le film commencerait par ces images.

19 JUIN 1967-24 NOVEMBRE 1967

Je ramasse le journal, je regarde le paysage d'oliviers et de vignes. Je n'ai pas besoin de relire cet entrefilet, je replie le journal, je remonte vers la maison.

*Une annonce nécrologique*
*discrète*

*dans le « Soir » de Bruxelles*
*fait part*
*de la mort de M. Jacques Mornard*
*né le 17 février 1908*
*à Téhéran*
*Les obsèques ont lieu samedi matin*
*à Braine-l'Alleud*

Je croyais avoir tout prévu, nulle surprise n'était plus possible. C'est-à-dire, c'est moi qui maîtrisais les surprises possibles, c'est moi qui les ménageais, le cas échéant, tout au long du récit, avec la rouerie apparemment désinvolte d'une péripétie bien agencée. Pourtant, j'avais oublié Jacques Mornard. J'écrivais le nom de Jacson, le nom de Mornard, mais j'y mettais toujours des guillemets, mentalement. Ce n'étaient que des noms d'emprunt, des masques, une façon détournée de nommer Mercader. Les mécanismes des appareils clandestins, cependant, des faux passeports, m'étaient assez familiers pour que j'eusse pensé à la réalité de Mornard. Il n'empêche, j'avais oublié Jacques Mornard. J'étais dans la routine de cette aventure, dans l'allégresse parfois désespérée de ce travail, et j'avais oublié Jacques Mornard.

Mais nous sommes le 19 juin 1967, deux jours après son enterrement, *les obsèques ont lieu samedi matin, à Braine-l'Alleud,* et Mornard vient envahir ce récit. Il s'y installe de la façon la plus violente, la plus irréparable, l'annonce de son existence réelle étant en même temps la nouvelle de sa mort.

*Connaissait-il certains*
*des secrets*
*de la tragédie*
*de Coyoacán ?*

*Il les aura*
*dans ce cas*
*emportés dans la tombe.*

Bien sûr : nous emporterons nos secrets dans la tombe. Nous avons traversé toutes les frontières, franchi des océans, nous connaissons la lumière du soir dans tous les parcs du monde : cette lumière qui craque et se coagule, comme du sang qui sèche, lorsqu'on attend quelqu'un, à un rendez-vous peut-être établi six mois auparavant. Un chien court, des gens passent, nous attendons. Nous connaissons ce battement du cœur. Si nous avions la possibilité de nous réunir, un jour, nous échangerions des souvenirs. Chaque ville a son odeur, sa façon d'être habitable ou hostile; il n'est pas nécessaire de prendre les villes à rebrousse-poil. On peut caresser l'échine des villes, tout le long des fleuves. Nous pourrions en parler, le cas échéant, tout en donnant à notre émotion la plus secrète un vernis de rationalité communicable. Comme si ces souvenirs devenaient des expériences, interchangeables.

Je suis sur la terrasse du haut. Je tiens l'exemplaire du *Monde* plié sous mon bras. Je regarde vaguement les plantes grasses qui poussent librement, au-delà de l'enceinte, dans le désordre pierreux de la colline.

Je devrais me souvenir de quelque chose. C'est-à-dire, je ressens très fortement le rapport nécessaire entre un événement, dont le souvenir s'est estompé, effacé, et mes sentiments d'aujourd'hui, confus, bouillonnants, provoqués par la nouvelle de la mort de Jacques Mornard, à Braine-l'Alleud. Je m'efforce de débusquer ce souvenir, la trace furtive de cet événement. C'est comme si, en sortant d'une salle de cinéma, vous croisiez quelqu'un, dans la file d'attente pour la prochaine séance, quelqu'un dont le visage, familier, ne s'avère pas immédiatement identifiable. Vous êtes sûr de le connaître, d'ailleurs cet homme vous a fait un signe de connivence, installant ainsi vos rapports dans la clarté d'une mutuelle connaissance. Pourtant, vous ne savez pas qui c'est. Vous avez répondu à ce geste évidemment amical, peut-être avez-vous même dit « ah, salut ! », en passant, parce que vous êtes sûr de connaître cet homme et que le fait de ne pas le saluer aurait pu paraître vexant, mais vous ne savez pas qui c'est. Vous ne savez pas qui vous connaissez. Cela, parfois, certains soirs, vous tracasse, vous travaille. Une longue exploration, minutieuse, maniaque, commence. Des souvenirs de lieux, de situations, surgissent, en images brusques et brèves, provoquées, suscitées par votre quête. Mais ce visage d'homme ne peut être inclus dans n'importe quelle situation, n'importe quel lieu. Comme une pièce de jeu de patience — petit morceau bleuté, par exemple, strié de blanc, qui ne peut être que morceau de ce ciel qui s'étend, strié de blancs nuages, au-dessus de la villa romaine déjà presque entièrement reconstituée — ce visage d'homme aperçu ne s'adapte qu'à un certain genre de situation, à une certaine espèce de lieu. Vous arrivez à la certitude, parfois rapidement, parfois à travers de longs détours brisés d'impatiences, que ce visage d'homme ne s'accorde qu'avec des lieux clos, qu'avec le fait d'être autour d'une table, à discuter. Ensuite, d'un seul coup, la mémoire de ce visage, son identité, deviendront évidentes. Bien sûr : Untel, il assistait à telle réunion, il y a quatre ans (et le ciel, au-delà de tous ces visages, dont celui-ci, retrouvé quelques années plus tard, à la sortie d'une salle de cinéma, dans une ville étrangère, le ciel était traversé, dans le rectangle de la baie vitrée, par des troupeaux laineux de nuages épais et galopants ; et le vent, à un moment quelconque de cette réunion, avait ouvert une porte-fenêtre, dans un grand vacarme, et en allant la refermer vous aviez aperçu la mer, piquée de crêtes écumantes, picorée par des centaines de poules blanches, gonflant leurs plumes et rageuses).

Ainsi, devant la maison, tourné de nouveau vers les cyprès qui bordaient la terrasse inférieure, je cherchais dans mes souvenirs la trace de cet événement furtif, mais sans doute en rapport avec les sentiments provoqués par l'annonce de la mort de Mornard, dans *Le Monde.*

Je me voyais dans une pièce sombre, et fraîche. Dehors, il y avait du soleil, un bruissement profond. Je cherchais quelque chose. Voilà, des étagères, des livres. Dehors, du soleil. Un aplomb de silence. C'est cela, j'étais à *La Bergerie.* En cherchant un livre, j'étais tombé sur l'édition d'un long poème de Frénaud, illustrée par Masson. Debout, contre l'étagère, dans la fraîcheur de cette pièce, j'avais lu ce poème tout d'une traite.

*Ô camarades le mot de l'avenir*
*sera toujours écrit avec votre sang*
*sur le papier que j'apporte à l'abri de mon faux passeport !*

Plus tard, des mois plus tard, en novembre, je parlais avec Frénaud de cette *Agonie du général Krivitski.* Nous étions rue de Bourgogne, avec Jean Cortot, une fois de plus plongés dans l'élucidation de ce passé sordide et irremplaçable. Jean nous avait montré certaines des *Écritures* qu'il allait exposer prochainement et il m'avait semblé qu'une obscure et violente correspondance s'établissait, entre notre évocation des fantômes du passé et ces signes grisâtres, ces griffonnages désespérés, ces graffiti pathétiques, et parfois dérisoires — c'est-à-dire, se tournant eux-mêmes en dérision —, ce langage incompréhensible, mais évident, portant en son sein la limpide maîtrise d'un sens communicable, mais dont la transcription aurait été, peut-être provisoirement, rendue impossible, parce qu'on aurait égaré les clefs, l'abécédaire, la syntaxe, de ces écritures criantes et opaques, transparentes et obscures, déchirantes comme les traces d'un je t'aime sur la buée d'une vitre. Il m'avait bien semblé, ce jour de novembre, rue de Bourgogne, que la clarté de tout ceci

## INÉS ALVARADO

Elle aurait appuyé son front contre la vitre et regardé la masse plus sombre des arbres, dehors, dans la nuit. Elle serait venue vers la fenêtre et aurait, machinalement, appuyé son front sur l'un des croisillons vitrés. Elle se serait levée, elle serait restée immobile, une seconde, avant de marcher vers la fenêtre d'un pas apparemment décidé. Elle aurait été assise, fixant d'un regard voilé, sur le bois patiné et meurtri de la table, l'enveloppe blanche, refermée. Elle aurait remis dans l'enveloppe blanche les trois feuillets recouverts par l'écriture minutieuse de Ramón. Elle aurait contemplé, l'un après l'autre, les feuillets recouverts de caractères cyrilliques, illisibles pour elle. Elle se serait souvenue des instructions très précises de Ramón, au sujet de cette enveloppe. Elle aurait ouvert le tiroir, elle en aurait extrait le roman de Pearl Buck dans la reliure duquel Ramón avait aménagé une fente où glisser l'enveloppe. Elle aurait eu envie d'ouvrir le tiroir, d'extraire cette enveloppe de sa cachette, de tenir entre ses doigts les minces feuillets recouverts par l'écriture pointilleuse de Ramón, comme si cette lettre qui ne lui était pas destinée, qu'elle était simplement chargée de transmettre à des inconnus, le cas échéant, par des voies extrêmement compliquées et sous un certain nombre de conditions très précises, cette lettre qu'elle ne pourrait même pas lire, à cause des caractères cyrilliques, comme si elle était pourtant le dernier message, et peut-être le plus important, que Ramón lui ait fait parvenir, la concernant davantage, malgré les apparences, que toutes les autres lettres qu'il avait pu lui envoyer, au cours de ces années. Alors, elle aurait pensé à cette enveloppe que Ramón lui avait confiée. Assise, devant la table, distraitement, elle aurait, de l'ongle de son pouce droit, soigneusement aplati le papier bleu du télégramme que Ramón lui avait envoyé d'Amsterdam, en suivant les plis du rectangle, dont la face antérieure était couverte d'une écriture appliquée, minutieuse et arrondie. Elle aurait relu le texte de ce télégramme, pour la dixième fois peut-être depuis qu'il avait été apporté, à l'heure juste et frémissante de midi, par un jeune cycliste envoyé du bureau de poste de Cabuérniga. Elle aurait regardé les mots transcrits par la plume trébuchante de la vieille dame, préposée aux télégrammes, mandats postaux et envois recommandés, dans la pièce poussiéreuse dont la fenêtre s'ouvrait sur la place de l'église, et elle n'aurait pas pu s'empêcher de sourire, une nouvelle fois, en pensant à l'étonnement prévisible de ladite, lorsqu'elle avait été amenée à reproduire les signaux électriques retransmis depuis le bureau de Santander, lorsqu'elle avait dû lire, une fois terminée la transcription, cette phrase sibylline : *Humpty-Dumpty se porte comme un charme Stop Je t'aime Ramón,* qu'elle était chargée de recopier sur le formulaire approprié de papier bleu, afin de le faire porter jusqu'à la grande maison isolée des Mercader. Elle aurait déplié le télégramme, comme si le fait de relire les quelques mots envoyés par Ramón, comme si les allusions à la santé de Humpty-Dumpty lui permettraient de comprendre comment se déroulait le voyage de son mari et, par là, de savoir ce qu'elle aurait à faire, selon les cas, comme si le fait de relire ces mots la rapprochait infiniment de Ramón, et une nouvelle fois elle aurait constaté que Humpty-Dumpty se portait comme un charme, mais cela aurait été, encore, insuffisant pour dissiper l'angoisse sourde, crissante, anguleuse, informe, insinuante, qui la remplissait depuis que Ramón avait décidé de faire ce voyage à Amsterdam. Elle aurait été, accoudée à la table, au moment où un coup de vent nocturne faisait frémir les rideaux de cretonne défraîchie, saisie par le vertige d'une certitude innommable et gluante et elle aurait porté ses mains sur son visage, dans un cri contenu, qui n'en finissait pas et qui la laissait pantelante et alors elle aurait déplié le télégramme, comme si le fait de relire les quelques mots envoyés par Ramón, comme si les allusions à la santé de Humpty-Dumpty lui permettraient de comprendre comment se déroulait le voyage de son mari et, par là, de savoir ce qu'elle aurait à faire, selon les cas, comme si le fait de relire ces mots la rapprochait infiniment de Ramón, et une nouvelle fois elle aurait constaté que Humpty-Dumpty se portait comme un charme, mais cela aurait été, encore, insuffisant pour dissiper l'angoisse sourde, crissante, anguleuse, informe, insinuante, qui la remplissait depuis que Ramón avait décidé de faire ce voyage à Amsterdam. Elle aurait regardé les mots transcrits par la plume trébuchante de la vieille dame, préposée aux télégrammes, mandats postaux et envois recommandés, dans la pièce poussiéreuse dont la fenêtre s'ouvrait sur la place de l'église, et elle n'aurait pas pu s'empêcher de sourire, une nouvelle fois, en pensant à l'étonnement prévisible de ladite, lorsqu'elle avait été amenée à reproduire les signaux électriques retransmis depuis le bureau de Santander, lorsqu'elle avait dû lire, une fois terminée la transcription, cette phrase sibylline : ***Humpty-Dumpty se porte comme un charme Stop Je t'aime Ramón,*** qu'elle était chargée de recopier sur le formulaire approprié de papier bleu, afin de le faire porter jusqu'à la grande maison isolée des Mercader. Elle aurait relu le texte de ce télégramme, pour la dixième fois peut-être depuis qu'il avait été apporté, à l'heure juste et frémissante de midi, par un jeune cycliste envoyé du bureau de poste de Cabuérniga. Assise, devant la table, distraitement, elle aurait, de l'ongle de son pouce droit, soigneusement aplati le papier bleu du télégramme que Ramón lui avait envoyé d'Amsterdam, en suivant les plis du rectangle, dont la face antérieure était couverte d'une écriture appliquée, minutieuse et arrondie. Alors, elle aurait pensé à cette enveloppe que Ramón lui avait confiée. Elle aurait eu envie d'ouvrir le tiroir, d'extraire cette enveloppe de sa cachette, de tenir entre ses doigts les minces feuillets recouverts par l'écriture pointilleuse de Ramón, comme si cette lettre qui ne lui était pas destinée, qu'elle était simplement chargée de transmettre à des inconnus, le cas échéant, par des voies extrêmement compliquées et sous un certain nombre de conditions très précises, cette lettre qu'elle ne pourrait même pas lire, à cause des caractères cyrilliques, comme si elle était pourtant le dernier message, et peut-être le plus important, que Ramón lui ait fait parvenir, la concernant davantage, malgré les apparences, que toutes les autres lettres qu'il avait pu lui envoyer, au cours de ces années. Elle aurait ouvert le tiroir, elle en aurait extrait le roman de Pearl Buck dans la reliure duquel Ramón avait aménagé une fente où glisser l'enveloppe. Elle se serait souvenue des instructions très précises de Ramón, au sujet de cette enveloppe. Elle aurait contemplé, l'un après l'autre, les feuillets recouverts de caractères cyrilliques, illisibles pour elle. Elle aurait remis dans l'enveloppe blanche les trois feuillets recouverts par l'écriture minutieuse de Ramón. Elle aurait été assise, fixant d'un regard voilé, sur le bois patiné et meurtri de la table, l'enveloppe blanche, refermée. Elle se serait levée, elle serait restée immobile, une seconde, avant de marcher vers la fenêtre d'un pas apparemment décidé. Elle serait venue vers la fenêtre et aurait, machinalement, appuyé son front sur l'un des croisillons vitrés. Elle aurait appuyé son front contre la vitre et regardé la masse plus sombre des arbres, dehors, dans la nuit.

Elle n'aurait rien vu, pourtant, qu'elle-même, pourtant, son reflet vague, pourtant, comme un visage derrière la buée, pourtant,

## FELIPE DE HOYOS

Il comprenait suffisamment l'anglais pour saisir le sens général de ce qui se disait. Les types étaient autour de lui, ils attendaient quelqu'un. Ils attendaient l'un des leurs, qui se nommait Herbert, semblait-il, et qui parlait l'espagnol, semblait-il. Il y avait eu déjà plusieurs allées et venues, des regards entre eux, inquiets ou irrités, de brèves phrases marmonnées. Herbert était introuvable, pour l'instant. Alors, ils attendaient.

Il était assis dans un fauteuil, au milieu de la pièce. L'un des types avait écarté le fauteuil de l'angle où il se trouvait, quand ils étaient entrés, pour le placer ainsi, au milieu de la pièce. Maintenant, il sentait sous les paumes de ses mains, étendues à plat sur les accoudoirs, le contact à la fois tiède et crissant du cuir griffé par l'usure. Les types ne l'avaient pas menacé. Ils n'avaient pas montré les armes dont il soupçonnait pourtant la présence, dont le jaillissement soudain, à quelque moment que ce fût, ne l'aurait pas surpris outre mesure. Ils étaient autour de lui, simplement, dans ce salon lisse, où aucun objet n'était remarquable, identifiable. Des objets, simplement.

Les types étaient parfois quatre, parfois six, selon les allées et venues que provoquait, semblait-il, la recherche de ce Herbert, dont la présence s'avérait indispensable, d'après les bribes de phrases entendues, pour le commencement de cette histoire, quelle qu'elle fût. Mais il ne distinguait plus leurs visages, derrière le halo confus et violent de la lumière d'une lampe de bureau, dont le foyer venait d'être braqué sur ses yeux.

Les types ne l'avaient pas attaché dans ce fauteuil de cuir où il s'enfonçait profondément, malgré ses tentatives pour maintenir le buste droit, mais il était convaincu de l'inutilité de tout mouvement. Aucune menace n'avait été formulée à son égard, à aucun moment. On l'avait simplement encadré, enlevé, transporté ici, sans un mot de trop, sans un geste inutile. Nul gaspillage de force, chez ces types. Justement, cette précision onctueuse et muette était plus convaincante que n'importe quel discours, quelle grimace ou vocifération. Il se tenait tranquille, il attendait, lui aussi.

Il était là, il essayait de trouver un lien entre cet événement et le reste de sa vie. Quelque chose qui justifiât, ou expliquât tout au moins, le brusque retour des violences d'autrefois. Mais ce n'était pas évident. Toute possibilité de raccorder cet instant à d'autres instants, ce danger latent à d'autres dangers, éclatants, dans le passé, semblait bien artificielle, difficilement plausible.

Il était là, il attendait Herbert, lui aussi, puisque la présence de ce dernier semblait indispensable pour le commencement de quoi que ce fût. N'importe quoi, quelque chose à quoi se raccrocher, même si c'était terrifiant.

Il avait fermé les yeux, il essayait d'y voir clair.

Le seul événement sur lequel réfléchir, dont le sens, peut-être, éclairerait tout le reste, était cette rencontre, au bistrot espagnol. Il y était allé, comme chaque fois que le cargo faisait escale à Amsterdam. Des marins y poursuivaient une discussion bruyante et confuse à propos d'une pute allemande qui aurait essayé d'escroquer l'un d'eux. Il s'en était tenu à l'écart, c'était toujours la même chose. Les personnages changeaient, à chaque voyage, mais il semblait que la même discussion se poursuivît, d'une saison à l'autre, d'une année à l'autre. Il avait l'impression d'avoir déjà entendu ces mots, ces exclamations, ces détails de plus en plus précis, à propos d'une fille toujours identique, conservant sous les apparences les plus diverses, sous la changeante couleur de peau, sous sa différente nationalité, la même essence maléfique et féminine, méprisable et glorieuse. Il s'en était écarté, installant son verre de vin, indéfiniment renouvelable, et son assiette de jambon cru et de fromage friable, à une table éloignée de tout ce brouhaha. Mais pourquoi cet homme avait-il entamé une conversation ? Le fait est que l'homme s'était brusquement retourné vers lui et avait entamé une conversation, en lui posant une question. L'homme avait parlé en russe et il avait répondu dans la même langue, machinalement. L'homme avait un regard d'une précision absolue, coupante. Il avait subi la lueur autoritaire du regard de cet homme et il avait répondu à sa question. C'est ça, il buvait du vin clairet, en grignotant le fromage et le jambon cru et il avait dû, à un moment donné (peut-être parce qu'il s'isolait de cette ambiance confuse et bruyante du bistrot) chantonner une chanson russe. L'homme s'était retourné, tout d'une pièce, une pâleur hâtive sur son visage. Son regard l'avait immobilisé dans un espace aux contours nets et précis, tranchants. Il avait eu la sensation d'une nudité violente et inépuisable. Il avait répondu en russe, machinalement, à la question posée. Pourquoi chantait-il *Souliko ?* C'était une longue histoire. L'homme lui avait alors demandé s'il était pressé. Mais non, pas du tout. Les longues histoires, ça fait passer le temps, avait dit cet homme, en rapprochant sa chaise. Il mangeait des langoustines grillées.

Ainsi, il lui avait raconté l'histoire de *Souliko,* cette chanson géorgienne. C'était une longue histoire, en effet.

Mais il perçoit un bruit d'exclamations étouffées, du mouvement, une chaise se renverse, même. Il sent qu'on marche vers lui, vers le fauteuil où il se tient. Peut-être Herbert est-il arrivé, finalement.

Il entrouvre les yeux, tout en se protégeant de la main gauche écartée de la lumière crue de la lampe. Des ombres se dressent, autour de lui, en demi-cercle. Ça va commencer.

Les types l'avaient encadré au moment où il

venait de s'engager sur la place du Nieuwmarkt. Dans la nuit, il avait senti une présence à sa gauche, une autre à sa droite, symétriques. Ensuite, ses bras et ses poignets avaient été saisis, dans une prise méticuleuse. Derrière lui, la voix d'un troisième homme a dit une phrase, en anglais, qu'il n'a pu comprendre. Il s'est senti entraîné, porté presque à bout de bras, avec une détermination silencieuse et feutrée. Une voiture est venue se garer à côté d'eux, on l'y a poussé. On lui a bandé les yeux, enfoncé un bâillon dans la bouche, serré les poignets dans des menottes d'acier. Il n'a plus été qu'une masse inerte, au fond de la voiture. Mais il n'a pas été gagné par la panique, pas du tout. Son cœur battait régulièrement, ses entrailles ne criaillaient pas, son corps n'est pas devenu moite. Malgré les ans, l'oubli, les routines de la vie, son corps a conservé la fermeté brutale et rusée d'autrefois. Ne pas bouger, ne pas gaspiller ses forces, s'y retrouver, serrer les dents, s'abstraire, attendre que le cours des choses se renverse. Les anciens réflexes ont fonctionné parfaitement. Il en aurait souri, dans sa nuit muette. Mais une image a éclaté, sans raison apparente, qui provoquait un malaise. L'homme était debout, dans la lumière des phares, appuyé contre le mur du vieux cimetière. L'homme était habillé d'un complet foncé, d'une chemise blanche, c'est ainsi qu'ils l'avaient trouvé, dans sa maison, tout prêt, très calme, comme s'il avait voulu, par cet habillement cérémonieux, souligner l'importance qu'il accordait à ce rendez-vous. L'homme était debout, dans la lumière des phares, devant la rangée de fusils braqués sur lui. L'homme a eu un geste, peut-être machinal, pour épousseter le revers de son veston. Ensuite, au moment où les fusils ont été verrouillés, dans un cliquetis métallique, il a levé le bras droit, poing fermé, dans le salut du

Front populaire. Il a brandi le poing et il a crié quelque chose, qu'on n'a pas entendu, dans le fracas de la décharge. Cette image éclate dans sa mémoire, au fond de cette automobile, à Amsterdam, trente ans après, sans raison apparente. Il voit cette image comme s'il était placé légèrement en arrière, vers la droite, de la rangée d'hommes aux fusils braqués. Comme s'il était, peut-être, auprès de l'une des voitures dont les phares allumés éclairaient la scène. Pourtant, il sait très bien qu'il faisait partie de ce peloton de fusilleurs. Il ne se voit pas parmi les hommes de cette rangée de têtes penchées pour suivre de l'œil droit la ligne de mire du fusil, mais il sait très bien qu'il en faisait partie. Il avait dix-sept ans, la plupart de ses compagnons n'en avaient guère plus. Depuis quarante-huit heures, d'une maison à l'autre, d'un village à l'autre, ils pourchassaient les Rouges. C'était une sorte de fête, fébrile et sanglante. Les uns mouraient sans un mot, méprisants et assurés. Les autres criaient, se débattaient, essayaient de fuir : on les tirait comme des sangliers aux abois. Ils étaient arrivés, aujourd'hui, dans cette vieille maison isolée, à la fin de la journée. Les voitures avaient roulé, en cahotant, dans l'allée de châtaigniers. Mais l'homme les attendait, calmement, tout habillé de noir. Il portait une chemise blanche impeccable.

Il se souvient de tout, maintenant. C'était aux environs de Cabuérniga, après la prise de Santander, à l'automne 1937.

Mais les Américains étaient autour de lui. Ils l'avaient enlevé sur le Nieuwmarkt et lorsqu'on l'avait détaché, lorsqu'on lui avait rendu la vue, l'usage de la parole, il s'était retrouvé dans une pièce banalement meublée. Ils attendaient un nommé Herbert, qui parlait l'espagnol, semblait-il. Il s'était bien gardé de leur dire qu'il connaissait suffisamment l'anglais pour répondre à leurs questions. Ça lui donnait un léger avantage sur eux, d'entendre leurs propos. On l'avait fouillé minutieusement, ses papiers avaient été épluchés. Ils avaient l'air de croire qu'ils tenaient le bon bout, ces types. Mais l'absence de Herbert les énervait. Alors, il a profité de ce répit pour essayer d'y voir clair. C'était sûrement la rencontre faite au bistrot espagnol qui était la cause de toute cette agitation. Ce n'était qu'un hasard, pourtant, et il ne voyait pas du tout quel sens ils pouvaient lui donner. Il avait chantonné *Souliko,* l'homme s'était retourné. Mais le hasard prenait les allures un peu solennelles, ou irritantes, du destin, il fallait bien le reconnaître. Trois fois l'an, il passait quelques heures dans ce bistrot espagnol, lorsque le cargo revenait des ports de la Baltique, et il avait fallu que cette fois-ci il tombe sur un compatriote qui n'était pas seulement de la même région que lui, mais qui avait en outre vécu en Russie, comme lui. Il avait chantonné cette vieille chanson géorgienne et l'homme s'était retourné, blêmissant. Une longue histoire sans doute.

Mais les Américains sont autour de lui, maintenant. Ça a l'air de commencer. Pourtant, Herbert n'est toujours pas là.

## RAMÓN MERCADER DEL RIO

Il n'aime pas les bouleaux.

Il est sorti sur le porche de la maison, au milieu de la forêt de bouleaux. Il regarde les bouleaux, dont les troncs semblent luire doucement. L'ombre de la nuit se dilue, brassée par la clarté confusément laiteuse de la lune. Non, il n'aime pas les bouleaux, il n'aimera jamais les bouleaux. Je sais, on en a fait des poèmes. Les bouleaux blancs, les bouleaux argentés, la forêt russe. Merde, mille fois merde ! Je déteste les bouleaux.

Il descend les quelques marches de bois, il s'avance vers les arbres, dans le silence poreux de la nuit. Il a quitté la salle de séjour de la *datcha,* quelques instants auparavant. Il était assis dans un fauteuil, le dos à la télévision, laissant les minutes couler en lui, comme du sable. Sa femme regardait le programme du soir, certainement éducatif. Sa femme regardait tous les programmes, chaque soir. Elle prétendait même lui en parler ensuite. Mais lui, il avait l'impression de n'être plus qu'un long objet filiforme, peut-être translucide, certainement friable, divisé en deux compartiments, et je sentais quelque chose qui pouvait être du sable, qui coulait sans cesse du compartiment supérieur dans l'inférieur, et lorsque j'avais la tête, la nuque, les épaules, la cage thoracique, vidées par cet inexorable écoulement du sable dérisoire des minutes — et parfois, cette matière granuleuse et crissante s'épaississait, devenait comme de la glu, m'embourbait les veines — lorsque j'étais vidé de toute attente, au bord d'un paroxysme, d'une rage froide, d'un hurlement, j'avais l'impression de basculer dans l'espace, et le sable du temps se remettait à couler, en sens inverse.

Il a fait un effort désespéré, il s'est arraché au fauteuil, il a marché vers la porte. La voix de sa femme, derrière lui, a demandé où il allait. Il s'est arrêté une seconde, la main sur le loquet de la porte, le cœur battant. Il aurait voulu se retourner, poser son regard mort, son regard meurtrier, sur cette ombre de femme, pour la voir se dissoudre, s'en aller en lambeaux, disparaître à tout jamais.

Debout, contre la porte, il a imaginé une seconde que cette voix de femme s'éteignait à tout jamais, qu'elle ne demanderait plus jamais où il allait, d'où il venait, à quoi il pensait, ce qu'il faisait, de quoi avait-il envie, tout ça. Il a rêvé, une seconde, au bonheur indicible de ce silence. Mais il s'est repris, il a dit qu'il n'allait nulle part. Je reviens, a-t-il dit. Et il a poussé la porte, il s'est retrouvé sur le porche, dans la nuit laiteuse des bouleaux blancs, des bouleaux argentés. La forêt russe, il a ri méchamment.

Non, je n'aime pas les bouleaux. La forêt de bouleaux, des types m'en ont parlé, parfois, des sanglots dans la voix. Bon, j'écoutais, pourquoi pas, je hochais la tête. Les bouleaux sous la neige, les bouleaux au printemps, le vent dans les bouleaux, comme une houle frémissante : une vraie chierie, rien d'autre.

Il est parmi les arbres, à présent, dans la quiétude spongieuse de cette nuit d'avril.

S'il marchait tout droit devant lui, à travers le boqueteau, il atteindrait la clôture métallique, au bout d'une dizaine de minutes. Toutes ces *datchas* étaient mises à la disposition des fonctionnaires des Services de Sécurité de l'État, et l'espace qui les entourait était clôturé, surveillé. Mais s'il tournait à droite, au bout du sentier, il pourrait marcher bien plus longtemps, avant d'atteindre la clôture. Il contournerait certaines des *datchas* voisines de la sienne. Les lumières y seraient allumées, on entendrait des rires, des voix, des chansons. Il y aurait des familles devant les appareils de télévision.

Il reste sous le couvert des arbres, immobile. Cette sorte de paix l'écœure, m'écœure, il faut bien le dire. Si j'en avais le courage, j'entrerais dans l'une quelconque de ces maisons, rien que pour voir la tête qu'ils feraient. Il y aurait du silence brusque, une gêne horrifiée et bien-pensante. Si j'en avais le courage, je prendrais une chaise, je leur parlerais. Ils n'en veulent rien savoir, c'est trop facile. Comme s'ils n'étaient pas concernés, les salauds. Je leur raconterais tout, dans le moindre détail, peut-être que certains ne tiendraient pas le coup. Tout, depuis le début, peut-être aurais-je ainsi l'impression d'exister, enfin

Six ans, déjà. Lorsqu'il avait quitté la prison de Mexico, on lui avait donné un passeport, un billet d'avion pour Cuba. A La Havane, il a attendu quelques jours. Il était dans une grande maison vide, du côté de Miramar. Les jardins voisins étaient remplis d'enfants de paysans qu'on avait fait venir dans la capitale, pour étudier. Les enfants étaient bruyants, aux heures de récréation. Il était seul, il écoutait ces voix d'enfants, sans irritation, mais sans plaisir. C'était trop lointain, de toute façon. Il n'a pas demandé à sortir, à visiter la ville, à regarder la mer, les rues, les palmiers. Rien. Il a attendu qu'on vienne le rechercher pour continuer ce voyage. Dans la cour de la maison il y avait un arbre couvert de fleurs rouges, un flamboyant. Il regardait cet arbre, il attendait que le temps passe. Il a compris alors que personne ne lui demanderait plus rien, que tout le monde ferait semblant d'ignorer ce qui était arrivé, vingt ans auparavant. Il a compris qu'il ne pourrait jamais nommer ces choses, les faire vivre hors de lui, leur donner un semblant d'existence objective. Pas du tout. On le laisserait seul avec ce souvenir, comme si ce souvenir ne concernait que lui. Il a compris qu'il entrait dans l'étendue déserte et glacée de la mort, que son silence et sa fidélité n'avaient servi à rien, qu'il ne serait pas reconnu par les siens, que personne ne voudrait partager ce sang, cette mort, cette abjection, ce don de soi. Pourtant, n'importe qui aurait pu commettre ce crime, n'importe quel militant. Il avait été choisi pour ses vertus, mais on le laisserait assumer tout seul la responsabilité de cette abnégation, cette ruse patiente, cette force de caractère, ce sacrifice total. Il n'avait plus de nom, plus de passé, plus rien que ce crime que personne ne voudrait accepter avec lui, pour ne pas avoir à le désavouer. Fini, n'en parlons plus : au compte des profits et pertes. L'histoire passerait sur ces années, les broierait, les réduirait en cendres éparses au vent. Un peu de patience, encore, ça s'effacerait. D'ailleurs, qui se souvient encore de ce crime ? A-t-on vraiment assassiné Trotsky ? Il est permis d'en douter. On peut glisser sur cet épisode, évanescent. Des monceaux de cadavres tout à fait respectables cachent ce mort solitaire et douteux. Des tonnes d'ossements qui ne soulèvent que l'horreur de la bonne conscience. Chacun y retrouvera les siens, Dieu aussi. A Oswiecim, à Hiroshima, en Sibérie, à Johannesburg, à Watts, à Hanoï, et j'en passe, chacun pourra faire son choix. Chacun pourra vivre et trouver le sens de la vie, à l'aide de ces cadavres innocents et fraternels. Voilà de l'histoire récente, des causes sérieuses, de la bonne conscience prête-à-porter. Et lui, l'homme sans nom, sans visage, ni Jacson, ni Mornard, ni même Ramón Mercader del Río, le voilà qui revient de la mort avec le poids de ce crime inutile.

Six ans, déjà. Il n'avait gardé de La Havane que l'image de cet arbre flamboyant. Mais il n'avait pas été dupe. Il avait bien compris que cet éclatement naturel, ce foisonnement rouge et vivace, ce frémissement de feuillage et de fleurs, n'étaient pas le présage d'un renouveau. Il avait bien compris que cet arbre n'était là que pour souligner l'immensité de sable qui l'attendait, comme le dernier mirage surgi dans la profondeur insondable du désert. Les types qui l'entouraient, lui apportaient à manger, lui passaient des journaux, des cigarettes, du cognac, ils étaient tous pétris dans la même pâte minérale et rugueuse : silence multiple, insaisissable et souriant. Ils n'avaient tous qu'un but, une seule obsession : qu'il ne dise rien, qu'il ne pose aucune question, qu'il accepte le déroulement inéluctable du cours des choses. On ne va pas jeter l'enfant avec l'eau du bain, n'est-ce pas ? L'enfant a grandi, il est robuste, il se tient bien à table, il est poli avec les dames, n'en demandez pas plus. D'ailleurs, ce Trotsky, ce n'est pas très catholique, avouons-le. Il n'a bonne presse nulle part, ni à Moscou, ni à Pékin, ni à Paris, ni à La Havane. C'est même le seul point sur lequel ils soient tous d'accord. Si l'on veut jeter la suspicion sur quelqu'un, sur quelque idée, il suffit d'insinuer que cette idée ou ce quelqu'un sont trotskystes, ou trotskysants, ou d'origine lointainement trotskyste. Ça suffit, pas la peine d'en dire davantage : l'adjectif remplace le concept, évite la recherche d'une définition ou d'une critique cohérente. Ce Trotsky, il n'était peut-être pas agent de la Gestapo ni de l'Intelligence Service, mais il représentait un danger, *objectivement.* Bien sûr, il y a eu des exagérations polémiques, la lutte de classes a parfois des exigences impitoyables, nous sommes payés pour le savoir. Il fallait bien qu'il comprenne à demi-mot qu'il pouvait s'estimer heureux de s'en être tiré à si bon compte. N'était-il pas vivant ? N'avait-il pas un appartement, une *datcha,* une pension de vieillesse confortable ? Beaucoup d'autres y étaient restés, aussi innocents que lui. Bien plus innocents même, car, en fin de compte, ce crime, il l'avait bien commis, n'est-ce pas ? Finalement, personne d'autre que lui n'avait franchi la porte de l'Avenida Viena, ce jour d'août. Personne d'autre que lui n'avait mis des mois à circonvenir Sylvia. Personne d'autre que lui n'avait marché, fébrile, sous la lumière diluée de l'après-midi, dans le jardin intérieur où poussaient librement des yuccas, des balisiers et des agaves. Personne d'autre que lui, et c'est bien vrai, je n'en sortirai pas. Si je refuse ce crime, je renie toute ma vie. J'aurais pu le faire, à n'importe quel moment. J'aurais pu convoquer le juge d'instruction, les journalistes, avouer mon identité, démonter publiquement les mécanismes de cette entreprise. J'aurais écrit mes mémoires, on m'aurait payé en dollars, j'aurais eu des remises de peine. Mais j'ai choisi de rester avec les miens, dans l'horreur et l'abjection, comme je l'étais avant, dans l'exaltation et le courage.

Il est dans la fraîcheur de la nuit d'avril, dans le bois de bouleaux. S'il en avait encore la force, il entrerait dans la maison la plus proche, il s'assoirait à la table et il les forcerait à l'écouter, à partager avec lui ce souvenir. L'homme et la femme auraient des visages lisses, des regards bleus, les enfants seraient blonds comme les blés, bien nourris, tout proprets. Il verrait se décomposer ces visages, se troubler ces yeux bleus. Il les obligerait à partager cette mort, ce cauchemar, qui étaient les leurs, aussi. Mais non, ils le mettraient à la porte, ils le chasseraient, ils appelleraient les gardes, les infirmiers, les commissaires, les secrétaires, les responsables de l'ordre, les ingénieurs des âmes, les organisateurs de l'avenir, les théoriciens de l'humanisme socialiste, les anciens combattants, les héros de la guerre, les orphelins, les veuves, les maréchaux d'Empire, les agitateurs, les présidents des cercles culturels, les peintres du dimanche, les poètes lyriques, les écrivains qui n'ont jamais succombé aux charmes empoisonnés du cosmopolitisme, les conquérants du cosmos, les défricheurs des terres vierges, les travailleurs de choc, les kolkhoziennes d'avant-garde, ils seraient tous là, autour de lui, l'œil sévère mais juste, droits comme des bouleaux, innocents et naïfs comme des bouleaux sous le soleil, sous le vent, la forêt russe, quelle chierie !

Il a la fièvre, il tremble, il va hurler.

Des pas résonnent, derrière lui, sur le porche. Il entend la voix de sa femme. Où es-tu ? Tu rentres ?

Il courbe les épaules, une image éclate, sauvagement. Natalia Sedova lui avait tendu un verre d'eau. Il avait bu, en s'étranglant. Natalia Sedova le regardait. Il a levé les yeux, il a compris qu'elle allait tout deviner. Il est devenu transparent, sous ce regard pâle. Il s'est forcé à soutenir ce regard fixé sur lui. Mais il ne voyait plus Natalia Sedova et celle-ci ne le voyait pas non plus, certainement. Il n'y avait plus, entre eux, que l'étendue déserte de la mort.

Tu reviens ?

Mais oui, je reviens. Je vais rentrer dans la *datcha,* j'avais juste envie de prendre l'air, je sais que les soirées sont froides, je reviens, je suis docile, je ne dirai rien, je suis mort.

Il se retourne, il crie qu'il revient, il marche vers la maison perdue dans les bouleaux de la forêt russe.

## NATACHA SEDOVA

A cinq heures, ils avaient pris le thé ensemble, comme tous les jours. A cinq heures vingt, peut-être cinq heures et demie, elle marcha jusqu'au balcon et elle vit Lev Davidovitch dans la cour intérieure, auprès d'une cabane à lapins ouverte. Il était en train de nourrir les animaux. A ses côtés se dressait une figure non familière. Elle regarda cet homme, mais c'est seulement lorsqu'il enleva son chapeau et qu'il s'avança vers le balcon qu'elle le reconnut. C'était Jacson.

« Le voilà encore, pensa-t-elle. Comment se fait-il qu'il vienne si souvent ? »

Jacson s'était rapproché, il lui disait bonjour.

— J'ai une soif terrible, pouvez-vous me donner un verre d'eau ? demanda-t-il.

— Peut-être préféreriez-vous une tasse de thé ?

— Non, non. J'ai mangé trop tard. Je sens que mon repas est encore là.

Il montra sa gorge.

— Cela m'étouffe, dit-il encore.

Son visage était gris. Il tremblait, de fatigue ou de fièvre.

— Pourquoi portez-vous un chapeau et un imperméable ? Il y a un tel soleil aujourd'hui.

Son imperméable pendait sur son bras gauche et il le serrait le long de son corps.

— Cela ne va pas durer, il va pleuvoir, dit Jacson.

Elle faillit répondre qu'il ne pleuvrait pas, aujourd'hui. Mais elle ne dit rien, sans raison apparente.

— Comment va Sylvia ? demanda-t-elle, par contre.

Il parut ne pas comprendre. Il était complètement désemparé. Finalement, comme s'il s'éveillait d'un profond sommeil, il répondit : « Sylvia ? Sylvia ? » Et, se reprenant, il ajouta d'un air indifférent : « Elle va toujours bien. »

Ensuite, ils se regardèrent, longuement.









# IV

On aurait pu avoir l'impression, excitante et trouble, du déjà vécu, de la répétition.

Il était de nouveau midi, le vent allait se lever sur les eucalyptus et les châtaigniers. Sonsoles, sur la terrasse de sable, venait de s'écarter de sa mère. Assises sur le même banc, elles avaient lu quelques pages du *Nursery Rhyme Book*, et Inés avait repris sa fille, à l'occasion, pour lui faire répéter un mot qu'elle aurait mal prononcé. Ensuite, comme à l'habitude, Sonsoles avait voulu revenir à cette comptine qu'elle préférait, et par laquelle se terminerait toujours le cycle des lectures. Une fois encore, Inés avait dû raconter l'histoire du personnage à face d'œuf, qui se tenait sur un mur et ferait une grande chute. Et Sonsoles venait de s'écarter de sa mère, elle sautillait sur la terrasse de sable, en chantant d'une voix aiguë,

*Humpty-Dumpty sat on a wall*
*Humpty-Dumpty had a great fall*
*All the King's horses and all the King's men*
*Couldn't put Humpty together again.*

Alors, il était midi, le vent allait se lever, avec un sourd frémissement des plus hautes branches feuillues. Alors, on entendait le timbre de la bicyclette que le jeune garçon de Cabuérniga faisait rouler à toute allure, dans l'allée de châtaigniers. Alors, tante Adela apparaissait, sur la véranda, et Remedios aussi, à la porte de la cuisine, plus loin. Alors, comme dans toute machinerie dramatique bien agencée, le décor et les personnages étaient prêts à accueillir le messager du destin. Alors, le jeune cycliste arrivait sur l'esplanade et il cessait de faire marcher le timbre de son engin, pour agiter de la main gauche le rectangle bleu du télégramme.

— *Telegrama, telegrama !* criait-il, d'une voix qui muait.

Inés s'avançait vers lui, prenait le télégramme, lui donnait une pièce.

— Alors ? demandait tante Adela.

Le jeune cycliste s'éloignait, pédalant en danseuse. Inés avait déplié le télégramme, elle levait la tête.

— Alors, ça va bien. Il s'ennuie de nous, disait-elle.

Mais sa voix n'était pas enjouée. Elle allait se rasseoir sur le banc. Tante Adela l'avait regardée, en remontant le châle de lainage blanc sur ses épaules. Elle avait fait deux pas et j'aurais souhaité qu'elle rentre dans la maison, qu'elle ne vienne pas vers moi, qu'elle me laisse seule. Mais elle descendait les marches de la véranda, elle s'approchait, circonspecte.

— C'est dommage qu'il n'ait pas pu nous rejoindre, aujourd'hui, disait tante Adela.

Je hochais la tête.

— Le jour de son anniversaire, précisait tante Adela.

Je hochais la tête, je ne disais rien, comme si le regret de cette absence de Ramón, le jour de son anniversaire, ne nécessitât pas, par son évidence même, d'être souligné.

Tante Adela s'asseyait sur le banc. Rien ne pourrait plus l'empêcher de parler, je le savais.

Elle avait remonté le châle sur ses épaules, elle avait traversé un espace d'ombre et de soleil, alternés, et elle était venue près de moi. Elle parlerait, désormais. Je savais bien qu'elle ne s'adresserait pas à moi en particulier. Peut-être aurait-elle parlé à n'importe qui. Peut-être même n'aurait-elle eu besoin de personne, pour venir s'asseoir sur ce banc et laisser sa mémoire parler à voix haute. Mais j'étais là, je venais de recevoir un télégramme de Ramón, dont c'était en ce jour l'anniversaire, elle s'adresserait à moi.

C'est-à-dire, elle s'adresserait à mon silence, à ma résignation parfois horrifiée.

— « Tu sais, je me suis souvenue », disait tante Adela, et le soleil était maintenant à l'aplomb de la maison, dans un ciel d'un bleu très dense. « Je savais bien que je me souviendrais, d'ailleurs. Cela ne t'arrive pas, aussi ? Tu sais que tu as oublié quelque chose, un détail, un événement qui concerne quelqu'un, et tu es sûre que ça va revenir. Tu n'as même pas besoin de chercher, de faire un effort. Ça va revenir, tout simplement. Hier, quand nous regardions cet album de photos — ça faisait des années que je ne l'avais pas feuilleté, vraiment, je crois que la dernière fois c'était avec Ramón, quand il est arrivé de Russie, je crois bien — j'étais sûre qu'il y avait autre chose, un autre souvenir, à propos de Semprún Gurrea, » et je n'avais pas la moindre idée de qui elle parlait, une nouvelle fois j'étais saisie par le vertige de cette mémoire cotonneuse, étrangère, où des cadavres sans fin flottaient au fil des songes —

« car la photo du Sardinero datait de 1931, tu t'en souviens ? à cette époque il était gouverneur civil de la province, tu sais bien, la photo devant ce massif d'azalées, au Sardinero ? »

— oui, je m'en souvenais, elle m'en avait parlé longuement, hier —

« c'était en septembre, Sonsoles n'avait pas pu venir — pas ta fille, bien sûr, ta belle-mère — et Semprún Gurrea est rentré à Madrid, peu de temps après, et il écrivait parfois, mon frère lui répondait, et sa femme, celle de Semprún Gurrea, je veux dire, est morte au printemps suivant, mais ce n'est pas du tout de ça que je voulais te parler, non, je savais bien qu'il y avait un autre souvenir : lorsque la guerre a éclaté, en 1936, au mois d'août de cette année-là, Semprún Gurrea est revenu à Santander ; il était en vacances, quelque part au Pays basque ; alors, il est venu à Santander, parler à la radio, un appel à la lutte contre les rebelles — bon, voilà que je dis encore *les rebelles,* ils sont au pouvoir depuis trente ans et c'est les nôtres qu'ils ont jugés pour rébellion, mais c'est ainsi que l'on disait, à cette époque-là, tu n'étais pas encore née, tu ne peux pas savoir, *les rebelles,* ils s'étaient bien soulevés contre un gouvernement légitime, n'est-ce pas ? — Semprún Gurrea est venu parler à la radio, et ils se sont retrouvés, mon frère et lui, c'est-à-dire ton beau-père, à cette occasion, je crois même qu'il a couché à la maison, une nuit, oui, c'est sûrement ça, j'ai le souvenir d'une longue conversation, jusqu'à l'aube, avant qu'il ne reparte en auto vers ce lieu de vacances où la guerre l'avait surpris, au Pays basque »

— et je me demande où elle voulait en venir, mais elle ne voulait en venir nulle part, certainement, elle évoquait des souvenirs, et je savais bien qu'au bout de toute cette atroce mémoire, comme un papillon de nuit se brûlant aux feux d'une lampe, elle viendrait se jeter, la gorge sèche, les mains moites et tremblantes, contre cette image ineffaçable du pan de mur éclairé par les phares des automobiles, dans l'enclos du vieux cimetière où le père de Ramón avait été fusillé, je savais bien —

« je me demande ce qu'il est devenu, je n'ai plus jamais entendu parler de lui »

—

— et j'écoutais tante Adela, tout en froissant entre mes doigts le papier bleu du télégramme dont je me répétais les mots, à voix basse, comme s'il s'était agi d'une nouvelle version de cette comptine que Sonsoles chantonnait, tout à l'heure.

O'Leary regardait les photocopies des deux télégrammes. Il ne pouvait s'empêcher de sourire.

La lampe était restée allumée, dans le bureau de Floyd, ça faisait comme une tache d'un jaune pâli, au milieu de la lumière terne du petit matin.

Le premier télégramme avait été déposé par Ramón Mercader au bureau de l'hôtel, le 13 avril, jour de son arrivée. « Humpty-Dumpty se porte comme un charme Stop Je t'aime Ramón. » Le deuxième télégramme avait été déposé le lendemain, 14 avril, à la même heure. « Date retour non encore fixée Stop Humpty-Dumpty s'ennuie de vous Ramón. »

O'Leary déposait les photocopies sur le bureau de Floyd, il ne pouvait s'empêcher de sourire.

— C'est peut-être une coïncidence, disait-il, doucement.

Floyd restait impassible, George Kanin ricanait. Quant à Chuck Folkes, il ne disait rien, mais Chuck Folkes ne disait jamais rien, dans des cas semblables.

— Peut-être ce type a-t-il une petite fille à laquelle il raconte les aventures de Humpty-Dumpty ? Ça arrive, disait O'Leary.

George Kanin haussait les épaules.

— Et la disparition de Hentoff, c'est aussi une coïncidence ? disait-il. Non, ce salaud connaissait même le nom de code de cette opération.

Il se tournait vers Floyd, rageusement.

— Au fait, qu'étions-nous censés obtenir ?

Floyd ne réagissait pas, les épaules voûtées.

O'Leary avait repris les photocopies. Ils attendaient des nouvelles de Hentoff, lorsque Chuck Folkes était arrivé, à l'aube, avec les télégrammes. Mais ça ne collait pas du tout, cette histoire. « Humpty-Dumpty se porte comme un charme Stop Je t'aime Ramón. » Ça ne collait pas du tout. Si Mercader connaissait le nom de code de cette opération, il n'irait pas le crier sur les toits, c'était idiot. S'il connaissait le nom de code, c'est que les services adverses étaient bien renseignés. Et s'ils l'étaient, Mercader devait savoir que tous ses faits et gestes allaient être enregistrés, filmés, transcrits sur cartes perforées. Il ne se serait pas amusé à proclamer ce nom de Humpty-Dumpty, pour leur donner l'éveil. Il fallait, bien au contraire, qu'il continue de faire semblant de tout ignorer, pour mieux filer entre leurs doigts. Il y était parvenu, d'ailleurs. Alors, ça ne collait pas du tout, ces télégrammes. « Date retour non encore fixée Stop Humpty-Dumpty s'ennuie de vous Ramón. » Non, pas du tout, il devait bien s'agir d'une coïncidence. Le fonctionnaire du Centre qui avait choisi ce nom de code imbécile devait avoir, comme Mercader, une petite fille à laquelle il apprenait à lire dans un recueil de *nursery rhymes*. C'est aussi bête que ça. Au moment de décider quel nom de code donner à cette opération compliquée, ce type s'était souvenu de Humpty-Dumpty, et ce n'était pas si mal imaginé, finalement. Ils étaient bien tous des *humptys-dumptys,* avec leurs grosses têtes d'œufs pleines de bruit et de fureur, toujours sur le point de faire une chute mortelle. Ce n'était pas si mal trouvé, ce nom de code, finalement.

— C'est quoi, Cabuérniga ? demandait Kanin.

— C'était dans le dossier, c'est la maison familiale des Mercader.

La voix de Floyd avait été sèche.

— Alors, sa femme est dans le coup, disait Kanin. Elle sert de relais, c'est sûr.

Floyd ouvrait la bouche, mais il se ravisait, ne disait rien, haussait les épaules.

Il avait eu envie de remettre Kanin à sa place. Cette hypothèse concernant la femme de Mercader, il l'avait déjà envisagée et les bureaux de Madrid étaient alertés depuis une heure. Il n'avait nul besoin des conseils ou suggestions de Kanin. Mais il ne voulait pas le brusquer. Il croyait bien connaître George Kanin et, pourtant, cet homme lui posait un problème. A la Pinacothèque de Dresde, il avait failli se faire accrocher, quelques semaines auparavant, d'une façon inadmissible. Et cette nuit, il avait laissé échapper le marin espagnol que Mercader avait contacté, dans le bistrot derrière le Zeedijk. George Kanin était un agent de tout premier ordre, il n'aurait jamais dû se laisser manœuvrer de cette façon. Peut-être était-ce simplement l'usure inévitable, le premier signe de cette baisse de forme qui finit toujours par se produire et qui exige la retraite de l'agent en question vers une activité plus sédentaire. Floyd essayait de faire le compte des années que Kanin avait passées dans la branche opérationnelle de la Section-Est. Oui, un bail. Mais peut-être s'agissait-il de tout autre chose. Un agent peut toujours être retourné, soumis à une pression ou à un chantage qui commencent par infléchir son activité, avant de le livrer pieds et poings liés aux services adverses. Il allait se mettre sur cette affaire, Floyd. Il allait éplucher le dossier de Kanin, il allait passer au peigne fin chacun de ses faits et gestes, depuis six mois. Il remonterait même plus loin dans le passé, si cela s'avérait nécessaire. Une étrange émotion l'envahissait, comme une chaleur montant le long de ses veines, surgie au fond de ses entrailles : une sourde excitation. Le mal était partout, il était payé pour le savoir. Il allait dépister ce mal, cette pourriture possible, pour y porter le fer rouge. Des images confuses et violentes traversaient son esprit, mais il se reprenait. Il ne fallait pas que Kanin fût sur ses gardes.

Un voyant lumineux se mettait à clignoter, sur le bureau de Floyd. Celui-ci décrochait un appareil téléphonique.

— Je viens, disait-il, au bout d'un instant.

Il remontait ses lunettes d'écaille, il partait.

Kanin était tassé dans son fauteuil, Chuck Folkes regardait par la fenêtre. O'Leary avait remis les photocopies des télégrammes à leur place, il marchait vers la bibliothèque vitrée de Floyd, en chantonnant cette comptine. Il voulait savoir ce que la *Britannica* avait à dire, à propos de Humpty-Dumpty.

Il ouvrait le tome XI de la *Britannica* (de *Halicar à Impala*), mais il n'y trouvait nulle référence à Humpty-Dumpty. Il y trouvait *Humperdinck, Engelbert* (1854-1921), compositeur allemand connu pour un opéra enfantin, *Hänsel und Gretel.* Il y trouvait *Humphrey, Doris* (1895-1958), danseuse et chorégraphe américaine, et aussi *Humphrey, Hubert Horatio* (1911-    ), qui ne lui était pas tout à fait inconnu, puisqu'il s'agissait du vice-président des États-Unis. Mais pas de Humpty-Dumpty, dans l'Encyclopédie Britannique. Il en éprouvait une vague déception, comme si l'absence de ce personnage dans les pages de cette somme du savoir universel était le signe du manque de sérieux de toute cette histoire. Mais peut-être fallait-il faire un détour. Il remettait à sa place le tome XI et il prenait en main le tome XVI (de *Napoléon* à *Ozonolysis*). Bien sûr, ça y était : la *Britannica* ne pouvait pas totalement le décevoir. A la page 790, il trouvait l'article sur les NURSERY AND COUNTING-OUT RHYMES, qui faisait le point de la question. Il y apprenait même que, dans certains cas — et cette comptine de *Humpty Dumpty,* popularisée par Lewis Carroll en 1872 (*Through the Looking-Glass*), faisait partie des cas expressément mentionnés — les mêmes rimailleries enfantines se retrouvaient, identiques quant à leur rythme et leur sonorité, dans différents pays d'Europe.

Il remettait en place le tome XVI de la *Britannica.*

Un instant, il imaginait ce Humpty-Dumpty, les narguant en plusieurs langues, d'un bout de l'Europe à l'autre, alors qu'ils seraient lancés d'un bout à l'autre de l'Europe à la poursuite de Ramõn Mercader.

Pourtant, ce n'était pas aussi simple.

Même si cette histoire de Humpty-Dumpty n'était qu'une coïncidence, Mercader avait bel et bien été sur ses gardes. A la première occasion propice, il avait réussi à leur filer entre les doigts.

— T'as une idée de tout ce merdier, O'Leary ?

Il entend la voix de Chuck Folkes. Il se retourne. Oui, bien sûr, il a une idée de tout ce merdier.

— Bien sûr que j'ai une idée de tout ce merdier, dit-il.

— Alors, vas-y, dit Chuck, car je n'y comprends rien.

— Tu n'es pas payé pour comprendre, Chuck, mais pour écouter aux portes, lui dit-il.

Chuck Folkes hausse les épaules.

— C'est ça, dit-il. Fais-nous ton numéro irlandais, si ça t'amuse, mais raconte.

O'Leary fait quelques pas, il s'assied à la place de Floyd. Kanin est affalé dans un fauteuil, il a l'air absent. Mais il se fout de Kanin, il a envie de parler de cette histoire, ça l'aidera à y voir plus clair. Il y va donc, de son numéro irlandais.

— C'est une affaire d'apparence banale (je dirais même, d'une banalité écœurante) et pourtant, si on y réfléchit un peu, elle présente des anomalies passionnantes.

Il allume une cigarette.

Sur le bureau de Floyd, un petit bout de papier a dû être oublié. Il prend le petit bout de papier et y jette un coup d'œil. Floyd a écrit cinq mots, sur ce petit rectangle de papier. En haut, à gauche, il a écrit deux prénoms, Ramón, Inés, cerclés d'un trait de crayon à feutre. Plus bas, vers la droite, il a écrit deux noms de villes, Zurich, Amsterdam, qu'il a soulignés. Finalement, au milieu de la page, tout à fait en bas, en lettres capitales, il a écrit TRAÎTRE.

Ramón et Inés, c'est facile à comprendre. Lorsqu'il a reçu les photocopies des télégrammes envoyés par Mercader, Floyd a dû penser au rôle possible joué par sa femme, dans cette histoire. C'est ça, il a réfléchi là-dessus, il a dû prévenir les bureaux de Madrid, et il a écrit machinalement Ramón, Inés : pas de problème. Zurich et Amsterdam, c'est assez simple, aussi. Ce sont sûrement des villes où Mercader peut établir des contacts. Ils sont à Amsterdam, mais peut-être que toute cette histoire va-t-elle se déplacer à Zurich, maintenant que

Mercader a réussi à disparaître. Et puis, il a écrit TRAÎTRE. Bien sûr, il y a toujours un traître. C'est le mot le plus banal, dans ce genre d'affaires. Un traître, cherchez le traître. Mais il est vraisemblable que Floyd a une idée plus précise, à ce propos.

— Alors ? dit Folkes, tu rêves ou tu racontes ?

Il repousse le petit rectangle de papier à la place où il se trouvait, sous le calendrier. Il parle, ensuite, c'est-à-dire, il se met à penser à haute voix.

— Première anomalie : le travail, apparemment, n'est qu'une banale opération de surveillance et de filature. L'équipe locale en Hollande aurait dû suffire, n'est-ce pas ? Qu'on fasse venir aussi Hentoff, bon, à la rigueur. Il a commencé l'affaire, en Espagne, ça peut se comprendre. Mais, pour un travail aussi banal, aussi dérisoire, le Centre fait appel à toi, à Kanin et à moi. L'ordre d'énumération ne voulant pas dire que je me considère moins important que vous deux, bien entendu !

Chuck Folkes grimace un sourire jaune. Kanin n'a toujours pas bougé.

— On nous fait donc venir des quatre coins de l'Europe pour filer à Amsterdam un homme d'affaires espagnol qui passe sa vie dans les restaurants, les musées, ou alors à discuter des contrats qui ne présentent aucun intérêt particulier pour nous. Voilà l'anomalie. D'où je tire deux conclusions. D'abord, que Mercader n'est pas n'importe qui. Ensuite que le Centre attache à cette affaire une importance très spéciale, malgré les apparences.

Kanin a quand même fini par dresser l'oreille.

— Bien, dit O'Leary. Poursuivons, comme dirait l'autre.

— Quel autre ? demande Folkes, toujours méticuleux.

Mais O'Leary poursuit.

— Deuxième point : si j'en juge par les éléments

du dossier, et aussi par les bavardages de Hentoff, c'est sur des instructions directement venues du Centre que cette affaire a commencé, il y a un mois. Ainsi, ce n'est pas le travail habituel de nos services en Espagne qui a permis de découvrir une filière soviétique et de la remonter jusqu'au chef de réseau. Mercader a été livré par le Centre, tout ficelé. Ça signifie quoi ?

Il laisse la question en suspens, bien sûr, car ils savent tous très bien ce que cela signifie.

Maintenant, Kanin était complètement réveillé. Il se redressait même sur son fauteuil.

— Donc, dit O'Leary, le Centre a reçu une information des services adverses. Et là, deux hypothèses se présentent.

Il aspire une longue bouffée de sa cigarette. C'est vrai que ça devient très clair, cette histoire.

— Première hypothèse : un agent important du K.G.B. est passé chez nous, d'une façon ou de l'autre. Et je dis important, parce que tous les détails de cette affaire indiquent qu'elle se passe au niveau le plus élevé. Le type, donc, a livré quelques noms. Ça expliquerait pourquoi nous essayons de démanteler ce réseau espagnol à partir du sommet. Le type connaissait les noms et les identités de quelques agents responsables, dans un secteur déterminé. Mais il ne savait rien de la structure même des réseaux locaux, c'est la logique même.

Il se fait un bref silence. Les deux autres hochent la tête. Ils réfléchissent à cette logique même.

— On peut donc supposer, dit O'Leary, que le type du K.G.B. a livré Mercader. Si c'est ainsi, celui-ci est un homme perdu. Nous le tenons et les Russes, de leur côté, ont sûrement coupé tout contact avec lui, pour qu'il s'enfonce tout seul, avec le minimum de dégâts. Dans ce cas, le voyage de Mercader serait une tentative désespérée pour renouer. Mais il ne va trouver que le vide : toutes les boîtes aux lettres auront été changées, tout le système de transmission supprimé. Nous n'aurons plus qu'à le cueillir, le moment venu.

Il s'arrête un instant, il se souvient du regard de Ramón Mercader.

— Ça ne donnera pas grand-chose, j'imagine. Car je doute qu'on le fasse parler.

Il a dit ça pour lui-même, mais Kanin hoche la tête, comme s'il approuvait.

— Il y a une deuxième hypothèse, pourtant, dit O'Leary.

Kanin et Folkes étaient sûrement en train de faire le même raisonnement que lui, désormais. Ce qu'il allait dire, ils étaient déjà en train de le penser eux-mêmes.

— Une deuxième hypothèse : l'informateur du Centre n'est pas un agent du K.G.B. qui soit passé chez nous, mais quelqu'un qui continue de travailler au K.G.B. Si c'est ainsi — et personnellement je pencherais vers cette deuxième hypothèse — le jeu du Centre devient beaucoup plus complexe. En fait, c'est une histoire explosive. Car il faut utiliser les renseignements obtenus, tout en préservant leur source. Je dirais même : en la préservant par-dessus tout. Certains renseignements ne devront même pas être utilisés, dans ce contexte : il ne faut pas qu'on brûle cet informateur, quoi qu'il arrive. C'est un genre d'oiseau assez rare, nous sommes payés pour le savoir. Vous vous rendez compte ? Un fonctionnaire supérieur du K.G.B. qui travaille pour nous !

Il y a encore une seconde de silence. Ils hochent la tête, ils se rendent compte.

— Alors, il faut que Mercader ne soupçonne pas une seconde qu'il est surveillé. Au moindre faux pas, il peut faire tout seul le même raisonnement que nous sommes en train de faire. Et, s'il prévient

Moscou, notre agent au sein du K.G.B. sautera, tôt ou tard.

Maintenant, on dirait même qu'ils retiennent leur souffle, Kanin et Folkes. Le numéro irlandais a l'air de très bien marcher.

— Et nous en arrivons au troisième point anormal de toute cette affaire, leur dit O'Leary. Car Mercader, étant donné les conditions dans lesquelles son identité a été connue par le Centre, Mercader ne devrait se douter de rien. Et pourtant, même avant sa disparition de cette nuit, il a beau avoir été suivi, à Madrid, filmé, couché sur bande magnétique, rien de rien : aucun résultat. Il sort blanc comme neige d'un mois de surveillance.

La silhouette massive de Kanin se déplace en avant.

— Pourquoi, à ton avis ? demande-t-il.

O'Leary écrase le mégot de sa cigarette, soigneusement.

— Je ne sais pas. Une imprudence a dû être commise, en Espagne. Hentoff est un jeune chien, il a dû sous-estimer Mercader.

Il y a encore du silence.

— Et maintenant ? demande Folkes.

— Maintenant, dit Kanin, il a gagné quelques heures sur nous. Il doit essayer de se mettre en rapport avec le K.G.B., pour raconter toute l'histoire.

— Et nous ? demande Folkes.

Subitement, O'Leary croit comprendre pourquoi Floyd a écrit le mot TRAÎTRE, sur le petit morceau de papier.

— Nous ? dit Kanin. Il ne nous reste qu'une chose à faire : essayer de le rattraper avant qu'il ne prenne contact. L'empêcher de parler.

O'Leary hoche la tête, machinalement. Mais c'est clair, voyons ! Traître, bien sûr.

— Il y a une autre solution, dit-il.

Ils le regardent, mais la porte s'ouvre, derrière lui. Floyd est revenu.

— Vous tenez une conférence de presse, O'Leary ? dit-il, d'une voix rêche.

Il ne répond pas, il se lève, il cède la place à Floyd.

Celui-ci joue avec un crayon, il remonte ses lunettes d'écaille.

— J'ai reçu des instructions, dit-il.

Ils ne disent rien, ils attendent les instructions.

— A partir de cette minute, l'équipe est dissoute. Je vais informer chacun de vous individuellement des consignes reçues, dit Floyd.

Il prend le morceau de papier qui traînait sur son bureau. Il le regarde, le froisse, le serre dans sa main droite fermée.

— Je commence par vous, O'Leary, dit-il.

O'Leary est sensible à cet honneur, il fait une sorte de révérence. Kanin et Folkes se lèvent, pour quitter le bureau.

— Un instant, messieurs, dit Floyd, d'une voix égale.

Ils s'arrêtent.

— La voiture de Herbert Hentoff a été repêchée dans un canal, à l'aube. Hentoff est mort noyé.

Il remonte encore ses lunettes.

— Apparemment, il conduisait en état d'ivresse et il a manqué un tournant. Telle est la conclusion de la police hollandaise, tout au moins.

Voilà, ils peuvent partir. Ils partent.

O'Leary regarde Floyd, qui regarde dans le vague.

— Avouez que c'est quand même insensé, dit-il.

— Quoi donc ?

O'Leary se souvient de cette photo prise à Madrid. Le regard d'Inés sur le visage de Ramón, à la terrasse d'un café, parmi les arbres.

— Que ce type s'appelle aussi Ramón Mercader, dit-il.

Mais Floyd fait un geste de la main.

— Il ne s'appelle pas du tout comme ça, dit Floyd, calmement.

O'Leary en reste béat.

— Il a pris la place d'un mort, c'est tout.

La place d'un mort ? Peut-être est-ce la nuit sans sommeil, mais un frisson remonte le long de sa colonne vertébrale.

— Je ne sais pas pourquoi je vous dis ça, d'ailleurs, dit Floyd.

O'Leary hausse les épaules.

— Mais si, vous savez très bien. Il y a toujours une raison pour laquelle vous dites ce qu'il ne faut pas dire.

Floyd se penche en avant, il coupe court aux élucubrations psychologiques.

— C'est la partie la plus serrée de votre carrière, O'Leary, dit-il, d'une voix étrangement excitée.

— On me dit ça à chaque fois, Floyd, lui dit-il. Mais c'est peut-être vrai, cette fois-ci.

Henk Moedenhuik regardait les jambes de Béatrice.

Une tiédeur le gagnait, avec de brusques brûlures d'étoile filante sous les paupières mi-closes. Il faisait un effort, il déposait la tasse à café vide sur une table basse. Il regardait les jambes de Béatrice.

Les jambes étaient croisées, découvertes jusqu'au seuil même de l'ombre, de la fraîcheur et de l'orage. Le pied droit se balançait légèrement.

Il se pencherait en avant, saisirait cette cheville entre les doigts de sa main gauche, pour soulever la jambe droite de Béatrice et l'écarter. Béatrice le regarderait, alors, d'un œil de porcelaine embuée, et elle s'ouvrirait le plus largement possible à la caresse de ses mains. Il y aurait le silence de la maison, fait de frémissements assourdis, et le silence de Béatrice, docile, ouverte et moite, jusqu'à la brusque crispation haletante. Mais il fallait d'abord saisir cette cheville entre les doigts serrés de sa main gauche, pour écarter les jambes de Béatrice.

Henk Moedenhuik écrasait sa cigarette, il se penchait en avant.

Une sonnette retentissait. Béatrice respirait avec un léger sifflement. Ils se regardaient.

— Tu attends quelqu'un ? demandait-il.

Béatrice hochait la tête, elle n'attendait personne.

Ils ne tardaient pas à savoir. On frappait à la porte, la porte s'ouvrait, Franz Schilthuis entrait dans le salon.

Mais non, voyons, il ne dérangeait pas, quelle idée ! on était ravi de le voir. Voulait-il une tasse de café ? Franz Schilthuis en voulait bien. Béatrice s'affairait, appelait une domestique, demandait qu'on fasse du café frais. Elle sortait des verres, des bouteilles.

Franz Schilthuis ? Ils le rencontraient parfois dans un restaurant, au fumoir d'un théâtre. Béatrice se demandait s'il était déjà venu dîner chez elle, depuis son mariage avec Henk. Elle ne s'en souvenait pas. Non, sûrement pas. Henk et lui se retrouvaient une fois l'an, à la soirée commémorative du réseau. Une fois l'an, pas davantage. Pourtant, elle croyait savoir qu'ils avaient été très liés, dans leur jeunesse. Mais il semblait que Schilthuis avait des occupations officielles et réservées, depuis qu'il avait fait carrière dans le renseignement, à l'époque de la résistance antinazie. Henk n'avait plus le désir de le fréquenter, semblait-il. Enfin, elle croyait avoir compris cela.

Ils étaient là, ils parlaient de tout et de rien. Le tout et le rien sont le sel des conversations distinguées. Moedenhuik se demandait pourtant ce que l'autre lui voulait, quelle urgence avait pu le pousser à enfreindre ainsi toutes les règles de la courtoisie. S'amener chez les gens, après le déjeuner, sans crier gare, et Schilthuis ne s'en excusait même pas. Moedenhuik était vaguement irrité.

Le tout et le rien s'étaient provisoirement épuisés. Ils ne parlaient plus, ils remuaient les cuillers dans les tasses à café.

— Tu te souviens du professeur Brouwer ? demandait Moedenhuik, tout à coup.

L'autre levait les yeux.

— L'hispaniste ? demandait-il.

Moedenhuik hochait la tête.

— Oui, disait-il, celui qui est mort en faisant sauter une caserne allemande.

Schilthuis le regardait, impassible.

— La dernière fois qu'on l'a vu, nous étions ensemble, ajoutait Moedenhuik.

Franz Schilthuis avait l'air agacé par ce rappel du passé. Mais il se reprenait, il parlait d'une voix égale, sur un ton poliment intéressé.

— Ah oui ? C'est bien possible. Mais c'est une vieille histoire, non ?

— Hier, ça a fait vingt-huit ans, jour pour jour, disait Moedenhuik.

— Hier ?

— Hier, 14 avril, pour la fête de la République espagnole.

Franz Schilthuis passait la main sur son visage.

— Je ne me souviens plus, disait-il, d'une voix brève.

Mais Henk Moedenhuik se souvenait de tout, maintenant.

Ils étaient arrivés dans cette maison du Plein 1813 vers la fin de l'après-midi. Au-delà de la grille, ils avaient marché dans l'allée carrossable, jusqu'à la porte principale de la Légation. Le parc s'étendait derrière le bâtiment et on apercevait un court de tennis, tout au fond, entre les arbres. Les murs de l'antichambre étaient recouverts, à mi-hauteur, de mosaïque bleue. A gauche, un bureau avait été aménagé en vestiaire. Ils y déposaient leurs imperméables. Ensuite, on parvenait dans une immense pièce centrale, éclairée par une verrière multicolore. Un escalier montait jusqu'à la galerie à arcades du premier étage, sur laquelle s'ouvraient les portes des chambres, certainement. A droite et à gauche de cette pièce centrale, où le buffet avait été dressé, deux salons permettaient aux invités de circuler, ou bien de se regrouper sur des fauteuils et des canapés, autour des tables basses. Les croisées de l'un des deux salons donnaient sur le Plein 1813, celles de l'autre sur les pelouses du parc. Le professeur Brouwer parlait avec le Chargé d'Affaires dans le premier salon, celui de gauche, dont les fenêtres donnaient sur la place. Brouwer les avait vus, il s'était approché d'eux. « Je vais vous présenter au Chargé d'Affaires », avait-il dit. Le Chargé d'Affaires se tenait debout, immobile, dans la lumière latérale d'un soleil pâle. C'était un homme grand et maigre, un peu voûté, au profil en bec d'aigle, au regard désemparé.

— Brouwer nous a présentés au Chargé d'Affaires, disait Moedenhuik.

Il avait ensuite un rire bref, peut-être grinçant.

— Tu te souviens ? Nous voulions lui parler de l'assassinat de Nin, ajoutait Moedenhuik.

Visiblement, Franz Schilthuis ne se souvenait plus de rien.

Avant-hier soir, au *Bali,* Moedenhuik avait parlé du professeur Brouwer à Ramón Mercader. Pourquoi, au fait ? Bien sûr, il y avait l'Espagne, c'était un terreau commun de mémoire et de rêve. Mais il y avait certainement d'autres causes, moins évidentes. Le nom même de Mercader y était pour beaucoup, certainement, comme si le rappel involontaire et constant de l'assassinat de Coyoacán que ce nom provoquait l'avait conduit, lui, Moedenhuik, à cet autre souvenir enfoui, et vague, du crime commis par le jeune Brouwer, longuement expié, comme on dit, dans une prison hollandaise, mais dont la sourde présence rayonnante marquait encore, des dizaines d'années plus tard, d'une auréole inquiétante, la figure calme et parfaitement anodine, à première vue, du professeur. En tout cas, Henk Moedenhuik avait bel et bien retrouvé cet article de Brouwer dont il avait parlé à Mercader. « Conversation d'outre-tombe avec Miguel de Unamuno », c'était bien ça. Dans le même dossier, soigneusement rangés par ordre chronologique, il y avait des dizaines de coupures de presse, des articles de revues, des photos, de cette même époque de la guerre d'Espagne. Moedenhuik s'y était replongé, avec une émotion fiévreuse. C'est ainsi, par le truchement ironique et distant de tous ces morceaux jaunis de papier, qu'il avait retrouvé le nom du Chargé d'Affaires de la République espagnole, dont il avait conservé certaines déclarations à la presse, et même un long essai publié dans une revue française, *Esprit,* qui avait pour titre « L'Espagne, cette inconnue... » Le Chargé d'Affaires s'était appelé José María de Semprún y Gurrea, et il avait semblé à Moedenhuik que la sonorité à la fois gutturale et compassée de ce nom s'accordait parfaitement avec l'image qu'il en conservait dans sa mémoire : cette sèche et longue silhouette, ce profil aigu et osseux, ce regard tantôt désemparé, tantôt précis et chaleureux. Ce désespoir, sensible, cette sombre angoisse, sous l'apparence et le geste parfaitement courtois.

Mais, visiblement, Schilthuis ne voulait plus se souvenir de rien.

— Justement, disait Moedenhuik, j'en parlais l'autre soir avec un ami espagnol.

Le regard de Schilthuis, brusquement rétréci, devenait attentif.

— Un ami espagnol ? demandait-il.

— Oui, un homme d'affaires, précisait Moedenhuik.

Ensuite, il ne pouvait s'empêcher de faire un commentaire.

— Imagine-toi, quelle coïncidence ! il s'appelle Ramón Mercader !

Le visage de Schilthuis exprimait l'agacement, comme si on s'écartait du sujet.

— Coïncidence ? disait-il.

— Mais voyons ! Ramón Mercader, comme l'assassin du Vieux !

Mais Franz Schilthuis se penchait en avant et sa voix devenait étrangement précise, impérative.

— Écoute, Henk, le passé ne m'intéresse pas. Par contre, ton ami espagnol, ce Mercader, je voudrais bien te poser quelques questions à son sujet.

Il y avait un instant de désarroi, peut-être provoqué par le brusque passage d'une conversation mondaine à ce ton impérieux et inquisitif.

Henk Moedenhuik reprenait ses esprits, sous le regard dérouté de Béatrice.

— Si je comprends bien, ta visite a un caractère officiel ?

— Officieux, disait Schilthuis.

— Suis-je vraiment obligé de répondre ?

Franz Schilthuis avait un geste conciliant.

— A toi de décider. Mais nous gagnerions du temps. Je tiens à préciser, en outre, que je ne désire absolument pas porter préjudice à ton ami Mercader. Plutôt le contraire.

Ils se regardaient.

— Bien, disait Moedenhuik ensuite. Essayons.

Mais le regard de Schilthuis se reportait sur Béatrice, lourdement.

— Je n'ai pas de secrets pour ma femme, annonçait Moedenhuik d'une voix sèche.

— Moi si, répondait Schilthuis.

Alors, Béatrice éclatait d'un rire un peu nerveux.

Elle se levait, un brin contrainte, mais digne. Elle partait, sans un mot.

Ils restaient seuls. Franz Schilthuis se servait du cognac.

C'était une histoire insensée, et, malgré les précisions chronologiques apportées par Schilthuis, malgré l'ordre apparent que son récit semblait introduire dans les éléments disparates de toutes ces confuses péripéties, c'était une histoire à dormir debout, comme on dit — bien que ce dit ne soit pas à prendre au pied de la lettre (encore, cette dernière, une expression toute faite, les lettres n'ayant évidemment ni pied, ni queue, ni tête, expression toute faite, d'une aveuglante clarté, rendue opaque, impénétrable, par l'usure et l'usage quotidiens, la routine desdits, expression que tout le monde semble comprendre, sans savoir ce qu'il y aurait à comprendre, dans l'ignorance la plus épaisse des origines, du sens même, de cette expression, rendue ainsi toute faite, manipulable, au pied levé de la lettre), ce dit, disais-je, disait-on, ne pouvant pas être vraiment pris au pied de la lettre, puisque le fait de dormir debout ne peut en aucun cas être pris pour un événement extraordinaire : dormir debout étant une situation bien plus banale qu'on ne pourrait penser — dormir debout dans la foule, matinale ou vespérale, du métropolitain ; dormir debout dans les rangs serrés d'une formation militaire ; ou dans ceux, aussi serrés, davantage même, d'une rigueur déjà mortuaire, des multitudes concentrationnaires ; dormir debout dans les files d'attente, parfois recouvertes de poussière, de toiles d'araignée, dc ncige, de débris floconneux, de feuilles mortes, de pourriture végétale, des attentes interminables dans les locaux d'une préfecture de police, lorsqu'on est étranger ; dormir debout, en somme, d'un très insensible sommeil, dont les différences réelles d'avec la vie la plus courante seraient imperceptibles à un observateur non averti, ou non outillé pour déceler statistiquement les minces frémissements circulaires qui trahissent, dans l'œil éteint du dormeur debout (hommes 48, en long) la persistance rétinienne de quelque soubresaut biologique — mais c'était quand même une histoire à dormir debout que Schilthuis avait la prétention de raconter, ou alors, si l'on préfère, une histoire à lever les bras au ciel, à n'en pas croire ses oreilles, à tomber de son haut, à avoir les bras qui vous en tombent — ah ! vraiment, les bras m'en tombent ! — à se frotter les yeux, à se pincer pour voir si on ne rêve pas, à proclamer bien haut que la réalité dépasse la fiction (phrase encore une fois toute faite, qui dénonce bien la lâcheté, le manque d'imagination, le terre-à-terre et le train-train idéologique d'un pourcentage indéterminé, mais certes considérable, des appartements à l'espèce humaine), une histoire, en somme, digne du plus sombre des romans-feuilletons.

Précisément.

Il faudrait quelqu'un, pour raconter cette histoire, qui aurait avec les mots des rapports innocents ; quelqu'un qui n'aurait pas honte ni ne craindrait les détours, les redites, les spirales du récit : ses incidentes, ses chemins de traverse, ses raccourcis ; quelqu'un d'obstiné et d'heureux, il faudrait — heureux dans le sens, non pas d'un bonheur béat, pulpeux, dont la viscosité s'avère, généralement, répugnante ; heureux d'un bonheur amer, allègre, d'un bonheur provisoire et lucide — quelqu'un de gai, en somme, faudrait-il, quelqu'un comme K. S. Karol, dans la prison soviétique de Riga (mais peut-être n'était-ce pas à Riga, il faudra vérifier : une capitale de pays balte, en 1945, sans doute). K. S. K. arrive dans cette prison de Riga, ou d'ailleurs, et le groupe d'assassins et de voleurs qui tiennent en main la galerie, qui font et qui défont la loi interne, mouvante mais rigide, de cette prison de Riga ou d'ailleurs, ces types, donc, et le Chef — non pas élu, mais incontestable — de ces types, font passer à K. l'examen probatoire auquel tout nouveau détenu est obligatoirement soumis. Les premières questions de cet interrogatoire sont toujours les mêmes : Profession ? Motifs de l'arrestation ? La bureaucratie dominante n'a pas d'autre méthode pour cerner l'identité possible du nouvel arrivant, identité en fonction de laquelle une place déterminée d'avance lui sera assignée dans la hiérarchie sociale, et ces voleurs se comportent comme des flics, comme des employés de l'état civil : comme des fonctionnaires, en somme. Ils essaient de cerner la vérité possible du nouvel arrivant à travers un réseau serré de questions, qu'ils ne peuvent malheureusement pas imprimer sur des formulaires, ça simplifierait pourtant les choses. Profession ? Motifs de l'arrestation ? Et K., alors, sachant qu'il serait inutile de ruser, car les assassins et les voleurs qui commandent dans cette galerie de la prison soviétique de Riga — admettons que ce fût Riga : une capitale de pays balte, en tout cas — ils pourraient se renseigner auprès des gardiens, K., alors, répond qu'il est étudiant et qu'il a été arrêté pour des motifs politiques. Le type, alors, le Chef, le Numéro Un, les bras croisés, regarde K. Le Numéro Un hoche la tête et il laisse tomber son verdict : « Trotskyste, alors ! Étudiant trotskyste ! » Le Numéro Un a les bras croisés sur la poitrine, il hoche la tête. Il y a un murmure confus, aussitôt retenu, des pieds qui raclent le sol, dans le cercle des prisonniers qui entourent K., car maintenant l'affaire est entendue, elle est claire, tout le monde sait à quoi s'en tenir et K. aussi, il sait à quoi s'en tenir, il sait qu'il cumule les deux fautes les plus impardonnables, dans cette société reconstituée à l'intérieur de la prison de Riga : il n'est pas maçon, ni serrurier, ni ébéniste, ni monteur en chauffage central, il est intellectuel ; suspect, donc, de toute évidence, insolemment même ; doublement suspect, par ailleurs, car il aurait pu être arrêté pour malversation, coups et blessures, atteinte à la propriété sociale, ivresse et tapage nocturne, tous délits humains, respectables en somme ; mais non, il a été arrêté pour motifs politiques, *trotskysme* étant la qualification générique de toute déviation de la pensée correcte. En tant qu'intellectuel et en tant que *trotskyste,* K. le sait fort bien, il se trouve automatiquement placé au plus bas de l'échelle de cette société hiérarchisée des prisons soviétiques, après cette guerre mondiale qui vient de finir. Il peut s'attendre à tout, désormais.

Ça ne traîne pas, d'ailleurs. Le Numéro Un a fini de hocher la tête, il lorgne les chaussures de K. Les chaussures de K. sont en cuir, elles sont en bon état. Le Numéro Un fait un geste et on s'empare de K., on le maintient, quelqu'un lui enlève les chaussures et les présente au Numéro Un, qui en accepte le don, impassible et souverain. Il les gardera pour lui, ou bien les donnera-t-il à l'un de ses hommes, ou encore s'en servira comme monnaie d'échange avec les gardiens. Alors, le cercle des détenus qui entourait K. se dissout. Il est abandonné, pieds nus, au milieu de la cellule. Il sait désormais qu'on lui fera faire toutes les corvées, qu'il perdra peu à peu toutes les pièces d'habillement qui susciteront l'envie des puissants de ce monde, qu'il mangera la soupe claire et le pain noir des rations quotidiennes quand on voudra bien les lui donner. Alors, au milieu de la cellule, immobile, pieds nus, K. commence à se dire qu'il ne sortira peut-être pas vivant de cette prison de Riga. C'est une pensée comme ça, qui le traverse, qui l'habite, une seconde, et qu'il laisse s'évanouir. Il sait cela aussi, qu'il ne faut jamais s'attarder sur la pensée de la mort, quand on est en prison. Il est là, immobile, pieds nus, au milieu de la cellule, et il laisse s'échapper cette pensée de la mort, fugitive et précise. A Riga, après cette guerre mondiale contre le fascisme, je crois l'avoir déjà dit.

Quelques jours après, pourtant, ça change, ça bouge, ça se transforme.

K. est accroupi dans son coin — le plus sale coin, bien sûr, près des tinettes — lorsque le Numéro Un laisse exploser sa colère. Il crie, mais c'est d'une colère triste, presque angoissée. Il ne s'en prend à personne en particulier, le Numéro Un, il ne formule aucun grief précis. Il exprime son insatisfaction, simplement, son mal-être dans le monde. « Alors, quoi ? On s'ennuie ici ! On s'emmerde à mourir ! Il n'y a personne qui puisse nous raconter des histoires ? » Les types qui entourent le Numéro Un, qui constituent le groupe dirigeant, regardent autour d'eux, déconcertés. Ils sont là pour maintenir l'ordre, pour arbitrer les litiges, pour distribuer les corvées, pour établir et collecter les impôts, mais le problème des loisirs ne s'était pas encore posé. Ils sont déconcertés par ce besoin nouveau d'avoir à lutter contre l'ennui. Ils regardent autour d'eux, ils cherchent qui pourrait les tirer de ce mauvais pas. Et le Numéro Un, il continue à crier : « Alors, quoi ? Personne ? Des histoires, bon Dieu ! Quelqu'un qui sache raconter des histoires ! » Les détenus sont allongés, accroupis par petits groupes, ils entendent, ils ne disent rien. Alors, K. hoche la tête, il bouge, il s'avance, il prétend qu'il connaît des histoires. On le regarde, on attend la décision du Numéro Un. Le Numéro Un regarde K. S. Karol, il fronce les sourcils. « Toi, l'étudiant trotskyste, tu connais des histoires ? » Ensuite, le Numéro Un se lève, sa voix est menaçante. « Pas de salades, eh ? Pas de politique ! De vraies histoires ! » Mais oui, bien sûr, de vraies histoires

Et c'est ainsi que tout avait changé.

Ce jour-là, d'une voix ferme, d'une voix calme, trouvant d'emblée le rythme d'un récit minutieux et haletant, K. avait commencé l'histoire du comte de Monte-Cristo, dont le succès avait été immédiat, auprès du Numéro Un et de ses hommes.

Les aventures de Monte-Cristo avaient pris plusieurs semaines, pendant lesquelles la situation de K. s'était radicalement transformée. Non seulement avait-il retrouvé chaussures et vêtements, rations de soupe et de pain, mais sa fonction de conteur, socialement admise et reconnue, devenue indispensable à la vie du groupe, lui avait fait obtenir des avantages multiples. Il était dispensé de corvée, il touchait des rations de tabac et de nourriture supplémentaires, il était parfois même consulté par les chefs sur des problèmes d'ordre moral. Il était devenu quelqu'un, comme on dit, et si on l'appelait encore « étudiant trotskyste », c'était plutôt par habitude, avec une nuance d'étonnement un peu indulgent, parfois même affectueux : ce n'était plus un crime, d'être étudiant trotskyste, c'était une sorte de maladie, peut-être inguérissable, mais bénigne, non contagieuse.

Tous les jours, donc, à l'heure fixée, au moment de reprendre son récit, K. pouvait savourer les joies de la création. Il attendait que le silence se fasse, que tout le monde soit installé autour de lui, avant de commencer. Au début, il s'en tenait très strictement aux péripéties et coups de théâtre du roman de Dumas lui-même, mais, à mesure que sa situation de conteur s'était affermie, il avait pris de l'assurance : il brodait, il intercalait dans le récit des épisodes inventés, ou bien alors tirés d'autres romans.

Ainsi, l'apparition de Jean Valjean et de Vautrin dans la vie de Monte-Cristo avait profondément impressionné ses auditeurs, lesquels, malgré leur ignorance des origines réelles de ces nouveaux personnages, n'avaient pas manqué d'être sensibles à la force énigmatique et résolue qui s'en dégageait. Mais le chef-d'œuvre narratif de K. — qui redécouvrait au cours de ces séances toutes les vertus et les habiletés du roman-feuilleton — avait sans doute été l'épisode des amours, incontestablement malheureuses, entre Monte-Cristo et Natacha Rostov. Les traîneaux, la neige, les grands espaces, la forêt russe, le tintement argentin des clochettes des attelages, les rencontres passionnées, le bruit lointain des batailles : ils en pleuraient d'émotion, ses auditeurs.

Voilà, il faudrait quelqu'un qui aurait avec les mots, la réalité, les rêves, des rapports innocents, pour continuer ce récit. Quelqu'un qui n'aurait pas honte de la terrible et banale vérité romanesque, qui n'aurait pas peur des silences, des redites, des à-peu-près, des ellipses, des va-comme-je-te-pousse, des descriptions minutieuses, de l'imagination déchaînée.

Essayons, quand même.

Franz Schilthuis avait regardé d'un œil terne le départ de Béatrice. Il s'était servi du cognac. Quelques minutes auparavant, il s'était installé dans la pièce, lourdement, et il avait attendu que la gêne devienne sensible, que le temps se désagrège. C'était sa méthode : il arrivait quelque part, il attendait que le temps s'immobilise, qu'une sourde inquiétude remonte à la surface, comme une vase remuée ; alors, les gens disaient n'importe quoi, lui fournissant l'occasion d'intervenir, de poser les questions qu'il avait à poser. Ainsi, tout à l'heure, il était entré dans le salon des Moedenhuik, sans se faire annoncer. On lui avait proposé du café, courtoisement, mais il avait bien senti la curiosité et la surprise de la femme de Henk, et le désarroi légèrement irrité de celui-ci. Ensuite, cet imbécile de Henk avait encore une fois éprouvé le besoin d'évoquer le passé : le professeur Brouwer, la guerre d'Espagne, l'assassinat d'Andrés Nin ! Décidément, ce pauvre Henk ne s'en sortirait pas. Il faisait des affaires, comme tout le monde, mais il se cachait à lui-même sa situation réelle, sa participation réelle au cours des choses, à l'aide de tous ces souvenirs innocents. C'était chaque fois la même chose. Mais Schilthuis ne s'était pas laissé faire, aujourd'hui. Il n'avait pas de temps à perdre avec la mauvaise foi de Henk, sa bonne conscience fumeuse.

Béatrice était finalement partie, il pouvait parler.

Cette nuit, disait-il, vers deux heures du matin, un homme avait été ramassé par une voiture de patrouille, sur le Minervalaan. Un homme de quarante-six ans, pieds nus, en bras de chemise, le visage tuméfié. (« Un Espagnol, disait Schilthuis, Felipe de Hoyos. Ça te dit quelque chose ? » Non, ça ne disait rien à Moedenhuik. Qu'est-ce qu'il faisait, ce type, dans la vie ? Ce type était marin, il faisait partie de l'équipage du *Cabo Machichaco,* un cargo espagnol qui faisait les ports de la Baltique. « Non, disait Moedenhuik, rien du tout. ») Bon, ce type avait été conduit au commissariat, il n'avait pas de papiers sur lui. Un officier du *Cabo Machichaco* était venu l'identifier. De ce côté-là, c'était en ordre. Mais il avait raconté une histoire insensée, à dormir debout. Ce type, Felipe de Hoyos, aurait passé une partie de la soirée dans un bistrot espagnol du port, du côté du Zeedijk. En sortant, sur le Nieuwmarkt, il s'était fait enlever. Ligoté, bâillonné, jeté au fond d'une voiture, il s'était retrouvé dans un appartement. Là, on l'avait interrogé, des heures durant. Des Américains, affirmait-il. Ils s'étaient acharnés sur lui. A un moment donné, il avait fait semblant de s'évanouir. On l'avait détaché, il en avait profité pour assommer un ou deux de ses ravisseurs, il avait sauté par la fenêtre. Par chance, l'appartement était situé au premier étage. Il était tombé sur du gazon, il avait couru, la voiture de patrouille l'avait ramassé. (Mais Moedenhuik l'interrompait. Il ne voyait pas le rapport. Il ne comprenait pas pourquoi cette histoire imbécile le concernait. Un règlement de comptes, quelque affaire de trafic, et alors ?) Franz Schilthuis avait repris du cognac, il souriait. Dans le bistrot du port, ce type, Felipe de Hoyos, aurait fait une rencontre. Un homme était là, bien habillé, qui mangeait des langoustines grillées. A un moment donné, Felipe de Hoyos avait fredonné une vieille chanson populaire russe (« russe ? mais pourquoi russe ? », demandait Moedenhuik, exaspéré. « Ce type n'était pas espagnol ? Justement, disait Schilthuis, il est espagnol. Mais il a combattu en U.R.S.S., dans la *Division Bleue.* Il a été fait prisonnier sur le Volkov. Il est resté en U.R.S.S. jusqu'en 1956, date à laquelle il y a eu des accords de rapatriement entre l'U.R.S.S. et l'Espagne »), une vieille chanson géorgienne, pour être plus précis. Alors, cet homme qui mangeait des langoustines grillées, en entendant cette chanson, s'est retourné vers Felipe de Hoyos (« le visage défait », disait Felipe de Hoyos, à huit heures du matin, lorsque Schilthuis l'avait rencontré, pour reprendre l'interrogatoire, « le visage défait, pâlissant, comme s'il avait été bouleversé par une brusque émotion, un coup au cœur, comme si son sang n'avait fait qu'un tour, en écoutant les paroles de *Souliko,* le visage défait, les mains tremblantes, la voix rauque, ou peut-être brisée », avait dit Felipe de Hoyos, mais Schilthuis gardait ce détail pour lui, il ne pensait pas que ce détail intéressât Moedenhuik, c'est-à-dire, plutôt, qu'il eût lui-même quelque intérêt que ce fût à communiquer ce détail à Moedenhuik, dont il attendait tout autre chose que des divagations sur l'effet produit chez Ramón Mercader par cette chanson populaire géorgienne, et il continuait son récit, il disait à Moedenhuik que l'homme s'était retourné vers Felipe de Hoyos) et ils avaient entamé une conversation, et Moedenhuik, dans une sorte d'éblouissement, avait compris où conduisaient les méandres de ce récit décousu, il avait compris que l'homme qui mangeait, la nuit dernière, des langoustines grillées, dans un bistrot du port, ne pouvait être que Ramón Mercader, il avait compris quel était le sens de cette visite intempestive de Franz Schilthuis, dans une inquiétude sourde, inexprimable, ayant eu subitement la certitude confuse, le pressentiment, d'un danger menaçant son ami, et en effet, Schilthuis maintenant abattait ses cartes : c'était bien Ramón Mercader que le marin espagnol avait rencontré, et c'était cette rencontre — tout à fait fortuite, affirmait Felipe de Hoyos — qui semblait avoir provoqué son enlèvement, car toutes les questions des Américains avaient tourné autour de ce point, comme si les Américains donnaient à cette rencontre un sens particulier, comme s'ils étaient convaincus que quelque message, d'une importance, tout au moins pour eux, capitale, avait été échangé entre les deux Espagnols — tous deux ayant vécu en U.R.S.S., ne l'oublions pas, commentait Schilthuis — et c'était le contenu de ce message qu'ils voulaient connaître.

— Bien, disait Moedenhuik, ensuite. Je suppose que tu as des raisons précises pour t'intéresser à cette affaire. Mais pourquoi ne pas demander à Mercader lui-même de s'expliquer ?

Alors, Schilthuis avait souri.

Mais il avait éludé la question. Il avait commencé un autre récit et Moedenhuik avait eu l'impression de s'enfoncer dans un labyrinthe, tout en ayant la certitude que tous les couloirs de ce labyrinthe, désormais, conduiraient vers le même point, le même lieu secret, surprenant, où un Ramón Mercader inconnu de lui attendrait les dangers, la sournoise arrivée des ennemis masqués, avec ce regard froid, qui lui était habituel, ce regard qui n'était pas résigné mais détaché, comme si, de tout temps, il avait été prêt à accepter les ruses et les pièges, les surprises étouffantes et visqueuses, de l'existence.

Ce matin, disait Schilthuis, à l'aube, une automobile avait été repêchée dans un canal. Un homme s'y trouvait, le conducteur, coincé derrière son volant, noyé. Cet homme était un Américain, il s'appelait Herbert Hentoff, il était arrivé de Madrid, le 13 avril (et Moedenhuik, qui ne semblait pas avoir réagi au nom de cet Américain, levait les yeux, maintenant : le 13 avril, bien sûr, c'était le jour même de l'arrivée de Mercader ; et Schilthuis, ayant parfaitement interprété le sens de ce coup d'œil, disait : « Oui, le même jour. Hentoff est arrivé presque en même temps que Mercader à Schiphol, une heure avant, exactement ») et il semblait bien que, depuis son arrivée, la principale occupation de ce Herbert Hentoff avait consisté à surveiller Mercader. (Et Moedenhuik, l'interrompant de nouveau, demandait d'une voix brève : « Dans cette histoire, c'est Mercader qui t'intéresse ? », mais Schilthuis souriait, il disait que Mercader ne l'intéressait pas du tout, au départ de cette affaire, qu'il ignorait même son existence, mais voilà, au cours d'une seule et même nuit, il s'avérait que Mercader semblait avoir quelque lien avec deux événements dont il cherchait à élucider le sens : une mort — peut-être accidentelle, Schilthuis se gardait bien d'affirmer le contraire — et un enlèvement suivi par des violences physiques et des pressions de tout ordre ; et tous deux, ce mort américain, Herbert Hentoff, auquel il avait certaines raisons de s'intéresser — mais il était bien entendu, disait Schilthuis, d'une voix doucereuse, bien entendu que, en dépit du caractère amical et privé de cette conversation, lui, Moedenhuik, aurait dorénavant à considérer tout ceci comme une affaire confidentielle, et il lui en serait tenu compte et rigueur, si quelque indiscrétion, enfin, il comprenait à demi-mot — ce mort américain, donc, et ce marin espagnol, tous deux avaient un rapport, pour obscur qu'il fût, avec Ramón Mercader.)

Ensuite, il y avait du silence.

Henk Moedenhuik se frottait le menton. Vingt minutes auparavant, il avait regardé les jambes de Béatrice, et la possibilité avait surgi — flottant entre eux comme un tourbillon immobile de poussières végétales et minimes, devenues visibles dans un rayon de soleil —, la possibilité de se pencher en avant, pour écarter les jambes de Béatrice et les caresser, lentement, des chevilles fragiles jusqu'au creux du ventre, où il aurait enfoui, finalement, son visage. Vingt minutes auparavant, s'il avait pensé à Ramón Mercader, fugacement, à propos de cet article de Brouwer qu'il avait recherché à son intention, cette pensée fugitive n'aurait pas été empreinte d'inquiétude : une pensée comme ça, sans plus, fugitive, « il faut que je me souvienne de montrer cet article à Mercader ». Et pourtant, à l'instant même, après cette conversation avec Schilthuis, il lui semblait bien que toutes les raisons, maintenant évidentes, dévoilées, d'inquiétude, étaient déjà en germe dans ses rapports des derniers jours avec Mercader, comme si les révélations de Schilthuis ne faisaient que confirmer des choses, des impressions, qui étaient restées latentes, et dont le sens, maintenant, devenait plus précis, peut-être définitif. Avant-hier soir, au *Bali*, pourquoi avait-il parlé du professeur Brouwer ? S'il n'en avait rien dit, peut-être n'aurait-il pas éprouvé la tentation, irrésistible, à la fin du repas, lorsqu'ils s'étaient retrouvés seuls, un instant, de parler à Mercader de son homonyme, l'assassin de Trotsky. A la fin de cette conversation, Mercader avait dit qu'on ne meurt plus, et il avait eu un rire étrange, brutal, interminable, et il lui semblait bien, maintenant, après tout ce que Schilthuis venait de raconter, que cet éclat de rire, cette violente dérision à propos de la mort, avaient un rapport évident avec les événements qui s'en étaient suivis ; comme si cet éclat, en fait, avait annoncé, en quelque sorte, de façon énigmatique, toute cette histoire insensée, à dormir debout.

— Quoi qu'il en soit, disait Moedenhuik, ça ne me concerne pas. Je te le répète : adresse-toi à Mercader lui-même.

Franz Schilthuis le regardait fixement.

— Mercader a disparu, disait-il.

— Mais non, disait Moedenhuik, agacé.

L'autre se penchait vers lui.

— Il a disparu, insistait-il, depuis ce matin, neuf heures.

Moedenhuik haussait les épaules.

— Il m'a téléphoné, bien plus tard, disait-il.

Il était évident que Schilthuis attendait des éclaircissements.

— Nous avions rendez-vous à onze heures, disait Moedenhuik. Il m'a téléphoné au bureau, à dix heures trente, pour décommander ce rendez-vous et s'en excuser. Nous déjeunons ensemble, demain.

Alors, Schilthuis se rejetait en arrière.

— Ah bon ! disait-il.

Il parlait d'une voix détendue, il agitait la main, affable, et peut-être, somme toute, disait-il, en fin de compte, s'était-il monté la tête, peut-être cette histoire n'avait-elle, en effet, aucune importance, un malheureux concours de circonstances, c'est cela, une suite de coïncidences, bon, bon, il s'excusait de cette incursion intempestive, il faudrait qu'ils dînent ensemble, un de ces jours, mais Moedenhuik n'était pas dupe, il comprenait bien que Schilthuis tentait de brouiller les cartes, maintenant qu'il avait obtenu ce qu'il cherchait, c'est-à-dire, maintenant qu'il avait réussi à obtenir de Moedenhuik des nouvelles de Ramón Mercader, maintenant qu'il savait où retrouver ce dernier, et comment, et Moedenhuik s'en voulait d'avoir livré cette nouvelle, d'avoir parlé du rendez-vous de demain, il n'avait pas dit où, heureusement, il n'avait pas dit qu'ils devaient se retrouver à douze heures trente, à l'*Excelsior*, sur la Nieuwe Doelenstraat, ça lui laissait une certaine marge de manœuvre. Une toute petite marge, certainement, car Schilthuis allait le faire suivre, sans doute, et il faudrait s'arranger pour semer les éventuels poursuivants. Mais non, voyons, ça n'avait pas de sens ! A force d'entendre des histoires d'enlèvements et de morts par noyade, il finissait par se mettre dans la peau d'un personnage de roman policier. Il fallait réfléchir un peu, voyons, se disait-il, tout en souriant machinalement à Schilthuis, qu'il raccompagnait à la porte de l'appartement, oui, bien sûr, Béatrice serait très heureuse de l'inviter à dîner, un de ces jours. Il était seul, il revenait dans le salon, il se servait un verre de genièvre, il fallait réfléchir un peu. Si Mercader avait vraiment été obligé de disparaître, il n'aurait pas téléphoné à dix heures trente, pour remettre le rendez-vous. Il aurait disparu, sans plus. Si Schilthuis avait perdu sa trace, depuis neuf heures du matin, c'est tout simplement parce que Mercader avait besoin de gagner du temps — à peu près vingt-quatre heures — pour faire quelque chose, tranquillement, à l'abri de tout regard indiscret, quel qu'il fût, celui de Schilthuis, ou celui de ces Américains qui semblaient tellement s'intéresser à lui. Voyons. Il était à son bureau, à dix heures trente, lorsque la secrétaire lui avait passé cette communication. « M. Mercader au bout du fil, monsieur », avait-elle dit. Aussitôt après, la voix de Mercader, enjouée. Enjouée ? Oui, il avait eu l'impression, que sa mémoire confirmait, à présent, d'une certaine allégresse, un enjouement certain, dans la voix de Mercader. Celui-ci s'était excusé, lui avait proposé de remettre au lendemain le rendez-vous qu'ils avaient aujourd'hui. « Je me paie une journée de vacances », disait Mercader, et il riait. Il l'avait plaisanté à ce sujet, et Mercader n'avait rien fait pour effacer de son esprit l'idée, qui lui était aussitôt venue, et à laquelle il avait fait des allusions à peine voilées, de quelque aventure. Ils étaient convenus de se voir à l'*Excelsior*, à douze heures trente, le lendemain. C'était tout. Ainsi, même si cette histoire d'escapade n'était qu'une fausse piste, sans doute, Mercader avait l'air enjoué, peut-être tout simplement parce qu'il avait réussi à se ménager quelques heures de liberté non surveillée, pour accomplir ce qu'il avait à faire. Et son intention n'était pas de disparaître, pas du tout, Moedenhuik en était intimement convaincu. Mais il y avait autre chose, pourtant, qui flottait confusément autour de ce souvenir, quelque chose qui avait attiré son attention pendant qu'il écoutait la voix de Mercader, et qui s'était effacé, ensuite. Il se concentrait sur ce souvenir, il essayait de se rappeler tous les mots prononcés de part et d'autre, et il y parvenait assez aisément. Non, ce quelque chose ne faisait pas partie de la conversation proprement dite. C'était un détail extérieur à la conversation, mais qui baignait quand même ce souvenir, qui l'entourait, comme un fond sonore, un bruit d'ambiance. Voilà. Une rumeur confuse entourait les paroles de Mercader, comme s'il avait téléphoné d'un lieu public, et dans cette vague rumeur, ce ressac de rumeurs, il lui avait semblé qu'une voix se détachait, grave et lointaine, presque imperceptible, mais pourtant familière. Bien sûr : la voix grave et lointaine des hôtesses qui annoncent les départs et les arrivées des avions, dans tous les aéroports du monde. C'était bien ça, il reprenait du genièvre : Mercader l'avait appelé à dix heures trente d'une cabine de Schiphol, avant de prendre un avion. Mais enfin, cette certitude ne l'avançait guère.

De toute façon, ce n'était qu'une histoire insensée.

Mercader était arrivé le 13 avril (et une heure avant lui, Schilthuis n'avait pas manqué de le préciser, cet Américain, ce Hentoff, avait aussi débarqué à Schiphol. Maintenant, ce Hentoff était mort, noyé, et Moedenhuik s'efforçait d'éloigner cette pensée de la mort, cette image banale et désolante, comme s'il n'avait pas encore souhaité — ou comme s'il ne lui avait pas encore été possible de — réfléchir à cette noyade, qui semblait bien être (fût-elle accidentelle ou provoquée) la raison pour laquelle, subitement, Mercader avait pu disposer de vingt-quatre heures de liberté ; non, Moedenhuik se refusait encore à regarder en face cette image de la mort), et le soir même du 13 avril, ils avaient dîné au *Bali*. Auparavant, au bar, Mercader avait regardé une jeune femme — une Scandinave, certainement — fort belle, et Moedenhuik avait été, l'espace d'une seconde, irrité par l'effet que ce regard semblait produire sur la jeune Suédoise ; vaguement jaloux, une seconde, avait-il été, se demandant pourquoi un seul regard de Mercader la faisait trembler, littéralement — un regard à la fois distant et dévergondé, lui avait-il semblé — alors que ses propres allusions à la beauté de la jeune femme, dites à voix suffisamment haute pour être entendues d'elle, n'avaient réussi qu'à accentuer la moue boudeuse, et un tant soit peu méprisante, de sa bouche. Ensuite, le dîner s'était fort bien passé, jusqu'à cet incident final, Moedenhuik n'ayant pu s'empêcher, précisément ce soir-là, de faire allusion à cette coïncidence (mais, décidément, c'était une histoire encore plus insensée qu'on n'aurait pu le croire, à première vue ; encore plus insensé que cet homme se nommât aussi Ramón Mercader, et Moedenhuik comprenait maintenant quelle sorte d'intérêt, trouble et vaguement fascinant, avait suscité en lui ce jeune Espagnol, depuis trois ans qu'ils étaient en rapport d'affaires, comme s'il s'était toujours attendu à l'éclatement d'une vérité angoissante, d'une destinée moins anodine, dont le simple fait de porter les mêmes nom et prénom semblait de tout temps suspendre la menace, ou l'accomplissement, sur ce deuxième Ramón Mercader) et il y avait eu l'éclat de rire, brutal, interminable, et à partir de cet instant précis tout avait semblé se détraquer, tout était devenu confus, réellement insensé (et encore plus insensé qu'on ne pourrait le supposer, même, car ni Schilthuis, en effet, qui avait raconté cette histoire — tout au moins en partie, car il ne tenait pas à livrer à Moedenhuik certains détails ou épisodes, ou bien parce que confidentiels, ou bien parce que trop révélateurs de ses propres intentions —, ni Moedenhuik non plus, qui l'avait écouté, et qui, d'après les bribes qui lui avaient été livrées, avait reconstitué dans son esprit une histoire de cette histoire — une fiction, donc, récit, narration ou fable —, ni même les personnages principaux de cette péripétie nocturne — Felipe de Hoyos, Ramón Mercader, Herbert Hentoff, George Kanin, d'autres encore — ne pouvaient eux-mêmes avoir conscience de ce qu'il y avait dans cette histoire de vraiment insensé, car Felipe de Hoyos n'allait pas, bien sûr, crier sur les toits ce souvenir qui l'avait assailli, dans la voiture qui l'emportait, ligoté, bâillonné, ce souvenir d'un homme en complet foncé, debout contre le mur du vieux cimetière de Cabuérniga — le nom du village avait surgi dans ce souvenir, peut-être parce que Ramón Mercader avait, dans le bistrot espagnol du port, parlé de cette maison de Cabuérniga à Felipe de Hoyos ; ils avaient constaté, tous deux, qu'ils étaient originaires de cette même province de Santander, une coïncidence de plus ; mais de toute façon, Floyd n'avait pas été présent, il n'aurait pas pu affirmer, à cette occasion, que Mercader avait pris la place de quelqu'un d'autre ; et, décidément, personne n'avait l'air, dans cette histoire, d'être vraiment ce qu'il semblait être, mais le vieil homme, debout, dans la lumière des phares des automobiles, contre le mur du vieux cimetière, levant le poing, face aux fusils, dans la réalité de ce souvenir de Felipe de Hoyos, et dans toutes sortes de réalités, peut-être, ce vieil homme qui s'appelait José María Mercader y Bulnes — dont personne ne pourrait dire, même pour plaisanter, qu'il avait pris la place de quelqu'un d'autre, la place d'un mort, comme l'avait dit Floyd à propos de son fils présumé, puisque lui, au moins, le vieux Mercader, avait tenu sa place jusqu'au bout, jusqu'à cette mort, debout contre le mur du vieux cimetière, dont Felipe de Hoyos avait retrouvé le souvenir éblouissant, même si les noms et les lieux s'étaient effacés de sa mémoire — et) décidément, c'était un récit impossible à faire, dont la vérité s'était éparpillée, par trop morcelée, brisée en mille morceaux de verre ne reflétant plus, chacun, qu'une trop minuscule parcelle de cette vérité possible, vraiment insensée.

Mais Béatrice entrait dans le salon.

— Il est parti, ton ami ? demandait-elle, d'une voix trop aiguë.

Henk Moedenhuik buvait du genièvre. Il regardait sa femme.

— Ce n'est pas mon ami, disait-il.

— Qu'est-ce qu'il te voulait ?

Henk Moedenhuik hochait la tête.

— Je n'ai pas bien compris, disait-il. Il m'a raconté une histoire insensée.

Mais non, bien sûr. C'était, tout compte fait, une histoire banale, une histoire de roman à quatre sous. Il ne fallait pas s'attendre à autre chose, d'ailleurs, puisque le personnage principal en était un Ramón Mercader. Mais, peut-être parce que c'était un roman à quatre sous, il avait envie d'en connaître la suite ; il avait hâte d'en être à demain, à l'heure de ce rendez-vous à l'*Excelsior*. Ce matin, à 10 heures 30, Mercader avait téléphoné. Sa voix était nette, enjouée. Il y avait une rumeur confuse, autour de sa voix, et dans cette rumeur confuse, il avait perçu, à un moment donné, sans y prêter trop d'attention à l'instant même, les notes graves et enjôleuses, phonogéniques, des paroles indistinctes d'une hôtesse annonçant le départ d'un avion, et il n'y avait plus qu'à attendre le retour de Ramón Mercader.

La voix grave de l'hôtesse s'était élevée, après les quelques mesures toniques et entraînantes d'un indicatif musical, et la voix de l'hôtesse, dominant la confuse rumeur de l'aérogare de Schiphol, annonçait l'embarquement immédiat pour l'avion de Zurich.

Il se tenait près du comptoir des colifichets et de la parfumerie, surveillant les allées et venues de l'Espagnol (car, même dans les mots de son silence intérieur, même dans le langage de son silence, il n'arrivait pas à nommer cet homme, à lui donner le nom qu'il semblait bien porter dans la vie ; comme s'il se refusait à admettre, ou comme si cette idée lui répugnait, qu'il ait eu affaire à un deuxième Ramón Mercader).

L'Espagnol, donc.

L'Espagnol, pour l'instant, donnait un coup de téléphone. Il le voyait rire, faire des gestes. Ensuite, il raccrochait. L'Espagnol était debout, maintenant, regardant le tableau lumineux où les départs s'annonçaient, avec les indications pertinentes concernant l'heure, le numéro de la porte d'embarquement, tous les détails nécessaires. L'Espagnol avait à la main une petite mallette très plate, et c'était là tout son bagage, il le savait.

Alors, l'Espagnol se retournait, s'en allant à grands pas vers la porte d'embarquement annoncée pour l'avion de Zurich.

Alors, subitement, Walter Wetter était saisi par le désir de le suivre, de prendre le même avion, de se tenir à ses côtés, inconnu, mais peut-être fraternel. Il ne savait rien de cet homme, qu'une seule chose : que l'enjeu de la partie était gros, et qu'il aurait besoin d'aide, vraisemblablement. Mais c'était absurde, bien entendu. Il n'avait pas pour mission de venir en aide à cet Espagnol, même s'ils avaient, apparemment, les mêmes ennemis. L'Espagnol était apparu dans cette histoire, de façon totalement imprévue, et s'il s'était bientôt trouvé au centre même de ce tourbillon, ce n'était pas lui qui constituait l'objet de sa mission.

Brusquement, Walter Wetter se mettait en marche, lui aussi.

De l'endroit où il était, près du comptoir de parfumerie, il avait un trajet assez bref à parcourir — plus bref, en tout cas, que celui de l'Espagnol, à partir des cabines téléphoniques — pour gagner les barrières au-delà desquelles se dressaient les guichets d'accès aux vols internationaux. Walter Wetter se déplaçait légèrement. Il atteignait les barrières qui délimitaient l'espace réservé aux voyageurs, juste au moment où l'Espagnol arrivait. Une seconde, s'étant trouvé à la même hauteur que l'Espagnol, auprès de la barrière, et sa route ayant croisé celle de l'autre, il avait eu l'impression d'un regard vif sur lui, bientôt effacé, puisqu'il lui tournait le dos, à présent, s'étant accoudé à la barrière, quelques pas plus loin. De là, il pouvait parfaitement observer les guichets d'accès aux jetées d'embarquement, derrière lesquels les policiers contrôlaient les passeports des voyageurs. Walter Wetter allumait une cigarette, il regardait.

L'Espagnol se tenait derrière une femme d'un certain âge, surchargée de bagages à main, qui avait des difficultés pour récupérer sur le haut du guichet le passeport que le policier y avait déposé, après l'avoir rapidement feuilleté et y avoir apposé le cachet correspondant. Maintenant, c'était au tour de l'Espagnol. Celui-ci sortait son passeport de la poche intérieure de sa veste, et il le tendait au policier. Voilà, c'était bien ce que Walter Wetter avait supposé et qu'il avait éprouvé le désir subit de vérifier, par ce goût presque maniaque du détail qui le caractérisait, au dire de tous ceux qui avaient travaillé avec lui. L'Espagnol, en effet, ne voyageait pas avec son vrai passeport. Walter Wetter était trop loin pour reconnaître la nationalité du passeport exhibé par Mercader, mais ce n'était de toute façon pas un passeport espagnol. Les passeports de ce pays sont d'un format très ordinaire, mais ils sont recouverts d'une reliure plastique, d'un vert très vif, sur laquelle les mots ESPAÑA et PASAPORTE s'impriment en lettres dorées, ce qui les rend aisément reconnaissables. Quoi qu'il en fût, le document qu'avait présenté l'Espagnol devait être un faux passeport d'excellente qualité, car le policier le rendait aussitôt, avec un sourire obséquieux.

L'Espagnol s'éloignait à présent, du même pas vif, mais il s'arrêtait, un peu plus loin, posant sa mallette par terre, et faisant le geste de rattacher ses lacets de chaussures, ce qui était sûrement une façon comme une autre de regarder derrière lui, pour s'assurer une dernière fois que personne ne l'avait suivi jusque-là.

Walter Wetter souriait, il s'éloignait de la barrière.

Ainsi, comme il l'avait supposé, l'Espagnol, après s'être débarrassé de la surveillance de la C.I.A., prenait le large, sous un faux nom — pour laisser évidemment le moins de traces possible de ses déplacements — afin d'accomplir une quelconque mission. De nouveau, malgré son ignorance de l'enjeu réel de la partie, Walter Wetter souhaitait avoir eu la latitude de changer ses plans et ses consignes, pour pouvoir suivre à Zurich cet homme sur lequel l'étau, c'était l'hypothèse la plus vraisemblable, ne s'était desserré que pour un bref espace de temps, et qui aurait besoin d'aide, certainement.

Bon, ce n'était pas son affaire, il haussait les épaules, il s'éloignait.

Une demi-heure plus tard, Walter Wetter retrouvait Klaus Kaminsky, dans un café du Leidseplein. Kaminsky avait les yeux rougis, par le manque de sommeil, sans doute. Il parlait quelques minutes, d'une voix précise, et après qu'il eut parlé il semblait bien que cette histoire était finie, pour eux tout au moins. Bien sûr, ils pouvaient attendre l'éventuel retour de l'Espagnol, si tant est que celui-ci réussissait à revenir. A vrai dire, il n'y avait à cela aucune raison impérieuse, le simple désir de connaître la fin, ou l'une des fins possibles, de tout ce remue-ménage. Mais, encore une fois, ce n'était pas l'Espagnol qui était l'objet de leur mission.

Walter Wetter savait bien qu'il allait donner l'ordre de plier bagages, aujourd'hui même. Il n'avait pas les moyens nécessaires pour poursuivre cette affaire. Ils allaient regagner leurs villas de Kleinmachnow ou de Potsdam, tous les trois, Kaminsky, Menzel et lui, chacun d'eux par une filière différente. Dans quelques jours, ils se retrouveraient dans un bureau, autour d'une longue table recouverte d'un tapis vert. Il y aurait sur la table des carafes d'eau, des verres, des crayons, des blocs de papier. Il ferait, en présence de Kaminsky et de Menzel — dont c'était la première mission à l'étranger — un rapport aux responsables des Services de

Sécurité. On les écouterait attentivement, car le voyage avait été riche en événements et découvertes. Sur le mur du fond du grand bureau, derrière le camarade Major-Général des Forces de Sécurité, qui présiderait cette réunion, assis au bout de la table, deux portraits seraient accrochés, celui de Lénine et celui d'Ulbricht. Parfois, au milieu d'une phrase — cela lui était déjà arrivé à d'autres occasions semblables — son regard se poserait machinalement sur les visages de Lénine et d'Ulbricht et il manquerait de perdre le fil de son discours, de son raisonnement, saisi, une fois encore, par les vertiges de l'irréel. Il continuerait de parler, bien entendu. Peut-être le débit de son discours serait-il simplement plus lent, pendant quelques secondes. Peut-être se pencherait-il pour consulter du regard les notes qu'il aurait apportées pour cette réunion, et qui seraient ramassées par le secrétaire de séance, à la fin, pour être brûlées. Mais il continuerait de parler, comme si cette vision des portraits de Lénine et d'Ulbricht — ou plutôt, la vision de ces deux portraits, côte à côte — n'avait pas provoqué en lui un trouble insurmontable, la certitude intime de l'incohérence scandaleuse de toute cette scène. Une fois de plus, il aurait pensé — ou plutôt, saisi, dans une vision non conceptuelle, mais aiguë et déchirante, comme si la lumière très blanche d'une succession d'éclats de magnésium rendait les choses et les visages, autour de lui, à leur véritable sens —, il n'aurait donc pas pensé, car son discours se poursuivant, ce ne serait qu'une suite d'intuitions non formulées, d'images abstraites, pourtant gorgées de sève et de sang, qui résumeraient, comme des bulles éclatant à la surface apparemment unie de son discours et de sa pensée, cette sorte d'expérience incommunicable que les portraits de Lénine et d'Ulbricht, étrangement réunis, dans l'incohérence la plus totale — qui ne serait, pourtant, que le reflet, certainement dérisoire, de cette autre incohérence encore plus inavouable, qui était celle de leur propre histoire — cette sorte d'expérience que les deux portraits — incongrus par leur rapprochement — auraient ravivée, renflouée du tréfonds d'une conscience honteuse et misérable, et d'autant plus misérable et honteuse que sa vie n'avait été qu'une longue entreprise de dévouement et de fidélité militantes, et que c'étaient, justement, ce dévouement et cette fidélité à une cause indiscutablement juste, et digne de cette fidélité, de ce dévouement, qui l'avaient conduit à des actes, ou dans des situations, qu'il ne pourrait en aucun cas, et même pas pour lui-même, dans sa plus secrète et complaisante conscience de soi, assumer comme étant autre chose que les résultats d'un pragmatisme moral parfaitement instrumental, et cynique.

Il secouait la tête, il essayait de chasser de sa mémoire — ou de sa prémonition — l'image de ces portraits de Lénine et d'Ulbricht, sur le mur du fond de la grande salle de réunions.

— Comment ? disait Kaminsky, croyant sans doute que ce mouvement de la tête indiquait l'intention de parler.

— Rien, disait-il.

Kaminsky respectait le silence de Walter Wetter. Il savait bien qu'il y avait des décisions à prendre, aujourd'hui.

Walter Wetter regardait machinalement l'entrée de l'*Oesterbar*, qui se trouvait à sa gauche, perpendiculairement à la ligne du trottoir où se dressait la terrasse vitrée du café. Devant la vitrine de l'*Oesterbar*, un homme vêtu d'un chandail bleu marine, chaussé de bottes de caoutchouc, était en train de disposer un étalage de fruits de mer et de crustacés.

Il voyait l'homme, distribuant la glace pilée et les algues, d'un vert tantôt tendre et tantôt noir, dont les doigts gonflés et pulpeux enserraient les grosses huîtres de Zélande, les langoustes et les crabes, les moules et les bouquets roses. Walter Wetter regardait tout cela, dans le soleil voilé de cette fin de matinée, entouré par la rumeur vivace du Leidseplein, et il avait l'impression viscérale d'un bonheur possible. Comme la vie était simple, quand on l'acceptait telle quelle — et qu'on était tombé du bon côté de la vie, évidemment — quand on ne se proposait pas de la changer — propos et entreprise parfaitement fondés, parfaitement nécessaires, mais dont les résultats, jusqu'à présent, au bout d'un long demi-siècle, n'étaient guère appréciables, malgré le courage collectif et têtu, qu'aucune autre cause au monde, jamais, n'avait réussi à susciter ; dont les résultats n'étaient appréciables, en somme, que sur le terrain de la production des moyens de production susceptibles de mettre à jour et de développer une société dont le niveau de vie, un jour proche ou lointain, pourrait se comparer à celui de cette béate et benoîte et brutale société hollandaise, ce qui n'était, tout compte fait, pas bien exaltant — mais enfin, il avait le pressentiment, en regardant l'étalage coloré de l'*Oesterbar*, les arbres au milieu du Leidseplein, les passants printaniers, le pressentiment angoissé d'un bonheur possible — tiède et aveugle — et d'autant plus ravagé par l'angoisse qu'il avait l'air, ce bonheur parcellaire, découpé en petites tranches de bonheur octroyé, d'être le seul avenir, ou le plus probable, de leur propre entreprise ; le produit déjà surgissant dans les entrailles de leur propre société, le fruit fade de leur propre souffrance, de leur propre violence ; comme si toute leur folie ne devait en fin de compte aboutir qu'à ce sage et raisonnable partage, apparemment égalitaire, parce qu'en droit ouvert à tous, à tous accessible, apparemment, d'un bonheur octroyé et hiérarchisé.

Non, ça n'allait pas, aujourd'hui. Il fallait qu'il se reprenne.

— Le rendez-vous avec le professeur Wettlich est fixé ? demandait Walter Wetter.

— Douze heures trente, disait Kaminsky. Même endroit qu'hier soir.

Walter Wetter regardait sa montre.

— Va retrouver Menzel, disait-il. On arrête tout. Réunion à quinze heures pour faire le point. Départ ce soir même, par les voies prévues.

Klaus Kaminsky hochait la tête, il partait.

Faire le point, c'était facile à dire.

Ils étaient arrivés à Amsterdam le 6 avril, sur les traces de George Kanin. Celui-ci était le meilleur spécialiste des réseaux de la C.I.A. en République démocratique allemande, et, depuis trois ans, Walter Wetter lui faisait une guerre sourde et masquée. Longtemps, ç'avait été une bataille indécise, mais, ces derniers mois, les succès s'étaient accumulés. Désormais, les filières essentielles des réseaux de Kanin avaient été localisées, neutralisées ou retournées. Alors, au mois de mars, lorsque Kanin avait franchi lui-même la frontière, en voyage d'inspection, ils n'avaient pas seulement été tenus au courant, minute par minute, de ses activités et des orientations qu'il donnait, mais ils auraient également pu l'arrêter à tout moment. Il en avait été décidé autrement. Il avait été décidé de lui fournir tous les renseignements qu'il désirait obtenir — convenablement truqués et truffés de faussetés vraisemblables — et de le laisser repartir sain et sauf, pour confirmer chez les responsables de la C.I.A. l'impression que leurs réseaux continuaient à fonctionner normalement. Par ailleurs, certains des faux renseignements fournis étaient tellement explosifs que leur réception et analyse par les services adverses provoqueraient sans doute de nouveaux voyages, de nouveaux contacts, qui permettraient de pénétrer plus profondément les structures de la C.I.A. en Europe centrale. Dans toute guerre de mouvement, c'est un principe élémentaire, il ne faut jamais perdre le contact avec l'ennemi, et il faut pour cela multiplier les accrochages, les escarmouches locales. Le plan fixé s'était parfaitement déroulé, à un incident près, celui de la Pinacothèque de Dresde, où une erreur d'interprétation des services locaux avait bien failli tout gâcher, en donnant à Kanin l'impression qu'il avait été sur le point de sauter. Mais Kanin, pas assez méfiant, avait pu être repris en main par le réseau de soutien et d'évacuation, que nous avions totalement retourné, en infiltrant nos agents aux postes essentiels de commande. Ainsi, c'était notre propre appareil de sécurité qui avait évacué Kanin, et cela nous avait permis de le suivre en Allemagne fédérale, jusqu'à Amsterdam, ensuite. Le but de cette mission était purement exploratoire. Il s'agissait de recueillir le maximum de renseignements sur les bases logistiques de la C.I.A., sur les méthodes employées, sur les agents que la filature de Kanin pouvait nous faire découvrir. On avait mis Hans Menzel et Klaus Kaminsky à ma disposition, et, si on mettait entre parenthèses le fait que je n'avais rien à leur dire, en dehors du service, ils s'étaient tous deux montrés parfaitement capables.

A Amsterdam, pourtant, jusqu'au 13 avril, j'ai cru que notre entreprise serait vouée à l'échec. Un échec relatif, tout au moins, car on ne pouvait tenir pour très importants les quelques renseignements glanés lors du passage de Kanin en Allemagne fédérale : ils ne faisaient que confirmer des choses déjà connues, quant aux points d'appui et aux facilités concédées par les services fédéraux. Mais le 13 avril, tout s'était mis à bouger, et je m'étais trouvé au cœur même d'une affaire passionnante, bien que très éloignée de mes objectifs principaux.

Walter Wetter hoche la tête, il regarde sa montre. Dans un quart d'heure, il faudra qu'il se mette en route pour gagner le Spui, la brasserie d'hier soir, où il compte se rendre à pied. Il commande une nouvelle bière, il pense que l'Espagnol doit être en train d'arriver à Zurich.

L'Espagnol était un agent soviétique, sans aucun doute. L'acharnement de la C.I.A. à son sujet, les moyens qu'elle déployait, le prouvaient bien, comme ils tendaient également à prouver que ce n'était pas un agent de deuxième zone. D'ailleurs, un jeune homme élevé là-bas, rapatrié en 1956 dans son pays d'origine : c'était un candidat idéal, voyons ! L'Espagnol savait-il qu'il était l'objet d'une surveillance, en arrivant à Amsterdam ? C'était impossible à déterminer. En tout cas, il l'avait découvert très vite et il s'était parfaitement débrouillé pour prendre le large : l'élimination de ce Hentoff avait été menée de main de maître. (Walter Wetter souriait. Décidément, ce voyage avait été fructueux. Non seulement une base de la C.I.A. avait été découverte, avec tous ses moyens locaux, mais encore toute une série d'agents américains avaient été identifiés : ce Floyd, qui avait l'air d'un patron, sous sa couverture d'import-export ; et Folkes, et O'Leary, et Hentoff. Mais, bien sûr, pour ce dernier, ça n'avait plus d'intérêt. S'il avait eu les moyens nécessaires, en hommes et en matériel, Walter Wetter aurait pu organiser quelque coup fumant : de quoi désorganiser les services de la C.I.A. pendant un bon bout de temps. Mais il n'en avait pas eu les moyens. Bon, on verrait, on pourrait entreprendre quelque chose, plus tard. Maintenant, il fallait rentrer. La disparition de l'Espagnol avait éparpillé les types de la C.I.A. à travers l'Europe, semblait-il, et il n'avait pas la possibilité de se lancer à leur poursuite. Ni celle d'attendre ici un éventuel retour de l'Espagnol : les dollars alloués pour cette expédition touchaient à leur fin.)

Quoi qu'il en soit, c'était insensé que cet homme s'appelle aussi Ramón Mercader. On provoquait le destin, avec un nom pareil.

Il marchait le long de la Leidsestraat et il venait de franchir le troisième pont, celui du Herengracht, précisément. Tout à coup, une idée lui venait, ravivant son inquiétude quant à l'issue finale de cette partie dont il ignorait l'enjeu. Si l'Espagnol avait découvert la surveillance dont il était l'objet, pourquoi avait-il ainsi brûlé ses vaisseaux ? Il aurait pu s'étouffer, laisser courir, suspendre toute activité, rompre les contacts, et attendre la première occasion pour prévenir le Centre, à Moscou. C'était la procédure normale. Mais l'Espagnol avait éliminé Hentoff, prenant ainsi le risque d'être impliqué dans une affaire criminelle, de brûler sa couverture commerciale : de compromettre, en somme, des années de travail obscur et patient. S'il avait pris des risques pareils, c'est que l'information qu'il avait à transmettre — et pour ce faire, il devait avoir besoin de quelques heures de liberté de mouvement, acquises à n'importe quel prix —, il fallait que cette information soit d'une importance capitale.

Décidément, il aurait bien aimé pouvoir l'accompagner à Zurich, veiller sur lui, dans l'ombre fraternelle.

Mais il était sur le Spui, il entrait dans cette brasserie où Herbert Wettlich devait l'attendre, un peu nerveux.

Ils décidaient de manger sur place. Ils commandaient des harengs de la Baltique, des choucroutes, des chopes de bière.

— Alors ? demandait-il.

Wettlich étalait du beurre sur du pain bis.

— Alors, disait Wettlich, Mercader est venu au rendez-vous, à neuf heures.

— Comment était-il ?

Walter Wetter voyait son compagnon étaler du beurre sur le pain bis, en couches épaisses, et une étrange sensation l'envahissait. Une sorte d'angoisse affamée, une sorte de dégoût avide. Il était fasciné par cette vision du beurre s'étalant sur le pain bis. Il secouait la tête, ça n'avait pourtant rien d'extraordinaire. Il y avait un deuxième pot de beurre sur la table, il y avait du pain bis en quantité. De toute façon, même si Wettlich dévorait gloutonnement tout le pain bis, il n'aurait qu'à faire un geste à la serveuse pour en obtenir de nouveau. Il y avait sûrement, à l'office de cette brasserie, de quoi faire des centaines de tranches de pain bis, de quoi remplir des dizaines de pots de beurre. C'était idiot, il n'y avait aucune raison pour s'affoler, en voyant le pain bis, épaissement beurré, disparaître dans la bouche ouverte de Herbert Wettlich. Il n'y avait aucune raison pour que cette sourde angoisse coléreuse monte en lui, en voyant les mâchoires de son vieux camarade triturer les morceaux de pain bis, les savourer lentement, avant de les déglutir. Ce n'étaient pas les dernières tranches de pain bis, certainement pas. Il suffisait de lever la main, de demander un supplément de beurre, une nouvelle corbeille de pain bis. Le monde regorgeait de beurre et de pain bis. Les prairies des polders regorgeaient de vaches laitières. Les grands moulins pétrissaient des milliers de tonnes de blé, de seigle, de froment, de céréales de toute sorte. Des ruisseaux de farine blanche ou bise, non, de vrais torrents de farine, se déversaient à chaque minute dans les silos éparpillés à travers le pays. Il n'y avait aucune raison pour qu'on manque de beurre, qu'on manque de pain blanc ou bis, de croissants et de petits pains au lait, ou au cumin, à n'importe quoi : il suffisait de demander. Et pourtant, il regardait ces morceaux de pain beurré qui s'engouffraient dans la bouche grande ouverte de Wettlich, aux puissantes mâchoires broyeuses, implacables, comme si c'étaient là les derniers morceaux de pain d'un univers désormais voué à la pénurie.

Il secouait la tête, se reprenait.

— Comment ? disait-il, se rendant compte qu'il n'avait pas entendu la réponse de Wettlich.

Celui-ci s'arrêtait de mastiquer, le regardait, surpris.

— Écoute, tu es sourd ou quoi ? Il était parfaitement détendu, plus gai que d'habitude, même. Faisant des plaisanteries.

Mercader était arrivé au Rembrandtsplein à neuf heures précises. Il avait téléphoné de la réception de l'hôtel et Wettlich et Willy Wolf l'avaient rejoint, dans un des salons du rez-de-chaussée. Mercader avait lu les contrats, rapidement, mais avec attention. Il y avait eu une discussion sur un point de détail. Finalement, ils s'étaient mis d'accord et Mercader avait signé et paraphé les exemplaires dont ils avaient besoin pour le ministère du Commerce extérieur. Ensuite, Mercader avait allumé une cigarette et il avait ri. « En somme, disait-il, nous donnons à l'économie franquiste les moyens de se développer. » Willy Wolf avait levé la tête, ayant peut-être l'intention de faire l'une de ces mises au point dont il avait le secret. Mais Mercader l'avait interrompu d'un geste. « Voyons, je plaisante, disait-il, nous savons tous parfaitement que les voies de la coexistence pacifique et du marché mondial sont aussi tortueuses et imprévisibles que celles du Seigneur. » Alors, lui, Herbert Wettlich, avait éclaté d'un grand rire, et Willy Wolf aussi, même si on pouvait supposer qu'il n'avait rien compris à cet échange.

Ensuite, ils avaient terminé de boire leur café — mais non, Mercader n'avait pas commandé de café, il avait commandé une vodka, qu'il avait bue d'un trait — et ils s'étaient quittés.

— A neuf heures trente, disait Wettlich, tout était terminé.

Walter Wetter repoussait son assiette.

— Dis-moi, Herbert, c'est hier que vous aviez établi ce rendez-vous, dans ton hôtel ?

Wettlich lui jetait un regard surpris.

— Non, disait-il, pas du tout. Hier, au téléphone, le rendez-vous avait été fixé dans son hôtel à lui. Mais ce matin, très tôt, la réception nous a transmis un message : il ne fallait pas que nous bougions. Il fallait attendre que Mercader reprenne contact avec nous.

Walter Wetter hochait la tête.

— Bien sûr, disait-il.

Herbert Wettlich avait envie de poser une question, mais il n'en faisait rien. Il avait appris à réprimer ses envies, tout au moins en ce qui concernait les questions à poser.

Walter Wetter hochait encore la tête. Cet Espagnol l'intriguait, le passionnait, même, et pas seulement à cause du nom qu'il portait. Mais la froideur calculée de ses démarches les plus folles était passionnante, objectivement. Il aurait dû tout simplement s'évanouir, disparaître, après l'élimination du type de la C.I.A. qui le suivait depuis Madrid. Mais non, il préservait sa couverture, ses alibis d'homme d'affaires, anodin et respectable, pour pouvoir continuer à faire son travail, s'il arrivait à s'en sortir, et même si les chances de s'en sortir étaient minimes. Il avait des rendez-vous à assurer, des contrats à signer : c'était là la garantie de la suite, si suite il y avait. Alors, il s'arrangeait pour changer le rendez-vous, pour se donner une marge, même limitée, de mouvement. Bien sûr, c'était élémentaire : ne jamais aller à un rendez-vous lorsque la moindre chance existe de le voir transformé en souricière, garder toujours le contrôle de ses mouvements, l'initiative du lieu, de l'heure et des conditions pour la prise de contact. Mais c'est toujours pour des erreurs élémentaires que les agents brûlent et c'est l'aptitude à éviter ce genre d'erreurs qui caractérise, sur la distance d'une vie, les vrais agents. Sincèrement, il avait bien envie de connaître cet Espagnol.

— Alors ? demandait-il.

Herbert Wettlich s'attaquait à la choucroute, avec le même entrain. Il s'essuyait la bouche.

— Alors, je me suis arrangé pour l'accompagner tout seul jusqu'à la porte de l'hôtel. Là, je lui ai transmis le message dont tu m'avais chargé.

A ce moment, Walter Wetter se trouvait à quelques dizaines de mètres d'eux, sur le trottoir d'en face. Il avait vu apparaître les deux hommes, mais il n'avait pu entendre leur conversation.

— C'est-à-dire ? demandait-il à Wettlich.

Celui-ci avait un geste agacé.

— Enfin, le message, mot pour mot. Qu'une société hollandaise voulait traiter avec lui : la *Van Geelderen Maatschappij*, dont le siège social se trouve au Herengracht. Et que les Américains ont de gros intérêts dans cette société-là.

Mercader s'était tourné vers lui, Wettlich s'en souvenait très bien, et il avait été saisi par la froideur aiguë de ce regard. Mercader l'avait regardé ainsi, durant quelques secondes interminables. Ensuite, il avait eu un rire dément. « Je crois bien qu'ils ont déjà pris contact avec moi, oui, vraiment ! », avait-il dit, ensuite. Wettlich avait eu l'impression qu'il allait partir, sans faire de commentaire, mais qu'il se ravisait, à la dernière seconde. « Vous me transmettez ce message de votre propre initiative ? », demandait-il.

Herbert Wettlich découpait une saucisse en tout petits morceaux, qu'il ne mangeait pas, pas encore.

— J'ai été pris de court, disait-il. Je n'avais pas d'instructions, pour un cas pareil.

— Il faut savoir improviser, disait Walter Wetter, d'une voix sèche.

— Mais oui, j'ai improvisé. J'ai eu l'impression qu'il fallait lui dire une partie de la vérité.

Walter Wetter avait envie de rire d'un rire dément, lui aussi. Une partie de la vérité ? C'était trop beau ! Une partie de cet énorme mensonge qui ressemblait à une vérité possible, peut-être. Mais il ne disait rien, il attendait la suite.

— Je lui ai dit que ce n'était pas moi, qu'un ami m'avait demandé de lui faire ce message, dont j'ignorais le sens, lui ai-je précisé. « Un de vos compatriotes ? », a-t-il demandé. J'ai dit oui, et il m'a encore demandé si je te connaissais depuis longtemps, c'est-à-dire, pas toi, le compatriote en question. Il n'a jamais été question de toi.

Walter Wetter souriait.

— Et tu me connaissais depuis longtemps ? demandait-il.

— Voyons, Walter ! Il n'y a pas de quoi rire. Oui, je te connaissais depuis longtemps, et dans toutes sortes de circonstances, y compris les plus difficiles.

Alors, il lui avait semblé que Mercader retenait son souffle. « Bien », avait-il dit enfin, « dites-lui que les Américains sont après moi, que je ne sais pas si je m'en sortirai. Et surtout, qu'il se souvienne bien de tous les détails de cette affaire dont il aura eu connaissance, qu'il s'en souvienne. »

— Voilà, disait Herbert Wettlich, et il commençait à engloutir les petits morceaux de saucisse.

Voilà, en effet, pensait Walter Wetter.

De toute façon, et même s'il n'avait pas reçu ce message de l'Espagnol, il avait déjà décidé de faire un rapport particulier sur cette affaire, afin qu'il soit transmis au Centre du K.G.B., à Moscou. Si l'Espagnol n'arrivait pas à prendre contact, à Zurich, ça pourrait toujours leur être utile.

Ensuite, ils bavardaient de choses et d'autres, dans la torpeur fuligineuse de la choucroute et de la bière.

— Dis donc ? demandait tout à coup Walter Wetter. Comment s'appelait-il, cet Espagnol que nous avions à l'*Arbeitsstatistik,* à Buchenwald ?

Herbert Wettlich arrêtait de se curer les dents, il réfléchissait.

— Le jeune ? disait-il.

— Il n'y en avait qu'un, rétorquait Walter Wetter. Un jeune, oui.

— C'est ça : dix-neuf, vingt ans.

— C'est ça, oui. Comment s'appelait-il ?

Herbert Wettlich réfléchissait.

— Les noms, tu sais !

Il hochait la tête.

Ça prenait corps, une sorte de silhouette. Le visage restait flou. Il n'y avait pas beaucoup d'étrangers, à l'*Arbeitsstatistik.* Deux jeunes, cet Espagnol, précisément, et puis un Hollandais. Un Belge, Blume, qui était devenu secrétaire du parti, quelque chose comme ça. Pour cette raison, le nom lui restait en mémoire. Deux Français, le vieux Jean, qui roupillait tout le temps, et l'autre, le plus récent, qui parlait l'allemand parfaitement bien.

Un tailleur, c'est ça, il devait être juif. Des choses revenaient, ça bougeait, dans sa mémoire. L'Espagnol travaillait au fichier, c'est ça. Un jeune, ça restait flou. C'est le parti espagnol qui l'avait placé là. Bien sûr, sinon ? Il connaissait bien l'allemand, pas mal du tout. Quand il faisait partie de l'équipe de nuit, qu'il n'y avait pas trop de travail, il lisait. Ça bougeait, ça bougeait, ça revenait. Il venait le trouver, parfois. « Herbert, je voudrais que tu me places deux gars dans un bon kommando. » Ce n'étaient pas toujours des Espagnols. Il avait fait de la résistance avec les Français, c'est pour ça. Bon, deux places à la MIBAU, à la D.A.W., à la GUSTLOFF. Il n'y avait pas de raison de lui refuser ça, même en dehors des voies officielles, des demandes formulées par le canal de l'organisation. Non, il n'y avait jamais eu d'histoires avec les gars qu'il recommandait. Pour autant qu'il s'en souvienne, pas d'histoires. Il était copain avec Jiri, le Tchèque de la *Schreibstube,* celui qui était fou de jazz. Ils échangeaient des livres. Et puis, avec Frank aussi, Josef Frank. Ah, merde ! Frank ! A quoi bon remuer tout ça ?

— Tu sais, les noms ! disait-il.

Mais Walter Wetter insistait.

— Souviens-toi, voyons ! Il était très copain avec...

Il restait bouche ouverte, le regard fixe, tout à coup, et terne.

Il n'y avait pas moyen d'en sortir. Aucun recoin de leur mémoire n'était totalement innocent. Quand on ne butait pas sur un cadavre, on butait sur du silence, sur de l'oubli, sur l'implacable justification du cours des choses. Alors, dans un éclair nauséeux, il revoyait, se détachant sur le fond de mur blanc, les deux portraits accrochés au bout de la salle de réunions où il se trouverait, dans quelques jours. Le portrait de Lénine et le portrait d'Ulbricht, parfaitement à leur place, en fin de compte, tous deux, car la distance étroite qui les séparait mesurait bien l'écart immense entre ce qu'ils avaient voulu et ce qu'ils avaient effectivement produit, car leur rapprochement, à première vue scandaleux, mesurait bien la scandaleuse dégradation de cette immense, surhumaine entreprise, qu'ils avaient essayé de réaliser parce qu'elle était précisément surhumaine, parce qu'elle bouleversait l'épaisseur insaisissable du quotidien, parce qu'elle rendait au monde la seule possibilité que celui-ci ne produisait pas de lui-même, celle de se transformer. Il serait là, dans quelques jours, devant le portrait de Lénine et celui d'Ulbricht, et c'était bien ainsi, la présence arrogante et amorphe d'Ulbricht, son regard vide et péremptoire, étant un rappel tout à fait efficace du chemin qui restait à parcourir — mais, qui le parcourrait ? quelles forces sociales auront pu mûrir dans notre société bureaucratique, dont l'un des objectifs est justement l'effacement des forces sociales, de leur pouvoir de négation, de mise en cause, de désordre créateur ? dans cette société que nous avons produite, nous-mêmes, dans l'opacité sournoise des justifications objectives, et que personne d'autre que nous ne peut même se proposer de transformer ? — le long chemin à parcourir pour retrouver l'éclat d'Octobre, conçu non pas comme le mythe d'un paradis perdu — laissez-moi rire ! quel paradis de misère et d'orgueil ! — mais comme un avenir à réinventer. (Mais non, voyons, reprends-toi, c'est trop tard, Walter Wetter ! Tu y es, tu en fais partie : tu n'es que l'un des mille minuscules rouages du Grand Appareil, ne rêve pas, ne te donne pas, à bon marché, une nouvelle bonne conscience !)

Walter Wetter levait sa chope de bière, presque vide.

— Tu ne sais pas ? disait-il. Nous allons boire à la santé de Ramón Mercader.

Wettlich le regardait.

— Pourquoi ? Il est en danger ?

Walter Wetter souriait méchamment.

— Mais non, pas celui-ci. A la santé de l'autre, le vrai Ramón Mercader.

Herbert Wettlich, visiblement, n'appréciait pas la plaisanterie.

— Et pourquoi, s'il te plaît ? demandait-il, d'une voix qui se voulait réprobatrice.

— Mais parce que c'est un militant exemplaire, voyons !

Et Walter Wetter riait franchement, d'un grand rire sombre, et Herbert Wettlich aimait de moins en moins la plaisanterie, et voilà notre héros positif, pensait Walter Wetter, dans un rire de plus en plus violent, on se demande pourquoi les critiques et les théoriciens de la littérature socialiste se sont si longtemps cassé la tête, voilà le héros positif, Ramón Mercader del Río, si tant est que ce soit vraiment son vrai nom, le militant qui a tout sacrifié à la Cause, et quand je dis tout, c'est tout, ce n'est pas une périphrase, tout, lui-même, et la Cause elle-même, tout sacrifié dans le silence et l'horreur publique, et ce n'est pas la peine de chercher ailleurs, messieurs-dames, voilà le héros positif, pas la peine d'essayer de pousser sur le devant de la scène littéraire — fidèle reflet socialiste d'une réalité radieuse —, pas la peine de pousser en avant tous ces tractoristes, ces exemplaires trayeuses de vaches laitières, ces techniciens inventant dans la joie de la pensée correcte le meilleur moyen de mouler les pièces d'une nouvelle machine, vraiment pas la peine, parlez-nous plutôt de Ramón Mercader del Río, notre héros positif, et Walter Wetter riait, d'un grand rire sombre et salutaire, la chope de bière à la main, et Herbert Wettlich détestait vraiment cette plaisanterie. Ça peut vous compliquer la vie, ce genre de sottises, vraiment vous compliquer la vie.

— Que sommes-nous, exactement, vous pouvez me le dire, Georgui Nicolaïevitch ?

Peut-être n'était-ce pas une vraie question, c'est-à-dire, peut-être en connaissait-il déjà la réponse.

Ils étaient, deux ans auparavant, dans une taverne de la Froschaugasse, dans le haut de la Froschaugasse, et Georgui Nicolaïevitch était encore tout excité par leur longue visite à la librairie de Pinkus, dans le fouillis des étagères occupant les trois étages de la maison, et les couloirs, les escaliers même : c'était simple, il y avait des livres partout.

Alors, deux ans auparavant, dans l'ombre de cette taverne décorée d'écussons gothiques, aux lourdes tables de bois patiné, il avait demandé à Georgui Nicolaïevitch ce qu'ils étaient, exactement. Mais peut-être n'était-ce pas une question. Peut-être la réponse à cette question était-elle trop évidente pour que ce fût réellement une question.

L'hôtesse de la *Swissair* s'avançait dans le couloir de l'appareil, vérifiant le bouclage des ceintures de sécurité, d'un regard précis et souriant. Elle était grande, cuivrée, les cheveux courts, déliée. Il la regardait s'avancer, arriver à sa hauteur, il parvenait à retenir son regard, une seconde, elle portait la main à ses cheveux, elle était passée. Alors, dans cet appareil qui s'apprêtait à décoller, dont les réacteurs sifflaient sourdement, à l'arrière, il avait la certitude qu'il ne reverrait plus jamais Inés. Il n'en était pas ému, ni surpris, pas outre mesure. Simplement, il ne reverrait plus jamais Inés. C'était une évidence tamisée, dépourvue d'arêtes coupantes, qui ne s'installait pas en lui, déchirante, qui le remplissait, d'un seul coup, douceâtre. C'était une évidence sirupeuse, comme une odeur brusque de menthe dans un recoin humide de la forêt. Voilà, il ne reverrait plus jamais Inés, c'était tout. Son cœur n'en battait pas plus fort, plus vite. Son sang n'en faisait pas qu'un tour. Ses entrailles n'en étaient pas remuées, d'un mouvement humide et brûlant. Non, pas du tout. Il était assis dans la Caravelle prête à décoller, il voyait le profil d'un homme assis à sa droite, le sifflement des réacteurs allait atteindre son paroxysme, dans quelques secondes leur poussée brutale et maîtrisée allait être libérée par le commandant de bord, l'appareil filerait sur la piste d'envol, l'hôtesse aux longues jambes venait de passer devant lui, et il n'était pas ému, ni surpris. Ni saisi d'inquiétude. Ni en proie aux regrets. Il flottait simplement dans cette certitude, comme dans une énorme bulle de savon, comme dans une matière huileuse et transparente : il ne verrait plus jamais Inés.

L'appareil roulait sur la piste, les dés en étaient jetés.

Il avait quelques dizaines de minutes, avant l'arrivée à Zurich, pour explorer cette certitude, d'autres certitudes. Une sorte de bonheur l'envahissait, il fermait les yeux.

A Zurich, deux ans auparavant, dans la Froschaugasse, il avait posé une question à Georgui Nicolaïevitch Oujakov, et celui-ci avait ri, l'œil bleu brillant.

— L'histoire se répète comme une farce, n'est-ce pas ? avait dit Oujakov. Nous sommes la répétition farceuse et dérisoire d'une histoire d'autrefois.

— Quelle histoire ?

— Mais celle de la révolution, bien sûr, disait Georgui Nicolaïevitch.

— Une histoire manquée, disait-il.

— Mais voyons ! Si elle n'était pas manquée, elle ne se répéterait pas comme une farce. Elle ne se répéterait d'aucune façon, même.

Pourtant, il insistait.

— Et quel est notre rôle à nous, dans cette farce ?

Oujakov le regardait fixement. Il ne semblait pas le voir. Il le regardait fixement, sans le voir. Il regardait fixement ailleurs, dans son propre passé.

— Un rôle tragique, disait-il enfin. Tragique et dérisoire. Nous ne sommes que la caricature des fonctionnaires de la révolution. Il n'y a plus de professionnels de la révolution mondiale, il n'y a que des agents de l'étranger, des fonctionnaires des services spéciaux.

Ce matin-là, lorsqu'il avait pris le bateau qui faisait le tour du lac, il savait qu'un émissaire du Centre se ferait reconnaître de lui, au cours du voyage. Mais il n'imaginait pas un instant que ce serait Georgui Nicolaïevitch en personne. Il faisait frais, sur le lac, malgré la chaleur de juillet qui avait été accablante, les deux derniers jours, en ville. Le bateau avait accosté, un peu plus tard, et il avait vu le nom du village, sur l'embarcadère : Wädenswill. Il regardait le lac, les montagnes, le vert, le bleu, le monde, et il n'avait pas fait attention aux voyageurs qui embarquaient, à Wädenswill. Quelques minutes après, une voix lui disait les paroles de reconnaissance, et il répondait machinalement ce qu'il devait répondre, tout en se retournant, mais il avait déjà reconnu cette voix, dans un sursaut d'émotion, et c'était celle de Georgui Nicolaïevitch.

Depuis lors, ils ne s'étaient pas quittés et ils n'avaient pas cessé de parler.

Maintenant, au bout de tant de paroles, dans la Froschaugasse, il savait bien à quoi pensait Georgui Nicolaïevitch. Dans cette histoire, qui se répétait maintenant sous la forme dérisoire de la farce, ils avaient chacun joué leur rôle. Au cours des années vingt, Oujakov avait parcouru l'Europe en tous sens, sous de faux noms multipliés et changeants. Il était fonctionnaire du Komintern. A Berlin, dans le désordre touffu, dans la fumée des discours et des combats de rues, la révolution semblait prendre racine : mais elle ne mûrissait pas, elle pourrissait sur pied. A Vienne, qui avait été son lieu de résidence le plus permanent, à une certaine époque, la musique flottait doucement sous les ombrages des parcs, pendant que s'amassaient dans la confusion les forces hétérogènes des batailles de classe qui allaient être perdues. Il y avait connu, en mars 1924, un Italien contrefait, dont la parole jaillissante, après de longs silences méditatifs, semblait d'emblée départager l'ombre et la lumière, l'essentiel et l'accessoire. Cet Italien écrirait plus tard au Secrétariat du Komintern des lettres implacables, par leur rigueur, que Staline n'oublierait pas de sitôt, et qui provoquaient l'embarras d'Ercoli, engagé dans de subtiles batailles de procédure et de couloirs. (« Cet Italien ? », avait-il demandé à Oujakov. « Mais c'était Gramsci, bien sûr. ») Avec Georgui Nicolaïevitch, c'était toujours la même chose. Chacune des personnes qu'il évoquait, parfois d'un seul mot cinglant, avait joué un rôle dans cette histoire, chacune de ces personnes avait un nom dans l'histoire. A l'écouter, interminablement, il semblait que l'opacité anonyme de leur propre passé s'évanouissait. L'histoire se démasquait, des hommes y apparaissaient, avec leurs passions, leurs obsessions, leurs rêves, leurs amours, leurs erreurs et la justification de leurs erreurs. L'histoire n'était plus le résultat d'un conflit aveugle entre le mal et le bien, mais le produit contradictoire des échecs et des avances, du rapport des classes et des hommes. L'histoire, dans les récits d'Oujakov, reprenait ses droits : elle n'était plus une hagiographie ou une démonologie mythologiques, mais une connaissance possible, tout au moins approximative. Pourtant, cette histoire était finie, maintenant, c'est-à-dire, elle n'était plus que de l'histoire. Un territoire brumeux, comme ces espaces bistre qui signalent, sur les cartes de certaines régions, les déserts non encore explorés. Un désert où s'engageaient principalement, armés de tout leur savoir et de tous leurs préjugés, les chercheurs des Universités américaines : l'histoire de la révolution échappait aux révolutionnaires, presque entièrement, et leur discours actuel — dans la mesure où ils se proposaient encore un discours cohérent et théorique — n'était que la répétition farceuse et babélique des discours d'autrefois, débranchés d'une quelconque pratique politique, masquant leur pragmatisme sous l'appareil pesant d'une érudition incontrôlable.

Ainsi parlait Georgui Nicolaïevitch, deux années auparavant.

Zurich, en faisant le tour du lac, et ensuite, dans les bistrots, les ruelles, les librairies.

— Vous avez lu *1984,* d'Orwell ? demandait-il.

Il avait lu, bien sûr.

— Il est tombé entre mes mains, tout récemment. Un ami qui revenait de Londres.

Oujakov souriait.

— Au moins, les services spéciaux m'ont permis de me refaire une bibliothèque, commentait-il.

— Il y a des choses enfantines, dans le bouquin d'Orwell, certainement, ajoutait Oujakov. Ne fût-ce que cette idée, qu'il partageait avec tous les utopistes actuels, toute la science-fiction moralisante, selon laquelle un univers bureaucratique intégré, fondé sur un progrès technologique qualitatif et ayant poussé au maximum les moyens de contrôle collectifs, qu'un tel univers serait forcément inhumain, ou mieux, déshumanisé. Ces histoires à propos de l'amour, dans Orwell, sont enfantines. Huxley tombait dans le même piège. Comme si le progrès technologique était, en lui-même et par lui-même, aliénant. Comme s'il n'y avait d'autre ressource que de se réfugier dans les vertiges et les balbutiements de l'humanisme idéologique. (Et Georgui Nicolaïevitch s'interrompait, de nouveau. C'est-à-dire, il abandonnait le fil de son discours pour se lancer dans un chemin de traverse. Mais c'est que, précisément, l'avant-veille, il avait vu à Genève un film français, *Alphaville.* « J'ai apprécié son lyrisme, par moments, quelque chose d'à la fois tonique et désespéré », disait-il. Et quant à la forme, nos cinéastes feraient bien d'en prendre de la graine. » Mais l'opposition homme-technique, dans le film en question, était poussée jusqu'au dérisoire. Il avait eu envie de hurler de rire, en voyant la scène où l'homme, affrontant le cerveau électronique, ne trouvait rien de mieux que d'ânonner cette platitude bergsonienne sur les données immédiates de la conscience. « Et pourtant », ajoutait-il, maintenant, « en y réfléchissant mieux, cette scène est assez typique : un document inestimable pour les sociologues et les psychiatres de l'avenir. Que l'homme de l'humanisme idéologique, honteusement chrétien, soit personnifié par un agent spécial, avec une gueule ravagée par l'inculture, le sous-développement intellectuel; que la machine des temps futurs soit représentée sous la forme de quelques bandes magnétiques qui tournent, et d'une voix de clochard avinée, c'est assez symptomatique. Une bien belle idée de l'homme et de la machine ! »)

Mais Georgui Nicolaïevitch reprenait le fil de son discours.

— Il y a des choses comme ça, enfantines, dans le bouquin d'Orwell. Car enfin, que la révolution soit un échec, que la stagnation actuelle aboutisse en fin de compte à la cristallisation définitive d'une société bureaucratique — que nous ne devenions, pour finir, que le secteur étatique du marché mondial capitaliste — et tout cela est prévisible, même dans ce cas le monde du capitalisme développé n'aurait rien de commun avec cette image naïve, primitive et réactionnaire. Pour comprendre ce qu'il serait — et quelles seraient ses nouvelles contradictions — il faudrait plutôt chercher du côté des descriptions et des analyses des *Grundrisse,* n'est-ce pas ? Mais tout ça n'est pas l'essentiel du bouquin d'Orwell. Ce qui m'y passionne, là-dedans, c'est cette idée à propos de la perpétuelle récriture de l'histoire, cet ajustement perpétuel du passé aux exigences tactiques du présent, cet effacement de la mémoire collective, sans laquelle il n'y a pas de pratique politique possible. Bien sûr, Orwell a pris cette idée dans notre propre expérience soviétique, mais la forme concentrée de la fiction romanesque lui donne tout son sens, elle éclaircit notre propre expérience. Mais pourquoi vous parlé-je de tout cela ?

Georgui Nicolaïevitch savait très bien pourquoi il parlait de tout cela, et sa question n'était qu'un artifice rhétorique, pour relancer le discours, pour le faire progresser.

Georgui Nicolaïevitch parlait de tout cela à propos de notre propre histoire. Il l'avait vécue, lui, sous les espèces dramatiques de la révolution, de ses espoirs et ses échecs. Je la vivais, moi, sous les espèces dérisoires du renseignement. Il avait été, lui, un fonctionnaire de la révolution mondiale. Je n'étais qu'un agent du K.G.B.

Lors du reflux de la vague révolutionnaire, dans la deuxième partie des années vingt, l'appareil du Komintern avait cessé d'être l'ossature de l'avant-garde internationale — et internationaliste — du prolétariat, pour devenir essentiellement un instrument de pouvoir, de contrôle et de répression du parti russe, c'est-à-dire, de son groupe dirigeant. Ainsi, le reflux révolutionnaire s'était vu consolidé par l'appareil même du Komintern, qui maintenait, d'un côté, la vision idéologique et irréelle de l'affrontement global et immédiat — Classe contre classe ! Feu sur les ours savants de la social-démocratie ! — tout en pratiquant, d'un autre côté, la mise en place, dans les partis communistes, par l'exclusion et l'anathème, des équipes politiques inconditionnellement soumises aux intérêts momentanés et changeants de l'État soviétique. (Je disais *soviétique,* et aussitôt, ce mot m'écorchait, car l'évolution sémantique de ce terme était bien significative. *Soviétique,* en toute rigueur, est un concept qui qualifie une forme sociale de portée vraisemblablement universelle, celle des conseils ouvriers et paysans de la démocratie socialiste. Mais il est devenu la connotation, étroitement nationale, d'une réalité russe. On en arrive ainsi à parler des nageuses *soviétiques,* par exemple, ce qui est un bien bel exemple de détournement sémantique !) Et c'est de cette façon, au cours de ce procès de dégradation, parfois brutal, parfois insensible, noyé sous les fumées de la parlerie idéologique, que les fonctionnaires de la révolution mondiale étaient devenus ce que j'étais : un homme des services spéciaux.

Et pourtant, ce n'était pas si simple, Oujakov avait raison.

Sous sa forme dérisoire, l'histoire se répétant comme une farce, nous étions, à travers le monde, les porteurs involontaires et sournois d'un projet universel, même dégradé, même vécu sous les espèces communiantes de l'irréel. Nous avions nos héros, comme Richard Sorge ; nos mystiques, comme Klaus Fuchs. Et c'est bien parce que c'était ainsi, parce que le fait d'envoyer de Los Alamos ou de Hartwell les formules les plus secrètes concernant la fission atomique, était un service objectif rendu à la cause d'une reprise possible de la révolution, c'est pour cela que nous trouvions tant d'appuis et de collaborations, totalement désintéressés. Ainsi, et c'est là où commençait la farce dont parlait Oujakov, les seuls qui croyaient encore, à Moscou, aux proclamations rituelles du Premier Mai — même si c'était d'une façon purement instrumentale, dans le dessein et le besoin de nourrir idéologiquement l'appareil mondial dont ils étaient responsables —, c'étaient quelques-uns des plus hauts fonctionnaires du K.G.B.

— Alors, disait Oujakov, êtes-vous satisfait de la réponse ?

Je hochais la tête, en souriant.

— Une vraie farce, en effet, lui disais-je.

Mais c'était il y a deux ans, et aujourd'hui, ce n'était sûrement pas Georgui Nicolaïevitch qui m'attendrait, à Zurich.

Je me demandais combien d'heures j'avais gagnées, sur les types de la C.I.A. L'échec ou la réussite de mon entreprise dépendaient de cela. Une question d'heures, ou de minutes. Car je n'avais pas l'intention, ni la nécessité, de prendre contact personnellement avec un émissaire du Centre. Il m'aurait fallu attendre quarante-huit heures, pour cela. J'avais simplement besoin de vingt à trente minutes de liberté, à Zurich, pour déposer à la boîte aux lettres le texte de mon rapport, dont j'avais laissé un double à Inés, ou plutôt une première version. Il n'y avait aucune chance pour que ce rapport soit intercepté, le traître ne pouvant pas se trouver à l'échelon des transmissions : il n'aurait rien su de moi, dans ce cas, il n'aurait pas pu me livrer à la C.I.A. Non, le traître devait se trouver à l'État-Major même du Centre. Mais là, quel que fût son poste, il ne pourrait pas intercepter mon texte. Je connaissais la procédure. A peine parvenu au Centre, mon rapport serait automatiquement photocopié en cinq exemplaires et il était matériellement impossible que le traître, quel que fût son grade, puisse s'approprier ces cinq exemplaires. Il en resterait toujours deux, dans le pire des cas : celui des archives et celui des services du secrétariat du C.C. chargés de coiffer l'État-Major du K.G.B. Non, la seule chance qu'ils avaient de m'empêcher de transmettre ce rapport, c'était de me coincer à Zurich, avant que je ne parvienne à la boîte aux lettres. C'était bien une question d'heures, ou de minutes. Combien d'heures, combien de minutes, avais-je gagné, à Amsterdam ? Bon, je le saurais bientôt.

Il allumait une cigarette, il faisait basculer son fauteuil en arrière, il jetait un coup d'œil par le hublot. L'appareil avait atteint son altitude de croisière, il flottait au-dessus d'un océan cotonneux de nuages.

Même s'il ne parvenait pas jusqu'à la boîte aux lettres, pour une raison ou pour une autre, il y aurait toujours le double du rapport, qu'il avait confié à Inés. Elle le ferait parvenir au Centre (c'est-à-dire, elle exécuterait les instructions qu'elle avait reçues ; dans l'ignorance totale du contenu de ce rapport et de son lieu de destination). Ça prendrait quelques semaines, car la voie qu'il avait imaginée était assez longue et détournée, pour plus de sécurité. Le texte qu'il avait confié à Inés n'était pas aussi complet que celui qu'il détenait lui-même, car il y avait un certain nombre de détails et d'éclaircissements qu'il n'avait pu incorporer qu'à Amsterdam, mais enfin, il était largement suffisant pour qu'une enquête soit déclenchée, au Centre.

Il regardait la mer de nuages.

Bientôt, il allait être midi, le télégramme arriverait dans la maison de Cabuérniga, au moment même où le silence de midi s'épaissirait, jusqu'à devenir une sorte de sphère, ou de cloche transparente et dense — juste avant que le vent ne se lève — qui recouvrirait la maison, le jardin, l'allée de châtaigniers, d'un espace de silence soyeux et diaphane. Inés décollerait la feuille de papier bleu, pliée : DATE RETOUR NON ENCORE FIXÉE STOP HUMPTY DUMPTY S'ENNUIE DE VOUS RAMÓN. Dans quelque temps, alors qu'il serait sur le point d'atterrir à Zurich, Inés aurait sous les yeux le texte du télégramme qu'il avait envoyé hier, le 14 avril, à son retour de La Haye.

Tout à coup, son sang ne faisait qu'un tour, son cœur battait à tout rompre, son regard se voilait, son sang se glaçait dans ses veines, ses cheveux se dressaient sur sa tête, il manquait défaillir, le sang bouillonnait dans ses veines, son estomac se contractait : l'angoisse, en somme, l'angoisse abominable.

Comment n'y avait-il pas pensé plus tôt !

Les types de la C.I.A. avaient sûrement intercepté ses deux télégrammes. C'était l'hypothèse la plus vraisemblable, si l'on tenait compte des moyens qu'ils semblaient avoir mis en œuvre pour le surveiller. Mais les Américains ne pouvaient pas savoir que Sonsoles l'appelait Humpty-Dumpty, pour rire, et qu'il était entré dans ce jeu enfantin, aux ressources inépuisables, l'histoire de Humpty-Dumpty connaissant de multiples rebondissements. Les Américains, en voyant les photocopies de ces deux télégrammes, avaient dû penser que ces allusions à Humpty-Dumpty étaient des messages codés, ayant quelque rapport avec le déroulement de sa mission. Et s'ils en étaient arrivés à cette conclusion, Inés devenait suspecte : ils croiraient qu'elle servait de relais de transmission. Ils croiraient tenir enfin l'un des maillons de ce réseau qu'ils essayaient depuis un mois, en vain, de découvrir et de pénétrer.

Si c'était ainsi, Inés était en danger. Doublement en danger, même, car elle ignorait l'importance réelle des papiers qu'elle possédait : elle ne serait donc pas assez prudente, pas assez méfiante.

Il essayait de se concentrer sur ce problème, d'y réfléchir lentement, en l'abordant sous tous ses angles.

Voyons. Les Américains avaient-ils intercepté les deux télégrammes ? C'était l'hypothèse la plus vraisemblable. Quand on surveille quelqu'un aussi étroitement qu'il avait été lui-même surveillé, à Amsterdam, on peut supposer que son courrier aussi, d'une façon ou de l'autre, est contrôlé. Bien. Quel était le texte exact des deux télégrammes ? Le 13 avril, jour de son arrivée à Amsterdam, il avait écrit : HUMPTY DUMPTY SE PORTE COMME UN CHARME STOP JE T'AIME RAMÓN. Il était au comptoir de la réception, il avait demandé une formule de télégramme. Il avait écrit l'adresse, machinalement. Ensuite, sans réfléchir, peut-être parce que l'image de Sonsoles — une suite d'images, plutôt, comme un éclatement d'instantanés photographiques, chacun d'eux étant immobile, figé, saisissant et figeant un geste, une attitude, de son enfant, mais l'ensemble, la suite, la série, étant imprégnée d'un mouvement à la fois fluide et fulgurant — peut-être parce qu'une image de Sonsoles lui avait traversé l'esprit — comme si sa petite fille, réellement, avait traversé l'espace vide, le sable blanc, qu'était à ce moment son esprit — peut-être pour cette raison, au lieu d'écrire tout bêtement, BIEN ARRIVÉ BAISERS, ou BIEN ARRIVÉ PENSE A TOI, avait-il inscrit sur la formule télégraphique HUMPTY DUMPTY SE PORTE COMME UN CHARME STOP JE T'AIME RAMÓN, pour qu'Inés en parle avec Sonsoles, pour que ce soir, à l'heure du dîner, ou plus tard, lorsque Sonsoles serait couchée dans le vieux lit d'enfant à baldaquin, qui l'amusait tellement, recouvert de cretonne fleurie, pour qu'à ce moment Inés puisse inventer quelque nouvel épisode des aventures de Humpty-Dumpty, parti à Amsterdam pour accomplir quelque extraordinaire exploit. Et le lendemain, très conscient cette fois-ci de ce qu'il écrivait, pour continuer le jeu, avait-il écrit DATE RETOUR NON ENCORE FIXÉE STOP HUMPTY DUMPTY S'ENNUIE DE VOUS RAMÓN.

Maintenant, dans un quart d'heure, vingt minutes, ce deuxième télégramme allait parvenir à Inés, dans la maison de Cabuérniga. Aucun des deux télégrammes, pris isolément, n'était suspect. C'était leur rapprochement, la constatation d'une allusion répétée à ce Humpty-Dumpty, qui pouvait intriguer le type de la C.I.A. chargé de vérifier son courrier. Si ce type était familier des comptines anglaises, s'il se souvenait de ses lectures enfantines de Lewis Carroll — et pourquoi un type de la C.I.A. n'aurait-il pas lu Lewis Carroll ? — peut-être ne ferait-il que sourire en voyant cette allusion répétée à Humpty-Dumpty. C'était possible, mais il ne fallait pas trop s'y fier. Il fallait plutôt s'attendre à un réflexe de méfiance des Américains, à la vue de ce qui pouvait paraître un message codé ; il fallait envisager qu'ils en tireraient la seule conclusion logique : qu'Inés était, d'une façon ou de l'autre, partie prenante dans cette affaire. Si cette hypothèse était fausse, tant mieux, il se serait tracassé pour rien. Mais si elle était vraie, il y avait peut-être quelque chose à faire.

Voyons.

Le responsable de la C.I.A. reçoit la communication de l'un de ses agents, au sujet de ces deux télégrammes et de leur possible signification. Le deuxième télégramme ayant été envoyé par lui, hier, à dix-sept heures, cette communication n'a pu être faite — si l'on pense aux délais nécessaires pour que l'employé de l'hôtel qui travaillerait pour eux transmette aux Américains le texte du second télégramme — elle n'a pu être faite qu'hier soir, tard, ou ce matin même. C'est secondaire, quoi qu'il en soit. A ce moment, le responsable de la C.I.A. — si l'on continue de supposer qu'il tire la conclusion déjà mentionnée au sujet du rôle possible joué par Inés dans cette affaire — le responsable de la C.I.A. peut faire deux choses. Ou bien noter ce fait nouveau et en remettre à plus tard l'exploration, tout préoccupé qu'il serait à ce moment par la disparition de l'homme qu'il avait à surveiller et de l'un de ses agents ; ou bien, précisément à cause de cette préoccupation, qui le pousserait à explorer toutes les voies possibles, prendre la décision immédiate de faire envoyer quelqu'un s'occuper d'Inés.

Bien. Choisissons l'hypothèse la moins favorable.

Le responsable de la C.I.A., ce matin, a téléphoné à Madrid, pour demander que l'on s'occupe d'Inés. Cela, en fait, n'aurait aucune importance, si Inés n'avait pas en sa possession les quelques feuillets de papier pelure recouverts de caractères cyrilliques. A quoi ça peut-il servir qu'ils surveillent Inés ? Elle est en dehors de tout ça. Elle n'a aucun contact qui puisse intéresser la C.I.A. Ils peuvent bien la surveiller pendant des mois, cela ne changera rien. Oui, mais elle possède ces quelques feuillets. Elle en ignore le contenu et le destinataire éventuel, mais elle est consciente de leur importance, qu'il a été bien obligé de souligner, pour qu'elle exécute ses instructions au pied de la lettre. Il a même promis de lui donner une explication, plus tard. Ainsi, lorsque Inés remarquera la présence insolite de ces étrangers — car il est impossible que les Américains ne se fassent pas remarquer, à Cabuérniga — elle risque de s'affoler, de faire quelque chose qui attire sur elle l'attention de la C.I.A. Elle risque, dans l'intention de préserver les feuillets qu'il lui a confiés, de faire quelque démarche — ou bien qu'elle essaie de les cacher ailleurs ; ou bien qu'elle décide de les acheminer au plus tôt, sans attendre le feu vert — quelque démarche qui permette aux Américains de s'en emparer. Le danger ne réside donc pas dans le seul fait que les Américains se décident à surveiller Inés ; le danger tient au fait qu'elle possède réellement un document explosif.

Sa décision est prise aussitôt.

La première chose qu'il va faire, à Zurich, même s'il doit perdre pour ce faire quelques minutes précieuses, c'est d'envoyer un télégramme à Inés, afin qu'elle brûle ces papiers. Cabuérniga n'est pas facile à atteindre, il est vraisemblable que les Américains s'y rendront en voiture. Ils n'y seront donc pas avant demain, au plus tôt. Ensuite, il faudra quand même qu'ils s'orientent un peu, dans le village, qu'ils cherchent des moyens d'approche. Ça lui donne encore quelques heures supplémentaires. Le télégramme sera arrivé avant eux. Les papiers auront brûlé, lorsqu'ils se présenteront dans la vallée de Cabuérniga, sous le soleil pâle du mois d'avril, ou bien sous la pluie fine et persistante, imprégnée d'une odeur indéfinissable, mélange de senteur saline et d'arôme d'eucalyptus.

Il rit tout seul. Il a l'impression d'y être. Il est sûr que tout va se passer ainsi, comme si sa pensée avait vraiment élucidé, mis à nu, la trame obscure du cours des choses, comme si son imagination avait maîtrisé ce déroulement implacable, auquel, désormais, il pouvait opposer une parade efficace.

Quant aux papiers détenus par Inés, le sort en était jeté. S'il arrivait à déposer son rapport dans la boîte aux lettres zurichoise du Centre, ces papiers n'avaient plus aucune raison d'être. Et s'il n'y parvenait pas, on aviserait. Inés, au moins, serait préservée — et, brusquement, en pensant qu'Inés serait préservée, il prend conscience de la décision qui était cachée, latente, sous chacune de ses décisions et de ses démarches de ces derniers jours, et cette décision obscure, masquée sous son activité apparemment précise et concrète, lui apparaît maintenant avec toute la clarté de l'évidence : bien sûr, voilà ce qu'il allait faire, s'il parvenait à s'en sortir — et Inés, au moins, serait préservée.

Une main légère le touche, à l'épaule, il détourne son regard de la mer de nuages. L'hôtesse est penchée sur lui, elle lui demande s'il veut un rafraîchissement.

Il voit le corps de la jeune femme, ses cheveux courts qui lui battent la joue. Il lui sourit.

— Rafraîchissement ? Non, tenez, donnez-moi une double vodka, dans un grand verre, avec deux glaçons.

Elle reste penchée sur lui, elle lui rend son sourire.

— Bon. Vous savez ce que vous voulez, au moins.

Elle parle parfaitement l'anglais. Sa bouche est à peine fardée, ses yeux sont gris.

— Oui, ça m'arrive, dit-il.

Ils rient ensemble, elle se redresse. Il a envie de lui dire que tout va très bien, qu'Inés et Sonsoles seront préservées, quoi qu'il arrive. Il se demande quel regard elle aurait s'il lui disait que deux Américains sont en train de quitter Madrid, à l'heure qu'il est — ils auront loué une Seat 1800, car ils ne peuvent pas faire le voyage avec l'une de leurs grosses voitures, dont les plaques minéralogiques, semblables aux plaques espagnoles, portent cependant des numéros choisis dans les séries réservées aux *U.S. Forces,* les rendant ainsi identifiables, même dans les provinces reculées, par le premier venu — en train de quitter Madrid pour gagner par la route la vallée de Cabuérniga ; s'il lui disait que ces deux Américains auront pour mission de surveiller Inés, de la suivre, lorsqu'elle prendra la Mercedes pour descendre à Santander ; s'il lui disait qu'ils arriveront trop tard, car Inés aura déjà brûlé les papiers compromettants. Mais peut-être comprendrait-elle parfaitement : on ne sait jamais, avec les hôtesses de la *Swissair.*

Elle dit qu'elle lui apporte ça tout de suite, elle s'écarte.

Deux ans auparavant, Georgui Nicolaïevitch le regardait boire de la vodka et il faisait remarquer qu'il restait fidèle aux traditions nationales.

— Vous restez fidèle aux traditions nationales, d'après ce que je vois, disait Georgui Nicolaïevitch.

Ils avaient quitté le bateau à Küsnacht et c'est là qu'ils déjeunaient, à l'*Ermitage,* un restaurant sur le lac.

Oui, il restait fidèle aux traditions nationales, tout au moins en ce qui concernait la boisson.

Ils avaient commandé leur repas et ils attendaient d'être servis en buvant de la vodka, c'est-à-dire, je buvais de la vodka, car Georgui Nicolaïevitch ne buvait jamais que de l'eau minérale, gazeuse de préférence. « Voilà au moins un point que vous avez en commun avec le camarade Souslov », lui avais-je dit, en riant. Il avait eu une sorte de hoquet et son œil bleu s'était assombri. « Si vous voulez tout savoir », avait-il dit, ensuite, « il y a un deuxième point que j'ai en commun avec le camarade Souslov. Je ne fume pas non plus et je déteste même l'odeur du tabac, dans un lieu clos. Tout comme lui. » Il avait gardé le silence, quelques secondes. « Mais ce n'est sûrement pas pour les mêmes raisons », avait conclu Georgui Nicolaïevitch, et j'étais un peu honteux de ma plaisanterie. J'ignorais les raisons de l'horreur bien connue du tabac, chez Mikhaïl Souslov, mais je savais très bien pourquoi Georgui Nicolaïevitch n'en pouvait même supporter l'odeur, dans un lieu clos. L'odeur du tabac était, à tout jamais, dans sa mémoire, associée aux interminables séances d'interrogatoire qu'il avait subies, en 1938, juste avant sa déportation. L'odeur du tabac était indissolublement associée aux lieux clos où, des jours et des nuits durant, on avait essayé de lui faire avouer des crimes inavouables. Alors, j'étais un peu honteux de ma plaisanterie et je changeais de conversation.

Je regardais le vieil homme aux cheveux blancs et je pensais que, de tous les hommes que je connaissais, c'était celui-ci que je respectais le plus, que j'aimais davantage. Comme si c'était lui le seul qui fût digne de remplacer, sans se l'être proposé, ce père que je n'avais pas connu, qui était mort fusillé. (Et, de nouveau, cet autre souvenir venait s'interposer, c'est-à-dire, non pas un souvenir, un récit de souvenir : les images, les fantômes, de ce souvenir qui m'avait été rapporté par tante Adela — mais elle-même n'avait pas assisté à cette scène ; elle n'était pas présente lorsqu'on avait adossé le vieil homme au mur du cimetière, dans la lumière des phares ; elle avait reconstruit, recomposé, d'après les récits laconiques de certains témoins, au long des années, bribe par bribe, détail par détail, ce souvenir de la mort de son frère, qu'elle pouvait maintenant évoquer comme si elle y avait été, dans la plénitude presque parfaite d'une vision imaginaire, plus riche et plus fertile en détails inépuisables que n'importe quel récit, laconique et vague, d'un témoin oculaire — ce souvenir qu'elle m'avait longuement décrit dans une lettre, quelques mois après mon arrivée en Espagne, au moment où il avait été question que je fasse le voyage jusqu'à Cabuérniga, comme si elle avait voulu, avant que je n'arrive dans la vieille maison familiale, me faire partager le poids de ce souvenir.)

— Quoi de neuf chez nous, Georgui Nicolaïevitch ? lui avais-je demandé ? lorsqu'on nous eût apporté le premier plat et que le serveur se fût éloigné.

Il chipotait dans son assiette, il levait les yeux.

— Vous voulez vraiment qu'on en parle ? demandait-il. Ça va nous gâcher notre déjeuner.

Je ne réagissais pas, j'attendais la suite. Je savais bien qu'il aurait envie d'en parler comme il pouvait le faire avec moi, sans retenue, sans crainte.

J'attendais, simplement.

L'hôtesse revenait vers moi. Elle m'apportait une double vodka, dans un grand verre, avec deux glaçons. Nous échangions des propos en l'air, au sujet des boissons fortes. Elle me disait que l'alcool lui faisait faire des sottises, et je l'invitais, alors, à partager ma vodka. Elle repartait, en riant, avec un billet de dix dollars, pour me faire de la monnaie. Et le Vieux, deux ans auparavant, me regardait boire de la vodka et me disait que les jours de Nikita Sergueïevitch étaient comptés. L'équilibre des forces avait été bouleversé, au Présidium, et la liquidation de Nikita Sergueïevitch n'était plus qu'une question de mois, peut-être même de semaines. « Le drame, disait Oujakov, c'est qu'aucun de nous ne va pleurer le départ de Nikita Sergueïevitch, mais ce qui viendra ensuite sera encore pire : le règne de l'immobilisme, de la médiocrité grisâtre. Ce n'est plus Thermidor, c'est Louis-Philippe ! Mon cher, nous n'aurons plus de stratégie, même contestable, plus de politique même ! Ce sera l'administration tatillonne du cours des choses. » Deux ans auparavant, fourchette brandie, Georgui Nicolaïevitch se lançait dans une analyse du rapport des forces sociales, à l'intérieur même de l'U.R.S.S., et l'hôtesse de la *Swissair* revenait vers moi, les mains pleines de monnaie suisse. Elle s'asseyait sur le siège voisin, qui était demeuré libre, pour faire les comptes de ces dix dollars, et de leur équivalence en monnaie suisse, une fois déduit le prix de la consommation. Elle s'y prenait à plusieurs fois, peut-être par jeu, et je me penchais vers elle. Je posais la paume de ma main gauche sur son genou. Elle ne disait rien, elle s'embrouillait dans ses comptes, en riant. Je lui disais que ces dix dollars avaient l'air de produire assez de francs suisses pour que je l'invite à déjeuner, ou à dîner. Non, elle n'était pas libre à déjeuner, mais c'était justement son soir de congé. De toute façon, le change des dix dollars n'y suffirait certainement pas : elle avait des goûts dispendieux, précisait-elle. Je la rassurais aussitôt, il y avait d'autres billets de dix dollars disponibles. Elle riait, les comptes avaient l'air de tomber juste, pour finir, et je sentais la tiédeur de sa jambe, dans la paume de ma main gauche, sous la surface légèrement crissante et granitée du bas. Elle était de Küsnacht, me disait-elle, et justement, lui disais-je, quelle coïncidence ! j'avais été à Küsnacht, il y a deux ans, en promenade. Un jour d'été : le lac était d'un bleu suisse, les montagnes, au loin, d'une blancheur suisse de neige, les prairies d'un vert suisse. Oui, elle connaissait l'*Ermitage,* c'était un très bon restaurant. Le soir, sous les bosquets, disait-elle, on pouvait y danser. L'orchestre jouait des valses viennoises et des czardas. Quelle chance ! Depuis le temps que j'avais envie d'écouter de la bonne musique d'Europe centrale ! Y avait-il aussi des chambres, à l'Ermitage ? lui demandais-je. Elle avait un rire aigu et se levait, après m'avoir tendu la monnaie suisse de mes dix dollars, mais, deux ans auparavant, il n'y avait pas de musique du tout, à l'*Ermitage,* tout au moins n'en gardais-je pas le souvenir.

Deux ans auparavant, sur la terrasse de l'*Ermitage,* je regardais la surface miroitante du lac et j'écoutais Oujakov me dire les raisons de la chute inévitable et prochaine de Nikita Sergueïevitch Khrouchtchev. C'était complexe et mesquin. Il n'y avait rien, dans cette sombre bataille d'appareils de toutes sortes, qui aurait pu vous inciter à l'enthousiasme, ou à un nouvel espoir. J'écoutais cette sombre et mesquine histoire, qui n'était plus sanglante, mais seulement sordide, dans laquelle ni les masses, ni le parti ne jouaient plus aucun rôle — mais y avait-il encore un parti ? y avait-il encore des forces sociales autonomes, capables d'élaborer, ou tout au moins d'admettre, un projet politique global ? — j'écoutais cette histoire, et je ne pouvais m'empêcher, paradoxalement à première vue, d'être saisi par le mal du pays. Nous parlions en allemand, Georgui Nicolaïevitch et moi, pour ne pas attirer l'attention, et lorsqu'il s'est interrompu pour me demander ce que j'avais, je lui ai dit que j'avais le mal du pays, *Heimweh.* Alors, il me regardait en hochant la tête. Il se penchait vers moi et me racontait une autre histoire, sur le ton de la confidence. Lorsqu'il était rentré de Kolyma, en 1955, non seulement il n'avait pas reconnu Moscou, mais il avait trouvé la ville inhabitable. Littéralement invivable. La vie y était terne, amorphe : une sorte de mollesse l'avait envahie, comme une gangrène. Les gens y vivaient mieux, sans doute, mais ils y vivaient seuls, chacun pour soi, dans le vertige anonyme et mesquin d'une amélioration individuelle de leur sort. On lui avait fait une place, c'est sûr, mais c'était en s'écartant, en prenant des distances. Qu'il ne fasse surtout pas allusion au passé, c'était malséant ! Alors, il avait souhaité fuir, quitter cette capitale tentaculaire et pourrissante, où les gens de son âge l'observaient avec une sorte de suspicion polie, où les jeunes étaient inabordables, retranchés dans une indifférence parfois haineuse, souvent cynique. Lui aussi avait éprouvé le mal du pays, la nostalgie de la grande folie russe bouleversant le monde.

Voilà, je ressentais, comme si mon sang avait cessé d'être fluide, comme s'il avait charrié des milliers de minuscules cristaux, des milliers de minuscules brindilles, qui m'écorchaient tout vif, je ressentais le mal du pays.

Hier soir, à Amsterdam, dans le bistrot du port, j'avais éprouvé le même sentiment.

J'étais dans l'avion de Zurich, je buvais de la vodka bien frappée, et ce sentiment d'il y a deux ans, à Küsnacht, lorsque j'avais vu Georgui Nicolaïevitch pour la dernière fois, semblait se superposer à celui d'hier, comme si le temps avait été effacé, comme si, de tout temps et pour toujours, j'étais destiné à flotter, vaguement écœuré, vaguement ramolli, dans cette nostalgie, ce mal du pays.

*Heimweh,* voyons ! Quel meilleur mot y aurait-il pour nommer ce sentiment ?

Hier soir, dans le bistrot proche du Zeedijk, cet homme s'était mis à chantonner *Souliko.* « Où es-tu, Souliko ? M'entends-tu ? » La voix basse, un peu rauque, de l'inconnu, chantait en russe les paroles familières, dont la mélodie simple et prenante évoquait pour moi, instantanément, le déploiement immense des forêts traversées par le vent, la rumeur des sources, l'éclat doucement bleuté des neiges d'antan. *Souliko !* Nous avait-on assez répété, d'une voix confidentielle, durant toute notre enfance, que c'était là la chanson préférée du camarade Staline ? Le jour de sa mort, la ville entière semblait fredonner cette chanson, inlassablement. « Où es-tu, Souliko ? M'entends-tu ? » Les paroles semblaient sourdre de la nuit, du piétinement confus des foules en marche vers la Maison des Syndicats, des fenêtres aveugles, des eaux sombres de la Moskova ; elles semblaient fondre doucement sur nous, du haut des murs du Kremlin. J'avais vingt ans, je marchais dans la nuit, d'un endroit à l'autre, dans le désarroi le plus total, flottant comme un bouchon dans les mouvements désordonnés et angoissés de la foule, et la musique de cette chanson semblait symboliser toute cette énorme détresse désemparée. Souliko, Souliko ! Quelle dérision ! J'en avais de nouveau les larmes aux yeux, de rage et de tendresse, hier, treize ans plus tard, dans ce bistrot espagnol proche du Zeedijk.

Mais une voix annonçait, dans les haut-parleurs, que l'appareil commençait sa descente vers l'aéroport de Zurich et que la décélération éventuellement ressentie serait due à l'usage des aérofreins.

Alors, il finissait de boire sa vodka, il s'efforçait de se concentrer sur ce qu'il devait accomplir, à

Zurich. Le temps passait, l'hôtesse réapparaissait, se penchait vers lui pour le débarrasser du verre vide. « Vous m'emmenez dîner à Küsnacht ? » demandait-elle. Il lui frôlait la hanche, de la main droite, il lui souriait, en hochant la tête affirmativement. Elle lui donnait rendez-vous, à dix-huit heures quinze, dans un bar de la Bellevueplatz. Il hochait la tête, encore. Elle s'écartait, ses cheveux voltigeaient autour de son visage. Pourquoi pas ?

Douze minutes plus tard, il marchait vers le bâtiment de l'aérogare. Il faisait gris, il marchait d'un pas vif.

Dans la grande salle bruissante et vitrée des arrivées, George Kanin l'attendait, l'œil morose. Mais il ne connaissait pas George Kanin, c'est vrai.

Maintenant, dans cette histoire, il y a une sorte de répit. Comme si quelqu'un se mettait à jouer de la flûte, tout à coup, profitant d'un silence des cuivres.

Une sorte de répit, un air de flûte : à peu près ça.

Ramón Mercader vient de descendre de l'avion d'Amsterdam. Il marche d'un pas vif, précédant le groupe des voyageurs, vers le bâtiment de l'aérogare. Quelles que soient les intentions de George Kanin, nous avons là quelques minutes pendant lesquelles rien ne peut se passer. Il faut que Mercader arrive dans l'aérogare, qu'il franchisse les contrôles de police et de douane. Quelques minutes, au moins.

Nous pourrions nous placer auprès de Kanin, pour regarder avec lui la silhouette élancée de Mercader, là dehors, sur l'aire de l'aéroport, qui s'avance. Nous pourrions ensuite nous tourner vers Kanin, lui tapoter l'avant-bras, pour attirer son attention et lui demander ce qu'il fait ici, comment il y est parvenu. Il ne pourrait pas refuser de nous répondre, bien sûr : d'un seul froncement de sourcils, nous le renverrions dans l'enfer du non-être. Il bougonnerait certainement, c'est dans son caractère, mais il nous fournirait toutes les explications voulues.

Nous dirions : Que faites-vous ici, George Kanin ?

Il se retournerait, bougonnant.

Il dirait : Je ne m'appelle pas George Kanin, aujourd'hui.

Nous hausserions les épaules, avec un peu d'agacement.

Nous dirions : Imaginez-vous que nous sommes au courant ! N'oubliez pas qui nous sommes. C'était pour simplifier, pour ne pas trop dérouter le lecteur. Il aura déjà assez de mal à s'y retrouver, dans cet imbroglio.

Les sourcils de Kanin se fronceraient.

Il dirait : Imbroglio ?

C'est vrai, nous aurions oublié qu'il ne possède pas un vocabulaire très étendu.

Nous préciserions : Enfin, ce bordel.

Un semblant de sourire froid viendrait sur ses lèvres : Ça, vous pouvez le dire. Un vrai bordel !

Mais, d'une voix brève, nous lui rappellerions notre première question.

Alors, il parlerait : C'est Floyd. Ce matin, à sept heures, quand la nouvelle de la mort de Hentoff a été confirmée, il nous a expédiés. O'Leary et Folkes, je ne sais pas. Moi, à Zurich. Un biréacteur privé m'y a conduit. Je suis dans les pétroles, j'ai des moyens. Depuis huit heures et demie, je suis là, à guetter tous les avions qui viennent d'Amsterdam, ou de quelque autre ville que Mercader aurait pu atteindre, ce matin, à partir d'Amsterdam. Bruxelles, par exemple. Et Munich, aussi. Il avait l'air absolument sûr de ça, Floyd, que Mercader viendrait à Zurich, par n'importe quel chemin.

Nous hocherions la tête, nous dirions : il avait bien raison : le voilà.

Et Kanin : Oui, le voilà.

Nous regarderions une seconde la haute silhouette de Ramón Mercader, qui franchirait la porte d'accès au bâtiment de l'aérogare.

Nous dirions : Et ensuite ?

Il secouerait les épaules, rageusement : Ensuite, je ne sais pas. Je ne suis ici que pour identifier Mercader, le signaler. C'est une autre équipe qui le prend en charge.

Nous demanderions, sournoisement : Pour quoi faire ?

Alors, il nous jetterait un regard noir : Ça, c'est trop fort ! Vous vous foutez de moi ? Vous le savez mieux que personne, non ?

Oui, bien sûr. Il avait raison. Nous le laisserions à son attente.

Mais le temps ne serait pas épuisé. Ramón Mercader viendrait à peine de franchir la porte du bâtiment de l'aérogare. Il chercherait du regard quel était le guichet de contrôle de police le moins encombré. Mais plusieurs avions viendraient d'atterrir, il y aurait du monde à tous les guichets. Il se résignerait, après un coup d'œil à sa montre. Il prendrait sa place dans une file d'attente.

Nous aurions encore quelques minutes. Le temps serait suspendu, son déroulement, voulons-nous dire. A l'aérogare de Zurich, un petit air de flûte, c'est assez surprenant. Plus d'un voyageur dresserait le visage, surpris, mais charmé. Tiens ! diraient-ils, un air de flûte ! Ils ne sauraient pas du tout que cet air de flûte n'avait surgi que pour les besoins d'une entreprise romanesque. Mais un air de flûte, même aussi irréel, serait assez surprenant, à l'aérogare de Zurich. Ils en seraient charmés.

Nous aurions le temps de nous approcher du kiosque à journaux, d'acheter la *Weltwoche,* la *Neue Züricher Zeitung,* de flâner. Voyons, où en sommes-nous ?

Il serait midi quarante-cinq.

Henk Moedenhuik viendrait de rentrer chez lui, le *Nieuwe Rotterdamse Courant* sous le bras. Il déposerait le journal sur la table de l'entrée, il appellerait Béatrice. Celle-ci l'attendrait dans le salon, fraîche et rose. Il se pencherait vers elle, le poing gauche appuyé sur l'accoudoir droit du fauteuil. Il l'embrasserait sur la bouche et sa main droite lui caresserait les jambes, jusqu'à la fraîcheur de la peau nue, la moiteur du creux du ventre, et elle lui dirait de ne pas être fou, Henk, qu'Anna pouvait entrer à tout moment.

Béatrice : Ne sois pas fou, Henk ! Anna peut entrer à tout moment.

Henk : Et alors ? Ça ne me gêne pas.

Béatrice : Oh toi ! toujours ton idée fixe !

Elle rirait, se levant de son fauteuil, le regardant avec des yeux de porcelaine embuée, en rajustant sa jupe.

Béatrice : Écoute, moi je veux bien. Mais je ne veux prendre aucune initiative. C'est à toi d'arranger ça. Parle-lui.

Il allumerait une cigarette, en disant que ce serait plus facile pour elle. Elle voyait Anna toute la journée, voyons, qu'elle trouve le moyen de le lui suggérer.

Elle rirait encore, préparerait des boissons, ouvrirait la porte pour crier à Anna d'apporter de la glace.

Henk Moedenhuik regarderait bouger les deux jeunes femmes. Il fermerait les yeux, un instant. Des cristaux de neige sur une vitre embuée. Une sorte de foisonnement lumineux, dans la pénombre de ses paupières. Il rouvrirait les yeux, il regarderait Anna. Béatrice regarderait son regard sur Anna, les yeux brillants. Elle se mouillerait les lèvres, qu'elle aurait sèches, du bout de la langue. Anna se retournerait, verrait les yeux de Moedenhuik, posés sur elle, et le regard de Béatrice, fixé sur les yeux de son mari. Elle resterait immobile, elle se cambrerait instinctivement.

Bon, l'image se fixerait. Ils resteraient ainsi, figés, dans cette attente confuse, qu'un mot, qu'un geste, pourraient faire éclater dans un sens ou dans l'autre.

Mais il serait midi quarante-cinq, Ramón Mercader viendrait d'arriver à l'aéroport de Zurich. Nous n'aurions que quelques minutes devant nous et il ne faudrait pas les gaspiller. Pourquoi parler de Moedenhuik, plutôt que de n'importe qui d'autre ? Henk Moedenhuik serait à mille lieues de cette histoire, pour l'instant. Il aurait oublié le coup de téléphone de Mercader, à 10 heures 30, pour remettre au lendemain le rendez-vous fixé. Il ne penserait pas à l'article du professeur Brouwer, rapportant les dernières paroles de Miguel de Unamuno, à Salamanque, en 1936, qu'il aurait retrouvé la veille, en fouillant ses papiers. Il n'aurait pas encore reçu la visite, intempestive et inopportune, de Franz Schilthuis. Non, il n'y aurait pas de raison particulière pour parler de Henk Moedenhuik.

Si on essayait du côté d'Elliott Wilcock et de Stanley Bryant ?

A midi quarante-cinq, ce 15 avril, ils viennent de se mettre en route.

Elliott Wilcock : trente-quatre ans, marié, deux enfants. Bonne tête à cheveux ras de cosmonaute, comme on peut en trouver dans les reportages photographiques de *Life-Magazine*. Affecté aux services de la Sécurité militaire, depuis la guerre de Corée. Du monde, il ne connaît que les bases américaines, et l'univers clos qui les entoure, partout le même, en Turquie comme en Thaïlande, en Islande comme en Espagne. Bars pour militaires, piscines pour militaires. On reste entre soi. Depuis trois ans, il travaille à Torrejón de Ardoz, l'une des bases européennes du *Strategic Air Command.* Il déteste l'huile d'olive, les courses de taureaux et les officiers espagnols des services de liaison. Il trouve que ces derniers sont pointilleux, arrogants et que leur barbe pousse trop vite : ils n'ont jamais des visages bien nets de cosmonautes. Chaque année, depuis qu'il est en Espagne, au moment où arrive la période des congés, il projette avec sa femme quelque voyage touristique et culturel. Ils s'installent tous deux sous la lampe et ils feuillettent le guide d'Arthur Frommer : *Europe on Five Dollars a Day*. Ils rêvent : *VIENNA, Strauss and Strudel. This is a city of ever-present nostalgia. The trappings of the old Austro-Hungarian Empire are faded by now, and the great rococo buildings of Vienna are weather-worn and chipped...* Bon, ils tournent les pages : *VENICE, Don't go near the water. Venice is a fantastic dream. To feel its full impact, try to arrive at night, when the wonders of the city can steal upon you, piecemeal and slow...* Bien, ils tournent encore les pages : *STOCKHOLM, Under three Crowns, Stockholm, very simply stated, is like no other city you have ever seen...* Ainsi, ils rêvent sur les pages du Frommer, tous les ans (sur l'édition de l'année, bien entendu : Revised-Expanded-Up-To-Date). Et peut-être parce que Vienne est une ville empreinte de nostalgie, et Venise un rêve fantastique, et Stockholm, tout simplement, une ville qui ne ressemble à aucune autre, peut-être à cause de toutes ces merveilles sur lesquelles il leur est loisible de rêver un instant, finissent-ils toujours par prendre un *charter de* l'*U.S. Air-Force,* et se retrouvent-ils à Santa-Monica, dans un bungalow sur la plage : les pieds dans l'eau.

Stanley Bryant : vingt-huit ans, célibataire. Adjoint de Herbert Hentoff. Recruté par la C.I.A. à l'Université du Texas, où il terminait des études d'histoire et de littérature espagnoles. A publié plusieurs essais sur les poètes de la génération de 1936. Ses préférences intimes, malgré les mérites reconnus aux noms les plus illustres de cette génération éblouissante, vont à Pedro Garfias et Luis Cernuda, ce qui démontre un goût très sûr. Depuis deux ans, installé à Madrid, pour le compte de la C.I.A., il a parcouru l'Espagne dans tous les sens. Prépare une thèse au sujet de *L'Anarchisme dans la Guerre civile espagnole :* c'est un travail de longue haleine. Ignore l'existence du guide *Spain on Five Dollars a Day,* rédigé par Stanley Mills Haggart pour la série d'Arthur Frommer *(Arthur Frommer Inc. Box 2249, Grand Central Post office, New York, N.Y. 10017),* mais connaît tous les bistrots intéressants de la plupart des provinces espagnoles. A établi une carte des vins régionaux — la plupart d'entre eux ne sont pas commercialisés — qui est une pure merveille.

Tous deux, ce 15 avril, à midi quarante-cinq, viennent de se mettre en route.

Ils ont pris livraison, dans un garage de Cea Bermudez, de la voiture de location qui leur a été réservée : une Seat 1800. Elliott Wilcock a grogné, prétendant que ces voitures espagnoles, c'était de la merde. Une finition déplorable, une boîte de vitesses dégueulasse, voilà son opinion sur ces voitures. Stanley Bryant avait haussé les épaules. « Nous ne faisons pas un rallye dans l'Est africain, disait-il. Jusqu'à Santander, les routes sont bonnes. » Elliott Wilcock avait jeté son sac de voyage dans le coffre de la voiture, cette expédition n'avait pas l'air de l'enchanter. Bryant, pour sa part, en mettant la voiture en route, avait parlé des beautés de la baie de Santander, de la blondeur immense des plages du Sardinero, des forêts d'eucalyptus dans l'arrière-pays. « Là où nous allons, disait-il, cette vallée de Cabuérniga, c'est l'une des plus belles contrées d'Espagne. » Mais Wilcock haussait les épaules. L'Espagne, c'était quoi ? Il disait : « Tu as trop lu Hemingway, vieux. Il avait pour ce pays un amour sénile. » Bryant avait ri. Sénile ? Il ne voulait pas s'engager dans une discussion littéraire avec Elliott Wilcock, ça ne mènerait sûrement à rien.

Ils étaient sur la route, en tout cas.

Stanley Bryant avait été convoqué d'urgence, de bonne heure ce matin. A l'Ambassade, un fonctionnaire des services de presse s'était fait reconnaître de lui. Il avait reçu des instructions très précises, au sujet de ce voyage à Cabuérniga. L'histoire, peut-être parce qu'on ne lui en livrait que les morceaux nécessaires à l'accomplissement de sa mission, était assez confuse. On lui avait fourni un petit dossier, avec des photos, des fiches biographiques. Il regardait la photo d'Inés Alvarado de Mercader et il n'arrivait pas à saisir pleinement le rapport possible entre la bouleversante beauté de cette femme et la mort de Herbert Hentoff, à Amsterdam, à l'aube de cette nuit même. Le fonctionnaire de l'Ambassade lui parlait d'Elliott Wilcock. C'était l'un des types les plus sûrs qu'on ait eus sous la main, on l'avait désigné pour l'accompagner.

Mais ce voyage imprévu n'avait pas l'air d'enchanter Elliott Wilcock.

Ainsi, au moment même où Ramón Mercader se présente devant le guichet du contrôle de police, à l'aéroport de Zurich, des choses bougent dans le monde, à cause de lui.

Heidi Grühl, pour sa part, a franchi le portillon du couloir réservé au personnel navigant. Dans le vestiaire des hôtesses, elle retrouve Bertha Gutschli qui vient d'arriver de Stockholm. Elles babillent, aussitôt, en *schwizerdütch,* car si Heidi est originaire de Küsnacht, Bertha est née à Richterswil, de l'autre côté du lac. Ça fait quatre jours qu'elles ne se sont pas rencontrées, elles ont plein de choses à se dire. Des riens, des rêves, la vie. Bertha est à moitié nue, elle veut prendre une douche. Elle est assise sur l'accoudoir d'un fauteuil, elle se laisse tomber en arrière, en travers du fauteuil, elle agite ses jambes. Viens, Heidi, mon poussin, aide-moi à enlever mes bas, dit-elle. Poussin s'approche, en riant. Sur la peau très blanche de Bertha Gutschli, la jarretière des bas marque une frontière ambrée. Bertha Gutschli tend la jambe droite et Poussin commence à rabattre le bas, qui crisse sous ses ongles. Alors, Bertha lui enlace la taille, de ses deux jambes croisées sur les reins de Heidi, et la fait basculer en avant. Leurs visages se frôlent, Bertha lui mordille l'oreille. Elles rient, le souffle court, Heidi se dégage. Elle raconte, ce type, dans l'avion d'Amsterdam, beau ténébreux, un œil parfaitement insolent, lui caressait le genou, la cuisse. Et tu t'es laissé faire, mon poussin ? Bertha Gutschli s'est redressée, elle enserre de ses deux bras les jambes de Heidi, debout devant elle, elle appuie son visage sur la poitrine de Heidi. Oui, je me suis laissé faire, c'était trop drôle, devant tout le monde, n'importe qui aurait pu voir ! Elles rient, encore, d'un rire encore plus aigu. Bertha Gutschli caresse les jambes de Heidi, ses mains remontent dans le creux des jambes. Ouvre-toi, mon poussin, dit-elle. Heidi est docile, elle s'abandonne. Ses mains caressent les hanches de Bertha, son dos nu. Ses lèvres frôlent les épaules, le cou, les seins de Bertha, qui se dégage, tremblante, le regard fixe. Attends, mon poussin, n'importe qui peut entrer. Rejoins-moi dans la douche. Bertha Gutschli finit de se déshabiller, hâtivement. Elle disparaît par la porte, au fond des vestiaires. Heidi se dévêt à son tour, méticuleusement, en pliant ses affaires dans le placard où son nom est inscrit. Ensuite, l'eau chaude ruisselle sur leurs corps nus, sur leurs baisers, leurs mains comme des mouettes affolées, leurs visages rejetés en arrière, leurs jambes entrelacées, sur la douceur blanche ou cuivrée de leurs hanches, l'eau chaude comme une pluie tropicale, et la buée, le rire non plus aigu, mais grave, un peu rauque, et le souffle haletant, et la langueur, ensuite, statues immobiles dans le ruissellement infini de l'eau matrimoniale.

Mais Ramón Mercader vient de poser son faux passeport sur le guichet du contrôle de police et le policier suisse, très poliment, avec un sourire franc et cordial, lui demande la carte de débarquement. Alors, avec le même sourire franc et cordial, Ramón Mercader constate — où avais-je donc la tête ! — qu'il a oublié de remplir la carte de débarquement. Le policier affirme que cela n'a guère d'importance, c'est un oubli facilement réparable. Il tend à Ramón Mercader un petit morceau de carton blanc. Ramón Mercader sort de la poche intérieure de sa veste de tweed un crayon à feutre, pendant que le policier commence à regarder son passeport. Alors, à ce moment précis, lorsqu'il est en train d'écrire sur la carte de débarquement les renseignements d'identité sollicités — et il n'a aucun effort de mémoire à faire, cela vient tout seul : le nom, le prénom, la date et le lieu de naissance, la profession, de ce personnage qu'il fait semblant d'être (mais où et quand cesse-t-il de faire semblant d'être un personnage quelconque ?) — à ce moment précis, dans une sorte d'éblouissement, il lui semble deviner pourquoi les Américains ont pris contact avec lui, à Madrid, il y a un mois, de cette façon apparemment absurde. Il lui semble que l'irritante obscurité qui entourait ce détail, d'un certain point de vue capital, se dissipe brusquement.

C'est difficile à expliquer. Cela se passe en dessous de tout raisonnement, de tout langage, même. C'est une suite d'images, bien connues, mais dont le sens change, explose d'une manière tout à fait nouvelle, par leur subite superposition à d'autres images, aussi sournoises et lourdes de signification, dans leur banalité.

Quelque chose comme ça :

## PUERTA DEL SOL, 12 MARS 1966

Une image grise, brouillée par la pluie. Il était venu en taxi. Les trottoirs de la place étaient recouverts d'une mince pellicule de boue grisâtre et liquide, comme il arrive toujours, à Madrid, lorsque la poussière minérale des hauts plateaux, qui semble sourdre de tous les interstices des pavés, que le vent soulève dans les parcs et les terrains vagues, que les chantiers des incessants travaux de voirie éparpillent, lorsque cette poussière est dissoute par la pluie. Il sortait du taxi, il regardait la place, les passants, le flot des automobiles, sous la pluie grise. Il entrait dans le bâtiment de la Direction générale de la Sûreté.

Voilà une première image.

(Pour Ramón Mercader, bien sûr, cette seule image — ce seul souvenir — recelait une épaisseur évidente de significations. Il savait pourquoi il se trouvait là, sur la Puerta del Sol, ce 12 mars. Il savait qu'il avait été convoqué à la Direction générale de la Sûreté. Il se souvenait — c'était, tout au moins, une possibilité — de sa conversation avec Inés, la veille. « Tu trouves ça normal, qu'on te convoque à la Sûreté pour un renouvellement de passeport ? » avait dit Inés, la veille. Et il avait répondu : « Avec la police, rien n'est normal ou anormal, puisque tout est arbitraire. » Inés lui avait demandé de ne pas faire de l'esprit. Il avait ri, en agitant les glaçons de son verre de whisky. Ensuite, Sonsoles était entrée, elle leur avait raconté sa journée. Ensuite, ils avaient été seuls de nouveau et Inés était revenue sur cette question. « Alors ? Tu trouves ça, disons, habituel ? » Non, ce n'était certainement pas habituel, tout au moins dans sa situation, d'être personnellement convoqué pour une banale affaire de renouvellement de passeport. C'était bien la première fois que cela se produisait, depuis qu'il avait obtenu un passeport, six ans auparavant. Mais Ramón ne tenait pas à ce que cette conversation se prolonge. « Écoute, Inés, ce n'est même pas une vraie convocation. Un type t'a téléphoné, très poliment, pour te demander de me transmettre un message. Ils veulent me remettre le passeport en mains propres, a-t-il dit, et avoir avec moi une petite conversation. C'est tout, non ? » Mais Inés hochait la tête. « Les conversations, à la Direction générale de la Sûreté, tu sais ! » Il avait ri, encore, un peu agacé. « N'en fais pas un monde, voyons ! » Finalement, il avait réussi à détourner son attention.)

Mais, au moment où il remplit sa carte de débarquement, le 15 avril 1966, à l'aéroport de Zurich, trente-trois jours après cet incident, cela s'est passé en deçà — ou au-delà — de tout langage, de tout déroulement temporel : l'image, la seule image grise et instantanée du souvenir, contenait tout cela. L'image avait la richesse et la précision du rêve, que toute explicitation verbale, ensuite, rend confuses et désordonnées.

Une image, quoi, foisonnante. Et ensuite, une deuxième image :

L'AMÉRICAIN

Le type était brun et vif. Pourtant, il avait peu parlé. Juste quelques phrases. Il s'était assis sur le même canapé que lui, dans ce bureau de la Direction générale de la Sûreté.

(Pour Ramón Mercader, bien sûr, cette seule image, plus brillante, ou tout au moins plus contrastée que l'antérieure, recelait tout un univers de significations et de problèmes. D'abord, cet homme, anonyme — le seul à s'être présenté étant un Commissaire principal, d'apparence affable, bien évidemment espagnol — cet homme qu'il avait appelé, pour soi-même, l'Américain, cet homme avait un nom, depuis la dernière nuit, à Amsterdam. Il avait pu regarder ses papiers d'identité, avant de l'abandonner dans la voiture. Il se nommait Herbert Hentoff. Bon, l'Américain, Herbert Hentoff, se distinguait dès l'abord des trois autres inspecteurs ou commissaires, par un nul-ne-sait-quoi dans son allure. Mercader avait été sensible à cette distinction, aussitôt. On lui avait remis son passeport, dûment renouvelé, peut-être pour le mettre en confiance, et la conversation n'avait commencé qu'ensuite. Une conversation ? Même pas : un bavardage. Cela l'avait mis en garde, tout de suite, cette anomalie. Car ces policiers n'avaient strictement rien à lui demander. Toutes leurs questions étaient insignifiantes, et concernaient des points de sa vie ou de sa situation parfaitement connus de la police. D'abord, Mercader avait pensé que ce n'était là qu'une mise en train, l'application de la technique policière bien connue du chaud et du froid, du pâté de cheval et d'alouette : brusquement, on allait changer de ton, poser de vrais pièges. Mais pas du tout, la conversation tirait à sa fin. Il n'arrivait rien. Mercader avait l'impression qu'ils faisaient durer le temps, que leur seul objectif était de le garder là, dans ce bureau, quelques minutes.

Ensuite, à l'intérieur de cette sensation désagréable — plus grosse de dangers par son insignifiance même — éclatait une certitude. Ce type, anonyme, Herbert Hentoff désormais, ne disait que deux ou trois phrases, aussi banales que celles de ses collègues. Pourtant, par deux fois, il employait un mot dans un sens non seulement inhabituel, mais incorrect : un mot parfaitement castillan, quant à son étymologie, mais employé dans un sens dérivé, propre à certains pays d'Amérique latine. Cette certitude éclatait, sombre et sournoise : ce type n'était pas espagnol. Il parlait parfaitement le castillan, avec une pointe d'accent qui pouvait laisser supposer qu'il était d'origine andalouse, à première ouïe, mais il n'était pas espagnol. Aucun Espagnol n'aurait employé ce mot, par deux fois, dans ce sens-là. Alors, un souvenir surgissait. Lorsqu'il était rentré d'U.R.S.S., Ramón Mercader avait dû subir de longs interrogatoires, comme tous les rapatriés. Dans les bureaux de la rue Goya où ces interrogatoires se déroulaient, certains des enquêteurs n'étaient manifestement pas espagnols. Pour les rapatriés, qui échangeaient leurs expériences, il était un fait acquis que la C.I.A. participait à ces enquêtes minutieuses et tatillonnes sur leur vie et leur travail en Union soviétique. Et, précisément, tous ces enquêteurs, dont l'appartenance à la C.I.A. ne semblait pas faire de doute, parlaient un castillan plus ou moins truffé de tournures ou d'expressions latino-américaines. C'était logique, d'ailleurs : ils avaient été formés pour le travail en Amérique latine et c'est là qu'ils avaient fait leurs classes, certainement.

Ainsi en sortant de cette entrevue)

et la première image revenait, plus brève encore, et davantage rongée par la grisaille, comme si le fait d'avoir été plongé dans cette sourde inquiétude, déteignait sur la luminosité, déjà minime, de cette image de la

## PUERTA DEL SOL, 12 MARS 1966

sous la pluie,

(en sortant de cette entrevue à la Direction générale de la Sûreté, Ramón Mercader était en proie à deux certitudes :

1° La convocation n'avait aucune signification policière, au premier degré tout au moins ; ils ne lui avaient rien demandé qu'ils ne connussent déjà. La convocation n'avait d'autre sens que celui de le retenir dans ce bureau, quelques minutes. Pour le mettre en présence de cet Américain ?

2° Ce type, brun et vif, était un Américain. Vraisemblablement, un agent de la C.I.A.

Mais le choc de ces deux certitudes donnait un résultat parfaitement absurde. Si la C.I.A., ce qui semblait probable, avait appris quelque chose sur lui, elle n'avait pas besoin de provoquer ce rendez-vous incongru pour monter une surveillance. Il y avait là une anomalie, bien évidente.

De retour chez lui, il avait rassuré Inés, en plaisantant. Mais, le soir, prétextant un travail urgent à finir, il s'était enfermé dans son bureau. Il fallait réfléchir à tout cela.

Au bout d'une heure, il avait établi un plan de bataille.

Il fallait distinguer les deux problèmes, ne pas les confondre. Il fallait tout d'abord, c'était la chose la plus urgente, s'assurer de la surveillance de la C.I.A. et essayer d'en déceler les origines. Quant au deuxième problème, celui de savoir pourquoi cette prise de contact avait obéi à une procédure apparemment incongrue, absurde même, c'était secondaire, pour l'instant. Il s'éclaircirait de lui-même, peut-être, s'il arrivait à résoudre le premier problème.

Huit jours après, il en avait le cœur net. Mille détails minimes)

mais nous n'avons pas l'intention d'entrer dans l'énumération, certainement fastidieuse, de ces mille détails. Le lecteur aura compris depuis fort longtemps que la technique de l'espionnage est le moindre de nos soucis. Quel intérêt, vraiment ? A quoi ça nous avancerait de décrire, par la menue monnaie des détails minutieux, les mesures prises par Ramón Mercader pour déceler la surveillance dont il était l'objet et en acquérir la preuve, tout au moins indirecte ?

(mais mille détails minimes prouvaient bien qu'il était l'objet d'une surveillance serrée, de tous les instants. D'autre part, huit jours après, il avait pu vérifier un autre fait, d'importance capitale. Le réseau qu'il avait mis en place, patiemment, depuis huit ans, et qui tournait tout rond maintenant, ce réseau n'était brûlé à aucun de ses échelons. Tout était en place, tout continuait à fonctionner, normalement. La seule personne surveillée, dans l'ensemble du réseau, c'était lui-même. Il le pressentait bien, dès la première minute, car la structure même du réseau, son cloisonnement parfait, auraient provoqué le scintillement de multiples signaux d'alerte, si l'un quelconque des éléments du réseau était tombé entre les mains de la C.I.A. Il était impossible de remonter jusqu'à lui, sans provoquer le déclenchement, à l'un ou l'autre niveau, des dispositifs d'alerte.

Mais cette constatation était lourde de conséquences.

Deux hypothèses seulement expliquaient que la C.I.A. l'ait découvert, précisément de cette façon. La première, c'est qu'un agent du K.G.B. — et pas n'importe qui — soit passé à l'Ouest, ces derniers temps. La deuxième, c'est qu'un fonctionnaire — et alors, il s'agirait forcément d'un fonctionnaire de l'État-Major même — du K.G.B. travaille comme informateur de la C.I.A. Si la première hypothèse était vraie, le Centre serait au courant. Le Centre allumerait tous les feux rouges, bloquerait toutes les transmissions, couperait les contacts, pour qu'il s'enfonce seul — ou qu'il essaie de s'en sortir, tout seul — en provoquant le minimum de dégâts dans les structures d'ensemble, à l'échelle régionale. C'était la règle du jeu. On laisserait dormir son réseau, le temps nécessaire, avant d'entreprendre sa reconstruction prudente. Mais les semaines passaient et le Centre ne se manifestait pas. Les messages radio continuaient d'arriver, comme si de rien n'était. Il semblait bien que la deuxième hypothèse fût la bonne.

Quant à lui, il ne pouvait pas utiliser la procédure normale de transmission, pour avertir le Centre. Il n'était pas question qu'il prenne lui-même contact avec le responsable de l'émetteur radio, le risque d'amener la C.I.A. à ses trousses jusqu'à ce centre nerveux du réseau était trop grand. Ainsi, lorsque la possibilité avait surgi de faire ce voyage à Amsterdam, pour des motifs parfaitement justifiables, avait-il sauté sur l'occasion. Amsterdam était l'une des villes prévues pour les procédures d'urgence. Et, par ailleurs, son séjour dans un pays étranger, où il n'avait pas d'habitudes établies, compliquerait la tâche de la C.I.A. Peut-être y aurait-il la chance de démasquer ses poursuivants et de gagner le temps nécessaire pour parvenir jusqu'à la boîte aux lettres. Zurich, en outre, n'était pas loin : il lui suffirait d'arracher quelques heures de liberté non surveillée.)

Et maintenant, à Zurich, debout devant le guichet du contrôle de police, en train de remplir la carte de débarquement, Ramón Mercader croit deviner, dans une sorte d'éblouissement d'images banales, mais dont la superposition inattendue se charge d'une signification nouvelle, pourquoi la C.I.A. a choisi ce moyen apparemment incongru pour prendre contact avec lui.

Il sourit, en remettant au policier de l'aéroport de Zurich sa carte de débarquement dûment remplie.

Si l'informateur de la C.I.A. est un fonctionnaire supérieur du K.G.B., celui-ci doit exiger des garanties solides, lorsqu'il donne un renseignement aussi explosif que l'identité d'un agent-résident. Mais quelle est la meilleure garantie, pour un traître, de masquer sa trahison ? C'est de faire en sorte que les rapports parvenus au Centre, et qui pourraient mettre les services du contre-espionnage sur les traces d'une fuite, accidentelle ou délibérée, au Centre même, que ces rapports soient entachés de suspicion, dès l'origine. La meilleure défense de ce type, c'était de faire passer pour un traître celui qui pourrait mettre le Centre sur la piste de sa propre trahison. Ce n'est pas plus compliqué que ça, et il aurait dû y penser plus tôt.

Ainsi, si la C.I.A. l'a fait convoquer à la Puerta del

Sol, si ce Herbert Hentoff s'est assis à ses côtés, sur le même canapé, c'est tout simplement parce qu'on a profité de ces minutes pour faire des photos de lui, en train de parler avec quelqu'un qu'il serait facile d'identifier comme un agent de la C.I.A. Par cette démarche, bien sûr, ils brûlaient Hentoff, le cas échéant. Mais la sécurité de l'informateur installé au Centre même était bien plus importante que la sauvegarde d'un agent de deuxième zone. Alors, dans l'amertume de cette vérité trop tard découverte, Ramón Mercader comprend qu'un dossier a dû être établi, pour le compromettre définitivement aux yeux du Centre, au cas où il parviendrait jusqu'à l'une des boîtes aux lettres. Et il existe sûrement d'autres photos que celles prises avec Hentoff, ce jour-là !

Ramón Mercader a franchi maintenant le contrôle de la douane, il s'avance dans la grande salle de l'aérogare de Zurich. George Kanin vient de faire un geste, et il s'écarte aussitôt. Il n'a plus rien à faire ici, la prise en charge de Ramón Mercader est assurée par une autre équipe, il nous l'a déjà dit.

Ramón Mercader s'avance dans l'aérogare de Zurich, d'un pas tranquille.

L'image de Sonsoles.

Elle joue sur la terrasse de la maison de Cabuérniga, elle chante une comptine anglaise. Oui, ma chérie, ma toute belle, mon poussin. Humpty-Dumpty va faire une grande chute, et

*All the King's horses and all the King's men*
*Couldn't put Humpty together again.*

Il s'avance, en fredonnant cette comptine, vers le guichet des télégrammes.

L'image de Georgui Nicolaïevitch.

Le Vieux écartait d'un geste agacé la lampe de

bureau, à l'abat-jour festonné, d'un vert pâli, et il lui parlait avec passion d'un tableau de Vermeer, *La Ruelle.*

D'autres images, une pluie d'images, toute une vie d'images. Mais il est trop tard, désormais. Des hommes se sont mis à bouger, dans l'aérogare de Zurich, ce 15 avril. Étrangement, il est toujours midi quarante-cinq, mais plus aucun voyageur n'entendra l'air de flûte en question.

A midi quarante-cinq, ce jour-là, ils étaient devant un tableau de Vermeer, *La Ruelle.*

Denise Boutor savourait son triomphe.

La veille, au moment où ils s'étaient retrouvés seuls, après le déjeuner, ayant laissé Philippe à l'hôtel — la visite du Mauritshuis l'avait quelque peu fatigué — pour une dernière promenade, avant de gagner Amsterdam, la veille, donc, d'un ton négligent, Pierre, alors qu'ils s'asseyaient dans un café de Scheveningen — y aurait-il du Fernet-Branca ? — Pierre avait dit que, tiens, il relirait Proust, cet été.

— Tiens, tu ne sais pas ? Je relirai bien Proust cet été, avait dit Pierre Boutor.

Une sourde allégresse, d'une rare plénitude, avait envahi Denise. Elle n'avait pas relevé, étant donné la gravité décisive de ce moment de leur vie conjugale, que ce terme de *relire* était parfaitement impropre, puisqu'elle était convaincue, malgré toutes les dénégations de son mari, que celui-ci n'était jamais parvenu au bout d'une lecture de la *Recherche.* Elle avait admis ce terme, et ce qu'il semblait laisser entendre, tout à la joie de cette capitulation, masquée par le ton léger, presque badin, sur lequel Pierre Boutor avait prononcé cette phrase, qui n'avait été suivie d'aucun commentaire, provisoirement tout au moins, et qui n'avait été dite, certainement, que pour indiquer un mouvement de son esprit qui devrait remplir sa femme de béatitude, un peu comme un hommage rendu à sa clairvoyance, sur lequel il n'était pas nécessaire de s'appesantir, compte tenu, par ailleurs, du fait que les minutes suivantes avaient été consacrées à faire comprendre au serveur de ce café hollandais quelle était la boisson qu'il désirait consommer, du Fernet-Branca, précisément.

Ensuite, ils avaient parlé de tout et de rien, béatement, le tout et le rien étant, comme chacun sait, les plus sûrs fondements d'une conversation conjugale détendue, reflétant l'entente profonde de deux êtres.

En fait, l'affaire avait été gagnée en quelques minutes, le matin même, au Mauritshuis.

Denise avait demandé à Philippe de s'asseoir sur le canapé placé en face de la *Vue de Delft,* en lui disant de bien regarder ce tableau, que Proust tenait pour le plus beau du monde. Philippe, impressionné, sans doute, s'était assis, tendu, décidé à ne rien perdre de cette contemplation pouvant lui ouvrir l'accès d'une œuvre aux mérites si éclatants. Ensuite, il y avait bien eu ce moment pénible, Pierre n'ayant pu s'empêcher de céder à son démon familier, pour prétendre que ce n'était pas Proust, mais Malraux, qui était responsable de semblable affirmation. Il y avait eu un bref échange de propos aigres-doux et un homme, assis sur le canapé, à la droite de Philippe, s'était levé pour marcher jusqu'à la fenêtre donnant sur la place qui communiquait avec le Binnenhof par la Porte des Grenadiers (Pierre ayant prétendu, plus tard, que cet homme avait eu sur son visage une expression presque méprisante, ou courroucée, soit parce que cet échange avait troublé son calme contemplatif, soit qu'il n'eût guère apprécié, peut-être l'ayant prise pour un étalage pédantesque de savoir littéraire, cette allusion à l'opinion d'un écrivain illustre, qui que ce fût, Malraux ou Proust, en fin de compte, qui tînt ce tableau pour le plus accompli du monde ; mais Denise n'avait rien remarqué de semblable, rien d'autre, en tout cas, que le mouvement naturel, presque furtif, de cette silhouette d'homme se déplaçant vers la fenêtre, avant de quitter définitivement la salle). De toute façon, une fois clos cet incident que l'on pouvait à présent qualifier de minime, Pierre Boutor s'était plongé dans une contemplation silencieuse de la *Vue de Delft*.

Debout, derrière le canapé recouvert de velours prune, son premier regard vers ce tableau — dont il ne connaissait jusqu'alors que des reproductions, très inégales du point de vue de la qualité des couleurs, les unes tirant vers le bleu, les autres vers le bistre, la gamme infinie des nuances lumineuses de ce paysage urbain — son premier regard (pourtant dépourvu d'innocence, déjà certainement préparé, par suite de cette sourde et longue irritation que les racontars de Denise au sujet de cette toile, ces dernières années, avaient provoquée, préparé à déceler toutes les failles possibles dans la composition, tous les artifices trop apparents), son premier regard avait été comme aspiré, fasciné, par la luminosité, à la fois diffuse et aiguë, de ce fameux petit pan de mur jaune ; à tel point qu'il avait, une seconde, fermé les yeux, pour essayer de retrouver la précision, le détachement, d'un regard non prévenu, comme si ce brusque éblouissement avait été le résultat, non pas d'une vision objective, mais des conditionnements intellectuels agencés dans son esprit, subtilement, de façon inconsciente, par toutes ces discussions interminables qu'il avait eues avec Denise ; comme s'il avait craint — ou espéré, car son sentiment, à cet instant précis, était encore trouble — que le fait de fermer les yeux allait faire disparaître, effacer de cette toile, ce presque insoutenable rayonnement (pourtant dépourvu de violence) du pan de mur jaune, qui n'aurait pas été produit par la réalité même de l'œuvre, mais par la projection sur celle-ci de ses obsessions, ou agacements, personnels. Mais il avait pu constater, une fois les yeux rouverts, et quelle que fût l'influence exercée, bien malgré lui, sur la qualité de son regard, son acuité, par toute la littérature concernant cette toile de Vermeer, il avait pu constater non seulement la présence, décidément ineffaçable, de cette surface jaune — qui semblait concentrer en elle-même toute la lumière de cet après-midi lointain, de ce paysage disparu, dont les quelques vestiges encore visibles, aujourd'hui, ne composeraient jamais, sous quelque angle que ce soit, un tableau comparable — mais aussi sa nécessité intérieure ; comme si, réellement, sans cette surface de façade peinte, toute la lumière de ce paysage eût risqué de s'éparpiller, de se gaspiller, de s'évanouir en mille éclaboussures pointillistes, alors que, retenue et épaissie par le contact avec cette rugosité présumable du mur lui-même, support à la fois impalpable et dense, massif même, elle semblait de ce pan de mur rejaillir sur le paysage tout entier. Et il semblait bien, en effet, que la réussite rusée de cette toile consistât précisément en cela, qu'elle découlât de l'absence, certainement voulue, délibérée, de toute source de lumière — soleil, regard divin, artifice équivoque — extérieure aux objets naturels représentés, qui recelaient tous, comme une qualité peut-être voilée, ou cachée, à un regard inattentif, mais essentielle, leur propre luminosité, à des degrés divers, cela s'entend. Ainsi, la lumière de l'après-midi ne *tombait* pas sur ce paysage urbain, comme si elle avait été, d'un geste auguste, jetée là-dessus par la main du peintre, orgueilleux substitut d'un soleil ou d'un dieu, mais elle jaillissait de ce paysage, elle montait de ce paysage — oh, sourdement, avec un éclat sourd ! — de cette eau, ces murs, ces poternes, comme une respiration des objets eux-mêmes, dont l'indiscutable matérialité eût agi sur le regard — sur le monde — à travers ce reflet évanescent de leur humble et durable luminosité, dont la subtile hiérarchie constituait l'essence même, à la fois évidente et masquée, de la composition, tout entière conçue non pas autour, et en fonction, des volumes des distances et des densités matérielles, mais bien en fonction d'une structure, apparemment innocente, ou spontanée, de foyers lumineux — dont l'irradiation, cependant, ne proviendrait pas de raisons aussi banales, et somme toute mesquines, que celles qui consisteraient à avoir mis une lampe derrière une vitre, une vitre devant un rayon de soleil, ou tout autre procédé analogue, mais qui proviendrait des objets matériels ou naturels eux-mêmes : ce pan de mur jaune, cette eau grise et moirée, n'ayant nullement besoin qu'on leur prête une luminosité provisoire et facile, nullement besoin d'une lumière d'emprunt, mais la dégageant de leurs propres entrailles d'ombre opaque, de leur opacité même — lesquels foyers, distribués sur la toile d'une façon qui pouvait paraître hasardeuse, semblaient converger, s'épaulant l'un l'autre, vers cette luminosité friable et surprenante du petit pan de mur ; et Pierre Boutor, debout derrière le canapé sur lequel son fils, concentré, visiblement tendu, s'efforçait de pénétrer la beauté hautement proclamée de ce tableau, Pierre Boutor s'est amèrement mis à regretter de n'avoir jamais lu cette page, qu'il avait pourtant si fréquemment décriée, de Proust, craignant peut-être que quelque chose ne lui échappe, dans la contemplation de cette toile : un rien, une émotion soutenue par la musique ou la rigueur des phrases qu'il n'avait point lues, un accord prolongé, un air de flûte, qui sait ? une certitude minime mais éblouissante.

Ainsi, aussitôt, dans l'allégresse de cette découverte un peu honteuse (n'en avait-il pas prononcées, des phrases brillantes et creuses, aux dépens de cette page du pauvre Proust !), Pierre Boutor décidait d'écrire à propos de cette toile, quelque texte — il le donnerait, sans doute, à la N.N.R.F. — où la page de Proust, qu'il n'avait pas l'intention, bien entendu, de lire avant d'en avoir terminé avec cet essai, jouerait le rôle de référence invisible — grille inconnue, mais contraignante ; règle d'un jeu dont on ignorerait les règles — cette page de Proust devenant objet de fiction, lieu théorique d'un manque, d'un creux à combler, d'un vide enrichissant.

Mais ils étaient à Scheveningen, pour l'instant, dans la tiédeur humide de la sieste d'avril. Le garçon de café avait fini par comprendre qu'ils voulaient du Fernet-Branca — Denise s'étant aussi, brusquement, décidée pour cette boisson, comme si le fait de partager avec Pierre la dégustation de cette liqueur laxative et tonifiante, dont elle avait pourtant maintes fois brocardé le goût chez son mari, comme si cela pouvait encore les rapprocher devantage — et ils parlaient de tout et de rien.

Ainsi, depuis la veille, Denise Boutor savourait-elle son triomphe. Avec modestie, certes, sans ostentation, de crainte de provoquer chez Pierre un de ces revirements auxquels — son tempérament sanguin y étant sûrement pour beaucoup — il était prédisposé. Son mari, donc, relirait Proust, cet été

— et dans le silence de son intimité, elle employait quand même ce préfixe répétitif, re- lire, comme une concession féminine, pétrie de compréhension et de tendresse, à la vanité masculine, qui empêchait Pierre, tout au moins provisoirement, de reconnaître son ignorance quasi totale du contenu de la *Recherche* — cet été, donc, il relirait Proust, et elle imaginait déjà, avec une délicieuse et frissonnante sensation de bonheur accompli, les longs après-midi de Chambray, lorsqu'elle viendrait retrouver son mari dans la véranda aménagée en cabinet de lecture, et qu'ils échangeraient, avant l'heure de l'apéritif vespéral — qu'une habitude bien établie les obligeait moralement à prendre en commun avec Mme et M. Duriez, les parents de Denise, occasion attendue par le vieil homme pour raconter les derniers événements de la vie villageoise, enrichie en épisodes et péripéties de toute sorte depuis que les résidences secondaires des Parisiens s'étaient, dans la région, multipliées — échangeraient-ils quelques impressions sur cette lecture que Pierre Boutor, à présent, après la révélation du Mauritshuis, poursuivrait dans le ravissement.

Plus tard, après la dégustation du Fernet-Branca et une promenade sur la jetée de Scheveningen, ils avaient regagné la ville, afin de retrouver Philippe et de prolonger leur voyage pascal en direction d'Amsterdam.

A Amsterdam, après mûres réflexions et consultations prolongées d'un nombre considérable de guides et de dépliants touristiques, Pierre Boutor avait réservé des chambres à l'hôtel *Ambassade,* au 349 du Herengracht. Tout d'abord, et ce point semblait faire l'unanimité des guides et prospectus consultés, le Herengracht était considéré comme l'un des plus, sinon le plus beau des canaux d'Amsterdam.

Ensuite, l'hôtel était installé dans une ancienne demeure de marchands, meublée dans le style du XVII^e, avec des pièces authentiques pour une bonne part, et il ne contenait qu'une dizaine de chambres, ce qui supposait de la tranquillité et un service à la fois efficace et discret : on pourrait s'y croire invité chez des amis hollandais. Les deux derniers points qui avaient emporté la décision, quant au choix de cet hôtel parmi tant d'autres, c'étaient, d'un côté, la modicité des prix, et de l'autre, le fait que l'*Ambassade* ne possédait pas de restaurant, et donc qu'aucune possibilité de pension ou de demi-pension ne viendrait contraindre leur liberté de se nourrir à l'aventure des bistrots découverts, des caprices gastronomiques, charme supplémentaire d'un voyage à l'étranger sainement conçu.

La veille, donc, à dix-sept heures trente-cinq, ayant défait leurs bagages, les Boutor ne se lassaient pas, se déplaçant en groupe d'une chambre à l'autre, d'admirer les cuivres, les meubles ventrus et cirés, de respirer cette indéfinissable odeur d'encaustique, de contempler par les hautes fenêtres étroites, à croisillons, la perspective du Herengracht. Pierre Boutor, même, emporté par un élan lyrique, leur avait récité du Baudelaire — « luxe, calme et volupté » — en concluant que, vraiment, ils avaient été bien inspirés de choisir la Hollande pour cette excursion pascale.

Enfin, c'était la fête.

Mais le soir, après une première exploration pédestre du centre de la ville et ayant dîné d'une abondante *koffietafel* sur la Kalverstraat, aussi bien Philippe que Denise se déclaraient épuisés — la fatigue de cette dernière étant accentuée par les prémices d'un événement périodique et sanglant, qu'elle avait annoncé à Pierre au moment où elle faisait sa toilette, avant de sortir de l'hôtel, ce qui avait provoqué de la part de son mari une réflexion à première vue surprenante : « Quelle idée, en vacances, un truc pareil ! », réflexion que Denise avait acceptée avec le sourire, lui répondant que, mon chéri, il pouvait bien patienter quelques jours, « Tu peux bien patienter quelques jours, mon chéri ! Tu sais bien que ce n'est jamais long » — mais le fait est que Philippe et Denise, après toutes ces promenades, ces déplacements, ces visites de musées, ces découvertes, se sentaient épuisés, n'aspirant qu'au repos bien mérité dans la fraîcheur crissante et amidonnée des draps d'une blancheur éclatante et bleutée de l'hôtel — dont Denise avait fait, bien entendu, une revue de détail, la propreté et la tenue des draps étant le meilleur indice de la qualité des services, dans quelque établissement hôtelier que ce soit.

Pierre, pour sa part, tournait en rond. Il n'avait pas sommeil, il aurait bien volontiers été boire une bière, quelque part. Mais qu'à cela ne tienne, mon chéri, je comprends très bien, va faire un tour ! Denise, l'œil limpide, le regardait tendrement. Alors, il s'était fait un peu prier, comme si l'idée de les abandonner à l'hôtel, tous deux, ne lui souriait guère, mais il avait fini par accepter cette permission si généreusement accordée, en affirmant qu'il ne tarderait pas.

Dehors, une fièvre subite.

En avait-il forgé, des plans, tous plus subtils les uns que les autres, pour arracher quelques heures de liberté, à Amsterdam ! La rencontre inopinée d'un collègue hollandais, avec lequel il aurait eu à discuter sa participation éventuelle à un ouvrage collectif sur la littérature française, par exemple. Ce collègue l'aurait invité chez lui — non, pas chez lui, car il aurait, dans ce cas, également pu inviter Denise ; non, plutôt au bistrot, boire un verre, comme ça, entre hommes — l'aurait invité au bistrot, lui ménageant ainsi, ce collègue imaginaire — c'est-à-dire, la rencontre aurait été imaginaire, mais le collègue existait bel et bien, et Denise connaissait son existence, « tu sais, Van Dam, ce type dont je t'ai montré la lettre, il y a deux mois », car Denise avait une mémoire accablante, pour ce genre de détails — lui ménageant, par son apparition inopinée mais providentielle, les quelques heures de liberté auxquelles il aspirait. Toutes sortes de plans, avait-il élaborés, Pierre Boutor. Et voilà que, par un miraculeux concours de circonstances, sans avoir à raconter une histoire cousue de fil blanc, ou alors, ne tenant que par une épingle, le vrai Van Dam pouvant toujours apparaître, bel et bien, au détour d'une rue amsterdamoise, voilà que Denise lui donnait d'elle-même — et certainement, son enthousiasme à lui devant le tableau de Vermeer, enthousiasme pas du tout feint, avait facilité les choses, voyez-vous comme ça se trouve ! — d'elle-même lui donnait, avec un sourire, la possibilité de s'en aller, s'enfuir, se perdre, se retrouver, toutes choses qu'elle ignorait, bien entendu.

Il hélait un taxi, sur le Herengracht — c'est lui qui gérait, en vacances, le budget familial, et, de toute façon, Denise ne s'y retrouvant jamais, dans les monnaies étrangères, il pourrait facilement camoufler cette dépense imprévue, comme celles qui allaient suivre, et qu'il se proposait, d'ailleurs, de réduire au strict minimum — il hélait un taxi, à une centaine de mètres de l'hôtel, et il se faisait conduire sur le Nieuwmarkt. Là, tout proche, il avait assez rêvé sur le plan d'Amsterdam, se trouvait le quartier chaud du port.

Pierre Boutor, ainsi, vers vingt et une heures quinze, le 14 avril, s'enfonçait dans les ruelles qui se situent entre l'Oude Zijds Voorburgwal et l'Oude Zijds Achterburgwal, le cœur battant.

Le cœur, oui, battant, car ce n'était pas un simple désir physique : il n'avait, sur ce plan, rien à reprocher, ou à regretter, chez Denise, ses rapports, comme on dit, avec elle, étant aussi réguliers et satisfaisants que possible — et toutes les statistiques de fréquence, publiées à ce sujet dans les magazines féminins, à l'occasion d'enquêtes sur le bonheur conjugal, prouvaient bien l'excellence de leurs moyennes mensuelles. Ce n'était pas non plus le goût de l'aventure, de l'exotisme, Pierre Boutor sachant très bien — il avait vécu, que diable ! — à quel point cet aspect de la question avait été déformé par une littérature que toute l'expérience démentait. Non, c'était simplement la recherche d'un bonheur inassimilable à tout autre, la quête, toujours hâtive, souvent angoissée, d'une plénitude nulle part ailleurs rencontrée, que seules cette sorte de femmes lui procuraient — tout au moins en avait-il fait la découverte récemment — comme si ce triste nom de « filles de joie » — triste et terni par l'usage quotidien, méprisant et pervers — reprenait tout son sens, comme si la joie, l'éclatement, les pleurs, les rires de joie, cette sensation si différente du simple plaisir, ou de la simple satisfaction, ne pouvait lui être accordée que dans certaines circonstances.

Il en avait acquis la certitude, éblouie, un an auparavant.

Il se trouvait à Rome, à l'occasion d'un Congrès stendhalien. Denise n'avait pu l'accompagner, retenue par ses obligations professionnelles, aussi bien que par sa conscience des devoirs maternels, l'année scolaire de Philippe s'annonçant — pour la première fois et de façon inexplicable — difficile. Elle avait laissé partir son mari à regret, non pas qu'elle craignît la rencontre de celui-ci avec quelque Romaine effrontée ou savante, mais parce qu'un séjour à Rome, à cette époque de l'année, l'aurait intéressée, et qu'elle aurait aimé assister au triomphe de Pierre, dont la communication sur *Stendhal et l'art italien,* qu'elle avait non seulement lue, mais longuement discutée avec lui, était en tout point brillante. Ainsi, Pierre Boutor était parti seul, un peu déconcerté, les premiers jours, par cette solitude, qui lui interdisait d'échanger avec Denise — tout au moins de vive voix, car il lui écrivait de longues lettres quotidiennes, mais ce n'est pas la même chose, c'est bien connu — ses impressions sur le déroulement même du Congrès, et sur tous les événements marginaux et subsidiaires. Mais, bientôt, d'une manière imperceptible, il avait retrouvé le goût de cette liberté, peut-être factice et ne débouchant sur rien, mais qui lui rappelait ses années de la rue d'Ulm. Non pas qu'il eût l'intention de profiter de cette provisoire liberté, ou vacance conjugale, pour nouer quelque intrigue ou aventure avec l'une quelconque des stendhaliennes apparemment disponibles — et il y avait, pourtant, une Danoise et une Autrichienne, fort savantes, qui ne semblaient pas dédaigner la bagatelle et qui auraient bien mérité que l'on fît, pour elles, quelque folie (ah ! il pourrait en raconter, des anecdotes croustillantes, à propos d'un collègue très guindé, à première vue, de la Sorbonne !) — mais tout simplement parce qu'il redécouvrait les charmes des horaires fantaisistes, des dîners tardifs, des longues promenades sans but éducatif immédiat : il avait même retrouvé le goût des petits déjeuners copieux, peut-être indigestes, mais tellement agréables, qu'il prenait au soleil, sur la terrasse d'un café proche de la rue des Botteghe Oscure, alors que, depuis bientôt dix ans, Denise l'avait convaincu de l'excellence hygiénique du thé au citron matinal, accompagné d'une seule biscotte sans sel, à peine beurrée, sûr remède, affirmait-elle, non sans raison peut-être, contre l'embonpoint qui l'avait menacé dès la trentaine.

Il avait été logé par les organisateurs du Congrès dans un hôtel proche du Panthéon, sombre bâtisse vieillotte où l'on trouvait, dans un dédale de couloirs et de paliers, d'immenses chambres très fraîches, meublées de façon disparate, mais non dépourvues d'un charme un peu vétuste. Un soir, alors qu'il y rentrait, assez tard — la conversation avec quelques congressistes, dont un jeune universitaire américain remarquable, s'étant prolongée fort avant dans la nuit, à la terrasse en plein air d'un café de la Piazza del Popolo (pas Rosati, bien sûr, il n'y avait pas moyen d'y obtenir une table, le temps s'étant mis au beau, celui d'en face, au débouché de la via del Babuino) — alors, donc, qu'il rentrait à l'hôtel et qu'il approchait du comptoir de la réception pour y demander sa clef, il avait vaguement aperçu la silhouette d'une jeune femme, vêtue de noir, qui semblait parler avec le veilleur de nuit et le concierge de même. Il n'y avait pas prêté une attention particulière, préoccupé comme il l'était, depuis quelques minutes, par le fait que Denise avait dû s'habituer à sa lettre quotidienne et qu'il se sentait, cette nuit-là, trop fatigué pour lui écrire les quelques pages qu'il aurait dû poster, comme chaque matin, avant de se rendre à la séance du Congrès. Il était en train de se dire qu'il devrait, plutôt, se lever le lendemain une demi-heure avant l'heure prévue, pour écrire cette lettre dont l'absence, certainement remarquée, peinerait Denise, et il allait s'enfermer dans l'ascenseur de l'hôtel, dont le veilleur de nuit lui ouvrait la porte coulissante, lorsqu'il avait remarqué que cette jeune femme s'y engouffrait aussi, échangeant avec ledit veilleur de nuit un sourire qu'il avait, à ce moment-là, pris pour un signe d'amitié, mais que, réflexion faite, et les choses ayant été ce qu'elles avaient été, il avait bien été forcé de réinterpréter comme un signe de connivence, plus tard.

A sa question, une fois la porte extérieure refermée par le veilleur de nuit, la jeune femme avait répondu qu'elle se rendait au troisième étage et il avait alors commenté ce fait d'une voix brève, disant que lui aussi, « moi aussi », « anch'io », au moment d'appuyer sur le bouton de l'ascenseur marqué du numéro 3, sans prêter davantage attention à cette coïncidence, ni même, durant toute l'ascension, regarder la jeune femme, dont il sentait pourtant, légèrement en arrière de lui, et sur sa gauche, la présence, soulignée par un effluve de parfum, dont la fraîcheur citrique ne lui avait pas semblé désagréable. A l'étage, il avait ouvert les portes et s'était effacé machinalement, pour la laisser passer, et la jeune femme vêtue de noir s'était avancée, tournant vers lui, au moment de franchir le seuil et de poser le pied sur le palier de l'étage, un visage éclairé par un sourire chaleureux. Il avait été alors, évidemment, obligé de regarder cette femme qui passait tout près de lui, à le frôler, lui se tenant dans l'encoignure, la main gauche occupée à rabattre l'un des battants de la porte de l'ascenseur, et la main droite repoussant celui de celle du palier, et ainsi, dans cette position incommode, il avait bien été obligé de voir cette femme qui le frôlait, le passage étant fort étroit, le visage tourné vers lui, éclairé par un sourire qu'il avait à ce moment interprété comme un remerciement à sa politesse, mais dont la chaleur, plus tard, lorsqu'il avait essayé de mettre de l'ordre dans ce tourbillon de sensations et d'expériences, lui avait paru, comment dit-on ? prometteuse, c'est cela, prometteuse. Mais il tenait simplement les deux portes ouvertes, la jeune femme passait tout près de lui, à le frôler, et son parfum lui picotait les narines, et il avait bien été obligé de l'observer : le cheveu noir très court, la bouche à peine fardée, belle et charnue, marquée d'un pli d'amertume — avait-il pensé —, l'œil clair, agrandi par de l'ombre bleutée savamment disposée autour de cette éclair pâle de l'iris, vêtue d'un chandail au col montant, qui lui moulait la gorge, et d'une jupe également noire. Il l'avait rattrapée, dans le couloir du troisième étage, où elle s'avançait lentement, sur de hauts talons qui claquaient, parfois, lorsqu'elle quittait, pour franchir quelque coude du long couloir, la partie centrale de ce dernier, recouverte d'un tapis au dessin trouble, déjà indistinct, venant ainsi à se trouver dans le mouvement pour tourner au plus court, sur le dallage sonore où ses pas se répercutaient, en dehors de l'étroite zone tapissée ; et elle marchait en balançant à bout de bras son sac à main, nonchalante. Un instant, ils avaient marché sur une même ligne, comme s'ils rentraient ensemble, et il avait senti de nouveau le regard de la jeune femme tourné vers lui, mais il avait alors accéléré son allure — non pas que le fait de marcher au même pas qu'elle le gênât en aucune manière, puisque au contraire, son voisinage, sa présence déhanchée, parfumée à la citronnelle, commençait à provoquer en lui un trouble assez insolite ; mais parce qu'il tenait à dissiper toute équivoque, ne voulant pas que cette jeune femme le prenne pour quelque coureur d'aventure — et il avait continué son chemin, à plusieurs pas devant elle, mais il s'avérait qu'elle devait occuper une chambre voisine de la sienne, car, malgré les tours et les détours dans le dédale des couloirs — il avait dû, le premier jour, prendre un certain nombre de points de repère, afin de n'y point s'égarer — il l'entendait encore marcher derrière lui, à la même distance. Finalement, une fois parvenu devant la porte de sa chambre, au moment où il enfonçait la clef dans la serrure, tout en essayant de l'observer sournoisement, la jeune femme s'était trouvée à côté de lui, immobile, souriante, murmurant quelques mots dont le sens lui avait totalement échappé, au moment même, mais qui, plus tard, lorsqu'il s'était remémoré les incidents de la soirée, avaient signifié quelque chose comme « voulez-vous que j'entre avec vous ? » et, saisi d'un vertige subit, il avait poussé la porte de sa main droite, tout en libérant la clef, et elle avait dû interpréter ce geste comme une réponse aux mots qu'à ce moment même il n'avait pas compris, car elle franchissait le seuil de sa chambre, avec un rire bref et rauque, et, sans même attendre que la porte se referme, laissant tomber à terre son sac à main, elle lui entourait le cou de ses deux bras, l'embrassant sur la bouche, où elle enfonçait sa langue, dans un mouvement de va-et-vient frénétique et goulu, auquel semblait répondre le mouvement de ses hanches, serrées contre son ventre à lui, et il avait aussitôt senti son sexe se gonfler, se durcir, éclater, et il avait, dans un gémissement ininterrompu et étouffé, serré à pleines mains la croupe de la jeune femme, lui soulevant la courte jupe pour caresser, pétrir, la partie postérieure de ses cuisses fermes, les lui écartant pour essayer d'atteindre, sous le linge minime et crissant, de ses doigts avides, le creux de son corps, la bouche d'ombre, dont il écartait les lèvres, toujours gémissant et bandé contre elle, sa bouche remplie par cette langue dévorante, mais elle s'était subitement écartée de lui, toujours devant cette porte ouverte sur un couloir plongé dans la pénombre, le laissant pantelant et pantois, saisi par un vertige inconnu, une sorte de faim brûlante, et elle avait, rabattant sa jupe et commentant, avec des mots élogieux et rieurs, son ardeur, proposé ensuite le prix, qui lui semblait exorbitant, malgré tout son désir, de trente-cinq mille lires, en échange du moment qu'elle passerait avec lui ; et alors, tout en décidant instinctivement de ne pas céder au chantage d'une proposition qui lui semblait, quoi qu'il en fût, déraisonnable, il avait éprouvé une joie insolite, dont il serait plus tard étonné, à acheter ce bonheur dont le foisonnement neigeux parcourait déjà les rivières de ses veines, dans une prémonition haletante et éblouie, comme si le fait d'avoir à payer une femme — situation dans laquelle, étrangement, il ne s'était jamais trouvé — pour en obtenir ses faveurs, multipliât infiniment sa jouissance — dans le sens très précis d'un droit de possession ou d'usage s'exerçant sans limites — et il avait un instant, le souffle court, la regardant dégrafer sa jupe, sûre de son fait, rieuse, souhaité follement — et, dorénavant, le souvenir de ce souhait viendrait hanter non seulement ses insomnies, relativement fréquentes, mais même ses moments de veille, alors que, totalement lucide et à mille lieues de tout cela, dans l'exercice de sa profession, par exemple, rien ne pourrait laisser prévoir l'éclatement de ce souvenir, qui lui procurerait une sorte de sueur froide, mais exaltante —, follement souhaité que cette possession monnayée lui octroyât le droit de la blesser, la séquestrer, la garder prisonnière, sous le fouet, follement ; mais il s'était repris, s'écartant pour tirer la porte, la regardant, debout, dénudée jusqu'à la taille, maintenant, n'ayant gardé que ses bas, fasciné par la toison qui couronnait son pubis, fourrure d'ombre qui montait très haut sur le ventre plat, et dans laquelle, dans une sorte de sanglot contenu, il aurait souhaité aussitôt enfouir son visage ; mais elle disait « alors ? trente-cinq mille ? », d'une voix posée, et il avait prétendu que c'était là un chiffre exorbitant, même pour un étranger n'ayant pas l'habitude des tractations de ce genre, et que, de toute façon, il n'avait pas sur lui une pareille somme, et elle avait demandé combien il avait, le regard brusquement attentif, et il avait mis la main dans la poche de son pantalon — constatant par ce geste, involontairement mais sans déplaisir, la roideur inhabituelle de son membre — et il en avait extrait la liasse de billets de mille lires qui s'y trouvait, et elle s'était approchée d'un geste vif, se saisissant de l'argent et le comptant à haute voix, et bon, ça pouvait aller, il y avait dix-huit mille lires, elle en paraissait satisfaite, elle ramassait son sac, y enfonçait la liasse et se retournait vers lui, l'examinant d'un œil parfaitement froid, professionnel, comme si elle se demandait par quel bout le prendre, de quelle façon liquider au mieux cette affaire, et d'être l'objet d'un regard semblable, de se sentir examiné de la sorte, accroissait encore son excitation, bizarrement, et alors, dans un rire qui n'avait rien de forcé, elle proclamait, avec des termes crus dont une bonne partie lui demeuraient incompréhensibles, que ces Français, on sait bien ce qu'ils aiment, et elle s'approchait de lui, le repoussait jusqu'au lit, l'y renversait — et son rire, à cet instant, lui faisait passer dans l'échine un frisson inconnu — et lui défaisait avec des gestes précis la ceinture de son pantalon, qu'elle déboutonnait ensuite et lui enlevait, pour saisir son sexe et l'enfoncer dans sa bouche, dans une caresse tantôt légère et précise, tantôt profonde et gloutonne, lui arrachant ainsi un long cri de bonheur — ô la neige brûlante, les étoiles éclatées, les astres morts, le flottement à ciel ouvert ! — et lorsqu'elle était venue sur lui, pour enfourcher son membre dressé, il n'avait pu se retenir de lui embrasser les paupières, la commissure des lèvres, jusqu'au moment où le déferlement de sa croupe à elle, venant lui battre l'aine et les hanches, avait fait rejaillir la lave brûlante de ses entrailles.

Ainsi, René-Pierre Boutor, depuis cette expérience romaine, qu'il fallait bien qualifier de révélatrice, avait saisi chaque occasion — et les occasions n'avaient pas été fort nombreuses, étant donné l'ordonnancement rigide de sa vie laborieuse — de renouveler le surgissement de ce bonheur, dont l'intensité déchirante n'était nullement comparable aux satisfactions nombreuses mais mesurées de sa vie conjugale. La seule condition qui semblait nécessaire pour que cela se reproduise — et il avait pu le vérifier au cours de quelques escapades dans le quartier des Halles, pour accomplir lesquelles il avait dû raccourcir des séances de travail à la Bibliothèque nationale — la seule condition semblait être que la fille de joie fût jeune, d'un âge plus proche de l'adolescence que de la maturité, et l'expérience déplorable d'un après-midi pluvieux, où il avait dû monter, de guerre lasse, avec une femme plus âgée — oh, pas du tout flétrie, encore, au contraire, parfaitement éclatante et ferme dans sa maturité méridionale ! — cette expérience avait été concluante.

Pour cette raison, en s'enfonçant ce soir du 14 avril dans les ruelles bruyantes et agitées qui s'étendent entre le Oude Zijds Voorburgwal et le Oude Zijds Achterburgwal, Pierre Boutor ne s'arrêtait-il, l'œil aux aguets, que devant les vitrines éclairées derrière lesquelles s'exhibaient de jeunes putes, et il venait justement de dépasser rapidement l'enclos lumineux d'une matrone, meublé dans un style parfaitement rassurant d'intérieur bourgeois, lorsque son regard se fixait sur la silhouette, vaguement familière, d'un homme s'avançant vers lui. Dans la lumière ruisselante de la ruelle, aussitôt, il reconnaissait l'homme qui, ce matin même, s'était levé, le geste agacé, du canapé installé dans la salle du Mauritshuis, devant la *Vue de Delft,* lorsque Denise avait proclamé cette opinion de Proust à propos de cette toile. Il s'arrêtait, surpris par ce hasard, et se sentant vaguement coupable, comme si le fait de rencontrer ici cet homme dont il avait commenté avec Denise l'agacement supposé eût pu faciliter la découverte, par sa femme, de cette escapade nocturne et préméditée. C'était absurde, bien sûr, il secouait la tête. Mais l'homme, à quelque distance, semblait attiré par une vitrine particulière. Pierre Boutor s'en approchait aussi, oublieux presque des motifs de sa venue dans le quartier du Zeedijk, curieux de savoir quel genre de femme semblait ainsi attirer l'attention de l'homme dont l'agacement supposé, ce matin, l'avait profondément vexé — mais c'est que, quoi qu'en dise Denise, l'expression de cet homme avait été réellement méprisante — comme si cette découverte pouvait lui donner quelque prise sur cet inconnu, lui fournissant l'occasion d'une revanche obscure. La femme, dans la vitrine qui attirait l'attention de l'inconnu du Mauritshuis, la femme était jeune, et belle, inhabituellement. Son comportement aussi était étrange. Elle ne faisait pas, comme les autres, des gestes pour attirer l'attention ; elle ne prenait pas la pose. Elle ne semblait pas attendre qu'on la regarde, c'est elle qui dévorait le monde extérieur, d'un regard infiniment anxieux. Elle était mince, ses jambes haut croisées découvraient du linge bleu, des plages de peau dorée. Aussitôt, dans une sorte de chaleur hâtive qu'il reconnaissait bien, Pierre Boutor prenait conscience de son désir pour cette jeune putain d'Amsterdam, et une colère sourde, peut-être inexplicable, l'envahissait, à la pensée que cet inconnu méprisant, qui l'avait ce matin transpercé d'un coup d'œil glacial, dénudé comme une lame de couteau, cet inconnu allait le précéder dans ce lieu, auprès d'une jeune femme ressemblant de façon fascinante aux obsessions de son imagination la plus secrète. Mais l'inconnu ne semblait pas décidé à franchir le seuil. Au lieu de se diriger vers la porte, il s'approchait encore davantage de la vitre et il se livrait à un manège que l'endroit où il se trouvait empêchait Pierre Boutor d'observer nettement. Alors, faisant quelques pas de côté, il regardait cet inconnu qui semblait dessiner sur la surface vitrée le visage de la jeune prostituée, levé vers lui, livré, tendu vers le doigt qui modelait, de façon impalpable, le contour des lèvres et celui des hautes pommettes fragiles, inlassablement. Mais l'inconnu du Mauritshuis s'écartait de nouveau, une expression douloureuse étant apparue sur son visage, et Pierre Boutor se demandait s'il n'avait pas tout simplement affaire à un maniaque, mais cette question avait à peine affleuré dans son esprit, provoquée par la singulière angoisse dont il lui semblait être le témoin, qu'un Hollandais massif et sûr de lui franchissait en force le seuil de la jeune putain, laquelle, aussitôt, refermait son rideau, et Pierre Boutor voyait l'inconnu du Mauritshuis, regardant ce rideau fermé et se tournant ensuite, d'un geste vif, l'œil mort, dilaté, fixé sur quelque endroit de l'autre côté de la ruelle, et une expression de haine parfaitement féroce sur le visage : la haine, la folie du meurtre, c'était bien ça.

Pierre Boutor en ressentait un frisson. Ce type était un maniaque, sans aucun doute.

Une heure plus tard, marchant de nouveau à grandes enjambées dans les ruelles du quartier chaud, et s'y étant un peu égaré — il croyait, en effet, se diriger vers le Nieuwmarkt, alors qu'il tournait le dos à cette place, s'éloignant dans la direction de la Bourse et du Damrak — Pierre Boutor débouchait brusquement dans une place où se dressait l'ombre trapue d'une vieille église. Il s'arrêtait, cherchant à s'orienter, sûr maintenant de se tromper de chemin, car il n'avait pas du tout rencontré cette église, tout à l'heure, en venant du Nieuwmarkt, et il se demandait s'il ne vaudrait pas mieux demander des renseignements à l'homme qui s'avançait sur le trottoir, lentement, de l'autre côté de la petite place, lorsqu'il voyait une autre silhouette se détacher de quelque encoignure, derrière ce passant auquel il se proposait de demander le chemin du Nieuwmarkt. Ce deuxième homme levait le bras droit, dans un mouvement rapide et brutal, et le premier passant s'effondrait, tombant sur les genoux, sans un cri. Instinctivement, Pierre Boutor se rapprochait de l'ombre protectrice, s'y enfonçait, le cœur battant. Il voyait ainsi cet agresseur nocturne, et, pensait-il, follement audacieux, car le calme de la petite place se trouvait à une distance dérisoire de la bruyante animation du quartier du port, et des passants, en groupes rieurs ou éméchés, pouvaient s'y engouffrer à chaque instant, il le voyait traîner sa victime sur le trottoir et hisser son corps inerte dans une automobile garée là et qui devait appartenir à la victime, puisque, Pierre Boutor avait parfaitement observe le geste, l'agresseur avait fouillé les poches de l'homme tombé à terre, avant d'ouvrir la portière avec les clefs que cette fouille rapide semblait lui avoir procurées. Mais alors, au moment où cette portière s'ouvrait, déclenchant l'allumage automatique du plafonnier de l'automobile, Pierre Boutor avait reconnu le profil de l'agresseur, et il s'était aplati contre le mur derrière son dos, essayant de s'y fondre, s'y dissoudre, y disparaître, en proie à une violente panique, car il venait, pour la troisième fois aujourd'hui — la première au Mauritshuis, ce matin ; la seconde, une heure auparavant, dans la ruelle des maisons de passe ; et maintenant, pour la troisième fois — de voir surgir de l'ombre le visage de cet inconnu, ce maniaque méprisant, ce criminel. Une seconde, lorsque l'inconnu, après avoir jeté le corps inanimé de sa victime à l'arrière de la voiture, jetait un regard circulaire autour de lui, Pierre Boutor avait craint que ce regard, il y a une heure chargé d'une haine évidente et terrible, ne le découvrît, ne le clouât au mur, mais l'ombre semblait être suffisamment dense, le regard glissait sur l'endroit où il se tenait caché. Aussitôt, la voiture démarrait sèchement, emportant cette vision de cauchemar, et Pierre Boutor s'avançait sur la place redevenue déserte, et calme, sous l'ombre tutélaire de cette vieille église trapue. Quelle soirée, seigneur, quelle soirée !

Mais la nuit avait passé et il était maintenant au Rijksmuseum, devant *La Ruelle* de Vermeer.

Il était midi quarante-cinq, le 15 avril. Denise et Philippe se tenaient à ses côtés. Il regardait la petite toile, il en commentait, pour son fils, à voix retenue, les beautés déchirantes et minimes. Mais son cœur battait sourdement, une inquiétude venait de le gagner. Il avait comme le pressentiment que cet inconnu pouvait à chaque instant apparaître, derrière eux, qu'il pouvait venir s'installer devant *La Ruelle* de Vermeer, surgi de l'ombre immense de la mort, pour contempler ce tableau d'un œil glacial, dont le regard, ensuite, se porterait sur lui, Pierre Boutor, méprisant et haineux. Il en avait une sorte de frisson prolongé, il n'arrivait pas à se défaire de cette sensation.

Devant *La Ruelle* de Vermeer, a midı quarante-cinq, ce 15 avril, avec une sorte de terreur résignée, fascinante, Pierre Boutor attendait l'apparition feutrée de l'inconnu du Mauritshuis.

de frisson prolongé. Il n'arrivait pas à se défaire de cette sensation.

Devant *La Ruelle* de Vermeer, à midi cinquante-cinq, le 15 avril, avec une sorte de terreur désignée fascinante, Pierre Bouter attendait l'apparition fantôme de l'inconnu du Mauritshuis.

# V

A huit heures du matin, on frappait à la porte avec insistance.

Il entendait les coups frappés à la porte, ininterrompus, et il se disait, dans un demi-sommeil, que le garçon d'étage apportant le petit déjeuner était bien impatient, ce jour-là. Il grommelait « entrez, mais entrez donc ! », et ça le réveillait tout à fait.

Jane était allongée dans le lit jumeau, le drap roulé autour de ses épaules, comme d'habitude. Sa jambe gauche était découverte, jusqu'au pli de l'aine, et l'ossature fragile de sa hanche jaillissait, étant donné la torsion du corps.

Il regardait la chambre, il se souvenait qu'il n'avait pas encore commandé le petit déjeuner, il se demandait la raison de cette impatience, à sa porte.

Debout, maintenant, il rabattait le drap sur les jambes de Jane, il marchait vers l'entrée, tout en nouant la ceinture de la robe de chambre qu'il avait ramassée en passant sur le dossier d'une chaise.

— Voilà, voilà ! disait-il, hargneux.

A la porte, il reconnaissait l'un des employés de la réception. Le type avait l'air hagard, il s'excusait de le déranger, vraiment, la Direction de l'hôtel était navrée, mais il était arrivé un accident. Derrière l'employé se dressait la silhouette d'un homme vêtu de flanelle grise, le visage fermé : un flic, sans aucun doute.

— Veuillez nous excuser, monsieur Klinke, disait l'employé, tout cela est bien regrettable ! Mais ces messieurs voudraient vous poser quelques questions.

William Klinke ne comprenait pas pourquoi l'employé parlait au pluriel. Ces messieurs n'étaient qu'un seul monsieur, un seul flic, c'est-à-dire. Mais peut-être le pluriel semblait-il plus respectueux, ou plus approprié aux circonstances, à cet employé de la réception.

William Klinke regardait l'inspecteur.

— Oui ? demandait-il, d'une voix brève.

L'inspecteur faisait comprendre d'un geste qu'il préférait ne pas rester dans le couloir.

— Ma femme est encore couchée, disait William Klinke, avec un sourire grinçant. Et quand on la réveille en sursaut, elle n'est pas convenable, pas du tout !

L'employé de la réception bredouillait de nouvelles excuses. Finalement, on trouvait un compromis. Ils s'entassaient tous les trois dans la petite entrée, toutes portes closes, aussi bien celle sur le couloir que celle menant à la chambre proprement dite. Ils étaient debout, tous les trois, dans cet espace exigu. C'était plutôt insolite.

— Oui ? disait encore William Klinke.

— Vous connaissez votre voisin d'en face, monsieur ? demandait l'inspecteur, dans un anglais précis mais laborieux.

— En face ? Quelle chambre ?

— Trente-quatre, disait l'inspecteur.

Alors, William Klinke éprouvait une sorte de frémissement intérieur.

— Trente-quatre ? M. Mercader, alors, Ramón Mercader.

L'inspecteur avait une réaction prévisible, constatait William Klinke. Son regard de flic se rétrécissait, sa voix de flic devenait plus cassante.

— Donc, vous le connaissez ?

William Klinke hochait la tête, négativement.

— Absolument pas, disait-il d'une voix calme.

— Pourtant, vous connaissez son nom. Car c'était son nom, en effet.

William Klinke remarquait que l'inspecteur avait mis le verbe au passé.

— Pourquoi ? demandait-il. Ce n'est plus son nom ? Il en a changé ?

Ce n'était pas très intelligent, mais les inspecteurs de police avaient toujours prodigieusement irrité William Klinke.

L'inspecteur blanchissait, sous le coup de cette ironie parfaitement inconvenante. On voyait jaillir ses mâchoires viriles.

— Je vous conseille de vous expliquer, monsieur. Il s'agit d'une affaire grave.

L'employé de la réception aurait souhaité être ailleurs, visiblement.

— Mais c'est très simple, disait William Klinke. Je ne connais pas du tout ce M. Mercader. Mais je savais que le client de la chambre trente-quatre s'appelait Ramón Mercader. Un nom pareil, ça se retient.

L'inspecteur ne semblait pas du tout comprendre à quoi il faisait allusion.

Alors, William Klinke expliquait d'une voix très calme que l'autre jour, voyons, avant-hier, c'est ça, avant-hier 14 avril, exactement, on lui avait remis par erreur, à la réception — et à ce mot d'*erreur*, l'employé de l'hôtel avait ébauché un geste, qu'il n'achevait pas — on lui avait donc remis par erreur un message destiné à M. Ramón Mercader. Il avait appris ainsi, en rendant le message qui ne lui était pas destiné, que cette personne occupait la chambre trente-quatre. Plus tard, vers cinq heures de l'après-midi, ce même jour, il avait vu un homme qui remplissait une formule de télégramme, alors que lui-même faisait timbrer quelques cartes postales, et le concierge de l'hôtel — tout cela se passant en effet au rez-de-chaussée, devant le comptoir de la conciergerie — le concierge avait rappelé par son nom le client qui remplissait une formule de télégramme : M. Mercader, précisément. Voilà pourquoi il connaissait le nom du voyageur occupant la chambre trente-quatre, juste en face de la sienne.

L'inspecteur avait écouté toute cette explication, impassible.

— Et pourquoi ce nom vous a-t-il tellement frappé ? demandait-il.

William Klinke le regardait longuement.

— C'est le nom d'un assassin célèbre, répondait-il.

Le regard de l'inspecteur hollandais était de nouveau précis et méfiant, comme un regard de flic hollandais, ou turc, ou japonais. Le regard de l'inspecteur était parfaitement semblable à un regard d'inspecteur.

— Et vous vous intéressez aux assassins, monsieur Klinke ?

William Klinke riait d'un rire brusque.

— A certains seulement, disait-il. Voyez-vous, je suis écrivain et je travaille en ce moment sur le scénario d'un film qui traite d'un crime célèbre. C'est tout.

L'employé de la réception regardait l'inspecteur en souriant, l'air de suggérer que tout ça était parfaitement banal, et respectable.

Mais l'inspecteur ne s'était pas encore déridé.

— Avez-vous remarqué quelque chose, hier, dans l'après-midi ou la soirée, quelque chose d'anormal, dans le couloir, devant la porte trente-quatre, ou même à l'intérieur de la chambre, des bruits, quelque chose comme ça ?

William Klinke aurait pu protester, demander ce que tout cela signifiait. Était-il considéré comme témoin, ou peut-être même comme suspect, dans une affaire dont il ignorait le premier mot ? Mais une sourde et sournoise curiosité le poussait à essayer d'en savoir plus long.

— Non, disait-il, je ne vois pas.

William Klinke se demandait ce qui avait bien pu arriver à ce deuxième Ramón Mercader. Depuis qu'on lui avait remis par erreur ce message téléphonique destiné au client de la chambre trente-quatre, cet homme l'obsédait. C'était insensé, quand même, cette coïncidence ! Ainsi, dans l'après-midi, lorsque le concierge avait appelé par son nom l'homme qui se tenait à l'autre bout du comptoir, en train de rédiger un télégramme, n'avait-il pas pu s'empêcher d'avoir un sursaut. Il l'avait observé, tout en collant des timbres sur les cartes postales. Un type d'une trentaine d'années, très grand, très mince, avec une bouche sensuelle et des yeux étonnants. Il avait été frappé par le charme qui se dégageait de ce visage et par la violence contenue, surprenante, de ce regard. Il avait failli l'aborder, comme ça, pour lui expliquer son désarroi, sa curiosité. Mais c'était absurde, bien sûr. Il ne pouvait pas projeter sur tout le monde ses obsessions personnelles. Tant pis, il aurait bien voulu connaître cet homme.

Mais la voix de l'inspecteur, radoucie, semblait-il, le tirait de ses souvenirs.

— Si cela ne vous dérange pas trop, monsieur Klinke, je vous demanderai de venir dans la chambre trente-quatre, pour identifier le corps. Bien sûr, prenez votre temps ! Quand vous aurez fini de vous habiller, de prendre votre petit déjeuner.

William Klinke le regardait, bouche bée.

— Le corps ? demandait-il.

Sa voix s'était brisée, inexplicablement. L'inspecteur ne manquait pas de remarquer cette émotion, mais il ne faisait aucun commentaire.

— Disons dans une demi-heure, monsieur Klinke ?

L'inspecteur s'en allait, suivi par l'employé de la réception.

Le visage était détendu, dans la quiétude aveugle du grand sommeil.

Il regardait le visage de Ramón Mercader et il pensait que la mort l'avait rajeuni. Peut-être était-ce à cause des yeux fermés. Peut-être était-ce parce que la mort avait voilé ce regard insatiable qu'il avait eu, vivant.

William Klinke regardait le visage de ce mort et une étrange fébrilité le gagnait. Il venait de passer quinze jours, en Espagne, sur les traces d'un autre Mercader, Ramón Mercader del Río, sur les traces presque évanouies d'un passé lointain. Il venait de traquer ce fantôme, dans les registres de l'état civil, le secret des archives et la mémoire fragile ou feutrée de quelques survivants, et voici qu'il se trouvait devant le cadavre d'un deuxième Ramón Mercader, à Amsterdam. C'était insensé, vraiment ! Il avait l'impression qu'un lien obscur, peut-être même féroce, rattachait ces deux histoires. C'était absurde, bien sûr ! C'était son imagination qui battait la campagne. Mais il ne pouvait se défaire de cette impression, angoissante et trouble.

— Vous reconnaissez cet homme, monsieur Klinke ? lui demandait-on.

Il se retournait, sur ses gardes.

Il y avait trois hommes, dans la chambre. C'est-à-dire, plus précisément, lui-même, le cadavre de Ramón Mercader, et encore trois hommes. C'est-à-dire, quatre vivants et un mort.

Il y avait l'inspecteur qui l'avait déjà interrogé et encore un deuxième policier, avec la même sorte de visage buté. La seule différence vraiment importante entre eux était que ce deuxième inspecteur n'était pas vêtu de flanelle, mais de tweed. Il y avait aussi un troisième homme, près de la fenêtre, qui n'avait pas l'air de s'intéresser à la question.

— Qu'entendez-vous par reconnaître ? demandait-il, vaguement excédé.

— Reconnaissez-vous M. Mercader ? insistait le deuxième inspecteur, celui vêtu de tweed.

— Je ne sais pas, disait William Klinke. Je reconnais un client de l'hôtel que le concierge m'a semblé appeler l'autre jour par ce nom, c'est tout.

— Si vous voulez, disait le deuxième inspecteur, conciliant.

Ensuite, il y avait du silence et il ne pouvait s'empêcher de regarder encore le visage du mort.

Brusquement, l'homme qui était près de la fenêtre se déplaçait vers lui.

— Monsieur Klinke ?

William Klinke ressentait très précisément la menace latente de cette nouvelle intervention. Pourtant, ce troisième homme ne ressemblait pas aux deux inspecteurs. Il n'avait pas l'air d'un flic, mais il était tout aussi dangereux, sinon plus.

Il attendait la suite.

— Quel jour êtes-vous arrivé à Amsterdam ? demandait Franz Schilthuis.

William Klinke faisait un calcul rapide.

— Voyons, nous sommes le 16, c'est ça, le 13 avril.

— Par avion ? demandait Schilthuis.

William Klinke avait l'impression que ce type connaissait déjà les réponses à toutes ces questions.

— Mais oui, par avion, confirma-t-il.

— Et d'où veniez-vous, s'il vous plaît, monsieur Klinke ?

— De Madrid, répondait-il.

— Par le vol de la K.L.M., peut-être ?

— Exactement, disait-il.

Franz Schilthuis s'approchait du lit et recouvrait le visage du mort avec un pan du drap qu'on avait rabattu, tout à l'heure.

Il se retournait, ensuite.

— Vous étiez assis à côté de M. Mercader ?

Il ne comprenait pas la question, tout d'abord. Ensuite, il se sentait pâlir.

— Ah ! je vois, disait-il.

— Vous voyez quoi ? demandait Schilthuis.

William Klinke le regardait attentivement, essayant de deviner à quelle sorte de police il pouvait appartenir, ce type. Un soupçon l'effleurait, et ça devenait de plus en plus insensé, cette histoire.

— Je suppose que M. Mercader est arrivé de Madrid dans le même avion que moi, c'est ça ?

Il parlait calmement, il regarda ce type.

— C'est-à-dire, et Schilthuis avait un sourire radieux, vous êtes arrivé dans le même avion que lui, monsieur Klinke.

— Je ne vois pas la différence, répondait William Klinke, inquiet.

— On ne sait jamais.

Le sourire de Schilthuis était toujours aussi radieux.

Il se tenait à la tête du lit, l'air pensif. Les deux inspecteurs s'étaient un peu écartés, au-delà de la grille en fer forgé qui séparait la chambre à coucher proprement dite d'une sorte de petit salon, plus proche du couloir.

Brusquement, Schilthuis rabattait de nouveau un pan du drap blanc et le visage du mort réapparaissait.

William Klinke ne pouvait s'empêcher de regarder le visage du mort.

— M. Mercader était un homme assez remarquable, n'est-ce pas ? disait Franz Schilthuis. Je veux dire : il passerait difficilement inaperçu. Et encore ! Son regard surtout était étonnant, quand il avait les yeux ouverts.

William Klinke se sentait frissonner. Tout cela était macabre et sûrement dangereux. Mais ce type, quel que fût le service de police auquel il appartînt, avait bien raison.

— Je ne vois pas du tout où vous voulez en venir, disait-il sèchement.

Il venait de décider que cela suffisait, qu'il fallait couper court à cette histoire.

— Mais c'est très simple, répondait Schilthuis. Vous voyagez, le 13 avril, de Madrid à Amsterdam, dans le même avion que M. Mercader. Il y avait peu de passagers, ce jour-là Pourtant, vous ne remarquez pas M. Mercader !

William Klinke l'interrompait.

— J'étais très absorbé par une lecture passionnante.

Sa voix était montée d'un ton, il fallait en finir.

— Ah oui ? disait Schilthuis, qui avait été sensible au changement de ton. Peut-on savoir laquelle ?

— Pourquoi pas ? Ça m'étonnerait pourtant que ça vous dise quoi que ce soit.

William Klinke avait pris un air méprisant. Les deux hommes s'affrontaient du regard.

— Dites toujours, monsieur Klinke.

— Je relisais *The Prophet Outcast,* d'Isaac Deutscher.

Alors, dans un éclair, Franz Schilthuis comprenait qu'il avait perdu la partie. Pourtant, il aurait bien voulu les coincer, ces Américains, qui en prenaient vraiment trop à leur aise. Ce n'est pas ce Ramón Mercader qui l'intéressait, dans cette affaire. Ce type avait été un agent soviétique, certainement, mais enfin il n'opérait pas en Hollande, ce n'était pas son affaire. Qu'il soit mort ou vivant, ça n'avait aucune importance. C'étaient les Américains qui l'intéressaient, dans cette affaire. Ils en prenaient vraiment trop à leur aise, sous le prétexte des alliances, des intérêts communs, toute cette phraséologie bien-pensante. Alors, l'enlèvement de ce marin espagnol, Felipe de Hoyos, dans la nuit du 14 — et peut-être que les Américains ne s'étaient pas trompés ; peut-être cet homme était-il vraiment un agent de liaison du K.G.B., mais on ne pouvait retenir aucune charge contre lui — et puis la découverte du cadavre de Herbert Hentoff, à l'aube du 15, hier à l'aube, ces deux événements lui avaient fait entrevoir la possibilité d'impliquer ces arrogants messieurs du Herengracht dans une affaire criminelle. Bien entendu, l'affaire serait étouffée, tout cela se réglerait à huis clos. Mais il arriverait à obtenir quelque chose en échange, il leur rabattrait un peu leur caquet, à ces Américains impudents. Ensuite, il y avait eu la disparition de ce Ramón Mercader — vraiment, quelle maladresse, ou quel orgueil, peut-être de choisir un type avec un nom pareil ; mais, bien sûr, l'autre n'avait jamais existé, officiellement, il s'était toujours appelé Jacques Mornard, il n'en avait pas démordu ; quand même, c'était idiot — cette disparition dont il s'était entretenu avec Henk Moedenhuik. Et, aussitôt, les types de la C.I.A. s'étaient dispersés, envolés Dieu sait où. Il aurait bien voulu impliquer Kanin ou O'Leary dans cette affaire (Floyd était intouchable, bien sûr). Il avait cru que l'histoire se terminerait ainsi, en queue de poisson, et puis, ce matin, ça rebondissait, avec la mort de Ramón Mercader. Il avait obtenu de ses supérieurs quelques heures de liberté de manœuvre, pour essayer de trouver une façon d'impliquer les Américains dans cette mort. Mais il s'était laissé aveugler par son besoin de réussite, certainement. C'était trop beau pour être vrai, l'histoire de ce William Klinke. A peine commencée, son enquête l'avait mis sur ce William Klinke. Avouez qu'on pouvait s'y laisser prendre. Le type arrive dans le même avion que Mercader. Il retrouve sa femme à Amsterdam et ils prennent une chambre juste en face de celle de Mercader. Et ils ont des billets pour New York, pour le vol de dix-huit heures, aujourd'hui même. Le jour même de la mort de Mercader. Bon, c'était trop beau pour être vrai. Cet Américain-ci, ce William Klinke, ne faisait pas partie de la bande. Ça devait être l'un des rares Américains d'Amsterdam à ne pas faire partie de la bande.

— *The Prophet Outcast,* disait Schilthuis. En effet, c'est un livre passionnant.

La surprise de William Klinke n'était pas feinte.

— Il paraît que vous travaillez à un scénario ? demandait Schilthuis.

Alors, sans trop savoir pourquoi, William Klinke lui expliquait les problèmes de ce scénario.

L'histoire de l'assassinat de Trotsky, c'était l'un de ces sujets qui reviennent périodiquement sur le bureau des producteurs. Mais, jusqu'à présent, il n'avait jamais été réalisé. Alors, il y a quelques mois, on lui avait demandé de travailler sur l'un des multiples projets qui existaient et il s'était rendu compte, très vite, qu'on ne pouvait aborder ce sujet d'une façon conventionnelle. « Par exemple : vous voyez un acteur quelconque jouer le rôle de Lev Davidovitch ? C'est impensable ! Trotsky doit être au centre de cette histoire, mais invisible, c'est la seule solution dramatique. »

Il se passionnait et Schilthuis l'écoutait, attentivement.

Non, la seule solution consistait à envisager ce crime du point de vue de l'assassin, à faire de celui-ci le personnage principal de l'histoire. C'est pour cette raison qu'il venait de passer quelques semaines en Espagne, disait William Klinke, à pourchasser dans les archives et les mémoires le fantôme de Ramón Mercader del Río, pendant que sa femme, Jane, travaillait à l'Institut d'Études sociales d'Amsterdam, sur les documents de cette époque. Quel personnage, ce Ramón Mercader !

Franz Schilthuis regardait le visage de Ramón Mercader, le deuxième Ramón Mercader. Ensuite, il rabattait de nouveau le drap sur ce visage mort, rajeuni par la mort.

— En effet, disait-il, je vous comprends.

Il avait tout à coup l'air abattu.

— Si vous le voulez bien, monsieur Klinke, je vous demanderai de m'accorder encore cinq minutes. Ensuite, ce sera fini.

William Klinke hochait la tête. Il ne comprenait absolument pas les raisons de ce revirement, mais enfin c'était visible : il semblait qu'on ne le soupçonnât plus de quelque dessein obscur.

Franz Schilthuis l'invitait à le suivre.

Ils quittaient la pièce, ils marchaient dans le couloir.

Maintenant, la chambre reste vide.

Les deux inspecteurs sont également sortis, en refermant la porte à clef, derrière eux. Ils s'éloignent, ils s'évanouissent. La Direction de l'hôtel a demandé la plus grande discrétion sur cette affaire, on la comprend. De toute façon, il ne servirait à rien de monter la garde devant cette chambre close. Personne ne s'intéresse plus au cadavre de Ramón Mercader.

Maintenant, Ramón Mercader est seul.

La veille, vingt-quatre heures auparavant, à peu de chose près, Floyd avait déclaré qu'il ne s'appelait pas du tout comme ça, qu'il avait pris la place d'un mort. C'était assez énigmatique, mais enfin, ça n'a plus d'importance. Il a vraiment pris la place d'un mort, aujourd'hui. Il a pris sa place dans la mort, quel qu'il fût, quelle qu'elle soit. Un drap le recouvre, son visage, une blancheur neigeuse de silence. Tiens, la neige était apparue plusieurs fois dans sa mémoire, au cours de ces journées de Pâques, à Amsterdam. Au sortir du Mauritshuis, il aurait vaguement souhaité trouver de la neige, sur le Binnenhof. Comme autrefois, au sortir du Musée Pouchkine, à Moscou. Et il y avait encore un autre souvenir de neige. C'est ça, la neige fondait dans les rues, au début de ce printemps de 1956. Il avait marché jusqu'à un parc, et les branches des arbres, parfois, dans un froissement sourd de l'air immobile et transparent, laissaient s'échapper des paquets de neige poreuse, qui venaient s'écraser sur la neige tassée du sol, pendant que les branches des conifères, dégagées de ce poids, frémissaient, sous le soleil de ce printemps qui s'avançait, dix ans auparavant.

Il faudrait s'asseoir autour de lui, forme immobile sous le linceul neigeux du drap, pour le veiller, pour rassembler ses souvenirs.

Henk Moedenhuik se souviendrait peut-être de ce rire qu'il avait eu, au *Bali,* le 13 avril, ce rire interminable et glacé, lorsqu'il avait dit qu'on ne meurt plus. C'était absurde, bien sûr : la preuve, qu'on meurt encore. Mais il parlait d'une autre mort, certainement. Henk Moedenhuik parlerait de ce rire insolite, qui s'associerait dans sa mémoire au souvenir confus du professeur Brouwer, de cette maison sur le Plein 1813. Peut-être y aurait-il même des fleurs de magnolia, dans la mémoire de Moedenhuik. Bon, ça ne mènerait pas très loin, ce souvenir.

Walter Wetter se souviendrait peut-être de cet homme qu'il avait croisé, dans les couloirs du Bolchoï. Sa démarche l'avait frappé tout d'abord. Quelque chose de familier, bien qu'indéfinissable. Après, sans doute, il avait compris. Tous les hommes qui ont passé des années de leur vie en prison ont la même démarche : comme s'ils étaient surpris, au bout de quelques pas, de ne pas rencontrer le mur de la cellule. Comme si la découverte d'un espace ouvert, peut-être illimité, donnait à leur démarche cette allure incertaine et saccadée. Ensuite le regard, derrière les verres des lunettes d'écaille. Un désespoir abject, dans ce regard. Walter Wetter parlerait de cet inconnu du Bolchoï, Ramón Mercader del Río. Et ensuite, sans transition, il se rappellerait le grand portrait de Staline, dans les sous-sols de cet ancien magasin berlinois où les organismes de la Sécurité de l'État enfermaient les suspects, pour les interroger. Il se rappellerait le regard jaune de Staline, surveillant encore les allées et venues, bien des années après sa mort, l'air de dire que tout s'en irait à l'abandon, en miettes, s'il n'avait pas été là, mort immortel, renaissant de ses cendres, comme si le regard de Staline était la lumière jaune, aveuglante, d'une étoile déjà morte, mais projetant encore à travers les espaces et les siècles cet éclair de méfiance rusée, de volonté têtue, ce mépris fondamental pour les hommes, chatons obnubilés, petites vis, rouages minuscules, et toujours remplaçables, du grand appareil. On s'étonnerait peut-être de ces deux souvenirs de Walter Wetter, mais enfin, ils auraient surgi, il faudrait en tenir compte.

Felipe de Hoyos se souviendrait certainement du visage de cet homme, tourné vers lui, défait, lorsqu'il avait chantonné, dans son mauvais russe, cette chanson géorgienne, *Souliko,* dans le bistrot espagnol du port. Il pourrait en parler longtemps.

Et ainsi de suite.

Mais enfin, toute cette mémoire possible lui serait extérieure, elle flotterait autour de lui, comme des spirales de brume, ou de fumée. Ils se souviendraient tous de lui, à l'occasion, peut-être fugitivement, peut-être avec une crispation douloureuse, mais lui-même ne se souviendrait plus. Ce n'est rien d'autre, la mort : une mémoire qui s'efface.

Même Inés (mais Inés était à Cabuérniga à cet instant précis, elle venait de sortir de la salle de bains, grande comme une pièce de réception, que Sonsoles Avendaño — sa belle-mère, comme dirait tante Adela, en provoquant chez elle, par cette appellation, un vif émoi un tant soit peu écœuré — Sonsoles Avendaño de Mercader avait fait installer, à côté de la chambre conjugale, une salle de bains somptueuse, pour l'époque, où l'on pouvait circuler, s'asseoir, attendre allongée sur un canapé tendu de soie jaune paille, maintenant effilochée, par endroits, que l'eau de la baignoire fût suffisamment chaude, une salle de bains qui, aujourd'hui encore, malgré les inévitables ennuis de tuyauterie, avait très bonne allure, avec ses cuvettes de faïence fleurie, ses céramiques de Talavera et l'éclat doré — par endroits, il est vrai, terni, décapé — des appliques d'éclairage, des pieds griffus de la baignoire et des robinets rococo ; Inés, à l'instant même, venait de sortir de la salle de bains, entièrement nue, et elle cherchait sur la table de chevet son paquet de cigarettes — des *Gener,* cubaines, à bout filtre — dont elle en extrayait une, qu'elle allumait, pensive, mais sa pensée n'avait, à cet instant précis, qu'un objet parfaitement banal, et féminin : elle se demandait, encore plongée dans la paresse embuée du réveil et du bain brûlant, comment s'habiller, aujourd'hui ; ainsi, Inés, nue, la cigarette aux lèvres, se déplaçait dans la chambre, ses longs cheveux noirs dénoués sur les épaules), même Inés, pourtant, si elle avait (mais Inés, un instant après cet instant précis de tout à l'heure, venait de s'immobiliser devant une glace en pied, de forme ovale, pouvant basculer en avant et en arrière, fixée comme elle l'était sur un axe reliant les deux montants verticaux d'un cadre en bois fruitier ; et Inés, debout, immobile, devant cette glace, contemplait son corps nu ; elle écrasait sa cigarette, à peine entamée pourtant, dans un cendrier, elle relevait de ses deux mains ses cheveux dénoués, qu'elle ramenait sur la nuque, en un chignon lourd, et le mouvement de ses bras — les mains derrière la nuque, retenant les cheveux — faisait pointer sa gorge, d'une blancheur bleutée, au-dessus de la plage dorée de son torse et son ventre, dont la minceur de maïs, de torrent de montagne, de jeune arbre, s'arrondissait aux hanches, dont l'ossature visible sous la chair ferme et lisse délimitait le bassin — semblable à une nappe d'eau calme, tout à coup — dont la pâleur irisée, de nouveau, se voyait ponctuée, soulignée, par la toison du pubis, douce et sombre colline herbeuse, et qui se prolongeait, cette pâleur du bas-ventre privé de soleil — comme si cette nappe d'eau calme, sommeilleuse, avait été sous l'ombre des grands ormes frémissants — se prolongeait dans le double enracinement des longues jambes brunies, couleur de pain brûlé, de feuille morte, d'automne triomphant ; et Inés, de nouveau, dans l'émerveillement un peu trouble de son image, constatait le plaisir que son corps lui procurait, et ses mains, ayant abandonné la masse de ses cheveux, qui retombaient sur les épaules, ses mains parcouraient cette surface de son corps, ses renflements, ses creux, ses mains descendaient sur sa gorge, s'y attardaient, s'en détachaient lentement, parcouraient la fraîcheur de son ventre, où elles s'écartaient, remontant le long de son dos, et ce mouvement d'une lenteur alanguie la faisait se cambrer, et elle écartait ses bras en croix, finalement, plongée dans la certitude corporelle la plus immédiate, que la rumeur sourde et moite de son sang, brusquement), même Inés, pourtant, si elle avait, à ce moment (mais Inés constatait, à ce moment précis, que ce plaisir de posséder un corps, d'en frôler les contours, d'en caresser les ombres et les lumières — plaisir multiplié, certainement, dans une confuse moiteur, par le fait même de ce reflet dans le miroir, par cette image d'elle-même se mirant, se voyant caresser son corps, comme si ce dédoublement, en quelque sorte, rendait plus présente, plus dense, et plus déchirante aussi, la certitude intime d'exister que ses sensations corporelles diffuses, à tout moment, et même à celui de la distraction, ou du rire, ou de l'attention à quelque objet ou événement particulier, lui faisaient éprouver ; comme si l'image ou le reflet, évanescent, de sa gorge, son ventre, qu'elle contemplait, rendait plus turgescente et ferme sa gorge, plus lisse et frais son ventre, plus tiède le creux de son corps, devenus ainsi plus intimement siens, malgré l'apparent éloignement, la trouble objectivité créée par la vision dans le miroir — que ce plaisir de posséder un corps, Inés le constatait une nouvelle fois, la ramenait au souvenir de Ramón, de son regard, ses mains, sa bouche, sur son corps à elle, comme si elle n'existait vraiment, pour elle-même, dans sa plus radicale et solitaire intimité, qu'en fonction de ce regard, de ces mains, de cette bouche, qu'au moment où son corps devenait leur objet, et l'objet aussi, dans l'éclatante insatisfaction renouvelée, de leur double plaisir), même Inés, pourtant, si elle avait, à ce moment, été habitée par le souvenir de Ramón — mais serait-ce réellement un souvenir ? Il faudrait essayer d'autres mots, car l'apparition de Ramón dans sa pensée, son imagination, n'aurait pas eu les couleurs, peut-être délavées, bistre, du passé ; elle aurait été une présence, un présent, dont l'absence, le manque, n'auraient fait que souligner, et parfois même exaspérer, le désir qu'elle en éprouvait, qui la projetterait ainsi vers l'avenir — si elle avait été, donc, à ce moment précis, devant la glace ovale, toute nue, habitée par le souvenir de Ramón, dont elle ignorerait la mort, bien entendu — le télégramme urgent envoyé par Schilthuis n'étant pas encore parvenu à Cabuérniga — même Inés n'aurait pu vivre dans sa mémoire à lui ; et non seulement parce qu'il y avait, dans cette mémoire de Ramón, des choses, des images, des événements, qui lui étaient, à elle, totalement étrangers — que savait-elle de ce voyage à Sotchi, par exemple, en 1960 ? Rien du tout. Elle ignorait Sotchi, et l'excursion au lac Ritsa, et le déjeuner dans cette auberge, tout au fond de la cuvette du lac, qui avait été, autrefois, l'une des *datchas* préférées de Staline ; que savait-elle de cette promenade sur le lac de Zurich, avec Georgui Nicolaïevitch ? que savait-elle, même, de Georgui Nicolaïevitch ? et du séjour à Prague, l'année précédente ? et de la réunion de travail célébrée à l'*Edgar-André Heim,* près d'un lac, au milieu des forêts qui entouraient Berlin ? Rien, sa mémoire à elle était vide à ce sujet, ou, plutôt, d'autres souvenirs de Ramón, faux, mensongers, comblaient ce vide inconnu, cette absence insoupçonnée, souvenirs appuyés sur des cartes postales et des lettres qu'il s'était arrangé pour lui faire parvenir, afin de masquer ainsi ses disparitions, sa double vie — non seulement, donc, parce qu'elle ignorait certains épisodes, pourtant décisifs, de la vie de Ramón, mais aussi parce que même ceux qu'elle avait connus, et partagés, comme ce séjour à Venise, par exemple, ou ces quelques jours à Capri, dans la maison de la via del Tuoro — dont le vieux jardinier, sec et maigre, se souvenait encore de Vladimir Ilitch et de Gorki, de leurs parties de pêche — et le soleil les réveillait, Ramón et elle, enlacés dans le grand lit, se reprenant bientôt dans une étreinte qui ne semblait être que l'accomplissement d'un sommeil partagé, et dont la torpeur aiguë ne serait dissipée que plus tard, lorsqu'ils auraient descendu les escaliers creusés dans les rochers qui menaient à l'eau bleue, vivifiante, de l'anse des Faraglioni, parce que même ces épisodes-là (mais Inés, à cet instant précis, nue devant le miroir — et nous pourrions nous éloigner, sournoisement, quitter son regard à elle sur son propre corps, pour l'observer de dos, nouvelle *Vénus au miroir*, mais qui n'aurait pas été, comme dans la toile de Vélasquez, allongée, et contemplant dans ce miroir son seul visage, qui aurait été debout, et se reflétant tout entière dans la glace ovale ; et nous aurions ainsi pu voir non seulement sa nuque, ses épaules, son dos, ses reins, mais aussi, leur faisant face, complétant l'image mutilée de cette beauté fugitive et sereine, ses yeux et sa bouche, et sa gorge et la chute de son corps jusqu'à l'écartement ombreux — mais, à cet instant précis, nue devant le miroir, Inés ne se serait pas du tout souvenue de Ramón, c'est-à-dire, elle ne l'aurait pas rejeté dans le passé, mais aurait, bien au contraire, éprouvé l'absence de son regard sur elle, le manque de sa chaleur précise et dominante, à laquelle elle se serait soumise, puisqu'il n'y avait pas d'autre moyen que cette soumission exigeante et docile pour atteindre à la plénitude de soi-même), même Inés, donc, n'aurait pu nous ouvrir l'accès de la mémoire de Ramón, allongé dans l'oubli neigeux du grand sommeil, à cet instant précis, à Amsterdam.

Mais Georgui Nicolaïevitch Oujakov, le pourrait-il ?

Certes, de tous les personnages de cette histoire insensée — dont l'invraisemblance, semble-t-il, s'accroît à chaque page tournée, devenant ainsi, par son épaisseur même, par son opacité inextricable, de plus en plus ressemblante à une réalité possible, l'invraisemblable n'étant, en somme, que l'une des figures, ou clefs, de la réalité la plus quotidienne, saisie dans sa qualité, vaguement repoussante, de fait divers — de tous ces personnages, Oujakov est sans doute celui qui en sait davantage sur la vie de Ramón Mercader. Certains épisodes de son enfance, de son adolescence, lui sont forcément inconnus, puisqu'il a vécu dix-sept ans dans les prisons et les camps soviétiques, dans lesquels, c'est le moins qu'on en puisse dire, le courrier de l'extérieur n'était pas habituel. Pourtant, malgré ces lacunes — en partie comblées par les récits du jeune homme, retrouvé en 1955, à son arrivée de Kolyma — il en sait suffisamment sur la vie de Ramón Mercader pour nous en parler pendant des heures, le cas échéant.

Mais, à cet instant précis, à ce moment de la matinée du 16 avril 1966 où le cadavre de Ramón Mercader vient de rester seul, dans une chambre d'hôtel d'Amsterdam, Georgui Nicolaïevitch Oujakov n'est pas en état de nous en parler (pourtant, depuis que le planton avait fait irruption dans son bureau, une heure auparavant, hâtif et agité, pour le convoquer à cette réunion impromptue ; depuis qu'il avait retrouvé dans la grande salle du premier étage le Vice-Ministre chargé des problèmes de la Sécurité de l'État, ainsi que les deux colonels de la section du contre-espionnage et son propre chef du service d'Analyses et Documents ; depuis qu'il avait vu apparaître sur la table ce dossier positivement incroyable, avec toutes ces photos ; depuis lors, Georgui Nicolaïevitch ne fait que penser à Ramón Mercader, mais c'est une sorte de pensée très particulière, qui n'autorise pas à s'abandonner aux charmes, ou à l'ironie ou aux nostalgies de la mémoire : une pensée dangereuse et feutrée, qui fait de Ramón Mercader, de ses actes, l'enjeu d'une bataille confuse, dont l'issue peut être fatale, dans le sens le plus strict de ce terme).

Lorsque le planton avait pénétré dans son bureau, une heure auparavant, Oujakov avait été presque soulagé, malgré les incommodités et les pièges que recelaient toujours ces réunions du premier étage, surtout lorsqu'elles étaient impromptues, soulagé d'être arraché à la contemplation morose des papiers étalés sur sa table. Décidément, il n'était pas en train, ce matin-là. Peut-être était-ce tout bêtement l'arrivée du printemps, qui le ramollissait. Mais le fait était qu'à cinq heures du matin — il avait gardé de sa vie de prisonnier cette habitude de se lever à l'aube — il avait été incapable de reprendre une lecture commencée l'avant-veille. Il avait bu plusieurs tasses de thé, très fort, vainement. Une sorte de lourdeur l'accablait. Il avait pensé à cet éclatement subit du printemps. Il avait pensé aussi qu'il vieillissait. Non, tu n'es plus un jeune homme, Georgui Nicolaïevitch ! Peut-être le moment était-il venu de prendre quelque repos, de se laisser vivre, comme on dit. « Je peux faire valoir mes droits à la retraite », avait-il pensé, avec un rire amer, en se demandant si les années de Kolyma seraient comptées comme des années de service actif. Mais, aussitôt, cette idée de repos s'était mise à ressembler étrangement à l'idée de la mort. Se reposer, mais c'était tout simplement s'allonger dans la tiédeur herbeuse du grand sommeil ! Pourquoi pas ? Peut-être était-ce l'heure de la mort qui s'annonçait, masquée sous cette lourdeur, ce déplaisir de vivre, cette tristesse physique. Il avait secoué la tête et il était sorti faire un tour, en marchant lentement vers le centre de la ville. Moscou était belle et sauvage, dans la lumière dorée du printemps. Une douceur déchirante l'avait envahi, au fil des minutes. La ville se réveillait, se gonflait de rumeurs, de sève humaine. Il avait entendu des bribes de conversations, des rires, des adieux. Devant la statue de Pouchkine, deux jeunes gens se tenaient par les mains, bras écartés, se regardant dans les yeux : tout l'amour du monde. Oui, avait-il pensé, belle et sauvage, cité sainte et barbare. Il y flottait, vieil homme, vieil arbre, déraciné. Tout était à la fois familier et lointain, indéfiniment jeune et rongé par la décrépitude. Des vers d'Essénine lui étaient revenus en mémoire et il avait dû s'immobiliser, s'appuyer à une façade, défaillant. Une jeune fille l'avait dépassé, en courant, des livres sous le bras. Elle avait tourné la tête, l'avait vu, s'était rapprochée de lui. « Ça ne va pas, petit père ? » avait-elle demandé. Elle était mince, gracieuse, vêtue d'une courte pelisse, chaussée de bottes souples. Des yeux d'un gris liquide, infini, sous le foulard noué autour de la tête. « Ça va, ça va petite mère », avait-il répondu, « il fait beau, je respire, c'est le printemps ! » Alors, elle avait ri, complice, rejetant la tête en arrière. Gracile, le geste hautain et tendre, comme une Viennoise, avait-il pensé. Bon, des images, encore, lointaines et floues. Mais il s'était aussitôt morigéné, en riant dans sa barbe. Voyons, encore ce satané cosmopolitisme, Georgui Nicolaïevitch ! Pourquoi comme une Viennoise ? Forte et gracile, hautaine et tendre, comme une jeune fille russe, voyons ! Sortie de la gangue boueuse et terne des années terribles. Dégagée de la lourdeur paysanne, jeune citadine, allègre, aux yeux de plaine frémissante. Peut-être tous leurs efforts, et leurs errements, leurs crimes, leur héroïsme têtu et obscur ne devaient-ils aboutir qu'à ce résultat : à faire que les jeunes filles ressemblassent aux Viennoises d'autrefois, ou aux héroïnes de Tolstoï, telles que les présentait le cinéma d'aujourd'hui ? Avec quelques centaines de milliers de voitures bien confortables et bien individuelles, de marque italienne, produites chaque année dans les nouvelles usines, cela faisait une image sociale parfaitement inattendue, mais réelle, parfaitement réelle. Bon, elle s'était éloignée, d'un pas vif, vers un arrêt d'autobus. Il l'avait regardée partir, comme on regarde partir sa jeunesse, une femme aimée, la vie.

Mais c'était la brusquerie de ce printemps, bien sûr, il n'y avait pas de quoi s'inquiéter.

Et maintenant, il regardait cette photographie, parmi toutes celles que le colonel P. N. Kovsky avait extraites de son dossier. (« Mais c'est *Le Chardonneret,* de Carel Fabritius ! » avait-il dit, sourdement, quelques minutes auparavant. Et il semblait bien qu'aucun des trois autres personnages présents, même pas le Vice-Ministre, ne se fût attendu à une telle remarque de sa part. Une sorte de stupeur avait pris corps. « Comment ? » avait dit le Vice-Ministre. Mais Oujakov n'avait pas répondu, il regardait cette photographie. L'image en était nette, c'était un excellent agrandissement. On y voyait, sur la droite, au premier plan, le profil des deux hommes, qui avaient l'air de se parler. A gauche, au fond, un groupe plus confus semblait se déplacer devant la lumière d'une grande croisée. Et, en plein milieu de l'image, sur un pan de mur, se détachait le tableau. C'était une très bonne photo, vraiment. Mais le Vice-Ministre était revenu à la charge. « Qu'avez-vous dit, Georgui Nicolaïevitch ? » Oujakov avait tourné son regard vers le Vice-Ministre. Il était en train de penser qu'Ievgueni avait maigri, depuis leur dernière entrevue de Zurich, deux ans auparavant. « Je disais que ce tableau qu'on aperçoit, très nettement, c'est *Le Chardonneret* de Carel Fabritius. Une très belle toile. Elle se trouve à La Haye, au Mauritshuis. » Le Vice-Ministre avait regardé les trois autres, qui demeuraient impassibles. Il haussait les épaules, ensuite, visiblement excédé. Mais Oujakov s'était tourné vers le colonel P. N. Kovsky, la nouvelle étoile montante dans la section du contre-espionnage. Un homme d'allure jeune, malgré la quarantaine, dans un uniforme impeccable. Un regard vif, une bouche molle. « Et l'autre, comment s'appelle-t-il, disiez-vous, camarade colonel ? » Le Colonel avait jeté un coup d'œil sur le dossier étalé devant lui. « Il s'appelle George Kanin, disait-il, c'est l'un des spécialistes de la Section-Est de la C.I.A. Un agent de tout premier ordre, semble-t-il. » Oujakov avait hoché la tête, déconcerté. « Je n'arrive pas à croire qu'Ievgueni puisse devenir un traître », disait-il. Le Vice-Ministre était intervenu, alors, d'une voix aiguë, irrité. « Ievgueni ? Qui c'est ça, Ievgueni ? » Oujakov l'avait regardé, surpris. « Mais enfin, camarade ! Ievgueni Davidovitch Guinsburg ! » Et tout en disant cela, il avait machinalement pointé son doigt sur le visage de l'homme qui se tenait à côté de George Kanin, devant *Le*

*Chardonneret* de Carel Fabritius, au Mauritshuis, dans cette photographie qui s'étalait sur la table, à présent. Le Vice-Ministre s'était tourné vers les autres, l'air hébété, et ils avaient tous pris conscience, à ce moment-là, que le Vice-Ministre ne pouvait pas être au courant. Bien sûr, ils avaient oublié. Les Vice-Ministres vont et viennent, ils ne peuvent pas connaître tous les rouages secrets d'une entreprise comme celle-là. « Il ne s'appelle pas Ramón Mercader ? » avait demandé le Vice-Ministre, d'une voix de plus en plus aiguë. Oujakov avait eu un sourire ambigu. « Mais non, voyons ! Ramón Mercader n'existe pas ! Vous pensiez que Ramón Mercader avait pu exister, camarade ? » s'était exclamé Oujakov. Mais le chef d'Oujakov, le responsable du Service d'Analyses et Documents, était intervenu d'une voix précise. Il avait expliqué que, quoi qu'en dise Georgui Nicolaïevitch, Ramón Mercader avait bel et bien existé. Il avait été accueilli chez nous, en 1937, âgé d'à peine six ans, en 1937, avec d'autres enfants évacués du nord de l'Espagne, pendant la guerre nationale révolutionnaire — et Oujakov n'avait pu s'empêcher de sourire : décidément, son chef emploierait toujours les formules consacrées, pas de risque qu'il se trompe ou qu'il dise un mot pour un autre ! — mais cet enfant était mort, sous un bombardement, en 1942. Alors, en 1956, lors des rapatriements des enfants espagnols, devenus des hommes et pourvus d'une solide éducation grâce à la sollicitude internationaliste de notre patrie soviétique, Guinsburg avait pris la place de ce mort. Les conditions de cette substitution étaient presque idéales, Guinsburg ayant une allure, comment dire ? méridionale, et parlant l'espagnol parfaitement, et, de l'autre côté, la famille Mercader ayant été anéantie dans la tourmente et la seule survivante, une vieille demoiselle, ne pouvant absolument pas mettre en doute la réalité d'un neveu qu'elle avait à peine connu, et dont toutes les possibles maladresses s'expliqueraient aisément par le long séjour dans un pays étranger. « Une vieille demoiselle, oui, tante Adela », avait pensé Oujakov. Ievgueni lui en avait parlé longuement. La vieille demoiselle de Cabuérniga. Oujakov avait essayé de se souvenir : l'allée de châtaigniers, les deux pierres tombales de José María Mercader et de Sonsoles Avendaño, dans l'enclos du vieux cimetière : cette mémoire remplie de mort, quoi que l'on fît. Mais le Vice-Ministre n'avait pas encore eu l'air pleinement satisfait. « De toute façon », avait-il dit sèchement, « un nom pareil ! Quelle idée absurde ! » Georgui Nicolaïevitch l'avait regardé fixement. « Je ne comprends pas, camarade », avait-il demandé, d'une voix sifflante, « vous seriez supertitieux ? » Le Vice-Ministre avait eu un haut-le-corps. Il regardait Oujakov, d'un œil sévère. Mais il avait détourné son regard, aussitôt. Il y avait trop de mépris, sur le visage de Georgui Nicolaïevitch, trop de violence. Le Vice-Ministre avait décidé de s'en tenir là : il ne fallait pas remuer certaines choses, il ne fallait pas remuer la vase du passé. Il s'était tassé dans son fauteuil, en détournant les yeux. « Vieux salaud », avait pensé Oujakov, « vieux salaud de bureaucrate suffisant ! Un nom pareil, n'est-ce pas ? Ramón Mercader. Mais l'autre, vous l'avez bien envoyé à la mort, n'est-ce pas ? Vous en avez fait le parfait criminel, puisque c'était un militant parfait, n'est-ce pas ? Et il ne vous a jamais trahis, n'est-ce pas ? Il a gardé le silence, et vous l'avez décoré secrètement de l'ordre de Lénine, n'est-ce pas ? L'ordre de Lénine, seigneur, vous, fils de chienne ! Vous avez osé mêler le nom de Lénine à ce crime crapuleux, vous, fils bâtard de chienne jaune ! Et maintenant, vous voudriez que cet autre

Ramón Mercader soit un traître ! Un nom pareil, n'est-ce pas ? » Mais il n'avait rien dit, Georgui Nicolaïevitch. Il y avait eu simplement sur son visage toute la violence et tout le mépris d'un vieux bolchevik.)

Et maintenant, il regardait de nouveau cette photographie sur laquelle Ievgueni D. Guinsburg et George Kanin avaient l'air de se parler, devant *Le Chardonneret* de Carel Fabritius.

L'histoire que le colonel P. N. Kovsky avait racontée était terrifiante, dans sa concision. La veille, le 15 avril donc, à la fin de la matinée, un certain O'Leary, agent de la Section-Est de la C.I.A., avait pris contact avec nos services, à Prague. Ce type semblait prévoir de grosses difficultés avec ses chefs, à cause d'une histoire d'argent et de femme, semblait-il. Alors, il essayait d'assurer ses arrières, ayant l'intention de demeurer à Prague, quoi qu'il arrive, à cause de cette femme, en faisant des offres de service au K.G.B. En gage de bonne foi, O'Leary amenait un dossier de microfilms qu'il avait pu subtiliser à Amsterdam, lors d'un séjour très bref, deux jours auparavant, alors qu'il avait été convoqué pour discuter de son cas, précisément. Ce dossier concernait un certain Ramón Mercader, qui se trouvait en ce moment même à Amsterdam, et qui semblait avoir pris contact avec la C.I.A. depuis un mois, dans l'intention de passer à l'Ouest. Rien n'avait été encore conclu, semblait-il, mais les négociations progressaient et c'est pour éviter des surprises que la C.I.A. avait établi ce dossier sur lui. En gage supplémentaire de bonnes dispositions, O'Leary avait aussi donné la couverture de la base opérationnelle de la C.I.A., à Amsterdam : c'était une entreprise commerciale, sur le Herengracht, la *Van Geelderen Maatschappij*. Enfin, toute l'affaire devrait être conclue dans les heures à venir.

Et le dossier subtilisé par cet O'Leary était terrifiant. On y trouvait des photos de Ramón Mercader avec Herbert Hentoff, que l'homme de la C.I.A. avait identifié comme l'un des responsables des services américains en Espagne. Cette entrevue de Mercader et de Hentoff avait eu lieu dans les locaux de la Direction générale de la Sûreté espagnole, où Mercader s'était rendu sous prétexte de faire renouveler son passeport, et il semblait bien que ce fût la section d'information de la Brigade politique espagnole qui avait ménagé cette rencontre, ou bien parce qu'elle possédait quelque moyen de pression sur Mercader, ou bien parce que ce dernier en avait pris l'initiative, ce point n'ayant pu être éclairci avec les renseignements dont disposait O'Leary. On trouvait également dans ce dossier toute une série de photos de Mercader en train de parler fort amicalement, dans des lieux publics, avec un jeune homme au visage intelligent, qu'O'Leary avait identifié comme étant Stanley Bryant, l'un des adjoints de Hentoff en Espagne. Il semblait qu'après cette seule et unique entrevue préliminaire de Mercader et de Hentoff, c'est Stanley Bryant qui avait été chargé de poursuivre les négociations. Et, finalement, il y avait cette photo prise devant *Le Chardonneret* de Carel Fabritius, très exactement deux jours auparavant, le 14 avril, où l'on voyait Mercader aux côtés de George Kanin, qui était, semblait-il, un agent de grade plus élevé, chargé de conclure cette affaire à Amsterdam, ville que Mercader avait choisie parce que c'était l'une de celles — l'autre était Zurich — où il pouvait contacter directement le Centre, chose qu'il ferait peut-être, sous un prétexte quelconque, pour couvrir le mieux possible aux yeux du K.G.B. ce déplacement en Hollande, et sa signification particulière.

Mais il y avait encore plus, dans ce dossier.

Il y avait la photocopie d'une fiche de la C.I.A., enregistrant la réception des trois derniers rapports envoyés au K.G.B. par le réseau de Mercader, et dont celui-ci avait déjà fourni un double aux Américains, comme preuve de sa bonne foi, dont les hommes de la C.I.A., jusqu'à ce moment-là, avaient semblé douter.

Lorsqu'il était arrivé à ce point de son exposé, le colonel Piotr Nicanorovitch Kovsky avait fait une halte. Sa voix était devenue grave.

— Cette fiche que vous allez examiner aussitôt, avait-il dit d'une voix grave, contient des faits accablants. Elle enregistre la réception par la C.I.A. d'un double des trois rapports suivants. Primo, un rapport sur la situation économique espagnole et le déroulement du Plan de Développement. Secundo, un rapport sur les nouveaux aménagements de la base des sous-marins Polaris, à Rota. Tertio, un rapport sur l'état d'esprit et les options politiques du corps des officiers de l'armée espagnole.

Le Colonel levait la tête et poussait la photocopie de cette fiche vers le centre de la table.

— C'est ça ! disait d'une voix brisée le chef du Service d'Analyses et Documents, c'est exactement ça ! A part les notes d'information radiophoniques, ce sont bien ces trois rapports-là que le réseau Guinsburg nous a fait parvenir, ces derniers temps.

Le Vice-Ministre hochait la tête.

— Je ne sais pas si les pourparlers de cet homme, comment dites-vous ? Guinsburg ?, et le Vice-Ministre avait un air vaguement dégoûté, je ne sais si ses pourparlers avec la C.I.A. aboutiront, mais, pour nous, l'affaire est entendue.

Ils hochaient tous la tête et Oujakov était atterré.

A ce moment, le colonel P. N. Kovsky reprenait la

parole. Ses yeux s'étaient assombris, il avait l'air en proie à une violente émotion.

— Dans cette affaire, disait-il, d'une voix sourde, et je tiens à le dire aussitôt, devant le camarade Vice-Ministre, je suis certainement coupable de légèreté. Il est bien possible que je doive être sanctionné, pour manque de vigilance révolutionnaire. En tout cas, camarades, je m'engage d'ores et déjà à examiner de nouveau tous les aspects politiques de cette affaire avec un esprit autocritique, dans le seul but de faire jaillir la vérité et de renforcer notre capacité de combat.

Voilà, pensait Oujakov, nous y sommes. Il se sentait tout à coup très vieux, très démuni.

Le Vice-Ministre intervenait :

— A quoi faites-vous allusion, Piotr Nicanorovitch ?

Il l'avait appelé par son prénom et son patronymique, c'était bon signe.

Alors, le colonel P. N. Kovsky s'expliquait. Il y a six mois, lorsqu'il avait pris la direction de l'un des départements les plus importants du contre-espionnage, il avait, bien entendu, fait procéder à une révision des dossiers de tous les agents à l'étranger, à commencer par les résidents. Or, dans le dossier d'Ievgueni Davidovitch Guinsburg — lui aussi laissait tomber le nom complet de Ramón Mercader avec une moue curieuse de sa bouche molle, qui soulignait la consonance particulière de ce nom — dans le dossier de Guinsburg, donc, certains faits avaient attiré son attention. Ainsi, l'adhésion de Guinsburg à l'organisation des jeunesses communistes avait-elle été refusée par deux fois. Ensuite, alors qu'il y était finalement inscrit, Guinsburg avait été sanctionné — à la fin de l'année 1953 — et exclu temporairement, pour propos politiques nuisibles et irresponsables. Et, d'autre part, il fallait bien le dire, les antécédents familiaux, de Guinsburg n'étaient pas rassurants. Voilà, il aurait dû pousser plus loin son enquête, il y a six mois, et ne pas se laisser aveugler par les succès apparents du réseau Guinsburg, en Espagne. Quand le ver est dans le fruit, disait-il, les plus beaux fruits pourrissent, un jour ou l'autre.

Voilà, pensait Oujakov, nous y sommes. Voilà le ver dans le fruit, nous y sommes.

Tous les regards étaient tournés vers lui. N'était-ce pas lui qui avait parrainé Guinsburg ?

Oujakov aurait pu répondre que si Ievgueni avait été, par deux fois, refusé au Komsomol, c'était précisément à cause de ses « antécédents familiaux ». S'il en avait été, ensuite, exclu temporairement, c'est parce que, à la fin de l'année 1953, il avait parlé dans une réunion de la répression exercée par Staline contre de vrais communistes. Les faits postérieurement révélés, non seulement avaient confirmé la vérité de cette opinion, mais l'avaient largement dépassée, personne, et même pas Ievgueni, ne pouvant soupçonner l'ampleur que cette répression avait atteinte. Mais Oujakov n'avait plus la force de répondre directement. Il regardait le Vice-Ministre, les deux colonels — le deuxième n'avait rien dit, c'était curieux ; pourtant, il avait suivi tout l'exposé de cette affaire avec une attention passionnée : c'était un homme massif, à cheveux gris, auquel il manquait le bras gauche, et Oujakov ignorait ses « antécédents familiaux » — il regardait son chef de service. Il se sentait très vieux et sa voix était presque inaudible, lorsqu'il se décidait à parler.

— J'ai connu le père de Guinsburg à l'Université, disait-il, d'une voix presque inaudible. Ensemble, nous sommes entrés au parti. Nous avons fait la guerre civile ensemble, nous avons travaillé ensemble dans l'appareil du Komintern, à Berlin, à Vienne, en Italie, à travers toute l'Europe. Nous avions vingt ans, un peu plus de vingt ans. Ensuite, il s'est consacré aux questions économiques, avec Preobrajenski. Nous avons aussi été arrêtés ensemble, en 1938. Les charges retenues contre nous étaient identiques. Mais, aujourd'hui, nous sommes séparés : je suis ici, vivant, réhabilité, et lui il est mort. Il est mort fusillé, c'était l'hiver, l'aube tardait à venir, alors on a allumé les phares de quelques automobiles et il est mort dans la lumière des phares, le poing dressé, en criant « Vive le parti de Lénine ! ».

Il y avait un silence insondable, lorsque Georgui Nicolaïevitch s'était interrompu, une seconde.

— Nous étions dans la même cellule, le père de Guinsburg et moi, avec un colonel de l'Armée rouge. Cet officier était dans la phase de l'instruction de son affaire, et il revenait des interrogatoires, de plus en plus affaibli, le corps brisé par les coups, les mains et le visage marqués par les tortures. Un soir, ce colonel s'est effondré sur le sol de la cellule, en revenant d'un interrogatoire. Il ne pouvait plus bouger et nous avons pensé qu'il allait mourir. Alors, David Semionovitch Guinsburg s'est ouvert les veines des poignets, avec un bout de fer arraché au lit, et il a fait couler son sang dans le seau hygiénique. Plus tard, lorsque les gardiens ont ouvert la porte pour une inspection nocturne de la cellule, il leur a jeté à la tête le contenu du seau en leur criant : « Vous voulez le sang des bolcheviks ? Le voici ! » C'est pour cela qu'il a été fusillé, vingt-quatre heures après. Il était tellement affaibli qu'il a fallu le porter jusqu'au mur des exécutions.

Georgui Nicolaïevitch s'était tu, de nouveau. On aurait pu entendre le souffle imperceptible des millions de morts, à ce moment-là.

Oujakov souriait.

— Voilà les antécédents familiaux auxquels vous faisiez allusion, camarade colonel !

C'était à son tour, maintenant, de prononcer le mot « camarade » avec une moue particulière, comme si ce mot lui avait brûlé les lèvres.

Le silence se prolongeait. Le vieux colonel du K.G.B. était devenu blanc, la manche vide de son bras gauche, perdu quelque part en service commandé, tremblait curieusement, comme si l'épaule du vieux colonel avait été saisie par un frémissement irrépressible

Ensuite, le Vice-Ministre avait repris la situation en main.

Ce n'était pas le moment de remuer le passé, disait-il. Le parti et le pays avaient surmonté et corrigé ces erreurs. Le corps parfaitement sain de la société soviétique avait déjà expulsé tous ces germes nocifs, qui ne l'avaient jamais atteinte dans son essence même. Quant au problème du jour, l'affaire était entendue : il fallait appliquer au réseau Guinsburg la procédure d'urgence prévue dans ces cas. Et il fallait rattraper Guinsburg à Amsterdam, le faire venir au Centre, par n'importe quel moyen. On verrait ensuite.

Le colonel Piotr Nicanorovitch Kovsky était chargé de l'exécution de ces directives.

Ainsi, à cet instant précis du 16 avril 1966, Georgui Nicolaïevitch Oujakov n'était pas en état de nous parler de Ramón Mercader. Il ne se souvenait même pas de Ramón Mercader, il ne se souvenait que d'Ievgueni Davidovitch Guinsburg. Et le soleil du printemps brillait derrière les vitres de la salle de réunion.

Inexplicablement, Oujakov se rappelait encore le dernier poème d'Essénine.

Mais nous sommes à Amsterdam.

Les deux inspecteurs viennent de fermer à clef la porte de la chambre trente-quatre, où repose le cadavre de Ramón Mercader. Ils s'éloignent dans le couloir.

Quelques secondes auparavant, Franz Schilthuis a prié William Klinke de le suivre. « Encore cinq minutes, avait-il dit, ensuite ce sera fini. » William Klinke l'avait suivi, l'esprit retourné par tous ces événements, dans un bureau de l'hôtel où Schilthuis l'avait abandonné. Schilthuis était revenu, quelques minutes plus tard, accompagné d'un homme que William Klinke ne connaissait pas. L'homme avait plusieurs pansements sur le visage, il regardait William Klinke, mais il n'avait pas l'air de le connaître non plus : il hochait la tête négativement. Alors, Schilthuis disait à William Klinke que c'était fini. Il le raccompagnait dans le couloir, s'excusait de tout ce dérangement.

Une question tracassait William Klinke.

— Comment est-il mort ? demandait-il.

Schilthuis avait un drôle de sourire.

— Il s'est suicidé, répondait-il.

Alors, William Klinke s'étonnait.

— Pourquoi toute cette enquête, dans ce cas ?

Schilthuis souriait toujours.

— Il y a toutes sortes de suicides, vous savez.

On pouvait penser qu'il allait s'en tenir là, mais non, il parlait encore.

— Vous écrivez pour le cinéma, n'est-ce pas ? Eh bien, voilà un beau sujet, presque aussi intéressant que l'autre, celui sur lequel vous travaillez. Pensez donc ! Un enfant espagnol, qui s'appelle Ramón Mercader, lui aussi, qui est évacué en Union soviétique, pendant le guerre civile, qui revient en Espagne, en 1956, dans un pays qui doit lui être devenu étranger, mais où il réussit pourtant brillamment dans ses affaires. Et pour finir, ce petit garçon déraciné se suicide dans un hôtel d'Amsterdam, trente ans après son départ en Union soviétique. Un suicide inexplicable, apparemment.

Brusquement, les soupçons de William Klinke se confirmaient. Cet homme n'appartenait pas à la police criminelle, certainement pas. Il travaillait sûrement dans les services spéciaux. Mais alors ?

— Dites-moi, disait-il d'une voix tendue, vous m'avez interrogé parce que je suis américain, n'est-ce pas ?

Franz Schilthuis ne répondait pas. Il souriait, simplement.

— Au revoir, monsieur Klinke, disait-il. Vous êtes peut-être le seul Américain qui ne m'intéressait pas, à Amsterdam, mais enfin, j'ai été heureux de vous connaître.

Il tournait les talons, il rentrait dans le bureau.

Felipe de Hoyos s'y trouvait encore, assis dans un fauteuil.

— Non, disait Felipe de Hoyos, une fois la porte refermée. Ce type n'en faisait pas partie, j'en suis sûr. Les gars qui m'ont tabassé, je m'en souviendrai toute ma vie.

Schilthuis pensait que ce serait bien inutile, un souvenir aussi précis.

— Je pensais bien qu'il n'en faisait pas partie, disait-il. Mais enfin, il fallait vérifier ce détail.

Les deux inspecteurs venaient d'entrer dans le bureau.

— Reconduisez monsieur, disait Schilthuis. Qu'il signe sa déposition et sa plainte contre inconnu. Ensuite, il peut regagner son bord.

Felipe de Hoyos se levait. Il disait au revoir.

Schilthuis hochait la tête, il regardait sa montre.

— C'est fini, disait-il aux inspecteurs, je passe la

main. Liquidez l'affaire. Pourtant, je suis bien convaincu qu'ils nous ont eus.

Les deux inspecteurs le regardaient comme on regarde un doux maniaque. Ensuite, ils partaient avec Felipe de Hoyos.

Franz Schilthuis restait seul, il allumait une cigarette. Brusquement, il marchait vers le téléphone.

— Henk ? disait-il, peu après. Oui, c'est moi. Où avais-tu rendez-vous avec Mercader, à midi trente ? A l'*Excelsior ?* Tu ne veux pas y déjeuner avec moi ? Oui, à l'*Excelsior !* Je voudrais qu'on en parle encore. C'est purement personnel, tu sais ? D'accord, à tout à l'heure.

On ne meurt plus, pensait Henk Moedenhuik, en regardant son ancien ami avec une animosité croissante. Tu parles qu'on ne meurt plus ! Mais Schilthuis ne s'intéressait pas du tout aux états d'âme de Moedenhuik. Il cherchait simplement à retrouver le fil de cette affaire, un maillon de la chaîne, un détail, peut-être infime, qui lui permette de reprendre la chasse.

— Essaie de te souvenir, disait Schilthuis, c'est peut-être un détail infime, qui ne t'a pas frappé, au premier abord.

Mais Henk le regardait avec une animosité croissante.

— Il est mort, il est mort, n'est-ce pas ? A quoi bon, alors ? disait-il.

Schilthuis comprenait qu'il fallait découvrir quelques cartes, s'il voulait faire parler Moedenhuik.

— Mercader ne s'est pas suicidé, affirmait-il, d'une voix unie.

Henk Moedenhuik sursautait.

— Comment ? Ce matin, pourtant, et tout à l'heure encore, tu m'as dit !

Schilthuis levait la main. Il buvait une gorgée de vin français.

— Oui, je t'ai dit. Et c'est ce qu'on dira : telle sera la conclusion de l'enquête.

Ensuite, il se penchait vers Moedenhuik et lui parlait à voix basse.

— Écoute-moi. Hier soir, vers dix-neuf heures, Mercader a téléphoné de sa chambre. Il a demandé qu'on lui monte un plateau, il n'avait pas envie de sortir pour dîner. Quand la serveuse est entrée dans la chambre, Mercader était dans la salle de bains. On entendait couler de l'eau. Il a crié, sans se montrer, qu'elle laisse le plateau sur la table. Un peu plus tard, il a rappelé la réception pour dire qu'il avait la migraine, qu'on ne lui passe plus aucune communication téléphonique et qu'on ne le dérange pas. Par contre, il a demandé à être réveillé ce matin à sept heures, avec le petit déjeuner. A sept heures, le garçon d'étage l'a trouvé mort. Le plateau de la veille était sur une table, avec quelques restes du repas. A la tête du lit, il y avait un flacon de somnifères, vide, et un verre d'eau, à moitié plein. Et puis, une formule de télégramme. C'était adressé à sa femme, quelque part dans la province de Santander, et le texte était le suivant : HUMPTY DUMPTY VA FAIRE UNE GRANDE CHUTE PARDONNE-MOI RAMÓN.

Henk Moedenhuik hochait la tête.

— Alors ? demandait-il. Ça paraît clair.

— Oui, disait Schilthuis, c'est d'une clarté aveuglante. Le médecin a confirmé que Mercader est mort des suites de l'absorption d'une dose énorme de somnifères. L'heure de la mort se situe aux environs de onze heures, hier soir. D'une clarté aveuglante, en effet.

Henk Moedenhuik ne comprenait plus.

— Mais tu disais qu'il ne s'est pas suicidé ?

Schilthuis reprenait du vin, il souriait.

— Tout d'abord, personne n'a vu Mercader, hier

soir. A la réception, aucun employé ne se souvient de l'heure de son retour. Personne ne se rappelle lui avoir donné sa clef. Ensuite, la serveuse qui dépose le plateau du dîner ne l'a pas vu non plus. En fait, la seule preuve de la présence de Mercader, hier soir, c'est une voix. Une voix que personne n'avait à identifier, la voix de la chambre trente-quatre, tout simplement.

— Tu crois que Mercader n'était pas là ? demandait Moedenhuik, tout excité. Tu crois que quelqu'un a pris sa place ?

— Non, je suis sûr qu'il était là. Mais quelqu'un a parlé à sa place, ça aussi j'en suis sûr.

— Mais pourquoi cette mise en scène ? demandait Moedenhuik.

Franz Schilthuis repoussait son assiette.

— Voilà, il s'agit bien d'une mise en scène. Vois-tu, pour moi, les choses se sont passées ainsi. Un peu avant dix-neuf heures, on a ramené Mercader à l'hôtel. Mercader devait être inconscient, drogué, d'une façon ou d'une autre. Dans la chambre, quelqu'un est resté près de lui et a joué son rôle. Un type qui a téléphoné, qui s'est enfermé avec le corps de Mercader dans la salle de bains, qui a parlé à la serveuse à travers la porte entrouverte, enfin, tout le numéro. Un type qui a poussé la conscience professionnelle jusqu'au point de manger le dîner commandé. Après, ce même type téléphone pour dire qu'on ne le dérange plus sous aucun prétexte. Mais ce n'est que plus tard, trois heures plus tard, qu'il fait avaler à un Mercader drogué, mais vivant, la dose mortelle de somnifères. Vraiment, une mise en scène parfaite.

Moedenhuik secouait les épaules.

— Tu me racontes un roman d'espionnage, disait-il.

— Mais c'est un roman d'espionnage, répondait Schilthuis, le regard vague.

Henk Moedenhuik en restait béat.

— Tu veux dire ?

— Je veux dire ce que j'ai dit, insistait Schilthuis.

— Tu as des preuves de tout ça ? demandait-il.

Henk Moedenhuik en était tout retourné.

Franz Schilthuis riait, à présent.

— Des preuves ? J'en ai plein, des preuves. Mais elles ne servent à rien.

Sa voix devenait coléreuse, comme si l'idée de ne pouvoir faire la preuve de ce qu'il avançait le mettait hors de lui.

— D'abord, les Américains étaient après lui, depuis son arrivée à Amsterdam. C'est bien pour cela que j'ai appris l'existence de ce Mercader, à cause de tout le cirque américain à son propos. Ils étaient après lui et il y en a même un qui y a laissé sa vie, ce Herbert Hentoff. Le type qui devait le suivre depuis Madrid.

Il allumait une cigarette.

— Et puis, il y a ce télégramme. C'est trop beau pour être vrai. Du fignolage gratuit. C'est l'erreur classique : on veut à tout prix prouver le suicide, et on en fait un brin de trop. On oublie que le suicide est un des rares actes qu'un homme puisse commettre sans raison. Je veux dire, sans raison apparente, sans justification visible. Le suicide, c'est l'ombre qui se lève, brusquement. A n'importe quel moment, l'ombre s'avance, vous engloutit. Et personne n'y comprend rien. Tiens, Untel s'est suicidé ! Lui, qui était si gai, si bon vivant ! L'ombre, c'est tout.

Henk Moedenhuik n'en revenait pas. Il n'aurait jamais cru que Schilthuis fût capable d'un éclat pareil.

Mais Schilthuis se reprenait.

— Mercader était à moitié tombé du lit, quand on l'a retrouvé, ce matin. Sa main droite semblait tâtonner encore pour trouver l'appareil téléphonique. Dans sa main gauche, froissée, il y avait cette formule de télégramme. La mise en scène suggérait qu'au dernier moment, se sentant mourir, Mercader avait voulu, dans un sursaut, en parler à sa femme. Très beau, très touchant. Mais un mourant ne prend pas la peine d'écrire les mots qu'il va dicter, au téléphone. C'est pour nous qu'on les a écrits, ces mots. Non, c'est du fignolage, l'erreur classique.

Henk Moedenhuik frissonnait. Il regardait autour de lui. Il entendait de nouveau la rumeur confuse et ouatée de ce restaurant de luxe. Mais ça ne le rassurait pas. Pas tout à fait, tout au moins.

— Voilà pourquoi je te demande de faire un effort, disait Schilthuis. Essaie de te souvenir.

Henk Moedenhuik essayait de se souvenir.

Voyons, la secrétaire lui avait passé la communication vers dix heures et demie. La voix de Mercader était enjouée. Il prenait une journée de vacances, disait-il. Ils avaient plaisanté allusivement. Oui, c'est ça, on pouvait avoir l'impression que Mercader faisait quelque escapade galante. En tout cas, il avait bien dit qu'il serait de retour à Amsterdam tard dans la soirée, ou le lendemain à la première heure. Ils avaient pris rendez-vous à l'*Excelsior*. « De retour ? » demandait Schilthuis, en l'interrompant. « Il quittait donc Amsterdam ? » Alors, le souvenir revenait. Déjà, la veille, Moedenhuik s'était rappelé ce détail. Maintenant, ça revenait. Oui, la rumeur confuse, et puis cette voix de femme, exactement la voix des hôtesses qui annoncent les départs et les arrivées des avions. Oui, c'était ça.

Franz Schilthuis était penché sur lui.

— Voilà ! disait-il, voilà, j'en étais sûr ! Hier, j'ai

déjà fait faire des recherches à Schiphol. Aucun Mercader n'a quitté l'aéroport après dix heures et demie. Mais il y a deux personnes qui ont pris des billets, à la dernière minute, à l'aéroport même. Un Belge, pour Bruxelles. Et un Américain, pour Zurich.

— Zurich ? demandait Moedenhuik.

Ça lui disait quelque chose. Oui, bien sûr. Au cours de leur dîner au *Bali*, Mercader avait parlé de la possibilité d'un voyage aller-retour à Zurich. Il n'en avait pas fixé la date, mais il pensait être obligé de faire un saut à Zurich.

— Voilà ! disait Schilthuis.

Il avait l'air satisfait, il commandait une deuxième bouteille de vin français.

— A dix heures quarante-cinq, disait Schilthuis, un avion de la *Swissair* décollait de Schiphol pour Zurich.

L'employé de l'aéroport reconnaîtrait peut-être la photo de ce voyageur qui s'était présenté à la dernière minute. Et l'hôtesse de la *Swissair* aussi, qui sait ? Ramón Mercader était un homme remarquable, n'est-ce pas ? Franz Schilthuis était satisfait. Tout n'était pas perdu, il pourrait peut-être relancer cette affaire.

— Et alors ? disait Henk Moedenhuik. Ça lui fait une belle jambe, à Mercader ! Il est quand même mort, n'est-ce pas ?

Un souvenir l'envahissait, de nouveau. Il éclatait d'un rire sauvage, qui attirait l'attention de la table voisine. Un rire sauvage, interminable.

— On ne meurt plus ! disait Henk Moedenhuik, avec un rire sauvage.

Franz Schilthuis lui jetait un regard pâle. Il n'essayait même pas de comprendre. Il haussait les épaules.

Une bonne tête de cosmonaute, sans doute.

Inés regarde les deux hommes. Le plus âgé, qui se tient un peu en retrait, silencieux, a une bonne tête de cosmonaute à cheveux ras. L'autre, le plus jeune, parle avec tante Adela, volubile.

Inés regarde les deux Américains, elle est pensive.

Dix minutes plus tôt, à onze heures trente-cinq, Elliott Wilcock et Stanley Bryant étaient arrivés devant la maison de Cabuérniga. Inés venait de remonter dans sa chambre. Le vent s'était levé plus tôt, ce matin-là. Vers onze heures, ça n'avait pas été le frémissement habituel de l'horizon feuillu, mais une série de courtes et sèches rafales, qui avaient fait claquer des volets. Ensuite, comme une houle, le vent avait déferlé, faisant galoper de lourds troupeaux de nuages noirs, enchevêtrés. Tante Adela avait dit que cela ressemblait, malgré que ce n'en était pas la saison, à l'éclatement prochain d'un orage d'été. Inés avait hoché la tête, en remontant vers sa chambre, dont elle voulait fermer les fenêtres.

Le front appuyé à la vitre, Inés regardait l'orage qui s'avançait vers la maison. La pluie tombait déjà, drue, serrée, à quelques centaines de mètres, alors que l'allée de châtaigniers, les bosquets d'alentour, la terrasse de sable blanc, devant la maison, étaient encore préservés de l'averse, sous une lumière plombée. Mais on voyait le rideau liquide et bruissant s'avancer sur toute la largeur du paysage, à la vitesse d'un cheval au galop. Bientôt, la pluie, comme une vague surgie du néant, martelait les cimes des châtaigniers, s'abattait sur la terrasse, heurtait des mille sabots légers de son déferlement les vitres de la façade.

Alors, comme si ce bruit métallique de la pluie s'était matérialisé, une Seat 1800 noire apparaissait au bout de l'allée. La voiture avançait lentement, sur l'esplanade qui s'étendait au pied de la terrasse.

Inés, l'espace d'une seconde, s'imaginait que c'était Ramón, leur faisant la surprise d'une arrivée imprévue. Elle allait s'écarter de la vitre, courir à sa rencontre, mais non, elle restait sur place, figée. Il y avait deux hommes dans la voiture. Derrière le pare-brise, sur lequel le mouvement incessant des essuie-glaces dégageait deux demi-cercles translucides, Inés voyait se profiler deux visages d'hommes.

Une inquiétude l'envahissait. Elle ne bougeait pas.

Le conducteur avait dû manœuvrer le bouton d'arrêt des essuie-glaces. On ne voyait plus rien, derrière le pare-brise noyé par le bouillonnement confus de l'averse.

Inés entendait une voix de femme, maintenant. Tante Adela avait dû sortir sur la véranda, pour accueillir ces visiteurs. La vitre de la portière s'abaissait, du côté opposé à celui du conducteur, et un visage d'homme, assez jeune semblait-il, se penchait au-dehors, pour répondre à tante Adela. La vitre remontait, ensuite, et quelques instants après, Inés voyait apparaître Remedios, déployant l'immense parapluie noir des longues marches solitaires de tante Adela.

Remedios s'approchait de la voiture et elle accompagnait le passager jusqu'à la véranda couverte. Aussitôt, elle ressortait, pour abriter le conducteur. Voilà, ils étaient dans la maison, maintenant.

Inés entendait les battements de son cœur.

Un peu plus tard, dans le grand salon du rez-de-chaussée, elle regardait les deux Américains. Le plus âgé, celui qui lui avait été présenté sous le nom d'Elliott Wilcock, avait une bonne tête de cosmonaute. Un soir, des années auparavant, Ramón lui avait montré des photos. C'était un reportage de la vie à Cap Canaveral — Cap Kennedy, c'est-à-dire — dans un quelconque magazine. Tu vois ? disait Ramón, les cosmonautes américains ont bien des têtes de cosmonautes. Elle avait ri de ce truisme apparent, mais non, c'était sérieux. Ramón prétendait qu'il existait une sorte d'accord, de correspondance, une sorte de cohérence obscure mais évidente, entre l'aspect physique des cosmonautes américains et le métier qu'ils faisaient. Ces visages lisses, ces cheveux ras, ces gestes mesurés, cette souplesse brutale et nonchalante de la démarche, ces yeux gris, précis et vides : c'est bien ainsi qu'on aurait imaginé les voyageurs de l'espace. Et c'est d'ailleurs ainsi qu'on les avait imaginés, dans les bandes dessinées des années trente. Souviens-toi par contre de nos petits Russes, disait Ramón. Dès qu'ils sortent de leurs scaphandres, de quoi ont-ils l'air ? On dirait des kolkhoziens égarés en ville, un dimanche. Des carrures de paysans, une démarche lourde, des mains faites pour réparer les tracteurs qui tombent toujours en panne, Dieu sait pourquoi. Et quand ils sont en uniforme, c'est encore pire, quand ils sont dans leurs uniformes mal coupés, désuets, aux larges épaulettes héritées des armées du Tsar et qu'on a rétablies pour renouer avec la tradition. On dirait des tractoristes, c'est ça, venus en ville pour quelque congrès des travailleurs d'avant-garde. Voilà la question, disait Ramón. Un immense pays, avec quelques secteurs industriels de pointe — tous plus ou moins liés à la recherche stratégique — mais qui n'est pas encore dégagé de la gangue paysanne : de la lourdeur, de la brutalité, de la folie paysannes.

Ramón avait parlé ainsi, longtemps, d'une voix sèche et fiévreuse, à propos de ces cosmonautes américains qui avaient bel et bien des têtes de cosmonautes. Mais la fin de son propos avait été déconcertante. Il faut toujours se méfier des types à tête de cosmonaute, avait-il dit, sans autre explication.

Et Inés regardait Elliott Wilcock, sa bonne tête de cosmonaute à cheveux ras, au regard gris, précis et vide.

— Vous n'avez pas reçu mon télégramme, madame Mercader ?

Le plus jeune s'appelait Stanley Bryant et c'est lui qui posait cette question. Mais non, quel télégramme ? Bryant parlait d'une voix précipitée, dans un espagnol très pur. Juste une pointe d'accent, une sorte de chantonnement plutôt, comme s'il était mexicain. Quel télégramme, monsieur Bryant ?

Eh bien, hier, ils s'étaient dit, Wilcock et lui, puisqu'ils étaient dans la région, qu'ils pourraient faire un saut jusqu'à Cabuérniga. Ramón lui avait annoncé, il y a huit jours, qu'il serait à Cabuérniga, pour Pâques. Alors, comme ça, il avait pensé qu'il pourrait faire un saut, et il avait envoyé un télégramme, pour prévenir de son arrivée.

— Vous voyez, Ramón n'est pas encore là, disait-elle, circonspecte.

Ramón ne lui avait jamais parlé de ce Stanley Bryant, mais enfin, Ramón ne lui parlait pas de tous ceux qu'il était amené à rencontrer.

Elle regardait ce Bryant, volubile, désolé d'être arrivé ainsi, à l'improviste.

Alors, tante Adela intervenait. De toute façon, les télégrammes n'étaient livrés qu'une fois par jour, vers midi. Le bureau de poste de Cabuérniga avait un personnel extrêmement réduit et le jeune cycliste qui apportait les télégrammes n'était pas encore passé, aujourd'hui.

— Il ne va plus tarder, disait Inés.

Elle regardait au-delà des vitres de la véranda. L'averse avait cessé, désormais.

Stanley Bryant était soulagé.

Il n'avait pas envoyé de télégramme, bien entendu. Il n'était même pas censé se présenter ainsi, avec Elliott Wilcock, dans la maison des Mercader. Ils devaient établir une surveillance, la plus discrète possible, voilà ce qui avait été établi. Mais, ce matin, à Santander, avant de prendre la route de la vallée de Cabuérniga, il avait pris contact avec l'Ambassade, à Madrid. Le fonctionnaire des services de presse semblait hors de lui. Surexcité, réellement. Il lui donnait des instructions nouvelles. Stanley Bryant en avait déduit que Mercader avait envoyé un télégramme à sa femme, hier, de l'aéroport de Zurich, dans lequel il lui demandait de détruire certains papiers. C'était un fait nouveau et il fallait modifier les plans en conséquence. Il fallait que Wilcock et lui montent directement à la maison des Mercader, sous un prétexte quelconque. Il fallait qu'ils tirent au clair cette histoire de télégramme, par n'importe quel moyen — « vous m'entendez Bryant ? par n'importe quel moyen, on se fout désormais que la bonne femme devine qui vous êtes ! » — il fallait qu'ils sachent si le télégramme, déposé au bureau de l'aéroport de Zurich à 11 heures 55, le 15 avril, était bien arrivé, et si la femme de Mercader avait exécuté ses instructions. Si le télégramme n'était pas encore arrivé, il fallait mettre la main sur les papiers que Mercader demandait à sa femme de détruire — « par n'importe quel moyen ! vous m'entendez, Bryant ? vous serez couvert, quoi qu'il arrive ».

Stanley Bryant était content de lui, il se trouvait très astucieux. Par cette habile allusion à un télégramme qu'il n'avait jamais envoyé, il était parvenu à établir que le message de Mercader n'avait pas encore été délivré par le bureau de poste de Cabuérniga. Ils avaient tout le temps, donc. D'une minute à l'autre, le télégramme de Zurich allait être apporté par ce jeune cycliste dont parlait la vieille demoiselle. Alors, il suffirait de surveiller Inés, de ne pas la laisser seule un instant. Elle le conduirait immanquablement à la cachette des papiers. Ensuite, comment ces trois femmes, dans cette vieille maison isolée, pourraient-elles les empêcher, Wilcock et lui, de s'emparer des documents ? Non, l'affaire était pratiquement réglée. Il suffisait d'attendre.

Stanley Bryant s'excusait encore de cette arrivée intempestive. Vraiment, s'il avait su que Ramón n'était pas là ! Et puis, quelle malchance, que les télégrammes soient transmis avec autant de retard ! Mais le fait est que Ramón lui avait parfois parlé de la collection des journaux de la C.N.T. et la F.A.I. que son père avait rassemblée, au long des années, dans sa bibliothèque de Cabuérniga, et justement, il préparait lui-même une thèse sur l'*Anarchisme et la guerre civile,* alors, comme il se trouvait dans la région, l'envie lui était venue de jeter un coup d'œil sur cette collection dont Ramón lui avait parlé, en l'invitant même à en prendre connaissance, à l'occasion. Mais, bien sûr, si Ramón n'était pas là, il ne voulait pas déranger ces dames. Non, ils allaient partir dès que le ciel se serait un peu éclairci.

Le ciel, en fait, s'était déjà éclairci.

Inés, immobile et silencieuse, regardait le ciel qui s'était éclairci, au-delà des vitres de la véranda, sur lesquelles des gouttelettes glissantes de pluie brillaient, de façon intermittente, dans le mince rayon pâle d'un soleil revenu.

La présence de ces deux hommes lui était insupportable. D'abord, Ramón n'avait jamais fait allusion à la possibilité de cette visite, durant les vacances de Pâques. Et puis, ces deux types ne se ressemblaient pas, leur assemblage avait quelque chose d'incongru, de confusément inquiétant. Chacun pour soi, ils auraient été acceptables, à la rigueur. Bryant avait bien l'air d'un intellectuel, et son intérêt pour les journaux anarchistes que son beau-père avait collectionnés, tout au long de sa vie, ne semblait pas feint. Quant à Wilcock, enfermé dans un mutisme morose, ne la quittant pas des yeux, il ressemblait à n'importe lequel de ces militaires américains que l'on pouvait rencontrer à Madrid, depuis l'ouverture des bases aériennes du *Strategic Air Command.* Mais ils n'allaient pas ensemble, en aucun cas. Leur assemblage ne pouvait être que le résultat d'un dessein inconnu, mais malfaisant.

Tante Adela, pourtant, comme si cette irruption la distrayait de l'habituelle monotonie des journées de Cabuérniga, insistait pour qu'ils restent. Ramón serait heureux de savoir, disait-elle, qu'ils avaient été accueillis chez lui en amis. Quant à cette collection de journaux anarchistes, rien de plus facile. Ils n'avaient qu'à s'installer dans la bibliothèque, en attendant l'heure du déjeuner, pour y jeter un coup d'œil.

Car ils resteraient bien à déjeuner, n'est-ce pas ?

Stanley Bryant acceptait aussitôt. L'affaire s'annonçait vraiment bien : ces femmes n'étaient pas méfiantes, il ne recourrait à la violence qu'en dernière extrémité.

Inés marchait sous le couvert des châtaigniers, d'un pas rapide.

Elle avait quitté la maison, par-derrière, après avoir donné à Remedios des instructions pour le déjeuner. Elle avait évité la terrasse, sur laquelle donnaient les fenêtres de la bibliothèque, pour ne pas être vue par l'Américain à tête de cosmonaute. Maintenant, sous le couvert des arbres, parallèlement à l'allée carrossable, elle marchait vers la grille de la propriété.

C'est là qu'elle attendrait le télégramme de Ramón, aujourd'hui.

Dans la bibliothèque, quelques minutes auparavant, Stanley Bryant s'était plongé, avec un ravissement fébrile, dans la contemplation des albums reliés que tante Adela lui avait montrés et qui contenaient la collection de journaux anarchistes de José María Mercader. C'était un vrai trésor, proclamait Stanley Bryant, à la grande joie de tante Adela.

Mais l'autre, le cosmonaute, ne participait pas à cette allégresse intellectuelle.

Inés lui avait proposé un verre, qu'il avait accepté.

Ensuite, le verre à la main, il était allé se planter auprès d'une fenêtre, regardant la terrasse, l'allée de châtaigniers, d'un œil gris, précis et vide.

Tout à coup, Inés avait eu la certitude que ce type attendait l'arrivée du télégramme de Ramón, avec la même impatience qu'elle. Mais pourquoi ? Quel intérêt ces deux Américains pouvaient-ils bien porter aux télégrammes de Ramón ? Tout à l'heure, déjà, l'attitude de Bryant avait été curieuse, elle en prenait conscience à présent. Il avait demandé si son télégramme était arrivé et toutes ses questions, ensuite, apparemment innocentes, avaient amené tante Adela à bien préciser que la seule distribution du courrier était assurée vers midi, chaque jour, par le jeune cycliste du bureau de poste de Cabuérniga. Il s'était détendu, en apprenant cette nouvelle.

Mais peut-être se faisait-elle tout simplement des idées ?

Elle décidait d'en avoir le cœur net. Elle avait quitté la bibliothèque, prétextant la nécessité de donner à Remedios des instructions pour le déjeuner, et maintenant, sous le couvert des arbres, elle gagnait l'entrée de l'allée carrossable, pour y intercepter le jeune cycliste, à l'abri de tout regard étranger.

Maintenant, elle courait obliquement à travers le bois de châtaigniers. La bicyclette du gamin venait d'apparaître, entre les deux piliers moussus de la grille, qu'on ne fermait plus jamais.

Elle appelait le garçon d'une voix brève. Il s'arrêtait, mettait pied à terre, l'attendait.

De sa main droite, il brandissait en l'air deux rectangles de papier bleu.

Deux télégrammes, aujourd'hui. Le cœur d'Inés battait, mais pas seulement à cause de la course sous les châtaigniers centenaires.

Il était 12 heures 17, Elliott Wilcock venait de regarder sa montre.

Cet imbécile de Bryant continuait de jacasser avec la vieille demoiselle, à propos de cette collection de journaux. Une vraie tête d'œuf, ce Bryant ! Comme si on les avait envoyés aussi loin pour s'occuper de toute cette merde de vieux papiers !

Elliott Wilcock décidait de faire quelque chose. Il fallait surveiller la femme de Mercader de plus près.

A ce moment précis, une grosse voiture — une Mercedes — apparaissait derrière les bâtiments des communs, vers la droite. Elliott Wilcock la voyait surgir sur l'esplanade, devant la maison. Il entendait ronfler le moteur, poussé à fond. La grosse voiture faisait une embardée, sur le sable, qui rejaillissait autour des roues arrière. La voiture fonçait en tanguant sur l'allée de châtaigniers.

Elliott Wilcock hurlait.

Tante Adela voyait bondir le jeune Américain, qui laissait tomber l'album qu'il était en train de feuilleter. L'autre avait ouvert la fenêtre et il brandissait un énorme pistolet, en hurlant des mots qu'elle ne comprenait pas.

Les deux Américains sautaient par la fenêtre, couraient vers leur voiture.

Tante Adela entendait le bruit d'une détonation. Ensuite, le moteur de la Seat 1800 se mettait à rugir, dans un horrible grincement de la boîte de vitesses.

Tante Adela était debout, au milieu de la bibliothèque, blanche comme un linge.

Une porte s'ouvrait, Remedios apparaissait, défaite, le visage couvert de larmes.

# VI

Le serveur en veste blanche était arrivé de la gauche, traversant la vaste salle en diagonale, à pas feutrés. La lumière venait de la droite, laiteuse et morne, à travers les vitres dépolies. Les mains du serveur, gantées de blanc, virevoltaient autour des tasses à café, des verres d'eau, sur le tapis vert qui recouvrait la longue table. Les trois Russes buvaient à petites gorgées, le regard vague, fixé droit devant eux. Le serveur en veste blanche, à présent, remplaçait les cendriers. Le silence devenait comme une sorte de bouillie épaisse où tintaient, assourdis, des bruits minimes et cristallins. Une cuiller contre le bord d'une tasse, un verre heurtant une soucoupe, peut-être. Le serveur en veste blanche avait terminé son travail, maintenant. Il s'écartait de cinq pas, il restait au garde-à-vous.

Walter Wetter rassemblait les notes qu'il avait préparées pour cette réunion, il allumait une cigarette.

La longue table était placée perpendiculairement à la baie vitrée qui trouait le mur, sur sa droite, et du haut de laquelle on aurait pu apercevoir, le cas échéant, les pelouses fleuries d'une des cours intérieures du ministère. En face de lui, de l'autre côté de la table, séparés de lui par la surface laineuse et nette du tapis vert, les trois Russes gardaient le silence. Le civil était au milieu, flanqué des deux colonels du K.G.B. Il ne savait pas leurs noms, il ne saurait peut-être jamais leurs noms. Quand on l'avait introduit dans cette salle, les Russes s'y trouvaient déjà. Il n'y avait pas eu de présentations. Les Russes devaient savoir qui il était et, lui, il n'avait pas à en savoir davantage. Il était là pour faire un rapport, pour répondre à des questions, c'est tout. Malgré lui, cependant, il regardait furtivement le visage des Russes, comme si cela pouvait lui apprendre quelque chose.

Le civil était vraiment insignifiant. C'était sûrement un haut fonctionnaire du parti au ministère de la Sécurité de l'État. Il avait le regard, les gestes, la coupe de cheveux, l'assurance cassante, le porte-documents, le stylo plaqué-or, d'un haut fonctionnaire du parti. On voyait bien à sa carrure massive et satisfaite, alourdie, qu'il avait commencé à rouler dans une *Pobiéda* officielle, de longues années auparavant, dans une *Volga* ensuite, et qu'il devait à présent avoir atteint le stade de la *Tchaïka*. Sans doute, oui. Il devait rouler à travers Moscou dans une *Tchaïka* officielle, aux rideaux de voile épais et jaunâtre tirés sur la lunette arrière et les vitres latérales, invisible aux promeneurs qui verraient passer, dans l'indifférence ironique ou résignée, ce fantôme du pouvoir, cette matérialisation rutilante et automobile de l'État du peuple tout entier. Invisible aux passants, mais ne les voyant pas non plus ; ne voyant ni les hommes, ni les femmes, ni les arbres, ni les lumières, ni les fleuves de Moscou ; ne voyant que la nuque de son chauffeur et le dossier du siège avant ; rêveur et vague, peut-être incommodé par une lourdeur de l'estomac, mais soutenu par la rigueur idéologique de quelques vérités fondamentales. Sans doute, oui, un fonctionnaire. Il avait dû se distinguer au Komsomol par une fermeté particulière à l'égard des influences néfastes du cosmopolitisme. Oui, sûrement. Il devait avoir ce don, particulièrement apprécié, de toujours saisir l'aspect positif des choses et des événements. C'est ça, le côté positif. Dans tout processus, il y a le côté positif et le côté négatif, voyons, c'est élémentaire. Quand on savait découvrir et présenter le côté positif d'un processus quelconque, on était sûr de faire carrière. C'est simple, pourtant. L'aspect positif de la critique du culte de la personnalité et l'aspect positif de ce culte lui-même, selon les circonstances. L'aspect positif de la critique de Staline et l'aspect positif de l'activité de Staline, de sa pratique politique. Voyons, c'est enfantin. La dialectique, en somme. Il avait dû se laisser porter par l'aspect positif des événements, apparemment contradictoires, jusqu'à cette situation au ministère de la Sécurité de l'État. Voyons, le plus et le moins, le pour et le contre, mais toujours agrippé au maillon positif du cours des choses. Sans doute, c'était visible.

Walter Wetter faisait un effort pour se reprendre.

Les trois Russes regardaient devant eux, dans le vague. Ils finissaient de boire leur café.

A la droite du civil, il y avait un colonel du K.G.B. La quarantaine, une bouche molle, des yeux vifs. Quelque chose d'inquiétant se dégageait de ce visage, par le contraste entre la veulerie du menton, des lèvres sensuelles, et la brutalité pointue, parfois démasquée, du regard. A la gauche du civil, le deuxième colonel du K.G.B. était très différent des autres. Il avait des cheveux gris, des yeux d'un bleu délavé. Même si la manche gauche de sa veste d'uniforme n'avait pas flotté, vide, à côté de son corps, on aurait bien deviné que celui-ci ne venait pas de l'univers feutré des bureaux, mais de celui, sanglant, des batailles.

Walter Wetter écrasait le mégot de sa cigarette, il attendait.

Il tournait son regard vers la gauche et, bien sûr, ça ne pouvait pas être autrement. Sur le mur qui faisait face à la longue croisée aux vitres dépolies, un grand portrait d'Ulbricht, en couleurs, les contemplait. Mais il était seul, Ulbricht, sur le mur de cette salle-ci. Il ne devait pas y avoir assez de portraits de Lénine pour en flanquer toujours un, à la droite du Seigneur, dans chacune des salles de réunion du Ministère. On avait dû placer Lénine aux endroits stratégiques, aux croisements des couloirs, dans les antichambres, dans les salons d'apparat réservés aux cérémonies les plus importantes, et puis, tout à coup, on n'avait plus disposé d'assez de portraits de Lénine pour tous les bureaux restants. Quand même, ce n'était pas très attentionné, de la part de l'organisateur de cette réunion, d'avoir installé les Russes dans un bureau dépourvu du portrait de Lénine. Le regard tutélaire et patelin d'Ulbricht suffirait-il, aujourd'hui, pour les guider sur la bonne voie ?

Walter Wetter détournait la tête. Une sorte de nausée lui faisait la bouche aigre.

Au-dessous du portrait d'Ulbricht, sur une console, on avait disposé des fleurs. Ça devait être à cause du Premier Mai, sans doute.

A cet instant même, sur la *Karl-Marx-Allee* — qui redeviendrait peut-être la *Stalin-Allee,* tout bêtement, un jour quelconque, par un renversement dialectique du positif et du négatif, un jour quelconque où il faudrait montrer aux révisionnistes de tout poil de quel bois nous nous chauffons, pourquoi pas ? — sur la *Karl-Marx-Allee,* à cet instant même, les gymnastes et les travailleurs de choc, les poètes du peuple et les policiers du peuple, les ménagères et les généraux revêtus de l'uniforme prussien traditionnel — Ulbricht ayant décidé d'arracher à la bourgeoisie le drapeau du passé national — les ouvriers et les soldats — et les paysans aussi, certes — commenceraient à défiler, en ordre, en rangs serrés d'où se dégagerait une impression de force et de joie saine, pour commémorer le Premier Mai. Devant Ulbricht, paternel et inflexible, un bouquet de roses rouges dans les mains, que viendrait de lui apporter sur l'estrade, juste avant l'ouverture du défilé, une petite pionnière aux blondes nattes. Devant Ulbricht défilerait le peuple en liesse. Et à Varsovie, au même moment, devant Gomulka, rescapé des prisons de Staline pour mieux accomplir, après la mort de Staline, les desseins têtus et secrets de celui-ci, il y aurait un défilé analogue, réglé selon le même cérémonial. Et à Budapest, au même moment, le même défilé, devant Janos Kadar, qui poserait peut-être sur la balustrade de la tribune officielle ses deux mains encore meurtries par les tortures des policiers de Rakosi et de Staline, devant Janos Kadar, l'œil vague sur la foule à la fois morne et bigarrée.

Partout, à la même heure, le Premier Mai.

Mais Walter Wetter n'avait pas envie de penser au Premier Mai. Pas à ce Premier Mai-là, en tout cas. Il regardait les trois Russes, silencieux, qui étaient arrivés de Moscou pour cette réunion, malgré la solennité de ce jour, et il pensait à Rudy, son fils. Rudy lui avait annoncé sa visite, hier, et il s'était présenté à Kleinmachnow à l'heure du dîner. Rudy avait quelque chose à lui annoncer, bien évidemment, mais ils avaient d'abord mangé en tête à tête, en parlant de tout et de rien : l'Université, une excursion que Rudy avait faite, un film que la censure venait d'interdire, parce qu'il dénonçait la bureaucratie de façon trop négative. (Le positif et le négatif, encore !) Rudy avait dix-huit ans, son regard se posait parfois sur son père, et une petite flamme s'y allumait, mais il ne disait pas encore le motif de sa visite. Son fils était né en 1948, alors qu'il venait lui-même d'être arrêté, sous l'inculpation d'intelligence avec l'ennemi. Les officiers russes du M.V.D. qui avaient manipulé cette opération dans les Services de Sécurité allemande de leur zone d'occupation, n'étaient pas parvenus à établir exactement quel était l'ennemi, car Walter Wetter s'était obstinément refusé à collaborer avec eux, niant toutes les charges dont on l'accablait, récusant et tournant même en dérision les témoins à charge, malgré la sévérité croissante des interrogatoires. Mais, enfin, l'ennemi est partout, c'est bien connu, au-dehors, au-dedans, en nous-mêmes, et si on n'avait pas réussi à l'identifier, dans le cas de Walter Wetter, à cause de cette orgueilleuse obstination qui lui avait fait passer la plus grande partie de ses huit ans de détention dans les détachements punitifs et les cachots de Bautzen, si l'ennemi, donc, n'avait pas été identifié, dans ce cas précis, il n'en était pas moins l'ennemi, et d'autant plus dangereux, dans ce cas précis, qu'il n'avait pas été identifié.

Ainsi, Rudy était né au moment où il errait, l'esprit lucide, le corps brisé, dans le dédale souterrain des anciens dépôts frigorifiques où les Services de Sécurité avaient installé le quartier général des interrogatoires, à Berlin. Ensuite, pendant des années, Walter Wetter n'avait plus eu de nouvelles de son fils. La mère de Rudy, en effet, excellente activiste de l'Union des Femmes, avait puisé le courage de rompre publiquement avec son mari, et elle avait trouvé des termes d'une grande élévation politique et morale, des termes émouvants, dans la lettre qu'elle avait envoyée au Tribunal du Peuple pour rompre la fidélité conjugale qu'elle ne pouvait plus maintenir envers un ennemi dudit peuple. Helga avait obtenu le divorce et elle avait emmené Rudy. Mais, en 1956, lorsque Walter Wetter avait été libéré avant terme, son procès ayant été annulé — mais il n'en avait pas été, pour autant, totalement réhabilité sur le plan civil et politique, car son obstination à nier toutes les charges de l'accusation, huit ans auparavant, et indépendamment du fait que ces charges étaient fausses, cette obstination était le signe évident d'un manque de conscience, d'une grave insuffisance d'esprit de parti — Walter avait retrouvé la trace de son fils, alors âgé de huit ans, et il avait réussi à rétablir avec Rudy, patiemment, des liens, d'abord tendus, des rapports d'où il avait pu, progressivement, effacer la méfiance enfantine, et qui ne cessaient de s'améliorer, depuis que Rudy était devenu un adolescent, souvent replié sur lui-même, mais chaleureux.

Ils étaient donc, la veille, dans le salon de la villa de Kleinmachnow, et tout à coup Rudy s'était penché en avant, le visage en feu. « Père, avait-il dit, père, je m'en vais demain ! » Walter Wetter l'avait regardé, saisi par un double sentiment d'angoisse et de sérénité, comme s'il avait aussitôt compris de quoi il s'agissait, comme si ces simples mots anodins de Rudy annonçant son départ lui avaient fait deviner la suite de cette conversation, ce qui le plongeait dans l'angoisse, sentiment brutal sur lequel surnageait une sorte de paix de l'esprit, comme si cet événement qu'on lui annonçait, et dont il prévoyait les suites, avait de tout temps été inscrit dans le cours des choses, comme s'il était naturel qu'il se produise, un jour ou l'autre. Il ne disait rien, il regardait Rudy, intensément, ayant déposé sur une table basse le verre qu'il tenait auparavant à la main. Rudy, d'ailleurs, ne lui laissait pas le temps de dire quoi que ce fût. Il parlait, maintenant, d'une voix précipitée, hachée, comme s'il craignait qu'on lui opposât des arguments de prudence ou de raison, avant d'en avoir terminé avec l'explication, raisonnablement fondée, de la décision qu'il venait d'annoncer. Ainsi, Rudy : « Je m'en vais demain, je passe à l'Ouest. Pendant les commémorations du Premier Mai. Tout est arrangé. » Rudy : « Écoute-moi, père ! Je ne m'en vais pas en ennemi. Au contraire, je suis devenu communiste, ces derniers mois. C'est étrange, mais je suis devenu communiste ! » Rudy, encore, fiévreusement : « Je suis devenu *communiste,* tu me comprends ? Pour moi, pour accorder des idées et des actes, tu me comprends ? Pas pour faire carrière, à l'Université, dans l'administration ou la police. Excuse-moi, père ! Mais, quelle est l'action communiste que l'on puisse mener à bien, chez nous ? Il n'y a pas de pratique politique possible, chez nous, surtout pas pour un communiste ! » Rudy, toujours, le visage en feu, les mains mobiles : « Si j'agis en tant que communiste, chez nous, je finirai en prison, à plus ou moins longue échéance. Ça avance à quoi, d'être en prison ? Personne ne saura pourquoi, les vrais motifs. Ce serait un acte gratuit, enfoui dans les décombres d'une histoire irréelle. Un fantôme d'acte politique, ou l'acte politique d'un fantôme solitaire ! Tu me comprends, père ? Peut-être que cela changera, j'en doute, mais supposons qu'un jour l'action politique communiste redevienne possible, chez nous. Peut-être, mais j'ai besoin d'agir maintenant. Il se passe des choses, dans le monde. Si j'entrais au parti, ici, en acceptant les règles du jeu, en espérant grignoter les choses de l'intérieur, je serais bouffé. Mon action de communiste ne conduira qu'à consolider l'ordre établi : l'injustice, la médiocrité bureaucratique, une société de classes d'un nouveau genre, que même Marx ne pouvait pas prévoir. Comprends-moi, père ! C'est difficile de te le dire, à toi, mais les États qui ont surgi de la Révolution d'Octobre, des victoires soviétiques, et quelle que soit l'analyse que l'on fasse des raisons de cette dégénérescence, ces États sont devenus des obstacles à la Révolution. Ils freinent, par leur politique internationale et le modèle social et culturel qu'ils proposent, ils freinent les prises de conscience révolutionnaires, en Occident. Et, dans le système même des pays qui se proclament socialistes, ces États ont abouti à la liquidation de la classe ouvrière, en tant que force politique et sociale autonome, créatrice. La classe ouvrière, chez nous, dans tous les pays de l'Est, a été réduite à son essence même, paradoxalement : elle n'est plus que la productrice inerte d'une plus-value que manipule la bureaucratie. » Et encore, Rudy, haletant : « C'est à cause de toi, père, que je m'en vais ! Quand tu m'as retrouvé, j'avais huit ans, j'étais dressé comme un petit monstre dans l'horreur de ta trahison, dans le mépris de ta perversité. Et puis, les années ont passé. Tu m'as parlé. Tu m'as raconté des choses, parfois, par bribes. Tu te souviens père ? A Buchenwald, en 1940, 1941, vous vous battiez pour préserver le parti, pour maintenir ouverte une perspective. Molotov venait à Berlin, il portait des toasts à la santé de Hitler, à la prospérité du Troisième Reich. Staline assassinait les communistes allemands oppositionnels et en livrait d'autres à la Gestapo. Ulbricht faisait carrière sur un monceau de cadavres. Et vous, vous luttiez dans la mesure de vos moyens, pour le parti, pour la Révolution, contre Hitler, mais aussi contre Staline, objectivement. C'était absurde, n'est-ce pas, père ? Mais il fallait cette absurdité ! Ensuite, plus tard, en 1948, quand tu as été arrêté, quand tu croisais tous les jours le regard jaune de Staline, dans ces souterrains, pourquoi n'as-tu pas avoué ? Pourquoi as-tu nié toutes les accusations ? Tu me l'as dit, père. Il fallait que tu sois communiste, m'as-tu dit, que tu agisses en communiste, même contre les tiens, même contre le parti. Voilà, en t'opposant au parti, à ce moment-là, en t'opposant à la vérité officielle, tu ne préservais pas seulement ta qualité de communiste, tu préservais aussi — ne fût-ce que comme une possibilité minime, peut-être même dérisoire — les chances du Communisme. » Et Rudy, enfin, hors d'haleine, rompu : « Tu me comprends, père ? C'est pour toi, aussi. A l'Ouest, je me battrai. Ce sera difficile, sûrement, et ingrat. Mais s'il n'y avait même qu'une chance sur mille, sur un million, de peser sur le cours des choses, il faut saisir cette chance. C'est comme si toute notre histoire recommençait. Je ne veux pas être en marge de cette histoire-là, père ! »

Ainsi, longtemps, dans le salon cossu de la villa de Kleinmachnow.

Ils n'avaient finalement pas dormi, ou à peine. Au petit jour, Rudy allait repartir. Sur le porche de la maison, ils s'étaient embrassés en pleurant. Alors, Rudy, dans un murmure : « Mon départ va te créer des ennuis ? » Il avait ri, lui, Walter Wetter, d'un rire tonitruant. « Ne t'occupe pas de ça, Rudy ! » Il l'avait encore embrassé. « Mon fils », avait-il dit, tout bas, à l'oreille de Rudy. Ensuite, déjà dans le jardin, au moment de mettre en marche le moteur de sa motocyclette, Rudy s'était tourné vers lui, une dernière fois. Rudy avait levé le poing et il avait crié, dans le silence du petit matin où le pépiement des oiseaux éclaboussait les arbres d'alentour, il avait crié d'une voix rauque, fiévreuse, décidée, triomphante, les vieux mots d'autrefois. « *Rot*

*Front !* » Et Walter Wetter avait compris que la vie continuait, que le ruisseau obscur de sa propre vie rejaillissait sous le soleil de ce Premier Mai, pour une nouvelle aventure. Il avait crié aussi, le poing levé : « *Rot Front !* »

Voilà, Rudy était parti.

Mais le Russe en civil qui allait présider cette réunion écartait sa tasse de café. D'un geste, il faisait comprendre au serveur en veste blanche que c'en était fini, qu'il pouvait disposer. Le serveur en veste blanche claquait des talons et s'en allait. Il passait devant le portrait d'Ulbricht, devant le bouquet des fleurs du Premier Mai.

Le Russe attendait encore quelques secondes.

— Nous pouvons commencer, camarades ?

Tout le monde hochait la tête. A ce moment, à travers les vitres dépolies de la longue croisée, sur la droite, un flonflon martial parvenait jusqu'à eux, étouffé. Les employés du Ministère devaient s'apprêter à rejoindre le grand fleuve humain du défilé, musique en tête.

Le Russe regardait ses papiers.

— Camarade Wetter, disait-il, nous avons reçu il y a quelques jours le rapport que vos Services nous ont transmis, après votre mission à Amsterdam. Vous devez savoir que c'est de cela que nous allons discuter.

En effet, il le savait. Il hochait simplement la tête.

La voix du Russe devenait cassante.

— C'est un rapport étrange, disait-il. Car, voyez-vous, notre propre enquête sur Ramón Mercader a établi que cet individu était en pourpalers avec la C.I.A. En fait, à Amsterdam, il était déjà passé à l'ennemi. Nous avons donc un certain nombre d'éclaircissements à vous demander, à ce sujet.

Une sorte de sourde colère envahissait Walter Wetter. Ramón Mercader, à Amsterdam, était déjà passé à l'ennemi ! Et c'est à lui qu'on annonçait cette immonde sottise ! Mais, aussitôt, un sentiment de joie s'emparait de lui. On allait se battre, parfait. Il allait leur en dire, des vérités, à ces abrutis suffisants et retors. Oui, l'idée de cette bataille à propos de Ramón Mercader le remplissait de joie, tout à coup, inexplicablement.

Il éclatait d'un grand rire incongru qui provoquait l'étonnement des Russes.

— Des éclaircissements ? disait Walter Wetter. Mais bien sûr, camarades, bien sûr ! Tous les éclaircissements que vous voudrez.

Et il riait encore.

Rudy, à cette heure, avait dû franchir le Mur. En fin de compte, ce Premier Mai ne s'annonçait pas morne.

— Où sont les communistes, se demandait Georgui Nicolaïevitch Oujakov, mais où sont donc les communistes ?

Sa question muette n'avait pas de sens, bien sûr. Ou plutôt, elle ne se rapportait pas directement, tout au moins en apparence, au spectacle qu'il contemplait du haut de cette fenêtre.

Par la grande avenue, dans un ruissellement d'étendards déployés, vers le centre de Moscou, des gymnastes défilaient. On pouvait imaginer. Ces jeunes hommes et ces jeunes femmes s'étaient levés à l'aube, ils avaient gagné par des moyens de transport divers leur point de ralliement. Groupés par clubs sportifs, par entreprises, par quartiers, ils avaient enlevé leurs survêtements aux couleurs vives, pour apparaître en collants et maillots : bronzés, musclés, blonds comme les blés. Maintenant, en colonnes de marche tirées au cordeau, ils avançaient vers le centre de la ville, pour aller se fondre, selon un horaire strictement minuté, dans le grand fleuve qui déferlerait, comme une immense Volga chatoyante, sur la Place Rouge. Une fois là-bas, au pas gymnastique, tenant à bout de bras la hampe des étendards de soie multicolore, ils défileraient devant la tribune du Mausolée.

Devant Leonidas Brejnev, laissez-moi rire !

Georgui Nicolaïevitch ne pouvait plus réprimer un rire grinçant et coléreux.

Quel destin, quand même, celui de ce peuple ! En 1920, dans le désordre et l'enthousiasme, dans l'espoir et la faim, sous les mots d'ordre de la révolution mondiale, il avait défilé sur cette même Place Rouge, devant un groupe d'hommes aux vêtements disparates, se tenant debout sur la chaussée, ou debout sur un camion, parfois. Il y aurait là Vladimir Ilitch Lénine, et Lev Davidovitch Trotsky, et Nikolaï Boukharine, et Zinoviev, et Kamenev, et Piatakov, et les commandants de la cavalerie rouge, et les chefs des partisans, et les organisateurs qui départageaient l'ombre et la lumière, d'Arkhangelsk à Batoum, de l'Extrême-Orient disputé à Koltchak, aux Japonais et aux interventionnistes, jusqu'à l'Ukraine arrachée aux gardes blancs. Il y aurait peut-être aussi Djougaschvili, un Géorgien opiniâtre et obscur, que la foule ne reconnaîtrait pas, car il n'était pas un homme du plein air, des assemblées ouvertes et tumultueuses, mais un homme des lieux clos, des appareils, des lampes allumées tard dans la nuit sur des circulaires administratives. Qui aurait eu l'idée de regarder Djougaschvili, à cette époque-là ? Mais non, c'étaient les années où tous les langages étaient soumis à l'épreuve du feu de la réalité, où Le Corbusier allait construire la Maison des Syndicats, où on inventait à Moscou et à Petrograd l'art abstrait, le surréalisme, le cinéma moderne, les affiches politiques, où, dans le tourbillon de cette grande et belle folie russe bouleversant le monde, s'élaborait l'hégémonie possible d'une avant-garde, non pas codifiée par de nauséabonds décrets tombés d'en haut, mais fondée sur une cohérence réelle, même si elle était parfois tâtonnante, entre les idées et les mots, les principes et la pratique, la Russie et le monde, l'art et la politique. Qu'est-ce qu'il pouvait représenter, Djougaschvili, dans cette tourmente-là, dans cette invention perpétuelle et cette perpétuelle remise en cause ? Non, vraiment, quelle chiure de mouche sur les pages de l'Histoire que les rares faits et gestes de ce Djougaschvili, à cette brève époque d'arc-en-ciel entre les deux immenses bouches d'ombre de la vie russe ! Non, Djougaschvili n'était que la prudence paysanne, la cruauté paysanne, la méfiance paysanne, toutes qualités petites-bourgeoises, et la Révolution était la tentative de liquider cette barbarie archaïque par l'explosion des valeurs urbaines et prolétariennes, universelles, de la modernité. Non, Djougaschvili n'était que l'horizon de l'isba — ô misérable et méprisable nostalgie de l'âme russe ! — il n'était que le langage répétitif et rituel du séminaire, et la Révolution était l'explosion des réalités du monde dans l'arriération russe : ses artisans véritables parlaient toutes les langues, ils s'étaient battus à Vienne et à New York, à Paris et à Prague, ils connaissaient toutes les bibliothèques de l'Occident, ils respectaient le peuple russe, mais non pas l'isba russe, ni l'âme russe, ils respectaient la Russie parce que celle-ci était un tremplin vers l'univers, une ouverture béante sur le monde. Non, Djougaschvili était l'homme des accords en coulisse, des compromis pourris, et la Révolution était la bataille d'idées, le choc des idées et de la réalité, la liberté du désaccord dans le but commun. Les hommes de la Révolution ne représentaient aucune classe, ils n'avaient pas de liens de classe, mais c'est pour cela qu'ils pouvaient incarner la volonté du prolétariat, sa capacité latente, et parfois insaisissable, de liquider tout lien de classe, toute situation de classe, à travers la liquidation de sa propre existence de classe, de son propre pouvoir de classe.

Quel destin, celui de ce peuple !

Georgui Nicolaïevitch regardait les petits-fils des combattants d'Octobre et il pensait avec un rire grinçant que les longues cohortes de gymnastes et de soldats, d'ouvriers et d'étudiants allaient finir par déboucher dans la Place Rouge, pour y former une marée humaine qui déferlerait sous le Mausolée, devant l'immonde chapeau de feutre de Leonidas Brejnev.

Non, laissez-moi rire, vraiment !

— Vous voulez une tasse de thé, Georgui Nicolaïevitch ?

Il s'écartait de la fenêtre, il se retournait vers l'intérieur de la chambre.

Arkadina Grigorievna se tenait dans l'embrasure, toute frêle dans sa robe noire. Le visage lisse, sous la masse des cheveux blancs, était bruni par le grand air.

— Savez-vous ? disait Oujakov. Je me demande si l'heure de mourir n'est pas venue. Oui, je veux bien une tasse de thé.

Elle le regardait attentivement, une seconde. Ensuite, elle s'approchait d'une petite table, pour verser le thé.

Oujakov la suivait, à l'intérieur de la chambre.

— L'heure de mourir est venue depuis longtemps, disait-elle.

La voix d'Oujakov était sourde.

— Je pensais à une autre mort, disait-il.

D'un geste vif, Arkadina Grigorievna posait une main sur son bras droit.

Ils restaient ainsi, côte à côte.

Dehors, sur la large avenue plantée d'arbres, la rumeur de la foule du Premier Mai s'écoulait inlassablement.

Georgui Nicolaïevitch se rappelait certains des mots d'ordre inscrits en lettres blanches sur les calicots rouges déployés en travers de l'avenue. « AMÉLIORONS LA PRÉPARATION SPORTIVE DU PEUPLE SOVIÉTIQUE. » « LA SANTÉ DU PEUPLE EST LE BIEN DU PEUPLE. » « AUGMENTONS LA PRODUCTIVITÉ SOCIALISTE. » « LE RESPECT DES NORMES EST LE RESPECT DE SOI-MÊME. » « RENFORÇONS L'ÉTAT DU PEUPLE TOUT ENTIER. » « GLOIRE AUX VICTOIRES DE LA SCIENCE SOVIÉTIQUE. » « EN AVANT VERS DE NOUVELLES VICTOIRES. »

Parmi toutes ces banales sottises, Oujakov n'avait distingué qu'un seul mot d'ordre concernant le Viêt-nam, et encore, on ne pouvait pas dire que les rédacteurs se fussent beaucoup creusé la cervelle. « HONNEUR ET GLOIRE À L'HÉROÏQUE PEUPLE DU VIÊT-NAM. » C'était la moindre des choses, en effet. Honneur et gloire !

— En fin de compte, Arkadina Grigorievna, j'ai eu une vie bien remplie, vous ne trouvez pas ?

La main de la vieille femme s'appuyait plus fortement sur le bras d'Oujakov.

— Je n'aime pas quand vous êtes amer, Georgui Nicolaïevitch, disait-elle.

Il secouait la tête.

— Je ne suis pas amer, je suis las.

Elle le regardait de ses yeux gris.

« Quand je me souviens de vos yeux », lui avait-il écrit, une fois, « je me souviens du ciel de la Baltique, sur l'embouchure de la Neva. Quand je me souviens de notre pays, de nos batailles, je revois vos yeux gris, Arkadina Grigorievna. L'eau grise, étale, de toute ma meilleure mémoire, dans vos yeux ». C'était tout, quelques lignes. Un bref billet qu'il avait écrit à Vienne, qu'il lui avait fait parvenir par un camarade, plus de quarante ans auparavant.

Et elle le regardait, de ses yeux gris.

— Parlez-moi d'Ievgueni Davidovitch Guinsburg, disait-elle, doucement.

— Vous lisez dans mes pensées, c'est sûr !

Elle hochait la tête, souriante.

— Depuis le temps, vous devriez y être habitué, pourtant, disait-elle.

Ils riaient, tous les deux. Il y avait une sorte de paix. Dehors aussi. Les gymnastes du Premier Mai avaient dû atteindre le centre de la ville. L'avenue était livrée aux enfants, aux moineaux, au soleil tiède du Premier Mai.

## UNE MINUTE DE SILENCE À LA MÉMOIRE D'IEVGUENI DAVIDOVITCH GUINSBURG

En parler ?

Oui, j'aimerais en parler.

Nous traversions l'Europe, dans la fumée des gares, la moiteur des petits matins.

Moiteur frileuse.

Les locomotives des trains trouaient la nuit, d'un œil unique et jaune.

Les frontières s'ouvraient devant nos faux passeports, et les douaniers portaient un doigt léger, bienveillant, à la visière de leur casquette.

Nous avions vingt ans, un peu plus de vingt ans, David Semionovitch et moi.

Nous étions de jeunes Anglais désinvoltes et oisifs, ou des Uruguayens fils de famille, ou même les héritiers d'honorables commerçants scandinaves.

Les services spéciaux du Komintern nous fabriquaient des vies multiples, pour les besoins de la cause.

Nous étions dans ces vies irréelles comme des poissons dans l'eau et l'Europe déployait sous nos pieds le tapis des saisons.

Parfois, dans les hôtels des villes d'étape, où nous dormions à l'abri de nos faux noms, les chambrières avaient des bouches fraîches sous nos lèvres, des gorges livrées à la caresse de nos mains.

Nous traversions l'Europe, avec les dollars et les messages cousus dans les doublures de nos manteaux.

Un jour, entre Vienne et Bratislava, une petite fille pleurait, dans le train de nuit, et David Semionovitch lui racontait l'histoire de l'ours et du rayon de lune, pour la consoler.

A Berlin, dans la brume, sortant d'une réunion, David Semionovitch s'arrêtait sur le bord du trottoir et déclamait *Eugène Onéguine,* c'était idiot.

Mais Ievgueni n'était pas encore né à cette époque, bien sûr.

Nos vies brûlaient comme un feu d'herbes sèches, dans la steppe sans fin, et nous jetions chacune de nos journées dans ce brasier.

Plus tard, le feu s'était éteint, et nous avions constaté l'épaisseur du monde, sa rutilance sournoise, l'opacité têtue du cours des choses.

L'ennemi, nous disait-on alors, est maintenant dans nos rangs : il faut écraser les têtes de l'hydre !

Lev Davidovitch avait franchi les portes de l'exil. Une neige de cendre grise tombait sur le pays.

Nous avions choisi de vivre dédoublés, dans la scission de nos pensées et de nos actes, dans la fêlure béante et trouble des fausses consciences.

Nous avions choisi de préserver les chances de l'avenir, mais l'avenir ne se préserve que dans les batailles ouvertes, devant le peuple, les masses et le parti.

L'ombre du passé nous a rattrapés dans la lumière ambiguë des années trente et on nous a demandé des comptes pour chacune de nos omissions, chacun de nos silences, chacune de nos subtiles allusions à une vérité masquée, inopérante, mais qui nous tenait lieu de justification.

La Terreur s'est levée sur le pays, comme un orage nourri de nuées implacables, comme une fascination sanglante et compassée, dont le vieux Hegel avait déjà décrit les ruses et les raisons.

Et c'est alors, au moment même où le sang rouge des révolutionnaires tombés pour la Révolution devenait le sang noir des révolutionnaires assassinés par la Révolution, c'est à ce moment-là, comme s'il prévoyait sa propre mort et la décrépitude du rêve ancien, comme s'il avait éprouvé le besoin de prolonger sa vie pour supporter l'échec de sa vie, c'est à ce moment-là, en 1933, que David Semionovitch a eu ce fils.

Ievgueni Davidovitch Guinsburg, ce jeune mort.

Et la lumière nordique sur les canaux repus, cette lumière impalpable et profonde, qui ne tombe pas, de quelque part, sur le paysage plat, les façades de briques roses ou jaunes, mais qui jaillit sourdement du paysage lui-même, comme si sa densité transparente était le tissu même de l'espace et du monde, la belle lumière nordique d'Amsterdam n'aura même pas été douce à ses yeux, noyés déjà dans la brume d'une mort inexplicable et sarcastique.

Ievgueni, oui, j'aimerais en parler.

— Parlez-moi d'Ievgueni Davidovitch Guinsburg, avait-elle dit, doucement.

Il avait gardé le silence, une minute.

Des images avaient glissé dans sa mémoire, qui ne semblaient pas concerner Ievgueni Davidovitch, mais sa propre jeunesse. Ce n'était pourtant qu'une façon détournée d'évoquer cette mort.

Oujakov avait serré de sa main gauche la main d'Arkadina Grigorievna, toujours posée sur son bras.

Six ans auparavant, en 1960, Ievgueni avait passé quelques semaines en U.R.S.S. Au cours de l'été 1960, c'est ça. Sa situation en Espagne, sous l'identité de Ramón Mercader Avendaño, semblait définitivement consolidée. Il avait obtenu un passeport, deux ans auparavant. Il commençait à travailler comme conseiller commercial de la COMESA, dont il deviendrait bientôt Directeur Adjoint. La mise en place de l'infrastructure du réseau était bien avancée et Guinsburg était venu à Moscou pour discuter les perspectives de travail à longue échéance. Il était venu clandestinement, bien sûr. En U.R.S.S., il devait faire semblant d'être espagnol — un Rodriguez, Martinez ou Gonzalez quelconque — et personne, en dehors des réunions au siège du K.G.B., ne devait soupçonner qu'il était russe, ni même qu'il comprenait cette langue. (« Vous vous rendez compte, Arkadina Grigorievna ? » disait Oujakov, « en Espagne, au moins, il n'avait pas à cacher sa connaissance du russe, puisqu'il avait été officiellement rapatrié d'U.R.S.S. Si l'envie l'en prenait, il pouvait réciter *Les Douze* dans une soirée, personne ne s'en serait étonné. Il était masqué sous son faux nom espagnol — un vrai nom, en fait, mais c'est une histoire compliquée, ça n'a plus d'importance — masqué sous la fausseté de ce vrai nom, mais il pouvait librement évoquer son passé, son enfance russe. Les liens n'étaient pas complètement tranchés avec son enface, sa mémoire. Mais ici, lorsqu'il est venu en 1960, il fallait qu'il domine totalement sa mémoire, il fallait qu'il refoule tous ses souvenirs : et ceux de son enfance et ceux de l'Espagne. Il n'était plus rien d'autre qu'un regard lisse, un miroir ne reflétant que les objets du présent, s'évanouissant. »)

Le voyage de Guinsburg avait été assez drôle, pourtant, pour peu qu'on eût le sens de l'humour. Et il avait le sens de l'humour.

Il avait effacé ses traces à Zurich, où il avait pris un avion de la *Swissair* pour Prague. A l'aéroport de Ruzine, on l'avait pris en charge. On l'avait conduit à l'hôtel du parti, au centre de la ville, qui n'avait plus de nom apparent. Sur les porte-clefs massifs et encombrants, on pouvait pourtant lire l'ancien nom de cet hôtel. Il y avait passé trois jours, en attendant qu'on organise la suite de son voyage.

Dans la salle à manger et les salons du rez-de-chaussée, il avait vu passer des dirigeants communistes de tous les pays. La place qu'occupait chacun de leurs partis dans la hiérarchie internationale du mouvement était aisément perceptible, d'après l'attention ou le manque d'attention dont faisaient preuve à leur égard les serveurs en veste blanche et le personnel administratif de l'hôtel. Sur certaines tables, il n'y avait jamais que des bouteilles d'un vin bulgare, rouge, médiocre, mais sur d'autres tables la variété des boissons était infinie. Les camarades voués au vin bulgare avaient beau faire des allusions discrètes, ou même formuler ouvertement leurs récriminations, ça n'y changeait rien : ils ne verraient jamais apparaître sur leur table le vin blanc importé du Chili, ni la vodka russe, ni le Cinzano italien, ni les vins du Caucase, ni le cognac français. Ce n'était pas une discrimination personnelle, mais leur parti n'avait pas encore conquis, ou bien avait perdu, une place de choix dans la hiérarchie subtile et mouvante de l'univers communiste. Ainsi, Guinsburg avait pu constater — si l'on faisait exception du rang particulier qui était toujours accordé aux fonctionnaires des pays socialistes, malgré de subtiles nuances qui privilégiaient les Russes et semblaient mettre à la dernière place les Hongrois, rang exceptionnel que le seul pays occidental à partager semblait être la France, les communistes français, bruyants et râleurs, arrivant parfois même à obtenir du bifteck-frites — ainsi, il avait pu constater, au cours de cette brève expérience, que les pays arabes jouissaient de solides privilèges, à cette époque-là. Il y avait un Syrien, massif et arrogant, qui se nommait Khaled Bhagdache et qui, non seulement tenait table ouverte — en principe, les camarades ne résidant pas à l'hôtel n'avaient pas le droit de manger au restaurant — mais qui parvenait même à obtenir, aussi souvent qu'il le désirait, du café turc, y compris en dehors des heures des repas, dans le salon de lecture — où l'on pouvait consulter la *Pravda, Neues Deutschland, Tribuna Lydu, Scinteia,* le *Daily Worker, L'Humanité,* et autres exemplaires de la grande presse d'information, et obtenir du café turc, à toute heure, dans la salle de lecture, était une performance absolument insolite.

Il s'était bien amusé, Guinsburg, à l'ancien *Grand Hotel Steiner.*

Sa situation à lui, dans cet univers parfaitement hiérarchisé, était confuse. Il ne faisait partie d'aucun groupe, il n'avait pas de références contrôlables, ce qui tendait à le situer au plus bas de l'échelle. Mais, d'un autre côté, il avait été convoyé jusqu'à l'hôtel par des hommes en manteau de cuir, au visage morne et soucieux, qui faisaient évidemment partie des Services de Sécurité, et cela semblait compenser le manque de répondant de sa personnalité propre. Il avait donc été soumis à un régime ambigu, le garçon en veste blanche posant sur la table la bouteille de vin rouge bulgare, au début des repas, mais sans la lâcher tout à fait, comme s'il attendait sa réaction. Parfois, il laissait faire, ne réagissant pas, et le vin bulgare demeurait sur la nappe blanche. Parfois, rien qu'à titre d'expérience, il fronçait les sourcils, regardait la bouteille de vin bulgare d'un air dégoûté, en hochant la tête, et alors le serveur la faisait disparaître, d'un geste rapide, afin de la remplacer par un assortiment varié de boissons alcoolisées. Vraiment, il s'était bien amusé.

Mais il avait surtout beaucoup marché dans les rues de Prague, en attendant que l'on organise la suite de son voyage.

Le temps était gris et chaud, désagréablement humide. Sa première impression avait été accablante. La ville semblait morne, délabrée, comme si le temps avait cessé de patiner les pierres des façades et des ponts, pour les recouvrir d'une lèpre impalpable et inquiétante. De longues cohortes de piétons déambulaient, les hommes traînant toujours à bout de bras une vieille serviette avachie, en matière plastique, dont ils tiraient parfois des morceaux de pain bis qu'ils engloutissaient avec des saucisses chaudes achetées dans l'un quelconque des innombrables postes de vente, souvent en plein air.

Guinsburg revenait des splendeurs criardes et brutales des rues de Madrid et de Zurich, de Paris et de Mexico — il avait dû faire un rapide voyage dans cette ville, pour des raisons professionnelles, ce qui lui avait permis de récupérer pour le réseau deux Espagnols dont un opérateur radio, qui avaient été formés par le N.K.V.D. à l'époque où ils étaient réfugiés en U.R.S.S., et qui, après quelques missions en Occident, attendaient depuis plusieurs années que les Services reprennent contact avec eux — et le contraste était trop violent. Mais c'était le visage des habitants de Prague qui l'avait davantage impressionné. Il avait oublié cette expression maussade, ce regard vide, cette indifférence sournoise. Alors, fuyant les visages des hommes et des femmes, essayant d'oublier par là même ses angoisses retrouvées, il s'était abandonné fiévreusement à la découverte des musées et des rues, des jardins et des palais de Prague.

Il y a des villes européennes où non seulement l'histoire devient lisible, mais qui, situées dans un espace naturel déterminé, y établissent un mystérieux et surprenant accord entre la pierre et l'eau, le ciel et les arbres, le présent et le rêve. Leningrad, sans doute. Et Venise, malgré les touristes allemands et anglo-saxons. Et Amsterdam, bien sûr. Mais Prague était l'une des plus belles parmi les belles cités, nostalgiques et violentes, tendres et désespérées, que la folle entreprise des hommes et des classes sociales, des peuples et des États, avait semées sur les reins de l'Europe et sur ses extrémités maritimes.

Ainsi, Ievgueni Davidovitch avait-il sombré, deux jours après son arrivée, dans un enchantement sans cesse renouvelé.

La veille de son départ pour Moscou, il avait visité la synagogue de Pinkas et le vieux cimetière juif. Il s'était promené parmi les pierres tombales, longuement, mais il n'avait pas trouvé celle de Kafka. Une femme s'était adressée à lui, peut-être intriguée par ses allées et venues. Elle était encore jeune, mais son visage était marqué, et la moue de sa bouche était, comment dire ? désabusée. Elle lui a demandé en allemand de quel pays il était, il a dit d'Espagne. Alors, avec un éclair dans les yeux, d'une voix hachée, elle lui a parlé en espagnol. Elle prononçait certaines consonnes curieusement, et les tournures de ses phrases étaient guindées, un peu solennelles. Il s'en est étonné intérieurement, jusqu'au moment où il a compris qu'elle était d'origine séphardite — et en effet, sa famille provenait d'Aragon, et elle était parvenue à Prague, venant de Salonique, deux générations auparavant — et qu'elle parlait le castillan archaïque, jalousement préservé depuis le fond des siècles, dans l'intimité rigoureuse des traditions familiales. Il a parlé avec cette femme, en espagnol, et il a brusquement été saisi par le sentiment, en tout point incongru, d'une patrie retrouvée. C'était un sentiment absurde, mais tenace, comme si cette conversation, au milieu des pierres tombales du vieux cimetière juif de Prague, justifiait, et même, en quelque sorte, légitimait, son intrusion retorse dans l'univers des Mercader ; comme si cette femme, en évoquant un passé fantomatique, qu'il faisait mine de comprendre et d'assumer, lui octroyait le droit d'être réellement espagnol. Ainsi, dans la chaleur subite de ce sentiment incongru, mais viscéral, avait-il répondu aux questions de cette femme, expliquant ses allées et venues par le désir de trouver la tombe de Kafka. Alors, elle lui avait dit que Kafka n'était pas enterré ici, mais dans le nouveau cimetière juif, bien plus banal et morne, par ailleurs. Il en avait été désolé, mais il a profité de la présence de cette femme pour lui demander les raisons d'un fait qui l'avait intrigué, sans qu'il parvienne à en trouver l'explication. Parmi les tombes, en effet, du vieux cimetière juif, se dressaient parfois des stèles mortuaires, plantées n'importe comment, et tout de travers même, dérangeant curieusement l'ordonnance des rangs étroitement serrés des caveaux. Alors, elle l'a pris par le bras, pour le conduire devant l'une de ces stèles auxquelles il venait de faire allusion. Les chrétiens, disait-elle, jetaient autrefois des cadavres de chiens par-dessus les murs du cimetière juif, pour en souiller l'enceinte par la présence de ces charognes puantes. Et les Juifs, afin de rétablir la sainteté du lieu, enterraient ces cadavres de chiens, à la place même où ils étaient tombés. Ces stèles marquaient précisément les endroits où les chiens juifs reposaient, à côté des hommes juifs de Prague. Il regardait la stèle mortuaire, une simple pierre grise, arrondie à son sommet, fichée tout de travers dans le gazon, entre les tombes des hommes, et il pensait à tous les chiens juifs qui n'avaient même pas laissé ce témoignage misérable de leur passage sur terre. Alors, dans la moiteur épaisse de ce mois de juillet, sous le ciel gris de Prague, oubliant totalement la présence de cette femme à ses côtés — dont le regard, tout à l'heure, exprimerait un étonnement affectueux — alors, il avait revêtu les images de ce cauchemar, de ce rêve éveillé qui avait commencé à le hanter quelques mois après son arrivée en Espagne, lorsqu'il avait découvert quel nom il portait. C'est-à-dire, lorsqu'il avait découvert que ce nom de Ramón Mercader avait déjà été porté par quelqu'un d'autre. Comme toujours, la première image de ce cauchemar était celle de la lumière crue des phares d'automobile, éclairant la silhouette dressée d'un homme, contre un mur, criant quelque chose. « Vive le Parti de Lénine ! », oui, c'est cela que son père avait crié, Georgui Nicolaïevitch le lui avait raconté. Mais dans son cauchemar, les paroles demeuraient indistinctes. C'était un cri simplement, face aux lumières des phares et aux reflets des lumières sur les fusils. Et dans son cauchemar, le visage de son père, David Semionovitch, demeurait insaisissable, comme il l'était dans la réalité, puisqu'il n'avait que cinq ans lorsque son père avait été arrêté, et que non seulement, dans le flou de ses souvenirs enfantins, le visage de son père restait toujours dans l'ombre, mais qu'il avait été en outre impossible de retrouver des photographies de David Semionovitch, plus tard. Ainsi, dans son cauchemar, cet homme qui criait, face aux fusils, avait toujours, malgré qu'il savait que c'était son père, toujours le visage de José María Mercader, dont les portraits photographiques ne manquaient pas, dans la maison de Cabuérniga, et de là, dans ce cauchemar dont il est question, il se sentait porté vers d'autres images, celles de l'enclos du vieux cimetière de Cabuérniga, contre le mur duquel s'appuyait un homme en complet foncé, tout droit, le poing levé dans le salut du Front populaire, et il sortait alors de ce cauchemar abominable, couvert de sueurs froides, mais avec l'étrange certitude rassurante de cette fraternité qui unissait les deux morts, l'avocat catholique et le bolchevik juif, fusillés à une année d'intervalle dans la lumière aveuglante des phares d'automobile.

Et lui, bien sûr, doublement orphelin.

Mais il chassait d'un geste les autres images de ce rêve éveillé.

Il était dans le vieux cimetière juif de Prague, cette femme le regardait, avec une inquiétude affectueuse. Il passait la main sur son visage, c'était fini.

Le lendemain, il partait pour Moscou.

— Vous auriez dû me prévenir, disait Ievgueni, une semaine plus tard.

Georgui Nicolaïevitch se tournait vers lui, l'œil interrogateur.

Ils étaient accoudés à la balustrade de pierre de l'esplanade de l'Université, sur les monts Lénine. La ville s'étendait à leurs pieds, dans les brumes de l'été.

— Vous prévenir ? demandait Oujakov. De quoi donc ?

Depuis cet après-midi, les séances de travail au K.G.B. étaient terminées. Il semblait que l'on eût fait le tour des questions posées par le travail de Guinsburg, en Espagne. Celui-ci partait pour Sotchi, le matin suivant, pour une dizaine de jours de vacances. Il aurait préféré rester à Moscou, y flâner. Mais les responsables du K.G.B. en avaient décidé ainsi : il ne fallait pas risquer qu'il soit reconnu, à Moscou, où il avait toujours vécu, par quelque ancien camarade.

Ievgueni Davidovitch regardait la ville, à ses pieds. Le pont du métro traversait le fleuve. Des lumières s'allumaient, dans les bâtiments de la cité sportive de Loujniki.

Il se tournait vers Oujakov.

— De quoi ? Mais enfin ! Le nom que j'allais porter !

Alors, Georgui Nicolaïevitch sentait le feu lui monter au visage. Il faisait un geste de dénégation. Ou peut-être de supplication.

— Ievgueni Davidovitch ! Je vous prie de me croire ! Quand toute cette affaire a été organisée, j'ignorais totalement quelle identité allait vous être attribuée. Je savais bien que vous prendriez la place d'un enfant espagnol, mais comment pouvais-je supposer qu'il s'appellerait Ramón Mercader ? Je ne l'ai appris qu'après votre départ, bien après votre départ !

(« Vous vous rendez compte, Arkadina Grigorievna ? » disait Oujakov, six ans après, en ce jour du Premier Mai, « nous étions là, tous les deux, sur la Colline aux Moineaux, c'était la première fois que nous étions vraiment seuls, depuis son arrivée, et cette question a jailli aussitôt, la question que je craignais, que j'attendais depuis son arrivée, à propos de ce nom. Comment aurait-on pu imaginer une chose pareille ? Alors, il m'a raconté comment il avait appris, au hasard d'une lecture, cette homonymie, il m'a dit comment il avait vécu, depuis lors, dans l'obsession de cette découverte. Il avait lu tous les livres concernant l'assassinat de Lev Davidovitch, il avait fait des recherches dans les bibliothèques, il avait fait établir des microfilms des journaux et des revues de l'époque. C'est atroce, n'est-ce pas, Arkadina Grigorievna ? » Et la vieille femme hochait la tête, et ils étaient assis côte à côte, sur le canapé tendu de velours frappé, et ils avaient gardé le silence, ensemble, un instant.)

## UNE MINUTE DE SILENCE À LA MÉMOIRE DE RAMÓN MERCADER

Miroirs ou cercles de feu, comme au cirque ?

Ou bien, tout simplement, les sept cercles terrifiants de l'enfer ?

Il arrivait du pays sans mémoire, où seul le vent dans les bouleaux ou les forêts bulbeuses des clochers murmurait encore le nom des morts.

Il arrivait de l'innocence brutale et sanglante de cette histoire que Staline avait blanchie, page blanche de cendres et d'ossements éparpillés sous la neige des camps.

Lev Davidovitch n'était pas seulement exilé, il avait disparu.

Ni les photographies, ni les pages imprimées, ni les registres d'état civil ne conservaient plus la moindre trace de son passage.

Un spectre hantait pourtant les nuits du Géorgien.

Il avait enfoncé tous les autres dans l'horreur des aveux, dans l'eau boueuse de leur indignité reconnue, et leur mort avait servi à éduquer le peuple, à lui faire comprendre la tortueuse fatalité des batailles de classe.

Et à respecter son pouvoir, aussi.

A craindre le poids paternel de sa main implacable.

Mais Lev Davidovitch était hors d'atteinte, terrifiant.

Non pas par son action, ou ses paroles, qui ne prendraient plus racine, le Géorgien le savait bien, lui qui incarnait le cours des choses.

Non pas par sa présence, déjà flottante et floue.

Terrifiant par sa mémoire. Terrifiant parce qu'il ne servait de rien de récrire l'histoire, pour la rendre compréhensible au peuple, si la mémoire, même secrète, de Lev Davidovitch recelait encore les lumières et les ombres d'autrefois.

Comment pourrait-il être en paix le « merveilleux Géorgien », le plus proche et le plus fidèle compagnon de Vladimir Ilitch, même si le peuple en était convaincu, désormais, comment pourrait-il l'être, dans la paix de l'esprit et des victoires quinquennales, tant que subsisterait la moindre parcelle de mémoire chez Lev Davidovitch ?

Il fallait écraser cette mémoire, la broyer sous le tranchant de l'acier, l'éparpiller dans le sang répandu.

Feu à volonté sur la mémoire de Lev Davidovitch !

Feu sur les souvenirs du Soviet de Pétersbourg, feu sur les longs voyages de l'exil à travers l'Europe et le monde, feu sur les journaux et les livres, feu sur le train blindé du Commandant de l'Armée Rouge !

Feu sur les derniers mots, les volontés dernières

de Vladimir Ilitch, dans la mémoire de Lev Davidovitch !

Mais pourquoi donc les hommes, chatons aveugles, se souviennent-ils ? Feu à volonté sur la mémoire des hommes !

Ainsi, Ievgueni Davidovitch Guinsburg arrivait du pays sans mémoire.

Il venait prendre la place d'un mort et il se trouvait masqué sous le nom d'un assassin.

Miroirs ou cercles de feu, comme au cirque ?

Ou bien, tout simplement, les sept cercles terrifiants de la mémoire humaine ?

L'enfer de la mémoire, tout simplement ?

Il parlait, Ramón Mercader, six ans auparavant, d'une voix fiévreuse, sur la Colline aux Moineaux. Le soir tombait. Moscou était belle, à leurs pieds, dans la brume des fleuves, dans la chaleur de l'été, les cheveux pleins d'étoiles, la taille ceinte par la verdeur des arbres.

Il parlait, sourdement, Ramón Mercader.

Lorsque Lev Davidovitch Trotsky avait été assassiné, le 20 août 1940, Oujakov se trouvait déjà dans un camp, au nord du cercle polaire. La nouvelle lui était parvenue, plusieurs mois après, lors de l'arrivée d'un convoi. La version officielle de cette mort était qu'un militant trotskyste, ayant compris le rôle néfaste joué par Lev Davidovitch au service des impérialistes, avait fait justice de sa propre main. Voilà, c'était tout. Quinze ans plus tard, en arrivant à Moscou, Georgui Nicolaïevitch avait pu apprendre certaines choses, au sujet de cette mort.

Mais Ramón Mercader en parlait, ce jour-là, en 1960, fiévreusement.

Il disait la maison de l'Avenida Viena, il disait le canal de Xochimilco, derrière la maison. Il disait le jardin et les cages à lapins. Il disait l'arrivée de Ramón Mercader, l'imperméable sous le bras, dans les plis duquel il avait caché le pic à glace. Il disait la conversation de Natacha Sedova et de Ramón Mercader, la curieuse attitude de ce dernier. Il disait le grand cri de Lev Davidovitch, dans son bureau, peu après. Il disait les mots de Lev Davidovitch, quand elle était entrée en courant dans le bureau, en même temps que les gardes : « Natacha, je t'aime. »

Ensuite, il ne disait plus rien, Ramón Mercader. Et Georgui Nicolaïevitch murmurait, sans s'en rendre compte : « Natacha, je t'aime. » O la mémoire remplie de mort, bourrée de mort jusqu'à la gueule !

— Je me demande si l'heure de mourir n'est pas venue, avait dit Oujakov, quelques minutes auparavant.

Et Arkadina Grigorievna avait posé une main sur son bras.

Oui, l'heure de mourir. Georgui Nicolaïevitch avait passé la nuit précédente à écrire sa lettre de démission. Non pas que la lettre fût longue, puisqu'il s'était borné en fin de compte à demander qu'on l'autorise à faire valoir ses droits à la retraite, avec des formules parfaitement banales et administratives (mais il n'avait pourtant pas pu s'empêcher de demander, dans un post-scriptum, si ses années de déportation seraient comptées comme des années de service actif, tout en sachant très bien que cette insolente question irriterait profondément le chef de service qui aurait à traiter le cas de sa démission). La lettre, donc, avait été finalement très courte, mais avant d'en arriver là il avait rédigé plusieurs brouillons interminables, où il essayait d'exposer ses opinions, de justifier sa vie, où il revenait également sur la question de Guinsburg. Car, en fait, la vraie raison de sa démission était cette affaire Guinsburg. L'enquête menée par le colonel Piotr Nicanorovitch Kovsky avait conclu à la culpabilité de Guinsburg, dont le suicide à Amsterdam constituait, disaient les conclusions du rapport établi, un aveu indirect, mais irréfutable. Oujakov n'était pas d'accord, bien entendu. Mais il n'avait pas la possibilité de reprendre l'enquête, de faire examiner de nouveau, et sous un autre jour, un certain nombre de faits troublants. Alors, dans l'incapacité de prouver l'innocence de Guinsburg — innocence dont il était persuadé, mais qui impliquait, c'est sûr, la culpabilité de quelqu'un d'autre, ayant fourni aux Américains la possibilité de cette mise en scène — il avait ressenti une sorte de lassitude désespérée. Cette nuit, en rédigeant ces brouillons de lettre, qui n'avaient finalement servi qu'à mettre de l'ordre dans ses pensées, il avait compris qu'il n'y avait plus rien à faire. Pour lui, tout au moins. Il n'avait été toute sa vie — hormis les années passées hors du monde des vivants — qu'un fonctionnaire de la Révolution, un homme d'appareil. Mais la Révolution mettait à présent au premier plan, comme une tâche objective, inéluctable, la liquidation des appareils qui l'avaient d'abord consolidée, dévoyée ensuite, et qui s'y étaient substitués, finalement, devenant une fin en soi : énorme prolifération anarchique de cellules cancéreuses, se nourrissant de la destruction même de la substance historique de la Révolution.

Non, il n'y avait plus rien à faire. Et ce n'était pas seulement une question d'âge, c'était surtout une question d'autorité morale.

— L'heure de mourir est venue depuis longtemps, avait dit Arkadina Grigorievna.

Mais il pensait à une autre mort, Oujakov.

Arkadina Grigorievna se faisait appeler *Inessa,* quarante ans auparavant, quand elle acheminait à travers l'Europe le courrier clandestin du K.I.M., l'Internationale des Jeunesses Communistes. Inessa, brune et vive, aux immenses yeux gris. Tiens! comme la jeune fille de l'autre jour, rue Gorki, le jour précisément où avait commencé l'affaire Guinsburg. Quel jour? Le 15 avril, c'est ça. Inessa, quarante ans auparavant, à Vienne, avait été hébergée, pendant une semaine dans le même appartement que lui. La troisième nuit, on avait frappé légèrement à la porte de sa chambre, et Inessa était entrée. Elle se tenait debout, les cheveux dénoués, le visage lisse. « J'ai remarqué chez vous, Georgui Nicolaïevitch, disait-elle, un mélange de bonnes manières d'autrefois et de puritanisme révolutionnaire. Alors, bien sûr, je fais les premiers pas! » Elle était revenue, trois nuits encore, jusqu'à son départ de Vienne. Trois nuits en quarante ans. Ils s'étaient adressé de brefs billets fiévreux, d'un bout de l'Europe à l'autre, et puis la vie avait fait son cours, séparément, pour chacun d'eux. Mais en revenant à Moscou, en 1955, il l'avait retrouvée, identique, fidèle à la flamme de leur jeunesse, ayant traversé la tourmente immonde de toutes ces années avec le même regard insatiable et gris d'autrefois.

Ils étaient côte à côte, sur le canapé, et par la fenêtre ouverte le Premier Mai ne leur faisait plus parvenir que des pépiements d'oiseaux.

Tout à coup, Arkadina Grigorievna se mettait à parler, d'une voix claire et rythmée,

« Pour le bonheur
cette planète
est encore une piètre demeure.

Dans cette vie
mourir est trop facile,
refaire la vie
est bien autrement dur ! »

Georgui Nicolaïevitch se levait brusquement, agité.

Il s'était souvenu du dernier poème qu'Essénine avait écrit avec son propre sang, juste avant de se pendre, dans une chambre de l'Hôtel d'Angleterre. Il s'était souvenu de ce poème, ce jour d'avril, précisément, lorsqu'il avait marché dans les rues de Moscou. Mais, voyons, Arkadina Grigorievna devait se tromper ! Le poème d'Essénine ne se terminait pas ainsi !

— Permettez, permettez, Arkadina Grigorievna ! Vous vous trompez ! La fin de ce poème est tout autre, je m'en souviens très bien !

Debout, devant elle, agitant les mains comme s'il voulait la convaincre, il récitait à son tour.

« Dans cette vie, mourir n'est pas nouveau,
mais vivre non plus n'est pas grande nouveauté ! »

Ils avaient une discussion confuse.

Finalement, tout rentrait dans l'ordre. Elle n'avait pas récité les derniers vers du poème d'Essénine, mais bien les derniers vers du poème que Maïakovski avait dédié à la mort d'Essénine. Voilà, tout était éclairci, ils riaient.

Comment était-ce, déjà ? « Refaire la vie — est bien autrement dur ! » Oui, bien sûr. De toute façon, il était trop tard.

Arthur Floyd n'était pas à son aise.

Il venait de tendre machinalement sa main droite en arrière, pour essayer d'attraper dans la bibliothèque l'un quelconque des volumes de l'*Encyclopaedia Britannica,* n'importe lequel, au hasard, dont il aurait lu quelques pages, pour tromper son désœuvrement. Il se serait peut-être même contenté de le feuilleter, en contemplant les planches de reproductions en couleurs. Ça le délassait toujours, ça lui permettait de réfléchir, aussi.

Mais sa main droite, machinalement tendue en arrière, n'avait rencontré que la surface lisse du mur. Pas de bibliothèque, pas de *Britannica,* ici.

Depuis qu'ils avaient été obligés de déménager du Herengracht, dont l'adresse avait été livrée aux Russes, pour donner du poids à l'histoire racontée par O'Leary, quinze jours auparavant, Floyd n'avait pas encore pu installer sa bibliothèque — c'est-à-dire, en fait, les vingt-trois volumes de la dernière édition de la *Britannica,* plus le volume contenant l'index et l'atlas, qui composaient toute sa bibliothèque — dans les nouveaux locaux où ils avaient emménagé.

Quelle idée, d'ailleurs, d'avoir choisi un magasin d'antiquités comme couverture ! Les meubles luisants, les tableaux enfumés, les objets biscornus, ça le déprimait, Floyd.

Mais le plus grave était quand même cette impossibilité d'avoir sous la main les volumes de la *Britannica*. Un vrai désastre pour sa vie personnelle.

Il n'était pas à son aise, donc.

Ne pouvant se plonger dans sa lecture préférée — à vrai dire, sa seule et unique lecture — il était bien obligé de réfléchir de nouveau à toute cette histoire Mercader.

Ça n'avait cessé de foirer, depuis le début. Mais aussi, c'était la faute de Washington, qui n'avait livré que par bribes les informations dont ils avaient besoin pour travailler. Ils avaient été téléguidés dans la brume la plus épaisse, se trouvant désemparés à chaque incident imprévu. Non, quelle histoire ! George Kanin qui laissait filer ce Felipe de Hoyos, le marin espagnol qui était certainement un agent de liaison du K.G.B. et ce salaud allait se fourrer dans les pattes de la police hollandaise, alertant ainsi les services de Schilthuis. Un emmerdeur de première classe, Schilthuis ! Et puis, Herbert Hentoff qui avait pris directement en filature le Russe, alors que les instructions étaient parfaitement précises : ne jamais donner à Mercader la possibilité de se trouver en face de Hentoff, qu'il aurait immédiatement reconnu. Bon, Hentoff s'était fait avoir, tant pis pour lui ! On ne le pleurerait pas, mais c'est lui, Floyd, qui paierait les pots cassés. Le Centre allait sévir, c'était prévisible.

Pourtant, à la fin, tout avait l'air de s'être arrangé. Ils avaient rattrapé Mercader à Zurich, l'histoire du suicide était passée comme une lettre à la poste. O'Leary avait été parfait, de son côté. Il avait tenu son rôle à la perfection. (Il ne devait pas s'amuser, O'Leary, aujourd'hui. Un Premier Mai à

Prague, dans la situation où il était, ça ne devait pas être drôle. Si les Russes attrapaient la perche qu'on leur avait tendue, s'ils acceptaient qu'O'Leary devienne un agent double, dans l'espoir peut-être d'arriver à le retourner complètement, on jouerait le jeu un certain temps, et puis, d'un seul coup, on ferait disparaître O'Leary, pour le tirer de leurs pattes. Mais ils pouvaient tout aussi bien décider de l'embarquer, pour essayer de le faire parler. Il y aurait un procès secret et on échangerait O'Leary, deux ou trois ans plus tard, contre quelque agent soviétique tombé entre nos mains. De toute façon, O'Leary était grillé pour le travail opérationnel. Il finirait dans un bureau, peut-être même avec la *Britannica* à portée de la main. Pourquoi pas ?)

Tout avait l'air de s'être arrangé, à la fin. Il y avait bien eu cet accident de Cabuérniga. Quels imbéciles avaient-ils pu choisir à Madrid pour cette mission ? Floyd ne les connaissait pas. Mais le fait est qu'ils s'étaient tellement bien débrouillés pour effrayer la femme de Mercader, que celle-ci avait fui, comme une folle. Sur la route de Santander, sa voiture avait heurté, à pleine vitesse, des pierres qu'une averse récente avait fait dégringoler de la montagne. Elle n'avait pu maîtriser sa voiture et elle s'était tuée sur le coup. (Bon, encore une mort. Hentoff, Mercader, Inés Alvarado : ça faisait trois morts.) Les papiers que Mercader lui avait demandé de brûler, par son télégramme de Zurich, n'avaient pu être retrouvés. C'était un point noir, certes. Il aurait mieux valu en avoir le cœur net. Mais enfin, il est possible que ces papiers restent à tout jamais dans la cachette où ils avaient dû être planqués. D'ailleurs, la femme de Mercader n'était peut-être pas du tout dans le coup. Ce n'était qu'une hypothèse. Les papiers que son mari lui demandait de brûler (« BRÛLE MA DERNIÈRE LETTRE JE

T'AIME RAMÓN », c'est ainsi qu'était libellé le télégramme envoyé de Zurich), ces papiers étaient peut-être d'ordre strictement privé. Ces gens-là étaient mariés, ils avaient une vie personnelle, quand même. En tout cas, pendant le mois où le Russe avait été surveillé, en Espagne, avant ce voyage à Amsterdam, pas un indice, pas le moindre petit fait ne semblait mettre en question sa femme. Non, vraiment, les deux types envoyés par les bureaux de Madrid avaient été au-dessous de tout.

Ainsi, en fin de compte, le bilan s'établissait avec précision. Mercader avait été neutralisé, et l'informateur au sein de l'État-Major du K.G.B., cet inconnu auquel Washington tenait tellement, semblait préservé. Mais, par contre, Hentoff était mort, Kanin, O'Leary, Bryant étaient brûlés. Le local du Herengracht était inutilisable. C'était payer un prix très lourd pour en revenir exactement à la situation de départ. Car le réseau de Mercader était toujours intact. Un prix très lourd, oui, mais c'est Washington qui en avait décidé ainsi. Il s'en lavait les mains, Floyd.

Mais ce bilan, c'est hier qu'on pouvait le faire. Depuis hier, il y avait deux faits nouveaux et la préoccupation de Floyd avait resurgi. On n'en finirait pas, avec cette affaire merdeuse !

Hier, Floyd avait appris que le Hollandais, Schilthuis, avait réussi à retrouver la trace de Mercader, de Schiphol à Zurich. Les Hollandais remettaient en cause la thèse du suicide et ils exigeaient des explications. Bon, ce n'était pas encore trop grave. On leur donnerait des explications au niveau diplomatique, l'affaire serait étouffée. Peut-être faudrait-il jeter à Schilthuis quelque os à ronger. Pas trop grave.

Mais la deuxième nouvelle parvenue hier était bien plus inquiétante. Il semblait s'avérer que le réseau de Kanin en Allemagne de l'Est était depuis longtemps infiltré, en partie retourné. C'est l'incident de Kanin à la Pinacothèque de Dresde qui avait mis sur la piste de certaine anomalies et l'enquête postérieure avait établi avec certitude la nature de l'opération montée patiemment, depuis des mois, par le contre-espionnage est-allemand. Mais le plus terrible était que, selon toutes les indications qu'on avait réussi à rassembler et recouper, une équipe de la R.D.A. semblait avoir suivi Kanin jusqu'à Amsterdam. Qu'y avaient-ils découvert ? Toutes les hypothèses étaient permises, y compris les plus pessimistes.

Depuis hier, le succès final de cette opération *Humpty-Dumpty* semblait remis en question. Notre informateur au K.G.B. allait peut-être bien sauter, malgré le prix payé pour le préserver.

Dérisoire, totalement dérisoire !

Arthur Floyd avait envie de boire. Il appuyait sur une sonnette, mais se souvenait aussitôt que c'était le Premier Mai. Tout le monde était en congé, il n'y avait même pas la permanence habituelle des dimanches. Il était seul, avec les meubles luisants, les objets biscornus, les tableaux enfumés. Une chierie, ce Premier Mai. Et l'affaire Mercader, donc !

Piotr Nicanorovitch regardait sa montre. Il n'était pas loin de dix-huit heures.

Il allumait une cigarette, pour essayer de dominer son exaspération. Enfermés là, depuis neuf heures du matin ! Une affaire parfaitement claire, qui aurait dû être réglée en une heure. Deux heures, au maximum, si on avait voulu prendre son temps, entrer dans les détails. Le dossier qu'il avait sur Guinsburg était pourtant irréfutable. C'est bien rare de disposer d'un dossier aussi net et accablant. Des photos, des témoignages, des précisions sur la chronologie de l'affaire. Du point de vue psychologique, en outre, une évidence : le suicide de Guinsburg, à la fin, ne venait-il pas confirmer tous les soupçons ? C'était le sursaut d'un traître, au moment de consommer sa trahison. Un acte ignoble et lâche pour échapper à la justice de son pays !

En une heure ou deux, elle aurait dû être réglée, cette affaire.

L'Allemand aurait dû comprendre aussitôt qu'il s'était laissé abuser par des apparences. Il avait cru voir les Américains aux trousses de Guinsburg, alors qu'ils étaient déjà complices, parce que, précisément, les Américains avaient très bien goupillé toute l'affaire, pour ne pas éveiller les soupçons du contre-espionnage soviétique. Enfin, à la vue du dossier — dont on lui avait expliqué les grandes lignes — l'Allemand aurait dû reconnaître qu'il avait *mal* vu les choses qu'il avait vues, à Amsterdam. Il avait fait preuve de subjectivisme, voilà tout.

Mais l'Allemand avait tout simplement rejeté en bloc la version de l'affaire qu'on lui présentait, et il avait exigé qu'on reprenne l'analyse, point par point, de tous les faits qu'il prétendait avoir établis lors de sa mission à Amsterdam. Bien entendu, on n'aurait pas dû admettre cette insolence. Pour qui il se prenait, ce type ? Qu'est-ce que c'était que son faux pays de merde, combien de temps aurait-il tenu en face de l'Ouest, s'ils n'avaient pas été là, eux, avec leurs divisions blindées, leurs conseils fraternels, leur aide désintéressée ? Il aurait fallu lui river son clou, à cet Allemand. Mais Piotr Nicanorovitch n'avait pas été soutenu par ses collègues. Le type du parti, il est vrai, n'était qu'un sinistre con. L'Allemand l'avait interrompu, deux ou trois fois, alors qu'il se lançait dans des discours oiseux, et le type du parti en avait été tout décontenancé. Il fermait sa gueule, depuis, il laissait faire. Quant au Manchot, son jeu n'était pas clair. Parfois, Piotr Nicanorovitch avait même eu l'impression qu'il poussait plutôt l'Allemand à vider son sac.

Alors, il avait bien essayé, lui, tout seul, d'arrêter le numéro de cet Allemand. Mais lorsqu'il avait parlé de « subjectivisme », l'Allemand avait explosé d'un rire énorme, dément. Il se rejetait en arrière dans son fauteuil, il riait comme un fou. Ensuite, il s'était penché en avant, il avait tapé du poing sur la table et il avait dit qu'il n'avait pas envie de plaisanter. « Nous sommes tous des adultes, avait-il dit. Parlons sérieusement. »

C'était insensé, mais il avait fallu encaisser tout

cela. Ni le Manchot ni le con du parti ne l'avaient soutenu.

Et maintenant, il n'était pas loin de dix-huit heures. La journée avait passé.

L'Allemand avait fait venir des témoins, pour confirmer ses dires, sa version de l'affaire. Il avait fallu les écouter, pendant des heures. Des faits nouveaux étaient apparus, troublants. Franchement désagréables. Piotr Nicanorovitch avait bien vu que ses deux collègues s'étaient laissé impressionner, qu'ils commençaient à tout remettre en question.

Maintenant, il était près de dix-huit heures. On venait de leur apporter de nouveau du café, des cigarettes et des boissons fraîches. La discussion était interrompue.

Piotr Nicanorovitch se demandait comment remonter le courant, comment les obliger à revenir à son dossier de l'affaire Guinsburg. C'était pourtant un dossier irréfutable, en principe. Mais, au fil des heures, des témoignages, des détails nouveaux, on aurait dit que le dossier s'était amenuisé, effiloché, qu'il avait perdu son éclatante puissance de conviction.

Un vrai désastre.

Il remuait la cuiller dans sa tasse de café.

Il remuait la cuiller dans sa tasse de café.

Une sourde migraine envahissait sa nuque, remontant sur le haut du crâne, poussant déjà des pointes d'élancement vers les tempes.

Walter Wetter se massait la nuque. Il fallait tenir, encore. Il attendait que se termine la pause établie dans la réunion par le départ de Herbert Wettlich et l'arrivée du serveur en veste blanche, porteur de café chaud et d'orangeade fraîche.

Ensuite, il passerait à l'offensive. Il avait une idée.

Walter Wetter regardait sa montre. Bientôt dix-huit heures. Où était Rudy, à cette heure-ci ? Avait-il l'intention de rester à Berlin-Ouest, ou bien gagnerait-il la République fédérale, pour s'y installer dans quelque ville universitaire ? Il ne lui avait pas posé de question, cette nuit. Il fallait que Rudy lui fasse confiance, entièrement, qu'il comprenne que son père le laissait libre de mener sa vie, désormais. Non, il n'avait posé aucune question. Mais il aimerait bien savoir où était Rudy, à cette heure-ci.

Bientôt dix-huit heures.

Il récapitulait cette journée, en se massant lentement la nuque. Bien. Il avait fallu établir d'abord que l'Espagnol ne pouvait pas être en cheville avec les types de la C.I.A., mais qu'il était, au contraire, surveillé par eux comme un ennemi dangereux. Il avait exposé, brièvement, l'ensemble des données. Ensuite, il avait fait convoquer Klaus Kaminsky et Hans Menzel. Bien sûr, ni Kaminsky ni Menzel ne connaissaient le dossier des Russes. Ils ne savaient donc pas que ceux-ci croyaient à la trahison de Mercader (une ou deux fois, les Russes, à tour de rôle, avaient trébuché sur ce nom ; c'est-à-dire, l'un d'entre eux avait commencé à dire un autre nom, qui demeurait indistinct, aussitôt étouffé par l'énonciation, claire et soulignée, de ce nom de Mercader ; ça l'avait frappé ; mais il n'avait pas eu le temps de rêver là-dessus). Ainsi, ni Kaminsky ni Menzel n'avaient été impressionnés par ces deux colonels du K.G.B. Ils avaient pensé à une simple réunion de routine. Ils avaient été parfaits, oui, parfaits. On aurait cru y être. Ils avaient démonté tout le mécanisme de la surveillance de la C.I.A., minutieusement. Le système des filatures et des relais, le nombre des voitures utilisées. Chacun des Américains et des Hollandais de l'équipe locale avait été décrit : son visage, ses vêtements, ses méthodes de travail. On pouvait faire confiance à la mémoire de Kaminsky et au goût maniaque de la précision de Menzel. Leur double rapport avait été un chef-d'œuvre du genre. On croyait y être, vraiment. Les Russes avaient été décontenancés, c'était visible. Lorsque Kaminsky a expliqué comment fonctionnait le système d'écoute dans la chambre d'hôtel de Mercader, où il s'était introduit pendant que ce dernier emmenait derrière lui l'équipe de la C.I.A. — c'était Kanin qui en était responsable, ce jour-là — jusqu'au Mauritshuis de La Haye, Walter Wetter avait surpris le regard du plus vieux des deux colonels, celui auquel manquait le bras gauche. C'était un regard pensif, aux aguets, remettant en question les vérités établies.

Ensuite, une fois Menzel et Kaminsky partis, il y avait eu une sorte d'altercation confuse. L'autre colonel, celui qui avait une bouche molle, avait parlé de « subjectivisme ». Walter Wetter n'avait pu s'empêcher de rire. Il avait même tapé sur la table. Ce n'était pas sérieux, camarades ! Le colonel du K.G.B. était revenu à la charge. Ils avaient la preuve, disait-il, que Mercader (et c'est à ce moment-là qu'il avait, pour la première fois, trébuché sur ce nom) que Mercader avait eu des conversations avec l'un des types de la C.I.A., en Hollande. « Quel genre de preuves ? », avait crié Walter Wetter, « des enregistrements ? » Non, ce n'étaient pas des enregistrements, c'étaient des photos. « Des photos parlantes, alors ? », avait dit Wetter, en essayant d'être le plus blessant possible. Finalement, le vieux colonel était intervenu. Il avait demandé d'une voix sèche que l'on cesse de crier et que l'on montre au camarade allemand — au camarade Walter Wetter, avait-il précisé, avec un regard vers lui — qu'on lui montre la photo en question. Il y avait eu des chuchotements, entre les Russes, mais on lui avait montré cette photo, finalement.

Alors, Wetter avait fait revenir Hans Menzel.

Menzel avait regardé la photo, longuement. Aucun muscle de son visage ne bougeait. Ensuite, il a posé la photo sur le tapis vert de la table, et il a parlé, de sa voix précise, revenant autant de fois que nécessaire sur un fait, un détail, jusqu'au moment où ce fait ou détail eût été analysé sous tous les angles, placé dans la lumière éclatante d'une vision aiguë, tatillonne. Oui, disait-il, cette photo avait été faite le 14 avril 1966, entre onze heures et onze heures et demie, dans l'une des salles du Mauritshuis, à La Haye. Le tableau que l'on distinguait sur le mur du fond était *Le Chardonneret,* de Carel Fabritius. Une très belle toile, par ailleurs, camarades, avait ajouté Hans Menzel, avec un sourire chaleureux adressé aux Russes, comme s'il était certain que les Russes ne pouvaient que partager son enthousiasme devant une œuvre d'art de cette qualité. Les deux visages visibles au premier plan, avait poursuivi Menzel, étaient ceux de Mercader et de Kanin, le type de la C.I.A. qu'ils filaient depuis Dresde. Avant, Mercader s'était immobilisé très longtemps devant un tableau de la salle voisine, la *Vue de Delft* de Vermeer. Et Menzel avait de nouveau adressé aux Russes un juvénile sourire ravi, mais sans ajouter de commentaire, cette fois, la célébrité de la toile en question étant suffisante pour qu'il n'eût pas à en vanter les mérites devant les camarades soviétiques. Après cette longue contemplation solitaire, Mercader s'était brusquement levé, à l'arrivée d'un groupe de Français — il lui semblait, tout au moins, que le couple et l'enfant, de onze ans environ, qui s'étaient approchés de la *Vue de Delft,* provoquant ainsi le départ de Mercader, peut-être incommodé par leur présence intempestive, que ces nouveaux arrivés avaient échangé quelques phrases en français — et il avait gagné la salle voisine, celle du *Chardonneret.* Pendant tout ce temps, poursuivait Menzel, ce n'est pas Kanin qui assurait la surveillance. George Kanin était resté dehors, dans une voiture. A l'intérieur du Mauritshuis, la surveillance de Mercader était assurée par deux membres de l'équipe locale, deux Hollandais. « Bien, disait Menzel, nous en étions là, un peu après onze heures. Mercader avait regardé ce tableau, *Le Chardonneret* de Carel Fabritius. Puis, il s'est retourné, il a commencé à s'éloigner. A ce moment précis, Kanin est entré dans la salle. Il a regardé autour de lui et il a marché tout droit vers Mercader, qui commençait à traverser la salle, en diagonale. L'un des Hollandais de l'équipe de la C.I.A. a bougé aussi, plus loin, le long du mur opposé. Et le deuxième Hollandais était à la porte de la salle, au milieu d'un groupe d'arrivants. L'allure de Kanin était tellement décidée, les manœuvres des deux autres tellement suspectes, que je me suis dit : ça y est, ils vont épingler l'Espagnol ! ils vont l'embarquer ! Je me demandais ce qu'il fallait faire, dans ce cas, s'il fallait que j'intervienne, que je provoque du scandale, pour empêcher les Américains d'enlever Mercader. Je me demandais ce que Walter m'aurait ordonné de faire, dans un cas pareil. Mais Kanin était déjà tout près de Mercader, ils allaient se croiser, se frôler presque. Kanin a ralenti sa marche. Alors, je me suis dit qu'il allait tout simplement descendre Mercader et que les deux autres étaient placés de la sorte pour protéger sa fuite, après. Cette idée m'a traversé l'esprit, comme un éclair. Mais non, Kanin restait immobile, une fraction de seconde, au moment où Mercader arrivait à sa hauteur. Et puis, c'était fini, Mercader était passé, se dirigeant vers un énorme tableau accroché de l'autre côté de la salle, et Kanin repartait aussitôt, sans même un coup d'œil sur *Le Chardonneret,* qui était pourtant devant ses yeux, à deux mètres de distance, à peine. » A ce moment du récit de Menzel, le plus jeune des colonels du K.G.B. avait laissé exploser sa colère. Qu'est-ce que c'était que cette histoire ? Il avait mal vu, sans doute ! Kanin et Mercader avaient sûrement eu une conversation, voyons ! La photo le prouvait bien ! Mais Hans Menzel ne s'était pas laissé démonter. Il reprenait le récit de cet instant précis où Kanin et Mercader s'étaient croisés, dans la salle du *Chardonneret,* entre onze heures et onze heures et demie, le 14 avril, et il affirmait que pas un mot n'avait été échangé. Le deuxième colonel, le Manchot, demandait alors à Hans comment il pouvait être aussi catégorique. « Mais parce que j'étais ici », répondait Menzel, en indiquant un endroit sur la photo. Tout le monde se penchait sur la photo, alors. Les trois Russes, Walter Wetter aussi. Ils se levaient tous de leurs sièges et ils venaient se pencher sur la table. A gauche des deux profils de Kanin et de Mercader, situés au premier plan, on pouvait voir un groupe, se déplaçant devant la lumière d'une croisée. Le doigt de Menzel était pointé sur le visage d'un homme, légèrement détaché du groupe, le regard tourné vers Kanin et Mercader. « Me voilà », disait Menzel. Et c'était bien lui, en effet, il n'y avait pas de doute possible. « Vous voyez, disait Menzel, j'étais là, à peine à deux mètres de distance. N'oubliez pas, camarade colonel, que personne ne fait de bruit, personne n'élève la voix, dans un musée hollandais. C'est vraiment agréable, ce silence respectueux. Alors, j'aurais entendu, s'ils avaient parlé. Et, de toute façon, cette hypothèse est absurde : ils ne sont restés à la même hauteur qu'une fraction de seconde. » Tout le monde se rasseyait. Il y avait du silence, qui pesait lourdement. Le jeune colonel du K.G.B. était devenu blanc. L'autre colonel demandait, un peu plus tard. « Mais alors, cette photo ? Que signifie-t-elle ? » Il semblait se poser la question à lui-même, mais Hans Menzel y répondait aussitôt. « Elle ne signifie rien, camarade colonel. Elle ne reflète absolument pas la réalité de ce qui s'est passé. C'est-à-dire, si on savait qui l'a faite, on pourrait peut-être deviner pourquoi elle a été faite. » Le vieux colonel hochait la tête. « On sait qui l'a faite, disait-il, c'est la C.I.A. qui l'a faite. » Hans Menzel en restait bouche bée. « La C.I.A. ? Mais pourquoi ? Ça n'a pas de sens ! » Hans reprenait la photo, la contemplait. « Mais alors, disait-il, Kanin serait entré dans cette salle, uniquement pour se faire photographier près de Mercader ? Ça n'a pas de sens ! » Brusquement, Walter Wetter levait les yeux et il croisait le regard du vieux colonel. Une lueur brusque s'y était allumée. Ça n'avait pas de sens ? Mais si, peut-être que cela avait un sens. Ils pensaient tous les deux à la même chose, c'était visible. Ils baissaient les yeux, tous les deux, aussitôt, comme s'ils avaient voulu cacher, masquer encore, l'aveuglante vérité qui semblait poindre, confusément, quelque part.

Walter Wetter se massait doucement la nuque.

Il n'était pas loin de dix-huit heures.

Il se rappelait la colère qui l'avait envahi, la brusque bouffée de colère angoissée, désespérée, lorsque les Russes lui avaient annoncé la mort de Mercader. Un suicide ? Allons donc ! Il criait que c'était absurde, que c'était monstrueux. Comment ? Mercader aurait tué un homme, il aurait pris les risques de ce voyage à Zurich, pour revenir ensuite se suicider, tout bêtement, dans sa chambre d'hôtel ? C'était grotesque, leur histoire. Mais les trois Russes se mettaient à parler, tous ensemble, agités. Tuer un homme ? Quel homme ? Et quel voyage à Zurich ? Bien sûr, ils ne savaient pas. On s'était contenté d'envoyer au K.G.B. une brève communication, signalant la présence à Amsterdam de ce Mercader, apparemment surveillé par la C.I.A. Comme ce type avait vécu en U.R.S.S., et comme les Américains avaient l'air de s'intéresser particulièrement à lui, on avait signalé le fait au K.G.B. C'était la moindre des choses. Mais la communication n'entrait pas dans les détails et les péripéties de cette affaire, bien sûr. Les Russes ignoraient donc la mort de Hentoff et le voyage clandestin de Mercader à Zurich.

Walter Wetter avait fait revenir Klaus Kaminsky. Celui-ci avait raconté — et il y avait dans sa voix un accent d'admiration aisément perceptible — comment Mercader avait entraîné Hentoff dans un lieu désert et comment il l'avait maîtrisé, avant de l'embarquer dans la propre voiture de l'Américain. Un coup d'une audace folle, à quelques dizaines de mètres du quartier chaud du port, avec tous les types de l'équipe de la C.I.A. rôdant dans les environs.

Kaminsky était reparti.

Walter Wetter avait alors raconté lui-même le départ clandestin de Mercader, pour Zurich. Mercader était dans une cabine téléphonique, juste au moment où l'hôtesse annonçait l'embarquement immédiat pour Zurich. Il faisait des gestes, il riait. Il avait l'air heureux. Comme si l'idée d'avoir réussi à arracher aux Américains quelques heures de liberté le remplissait de joie. Et c'est cet homme-là qui serait revenu se suicider, douze heures plus tard ? Ça ne tenait pas debout, voyons ! C'était un coup monté.

Alors, pour apporter une touche finale à ce portrait de l'Espagnol, qui ne ressemblait pas du tout à celui d'un traître, Walter Wetter avait demandé qu'on fasse venir Wettlich. Ça avait mis un certain temps, mais on avait finalement réussi à mettre la main sur Herbert. Celui-ci racontait : ses entrevues avec Mercader, le message de Wetter qu'il lui avait fait parvenir. Les Russes lui demandaient de répéter la réponse de Mercader. Bien, d'accord, il répétait : « Dites-lui que les Américains sont après moi, que je ne sais pas si je m'en sortirai. Et surtout, qu'il se souvienne bien de tous les détails de cette affaire dont il aura eu connaissance, qu'il s'en souvienne. » Herbert Wettlich avait répété ces mots d'une voix calme, en détachant clairement les syllabes. Il y avait eu un long silence, ensuite, comme si chacun essayait d'explorer le sens de ce dernier message de Mercader, par-delà la mort. Le plus jeune des colonels du K.G.B. avait l'air accablé. Toute sa combativité hargneuse semblait l'avoir abandonné.

Maintenant, il était près de dix-huit heures. Herbert Wettlich venait de partir.

Walter Wetter songeait à ce qui lui restait à faire, désormais. Il fallait trouver une explication logique aux contradictions entre la réalité qu'ils avaient vécue à Amsterdam, Klaus Kaminsky, Hans Menzel, Herbert Wettlich et lui, et la version de cette réalité qu'on avait fournie aux Russes. Cette version provenait de la C.I.A. elle-même, n'est-ce pas ? Ainsi, il n'y avait plus qu'une explication possible. La C.I.A. essayait de protéger quelqu'un, au K.G.B. même. Quelqu'un d'assez haut placé pour balancer Mercader et un certain nombre de détails concernant son travail. Voilà ce qu'il devait dire aux

Russes, maintenant. C'était la seule hypothèse qui permît de trouver une explication cohérente à ce tissu de contradictions. Pourtant, ce n'était pas facile de dire cela aux Russes. C'était une accusation grave, et qu'il ne pourrait jamais prouver matériellement, mais seulement déduire, comme une conclusion logique, de l'analyse des faits connus. Comment les Russes allaient-ils réagir ? Ils n'aimaient pas qu'on leur donne des leçons, les Russes. Tant pis, il n'y avait pas d'autre issue.

Walter Wetter s'essuyait le front, il transpirait légèrement.

On allait faire une enquête sur son passé, si les Russes réagissaient mal. Bon, une enquête. Et Rudy, qui venait de passer à l'Ouest. Walter Wetter transpirait légèrement. Comme une bouffée de chaleur moite, la tentation montait en lui de laisser courir. Qu'ils se débrouillent, en fin de compte ! Mais non, il parlerait. Il n'y avait rien d'autre à faire.

C'était étrange, quand même, de se battre ainsi pour un cadavre qui avait porté le nom de Ramón Mercader.

Ramón Mercader ? Insensé, quand même !

Il n'avait rien prémédité.

Ce matin, au réveil, il s'était souvenu que c'était le Premier Mai. La fête du travail, en l'honneur de saint Joseph l'Artisan. Bon, une journée vide. Il n'avait pourtant rien à faire, aujourd'hui, étant en congé. Mais que ce fût doublement fête le remplissait d'une sorte de malaise, d'un ennui morne. Il avait erré dans l'appartement. Sa valise n'était pas encore défaite, il n'avait quitté le cargo que la veille. Pour tromper son désœuvrement, il avait commencé à ranger ses affaires.

Alors, le disque était apparu entre ses mains.

*Souliko,* c'est vrai !

Il regardait le disque, son cœur battait. Lorsque le cargo avait fait escale à Szczecin, il avait erré à la recherche de cette chanson. Il avait fini par en trouver un vieil enregistrement en 78 tours, chez une sorte de brocanteur, dans le vieux quartier. Le disque était rayé, mais tant pis. *Souliko,* quand même !

Il regardait le disque, apparu dans le désordre de sa valise, caché entre deux chandails de laine, pour qu'il ne se casse pas.

L'homme avait tourné la tête, le visage défait, en l'entendant chanter *Souliko.* L'homme lui avait parlé en russe et il avait répondu dans la même langue, machinalement. Ramón Mercader, sa famille avait une maison, près de Cabuérniga. Il était arrivé en Russie en 1937, avec les enfants évacués. Lui-même avait été fait prisonnier sur le Volkov, en 1942. Et ils étaient rentrés presque en même temps. En 1956, à l'automne. Lui, avec le *Semiramis,* Mercader avec le bateau suivant. Ils s'étaient mis à boire ensemble, dans le bistrot espagnol d'Amsterdam. L'autre lui avait dit que la dernière fois qu'il avait entendu chanter *Souliko,* c'était au Caucase, près de Sotchi (mais Guinsburg n'avait pas dit toute la vérité, ce soir-là, dans le bistrot d'Amsterdam. Il n'avait pas dit, bien sûr, que cela se passait en 1960. Il lui avait parlé de Sotchi, d'une excursion au lac Ritsa, de cette jeune fille qui chantait *Souliko,* mais il n'avait pas dit toute la vérité, bien sûr).

Après, cette folle nuit. Son enlèvement sur le Nieuwmarkt, les Américains qui avaient attendu longtemps un certain Herbert. Et son passage à tabac, pour lui faire dire des choses qu'il ignorait totalement. On avait dû le prendre pour quelqu'un d'autre. Mais il avait réussi à s'enfuir, et il était assez satisfait de ce souvenir-là. Ensuite, la police hollandaise et le surlendemain matin on l'avait conduit dans un hôtel, pour identifier le cadavre de cet homme. Oui, Ramón Mercader, sans aucun doute.

Felipe de Hoyos frissonnait.

Il tenait à la main le disque où était enregistrée, sur l'une des faces, la chanson de *Souliko,* et il frissonnait.

Aussitôt, sa décision était prise. Il emportait le disque, il descendait prendre sa voiture — une vieille Seat achetée d'occasion l'année dernière —

et il s'engageait sur la route qui menait à Cabuérniga.

Il n'avait rien prémédité, en somme. C'était une sorte d'impulsion. Cet homme lui avait expliqué où se trouvait la maison de sa famille, à Cabuérniga, et il éprouvait le besoin d'y aller jeter un coup d'œil. De toute façon, c'était le Premier Mai, il n'avait rien de mieux à faire.

Maintenant, il vivait dans le cauchemar de ce souvenir réapparu. Il lui avait semblé, tout d'abord, et sans s'en inquiéter, que le paysage lui était curieusement familier. C'est-à-dire, il ne lui semblait pas retrouver le souvenir d'un paysage réel, qu'il aurait déjà contemplé, peut-être il y a longtemps, qu'il aurait oublié par la suite, et qui, aujourd'hui, en réapparaissant devant ses yeux, aurait évoqué une réalité, provisoirement effacée, mais rassurante, dans la plénitude verdoyante de sa présence indiscutable. Non, ce paysage lui était familier comme le sont certains rêves. Il n'entrait pas, sur la route de Cabuérniga, dans l'épaisseur rayonnante et tranquille d'une mémoire revenue, mais dans la transparence indéfinie du rêve. C'était une sensation curieuse, mais dépourvue d'inquiétude. Pourtant, juste avant d'entrer dans le village, il avait freiné brusquement. Son cœur s'était mis à battre, douloureusement. Le cauchemar de ce souvenir l'avait envahi, à nouveau.

Il voyait le mur du vieux cimetière, éclairé par la lumière d'un soleil pâle. Il reconnaissait ce mur, ce cimetière, ces arbres. Le vieil homme en complet foncé s'était dressé ici, dans la lumière des phares. Il avait laissé la voiture sur le bord de la route, il avait longé le mur du cimetière, jusqu'à la porte d'entrée. Oui, sans doute, c'était ici. Alors, saisi d'un étrange pressentiment, il avait franchi la porte du vieux cimetière, sous la lumière pâle de ce soleil montagnard.

Les trois tombes s'alignaient côte à côte, dans l'herbe du grand sommeil. Sur celle de gauche on pouvait lire SONSOLES AVENDAÑO DE MERCADER, et la date, au-dessous, 17 juillet 1936. Sur celle du milieu on pouvait lire JOSÉ MARÍA MERCADER Y BULNES, et la date, au-dessous, 5 septembre 1937. Et sur la tombe de droite on pouvait lire deux noms, RAMÓN MERCADER AVENDAÑO-INÉS ALVARADO DE MERCADER, et la date, au-dessous, 16 avril 1966.

Non, ce n'était pas pensable, ça ne pouvait être qu'une coïncidence.

Il avait repris la voiture, il avait traversé le village, apparemment désert. Plus loin, il avait tourné à droite, et aussitôt à gauche, après la fontaine sous les ormes. Mais il ne savait plus du tout s'il suivait les indications que lui avait données cet homme, dans le bistrot espagnol d'Amsterdam, ou s'il retrouvait d'instinct la route qu'il avait déjà parcourue, à la tombée de la nuit, un jour de septembre d'il y avait trente ans, près de trente ans. Il avait longé le mur de la propriété, il avait trouvé la grille ouverte, et la longue allée de châtaigniers, et son souvenir était à présent d'une précision féroce.

Ils avaient roulé comme des fous, en cahotant, dans cette allée de châtaigniers, et les canons des fusils dépassaient à travers les vitres baissées des voitures. Le vieil homme les attendait — mais non ! il n'était pas tellement vieux ; il avait des cheveux gris, un air las, mais il n'était pas tellement vieux — le vieil homme les attendait, sur la véranda de sa maison.

Felipe de Hoyos débouchait de l'allée de châtaigniers. Il voyait la véranda, sous le soleil pâle du Premier Mai.

Adela Mercader, immobile, contemplait le tableau.

Elle était venue s'asseoir dans ce fauteuil, une heure auparavant. Le regard vague, perdu dans le vague. Vide, perdu dans le vide. Les mains croisées, ballantes, comme des branches mortes, des mouettes abattues. Totalement inhabitée, creusée de l'intérieur, comme un caveau. Assise, immobile.

Son regard avait glissé sur le tableau, accroché là depuis des dizaines d'années. Le regard avait glissé sur cet objet tellement habituel qu'il en devenait invisible. Ensuite, les deux mots aperçus, machinalement lus, avaient retenu son regard, l'avaient de nouveau ramené vers la toile. LA PRIMAVERA. Quoi, pourquoi ? LA PRIMAVERA. C'est ça, le printemps.

Elle avait senti fondre dans sa poitrine ce caillot de sang noir et glacé, de sang boueux. LA PRIMAVERA. Ça n'avait aucun rapport. Mais son regard s'était animé, revenu sur ce tableau, le voyant vraiment, pour la première fois peut-être, depuis des années, des siècles, depuis l'invention même de la mort, de la mémoire, du rêve.

LA PRIMAVERA.

On voyait une rue pavée. A droite, la rue était bordée par un édifice à un seul étage. Au rez-de-chaussée — et on ne pouvait vraiment pas mieux dire, cette expression souvent toute faite s'appliquant ici très strictement à la situation de ce magasin, dont les portes donnaient directement sur le pavé de la chaussée, la rue n'ayant pas de trottoirs, à cet endroit — au rez-de-chaussée, donc, de cet édifice, un magasin de confection et de colifichets. Le mur extérieur, les embrasures des portes, l'encadrement des fenêtres, tout était peint dans une couleur d'un brun foncé. Au-dessus du magasin, sur toute sa longueur, le nom : LA PRIMAVERA. Les magasins du Printemps, en somme. A l'étage — le seul étage de l'édifice — des balcons en fer forgé, et sur l'un de ces balcons, deux personnages, contemplant la rue, déserte à cette heure. Deux personnages, dont l'un portait une barbe épaisse et bien soignée, apparemment. Dans l'embrasure de l'une des portes des magasins du Printemps, on voyait la silhouette de quelque commis, peut-être désœuvré. Au premier plan, sur la droite, un jeune garçon, planté là comme un piquet, et portant sur la tête un chapeau typique de ce pays, dont le nom était indiqué sur une plaque de cuivre, gravée, et vissée sur le cadre de la toile : MEXICO. Plus loin, la rue débouchait dans une place, qu'on pouvait supposer vaste, mais dont on ne voyait que les cimes feuillues des arbres dépassant au-dessus de la façade de l'édifice des magasins du Printemps. Les arbres, et aussi les coupoles d'un bâtiment, peut-être religieux, ou alors administratif, qui fermait certainement la place, de l'autre côté. On voyait également les deux tours, dissymétriques, d'une église de style baroque-jésuite, dressées là, sur la droite de cette place dont on pouvait supposer l'étendue, comme pour témoigner de la longue présence, pesante, dans ce pays, des envoyés spirituels de la monarchie espagnole. Et à l'entrée de la place, deux fiacres — ou peut-être étaient-ce des calèches de maître — à l'ombre des arbres.

LA PRIMAVERA.

C'était bien vrai. Il y avait une lumière de printemps, dorée, bleutée, sous le ciel où glissaient quelques nuages légers, floconneux. Le printemps, sans doute.

Adela Mercader voyait ce tableau, pour la première fois depuis de longues années. C'était un souvenir de l'oncle Luis, personnage fantasque, dont on chuchotait dans la famille des anecdotes et des aventures assez romanesques. L'oncle Luis avait vécu la plupart du temps aux Indes, comme on disait encore, lorsque Adela Mercader était une enfant, pour parler des Amériques. Il y avait gagné et perdu des fortunes, dans des entreprises confuses — c'est-à-dire, voilées par une ignorance soigneusement entretenue dans la famille — mais qui ne semblaient pas avoir été de tout repos, ni de tout bien tout honneur. A une époque, même — et Adela Mercader en gardait un souvenir très précis, l'importance scandaleuse de l'événement ayant marqué toute sa septième année — vers 1909, donc, l'oncle Luis était revenu se réfugier durant de longs mois dans la maison familiale de Cabuérniga, peut-être pour se faire oublier. Il y était revenu accompagné d'une jeune métisse indienne — d'où le scandale — fort étrange et belle, dans le souvenir d'Adela Mercader tout au moins, et à laquelle l'oncle Luis faisait partager sa couche, ostensiblement, et qu'il comblait d'attentions et de cadeaux, acceptés par la jeune femme avec une condescendance altière. Et ce tableau représentant les magasins du Printemps, le printemps lui-même, LA PRIMAVERA, datait de ce passage de l'oncle Luis dans la maison de Cabuérniga, son dernier passage, en fait, puisqu'il avait disparu, quelques années plus tard, dans les tourmentes de la Révolution mexicaine, sans que les circonstances de cette disparition n'aient jamais pu être totalement éclaircies.

LA PRIMAVERA.

Pour la première fois depuis quinze jours, une sorte de paix semblait s'établir dans l'esprit d'Adela Mercader.

Elle ne voyait plus le tableau, certes, après une heure de contemplation immobile, et la toile n'était plus, dans son évidence rassurante et benoîte, que le support de son rêve. Une sorte de paix, pourtant, s'était établie.

Quinze jours plus tôt, dans la matinée de ce 16 avril dont elle ne pourrait plus effacer le souvenir visqueux, lorsque Inés s'était enfuie brusquement, poursuivie par ces Américains qui tiraient des coups de feu, Adela Mercader était montée dans la chambre de sa nièce, dans l'espoir d'y trouver quelque message, ou quelque indication, tout au moins, des motifs de ce brusque départ. Sur la coiffeuse d'Inés, elle avait trouvé les deux télégrammes. L'un avait été envoyé par Ramón, de Zurich, et Ramón demandait à sa femme de brûler sa dernière lettre. Le deuxième télégramme, officiel et urgent, avait été envoyé d'Amsterdam, et un certain Schilthuis y annonçait la mort de Ramón. « Mort accidentelle due absorption dose trop forte barbituriques ». Ça n'avait pas de sens, bien entendu.

Adela Mercader s'était affalée dans le fauteuil, devant la coiffeuse, hébétée.

Mais elle entendait un bruit, devant la maison, aujourd'hui, qui lui parvenait par les portes-fenêtres du salon, ouvertes sur la véranda. Elle tournait la tête, elle voyait une voiture s'avancer lentement sur l'esplanade.

Elle se levait d'un seul élan, elle marchait d'un

pas ferme vers la véranda, décidée à chasser les intrus, au plus vite.

Elle ne voulait voir personne, non, personne.

Un homme d'une cinquantaine d'années, grand et maigre, aux sourcils broussailleux, sortait de la voiture, regardait autour de lui. Il tenait un disque dans sa main droite, c'était surprenant.

Elle savait ce qu'elle avait à faire, désormais.

Remedios leur avait servi le café sur la véranda. Felipe de Hoyos avait hoché la tête pour accepter le sucre qu'on lui proposait. Ensuite, Remedios était partie. Felipe de Hoyos allumait une cigarette en silence.

Elle regardait cet étranger, le dernier homme, peut-être, à avoir parlé avec Ramón, à cœur ouvert. Elle savait ce qui lui restait à faire, désormais.

— Ainsi, disait Adela Mercader, il vous a parlé de la Russie ?

Felipe de Hoyos hochait la tête.

— Oui, disait-il. A cause de cette chanson, vous comprenez ?

Elle comprenait. C'était même le genre de choses qu'elle avait tendance à très bien comprendre. Une chanson d'autrefois, les souvenirs qui remuent, cette émotion. Elle comprenait très bien.

Tout à l'heure, avant qu'elle le retienne à déjeuner, lorsqu'il avait raconté sa rencontre avec Ramón, dans le bistrot espagnol d'Amsterdam, Adela Mercader avait demandé à écouter ce disque. Ensemble, dans le grand salon de la maison de Cabuérniga, ils avaient écouté le vieil enregistrement rayé de *Souliko,* chanté par une voix russe, pure et grave. Felipe de Hoyos lui en avait traduit les paroles, approximativement. Ensuite, cédant à une impulsion subite — car il n'avait pas du tout l'intention de lui parler de cet épisode — Felipe de Hoyos lui avait raconté la fin de cette folle nuit : son enlèvement, les Américains, sa fuite, jusqu'au moment où on l'avait conduit dans une chambre d'hôtel, pour identifier le cadavre de Ramón Mercader. Il avait commencé à parler, sous une impulsion inexplicable, mais, bientôt, une sorte de soulagement l'envahissait. Comme si le récit des dangers auxquels l'avait soumis sa rencontre avec Ramón Mercader, dont Ramón était, d'une certaine manière, la cause, comme si ce récit pouvait l'aider à oublier l'aveuglant souvenir d'il y avait trente ans : le vieil homme dressé d'abord dans la lumière crépusculaire, se détachant sur le mur blanc du vieux cimetière, dans la lumière des phares, ensuite. Dans la lumière des phares, jusqu'à la mort. Debout, criant des mots indistincts, le poing levé. Et il lui semblait maintenant, en racontant cette nuit d'Amsterdam, au cours de laquelle ce souvenir, précisément, était réapparu, qu'il y avait une sorte de pathétique ressemblance entre l'image de ce vieil homme et le visage de Ramón Mercader, étendu dans son lit d'hôtel, dans la blancheur sommeilleuse et froide de la mort. Oui, une confuse et sauvage ressemblance. Alors, il parlait, il s'enfonçait dans les détails et les détours de son récit, comme si c'était là la meilleure façon d'effacer, ou de fuir, ou de rendre finalement acceptable, ce souvenir meurtrier de sa jeunesse.

Adela Mercader l'écoutait, fascinée.

Ainsi, des Américains anonymes et brutaux avaient poursuivi cet homme, à cause de sa rencontre avec Ramón, dans le bistrot espagnol d'Amsterdam. Et, au même moment, à quelques heures près, d'autres Américains étaient venus pousser Inés dans la mort. Les événements d'Amsterdam semblaient éclairer, donner un sens — même si elle n'arrivait jamais à comprendre quel était ce sens, en fin de compte — à la mort d'Inés. Elle avait eu la même mort que Ramón, finalement, mystérieuse, mais rayonnante d'une signification peut-être insaisissable.

Elle décidait aussitôt de faire parvenir à sa destination la lettre de Ramón, comme si le récit décousu et violent de cet étranger avait dissipé tous ses doutes à ce sujet. Mais, bien sûr, c'était évident : il fallait faire parvenir cette lettre écrite en russe, adressée à des inconnus, par un Ramón qui lui était inconnu, non seulement à cause des caractères cyrilliques qui l'empêcheraient de prendre connaissance de ce message ultime de Ramón, mais aussi parce que toute cette violence déchaînée, incompréhensible, semblait dessiner le portrait d'un Ramón secret, engagé dans un combat trouble et douteux dont elle ne saurait jamais les buts ni les raisons.

Lorsqu'on lui avait rendu les affaires d'Inés, trouvées dans la voiture accidentée, à côté de son corps disloqué, elle avait été étonnée par la présence de ce volume de Pearl Buck, dont la reliure de cuir vert avait été tachée par le sang d'Inés. Elle avait ramené le livre de Pearl Buck dans sa chambre, se demandant pourquoi Inés l'avait emporté, dans la hâte désespérée de sa fuite. Ce n'est que le surlendemain, en feuilletant de nouveau l'exemplaire, marqué par le sang noirâtre d'Inés, qu'elle avait découvert la fente aménagée dans la reliure et qu'elle en avait extrait les quelques feuillets de papier pelure, recouverts par la minutieuse écriture de Ramón, alignant les signes incompréhensibles de l'écriture cyrillique. Épinglée au premier feuillet manuscrit, il y avait une petite note tapée à la machine. Elle contenait des instructions très précises sur la façon d'acheminer le message de Ramón. Il fallait le porter à une adresse de Barcelone, le remettre à un certain « Alfredo », de la part de « Nieves », et cet « Alfredo », semblait-il, devait se charger ensuite de le faire parvenir à la boîte postale de Mexico. Il n'y avait pas d'autres précisions à propos de cette boîte postale, ce qui laissait supposer que ledit « Alfredo » savait à quoi s'en tenir.

Elle porterait cette lettre de Ramón, voilà. Elle confierait pendant quelques jours la petite Sonsoles à Remedios, elle prendrait le train — combien de fois faudrait-il changer pour aller de Santander à Barcelone ? —, elle demanderait à voir « Alfredo », de la part de « Nieves », elle lui remettrait le message de Ramón, en spécifiant qu'il fallait le faire parvenir à la boîte postale de Mexico. Elle s'assurerait que tout était bien clair, que cet « Alfredo » savait bien de quelle boîte postale il s'agissait. Voilà, dans trois ou quatre jours, elle serait revenue. C'était sûrement cela que Ramón aurait souhaité qu'elle fasse. D'ailleurs, Inés n'était-elle pas morte, sur la route de Santander, en emportant ce message caché dans la reliure d'un volume de Pearl Buck ? Elle avait presque honte de n'avoir pas pris plus tôt cette décision. Il avait fallu que cet étranger arrive, qu'il lui fasse écouter cette chanson géorgienne qui avait tellement ému Ramón, à Amsterdam, pour qu'elle comprenne ce qu'elle avait à faire. Elle en avait presque honte.

— Ainsi, il vous a parlé de la Russie ? avait-elle demandé à Felipe de Hoyos.

Ils étaient sur la véranda, après le déjeuner, Remedios venait de servir le café.

— Oui, à cause de cette chanson, vous comprenez ?

Elle comprenait très bien.

Felipe de Hoyos, sentant que la vieille demoiselle

désirait écouter de nouveau cette histoire, lui racontait ce voyage au Caucase, dans les environs de Sotchi (mais je suis le seul, maintenant, à vraiment pouvoir parler de ce voyage au Caucase. Ievgueni Davidovitch est mort, et à Amsterdam, de toute façon, il n'avait livré de ce séjour à Sotchi que quelques bribes éparpillées. Je suis le seul, désormais, à connaître tous les détails de ce dernier voyage de Guinsburg, dans son pays. A Sotchi, on l'avait installé dans la Maison de Repos *Tsiouroupa,* dont les pavillons se dispersaient sous les frondaisons tropicales d'un parc immense. Il partageait son pavillon — deux chambres, un salon, une salle de bains — avec l'interprète qu'on lui avait assigné, puisqu'il n'était pas censé comprendre le russe. Il soupçonnait bien ce Boris d'avoir été choisi par le K.G.B., pour le surveiller, mais cela lui était égal : il ne pensait qu'au soleil sur la plage, aux promenades, aux longues soirées de cinéma en plein air, de danses et de chants. Il entendait les voix russes, à la veillée, graves et pures, s'élevant dans la nuit, et une émotion déchirante l'envahissait. Il prenait les petits autocars décapotables, qui conduisaient à la plage, ou qui vous menaient en excursion, dans le brouhaha familier et insignifiant des conversations. Il visitait la maison où avait habité Nicolaï Ostrovski, les dernières années de sa vie, et il voyait sur le mur du bureau d'Ostrovski la grande carte de l'Espagne, avec les petites épingles et le fil rouge marquant la ligne mouvante du front de la guerre civile, immobilisée le jour où Ostrovski était mort. Il partait en excursion jusqu'au lac Ritsa, dans les montagnes. Le ciel était bleu, les sapins noirs, l'eau du lac scintillait. Il se promenait longuement parmi les arbres centenaires, dans le silence le plus profond, dans la troublante nostalgie d'une nature encore intacte. Il redescendait vers le lac, à l'heure du déjeuner, il marchait sur la route creusée au flanc de la falaise. Là-bas, cette longue maison de bois peint avait été l'un des lieux de repos préférés de Staline. Maintenant, on en avait fait une auberge. Mais les gens le savaient, ils connaissaient le passé de cette maison forestière, et il avait entendu un homme chuchoter à sa compagne que c'était là l'un des lieux où le Vieux aimait à se reposer. « Il était géorgien, le Vieux, tu comprends ? », disait l'homme à sa compagne, d'une voix chuchotante. A l'auberge, il rencontrait cette jeune fille, Nina Nicolaïevna, qui faisait des études d'espagnol et qui lui demandait des explications sur les tableaux de Goya, au Prado. Il passait le reste de l'après-midi à se promener avec Nina Nicolaïevna, et le soir, à Sotchi, en la quittant, il l'embrassait légèrement sur la bouche, à l'ombre dense et moite d'un palmier, dans l'ombre du soir. Nina Nicolaïevna portait un chapeau de feutre blanc, comme en portent les bergers du Caucase, et la blancheur de ce feutre accentuait la flamme noire de son regard. Il partait le lendemain, il ne reviendrait plus jamais dans son pays et il embrassait sur les lèvres, tendrement, légèrement, Nina Nicolaïevna, mon amour. Mais je suis le seul, désormais, à connaître les pensées, le désespoir, la passion déraisonnable qui habitait ce soir-là l'âme d'Ievgueni Davidovitch Guinsburg), et Felipe de Hoyos disait qu'à Sotchi Ramón Mercader avait rencontré une jeune fille qui avait chanté *Souliko,* cette vieille chanson géorgienne, au retour d'une excursion, pendant que le vent de la montagne agitait ses cheveux.

— C'est à cause de cette chanson, vous comprenez ?

Oui, elle comprenait très bien.

A cet instant précis, sur la véranda de la maison de Cabuérniga, Felipe de Hoyos avait oublié le souvenir ancien. Le sang aurait-il séché, le sang des Mercader ?

Les cages à lapins sont abandonnées, bien entendu. Devant elles, au milieu du jardin, un petit drapeau rouge flotte sur la stèle funéraire. Les murs sont toujours recouverts de géraniums et de capucines. Yuccas, balisiers et agaves poussent toujours librement dans le jardin.

Quelqu'un y est-il venu, en cette journée du Premier Mai ?

Natacha Sedova n'est plus là, pour accueillir le visiteur. Elle dort dans la transparence épaisse du grand sommeil, aux côtés de Lev Davidovitch.

Tous les morts reposent, dans l'inquiétude d'une mort peut-être inutile.

Ramón Mercader del Río est vivant. Il se souvient, qui sait ? Le Premier Mai déroule ses fastes, à Moscou, il y assiste, peut-être. Il se souvient, peut-être.

Natacha Sedova avait un regard calme et désespéré, fixé sur lui, en ce jour lointain, dans la maison de l'Avenida Viena.

Le sang séchera-t-il, un jour ? Ce n'est pas certain.

*Vaugrenier, 1967 — Autheuil, 1968.*



## DU MÊME AUTEUR

*Aux Éditions Gallimard*

LE GRAND VOYAGE, *roman* (Folio n° 276)
LA GUERRE EST FINIE, *scénario*
L'ÉVANOUISSEMENT, *roman*
LA DEUXIÈME MORT DE RAMON MERCADER, *roman* (Folio n° 1612)
LE « STAVISKY » D'ALAIN RESNAIS, *scénario*
LA MONTAGNE BLANCHE, *roman* (Folio n° 1999)
L'ÉCRITURE OU LA VIE, *récit* (Folio n° 2870)
LE RETOUR DE CAROLA NEHER, *théâtre.*
ADIEU, VIVE CLARTÉ..., *récit* (Folio n° 3317)
LE MORT QU'IL FAUT, *roman.* Prix Jean Monnet (Folio n° 3730)

*Chez d'autres éditeurs*

L'ALGARABIE, *Librairie Arthème Fayard* (repris en Folio n° 2914)
NETCHAÏEV EST DE RETOUR, *roman*, J.-C. Lattès
AUTOBIOGRAPHIE DE FEDERICO SANCHEZ, *Le Seuil*
MONTAND : LA VIE CONTINUE, *Denoël* (repris en Folio Actuel n°5)
QUEL BEAU DIMANCHE !, *Grasset*
FEDERICO SANCHEZ VOUS SALUE BIEN, *Grasset*
MAL ET MODERNITÉ, *Éditions Climats*

# COLLECTION FOLIO

*Dernières parutions*

| | |
|---|---|
| 3545. Stephen Marlowe | *Octobre solitaire.* |
| 3546. Albert Memmi | *Le Scorpion.* |
| 3547. Tchékhov | *L'Île de Sakhaline.* |
| 3548. Philippe Beaussant | *Stradella.* |
| 3549. Michel Cyprien | *Le chocolat d'Apolline.* |
| 3550. Naguib Mahfouz | *La Belle du Caire.* |
| 3551. Marie Nimier | *Domino.* |
| 3552. Bernard Pivot | *Le métier de lire.* |
| 3553. Antoine Piazza | *Roman fleuve.* |
| 3554. Serge Doubrovsky | *Fils.* |
| 3555. Serge Doubrovsky | *Un amour de soi.* |
| 3556. Annie Ernaux | *L'événement.* |
| 3557. Annie Ernaux | *La vie extérieure.* |
| 3558. Peter Handke | *Par une nuit obscure, je sortis de ma maison tranquille.* |
| 3559. Angela Huth | *Tendres silences.* |
| 3560. Hervé Jaouen | *Merci de fermer la porte.* |
| 3561. Charles Juliet | *Attente en automne.* |
| 3562. Joseph Kessel | *Contes.* |
| 3563. Jean-Claude Pirotte | *Mont Afrique.* |
| 3564. Lao She | *Quatre générations sous un même toit III.* |
| 3565 Dai Sijie | *Balzac et la petite tailleuse chinoise.* |
| 3566 Philippe Sollers | *Passion fixe.* |
| 3567 Balzac | *Ferragus, chef des Dévorants.* |
| 3568 Marc Villard | *Un jour je serai latin lover.* |
| 3569 Marc Villard | *J'aurais voulu être un type bien.* |
| 3570 Alessandro Baricco | *Soie.* |
| 3571 Alessandro Baricco | *City.* |
| 3572 Ray Bradbury | *Train de nuit pour Babylone.* |
| 3573 Jerome Charyn | *L'Homme de Montezuma.* |
| 3574 Philippe Djian | *Vers chez les blancs.* |
| 3575 Timothy Findley | *Le chasseur de têtes.* |

3576 René Fregni — *Elle danse dans le noir.*
3577 François Nourissier — *À défaut de génie.*
3578 Boris Schreiber — *L'excavatrice.*
3579 Denis Tillinac — *Les masques de l'éphémère.*
3580 Frank Waters — *L'homme qui a tué le cerf.*
3581 Anonyme — *Sindbâd de la mer* et autres contes.
3582 François Gantheret — *Libido Omnibus.*
3583 Ernest Hemingway — *La vérité à la lumière de l'aube.*
3584 Régis Jauffret — *Fragments de la vie des gens.*
3585 Thierry Jonquet — *La vie de ma mère !*
3586 Molly Keane — *L'amour sans larmes.*
3587 Andreï Makine — *Requiem pour l'Est.*
3588 Richard Millet — *Lauve le pur.*
3589 Gina B. Nahai — *Roxane,* ou *Le saut de l'ange.*
3590 Pier Paolo Pasolini — *Les Anges distraits.*
3591 Pier Paolo Pasolini — *L'odeur de l'Inde.*
3592 Sempé — *Marcellin Caillou.*
3593 Bruno Tessarech — *Les grandes personnes.*
3594 Jacques Tournier — *Le dernier des Mozart.*
3595 Roger Wallet — *Portraits d'automne.*
3596 Collectif — *Le Nouveau Testament.*
3597 Raphaël Confiant — *L'archet du colonel.*
3598 Remo Forlani — *Émile à l'Hôtel.*
3599 Chris Offutt — *Le fleuve et l'enfant.*
3600 Marc Petit — *Le Troisième Faust.*
3601 Roland Topor — *Portrait en pied de Suzanne.*
3602 Roger Vailland — *La fête.*
3603 Roger Vailland — *La truite.*
3604 Julian Barnes — *England, England.*
3605 Rabah Belamri — *Regard blessé.*
3606 François Bizot — *Le portail.*
3607 Olivier Bleys — *Pastel.*
3608 Larry Brown — *Père et fils.*
3609 Albert Camus — *Réflexions sur la peine capitale.*
3610 Jean-Marie Colombani — *Les infortunes de la République.*
3611 Maurice G. Dantec — *Le théâtre des opérations.*
3612 Michael Frayn — *Tête baissée.*
3613 Adrian C. Louis — *Colères sioux.*
3614 Dominique Noguez — *Les Martagons.*
3615 Jérôme Tonnerre — *Le petit Voisin.*

| | |
|---|---|
| 3616 Victor Hugo | *L'Homme qui rit.* |
| 3617 Frédéric Boyer | *Une fée.* |
| 3618 Aragon | *Le collaborateur* et autres nouvelles. |
| 3619 Tonino Benacquista | *La boîte noire* et autres nouvelles. |
| 3620 Ruth Rendell | *L'Arbousier.* |
| 3621 Truman Capote | *Cercueils sur mesure.* |
| 3622 Francis Scott Fitzgerald | *La Sorcière rousse,* précédé de *La coupe de cristal taillé.* |
| 3623 Jean Giono | *Arcadie...Arcadie...,* précédé de *La pierre.* |
| 3624 Henry James | *Daisy Miller.* |
| 3625 Franz Kafka | *Lettre au père.* |
| 3626 Joseph Kessel | *Makhno et sa juive.* |
| 3627 Lao She | *Histoire de ma vie.* |
| 3628 Ian McEwan | *Psychopolis* et autres nouvelles. |
| 3629 Yukio Mishima | *Dojoji* et autres nouvelles. |
| 3630 Philip Roth | *L'habit ne fait pas le moine,* précédé de *Défenseur de la foi.* |
| 3631 Leonardo Sciascia | *Mort de l'Inquisiteur.* |
| 3632 Didier Daeninckx | *Leurre de vérité* et autres nouvelles. |
| 3633. Muriel Barbery | *Une gourmandise.* |
| 3634. Alessandro Baricco | *Novecento : pianiste.* |
| 3635. Philippe Beaussant | *Le Roi-Soleil se lève aussi.* |
| 3636. Bernard Comment | *Le colloque des bustes.* |
| 3637. Régine Detambel | *Graveurs d'enfance.* |
| 3638. Alain Finkielkraut | *Une voix vient de l'autre rive.* |
| 3639. Patrice Lemire | *Pas de charentaises pour Eddy Cochran.* |
| 3640. Harry Mulisch | *La découverte du ciel.* |
| 3641. Boualem Sansal | *L'enfant fou de l'arbre creux.* |
| 3642. J.B. Pontalis | *Fenêtres.* |
| 3643. Abdourahman A. Waberi | *Balbala.* |
| 3644. Alexandre Dumas | *Le Collier de la reine.* |
| 3645. Victor Hugo | *Notre-Dame de Paris.* |
| 3646. Hector Bianciotti | *Comme la trace de l'oiseau dans l'air.* |
| 3647. Henri Bosco | *Un rameau de la nuit.* |
| 3648. Tracy Chevalier | *La jeune fille à la perle.* |

| | |
|---|---|
| 3649. Rich Cohen | *Yiddish Connection.* |
| 3650. Yves Courrière | *Jacques Prévert.* |
| 3651. Joël Egloff | *Les Ensoleillés.* |
| 3652. René Frégni | *On ne s'endort jamais seul.* |
| 3653. Jérôme Garcin | *Barbara, claire de nuit.* |
| 3654. Jacques Lacarrière | *La légende d'Alexandre.* |
| 3655. Susan Minot | *Crépuscule.* |
| 3656. Erik Orsenna | *Portrait d'un homme heureux.* |
| 3657. Manuel Rivas | *Le crayon du charpentier.* |
| 3658. Diderot | *Les Deux Amis de Bourbonne.* |
| 3659. Stendhal | *Lucien Leuwen.* |
| 3660. Alessandro Baricco | *Constellations.* |
| 3661. Pierre Charras | *Comédien.* |
| 3662. François Nourissier | *Un petit bourgeois.* |
| 3663. Gérard de Cortanze | *Hemingway à Cuba.* |
| 3664. Gérard de Cortanze | *J. M. G. Le Clézio.* |
| 3665. Laurence Cossé | *Le Mobilier national.* |
| 3666. Olivier Frébourg | *Maupassant, le clandestin.* |
| 3667. J.M.G. Le Clézio | *Cœur brûle* et autres romances. |
| 3668. Jean Meckert | *Les coups.* |
| 3669. Marie Nimier | *La Nouvelle Pornographie.* |
| 3670. Isaac B. Singer | *Ombres sur l'Hudson.* |
| 3671. Guy Goffette | *Elle, par bonheur, et toujours nue.* |
| 3672. Victor Hugo | *Théâtre en liberté.* |
| 3673. Pascale Lismonde | *Les arts à l'école. Le Plan de Jack Lang et Catherine Tasca.* |
| 3674. Collectif | *« Il y aura une fois ». Une anthologie du Surréalisme.* |
| 3675. Antoine Audouard | *Adieu, mon unique.* |
| 3676. Jeanne Benameur | *Les Demeurées.* |
| 3677. Patrick Chamoiseau | *Écrire en pays dominé.* |
| 3678. Erri de Luca | *Trois chevaux.* |
| 3679. Timothy Findley | *Pilgrim.* |
| 3680. Christian Garcin | *Le vol du pigeon voyageur.* |
| 3681. William Golding | *Trilogie maritime, 1. Rites de passage.* |
| 3682. William Golding | *Trilogie maritime, 2. Coup de semonce.* |
| 3683. William Golding | *Trilogie maritime, 3. La cuirasse de feu.* |

3684. Jean-Noël Pancrazi *Renée Camps.*
3686. Jean-Jacques Schuhl *Ingrid Caven.*
3687. *Positif,* revue de cinéma *Alain Resnais.*
3688. Collectif *L'amour du cinéma. 50 ans de la revue* Positif.
3689. Alexandre Dumas *Pauline.*
3690. Le Tasse *Jérusalem libérée.*
3691. Roberto Calasso *la ruine de Kasch.*
3692. Karen Blixen *L'éternelle histoire.*
3693. Julio Cortázar *L'homme à l'affût.*
3694. Roald Dahl *L'invité.*
3695. Jack Kerouac *Le vagabond américain en voie de disparition.*
3696. Lao-tseu *Tao-tö king.*
3697. Pierre Magnan *L'arbre.*
3698. Marquis de Sade *Ernestine. Nouvelle suédoise.*
3699. Michel Tournier *Lieux dits.*
3700. Paul Verlaine *Chansons pour elle* et autres poèmes érotiques.
3701. Collectif *« Ma chère maman ».*
3702. Junichirô Tanizaki *Journal d'un vieux fou.*
3703. Théophile Gautier *Le Capitaine Fracassse.*
3704. Alfred Jarry *Ubu roi.*
3705. Guy de Maupassant *Mont-Oriol.*
3706. Voltaire *Micromégas. L'Ingénu.*
3707. Émile Zola *Nana.*
3708. Émile Zola *Le Ventre de Paris.*
3709. Pierre Assouline *Double vie.*
3710. Alessandro Baricco *Océan mer.*
3711. Jonathan Coe *Les Nains de la Mort.*
3712. Annie Ernaux *Se perdre.*
3713. Marie Ferranti *La fuite aux Agriates.*
3714. Norman Mailer *Le Combat du siècle.*
3715. Michel Mohrt *Tombeau de La Rouërie.*
3716. Pierre Pelot *Avant la fin du ciel. Sous le vent du monde.*
3718. Zoé Valdès *Le pied de mon père.*
3719. Jules Verne *Le beau Danube jaune.*
3720. Pierre Moinot *Le matin vient et aussi la nuit.*
3721. Emmanuel Moses *Valse noire.*

*Impression Société Nouvelle Firmin-Didot*
*à Mesnil-sur-l'Estrée, le 2 novembre 2002.*
*Dépôt légal : novembre 2002.*
*1er dépôt légal dans la collection : novembre 1984.*
*Numéro d'imprimeur : 61835.*
ISBN 2-07-037612-5/Imprimé en France.

121250